山東京傳全集

第十三巻
合巻8

ぺりかん社

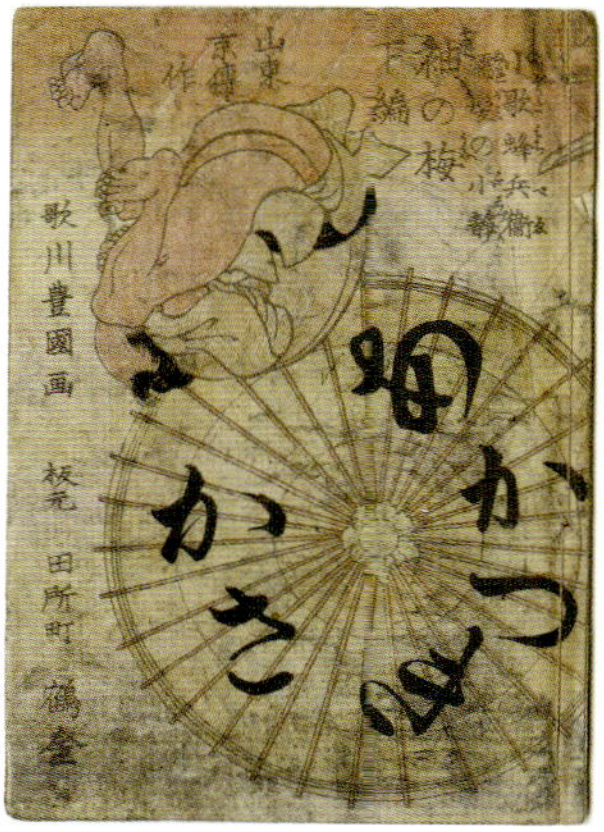

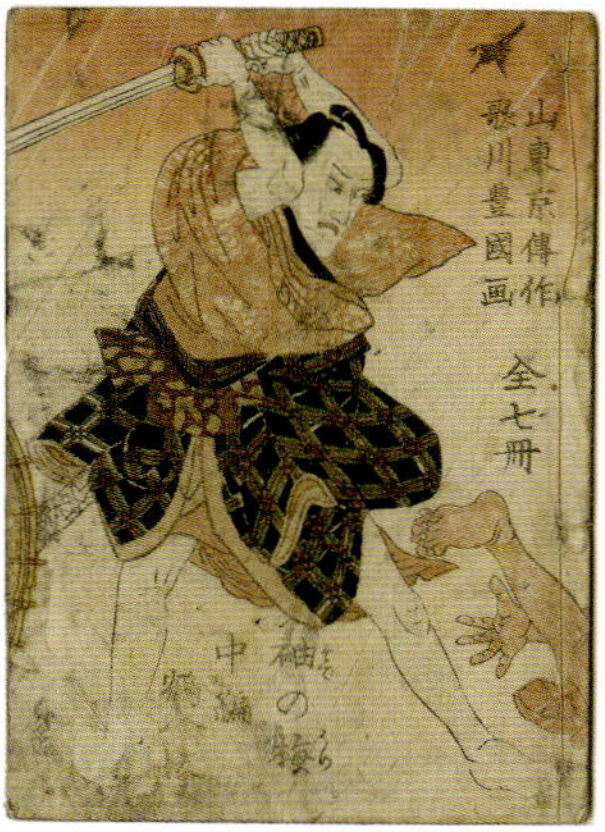

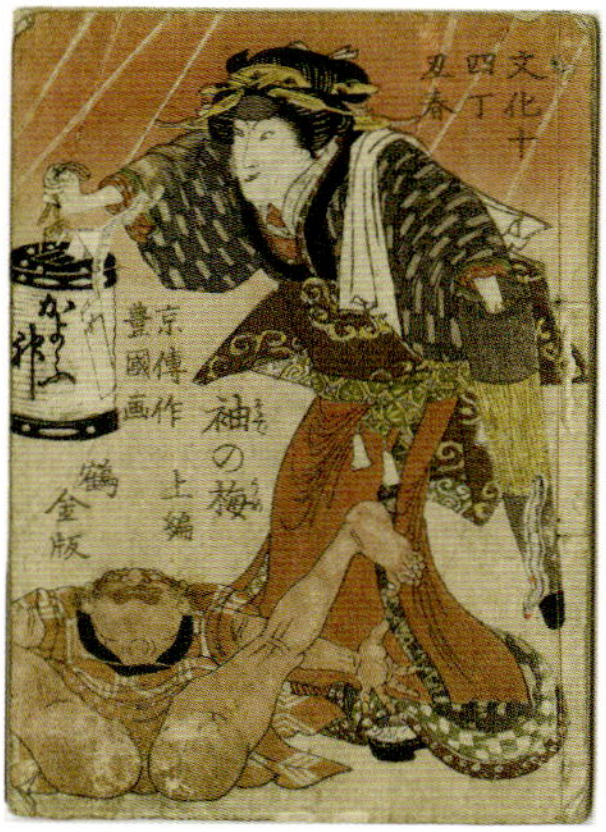

『袖之梅月土手節』中本書型三冊本表紙（鈴木重三氏蔵）

『石枕春宵抄』中本書型三冊本表紙（肥田晧三氏蔵）

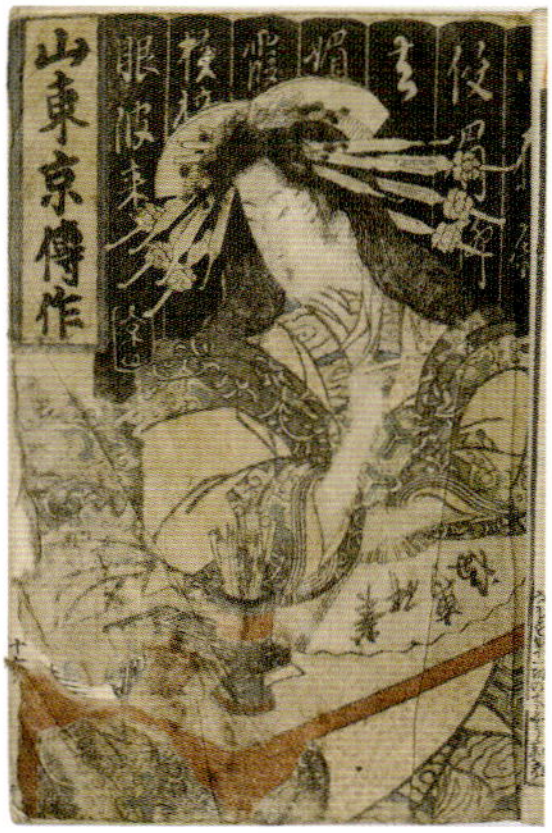

『気替而戯作問答』中本書型二冊本表紙（棚橋正博氏蔵）

山東京傳全集　第十三巻＊目次

［合巻８］

■造本設計――多川精一

凡例

一、原文はすべて翻字したが、読者の便宜に供するため漢字交じりに改めた。その際、原文の仮名は振り仮名として残した。ただし、仮名遣いはすべて原文のままとするも、たとえば〈このひとゝ〉→〈この人《ひと》と〉とする如く、反復用字においては若干の相違が生じた。なお、序文に関しては原文のまま翻字した。すべて図版を掲載したので、こうした細部については照合を願う次第である。

一、読み易さを旨とするため、適宜句読点を施した。また、本文の続きを示す記号（▲⧗等）は特別な場合をのぞいて割愛した。これらについても細部は図版との照合を願いたい。

一、図版と本文との照合を易くするために便宜上図版に算用数字を掲げ（同時に本文にも掲げた）、図版の方には丁付も付して使用の便に供した。

一、原文の漢字には新たにその読みを振ることを避けた。また、同時に振り仮名の付されているものについては、そのまま振り仮名をつけて記した。

一、原文に漢字を当てるに際し、できる限り統一することを旨としたものの、ときに漢字の表記に統一を欠くこともあり、これは校訂者の意図するところに従った。

一、異体文字はとくに必要のない限り、[illegible]（様）、ゟ（より）、〆（しめ）、[illegible]（参らせ候）、メ（して）、𪜈（こと）、などは（　）内のものとする。

一、原文の漢字のあて字などは原文のままとした。

一、原文には「ハ・ミ・ニ」等の片仮名が多く使われているが、とくに間投詞等の意識的に使っているもの以外は平仮名とした。ただし、片仮名表記で、たとえば「おきアがれ」や「なんすネ」「そうだナア」などはそのまました。

一、反復記号の「〻」は「々」に、「ゝ」「〱」等はそのまま用いた。

一、本文中に□枠で書かれたものや、作者・画工署名においても枠内にあるものはその通りとした。

一、濁点は、明らかに誤・脱と思われるものについては補正した。

一、明らかに誤刻・誤記・脱字・衍字等と判断されるものについては〔　〕をもって補うか、または（ママ）として記述した。

一、本文・詞書等以外でも必要と認められる文字については、［　］を施して適宜翻字した。また、画面中にある京伝店などの広告等についてもすべて翻字した。

一、底本以外に使用した諸本には、編集委員の架蔵本も少なくない。これらの利用についてはその一々の説明を省いた。

一、こうした全集で合巻の影印・翻字は初めての試みである。したがって、翻字に際し誤謬・不備・不足等は避けられないことと思われ、四方の賢士に御垂教を賜り、もって今後の翻字の資としたいと願うものである。

なお、本巻の校訂は棚橋正博が行い、作品解題は棚橋正博が担当し、清水正男が適宜校閲にあたった。翻字にあたっては、井原幸子、鹿島美里、長田和也の諸氏の御協力を得たほかに、役者絵等に関して岩田秀行氏、古井戸秀夫氏の御垂教に与った。底本については各解題に記したが、使用許可をいただいた諸機関に厚く御礼申し上げる。

山東京傳全集　第十三巻　合巻8

娘清玄振袖日記
むすめせいげんふりそでにっき

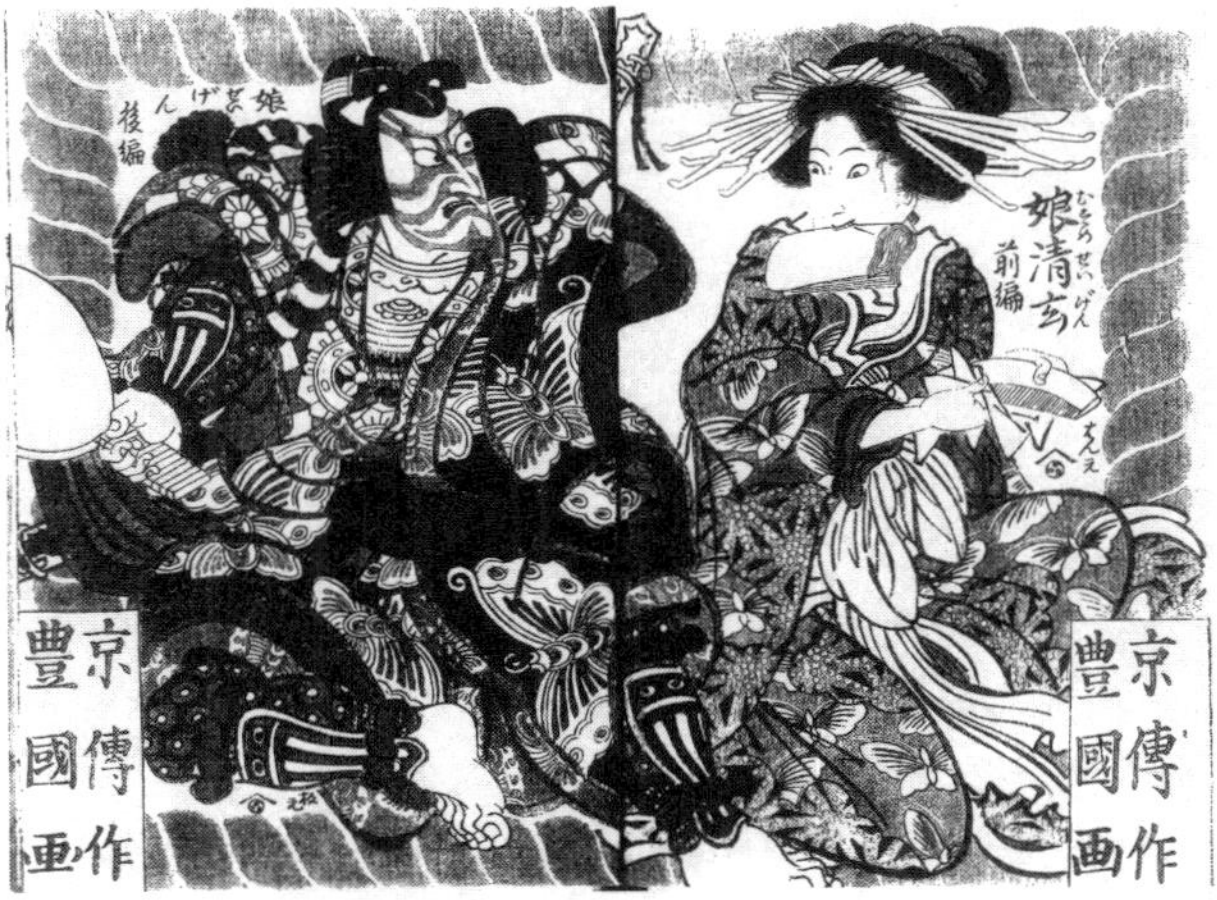

後醍醐天皇の御時（建武・康永年中の頃）

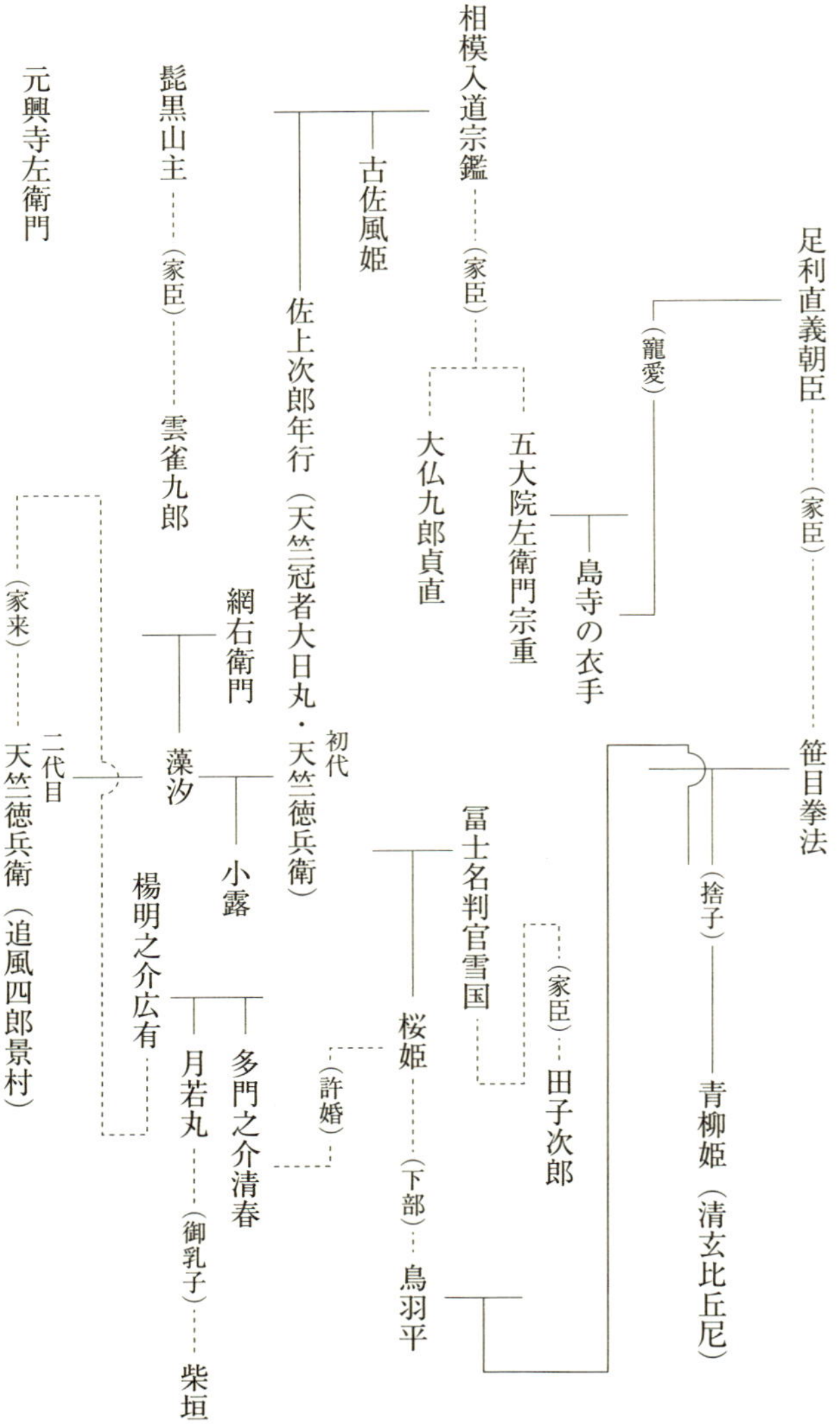

前編見返し

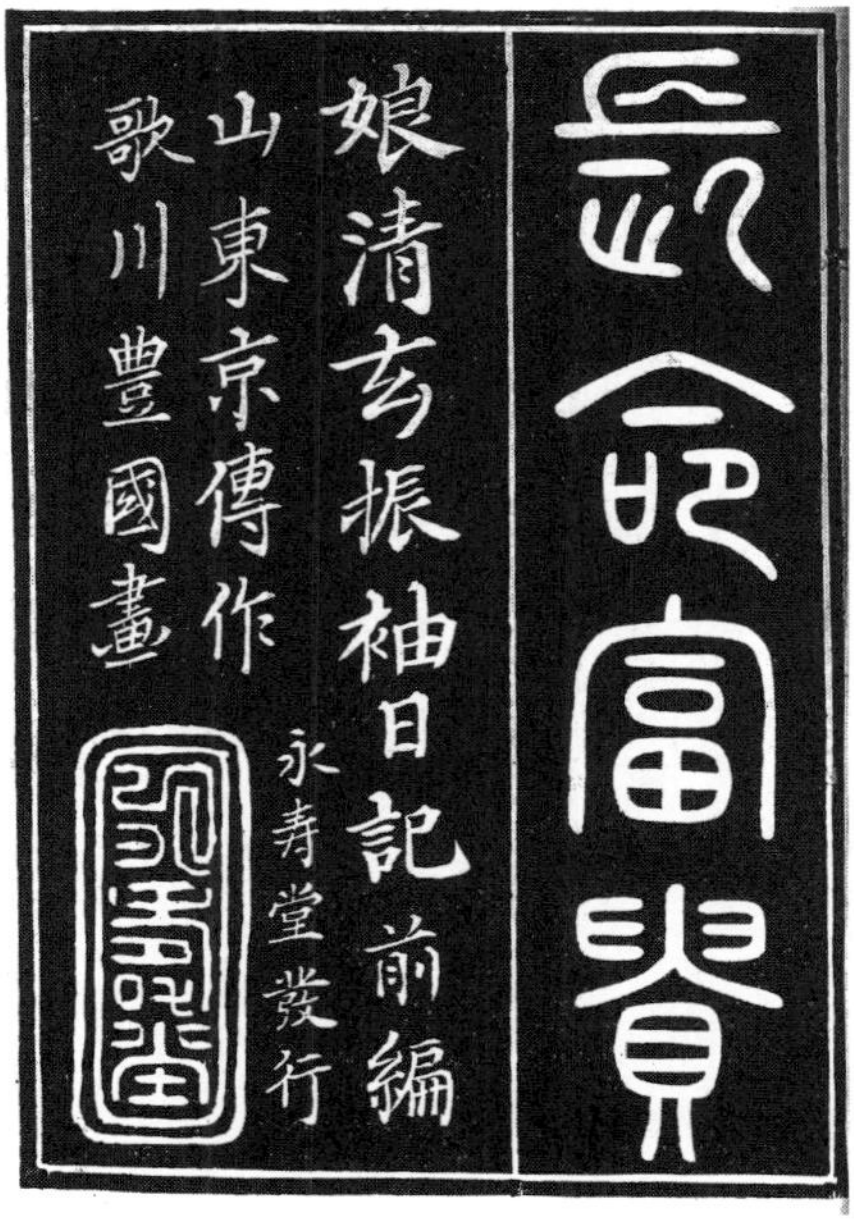

【前編見返し】

長命富貴
娘清玄振袖日記前編
山東京伝作
歌川豊国画

永寿堂発行

［永寿堂］

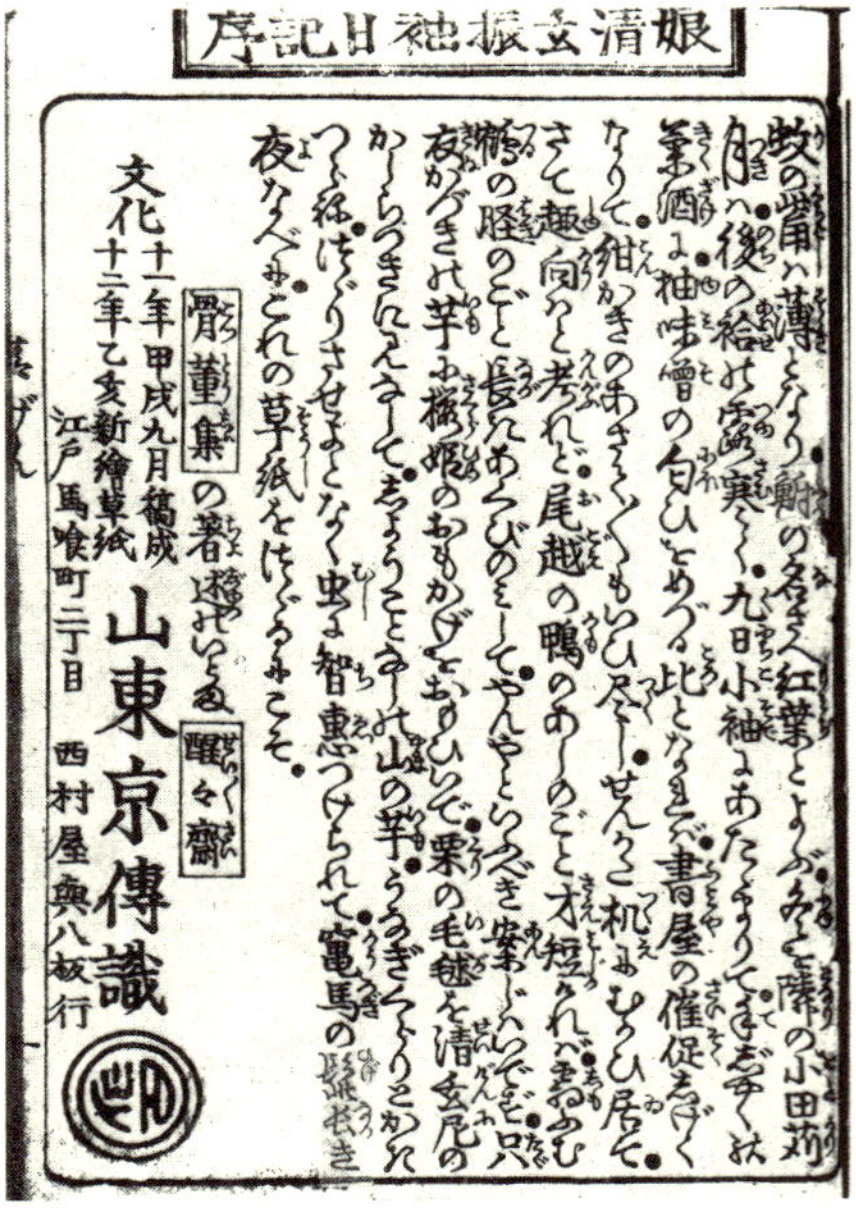

（1）一オ

【前編】

【上】

（1） 娘清玄振袖日記序

蚊《か》の觜《くちばし》は薄《すゝき》となり。鮒《ふな》の名《な》さへ紅葉《もみぢ》とよぶ。冬《ふゆ》を隣《となり》の小《を》田苅月《たかりつき》は。後《のち》の袷《あはせ》の露寒《つゆさむ》く。九日小袖《くにちこそで》にあたゝまりて。手《て》じやくの菊酒《きくざけ》に。柚味噌《ゆみそ》の匂《にほ》ひをめづる比《ころ》となれば。書屋《ふみや》の催促《さいそく》しげくなりて。紺《こん》かきのあさて〳〵もいひ尽《つく》し。せんかた机《つくゑ》にむかひ居《ゐ》て。さて趣向《しゆかう》はと考《かんがふ》れど。尾越《おごえ》の鴨《かも》のあしのごと才短《さえみじか》ければ。霜《しも》ふむ鶴《つる》の脛《はぎ》のごと長《なが》きあくびのみして。やんやといふべき案《あん》じはいでず。只衣《たゞきぬ》かづきの芋《いも》に桜姫《さくらひめ》のおもかげをおもひいで。栗《くり》の毬《いが》を清玄《せいげん》尼《に》のかしらつきに見なして。しようことなしの山《やま》の芋《いも》。うなぎくらりとかきつらね。つゞりさせよとなく虫《むし》に智恵《ちゑ》つけられて。竈馬《かうろぎ》の髭長《ひげなが》き夜《よ》なべに。これの草紙《さうし》をつゞるにこそ。

骨董集《こつとうしふ》の著述《ちよじゆつ》のいとま　醒々斎《せい〳〵さい》　山東京伝識㊞

文化十一年甲戌九月稿成
　　十二年乙亥新絵草紙

（2）一ウ

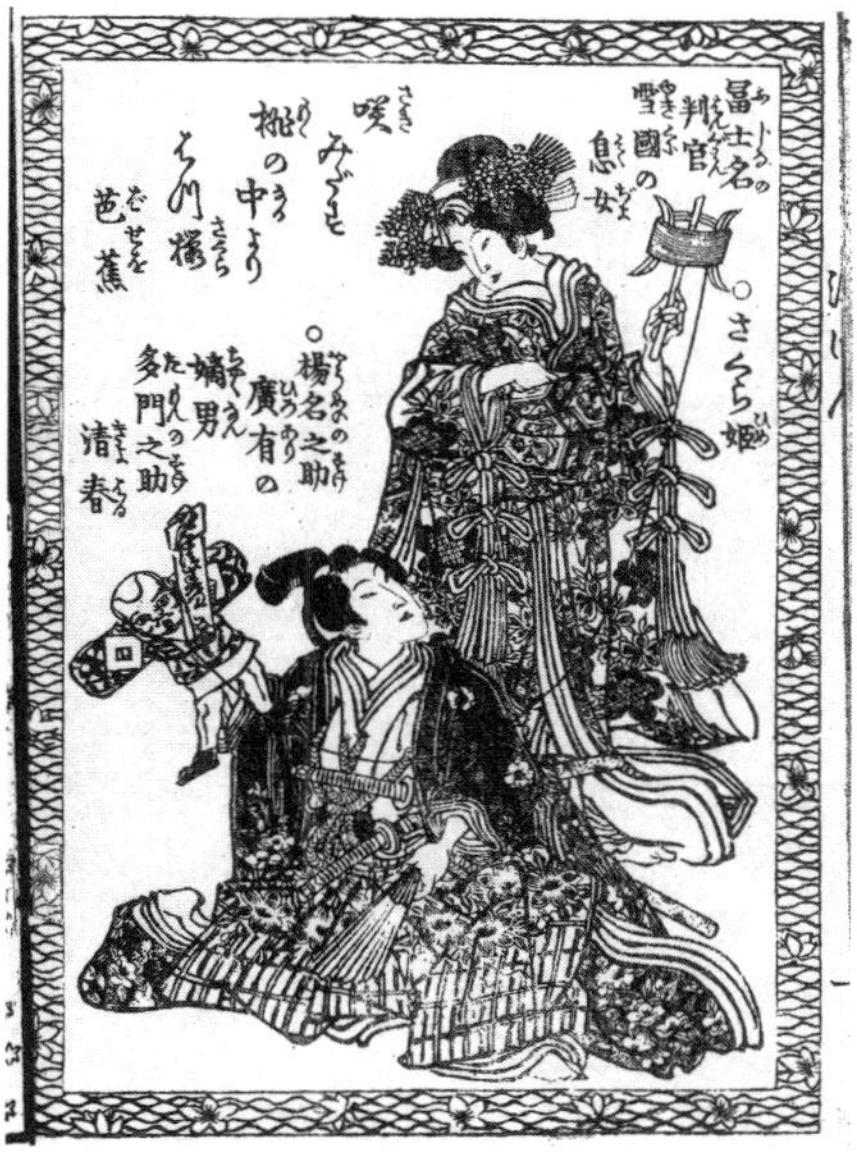

（3）二オ

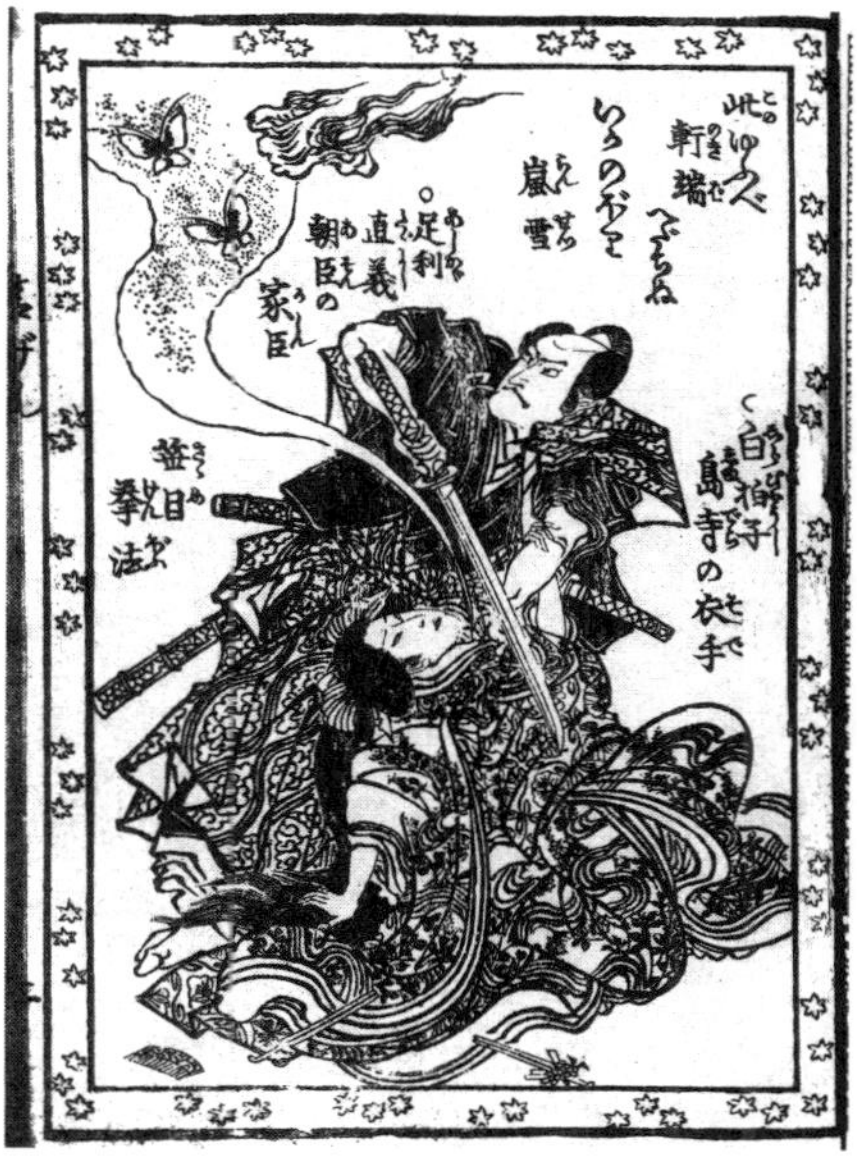

江戸馬喰町二丁目　西村屋与八板行

（2）

冨士名判官《ふじなのはんぐわん》雪国《ゆきくに》の息女《そくぢよ》　○桜姫《さくらひめ》

○楊名之助広有《やうめいのすけひろあり》の嫡男《ちやくなん》、多門之助清春《たもんのすけきよはる》

咲《さき》みだす桃《もゝ》の中《なか》よりはつ桜《さくら》　芭蕉《ばせを》

（3）

○足利直義朝臣《あしかゞたゞよしあそん》の家臣《かしん》、笹目拳法《さゝめけんぽふ》

○白拍子《しらびやうし》、島寺《しまでら》の衣手《そで》

此《この》ゆふべ軒端《のきば》へだちぬいかのぼり　嵐雪《らんせつ》

（4）二ウ

三オ

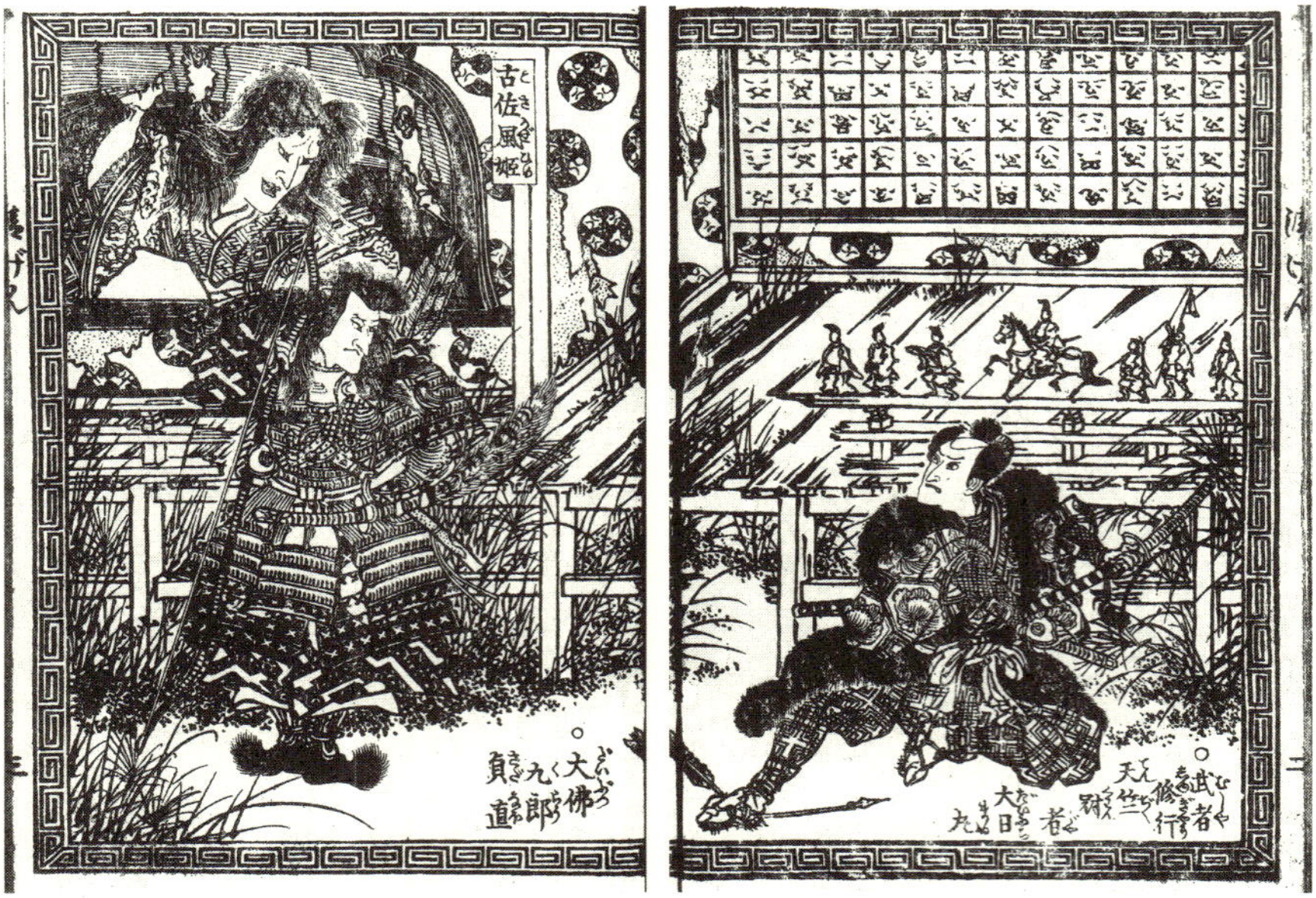

（4）

○武者修行《むしやしゆぎやう》、天竺冠者《てんぢくくわんじや》大日丸《だいにちまる》

○大仏《だいぶつ》九郎《くらう》貞直《さだなほ》

古佐風姫《こさかぜひめ》

四オ

(5)三ウ

(5)

○天竺徳兵衛《てんぢくとくべゑ》女房《がにようぼう》、藻汐《もしほ》

○佐上次郎年行《さがみじらうとしゆき》

此梅《このうめ》をはるかに月《つき》のにほひかな　嵐雪《らんせつ》

笹目拳法《さゝめけんぼふ》娘青柳《がむすめあをやぎ》、後《のち》に清玄比久尼《せいげんびくに》

○桜姫《さくらひめ》の下部《しもべ》、鳥羽平《とばへい》

○桜姫《さくらひめ》

百生《ひやくな》りや蔓《つる》一トすぢのこゝろより　素園《そゑん》句《く》

(6)四ウ

五オ

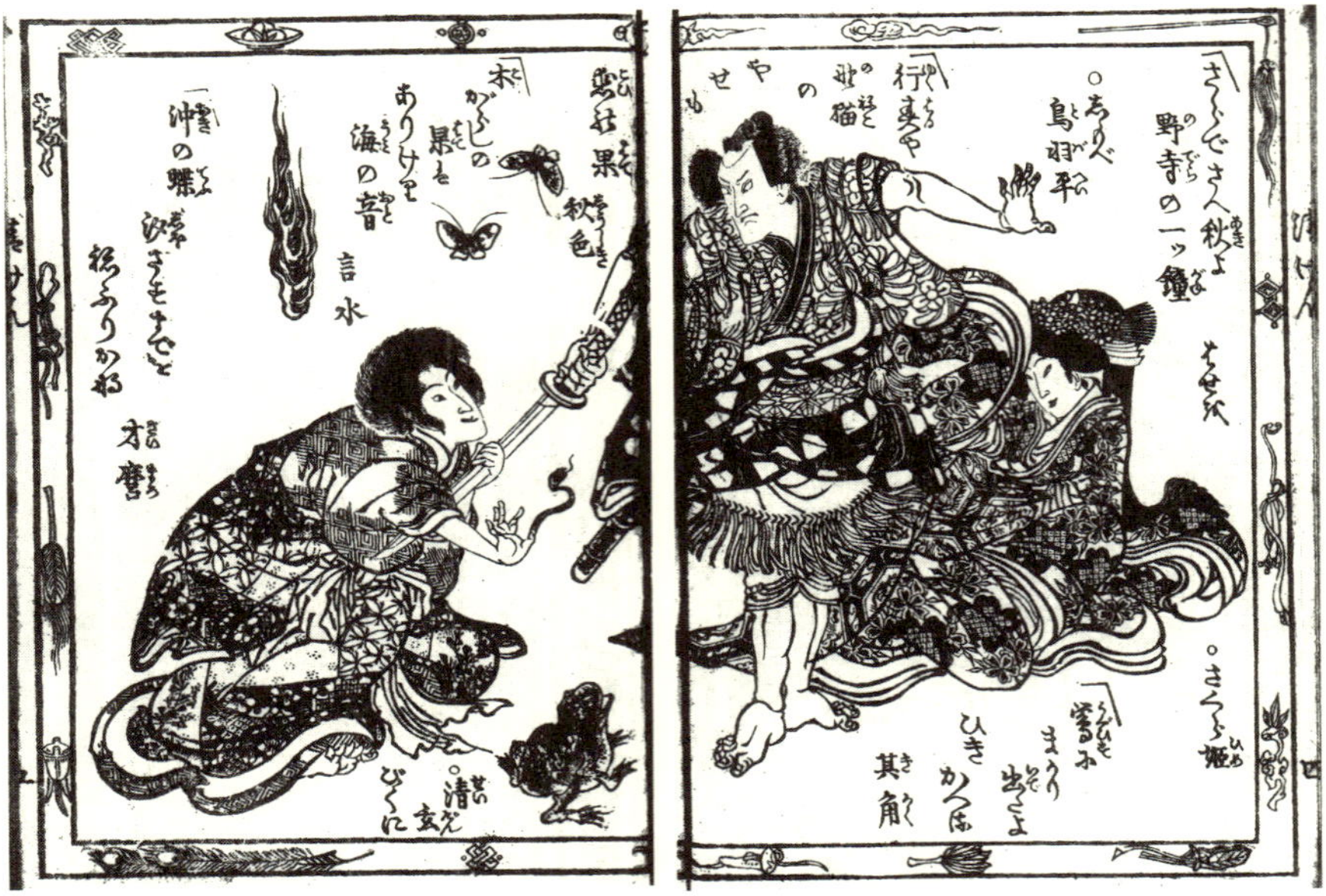

（6）

○下部《しもべ》鳥羽平《とばへい》
○桜姫《さくらひめ》
○清玄比久尼《せいげんびくに》

さらでさへ秋《あき》よ野寺《のでら》の一ツ鐘《がね》　はせを
行春《ゆくはる》や野猫《のねこ》のやせも恋《こひ》の果《はて》　秋色《しうしき》
鴬《うぐひす》にまかり出《いで》たよひきかへる　其角《きかく》
木《こ》がらしの果《はて》はありけり海《うみ》の音《おと》　言水
沖《おき》の蝶《てふ》汐《しほ》さすまでをねふりかね　才麿《さいまろ》

(7)五ウ

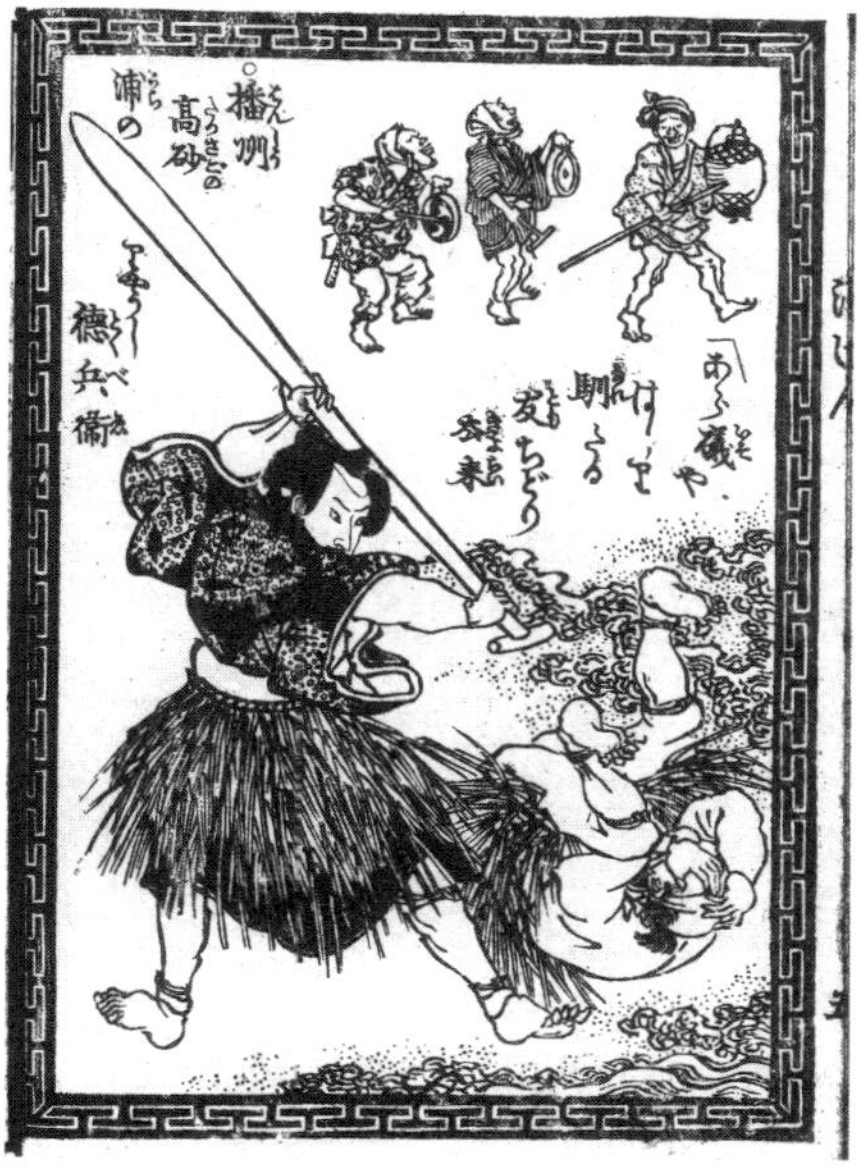

(7)

○播州《ばんしう》高砂《たかさご》浦《うら》の漁師《りやうし》徳兵衛《とくべゑ》

あら磯《いそ》やはしり馴《なれ》たる友《とも》ちどり　去来《きよらい》

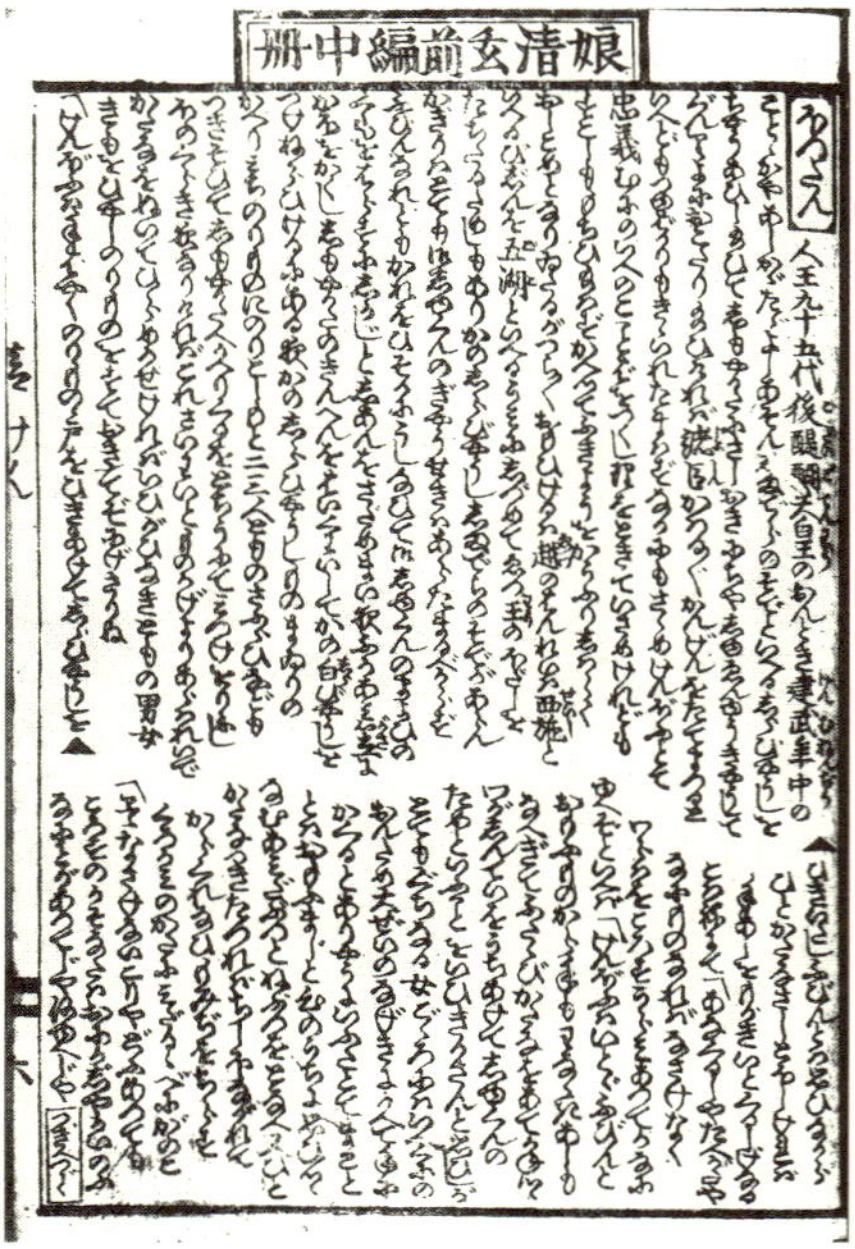

(8)六オ

【中】

（8） 娘清玄前編中冊

発端《ほつたん》 人王九十五代後醍醐天皇《ごだいごてんわう》の御時《おんとき》、建武年中《けんむねんぢう》の事《こと》とかや。足利直義朝臣《あしかゞたゞよしあそん》、島寺《しまでら》の衣手《そで》といへる白拍子《しらびやうし》を寵愛《ちやうあひ》し給ひて、下館《しもやかた》に差置《さしお》き、日夜《にちや》、酒宴遊興《しゆゑんゆうきやう》して軍慮《ぐんりよ》に怠《おこた》り給ひければ、諸臣代《しよしんかは》る〴〵諫言《かんげん》を奉《たてまつ》るといへども、露《つゆ》ばかりも聞入《きゝい》れ給《たま》はず、中《なか》にも笹目拳法《さゝめけんぼふ》とて忠義無二《むに》の家《いへ》の子《こ》、言葉《ことば》を尽《つ》くし理《り》を説《と》きて諫《いさ》めけれども、少《すこ》しも用《もち》ひ給はず、却《かへ》つて不興《ふきやう》を蒙《かうふ》り、暫《しばら》く押込《おしこ》めとなり居《ゐ》たるが、つら〳〵思《おも》ひけるは、越《ゑつ》の范蠡《はんれい》は西施《せいし》といへる美人《びじん》を五湖《ごこ》といへる湖《うみ》に沈《しづ》めて越王《ゑつわう》の絆《ほだ》しを絶《た》ちたる例《ためし》もあり。かの白拍子島寺《しらびやうししまでら》の衣手《そで》があらん限《かぎ》りは、とても御主君《しゆくん》の行跡《ぎやうせき》は改《あらた》まるべからず。不憫《ふびん》なれども彼《かれ》を密《ひそ》かに失《うしな》ひて、御主《しゆ》君《くん》の迷《まよ》ひの雲《くも》を晴《は》らすに如《し》かじと思案《しあん》を定《さだ》め、毎夜《まいよ》、深編《ふかあみ》笠《がさ》に顔《かほ》を隠《かく》し、下館《しもやかた》の近辺《きんぺん》を徘徊《はいくわい》して、かの白拍子《しらびやうし》を付《つけ》狙《ねら》ひけるに、ある夜、かの白拍子《しらびやうし》、物参《ものまゐ》りの帰《かへ》り道《みち》、乗《のり》物《もの》に乗《の》り、腰元《こしもと》二三人、供《とも》の侍《さふらひ》なども付添《つきそ》ひて下館《しもやかた》へ帰《かへり》来《く》るを途中《とちう》にて見付《みつ》け、折節《をりふし》、仄暗《ほのくら》き夜なりければ、これ幸《さいわ》いと物陰《ものかげ》より現《あらは》れ出《い》で、刀《かたな》を抜《ぬ》いて閃《ひらめ》かせければ、言《いひ》甲斐《がひ》なき供《とも》の男女、肝《きも》を冷《ひ》やし、乗物《のりもの》を捨置《すてお》きてぞ逃去《にげさ》りぬ。

拳法《けんぼふ》は手早《ばや》く乗物《のりもの》の戸を引開《ひきあ》けて白拍子《しらびやうし》を引出《ひきいだ》し、不《ふ》憫《びん》とは思ひながら、一刀差通《ひとかたなさしとほ》しければ、手足《あし》をもがき、いと苦《くる》しげなる声音《こはね》にて、「あな苦《くる》しや、堪《た》へ難《がた》や。何者《なにもの》なれば、情《なさ》けなく妾《わらは》を殺《ころ》す。恨《うら》みあつてか何故《なにゆへ》ぞ」と言《い》へば、拳法《けんぼふ》はいとゞ不憫《ふびん》と思《おも》ふものから、手もわなゝき足《あし》も蹇《なへ》ぎて、再《ふたゝ》び刀《かたな》を当《あ》てかねつゝ、我《わ》が心底《しんてい》を打明《うちあ》けて、主《しゆ》君《くん》のためといふ事《こと》を言《い》ひ聞《き》かさんと思ひしが、とても愚知《ぐち》なる女心《ごゝろ》には、家国《いへくに》の御《おん》ため、大勢《ぜい》の歎《なげ》きに代《か》へて手に掛《か》くると、有様《ありやう》に言《い》ふたとて、真《まこと》とは思《おも》ふまじ、と心の内《うち》に思ひつゝ、南無阿弥陀仏《なむあみだぶつ》と念仏《ねぶつ》を唱《とな》へ、又、一刀突立《ひとかたなつきた》つれば、血潮流《ちしほなが》れて唐紅《からくれなひ》、紅葉《もみぢ》を散《ち》らす黒髪《くろかみ》の肩《かた》に乱《みだ》るゝ紅鹿子《べにがのこ》。ヱ、情《なさ》けない。こりやどふあつても殺《ころ》すのか。そなたは鬼《おに》か蛇《じや》かいのふ。何咎《なにとが》あつてゞじや、何故《ゆへ》じや、

次《つぎ》へ続《つゞ》く

(9)六ウ

七オ

(9) 前《まへ》の続《つゞ》き　たとへこの身は死《し》するとも、生変《いきかは》り死変《しにかは》り、恨《うら》みをなし、祟《たゝ》りをなし、仇《あた》を報《むく》はでおくべきかと、歯《は》を食鳴《くひな》らす怒《いか》りの面色《めんしよく》、恐《おそ》ろしき。折《をり》しもあれ、夜嵐《あらし》サッと吹来《ふききた》り、木末《こずゑ》木の葉《は》もざは〳〵、さしも勇気《ゆうき》の拳法《けんぼふ》も身の毛弥立《けいよだ》ち、ぞつとして刀《かたな》を引《ひ》けば、手負《おひ》はすぐに息絶《いきた》へたり。

拳法《けんぼふ》はかねて覚悟《かくご》の事《こと》なれば、その血刀《ちがたな》を取直《とりなほ》して腹《はら》を切《き》らんとしたりしが、「イヤ〳〵、今《いま》、南北両朝雌《し》雄《ゆう》を争《あらそ》ふ真最中《まつさいちう》、妄《みだ》りに死《し》ぬは不《ふ》忠也。戦場《せんぢやう》の討《うち》死こそ武士の誉《ほま》れ。それまで我《わ》が命《いのち》を我《われ》に暫《しばら》く預置《あづけお》き、恨《うら》みを晴《は》らして成仏《じやうぶつ》せよ」と骸《むくろ》に向《む》かひて、生《い》ける人に物言《ものい》ふごとく言《い》ひ含《ふく》め、思《おも》ひ直《なほ》して刀《かたな》を鞘《さや》に収《おさ》めしが、傍《かたは》らの叢《くさむら》の内《うち》に赤《あか》子の泣声《なきごゑ》聞《き》こゑければ、不思議《ふしぎ》に思《おも》ひて立寄《たちよ》り見るに、畚《ふご》の中《うち》に赤《あか》子を入れて捨置《すてお》きたり。拳法《けんぼふ》つく〴〵思《おも》ふやう、ア、世《よ》の中は様々《さま〴〵》なり。今《いま》、我《わ》が刃《やいば》に掛《か》かつて非業《ひごう》に死《し》する女あれば、偶々《たま〳〵》此世に産《う》まれ出《いで》て捨《す》てられる嬰子《みどり》あり。生死流転《しやうしるてん》は目前《もくぜん》なり。せめて此子を拾取《ひろひと》り、罪滅《つみほろ》ぼしの縁《よすが》にもと思ひつゝ、赤《あか》子を取《と》りて抱上《いだきあ》げ、女の骸《むくろ》を顧《かへり》みて、ア、思へば〳〵不憫《ふびん》な事《こと》、忠義《ちうぎ》とはいひながら、咎《とが》なき者《もの》を殺《ころ》すといふは、道理《どうり》に適《かな》はぬ我《わ》が因《いん》果《ぐわ》、此女と某《それがし》と、意趣《いしゆ》も遺恨《いこん》もなきものを、斯《か》く惨《むご》たらしふ殺《ころ》すといふは、先《さき》の世から敵同士《かたきどうし》であつたであろ、南無阿弥陀仏《なむあみだぶつ》〳〵と片《かた》手で拝《おが》み、又、泣出《なきいだ》す子を懐《ふところ》に叩《たゝき》付《つ》け、だがよ〳〵ねんねこ〳〵〳〵ねんねこと、勇者《ゆうしや》に似《に》げなき子守唄《もりうた》、立去《たちさ》らんとしたりしが、再《ふた》び夜嵐《あらし》激《はげ》しく吹《ふ》き、雨《あめ》さへサツと降《ふ》りかゝり、女の骸《むくろ》の胸元《むなもと》より一団《だん》の心火《しんくわ》燃《もへ》出《い》で、二つの蝶々《てふ〳〵》現《あらは》れて、拳法《けんぽふ》が行《ゆ》く跡《あと》を慕《した》ひ、共《とも》に虚空《こくう》を走《はしり》行《ゆ》く。恐《おそ》ろしかりし有様《ありさま》なり。

○これまでが発端《ほつたん》なり。

八オ

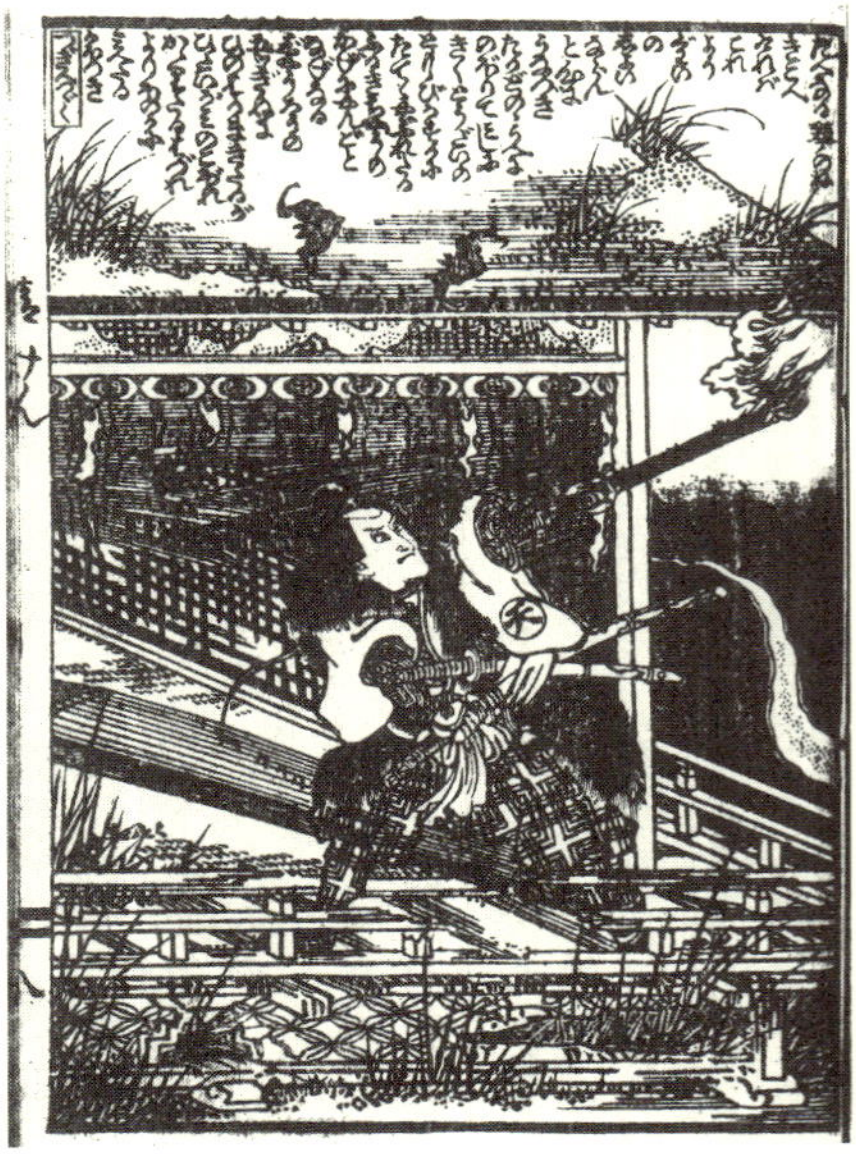

(10)七ウ

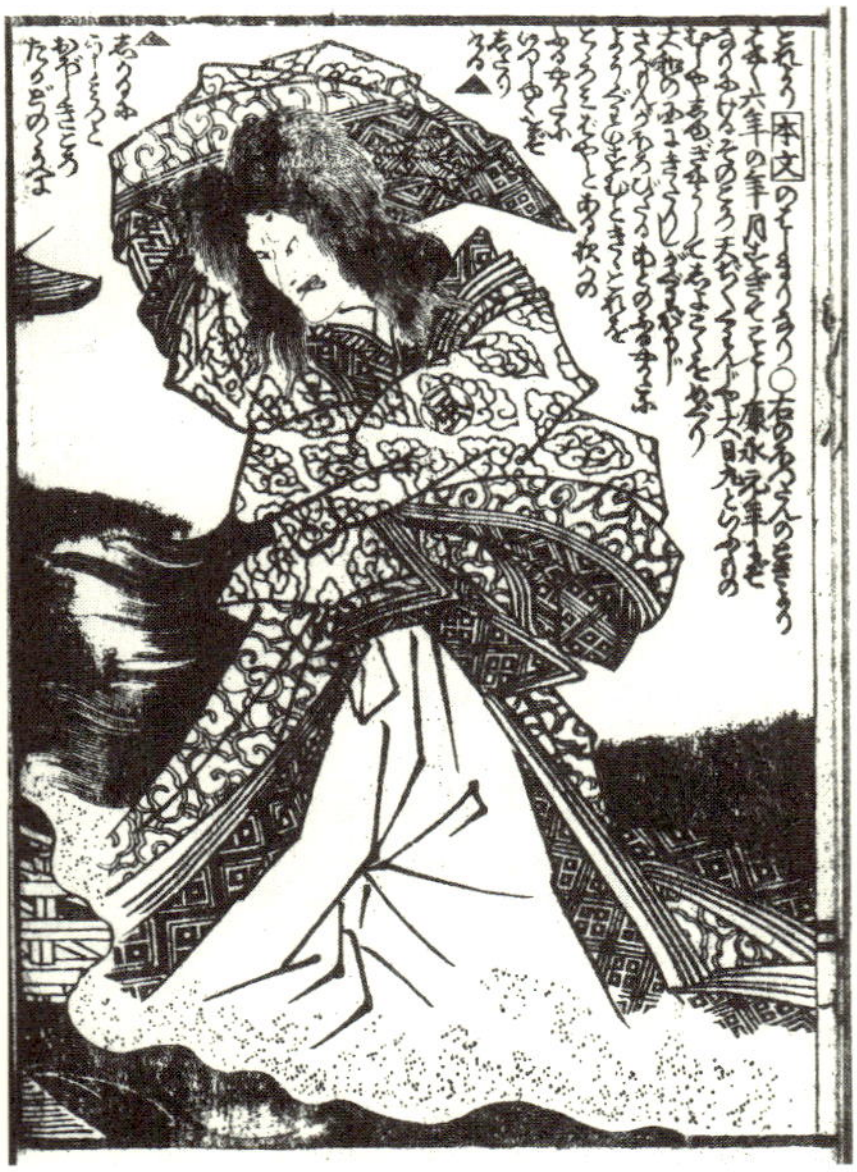

(10) これより 本文 の始《はじ》まりなり。
○右の発端《ほったん》の時《とき》より早《はや》く六年の年月過《す》ぎて、今年《ことし》康永元年にぞなりにける。
その頃《ころ》、天竺冠者《ぢくくわんじや》大日丸といふ者《もの》、武者修行《むしやしゆぎやう》して諸国《しよこく》を巡《めぐ》り、大和の国に来《きた》りしが、元興寺左衛門《ぐわうじさへもん》が滅《ほろ》びたる跡《あと》の古館《ふるやかた》に妖怪《ようぐわい》棲《す》むと聞《き》き、これを試《こゝろ》みばやと、ある夜、かの古館《ふるやかた》に一宿《いつしゆく》をぞしたりける。然《しか》るに丑三《うしみつ》と思《おぼ》しき頃《ころ》、高殿《たかどの》の上《うへ》に妙《たへ》なる琴の音《ね》聴《き》こへければ、これ妖怪《ようぐわい》の所為《しよい》ならんと心に頷《うなづ》き、高殿《たかどの》の上《うへ》に上《のぼ》りて見《み》しに、菊燈台《きくとうだい》の灯火《ともしび》、幽《かす》かに立《た》てゝ、破《やぶ》れたる古几帳《ふるきちやう》の陰《かげ》に、やんごとなげなる上臈《じやうろう》の五つ衣《ぎぬ》に緋《ひ》の袴着《はかまき》たるが、額髪《ひたいがみ》の溢掛《こぼれか》かりたる外《はづ》れより、仄《ほの》かに見《み》へたる顔付《かほつき》 次《つぎ》へ続《つゞ》く

(11) 前《まへ》の続《つゞ》き ゑも言《い》はれず美《うつく》しきが琴《こと》を弾《ひ》きて居《ゐ》たるが、天竺冠者《ぢくくわんじや》を見《み》て驚《おどろ》きもせず、面映《おもはゆ》げに笑《わら》ひかけたり。
大日丸これをきつと見《み》て、さてこそ妖怪《ようぐわい》御座《ござ》んなれと、打刀《うちがたな》を引抜《ひきぬ》いて斬付《きりつ》けたるに、かの上臈飛上《じやうろうとびあ》がり、たち

(11)八ウ

九オ

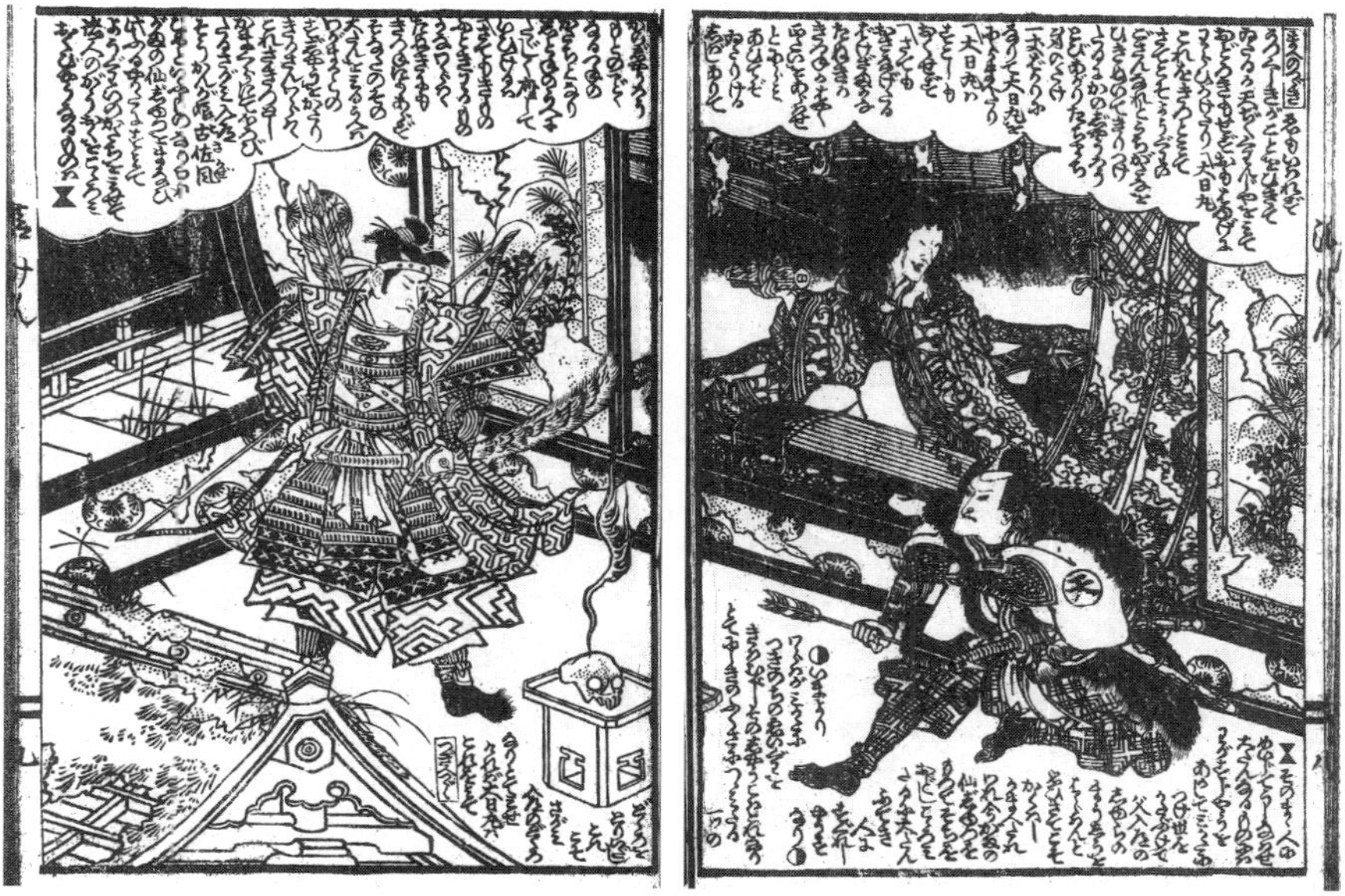

まち身の丈《たけ》一丈ばかりになりて、大日丸を睨《にら》まへたり。大日丸は少《すこ》しも臆《おく》せず、さても幼《おさな》げたる化《ば》け様《ざま》かな。狸《たぬき》か狐《きつね》か、早《はや》く正体《たい》を現《あらは》せと、睨合《にらみあ》ひてぞ居《ゐ》たりける。暫《しば》しありて、かの上臈《じやうろう》、元《もと》の如《ごと》くなる常《つね》の形《かたち》となり、茵《しとね》の上《うへ》に正《たゞ》しく座して言《い》ひけるは、「さても肝《きも》の太《ふと》き若者《わかもの》かな。妾《わらは》は狸《たぬき》にも狐《きつね》にも非《あら》ず。そなたのその大胆《たん》を見《み》る上《うへ》は、我《わ》が真《まこと》の素性《すじやう》を語《かた》り聞《き》かさん。妾《わらは》はこれ、先《さき》つ年《とし》、鎌倉《かまくら》にて滅《ほろ》びたる相模《さがみ》入道宗鑑《そうかん》が娘、古佐風姫《こさかぜひめ》といふ者《もの》なり。我《われ》、蝦蟇《がま》の仙術《じゆつ》を学《まな》び、此古館《ふるやかた》に棲《す》みて妖怪《ようぐわい》の形《かたち》を見《み》せて諸人の剛臆《がうおく》を試《こゝろ》み、臆病《おくびやう》なる者《もの》は、そのまゝ人に命《めい》じて失《うしな》はせ、大胆《たん》なる者《もの》には、我《わ》が素性《すじやう》を明《あ》かして味方《みかた》に付《つ》け、世を傾《かたぶ》けて父入道の修羅《しゆら》の妄執《まうしう》を晴《は》らはんと思ひ、さてこそ斯《か》くは仕構《しかま》へたれ。我《われ》、今、蝦蟇《がま》の仙術《じゆつ》をもつて、そちを威《おど》し試《こゝろ》みたるに、大胆不敵《たんふてき》、人に優《すぐ》れし様子《やうす》なり。今《いま》より妾《わらは》が味方《みかた》に付《つ》き、後《のち》の栄華《えいぐわ》を極《きは》むべし。その証拠《しやうこ》はこれなり」とて、錦《にしき》の袱紗《ふくさ》に包《つゝ》みたる一つの髑髏《どくろ》を取出《とりいだ》し、これこそ相模《さがみ》入道の髑髏《どくろ》なりとて見《み》せければ、大日丸はこれを見《み》て、

次《つぎ》へ続《つゞ》く

(12)九ウ

十オ

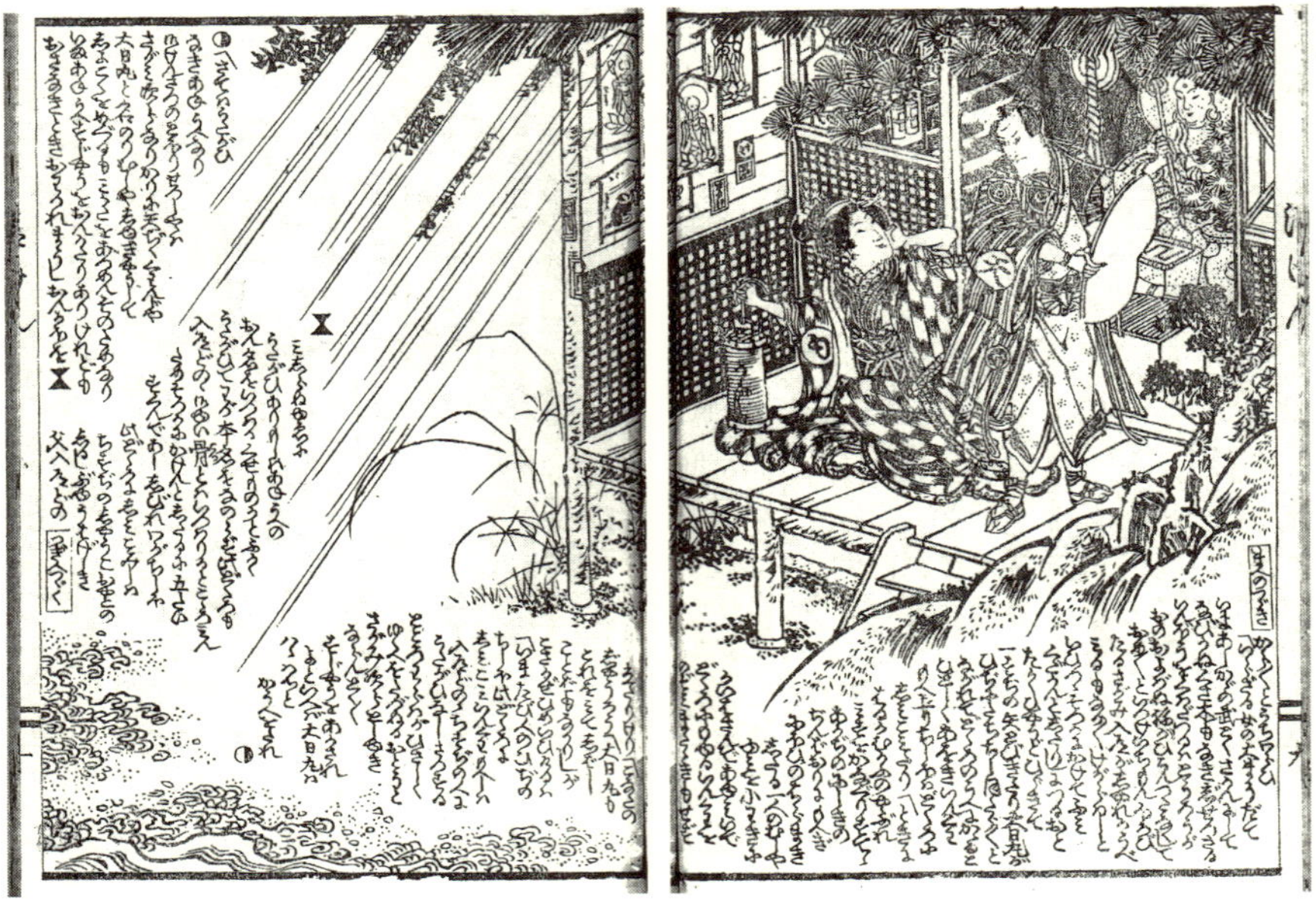

(12) 前《まへ》の続《つゞ》き からから〳〵と打笑《うちわら》ひ、「要《い》らざる女の大望立《まうだ》て、今《いま》、足利《あしかゞ》の武徳盛《とくさか》んにして靡《なび》かぬ草《くさ》木もなき時節《じせつ》、さる陰謀《いんぼう》を企《くはだ》つるは蟷螂《とうろう》が斧《おの》、及《およ》ばぬ願《ねが》ひ、運拙《うんつたな》くしておめ〳〵と一家一門滅《いつけいちもんほろ》びたる相模《さがみ》入道が髑髏《しやれかうべ》、見《み》るもなか〳〵汚《けが》らはし」と言《い》ひつゝ、足下《そつか》に掛《か》けて踏砕《ふみくだ》かんとしたりしに、弦音高《つるおとたか》くひやうど響《ひゞ》きて一筋《すぢ》の矢飛来《とびきた》り、大日丸が肘《ひぢ》に立《た》ち、血潮《ちしほ》たら〳〵と流《なが》れて髑髏《どくろ》の上《うへ》に掛《か》かるとひとしく、青《あを》き陰火燃《いんくわもへ》上り、血潮《ちしほ》は髑髏《どくろ》に染込《しみこ》みたり。

時《とき》に遥《はる》か向《むか》ふの破《やぶ》れ御簾《みす》をかなぐり捨《す》てゝ、赤地《あかぢ》の錦《にしき》の陣羽織《ぢんばおり》に萌黄匂《もへぎにほひ》の腹巻《はらまき》したる一人の武者《むしや》、弓《ゆみ》を小脇《わき》に掻《かい》挟《はさ》んで歩出《あゆみい》で、髑髏《どくろ》に燃《も》ゆる陰火《いんくわ》を望《のぞ》み、瞬《また》きもせず立たりけり。此方《こなた》の上臈《じやうろう》、大日丸もこれを見《み》て、暫《しば》し言葉《ことば》もなかりしが、古佐風姫《こさかぜひめ》言《い》ひけるは、「今《いま》、旅《たび》人の肘《ひぢ》の血《ち》潮《しほ》、此髑髏《どくろ》に染込《しみこ》み、陰火燃《いんくわも》へしは入道殿《どの》の血筋《ちすぢ》の人に疑《うたが》ひなし。察《さつ》するところ、妾《わらは》が久《ひさ》しく行方《ゆくへ》を尋《たづ》ぬる弟佐《おとうとさ》上《がみ》次郎年行《としゆき》ならん。疾《と》く〳〵素性《すじやう》を明《あ》かされよ」と言《い》へば、大日丸はハ、ハつと頭《かうべ》を垂《た》れ、さては疑《うたが》ひなき姉上《あねうへ》なり。御賢察《けんさつ》の通《とほ》り、拙者《せつしや》は佐上《さがみ》次郎なり。仮《かり》に天竺冠者《ぢくくわんじや》大日丸と名乗《の》り、武者修行《むしやしゆぎやう》して諸国《しよこく》を巡《めぐ》るも、味方《みかた》を集《あつ》めんその為《ため》なり。今《いま》、姉上《あねうへ》、素性《すじやう》を御語《おんかた》りありけれども、幼《おさな》き時《とき》、御別《おわか》れ申《まう》し、御顔《おんかほ》を見知《みし》らぬ故《ゆゑ》に疑《うたが》ひあり。もしは姉上《あねうへ》の御《おん》名を偽《いつは》る曲者《くせもの》かと深《ふか》く疑《うたが》ひて、我《わ》が本名を名《な》乗《の》らず。此髑髏《どくろ》も入道殿《どの》の御遺骨《ゆいこつ》とは偽《いつは》りかと試《こゝろ》みんため、足下《そつか》に掛《か》けんとしたるに五体《たい》竦《すく》んで足痺《あししび》れ、我《わ》が血《ち》潮《しほ》、此髑髏《どくろ》に染込《しみこ》みしは血筋《ちすぢ》の証拠《しやうこ》、親子《おやこ》の験《しるし》、武勇《ぶゆう》激《はげ》しき父入道殿《どの》、次《つぎ》へ続《つゞ》く

（13）前《まへ》の続《つゞ》き 斯《か》く白骨《はくこつ》となり給ふ御運《うん》の末《すゑ》の労《いたは》しや、さぞ御無念《むねん》に思《おぼ》されん。今《いま》より姉弟《きやうだい》心を合《あ》はせ、旗揚《はたあげ》して再《ふた》び家《いへ》を引起《ひきお》こし、修羅《しゆら》の妄執《まうしう》晴《は》らさせ申さん南無阿弥陀仏《なむあみだぶつ》、と合掌《がつしやう》し、落涙《らくるい》してぞ居《ゐ》たりける。弓持《ゆみも》つたる武者《むしや》も涙《なみだ》を流《なが》し、遥《はる》か下《さ》がつて手を支《つか》へ、さては年行君《としゆきぎみ》にておはせしか、それとは知《し》らず、主君《しゆくん》の髑髏《どくろ》を踏《ふ》ませじと矢を射掛《ゐか》けしは御免《めん》あれ。御聞及《おんきゝおよ》びも候はん、拙者《せつしや》は入道殿《どの》の家臣大仏《かしんだいぶつ》九郎貞直《さだなほ》と申《まう》す者《もの》。鎌倉《かまくら》にて討死《うちじに》と偽《いつは》り、此古《こ》

(13)十ウ

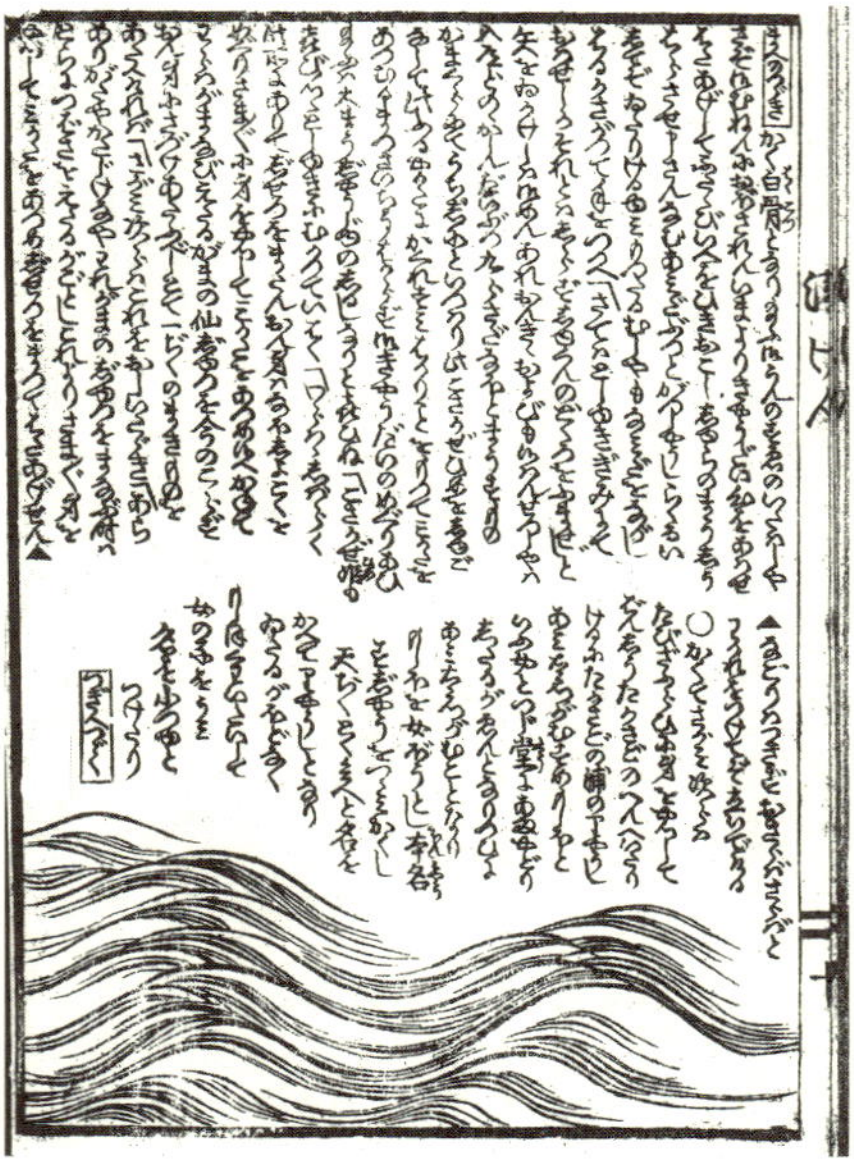

佐風姫《さかぜひめ》を守護《しゆご》なして此古館《ふるやかた》に隠棲《かくれす》み、謀《はかりごと》をもつて味方《みかた》を集《あつ》むる真最中《まつさいちう》、図《はか》らず御姉弟《きやうだい》の巡会《めぐりあ》ひ給ふは大望《まうじやう》成就《じゆ》の徴《しるし》なりと喜《よろこ》びぬ。

古佐風姫《こさかぜひめ》も喜びつゝ、年行《としゆき》に向《む》かつて曰《いは》く、「妾《わらは》は暫《しばら》く此所にありて時節《じせつ》を待《ま》たん。御《おん》身はなほ諸国《しよこく》を巡《めぐ》り、様々《さまぐ》に身を窶《やつ》して味方《みかた》を集《あつ》め候へ。かねて妾《わらは》が学《まな》び得《え》たる蝦蟇《がま》の仙術《じゆつ》を、今残《のこ》らず御《おん》身に授《さづ》け与《あた》ふべし」とて、一軸《ぢく》の巻《まき》物《もの》を与《あた》へければ、佐上《さがみ》次郎はこれを押戴《おしいたゞ》き、あら有難《ありがた》や、忝《かたじけな》や。我《われ》、蝦蟇《がま》の術《じゆつ》を学《まな》ぶ時は、虎《とら》に翼《つばさ》を得《え》たるが如《ごと》し。これより様々《さまぐ》身を窶《やつ》して味方《みかた》を集《あつ》め、時節《じせつ》を待《ま》つて旗《はた》揚《あげ》せん。名残《なごり》は尽《つ》きず、おさらばさらばと、別《わか》れを告《つ》げてぞ立出《いで》ける。

○斯《か》くて佐上《さがみ》次郎は旅侍《たびざふらい》に身を窶《やつ》して播州高砂《ばんしうたかさご》の辺《へん》へ到《いた》りけるに、高砂《たかさご》の浦の漁師《りやうし》網《あみ》右衛門が娘《むすめ》藻汐《もしほ》といふ女と辻堂《つじだう》に雨宿《あまやど》りしたるが縁《ゑん》となり、遂《つひ》に網《あみ》右衛門が聟《むこ》となり、藻汐《もしほ》を女房《ばう》とし、本名素性《ほんみやうすじやう》を包隠《つゝみかく》し、天竺徳《ぢくとく》兵衛《へ》と名を変《か》へて、漁師《りやうし》となり居《ゐ》たるが、程《ほど》なく藻汐《もしほ》、懐胎《くわいたい》して女の子を産《う》み、名を小露《つゆ》と付《つ》けたり。

次《つぎ》へ続《つゞ》く

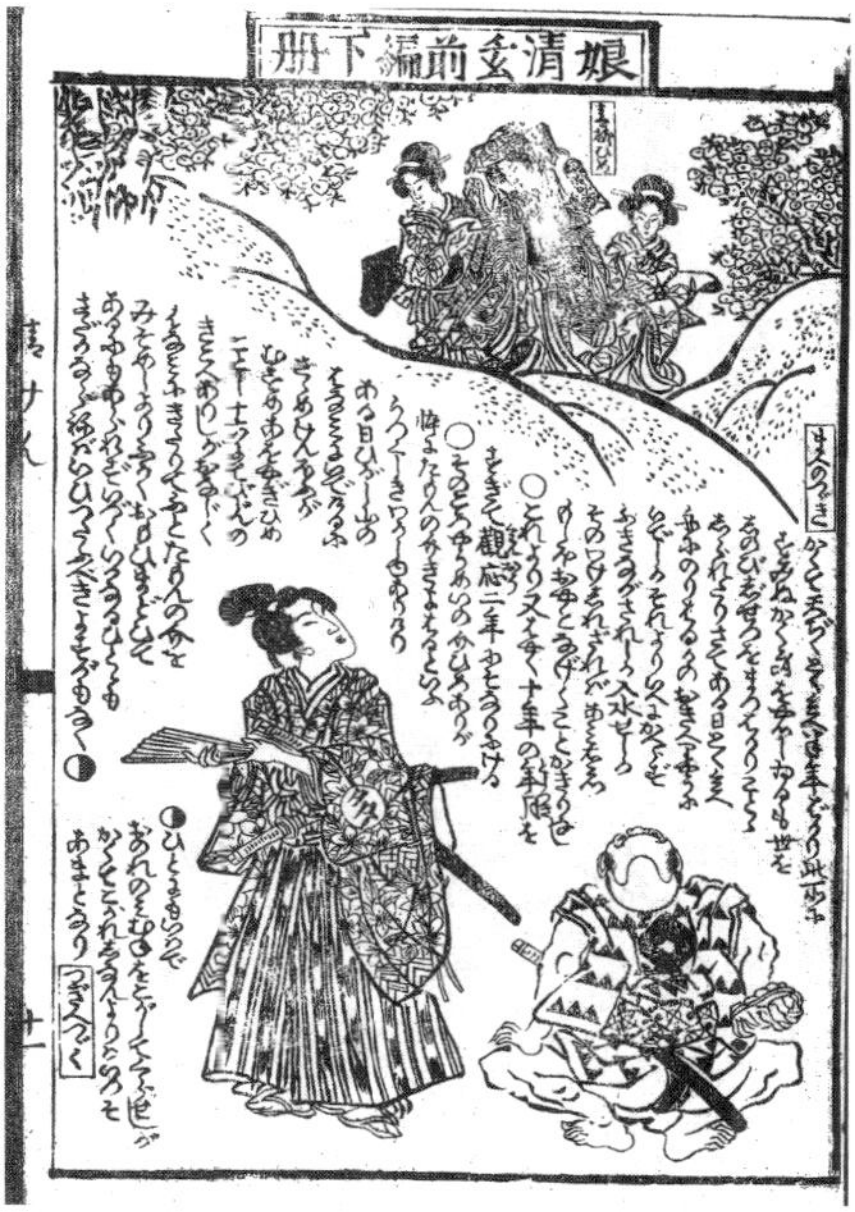

(14)十一オ

【下】

(14) 娘清玄前編下冊

前《まへ》の続《つゞ》き 斯《か》くて天竺徳《ぢくとく》兵衛《へ》、半年ばかり此所に住《す》みぬ。斯《か》く身を窶《やつ》し居《ゐ》るも、世を忍《しの》び時節《じせつ》を待《ま》つ 謀《はかりごと》と知《し》られたり。さて、ある日、徳《とく》兵衛《へ》、舟に乗《の》り遥《はる》かの沖《おき》へ漁《りやう》に出《いで》しが、それより家《いへ》に帰《かへ》らず、吹流《ふきなが》されしか入水せしか、その訳《わけ》知《し》れざれば、網《あみ》右衛門・藻汐《もしほ》親子《おやこ》嘆《なげ》くこと限《かぎ》りなし。

○これより又、早《はや》く十年の年月《としつき》を過《す》ぎて観応《くわんおう》二年にぞなりにける。

○その頃《ころ》、楊明之介《やうめいの》広有《ひろあり》が悴に多門之介《たもんの》清春《きよはる》といふ美《うつく》しき若衆《わかしゆ》ありけり。ある日、東《ひがし》山の花見《はなみ》に出《いで》けるに、笹目《さゝめ》拳《けん》法《ぽふ》が娘《むすめ》青柳姫《あをやぎひめ》、今年《ことし》十六にて美人《びじん》の聞《き》こへありしが、同《おな》じく花見《はなみ》に来《きた》りて、ふと多門之介《たもんの》を見初《みそ》めしより、深《ふか》く想《おも》ひ惑《まど》ひてあるにもあられず、何処如何《いづくいか》なる人《ひと》とも定《さだ》かならねば、言《い》ひ伝《つた》ふべき縁《よすが》もなく、人《ひと》にも言《い》はで、己《おのれ》のみ胸《むね》を焦《こ》がして暮《く》らせしが、斯《か》くて焦《こ》がれ死《し》なんよりか、いつそ尼《あま》となり 次《つぎ》へ続《つゞ》く

青柳姫《ひめ》

（15）十一ウ

十二オ

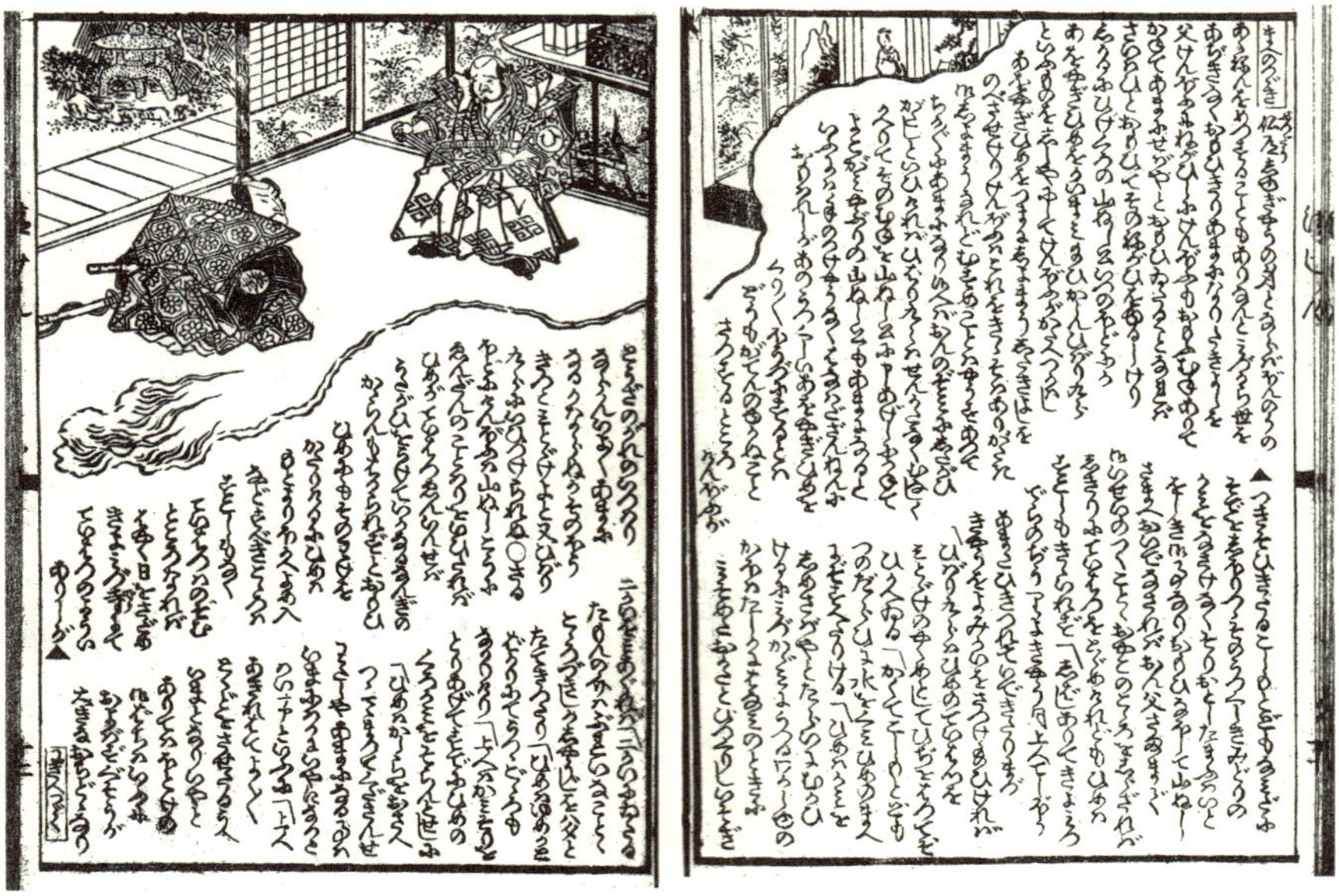

（15）前《まへ》の続《つゞ》き　仏道修行《ぶつだうしゆぎやう》の身とならば、煩悩《ぼんのう》の悪念《あくねん》を滅《めつ》することもありなんと、自《みづか》ら世を味気《あぢき》なく思《おも》ひ切り、尼《あま》になりたき由《よし》を父拳法《けんぽふ》に願《ねが》ひしに、拳法《けんぽふ》も思《おも》ふ旨《むね》ありて、かねて尼《あま》にせばやと思《おも》ひゐたる事《こと》なれば、幸《さいは》ひと思《おも》ひて、その願《ねが》ひを許《ゆる》しけり。然《しか》るに髭黒《ひげくろの》山主《ぬし》公、何時《いつ》の程《ほど》にか青《あを》柳姫《やぎひめ》を垣間見《かいまみ》給ひ、家臣《かしん》雲雀《ひばり》九郎といふ者《もの》を使者《ししや》にして拳《けん》法《ぽふ》が方《かた》へ遣《つか》はし、青柳姫《あをやぎひめ》を妻《つま》に所望《しよまう》したき由《よし》を述《の》べさせけり。拳法《けんぽふ》はこれを聞《き》き、「そは有難《ありがた》き御所望《しよまう》なれど、娘事《むすめこと》は様子《やうす》あつて近々《ちかぐ》に尼《あま》になり候へば、御望《おんのぞ》みに従《したが》ひ難《がた》し」と言《い》ひければ、雲雀《ひばり》九郎は詮方《せんかた》なく空《むな》しく帰《かへ》りて、その旨《むね》を山主《ぬし》公に申上《あ》げしに、かねて横紙破《よこがみやぶ》りの山主《ぬし》公も、尼《あま》になるといふには手の付《つ》けやうなく、甚《はなは》だ残念《ざんねん》に思《おも》はれしが、「あの美《うつく》しい青柳姫《あをやぎひめ》をくり〳〵坊主《ばうず》にするとは、どうも合点《がてん》のゆかぬこと。察《さつ》するところ、拳法《けんぽふ》が当座逃《とうざのが》れの偽《いつは》りならん。いよ〳〵尼《あま》になるかならぬか、その方《ほう》きつと見届《みとゞ》けよ」と又、雲雀《ひばり》九郎に言付《いひつ》けられぬ。

○さる程《ほど》に拳法《けんぽふ》は、山主公《ぬしこう》に縁談《ゑんだん》の断《ことは》りを言《い》ひたれば、姫《ひめ》が剃髪延引《ていはつゑんいん》せば、疑《うたが》ひを受《う》けて如何《いか》なる難義《なんぎ》の掛《か》からんも計《はか》られずと思《おも》ひ、姫《ひめ》にもその訳《わけ》を語《かた》りけるに、姫《ひめ》はもとより他《ほか》へ嫁入《よめ》などすべき心《こゝろ》は少《すこ》しもなく、剃髪《ていはつ》は望《のぞ》むところなれば、早《はや》く日を定《さだ》め、清水寺《きよみづでら》にて剃髪《ていはつ》の用意《ようい》ありしが、付添《つきそ》ひ来《きた》る腰元《こしもと》ども涙《なみだ》に袖《そで》を絞《しぼ》りつゝ、その美《うつく》しき緑《みどり》の髪《かみ》を情《なさ》けなく剃落《そりおと》し給《たま》ふは、いと惜《を》しき御事なり。思《おも》ひ直《なほ》して山主様《ぬしさま》へ御出《おいで》なされば、御《おん》父様《さま》まで御威勢《いせい》のつくことゝ、親子《おやこ》の心《こゝろ》を知《し》らざれば、頻《しき》りに剃髪《ていはつ》を止《とゞ》めければども、姫《ひめ》は少《すこ》しも聞入《きゝい》れず。暫《しば》しありて、清水寺《きよみづでら》の住侶《ぢうりよ》鏡《きやう》月上人、弟子坊《でしばう》数多《あまた》引連《ひきつ》れて出来《いできた》り、先《ま》づ経《きやう》を読《よ》み、戒《かい》を授《さづ》け給ひければ、雲雀《ひばり》九郎は姫《ひめ》の剃髪《ていはつ》を見届《みとゞ》けの役目《やくめ》として肘《ひぢ》を張《は》つてぞ控《ひか》へ居《ゐ》る。

斯《か》くて腰元《こしもと》ども角盥《つのだらひ》に水を汲《く》み、姫《ひめ》の前《まへ》にぞ据《す》へたりける。姫《ひめ》は髪《かみ》を湿《しめ》さばやと盥《たらい》に向《む》かひけるに、水鏡《みづかゞみ》に映《うつ》る若衆《わかしゆ》の顔《かほ》は、確《たし》かに花見《はなみ》の時《とき》に見初《みそ》めた御方《おかた》とびつくりし、急《いそ》ぎ二階《かい》を見上《みあ》ぐれば、二階《かい》に居《ゐ》たる多門之《たもんの》介は、無《ぶ》礼《れい》なこと、心付《こゝろづ》きしか、障子《しやうじ》をハタと閉切《たてき》つたり。姫《ひめ》は夢《ゆめ》かとばかりにて現心《うつゝごゝろ》もなかりけり。上人は剃刀《かみそり》を取上《とりあ》げて、すでに姫《ひめ》の黒髪《くろかみ》を剃《そ》らんとせしに、姫《ひめ》は頭《かしら》を押《お》さへつゝ、「マ、待《ま》つて下《くだ》さんせ。私《わたし》や尼《あま》になる事は今《いま》、俄《にはか》に嫌《いや》になつたはいナア」と言《い》ふに、上人呆《あき》れ果《は》て、「よく〱得度《とくど》をさせたる上《うへ》、今《いま》となり嫌《いや》とありては仏《ほとけ》の御罰《ばち》は言《い》ふに及《およ》ばず、愚僧《ぐそう》が大きな落度《おちど》となり。

次《つぎ》へ続《つゞ》く

(16)十二ウ

十三オ

(16) 前《まへ》の続《つゞ》き 此ま、寺《てら》を開《ひら》かねばなり難《がた》し」と言《い》へども、姫《ひめ》は手を離《はな》さず、「それでも私《わたし》や嫌《いや》になつたはいナア」と重《かさ》ねて言《い》へば、雲雀《ひばり》九郎は笑《ゑ》みを含《ふく》み、「尼《あま》にならずは山主《ぬし》公の所望《しよまう》に従《したが》ひ、嫁入《よめいり》あるか」。「サアそれは」。「愚僧《ぐそう》が寺《てら》を開《ひら》かふか」。「サアそれは」。「サア〳〵」と言葉《ことば》詰《づ》め、姫《ひめ》は詮方泣《せんかたな》くばかり。暫《しば》し言葉《ことば》もなかりしが、心《こゝろ》のうちに思《おも》ひけるは、此場《ば》になつては詮方《せんかた》なし。山主様《ぬしさま》へ行《ゆ》くよりは、尼《あま》になるに如《し》くべからず。とてもかくても、なき縁《えん》なれば、あの御方《おかた》の事《こと》はモウふつつりと思《おも》ひ切《き》り、真《まこと》の道心保《だうしんたも》つべしと思《おも》ひ返《かへ》し、上人に詫《わ》びをして、遂《つい》に剃髪《ていはつ》したりければ、上人は喜《よろこ》び給《たま》ひ、法名《ほうみやう》を清玄比《せいげんび》丘《く》尼《に》と付《つ》けられたり。雲雀《ひばり》九郎は剃髪《ていはつ》を見届《みとゞ》けて、不《ふ》承《しやう》々《ぶ》々《しやう》に帰行《かへりゆ》きぬ。

(17)十三ウ

十四オ

(17)○こゝに又、冨士《ふじ》名判官《なのはんぐわん》雪国《ゆきくに》の息《そく》女桜姫《さくらひめ》は、かねて多門之介《たもんの》と許嫁《いひなづけ》にてありしが、輿入《こしいれ》の遅《おそ》きを待《まち》かね、今日比《ふ》寺《てら》へ多門之介《たもんの》参詣《さんけい》ありしと聞《き》きて、鳥羽平《とば》といふ下部《しもべ》を連《つ》れて忍来《しのびきた》り。多門之介《たもんの》に会《あ》ひ、結納《ゆひのう》に添《そ》へて贈《おく》りし短冊《たんざく》を差出《さしいだ》し、婚礼《こんれい》の遅《おそ》きを、様々《さま〴〵》怨《うら》みを言《い》ひけるが、多《た》門之介《もんの》は尤《もつと》もと思《おも》ふにぞ、色々《いろ〳〵》宥《なだ》め慰《なぐさ》めて、「近々《ちか〴〵》に婚礼《こんれい》を取結《とりむす》ぶべし」と言《い》へば、桜姫《さくらひめ》はやう〳〵心落着《おちつ》きて、両人睦《むつ》ましく語合《かたりあ》ひてぞ居《ゐ》たりける。

斯《か》かる折《をり》しも、清玄比丘尼《せいげんびくに》は法衣《ほふい》を改《あらた》め、花の帽子《ぼうし》に色《いろ》衣《ごろも》、錦《にしき》の袈裟《けさ》に花結《はなむす》び、腰元《こしもと》どもに傅《かしづ》かれて本堂《ほんどう》に出来《いでき》たり。御仏《みほとけ》を拝《はい》し終《を》はりて舞台《ぶたい》の下を見下《みお》ろしつゝ、此方《こなた》の二人《ふたり》が睦《むつ》ましき体《てい》を暫《しば》し見《み》とれて居《ゐ》たる折《をり》しも、

次《つぎ》へ続《つゞ》く

笹目拳法《さゝめけんぽふ》、様子《やうす》を見《み》る。

○何処《いづく》ともなく心火飛来《しんくわとびきた》つて、清玄比丘尼《せいげんびくに》の懐《ふところ》に入《い》る。

(18)十四ウ

十五オ

(18) 前《まへ》の続《つゞ》き 一団《いちだん》の心火飛来《しんくわとびきた》り、二つの蝶々《てふ〳〵》もろともに、清玄比丘尼《せいげんびくに》の懐《ふところ》に入《い》るとひとしく、柄香炉《ゑがうろ》を投捨《なげす》てゝ、忽《たちま》ち嫉妬《しつと》の悪念起《あくねんお》こり、支《さゝ》へ留《とゞ》むる腰元《こしもと》等を突退《つきの》けて舞台《ぶたい》の下へ駆下《かけお》りつゝ、桜姫《さくらひめ》を引離《ひきはな》して多門《たもん》之介に向《む》かひ、胸《むね》の焔《ほむら》の遣《や》る方《かた》なき思《おも》ひの丈《たけ》を掻口説《かきくど》き、水晶《すいしやう》の数珠喰切《じゆずくひき》りて、恐《おそ》ろしき有様《ありさま》なれば、桜姫《さくらひめ》は多門《たもん》之介が手を取《と》りて逃行《にげゆ》かんとするを、清玄比丘尼《せいげんびくに》、引戻《ひきもど》し、姫《ひめ》に向《む》かつて嫉妬《しつと》の面色《めんしよく》、喰《く》らひ付《つ》かんず有様《ありさま》なれば、桜姫《さくらひめ》の下部鳥羽《しもべとば》平、これを見かね、傘《からかさ》を取《と》つて清玄比丘尼《せいげんびくに》を打擲《ちやうちやく》し、滝壺《たきつぼ》へ投込《なげこ》みて、姫《ひめ》の手を取《と》り、多門《たもん》之介もろともに後《あと》をも見《み》ずして逃帰《にげかへ》る。清玄比丘尼《せいげんびくに》は滝壺《たきつぼ》より蹌踉《よろぼひ》上《あ》がり、跡追掛《あとおつか》けんとしたりしが、始終《しゞう》を窺《うかゞ》ふ笹目拳法《さゝめけんぽふ》、襟首《ゑりくび》取《と》つて引戻《ひきもど》し、扇《あふぎ》をもつて打擲《ちやうちやく》し、ヱ、浅《あさ》ましき汝《なんぢ》が悪念《あくねん》、汝《なんぢ》は元《もと》、我《わ》が実《じつ》の子に非《あら》ず、捨子《すて》を拾《ひろ》ひてこれまで育《そだ》て、我《われ》、思《おも》ふところあれば、望《のぞ》みに任《まか》せ剃髪《ていはつ》させ、仏法修行《ぶつぼふしゆぎやう》さすべしと思《おも》ひしに、色香《いろか》に迷《まよ》ふ煩悩《ぼんのう》の犬《いぬ》、打《う》てども去《さ》らぬその振舞《ふるまひ》、七生《しちしやう》までの勘当《かんどう》じや。何処《いづく》へなりと出行《いでゆ》けと、落涙《らくるい》しつゝ、突飛《つきと》ばせば、同宿《どうじゆく》ども立寄《たちよ》つて

山東京傳全集

月報

第13巻（第17回）
2018年2月

［内容］

ぺりかん社
〒113-0033
東京都文京区本郷 1-28-36

明治大学図書館蔵『客衆肝照子』の書き入れ

長田和也

山東京伝の洒落本『客衆肝照子』（天明六年刊）と言えば、『役者氷面鏡』（明和八年刊）の形式に倣って、新吉原を往来する人々を絵と文章とで描写した作品である。

各人物について、地の文による描写の他に、作者京伝によって「せりふ」が当てられており、これによって人物描写がより立体的になっているのが本作品の特徴であるが、明治大学図書館江戸文藝文庫蔵の『客衆肝照子』（請求記号 099.3.90D。以下、「明大本」）には、この「せりふ」に続く形で旧蔵者によって台詞が書き加えられている箇所が散見する。

筆者は、第六十四回明治大学中央図書館企画展示「没後二〇〇年山東京伝展」にて洒落本の項の解説を執筆させていただき、同館所蔵の洒落本を調査する幸運に恵まれたため、以下に書き入れを紹介する。

なお、本文は読み易さを考慮して漢字仮名交じり文に改め、原文の仮名は振り仮名として残した。また、適宜句読点を施した。書き入れが施された丁数の下には、どの人物の台詞に追記されたものであるのかを示す。

一ゥ（仕着振袖出　振新　名代）

ながら、もふふつつりと物《もの》も言《ゆ》ふまひとは思ふちやみたが、来《く》ると上《あ》げたくなるが癖《くせ》。せつせのセイッサ。これさ心底《しんてい》が来《き》たそふだよナリ。

二ウ（ねまき出　あの子　かふろ）

あのね、今度来《こんどき》さつしやる時《とき》に箱《はこ》へ入《い》れたこんな物《もの》を買《か》つて来《き》ておくんなんし。あのね、そして芥子坊主《けしぼうづ》の人形《にんきやう》も、アレサお茶《ちや》ぞう、ふざけめへよ。

四ウ（小袖　大小出　きほひはだ　山手）

いめへましい。今夜《こんや》は羽織《はおり》を暴《あば》いて上《あ》がろふかなァ。

五ウ（長羽織出　はんか　呑込姿）

そしてうぬが面《つら》はなんだ、豪気真面目《ごふぎまじめ》になつたな。こんななア門跡前《もんぜきめへ》でお経《きやう》を読《よ》んでいるぜへ。

六ウ（ひとへ帯出　河岸　四六）

菊里《きくざと》さんの松《まつ》さんが通《とふ》らァ。これさ色男《いろおとこ》、その帯《おび》は分《わ》かるめへか。ヘンよしてもくりや。

七ウ（前帯出　堀　舟やど）

さよふならお近《ちか》いうちに、またきんぱで酔《よ》いませう。ホ、ホ、きつい洒落《しやれ》さ。

八ウ（まへたれ出　かみさん　茶屋）

成《な》る程《ほど》あつちらで真猫《しんねこ》も良《よ》ふ御座《ござ》いませう。昨夜《ゆふべ》水道尻《すいどうじり》のお通《つう》さんがおまはんの事を聞《き》ましたつけ。これさ金蔵《きんぞう》どん、その箱《はこ》は新海老屋《しんゑびや》へ行《ゆ》くのだよ。おや柳下《りうか》さんちとお寄《よ》んなさいまし。もし菊里《きくさと》さんが見申《みもふ》したら寄越《よこ》し申《もふ》してくれろとさ。

九ウ（尻はしより出　願イ人金兵衛代　喜七日済）

アノ卯八はどこへ越《こ》したへ。なに、亀屋《かめや》の向《むこ》ふだ、ちつ(ママ)よつと行《い》かざアなるめへと言《い》ながら路地《ろし》へ出《で》ると一人《ひとり》待《ま》つているどうだ。さつぱり分《わ》からねへ。

十ウ（さんとめ布子出　やりて　誰どん）

今日《きやう》は又《また》さんの所へ行《い》つて是非花園《ぜひぞの》さんの仕舞《しま》ひをこじつけて来《こ》ねへけりやァならずと、こふ、次兵衛《へい》どん、諏訪《すわ》町へ一所《いつ》に選《ゑら》んで下《くだ》せへ。

十一オ枠外上部（「半ンへらの紙はさみ」に対して）

あんへら成ルへし

十一ウ（きながし出　きいたふう　為知振）

あのもし、竹屋《たけや》の若浦《うら》とゆふ部屋《へやも》持ちは名筆《めいひつ》だね。シタカどうも殺風景《さつふうけい》だす。

十二ウ（振袖布子出　引込）

あれさ止《よ》しなんし。あの油揚屋《あぶらげや》の声《こへ》はどうも良《い》ものを、おや何《なん》だよゥ。

十三ウ（上下羽織出　何氏　流粋）

コヤ〳〵茶《ちや》ども一《ひと》つくれ。おれナニカイこいども袖《そで》の梅中《うめちう》。

十六オ（湯行出　おとり子。「出」の文章に追記する形）

花勝見《はながつみ》の浴衣《ゆかた》を抱《かゝ》へて来《く》る也。

本書き入れの時期や誰の手によるものかは不明。

さて、同書は見返しに「斑山文庫」印の捺される高野辰之氏旧蔵本である。高野氏旧蔵本は一部が〈おぼろ月夜の館　斑山文庫〉に収まる以外は各所に点在しており、同書もそうした本の一つであろう。

高野氏は『江戸文学史』（『日本文学全史』巻七〜九、昭和十年五月〜十三年六月、東京堂）の著者であり、そこで洒落本について「所謂田沼時代頃の遊里に於ける漂客・遊女・幇間・鴇母たちの魂胆駈引及び時様・慣習・服装等にわたつて精写したものを指す」と言い、「遊里細見記とも全く分離して脚本体に近いものだけを洒落本として述べる」と言う。また洒落本評判記『花折紙』（享和二年刊）を紹介するにあたり、上上半白吉以上選出作品を列挙した上で、作者について「京伝の傑出者たるを認め得ず、其秀作、通言総籬を脱し、吉原楊枝を低位に置きたるが如きは、評者の眼識を疑はざるを得ない」と述べている。かかる京伝贔屓の人物が『客衆肝照子』を所蔵していたことは自然であると言えよう。

「明大本」は初板時の広告を欠く一方で裏見返しに高野氏による書き入れが見られる。

大正五年三月虫喰の甚しき本を求め、自ら二日を費して手入を加ふ。書中の加筆は余のさかしらにあらず。表紙に貼布したるは往時の袋の一部なり。

斑山文庫主人識

（句読点筆者）

これによって同書の購入時期を知ることが出来る。なお、ここで「往時の袋の一部」と目されるのは「房中秘事。好色婦人之相。津□《ムシ》女之心得。都而色道之奥義妙術乎述書也」と記された多色刷り方形のものであるが、本全集第十八巻「洒落本」の解題にも図版が紹介されている稀書複製会本の袋とは異なるものであり、恐らくは無関係な艶本などからの流用であろう。

『客衆肝照子』の書き入れと言えば、中村幸彦氏「本文庫蔵洒落本の書入」（『かがみ』第一号、昭和三十年八月、大東急記念文庫）によって、大東急記念文庫蔵の渋江抽斎旧蔵本の書き入れが紹介されている。

渋江抽斎旧蔵本の書き入れは人物衣装の注釈に終始するものである。こうした京伝洒落本への注釈的書き入れは、神保五彌氏「洒落本の書き入れ」（『近世文藝研究と評論』第一号、昭和四十六年十月、近世文藝研究と評論の会)や、水野稔氏「京伝洒落本の京山注記」(『近世文藝』第二十号、昭和四十七年四月、日本近世文学会)において紹介される書き入れと同質のものである。

対して「明大本」の書き入れは、十一ォ枠外上部のものを除いて、そうした注釈とは性質を異にする。

「はんか」の言う「門跡前でお経を読んでいる」は、真面目くさった顔をした人を嘲笑する言葉であろう。こうした半可通の遊客がいかにも言いそうな軽口を付け加えている。このように、各人物に付け加えられた台詞は、京伝同様に類型的人物描写に終始する。

一方で、例えば「きいたふう」に「竹屋」の女郎の特技を語らせて吉原通ぶらせている。この他の人物の台詞中にも吉原関係者と思しき人物の名前が見られるが、こうした人物たちが実在するのであれば、この書き入れは当時の吉原の事情を穿ったものということにもなる。なお、寛政十三年春吉原細見にて、揚屋町河岸の「竹屋市太郎」という妓楼の「若うら」という女郎が部屋持ちに昇格し、翌年春の細見では姿を消している。この女郎との断定は避けるが、あるいは書き入れはこの時期のものか。

この書き入れを施した人物のように、京伝を真似てそれらしい台詞を考えながら『客衆肝照子』を読んだ者は、当時多かったのかも知れない。

以上、いつ、誰によるものか分からず、作品の読みを助ける内容のものとも言えないものの、往時の読者が京伝洒落本をいかにして楽しんだかということの一端をうかがい知ることが出来る書き入れであると言えるのではないだろうか。

(早稲田大学大学院生)

奇々羅金鶏=実在の艶次郎論

小林ふみ子

豊かな発想力とちゃめっけに溢れ、善良そうな人柄も好もしい京伝を考えるうえで、一点の曇りは「売名家」奇々羅金鶏との関係だというのは言いすぎか。金鶏に対する否定的評価は、山口剛「黄表紙の一特質」(『山口剛著作集』3)で、金鶏の狂歌修行を戯画化した京伝の黄表紙『嗚呼奇々羅金鶏』(寛政元年刊、歌麿画)を評されて以来であろう。同稿は、京伝が翌年、桜川文橋自画作の、やはり金鶏を主人公とする黄表紙『呼継金成植《よびつぎかねのなるき》』（寛政二年刊）にも序文代わりに唄を与えたことにも触れつつ、京伝が金鶏の謝礼の厚さから広告でも書くように彼の自家宣伝に応じたと推測している。たしかに金鶏の狂文集『燭夜《くだかけ》文庫』（寛政十二年刊）には、不審なまでに多くの狂歌や戯作界の大物たちの序跋がある。京伝も五言の対句を与え、同書には金鶏が京伝の才を激賞する「贈山東京伝文」も載せられている。金鶏の狂歌集『網雑魚《あみざこ》』（刊年不詳）には天明八年に没した京伝の妹への哀悼歌が収められているから、二人の交渉は遅くとも天明末以来であったことになる。

この金鶏は上野国七日市藩前田家の医官を本職とした畑氏、名は秀竜、字道雲。狂歌界の記録には、天明五年の南畝宅での狂歌界の記録『下里巴人巻』（写）ではじめて登場する。その師は唐衣橘洲とも（橘洲『狂歌うひまなび』金鶏序、金鶏『狂歌五百題集』石川雅望序、野崎左文「奇々羅金鶏の伝」『褋攷江戸時代』第二年一号）、南畝とも（金鶏『燭夜文庫』所収「祭平秩東作文」、同書朱楽菅江巻頭辞）、いう。

売名家と称されるゆえんは、上述の黄表紙二点を刊行させたことに加え、入銀ものらしき、実績に不似合いな編著が多数あることにある。歌麿による豪華彩色摺挿絵入り『百千鳥狂歌合』前後編（寛政二年頃刊）、同墨摺挿絵の『絵本吾妻遊』『絵本駿河舞』（寛政二年刊）がそれで、とりわけ後二点では著名狂歌師の入集がなく、金鶏とその門人寝語軒美隣の詠が多くを占める。他にも勝川春潮画の墨摺狂歌絵本『絵本千代の秋』『絵本紅葉の橋』（寛政初年頃刊）の序を担当。その門人寝語軒美隣も北尾重政画彩色摺狂歌絵本『絵本福寿草』（寛政三年刊）の編者を務めて金鶏が序を寄せるが、注目すべきは宿屋飯盛によるその跋で、「欲の熊手のゑにあらはし、かねのなる木にちりばめし」というから、よほど金の匂いのする案件だったのだろう。彼らの入銀の並々ならぬさまを示唆する証拠といえよう。

そのうえ、金鶏の編著には刊年のあやしさがつきまとう。上記『百千鳥狂歌合』や春潮挿絵の狂歌絵本二点も刊年不明だが、最大の謎は本人の家集『網雑魚』の刊年である。いずれの伝本も無刊記で、跋は「癸卯七月」。狂歌界で出版が本格的に始まった天明三年の干支で、同五年にはじめて狂歌を詠んだ記録が残る狂歌師が家集を出すには早すぎる。序を寄せた頭光の「桑楊庵」から寛政四年以降の刊であろう。「二十五の厄」を詠み込む一首があり、後述する彼の年齢に照らすと寛政三年、これからしても寛政なかば頃の刊であろう。

その後、金鶏はすでに触れた狂文集『燭夜文庫』(寛政十二年刊)、遺稿の類題集『狂歌五百題集』(文化八年刊)のほか、狂歌作法書『闇雲愚抄《やみくもぐしよう》』(寛政十二年刊)も刊行し、また本業とした医療についての随筆『金鶏医談』(同年刊)も上梓、さらに入銀ものの錦絵もある。『嗚呼奇々羅金鶏』さながらの入道姿の金鶏を描いて賛に自身の狂歌を添える歌麿画「寝語軒訪問」大判二枚続き(千葉市美・大英博『歌麿』展図録によれば天明八~寛政元年頃)、またやはり寛政初め頃の作かと思しい、北尾政美描く金鶏が娘を肩に載せた図の間判一枚(大英博蔵、1902,0212,0.266)、いずれも蔦重版であった。

これではたしかに売名家の称を免れない。とはいえ、金鶏のかかわる初期の刊行物の大半、つまり黄表紙『嗚呼奇々羅金鶏』、家集『網雑魚』、歌麿や春潮挿絵による狂歌絵本、入銀もの錦絵二点、これらがみな蔦重版であったことを考えると、本人の積極性もさることながら、商機に敏い蔦重にまんまとのせられたという面もあろう。『網雑魚』跋にも同書が蔦屋の「秘蔵」であったといい、これも蔦屋の強い関与を示唆していよう。

金鶏の初期の活動は蔦重の強い慫慂と、それに配慮した江戸の狂歌師、戯作者たちの協力の産物としてある程度は説明がつくものの、初代蔦屋の没後に金鶏が頼ったらしい大和田安兵衞から出された金鶏の狂文集『燭夜文庫』も、故人を含めて多くの著名作者の序跋を備える。朱楽漢江(菅江、寛政十年没)、平秩東作(寛政元年没)、唐衣橘洲、真顔、京伝、そして南畝が狂歌界を離れていた時期にあたる寛政二年付の「四方山人」名の跋と、豪華なものであった。彼らはたんに買収されたのだろうか。

南畝は天明八年秋、金鶏の詩に唱和する七言律詩を詠んでいる(『南畝集』七、1469詩)。『嗚呼奇々羅金鶏』によれば、金鶏は安達清河の門人として詩作したというから、南畝にも自らの詩を送ってみたのだろう。南畝は、頸聯で「遥かに知る　薬を採りて嚢中に満つることを更に愧づ杯を銜みて甕下に眠ることを」と、医師として真摯に勤める金鶏に比して、ただ酒に耽って眠る(寝惚先生をきかせる)我が身を恥じる意を詠む。もとより詩人としてのあいさつだが、金鶏に医師として敬意を払っているのは注意される。

ここで見過ごされがちなのは、明和四年生まれの金鶏は天明五年に南畝の狂歌会に参加したとき、わずかに十九歳であったことである。南畝よりも約二十歳、京伝よりも六歳若い。しかも小藩とはいえ藩医の家柄。上州七日市藩の正徳六年の家中分限帳には金鶏の父祖らしい「畑道意」が百五十石の家禄で列せられているから、その地位も推して知るべし。同家中で家禄がこれを超えるのはわずかに三名。社会的な地位もあるこの熱心な若者を、江戸狂歌壇の側としても温かく受けいれるくらいの寛容さがあったという面もないだろうか。

さらに、金鶏本人の弁では、名医として知られたという。『金鶏医談』に序を寄せた大田錦城、市川寛斎がその腕を褒めるのは割り引いて考えるとしても、詩文の師、安達清河の持病を治したことを聞いてきた沢田東江の頭痛の療治に成功して激賞された逸話などは、誇張はあるにせよ同時代人についての話でもあり、まったくの虚妄は許されまい。何より、病や症状に応じた具体的な薬の処方の数々を記していることが、本書の信憑性を高めている。

金鶏にはさらに、中国の西域の地理情報をまとめた清人による漢籍『西域聞見録』三冊(寛政十三年刊)の校訂という仕事もある。序を寄せた大田錦城は、金鶏が奇人で、奇書奇事を好み、奇事に富み文も奇なるこの書を喜んで自ら校訂刊行したことをいう。巻末には同じく清人による周辺地域の地理書『衛蔵図識』の刊行が予告され、実現はしなかったようではあるが、金鶏にはさらなる「奇書」刊行の意欲があったということになる。

となれば、金鶏はただの売名家ではない。狂歌壇で高く評価されるような技量には欠けるかもしれないが、若く学識豊かな人物であったろう。次の一首は、兎が月で不老不死の仙薬を搗いているという中国の伝説(『太平御覧』所引傅玄「擬天問」/李白「把酒問月」『古文真宝前集』など)をふまえ、「隈」に掛けて薬種「熊の胆《い》」を詠み込む。いかにも医者らしい。

月の中に老せぬくすり製すともこよひの月にくまの
ゐはさされ　『網雑魚』

金鶏の狂文としては『網雑魚』『燭夜文庫』から「飯徳頌」を紹介しよう(紙幅の都合で解説のみ)。竹林の七賢の劉伯倫「酒徳頌」(『古文真宝後集』)は依怙贔屓だとして、漢の韓信が食を恵まれた話(「漂母進食」『蒙求』)、最明寺殿が佐野常世に粟飯を出されたこと(謡曲「鉢木」等)、顔回の「一簞」の粗食(『論語』雍也篇)、東晋の陳遺がお焦げを好む母への孝行で救われた話(『世説新語』徳行)などを引いて飯の徳を言いつのり、宋周茂叔「愛蓮説」

ばりに、菜飯は「富貴なるもの」、茶飯は「隠逸なるもの」、割飯は「君子なるもの」（麦入りで質素だから）とこじつけて、種々の飯を論じる。飯とは、『酒飯論』などにみえるように、元来、下戸の好む野暮なもの。着想元と思しい也有「餅辞」（『鶉衣』前篇）には「上戸もめでたく、下戸も猶めでたし」というが、やはり飯を好むのは野暮である。むしろ金鶏は、野暮を承知で、それを逆手にとって滑稽者としての演出に利用することを楽しんだのではなかったか。

そもそも、これだけ目立ちたがって金を費やすこと自体がひどく不粋な行為だが、それも厭わなかったのが金鶏だった。ここで小池藤五郎『山東京伝の研究』が「艶次郎の展開」で早くに論じたように、先述の黄表紙『呼継金成植』で金鶏が二代目艶次郎を襲名する話が想起される。腰の低い艶次郎は、自惚れではなく、男ぶりの悪さにもめげず色男の評判がほしいばかりに金にあかせて愚行をくり返す、愛らしい人物として描かれた（武藤元昭「二人の艶次郎」）。金鶏が『嗚呼奇々羅金鶏』で「西行にしては金があり、ばせをにしては男がよすぎる」と色事を書かせたのは自惚れだが、『呼継金成植』で艶次郎の養子の申し出を快諾し、駿河中に浮き名を立てようと五百両かけて心中の狂言をしくむのは愚かしくもほほえましい。そこで地獄に落とされそうになって閻王に「若ぎのいたり」と千両払って詫びて免れたのち艶次郎の二代目としてますます浮気なことをしようと語る自身を登場させ、自ら進んで艶次郎という道化役の後継者を演じたのであった。『網雑魚』に収められた狂歌は、四季の部で合わせて七十七首、雑三十首に対して、恋は三十九首と妙にその比重が高いのも、浮気なことに憧れる艶次郎と通じ合う。金鶏は、金銀を費やして野暮も構わず、愚かしくも酔狂だという評判を取ることを喜んだのだろう。

そんな金鶏を、狂歌壇の大物たちも京伝も突きはなせず、苦笑しつつも受け容れたのではないか。『網雑魚』の頭光序に「同じこゝろのすき人ら此巻をずし給はば、金鶏子の道をすける事をもしり」云々。外聞も構わず狂歌が大好きで、この道で活躍したいという思いを全開にする金鶏には、たしかに艶次郎に似て憎めない何かがあったのではなかろうか。

（法政大学教授）

［編集部から］

＊第十七回配本「合巻8」をお届けします。

＊次回配本は第十四巻「合巻9」の予定です。

(19)十五ウ

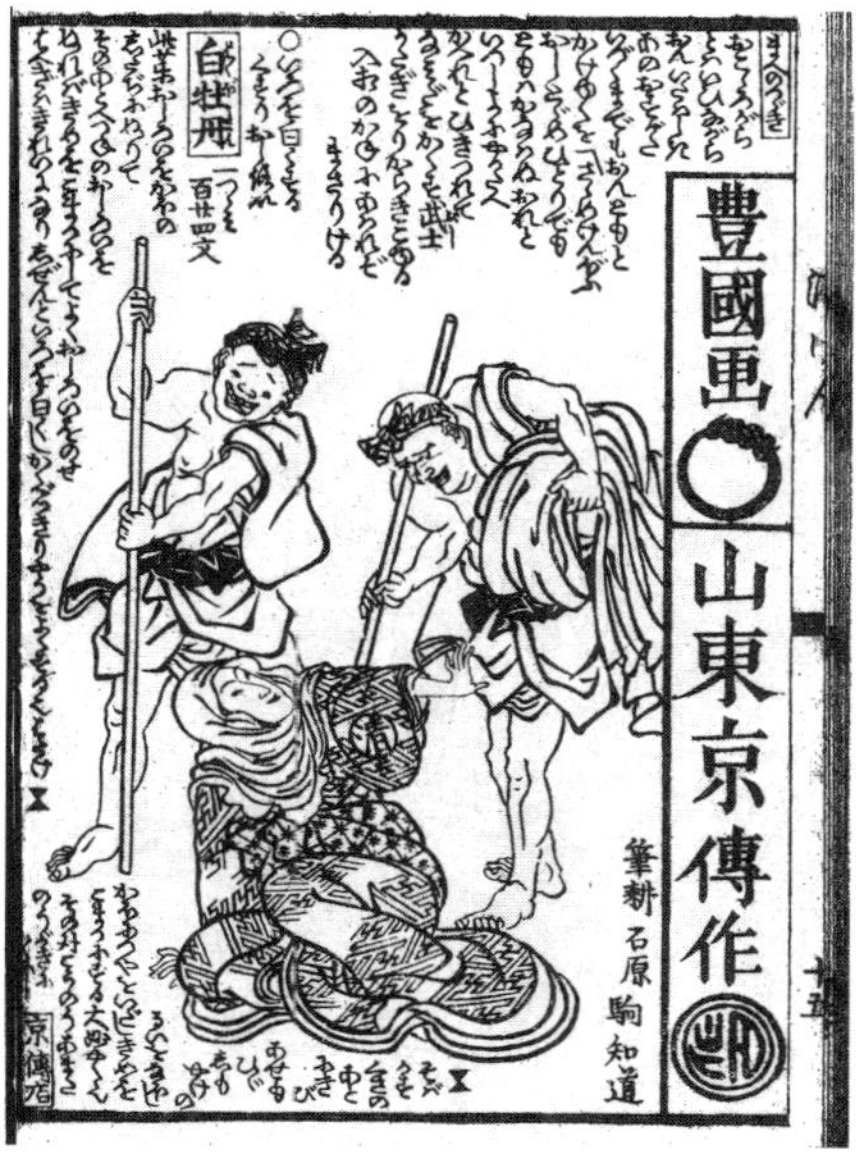

袈裟衣《けさころも》を脱《ぬ》がせつゝ、出《いで》て失《う》せうと追立《おつた》てる。清玄比丘《せいげんびく》尼《に》は、しほ〳〵と出行《いでゆ》く姿《すがた》、目《め》も当《あ》てられず、腰元《こしもと》どもは涙《なみだ》を流《なが》し、 次《つぎ》へ続《つゞ》く

(19) 前《まへ》の続《つゞ》き 御心柄《おこゝろがら》とは言《い》ひながら、御労《おんいたは》しきあの御姿《おすがた》、何処《いづく》までも御供《おんとも》と駆行《かけゆ》くを、笹目拳法《さゝめけんぽふ》押止《おしとゞ》め、一人《ひとり》でも供《とも》は叶《かな》はぬ。俺《おれ》と一緒《いつしよ》に館《やかた》へ帰《かへ》れと引連《ひきつ》れて、涙《なみだ》を隠《かく》す武士気質《ぶしかたぎ》、折《をり》から聴《き》こゆる入相の鐘《かね》に哀《あは》れぞ勝《まさ》りける。

豊国画㊞ 山東京伝作㊞

筆耕石原駒知道

○色《いろ》を白《しろ》くする薬白粉《くすりおしろい》。白牡丹《はくぼたん》 一包《つゝみ》百廿四文

此薬白粉《おしろい》を顔《かほ》の下地《したぢ》に塗《ぬ》りて、その後《あと》へ常《つね》の白粉《おしろい》を塗《ぬ》れば、きめを細《こま》かにして、よく白粉《おしろい》をのせ、生際綺麗《はへぎはきれい》になり、自然《しぜん》と色《いろ》を白くし、格別器量《かくべつきりやう》を良《よ》くする也。疥《はたけ》・雀斑《そばかす》・瘡《くさ》の跡《あと》・面皰《にきび》・汗疹《あせも》・皸《ひゞ》・霜焼《しもやけ》の類《るい》を治《なほ》し、顔《かほ》に艶《つや》を出《いだ》し、きめを細《こま》かにする大妙薬《やく》也。その外効能《こうのう》数多《あまた》、能書《のうがき》に詳《くは》し。

京伝店

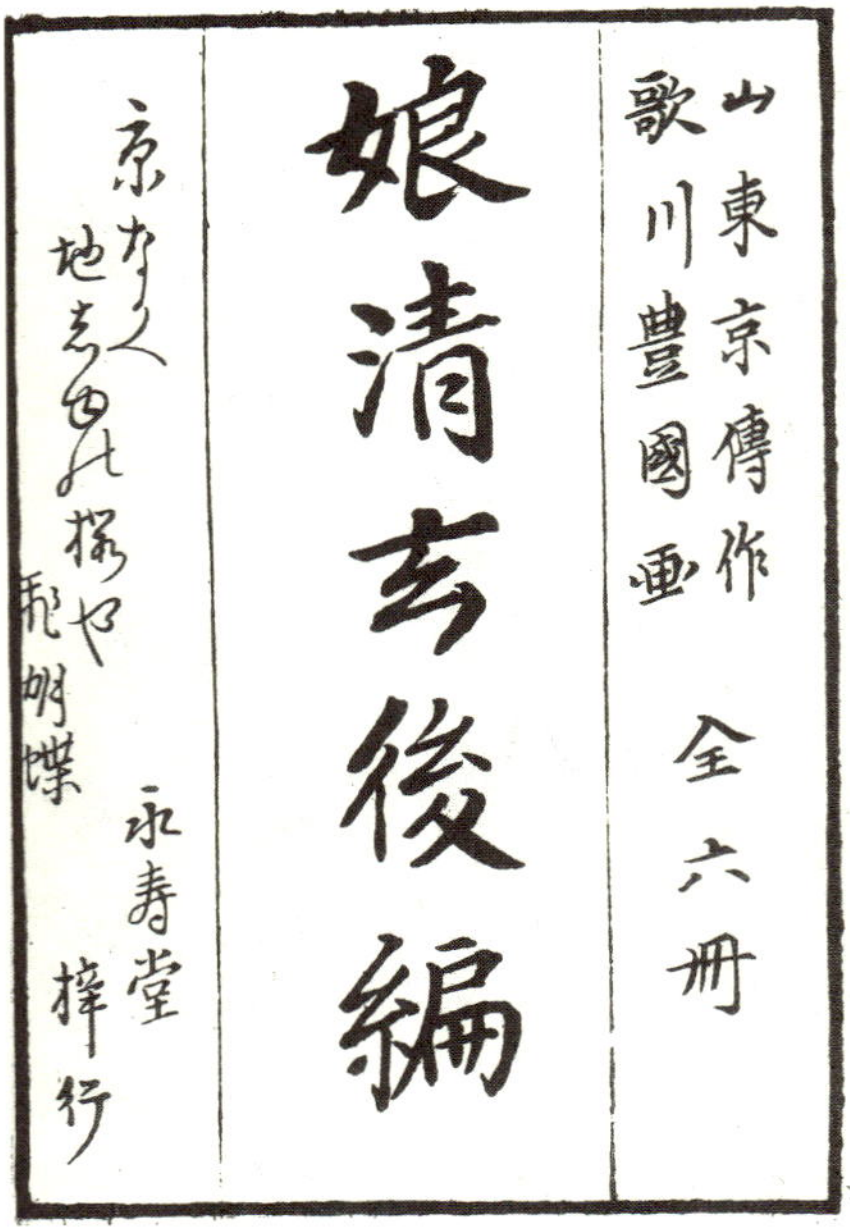

後編見返し

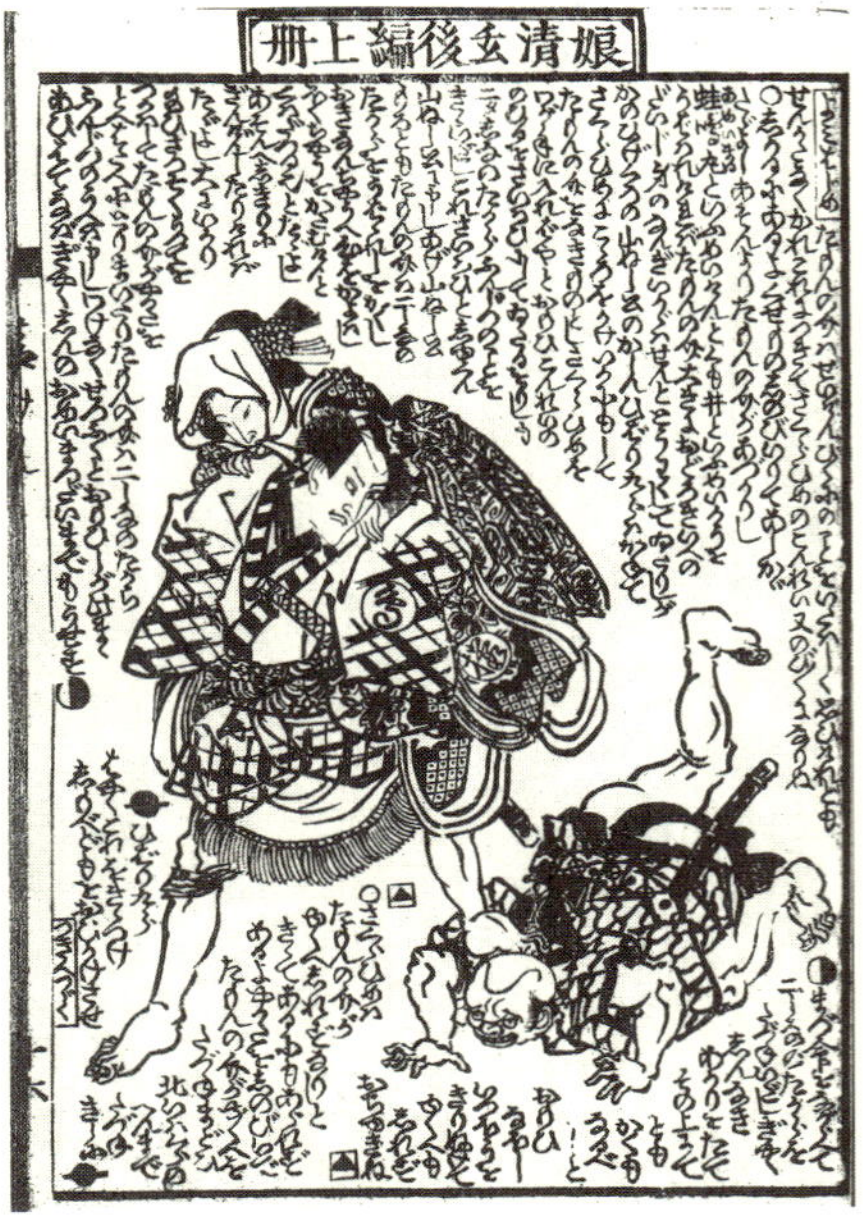

(20)十六オ

【後編見返し】

山東京伝作

歌川豊国画　　全六冊

娘清玄後編

京なかへ地しゆの桜や飛胡蝶　　永寿堂梓行

【後編】

【上】

(20) 娘清玄後編上冊

読《よ》み始《はじ》め　多門之《たもんの》介は清玄比丘尼《せいげんびくに》の事《こと》を労《いたは》しく思《おも》ひけれども詮方《せんかた》なく、かれこれにつきて桜姫《さくらひめ》の婚礼《こんれい》、又延《の》び〳〵になりぬ。

○然《しか》るにある夜《よ》、曲者《くせもの》忍《しのび》入《い》りて、足利直義朝臣《あしかゞたゞよしあそん》より多門《たもん》之《の》介が預《あづ》かりし蛙鳴丸《あめいまる》といふ名剣《めいけん》と雲《くも》井といふ名香《めいかう》を奪《うば》はれければ、多門之《たもんの》介大きに驚《おどろ》き、家《いへ》の大事《だいじ》、身の難儀《なんぎ》、如何《いかゞ》はせんと当惑《とうわく》して居《ゐ》たりしが、かの髭黒《ひげくろの》山主《ぬし》公の家《か》臣《しん》雲雀《ひばり》九郎は、かねて桜姫《さくらひめ》に心《こゝろ》を掛《か》け、如何《いか》にもして多《た》門《もん》之《の》介を亡《な》き者《もの》とし、桜姫《さくらひめ》を我《わ》が手に入ればやと思《おも》ひ、婚礼《こんれい》の延《の》びるを幸《さいは》ひにしてゐたる折《をり》しも、二タ品《しな》の宝紛《たからふん》失《じつ》の事《こと》を聞出《きゝいだ》し、これ幸《さいは》ひと主君《しゆくん》山主《ぬし》公に申し上《あ》げ、山主《ぬし》公、もろとも多門《たもん》之《の》介は二品《しな》の宝《たから》を奪《うば》はれしを隠置《かくしお》き、南朝《なんちやう》へ心を通《かよ》はし、北朝《ほくちやう》を傾《かたむ》けんと企《くはだ》つる也と、直義《たゞよし》朝《あ》臣《そん》へ頻《しき》りに謹言《ぎんげん》したりければ、直義《たゞよし》、大に怒《いか》り給ひ、早《さつ》速《そく》、討手《うつて》を遣《つか》はして多門《たもん》之《の》介が館《やかた》を十重《とへ》二十重《はたへ》に取巻《とりま》いたり。多門《たもん》之《の》介は二品《しな》の宝紛失《たからふんじつ》の上《うへ》は、申し訳《わけ》なく切腹《せつぷく》と思《おも》ひしが、此まゝ相果《あひは》てなば逆臣《ぎやくしん》の汚名《おめい》、末代《まつだい》までも失《う》せず、先《ま》づ命を永《なが》らへて二品《しな》の宝《たから》を尋出《たづねいだ》し、逆心《ぎやくしん》なき名《めう》利《り》を立《た》て、その上にて、兎《と》も角《かく》もなるべしと思《おも》ひ直《なほ》し、一《いつ》方《ほう》を斬抜《きりぬ》けて、行方《ゆくへ》も知《し》れず落行《おちゆ》きぬ。

○桜姫《さくらひめ》は多門《たもん》之《の》介が行方《ゆくへ》知《し》れずなりしと聞《き》きて、あるにもあられず、ある夜《よ》、館《やかた》を忍出《しのびい》で、多門《たもん》之《の》介が行方《ゆくへ》を尋《たづね》迷《まど》ひ、北岩倉《いはくら》の辺《へん》まで尋来《たづねき》しに、雲雀《ひばり》九郎、早《はや》くこれを聞付《きゝつ》け、下部共《しもべども》を追掛《おひか》けさせ、

次《つぎ》へ続《つゞ》く

(21)十六ウ

十七オ

（21）前《まへ》の続《つゞ》き　桜姫《さくらひめ》を奪取《うばひと》らんとしたる折《をり》しも、姫《ひめ》の下部《しもべ》鳥羽《とば》平、姫《ひめ》の跡《あと》を尋《たづ》ねて折良《をりよ》く此所へ来合《きあ》はせ、雲雀《ひばり》九郎が下部共《しもべども》を踏倒《ふみたふ》し追散《おつち》らして、用意《ようい》に持来《もちき》つる葛籠《つゞら》の中《なか》へ姫《ひめ》を隠入《かくしい》れ、なほ多門之《たもんの》介が行方《ゆくへ》を尋《たづ》ねんと思ひしが、九郎が下部《しもべ》、後《あと》より追々《おひ〳〵》追《お》つかけ来《きた》る様子《やうす》なれば、傍《かたはら》の庵室《あんじつ》の内《うち》に、かの葛籠《つゞら》を預置《あづけお》き、身軽《みがる》になりて取《と》つて返《かへ》し、九郎が下部《しもべ》の大勢《ぜい》を相手《あいて》に挑《いど》み争《あらそ》ひ、暫《しばら》く時《とき》をぞ移《うつ》しける。

○こゝに又、清玄比丘尼《せいげんびくに》は父の勘当《かんどう》を受《う》け、清水寺《きよみづでら》を追出《おひいだ》されて後《のち》、北岩倉《いはくら》の庵室《あんじつ》に一人住《ひとりす》み、身は墨染《すみぞめ》に窶《やつ》せども、煩悩《ぼんのふ》の心は失《う》せもせで、恋煩《こひわづら》ひに痩衰《やせおとろ》へ、無残《むざん》なりける有様《ありさま》なり。壁《かべ》に掛《か》けたる多門之《たもんの》介が絵姿《ゑすがた》に打向《うちむ》かひ、

次《つぎ》へ続《つゞ》く

十八オ

（22）十七ウ

（22）前《まへ》の続《つゞ》き

切《せつ》なる恋《こひ》の心を述《の》べ、あるひは怨《うら》み、あるひは泣《な》き、「他《ほか》に聞手《きゝて》はよもあらじ」と辺《あた》り構《かま》はぬ独《ひとり》言《ごと》、物狂《ものぐる》はしくぞ見《み》へにける。傍《かたは》らの葛籠《つゞら》の中《なか》に隠居《かくれゐ》たる桜姫《さくらひめ》、葛籠越《つゞらご》しにその様子《やうす》を聞《き》きて、労《いたは》しくも恐《おそ》ろしくも思《おも》ひて、わつと一声《ひとこゑ》泣《な》きけるを、清玄比丘尼《せいげんびくに》は聞付《きゝつ》けて、怪《あや》しみつゝ、立寄《たちよ》りて葛籠《つゞら》を開《あ》くれば、内《うち》より出《いづ》る桜《さくら》姫《ひめ》、表《おもて》の方《かた》へ逃出《にげいで》んとするを、清玄比丘尼引止《せいげんびくにひきとゞ》め、思《おも》ひがけない桜姫殿《さくらひめどの》、そなたに会《あ》ふて存分《ぞんぶん》に怨《うら》みを言《い》ひたく思《おも》つてゐました。そなたといふ者《もの》なきならば、我《わ》が恋《こひ》も叶《かな》ふべきに、思《おも》へば妾《わらは》が恋《こひ》の仇《あた》、多門之介様《たもんのすけさま》を快《こゝろよ》う、そなたに添《そ》はせて置《お》くべきか。どこまでも邪魔《じやま》をする。ヱ、怨《うら》めしい桜姫《さくらひめ》と、付《つ》けつ回《まは》しつ囲炉裏《いろり》の巡《めぐ》り、沸返《わきかへ》りたる後《うは》妻湯《なりゆ》、火箸《ひばし》の角《つの》も負《お》ひぬべく、いと恐《おそ》ろしき振舞《ふるまひ》に、身内《うち》戦慄《わなゝ》く桜姫《さくらひめ》、許《ゆる》して下《くだ》され清玄殿《せいげんどの》と、嘆《なげ》きつ詫《わ》びつ難義《なんぎ》の折《をり》から、鳥羽《とば》平は九郎が下部《しもべ》を追《お》ひやりて、此所へ立返《たちかへ》り、斯《か》くと見《み》るより飛《と》んで入《い》り、清玄比丘尼《せいげんびくに》を取《と》つて引退《ひきの》け、ヱ、性懲《しやうこ》りもなき清玄殿《せいげんどの》、桜姫様《さくらひめさま》を怨《うら》むのは、みんな此方《こなた》の無理《むり》じやはやい。

次《つぎ》へ続《つゞ》く

(23)十八ウ

十九オ

(23)

前《まへ》の続《つゞ》き

背骨《せぼね》に堪《こた》へて思《おも》ひ切《き》れと、刀《かたな》の棟《むね》打叩《たゝき》据《す》へ、これでも懲《こ》りずは一思《ひとおも》ひに殺《ころ》してしまふぞ。ヲ、殺《ころ》さば殺《ころ》せ、生変《いきか》はり死変《しにか》はり桜姫《さくらひめ》に祟《たゝ》りをなし、多門之《たもんの》介様《さま》には添《そ》はせぬ〳〵と、面色変《めんしよくか》はる嫉妬《しつと》の悪念《あくねん》。

時《とき》に怪《あや》しや、何処《いづく》ともなく一団《いちだん》の心火飛来《しんくわとびきた》り、二つの蝶々飛廻《てふ〳〵とびめぐ》るとひとしく、清玄《せいげん》が手の指《ゆび》の先《さき》より一つの蛇《くちなは》現《あらは》れ出《いで》て、桜姫《さくらひめ》に飛付《とびつ》くを、鳥羽《とば》平、隔《へだ》ちて庭《には》に蹴落《けおと》しければ、その蛇《くちなは》、竹に這登《はひのぼ》ると見《み》へしが、忽《たちま》ち竹の中《うち》より光《ひかり》を発《はつ》し、大雨《おほあめ》さつと降来《ふりきた》り、数多《あまた》の蛙鳴立《かいるなきた》ちぬ。かの笹目拳法《さゝめけんぽふ》は、清玄比丘尼《せいげんびくに》を勘当《かんどう》はしたれども、身の上《うへ》、如何《いか》にと気遣《きづか》ひつゝ、忍《しの》びて此所へ来掛《きか》かり、此体《てい》を怪《あや》しみて瞬《また》きもせず見居《みゐ》たるに、傍《かたは》らの竹藪《たかやぶ》より野伏《のぶせり》の乞食《こつじき》と思《おぼ》しき者《もの》、竹を押分《おしわ》け顔差出《かほさしいだ》し、これも同《おな》じく、こゝの様《やう》子《す》を見居《みゐ》たりけり。

拳法《けんぽふ》は竹の中《うち》に様子《やうす》あらんと立寄《よ》つて、光《ひかり》を心当《あ》てに尋《たづ》ね、竹の髄《ずい》の中《なか》より名剣《めいけん》を取出《とりいだ》し、これこそ正《まさ》に多門之《たもんの》介が方《かた》にて紛失《ふんじつ》したる蛙鳴丸《あめいまる》の名剣《めいけん》に疑《うたが》ひなし。どふしてこゝにと怪《あや》しむ所へ、かの乞食《こつじき》ぬつと出《いで》て、剣《つるぎ》に手を掛《か》け取《と》らんとするを、いよ〳〵怪《あや》しむ拳法《けんぽふ》が、やらじと構《かま》ふる身の捻《ひね》り、互《たが》ひに暫《しば》し争《あらそ》ひしが、拳法《けんぽふ》は足駄《あしだ》の歯《は》をがつくり踏折《ふみを》るその隙《ひま》に、乞食《こつじき》は剣《つるぎ》を奪《うば》ひ逃去《にげさ》つたり。拳法《けんぽふ》は歯《は》嚙《が》みをなし、後追《あとお》つかけんと思《おも》ひしが、清玄比丘尼《せいげんびくに》が身の上《うへ》も気遣《きづか》はしく思《おも》ひ、庵室《あんじつ》の内《うち》に入《い》りて見《み》るに、清玄《せいげん》は気《き》絶《ぜつ》して傍《かたはら》に倒《たふ》れ居《ゐ》る。鳥羽《とば》平は桜姫《さくらひめ》が手を取《と》りて走出《はしりいで》んとするを暫《しば》しと留《とゞ》め、座に付《つ》きて、コレ桜姫殿《さくらひめどの》も鳥羽《とば》平とやらも、親《おや》の因果《いんぐわ》の子に報《むく》ひし我《わ》が懺悔話《さんげばなし》を聞《き》いておくりやれ。十七年以前《いぜん》、主君直義朝臣《しゆくんたゞよしあそん》、白拍子《しらびやうし》島寺《しまでら》の衣《そ》手《で》が色香《いろか》に迷《まよ》ひ、様々諫言《さま〴〵かんげん》を奉れども御聞入《おんきゝい》れなき故《ゆへ》に、御放埒《ほうらつ》の根《ね》を絶《た》たんと、不憫《ふびん》ながら島寺《しまでら》の衣手《そで》を我《わ》が手に掛《か》け、立去《たちさ》らんとしたる折《をり》しも、赤《あか》子の泣声《なきごゑ》聞《き》こへしゆゑ、拾上《ひろひあ》げてみれば玉の様《やう》なる女の子、ア、今《いま》、我《わ》が手に掛《か》かり、罪《つみ》なくして殺《ころ》されたる女もあり、又たま〳〵人《にん》間《げん》に生《う》まれながら、野《の》に捨《す》てられる女の子もあり。生死《しやうし》流転《るてん》は此道理《どうり》、せめてこの二を拾取《ひろひと》り、成長《せいちやう》の上《うへ》は尼《あま》ともなし、我《わ》が手に掛《か》けし、かの女が菩提《ぼだい》の為《ため》ともなすべしと育《そだ》て上《あ》げしは、これ此清玄比丘尼《せいげんびくに》、一旦尼《いつたんあま》とはなりしかども、多門之《たもんの》介が色香《いろか》に迷《まよ》ひ堕落《だらく》せしは、島寺《しまでら》の衣手《そで》が怨《おん》霊《りやう》、深《ふか》く我《われ》を怨《うら》むる故《ゆへ》に妨《さまた》げをすると見《み》へたり。一団《いちだん》の心火《しんくわ》、二つの蝶々《てふ〳〵》、彼《かれ》が身に付添《つきそ》ひて祟《たゝ》りをなすは、その証拠《しやうこ》なりと思《おも》へば、可哀《かわい》や清玄比丘尼《せいげんびくに》に咎《とが》はなし。皆《みな》これ、親《おや》の因果《いんぐわ》の子に報《むく》ふ道理《どうり》なれば、もし産《う》みの親《おや》が聞《き》いたならば、さぞかし我《われ》を怨《うら》むらん。忠義《ちうぎ》とは言《い》ひながら、罪《つみ》なき女を殺《ころ》せし某《それがし》、彼《かれ》が縁《ゆかり》の者《もの》に会《あ》ひ、切腹《せつぷく》して言訳《いひわけ》せんと思《おも》へども、今《いま》にその縁《ゆかり》に会《あ》はねば詮方《せんかた》なし。かの女、怨《うら》みを晴《は》らし成仏《じやうぶつ》さへするならば、清玄比丘尼《せいげんびくに》は

次《つぎ》へ続《つゞ》く

(24)十九ウ

二十オ

(24) **前《まへ》の続《つゞ》き** 本心《ほんしん》になる道理《どうり》なれば、我《われ》、今《いま》こゝにて切腹《せつぷく》すべし。鳥羽《とば》平とやら介錯《かいしやく》頼《たの》むと諸肌脱《もろはだぬ》ぎ、すでに切腹《せつぷく》と見《み》へたるを、鳥羽《とば》平慌《あは》て押止《おしとゞ》め、マヽ、御待《おま》ちなされませ。その捨《すて》子に添《そ》へたる割笄《わりかうがい》の片足《かたし》は、子を思《おも》ふ雉《きじ》の高彫《たかぼり》、もしそれでは御座《ござ》りませぬか。それをどうしてそちは知《し》つたぞ。その一品《ひとしな》は今《いま》に持《も》ちて、こゝにありと差出《さしいだ》せば、鳥羽《とば》平も同《おな》じく取出《とりだ》す片笄《かたかうがい》、合《あ》はせてみればしつくりと合《あ》ふたは証拠《しやうこ》、さては此清玄比丘尼《せいげんびくに》は、我《わ》が捨《す》てたる子であつたか。フウそんなら捨《す》てた実《じつ》の親《おや》は鳥羽《とば》平、そちであつたかと、互《たが》ひに驚《おどろ》く。桜姫《さくらひめ》も不思議《ふしぎ》な縁《ゑん》と思《おも》ふにつけて、清玄比丘尼《せいげんびくに》が心根《こゝろね》をなほ労《いたは》しくぞ思《おも》ひける。拳法《けんぼふ》は又、切腹《せつぷく》と見《み》へたる折《をり》しも、切戸《きりど》の外《ほか》より、「ヤレ暫《しばら》く」と声掛《こゑか》けつゝ、ずつと通《とほ》つて拳法《けんぼふ》が切腹《せつぷく》を押止《おしとゞ》め、頬被《ほうかふり》をかなぐれば、拳法《けんぼふ》はこれを見《み》て、わりやァ最前《さいぜん》の野伏《のぶせり》だな。名剣《めいけん》をこつちへ渡《わた》せと立上《たちあ》がるを、やれ騒《さわ》がつしやるな。先《さき》ほど後《あと》へ立戻《たちもど》り、様子《やうす》は残《のこ》らず門口《かどぐち》で聞《き》きました。親《おや》の因果《いんぐわ》が子に報《むく》ふとはわしが事《こと》。謂《いは》れを語《かた》つて聞《き》かすべしと、竹杖《づゑ》に仕込《しこ》みたる刀《かたな》を抜《ぬ》き、腹《はら》にぐつと突《つき》

立《た》てゝ、苦《くる》しき息《いき》をほつと吐《つ》き、一通《ひととほ》り聞《き》いておくりやれ。「我《われ》、実《まこと》は相模《さがみ》入道殿《どの》の重恩《ぢうおん》を受《う》けたる五大院《いんの》左衛門《さへもん》宗重《むねしげ》といひし者《もの》。入道殿《どの》の嫡子《ちやくし》佐上《さがみ》太郎殿《どの》を敵《かたき》の手へ渡《わた》したる不忠の罰《ばち》にて浪々《ろうく》の身となり、我《わ》が娘《むすめ》島寺《しまでら》の衣手《そで》を白拍子《しらびやうし》にして直義殿《たゞよしどの》の館《やかた》へ入込《いりこ》ませしも、直義殿《たゞよしどの》を放《はう》埒《らつ》にして南朝《なんちやう》へ味方《みかた》をすべき我《わ》が企《たく》み。足利家《あしかゞけ》を調伏《ちやうぶく》せばやと、その入用に、これなる鳥羽《とば》平が妻《つま》、子を産《う》みて未《いま》だ産屋《さんや》に居《ゐ》たるを、我《わ》が手に掛《か》けて生血《いきち》を取《と》りしが、それ故《ゆゑ》にこそ産《うぶ》子の養育《よういく》なり兼《か》ねて、捨《すて》子にはしたるならん。我《わ》が娘《むすめ》の衣手《そで》、拳法殿《けんぽふどの》の手に掛《か》かりしと、捨《すて》子を拾上《ひろひあ》げられしと

次《つぎ》へ続《つゞ》く

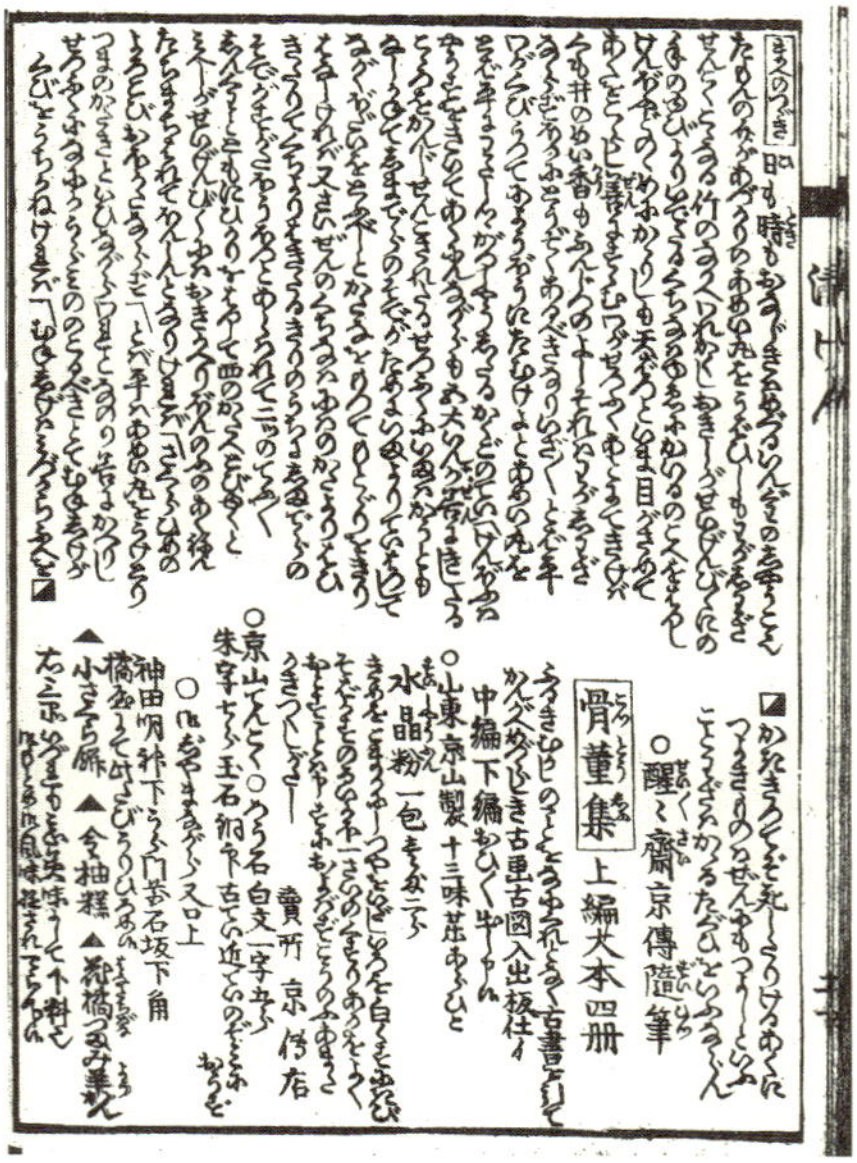

(25)二十ウ

（25）［前《まへ》の続《つゞ》き］日《ひ》も時《とき》も同《おな》じきは、巡《めぐ》る因果《いんぐわ》の証拠《しやうこ》也。多門之《たもんの》介が預《あづ》かりの蛙鳴《あめい》丸を奪《うば》ひしも我《わ》が仕業《しわざ》。先刻《せんこく》こゝなる竹の中《なか》へ我隠《われかくし》置《お》きしが、清玄比丘尼《せいげんびくに》の手の指《ゆび》より出《いで》たる蛇《くちなは》ゆゑに蛙《かいる》の声《こへ》を発《はつ》し、拳法殿《けんぽふどの》の目《め》に掛《か》かりしも天罰《ばつ》と、今《いま》、目が覚《さ》めて悪《あく》を懲《こ》らし善《ぜん》に勧《すゝ》む我《わ》が切腹《せつぷく》、後《あと》にて聞《き》けば雲《くも》井の名香《めいかう》も紛失《ふんじつ》の由《よし》、それは我《わ》が仕業《しわざ》ならず。他《ほか》に盗賊《とうぞく》あるべきなり。いざ〳〵鳥羽《とば》平、我《わ》が首打《くびう》つて女房《にようぼう》に手向《たむ》けよ」と蛙鳴《あめい》丸を鳥羽《とば》平に渡《わた》しつゝ、合掌《がつしやう》したる覚悟《かくご》の体《てい》。拳法《けんぽふ》は様子《やうす》を聞《き》いて、悪人《あくにん》ながらも五大院《いん》が善《ぜん》に帰《き》したる心《こゝろ》を感《かん》じ、先越《せんこ》されたる切腹《せつぷく》に、今《いま》は斯《か》うともなし兼《か》ねて、島寺《しまでら》の衣手《そで》が為《ため》に、今《いま》より剃髪《ていはつ》して長《なが》く菩提《ぼだい》を弔《と》ふべしと、刀《かたな》をもつて髻《もとゞり》を切離《きりはな》しければ、又最《さい》前《ぜん》の蛇《くちなは》、庭《には》の方《かた》より這来《はひきた》りて、口《くち》より吐《は》きたる霧《きり》のうちに島寺《しまでら》の衣手《そで》が姿《すがた》、彷彿《ほうほつ》と現《あらは》れて、二つの蝶々《てふ〳〵》、心火《しんくわ》と共《とも》に光《ひかり》を発《はつ》して西の方《かた》へ飛行《とびゆ》くと見《み》へしが、清玄比丘尼《せいげんびくに》は起《おき》返《かへ》り、煩悩《ぼんのふ》の悪念《あくねん》たちまち晴《は》れて本心《ほんしん》となりければ、桜《さくら》姫《ひめ》の喜《よろこ》び大方《おほかた》ならず。鳥羽《とば》平は蛙鳴《あめい》丸を受取《うけと》り、妻《つま》の敵《かたき》と言《い》ひながら、我《われ》と名乗《なの》り善《ぜん》に帰《かへ》りし切腹《せつぷく》に、何《なに》か怨《うら》みの残《のこ》るべきとて、宗重《むねしげ》が首《くび》を打《う》ちかねければ、宗重《むねしげ》は自《みづか》ら笛《ふへ》を掻切《かきき》つてぞ死したりける。悪《あく》に強《つよ》き者《もの》は善《ぜん》にも強《つよ》しといふ諺《ことわざ》は、斯《か》かる類《たぐひ》を言《い》ふならん。

○醒々斎《せいくさい》京伝随筆《ずいひつ》

骨董集《こつとうしふ》　上編大本四冊

古《ふる》き昔《むかし》の事《こと》を何《なに》くれとなく古書を引て考《かんが》へ、珍《めづら》しき古画古図入、出板仕候。

中編、下編、追々《おひく》出し申候。

○山東京山製十三味薬洗粉《あらひこ》。

水晶粉《すいしやうふん》　一包壱匁二分

きめを細《こま》かにし艶《つや》を出《いだ》し、色《いろ》を白くす。面皰《にきび》・雀斑《そばかす》の類《るい》、顔《かほ》一切《さい》の薬《くすり》、垢《あか》を良《よ》く落《お》とす事《こと》は申すに及《およ》ばず、効能《こうのふ》数多《あまた》書尽《かきつ》くし難《がた》し。

売所京伝店

○京山篆刻○蠟《ろう》石　白文一字五分、朱字七分、玉石銅印、古体《てい》近体《てい》望《のぞ》みに応《おう》ず。

○御邪魔《じやま》ながら又口上。

神田明神下裏《うら》門前石坂下角、橘屋にて此度《たび》売弘《うりひろ》め候。

▲小桜《さくら》餅▲金柚糕▲花橘《はなたちばな》摘羊羹《つまみようかん》

右三品いづれも甚美味にして下料也。御求《もと》め御風味遊され可被下候。

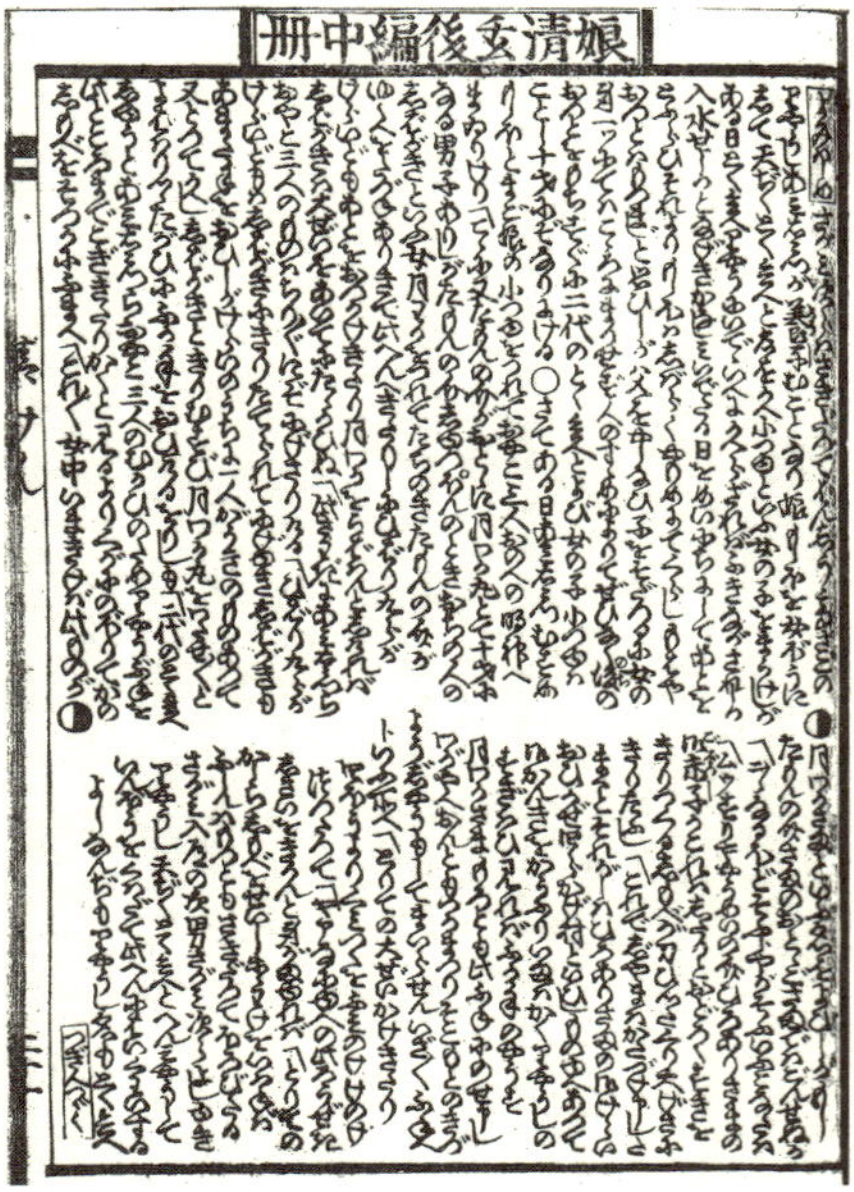

（26）二十一オ

（26）娘清玄後編中冊

読《よ》み始《はじ》め　佐上《さがみ》次郎は先《さき》だつて播州《ばんしう》高砂《さご》の漁師《りやうし》網《あみ》右衛門が養子聟《やうしむこ》となり、娘藻汐《もしほ》を女房《ぼう》にして天竺徳《ぢくとく》兵衛《へ》と名を変《か》へ、小露《つゆ》といふ女の子をまうけしが、ある日、徳兵衛《とくへ》、漁《りやう》に出《いで》て家《いへ》に帰《かへ》らざれば、吹流《ふきなが》されしか入水せしかと嘆《なげ》き悲《かな》しみ、出《いで》たる日を命日《めいにち》にして跡《あと》を弔《とふら》ひ、それより藻汐《もしほ》は暫《しばら》く寡婦《やもめ》にて暮《く》らし、もはや夫《おつと》は持《も》つまじと思ひしが、父を養《やしな》ひ子を育《そだ》つるに、女の身一つにては心《こゝろ》に任《まか》せず、人の勧《すゝ》めによりて、是非《ぜひ》なく後《のち》の夫《おつと》を持《も》ち、すぐに二代の徳《とく》兵衛《へ》と呼《よ》び、女の子小露《つゆ》は今年《ことし》十才になりにける。

○さて、ある日、網《あみ》右衛門、娘藻汐《むすめもしほ》と孫娘《まご》の小露《つゆ》を連《つ》れて親子《おやこ》三人、尾上《おのへの》明神へ参《まゐ》りけり。

こゝに又、多門之介《たもんの》が弟《おとゝ》に月若《わか》丸とて十才になる男子ありしが、多門之介《たもんの》出奔《しゆつぽん》の時《とき》、御乳人《おちの》の柴垣《しばがき》といふ女、月若《わか》を連《つ》れて立退《たちの》き、多門之介《たもんの》が行方《ゆくへ》を尋《たづね》歩《あ》りきて此辺《へん》へ来《きた》りしに、雲雀《ひばり》九郎が家来共《けらいども》、後《あと》を追掛《おつか》け来《きた》り、月若《わか》を奪《うば》はんとしければ、柴垣《しばがき》は大勢《ぜい》を相手《あいて》に戦《たゝか》ひぬ。此騒《さわ》ぎに網《あみ》右衛門ら親子《おやこ》三人の者《もの》は、散《ち》りぐ〳〵にぞ逃去《にげさ》りける。雲雀《ひばり》九郎が家来共《けらいども》は柴垣《しばがき》に斬立《きりた》てられて逃行《にげゆ》き、柴垣《しばがき》も数多《あまた》手を負《お》ひしが、家来《けらい》の内《うち》に一人豪気《がうき》の者《もの》あつて、又取《と》つて返《かへ》し柴垣《しばがき》と斬結《きりむす》び、「月若《わか》丸を渡《わた》せ〳〵」と呼《よ》ばはりつゝ、互《たが》ひに深《ふか》手を負《お》ひける折《をり》しも、二代の徳《とく》兵衛《へ》、舅網《しゆうとあみ》右衛門等《ら》親子《おやこ》三人の迎《むか》ひのため、漁舟《りやうぶね》を此所《ところ》まで漕来《こぎきた》り、斯《か》くと見るより陸《くが》に上《のぼ》りて、かの下部《しもべ》を足下《そつか》に踏《ふ》まへ、これ〳〵女中、今聞《いまき》けば此者《もの》が月若様《わかさま》といふ名を呼《よ》びしが、もし多門之介《たもんの》様《さま》の弟《おとゝ》御様《ごさま》ではごんせぬか。ヲ、なるほど、そふじやが、そふいふ此方《こなた》は。ムウすりや楊名之介《やうめいの》広有様《ひろありさま》の御末子《ごばつし》か。これはしたり、と驚《おどろ》く隙《すき》を斬付《きりつ》くる下部《しもべ》が刀ひつたくり、大袈裟《げさ》に斬倒《きりたふ》し、「これで邪魔《じやま》は片付《かたづ》け申した。実《まこと》、某《それがし》は広有様《ひろありさま》の御家来《けらい》追風《おひかぜ》四郎景《かげ》村といひし者《もの》。故《ゆへ》あつて御勘気《かんき》を蒙《かうふ》り、今《いま》は斯《か》く漁師《りやうし》の生業《すぎはひ》。見れば深《ふか》手の様子《やうす》、月若様《わかさま》もろとも此舟《ふね》に乗《の》せ申し、我《わ》が家《や》へ御供《おんとも》仕《つかまつ》り、其処許《そこもと》の傷《きづ》、養生《やうじやう》もして参《まい》らせん。いざ〳〵舟《ふね》へ」と言《い》ふ所へ、捕手《とりて》の大勢《ぜい》駆来《かけきた》り、四方《はう》より組付《くみつ》くを、踏退《ふみの》け蹴退《けの》け突立《つつた》つて、ヤア何故《なにゆへ》の此狼藉《らうぜき》、仔細《しさい》を聞《き》かんと身構《がま》ゆれば、捕手《とりて》の頭《かしら》、下部《しもべ》を制《せい》し、ホ、訳《わけ》を言《い》はねば不審《ふしん》は尤《もつと》も。先《さき》だつて滅《ほろ》びたる相模《さがみ》入道の次男佐上《さがみ》次郎年《とし》行《ゆき》、漁師《りやうし》天竺《ぢく》徳《とく》兵衛《へ》と変名《へんみやう》して陰謀《いんぼう》を企《くはだ》て、此辺《へん》に徘徊《はいくわい》する由《よし》、汝《なんぢ》も漁師《りやうし》、名も徳《とく》兵衛《へ》、

次《つぎ》へ続《つゞ》く

(27)二十一ウ

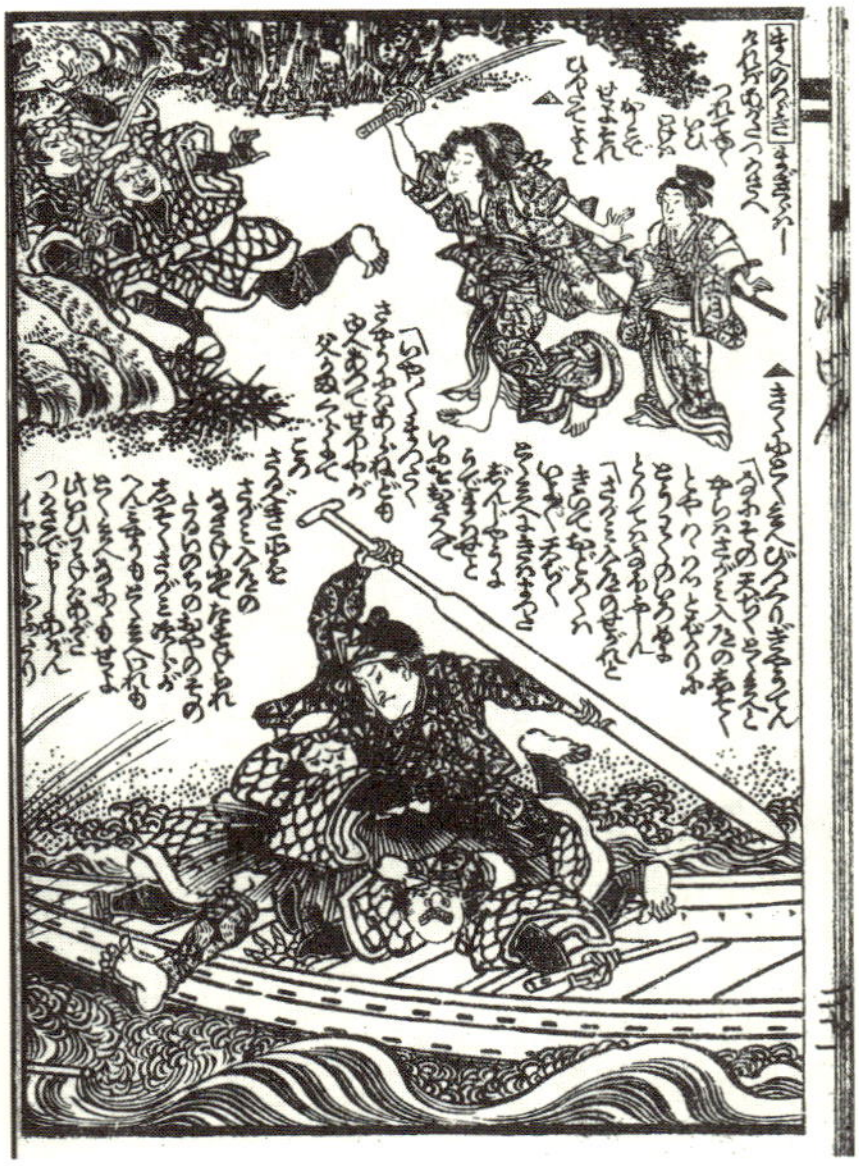

二十二オ

(27) 前《まへ》の続《つゞ》き 紛《まぎ》らはしければ、県司《あがたつかさ》へ連《つ》れて行《ゆ》く。言《いひ》訳《わけ》は彼処《かしこ》でせよ、それ引立《ひつた》てよ、と聞《き》くに徳兵衛《とくへ》びつくり仰天《ぎやうてん》。何《なに》その天竺徳兵衛《ぢくとくへ》とやらは、相模《さがみ》入道の子息《しそく》とや、ハ、ハツとばかりに当惑《とうわく》の色目《いろめ》に捕手《とりて》はなほ不審《ふしん》。「相模《さがみ》入道の倅《せがれ》と聞《き》いて驚《おどろ》くは、いよ〳〵天竺徳兵衛《ぢくとくへ》に極《きは》まつた。尋常《じんじやう》に腕回《うでまは》せ」と言《い》ふを抑《おさ》へて、「いや〳〵全《まつた》く左様《さやう》にはあらねども、故《ゆへ》あつて拙者《せつしや》が父、鎌倉《かまくら》にて殺《ころ》さるべき所を相模《さがみ》入道の情《なさ》けにて助《たす》けられたる命《いのち》の親《おや》の、その子息《しそく》佐上《さがみ》次郎が変名《へんみやう》も徳《とく》兵衛《へ》、我《われ》も徳《とく》兵衛《へ》、何《なに》にもせよ、此言訳《いひわけ》は県司《あがたつかさ》で申し上《あ》げん。イヤ申し御二人《おふたり》、今御聞《いまおき》きの通《とほ》りなれば、つい一走《ひとはしり》行《い》て参《まい》ります。必《かなら》ず他《ほか》へ行《ゆ》かず、此処《こゝ》に待《ま》つて御座《ござ》りませ」と言《い》ひ置《お》きて、捕手《とりて》の者《もの》に連《つ》れられて県司《あがたつかさ》へ急行《いそぎゆ》く。日も早《はや》、暮《くれ》に近付《ちかづ》く頃《ころ》、かの小露《つゆ》は爺《ぢゞ》と母に逸《はぐ》れ、「爺様《ぢゞさま》のふ、母様《さま》のふ」と呼《よ》ばはりつゝ、

次《つぎ》へ続《つゞ》く

大盤若経

(28)二十二ウ

二十三オ

（28）前《まへ》の続《つゞ》き　此所へ帰来《かへりき》て、薄暗《うすくら》がりに柴垣《しばがき》を母と思《おも》ひて取付《とりつ》きければ、此方《こなた》はびつくり。「フウ其方《そなた》は迷子《まよひ》じやの。此処《こゝ》に待《ま》つて居《ゐ》たならば尋《たづ》ねて来《こ》よふ、此処《こゝ》に居《ゐ》や」と言《い》へば、いへ〳〵今あつちの方《ほう》で泣《な》いて居《ゐ》たりや、怖《こわ》い侍《さふらひ》が大勢《ぜい》来《き》て、わしを見《み》て、月若丸《わか》とやらじやないかと言《い》ふて捕《つか》まよふとした故《ゆへ》に、やう〳〵此処《こゝ》まで逃《に》げて来《き》ましたと、聞《き》いて驚《おどろ》く柴垣《しばがき》が心《こゝろ》の内《うち》に思ひけるは、此深《ふか》手《で》の上《うへ》に、又も敵《かたき》の大勢《ぜい》が此処《こゝ》へ来《き》たなら何《なん》としやう、御運《うん》は此処《こゝ》に極《きは》まるか。不憫《ふびん》なれども月若様《わかさま》に似《に》たこそ幸《さいは》ひ、いつそ此子を御身代《おがは》りに、それよ〳〵と、先《ま》づ月若《わか》を引寄《ひきよ》せて、帯解《おびと》く〳〵上着脱《うはぎぬ》がせて、小露《つゆ》が帯《おび》に手を掛《か》くれば、「コリヤ何《なん》となされます」と言《い》ふを打消《うちけ》し、互《たが》ひの着物《きもの》を着替《きせか》へたれど、これも人の大事《だいじ》の子、何処《どこ》へ刃物《はもの》が当《あ》てらりやうと思《おも》へば、目《め》もくれ心も消《き》へて只伏《たゞふ》し沈《しづ》むばかり也。

始終《しじう》をとつくと聞済《きゝす》まし、木蔭《こかげ》を出《いづ》る天竺《ぢく》徳《とく》兵衛《へ》、刀を抜《ぬ》いて小露《つゆ》を捕《とら》へ、胸《むね》の辺《あた》りを一抉《ひとゑぐ》り、それ身代《がは》りに立《た》てさつしやれと投出《なげいだ》せば、ヤアその子を斬《き》つたか、ハ、はつと心の落《お》ちの柴垣《しばがき》は、そのま丶息《いき》は絶《た》へにけり。ハア乳母《うば》は死《し》んだか悲《かな》しやと、うろつき給ふ月若《わか》を引捕《ひつとら》へ、経箱《きやうばこ》の中《うち》に押《おし》入て背撓《せたら》負《お》ひ、立退《たちの》かんとする向《むか》ふへ、身の言訳《いひわけ》をさつぱりと立返《たちかへ》る二代の徳《とく》兵衛《へ》、行違《ゆきちが》ふたる天竺《ぢく》が後振《あとふり》返《かへ》れば、小露《つゆ》が死骸《しがい》、ぱつと燃《もへ》立心火《しんくわ》の光《ひかり》、二人《ふたり》が互《たが》ひに顔《かほ》と顔《かほ》、見《み》れば血に染《そ》む二人《ふたり》の死骸《しがい》、南無三宝《なむさんぼう》と気《き》は転《てん》倒《どう》。「曲者待《くせものま》て」と声掛《こへか》けられ、捻向《ねぢむ》く振《ふ》りにて天竺《ぢく》が、はつしと打《う》つたる手裏剣《しゆりけん》を、櫂《かい》で受《う》けたる二代の徳《とく》兵衛《へ》、後《あと》を慕《した》ふて追行《おいゆ》きぬ。

藻汐《もしほ》は我《わ》が子の行方《ゆくへ》を尋《たづ》ねて此処《こゝ》に来《きた》り、小提灯《ぢやうちん》にて小露《つゆ》が死骸《しがい》を見付《みつ》け、こはマアどふじや、何者《もの》が殺《ころ》したぞと嘆《なげ》き悲《かな》しむ事《こと》、なか〳〵筆《ふで》に尽《つ》くされず、哀《あは》れと言《い》ふも愚《おろ》かなり。藻汐《もしほ》はやう〳〵涙《なみだ》を拭《ぬぐ》ひ、亡骸《なきがら》を浜辺《はまべ》に埋《うづ》めて、泣《な》く〳〵我《わ》が家《や》に帰《かへ》りしが、親父《おやぢ》の嘆《なげ》かん事《こと》を思《おも》ひて、その事《こと》を隠《かく》して言《い》はず、二代の徳《とく》兵衛《へ》も隠《かく》して言《い》はざれば、爺《ぢゝ》の網《あみ》右衛門は、やつぱり迷子《まよひご》になりしと思《おも》ひ、近所《きんじよ》を頼《たの》み、鉦《かね》・太鼓《たいこ》にて探《さが》しに出《いだ》し、我《われ》も又杖《つゑ》に縋《すが》り、とぼ〳〵尋《たづ》ねに出行《いでゆ》きぬ。二代の徳《とく》兵衛《へ》・藻汐夫婦《もしほふうふ》は後《あと》に残《のこ》りて嘆《なげ》きの涙《なみだ》。父《とゝ》さんに知《し》らさぬは御嘆《おなげ》きなさるが愛《いと》しさゆへ、鉦《かね》・太鼓《たいこ》を叩立《たゝきた》て、何方《いづかた》を尋《たづ》ねたとて、土《つち》の底《そこ》に居《ゐ》る小露《つゆ》、どうして知《し》れよふ。それとは知《し》らず尋《たづ》ねさしやんす。父《とゝ》さんが愛《いと》しいはいなと泣《な》きければ、徳《とく》兵衛《へ》は立上り、畳《たゝみ》を引上《ひきあ》げ、床《ゆか》の下《した》より取出《とりだ》す卒塔婆《そとば》に手向《たむ》けの水《みづ》。「舅殿《しうとどの》に隠《かく》せば死骸《しがい》も寺へは葬《ほうふ》られず、

次《つぎ》へ続《つゞ》く

(29) 前《まへ》の続《つゞ》き 浜辺《はまべ》の土《つち》に埋《うづ》めやつたと聞《き》いたゆへ、せめて卒塔婆《そとば》を立《た》てよふと道心坊《どうしん》に付《つ》けて貰《もら》つた此戒名《かいみやう》、思《おも》へばく〜可哀《かはゆ》い事《こと》をしたはいのふ。殊《こと》にあの子は先《せん》の亭《てい》主《しゆ》の子、血《ち》を分《わ》けぬ程《ほど》なほ不憫《ふびん》だ」。「さいなァ先《せん》の徳兵衛《とくへ》殿《どの》、十年以前《ねんいぜん》、漁《りやう》に出《で》て再《ふた》び帰《かへ》らず死《し》なれたは必定《ひつぢやう》。年《とし》寄《よ》つた父様《とゝさま》と、あの子を養育《やういく》ばつかりに、御前《おまへ》といふ男《おとこ》を持《も》ち、すぐに二代の徳《とく》兵衛《へ》さん、あの子を生立《おひた》て良《よ》き聟取《むこと》るが、死《し》んだ徳兵衛殿《とくへどの》へ追善《ついぜん》と思ふた甲斐《かい》もないはいな」と口説《くど》き立《た》てゝ嘆《なげ》きければ、アヽ悔《く》やんで返《かへ》らず是非《ぜひ》がない。おりや、これを立《た》てゝ来《こ》よふと卒塔婆《そとば》を携《たづさ》へ出行《いでゆ》きぬ。

世に潜《ひそ》みて時節《じせつ》を窺《うかゞ》ふ天竺徳《ぢくとく》兵衛《へ》、経櫃《きやうびつ》を背撓負《せたらお》ひ、年経《としへ》て帰《かへ》る故郷《こきやう》の軒端《のきば》、目当《めあて》の松の木見違《たが》へず、我《わ》が宿《やど》ながら案内《あんない》を乞《こ》ひければ、女房藻汐《ぼうもしほ》、立出《たちいで》て戸を開《ひら》き、天竺《ぢく》と顔見合《かほみあ》はせてびつくりし、こりや幽霊《ゆうれい》かと怪《あや》しめば、天竺《ぢく》は内へ通《とほ》り、十年過《ねんす》ぎて帰来《かへりきた》れば不審《ふしん》は尤《もつと》も。漁《りやう》に出《いで》て南風《なんぷう》に遭《あ》ひ、天竺国《ぢくこく》へ吹流《ふきなが》され、漸々《やうく》此国《くに》へ戻《もど》つたと詳《くは》しき話《はなし》を聞《き》く女房《ぼう》。そんなら今迄《いまゝで》生《い》きて居《ゐ》やしやんしたのじやなホイ、はつと嬉《うれ》しいなかに、後《のち》の夫《おつと》のあるぞとは言《い》ふに言《い》はれぬ心《こゝろ》の苦《くる》しさ。ホ、あんまりのびつくりで、結句癪《けつくしやく》が上《のぼ》つたか。先《ま》づ聞《き》きたいは舅殿《しゆうとどの》、今《いま》に達者《たつしや》か。娘《むすめ》はどうした、別《わか》れた時《とき》は当歳《とうざい》子、さぞ大《おほ》きうなつたであらふなと、問《と》はれて何《なに》も返答《へんとう》に、胸《むね》も暗《くら》やむ表《おもて》の方《かた》。提灯《ちやうちん》灯《とも》させ立派《りつぱ》の侍《さふらひ》、門口《かどぐち》を差窺《さしうかゞ》ひ、漁師《りやうし》の徳《とく》兵衛《へ》殿《どの》とは此処《こゝ》か。あいこれで御座《ござ》ります。然《しか》らば御免《ごめん》と打通《うちとほ》れば、天竺《ぢく》は様子《やうす》を見て、ついに御目《おめ》に掛《か》かりませぬ。貴方《あなた》は何方《どなた》で御座《ござ》ります。徳《とく》兵衛《へ》と申すは、すなはち拙者《せつしや》で御《ご》座《ざ》ります。「フウ貴公《きこう》が徳《とく》兵衛《へ》殿《どの》とな。これは〱拙者《せつしや》は冨士名判官《ふじなのはんぐわん》雪国《ゆきくに》が家来《けらい》、田子次郎と申す者《もの》。其許《そのもと》の本名は楊名之《やうめいの》介広有殿《ひろありどの》の家臣《かしん》、追風《おひ》四郎景《かげ》村殿《どの》と申さふがの」と押付《おしつ》けて言《い》ふ間違《まちが》ひに、「その徳《とく》兵衛《へ》はこちらに」と言《い》ふも言《い》はれずうぢつく女房《ぼう》。合点《がてん》行《ゆ》かねど賺《すか》さぬ天竺《ぢく》、いかにも拙者追風《せつしやおひかぜ》四郎。さこそ〱家来《けらい》ども、それ此方《こなた》へと台《だい》の物《もの》、天竺《ぢく》が前《まへ》に押直《おしなほ》させ、「いまだ聞及《きゝおよ》ばれずや。楊《やう》名之《めいの》介殿《どの》の御子息《しそく》多門之《たもんの》介殿《どの》は、蛙鳴《あめい》丸の刀《かたな》と雲《くも》井の名香《めいかう》紛失《ふんじつ》によつて出奔《しゆつぽん》せられ、一家中《いつかちう》散《ち》り〲ばら〱、蛙《あ》鳴《めい》丸は故《ゆゑ》あつて出《いで》たれども、雲《くも》井の名香《めいかう》は今《いま》に知《し》れず。その盗賊《たうぞく》は佐上《さがみ》次郎と察《さつ》すれども、彼奴《きやつ》、蝦蟇《がま》の仙術《せんじゆつ》を行《おこな》へば、なか〱容易《たやす》く手に入《い》らず。貴殿《きでん》、一旦《いつたん》の誤《あやま》りありて、国《くに》を立退《の》き侍《さむらい》は辞《や》めたりとも、忠勤《きん》は今《いま》此時《とき》、何卒《なにとぞ》、佐上《さがみ》次郎を打取《と》つて名香を取返《とりかへ》し、多門之《たもんの》介殿《どの》の家《いへ》を引興《ひきおこ》されなば、

次《つぎ》へ続《つゞ》く

大盤若経

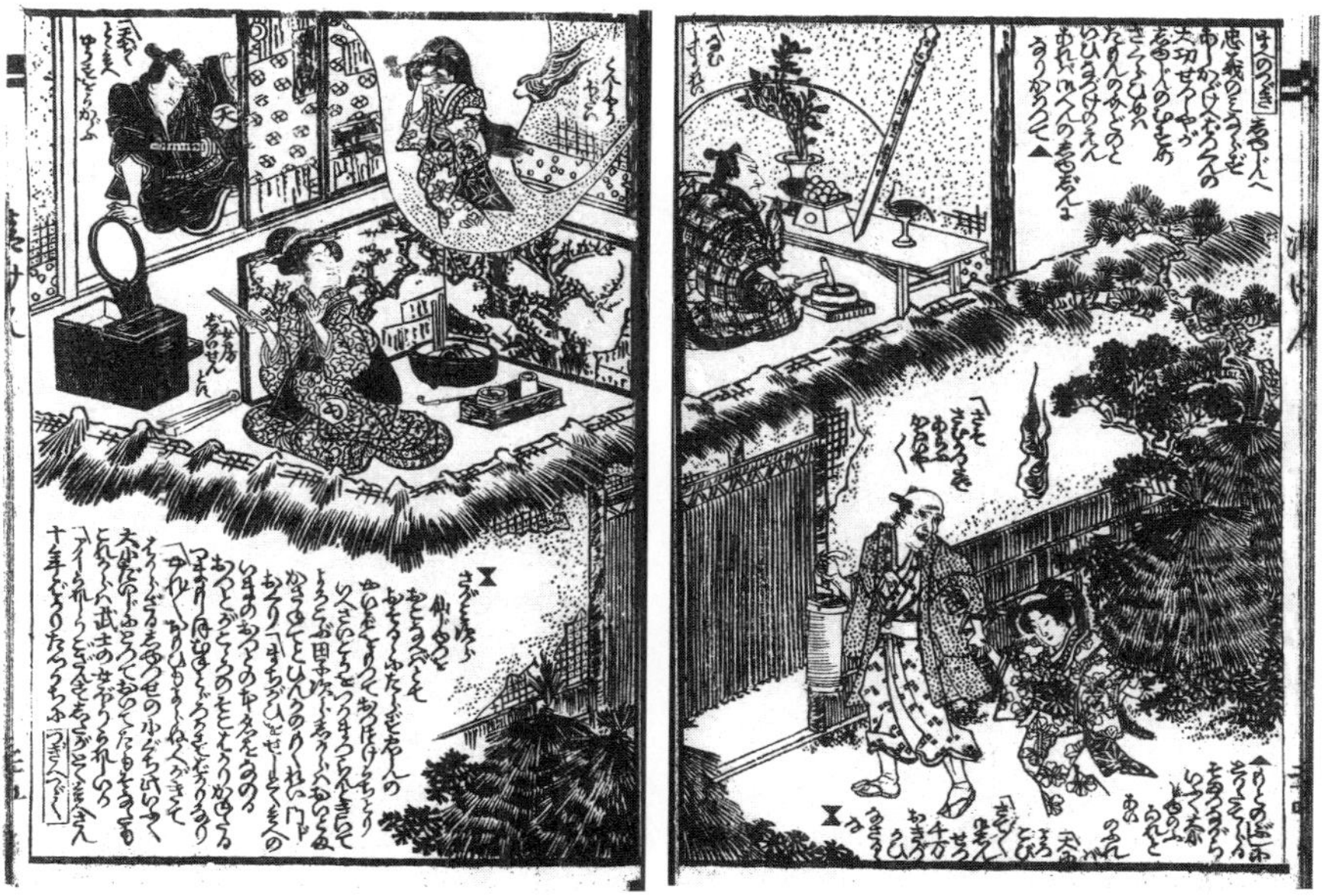

(30)二十四ウ
二十五オ

（30）前《まへ》の続《つゞ》き　主人《しゆじん》へ忠義のみならず、足利家《あしかゞけ》へ抜群《ばつぐん》の大功、拙者《せつしや》が主人《しゆじん》の娘《むすめ》桜姫《さくらひめ》は、多門之介殿《たもんのすけどの》と許嫁《いひなづけ》の縁《えん》あれば、御辺《へん》の主人《しゆじん》になり代《か》はつて元《もと》の武士《ぶし》に取立《とりた》てらる。粗末《そまつ》ながら衣服《いふく》大小受納《じゆのふ》あれ」と相述《あいの》ぶれば、大に喜《よろこ》び、さて〳〵御親切《しんせつ》千万、御気遣《おきづか》ひなさるゝな。佐上《さがみ》次郎、仙術《じゆつ》を行《おこな》へばとて、怖《おそ》るゝに足《た》らず。忠心《しん》の刃《やいば》をもつて追《おつ》付《つ》け討取《うちと》り、家再興《いへさいこう》を仕《つかまつ》らん、と聞《き》いて喜《よろこ》ぶ田子次郎。然《しか》らば御暇《おいとま》重《かさ》ねてと、貧家《ひんか》の黙礼《もくれい》門ド送《おく》り。間違《まちが》ひをせし徳兵衛《とくへ》の今《いま》の夫《おつと》の本名を名乗《なの》る夫《おつと》が心《こゝろ》の底《そこ》、計《はか》りかねたる妻藻汐《つまもしほ》、胸轟《むねとゞろ》かすばかりなり。やれ〳〵思《おも》ひもよらぬ人が来て、図《はか》らざる出世《しゆつせ》の小口《ぐち》、此衣服《いふく》大小大事《だいじ》に取《と》つて置《お》いてたも。其方《そなた》もこれからは武士の女房《ぼう》、嬉《うれ》しいか。アイ嬉《うれ》しう御座《ござ》んす。したが徳兵衛《とくへ》さん、十年ばかり経《た》つうちに　次《つぎ》へ続《つゞ》く

さぞ寒《さむ》かつたであらふ、可哀《かはい》や〳〵。

南無幽霊遁世菩提《なむゆうれいとんしやうぼだい》。

天竺徳兵衛《ぢくとくへ》、様子《やうす》を窺《うかゞ》ふ。

女房自害《じがい》せんとす。

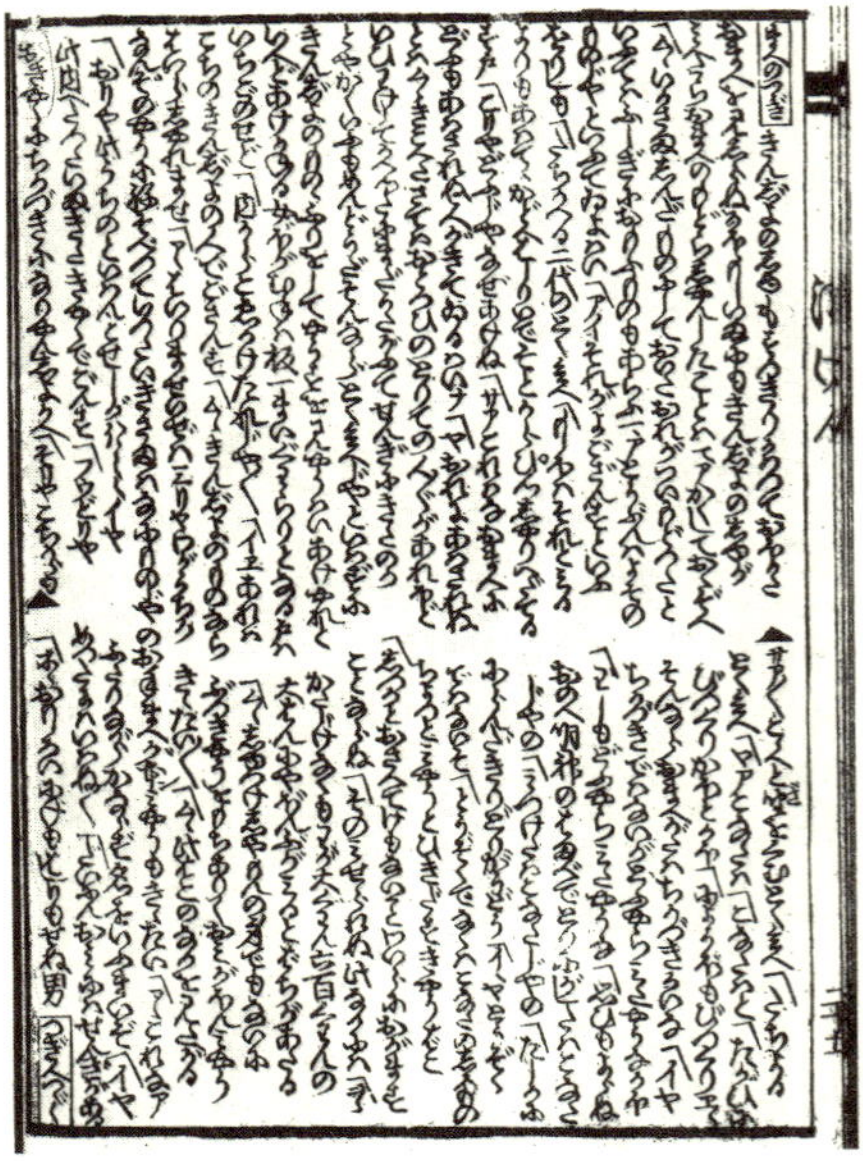

（31）二十五ウ

（31）**前《まへ》の続《つゞ》き** 近所《きんじよ》の衆《しゆ》もすつきり変《か》はつて、大方《おほかた》お前《まへ》を見知《し》らぬ顔《かほ》。もし今《いま》にも近所《きんじよ》の衆《しゆ》が見《み》へたら、お前《まへ》の戻《もど》らしやんした事《こと》は、マア隠《かく》して置《お》くぞへ。ム、いかさま死《し》んだものにして置《お》いた俺《おれ》が、つい戻《もど》つたといふては不思議《ふしぎ》に思《おも》ふ者《もの》もあらふ。マア当分《とうぶん》は他所《よそ》の者《もの》じやと言《い》ふてゐよはい。「アイそれがよござんす」と言《い》ふ折《をり》しも、立帰《たちかへ》る二代の徳《とく》兵衛《へ》。藻汐《もしほ》は、それと見《み》るよりも慌《あは》て、門《かど》へ走出《はしりい》で、外《そと》からぴつしやり隔《へだ》てる簾《す》戸。こりやどふじや、何故《なぜ》開《あ》けぬ。サアこれはな、お前《まへ》にどふも会《あ》はされぬ人が来《き》て居《ゐ》るはいな。「ヤ俺《おれ》に会《あ》はされぬとは、ム、聞《き》こへた。さては一昨日《おとつひ》の捕手《とりて》の人々《ぐ》が、あれほど言訳《いひわけ》して帰《かへ》つたに、まだ疑《うたが》ふて詮議《せんぎ》に来《き》たのか。とやかく言《い》ふも面倒《めんどう》だ。そんなら徳《とく》兵衛《へ》じやと言《い》はずに、近所《きんじよ》の者《もの》の振《ふ》りをして、様子《やうす》を見やうはい。開《あ》けやれ」と言《い》へど、開《あ》けかねる女房《ぼ》が胸《むね》は板一枚《まい》、ぐわらりと鳴《な》る戸は一期《いちご》の背戸《せど》、内から声掛《こゑか》け、「誰《たれ》じや〳〵」。イヱあれは、こちの近所《きんじよ》の人でござんす。ム、近所《きんじよ》の者《もの》なら入《はい》らしやれませ。ア、入《はい》りませいぜは、見《み》りや我《わ》が家《うち》か何《なん》ぞの様《やう》に寝《ね》そべつて、一体貴様《いつたいきさま》は何《なに》者《もの》じや。「おりや此家《うち》の」と言《い》はんとせしが、ハハ、、、、イヤ此内へたつた今来《いまき》た客《きやく》でごんす。フウどりやお客《きやく》に近《ちか》付《づ》きになりやんしよかへ。そりやこちからも。サア〳〵此《こ》処へと坐《ざ》を組《く》む徳《とく》兵衛《へ》、立寄《たちよ》る徳《とく》兵衛《へ》。ヤア此方《こなた》は、此方《こなた》はと、互《たが》ひにびつくり顔《かほ》と顔《かほ》。女房《にようぼ》もびつくり。ヱ、そんならお前方《まへがた》は近付《ちかづき》かいな。イヤ近付《ちかづき》ではないが、どふやら見《み》たやうな顔《かほ》。わしもどふやら見《み》たやうな。思ひもよらぬ尾上《おのへ》明神の浜辺《はまべ》で捕逃《とりに》がしたは此方《こなた》じやの。見付《みつ》けたは此方《こなた》じやの。確《たし》かに睨《にら》んだ斬取《きりど》り強盗《がうどう》。イ、ヤ盗賊《とうぞく》ではないぞ。盗賊《とうぞく》でなくは此方《こなた》の代物《しろもの》、ちよつと見《み》やうと引出《ひきだ》す経箱《きやうばこ》。しつかと押《お》さへて、気《け》もない事《こと》、わいらに拝《おが》ます事《こと》ならぬ。その見《み》せられぬ此中《なか》には。ヲ、忝《かたじけな》くも我《わ》が大願《ぐわん》六百巻《くわん》の大般若《はんにや》、凡夫《ぼんぶ》が見《み》ると罰《ばち》が当《あ》たる。ム、出家《しゆつけ》沙門《しやもん》の身でもないに、仏経《ぶつきやう》を持歩《もちあ》りく御身《おみ》が本名《ほんみやう》聞《き》きたい〳〵。ム、此箱《はこ》の中《なか》を見たがるの。お手前《まへ》が本ン名《みやう》も聞《き》きたい。ア、これなア、二人《ふたり》ながら必《かなら》ず名を言《い》ふまいぞ。イヤ滅多《めつた》には言《い》はぬ〳〵。だいぶん御身《おみ》には詮議《せんぎ》がある。ホ、面白《おもしろ》い、逃《に》げも走《はし》りもせぬ男、

次《つぎ》へ続《つゞ》く

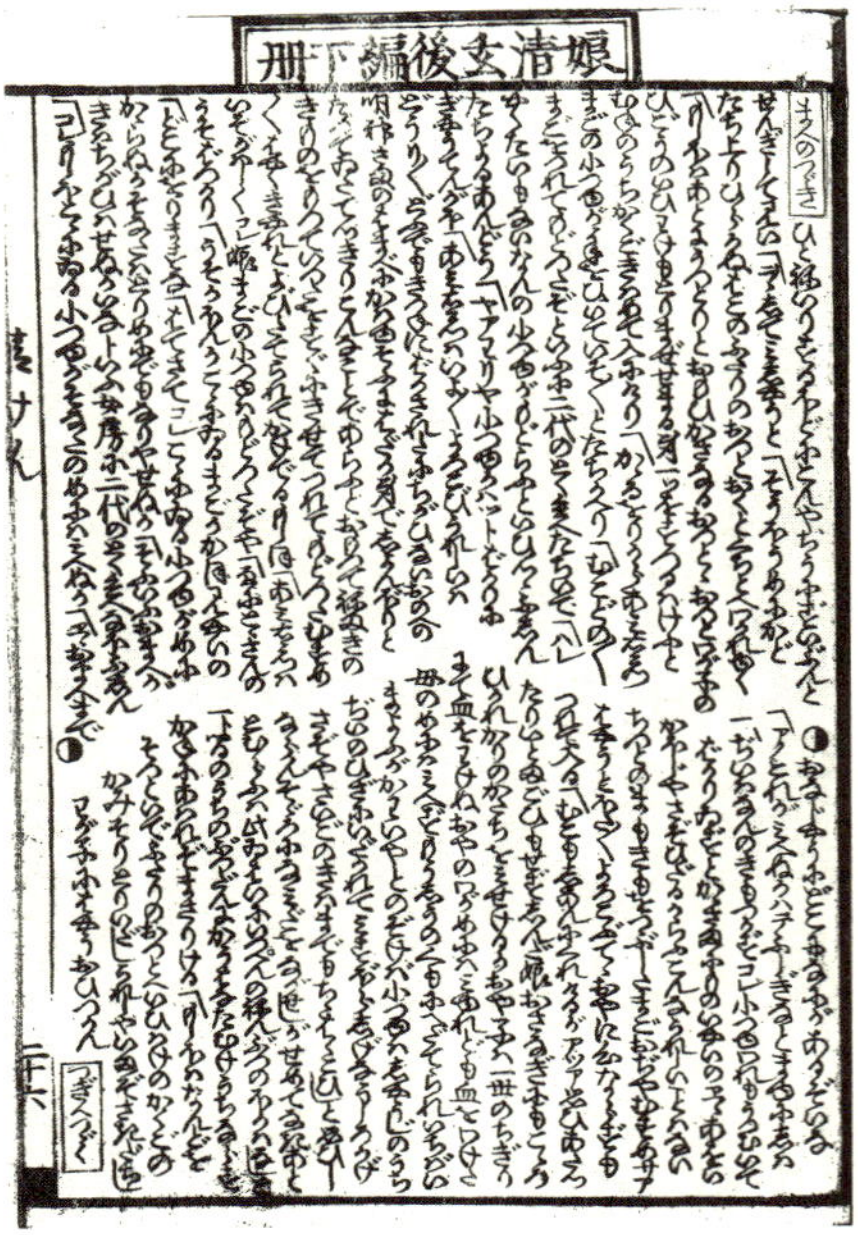

(32) 二十六オ

(32) 娘清玄後編下冊

前《まへ》の続《つゞ》き　一寝入《ひとねい》りする程《ほど》に、今夜中《こんやぢう》に随分《ずいぶん》と詮議《せんぎ》して見い。ヲヽ、してみしやうと。双方目《そうほうめ》に角立《かどたち》上り、開《ひら》かぬ箱《はこ》の二人《ふたり》の夫《おつと》、奥《おく》と口《くち》とへ別行《わかれゆ》く。藻汐《もしほ》は後《あと》にうつとりと思《おも》ひ重《かさ》なる夫《おつと》と夫《おつと》。我《わ》が子の非業《ひごう》の言訳《いひわけ》も取混《とりま》ぜ迫《せま》る身一つを、捨《す》つるは今日《けふ》と胸《むね》の内《うち》、覚悟極《かくごきは》めて入にけり。

斯《か》かる折《をり》から網《あみ》右衛門、孫《まご》の小露《つゆ》が手を引《ひ》いて、いそ〳〵と立帰《たちかへ》り、「聟殿《むこどの》〳〵、孫《まご》を連《つ》れて戻《もど》つたぞ」と言《い》ふに、二代の徳《とく》兵衛《へ》立出《たちい》で、「ハレ益体《やくたい》もない、何《なん》の小露《つゆ》が戻《もど》らふ」と言《い》ひつゝ不審《ふしん》、立寄《たちよ》る行灯《あんどう》。ヤアわりや小露《つゆ》か、ハットばかりに仰天顔《ぎやうてんがほ》。網《あみ》右衛門はいよ〳〵喜《よろこ》び、「嬉《うれ》しいは道理《どうり》〳〵、どふでも狐《きつね》に化《ば》かされたに違《ちが》ひない。尾上《おのへの》明神様《さま》の浜辺《はまべ》に可哀想《かはゆそふ》に裸《はだか》身でしよんぼりと立《た》つて居《ゐ》た。てつきりこんな事《こと》であらふと思《おも》つて、寝巻《ねまき》の着物《きもの》を持《も》つて行《い》つたを直《す》ぐに着《き》せて連《つ》れて戻《もど》つた。娘々《むすめ〳〵》、早《はや》く来《き》やれ」と呼立《よびた》てられて駆出《かけで》る藻汐《もしほ》。網《あみ》右衛門は忙《いそがは》しく、コレ娘、孫《まご》の小露《つゆ》は戻《もど》つたぞや。何《なに》、父《と》さんの嘘《うそ》ばつかり。嘘《うそ》か本《ほん》か、此処《こゝ》に居《ゐ》る孫《まご》、顔《かほ》見やいの。何処《どこ》に居《を》りますな。はてさて、コレ此処《こゝ》に居《ゐ》る小露《つゆ》が目《め》に掛《か》からぬか。そなたは鳥目《とりめ》にでもなりやせぬか。「そふ言《い》ふお前《まへ》が気《き》は違《ちが》ひはせぬかいな」と言《い》ふ女房に、二代の徳《とく》兵衛《へ》なほ不《ふ》審《しん》。コレ藻汐《もしほ》、此処《こゝ》に居《ゐ》る小露《つゆ》が其方《そなた》の目《め》には見《み》へぬか。ヱ、お前《まへ》まで同《おな》じ様《やう》に、何処《どこ》に何《なに》があるぞいな。アノこれが見《み》へぬか、ハテ不思議《ふしぎ》なと眉《まゆ》に皺《しは》。爺《ぢい》は何《なん》の気《き》も付《つ》かず、コレ小露《つゆ》、われも俯《うつむ》いてばかりゐずと母様《かゝさま》に物言《ものい》やいの。ヱ、青《あを》い顔《かほ》じや、さぞ饑《ひだる》からふ。こんな嬉《うれ》しい事《こと》はない。ちつとの間《ま》も肝《きも》を潰《つぶ》した。孫《まご》おぢや、娘《むすめ》サア早《はや》うと、ほた〳〵喜《よろこ》ぶ父親《てゝおや》に、心ならずも連《つ》れて入る。聟《むこ》も思案《しあん》に暮《く》れけるが、アツア思ひ当《あ》たつたり。暇乞《いとまごひ》もせず死《し》んだ娘、幼《おさな》気《ぎ》にも心惹《こゝろひ》かれ、仮《かり》の形《かたち》を見《み》せけるか。親《おや》子は一世の契《ちぎ》りにて、血を分《わ》けぬ親《おや》の我《わ》が目《め》には見《み》ゆれども、血を分《わ》けた母の目《め》には見《み》へず、妄執《もうしう》の雲《くも》に隔《へだ》てられ、一倍迷《いちばいまよ》ふが可哀《かわい》やと覗《のぞ》けば、小露《つゆ》は障子《しやうじ》の内《うち》、爺《ぢい》の膝《ひざ》に抱《いだ》かれて、みすぼらしげな後影《うしろかげ》、さぞや最期《さいご》の際《きは》までも、父母恋《ちゝはゝこひ》しと思ひしならん。そゞろに涙《なみだ》を流《なが》せしが、せめて亡《な》き跡弔《あととむら》ふは、此位牌《ゐはい》に一遍《いつぺん》の念仏《ねんぶつ》の他《ほか》はなしと、一ト間の内《うち》の仏壇《ぶつだん》に香《かう》花《はな》手向《たむ》け、打鳴《うちな》らす鐘《かね》に哀《あは》れぞ勝《まさ》りける。藻汐《もしほ》は納戸《なんど》をそつと出《い》で、二人《ふたり》の夫《おつと》へ言訳《いひわけ》の覚悟《かくご》の剃刀《かみそり》取出《とりいだ》し、嬉《うれ》しや今《いま》ぞ、先立《さきだ》ちし我《わ》が子に早《はや》う追付《おひつ》かん、

次《つぎ》へ続《つゞ》く

（33）二十六ウ

二十七オ

（33） 前《まへ》の続《つゞ》き 南無阿弥陀仏《なむあみだぶつ》と唱《とな》ふる折《をり》しも、「母様《かゝさま》々々〳〵」と呼《よ》ぶ声《こゑ》に、ハテ不思議《ふしぎ》や、確《たし》か今《いま》のは小露《つゆ》が声《こゑ》、イヤ〳〵死《し》んだ者《もの》が呼《よ》ぶ筈《はづ》はない。此母が恋《こひ》しく思ふ迷《まよ》ひの僻《ひが》耳《みゝ》ならんと、又も剃刀《かみそり》、南無阿弥陀仏《なむあみだぶつ》。「母様《かゝさま》々々〳〵、必《かなら》ず死《し》んで下《くだ》さんすな。私《わたし》やお前《まへ》に会《あ》いたひばつかりに来《き》たけれど、悲《かな》しや一世の縁者《えんじや》ゆへ、お前《まへ》の顔《かほ》も見《み》へぬはいな」といふ声《こゑ》になほ母親《おや》は、どれ何処《どこ》に居《ゐ》る。たつた一目《ひとめ》見《み》たや、会《あ》ひたや、悲《かな》しやと探《さぐ》り回《まは》れど、一世の縁《ゑん》、形《かたち》の見《み》へぬぞ悲《かな》しけれ。

斯《か》くとも知《し》らず、爺網《ぢいあみ》右衛門が「娘何処《むすめどこ》に」と尋《たづ》ぬる声《こゑ》、はつと泣《な》き顔隠《がほかく》す間《ま》に、一ト間を立出《たちい》で、たつた今《いま》まで抱《だ》いて居《ゐ》た小露《つゆ》が見《み》へぬが、ヲ、そこに居《ゐ》るか。サア〳〵饑《ひだる》からふに、早《はや》う膳拵《ぜんこしら》へて据《す》へてたも、と急《せ》つかれて是非《ぜひ》もなく〳〵立《た》つて行《ゆ》く。夫《おつと》は一間《ひとま》に鐘橦木《かねしゆもく》、南無阿《なむあ》弥陀仏《みだぶつ》〳〵。藻汐《もしほ》は膳《ぜん》を拵《こしら》へて、父《とゝ》さん何処《どこ》へ据《す》へるのじやへ。コレ〳〵俺《おれ》が膝《ひざ》に抱《だ》いて居《ゐ》る、此処《こゝ》へ〳〵と抱《だ》きしめる。爺《ぢい》は孫《まご》ぞと思《おも》へども、母の目《め》には娘《むすめ》にあらで、見る目《め》いぶせき卒塔婆《そとば》木を撫擦《なでさす》る余念《よねん》なさ、二目《ふため》とも見《み》やらず身を捻向《ねぢむ》いて忍泣《しのびな》き。小露《つゆ》が声《こへ》にて「のふ爺様《ぢいさま》、わしや飯《まゝ》よりは水《みづ》が飲《の》みたう御座《ござ》んす」。「ア、訳《わつけ》もない、此裄丈《よたけ》もない体《からだ》へ水飲《みづの》んでたまるものか、ひよつと我《わ》が身がもしもの事《こと》があつたら、俺《おり》や何《なん》としやうぞいやい。そしてマア時《とき》でもない、あの念仏《ねんぶつ》は誰《たれ》じやぞいの」。「イヱ／＼あの鐘《かね》の声《こへ》が何《なに》より彼《か》より。私《わたし》が為《ため》、いつまでも御念仏《おねんぶつ》を切《き》らして下《くだ》さんすな。これ母様《かゝさま》、父《とゝ》さんと仲良《なかよ》う、必《かなら》ず死《し》んで下《くだ》さんすなへ。お前《まへ》が死《し》んだら一倍爺様《いちばいぢいさま》が頼《たよ》り、永《なが》らふと思《おも》ふて、わしやそれが悲《かな》しいはいな。ヲ、それ程《ほど》まで此母が苦《く》になるか、可哀《かはい》やな、必《かなら》ず迷《まよ》ふてたもんなや」。「アイ迷《まよ》ふまいとは思へども、幼《おさな》くて死《し》んだ者《もの》は賽《さい》の河原《かはら》で石《いし》を拾《ひろ》ひ、一重積《いちぢうつ》んでは父恋《こひ》し、二重積《ぢうつ》んでは母恋《こひ》し、恋《こひ》しと泣《な》いて居《ゐ》るはいな。わしが習《なら》ふた折《をり》手本、誰袖《たがそで》の楊枝差《やうじさし》、七つの祝《いは》ひの振袖《ふりそで》も、地蔵様《ぢざうさま》へ納《おさ》めて下《くだ》さんせ。わしが買《か》ふた銭箱《ぜにばこ》の鼠籠《ねずみかご》の蟋蟀《きり〴〵す》も放《はな》してやつて、必《かんなら》ず殺生《せつしやう》して下《くだ》さんすな。名残惜《なごりを》しや、行《ゆ》きともない／＼」と泣《な》き声《ごへ》に、爺《ぢい》は驚《おどろ》き、「行《ゆ》くとはど、何処《どこ》へ。もふ何処《どつこ》へも遣《や》りやせぬ」と言《い》へど、甲斐《かい》なき夜明《あ》けの鐘《かね》につれて、形《かたち》も蜉蝣《かげらふ》のぱつと消《き》へては後《うし》ろにあり、縋《すが》れば消《き》へつ現《あらは》れつ、愛惜《あいじやく》の雲《くも》、三悪道《さんあくどう》、縁《ゑん》の切目《きれめ》の責念仏《せめねぶつ》。南無阿弥陀仏《なむあみだぶつ》声震《こゑふる》ひ、残《のこ》るは卒塔婆《そとば》、裳脱《もぬけ》の衣《きぬ》。そんなら孫《まご》は死《し》んだのか。しかも斬《き》られて。ハア悲《かな》しや、こりや待《ま》つてくれ、小露《つゆ》やいと小袖《そで》を振《ふ》るひ、庭《には》の隅柱《すみはしら》に当《あ》たり蹴躓《けつまづ》き、どふと伏《ふ》して泣沈《なきしづ》む理《ことわり》とこそ聞《き》こへけれ。二代の徳兵衛《とくへ》涙《なみだ》を拭《ぬぐ》ひ立出《いで》て、舅殿嘆《しうとどのなげ》くまい、孫《まご》の敵《かたき》は知《し》れてある。たゞ今討《いまう》つて御目《おめ》に掛《か》けんと、嗜《たしな》む刀追取《かたなおつと》りて、駆寄《かけよ》る障子《しやうじ》の内からぐわらりと天竺徳《ぢくとく》兵衛《へ》、見《み》るよりびつくり網《あみ》右衛門、「ヤア此方《こなた》は先《せん》の徳兵衛殿《とくへどの》」と言《い》ふを打消《うちけ》し、ヤア／＼二代の徳兵衛《とくへ》、本名は追風《おひかぜ》四郎景《かげ》村、冨士名《ふじな》の判官《はんぐわん》が家来《けらい》と言《い》ひ合《あ》はせ、子供騙《どもだま》しの謀《はかりごと》、相模《さがみ》入道の恩《おん》を受《う》けたる者《もの》と言《い》つて、我《わ》が心《こゝろ》を許《ゆる》させ、おびき寄《よ》せん計略《けいりやく》、又、我《わ》が手にある月若《わか》丸を奪返《うばひかへ》さん甘口《あまくち》な謀《はかりごと》、そんな事《こと》で行《ゆ》くのじやない、舅網《しうとあみ》右衛門、女房藻汐《もしほ》にも、語《かた》るは今《いま》が初《はじ》め、

次《つぎ》へ続《つゞ》く

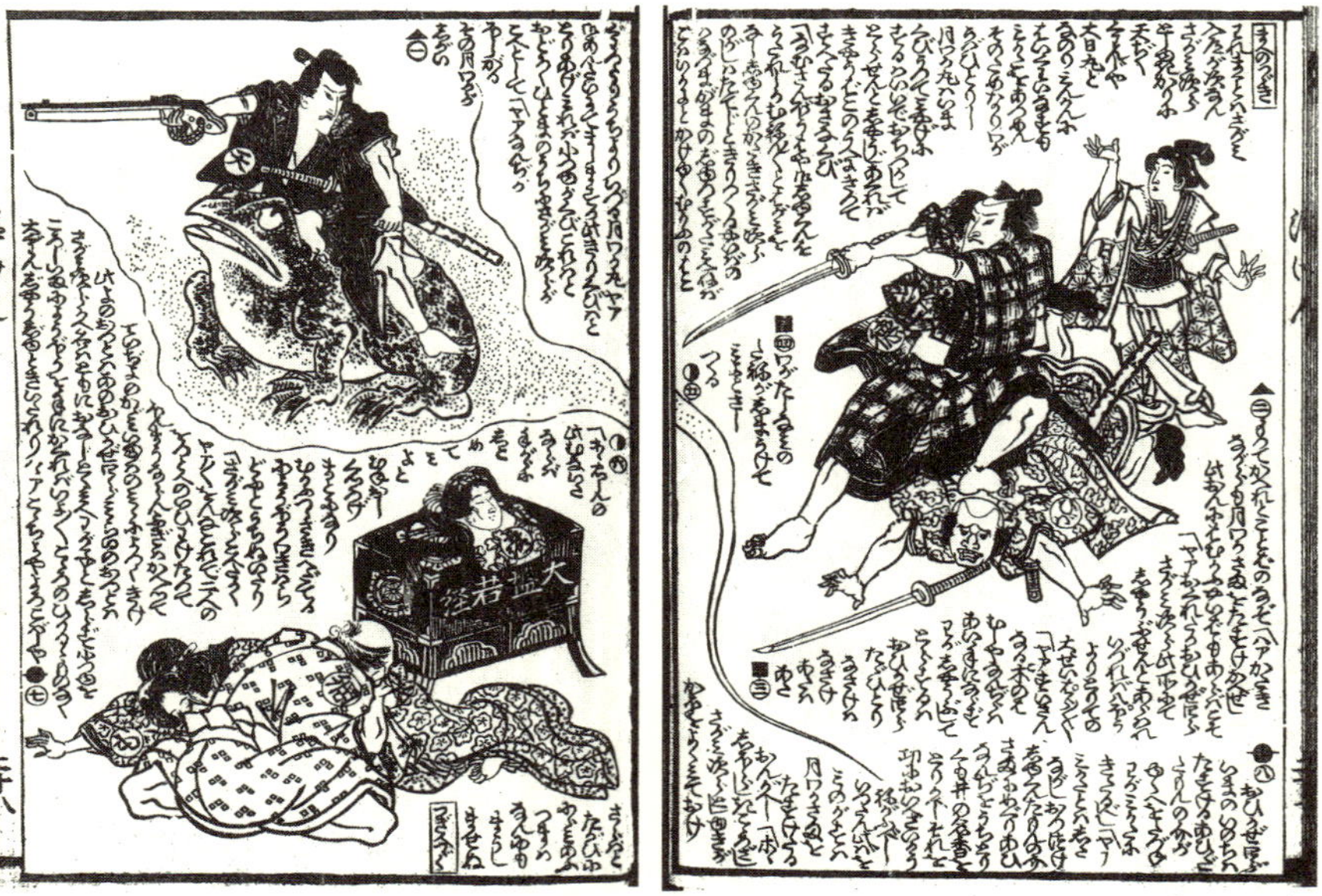

（34）前《まへ》の続《つゞ》き　我《われ》、実《まこと》は相模《さがみ》入道が次男《なん》佐上《さがみ》次郎年行《としゆき》、仮《かり》に天竺冠者《ぢくくわんじや》大日丸と名乗《なの》り、民間《みんかん》に徘徊《はいくわい》なすも、味方《みかた》を集《あつ》めんそのためなり。我《わ》が奪取《うばひと》りし月若丸《わか》は、今《いま》、首《くび》打《う》つて土産《みやげ》にするはい。いで落着《おちつ》かして取《と》らせん、と障《しやう》子開《じあ》くれば、経箱《きやうばこ》の上《うへ》に斬《き》つて据《す》へたる幼首《おさなくび》。南無三宝《なむさんばう》、はや御主君《しゆくん》を打《う》たれしか、無念《むねん》々々《〳〵》と歯噛《はが》みをなし、主君《しゆくん》の敵佐上《かたきさがみ》次郎、逃《のが》しはたてじと斬付《きりつ》くる刃《やいば》の稲妻《いなづま》、蝦蟇《がま》の術《じゆつ》、姿見《すがたみ》へねばこは如何《いか》にと、駆行《かけゆ》く向《むか》ふの箱《はこ》ぐわつたり、内《うち》より出《いづ》る月若丸《わか》、ヤア御安泰《あんたい》にてましますか。此斬首《きりくび》はと取上《とりあ》げ見《み》れば小露《つゆ》が首《くび》、これはと驚《おどろ》く一間《ひとま》の内《うち》に佐上《さがみ》次郎が声《こへ》として、「ヤア汝《なんぢ》が欲《ほ》しがる、その月若《わか》が死《し》骸《がい》、持《も》つて帰《かへ》れ」と言葉《ことば》の謎《なぞ》。ハア敵《かたき》ながらも月若様《わかさま》を助《たす》け返《かへ》せし此恩《おん》に、歯向《はむ》かふ刃《やいば》もあらばこそ。ヤア遅《おく》れたか、追風《おひかぜ》四郎。佐上《さがみ》次郎、此所にて勝負《しやうぶ》せんと現出《あらはれいづ》れば、八方《はつぽう》より捕手《とりて》の大勢《ぜい》ぱら〳〵〳〵。ヤア推参《すいさん》なる木《こ》の葉武者《はむしや》、汝等《なんぢら》は相手《あい》にならず、我《わ》が勝負《しやうぶ》してとらするは追風《おひかぜ》四郎唯一人《たゞひとり》。情《なさ》けは情《なさ》け仇《あた》は仇《あた》、我《わ》が嗜《たしな》みの種《たね》が島《しま》、受《う》けて見《み》よと指付《さしつ》くる。ホ、忠臣《しん》の此胸板《むないた》ならば、手柄《がら》に

仕留《しと》めてみよと、胸押《むねお》しくつろげ的《まと》になり、向《む》かふ筒先隔《つゝさきへだ》てる女房《にようぼう》、脇腹《わきはら》どふと撃抜《うちぬ》いたり。佐上《さがみ》次郎声高《こへたか》く、ヤア〳〵女《をんな》、これで二人の夫《をつと》への言訳立《いひわけた》つて本望《ほんまう》ならん。不《ふ》義《ぎ》は却《かへ》つて貞女《ていぢよ》の鏡《かゞみ》、今際《いまは》の耳《みゝ》によつく聞《き》け。此世《よ》の夫《おつと》はあの追風《おひかぜ》四郎、未来《みらい》の夫《おつと》は佐上《さがみ》次郎、替《かへ》名は共《とも》に同《おな》じ徳《とく》兵衛《へ》。我《わ》が子と知《し》らず小露《つゆ》を殺《ころ》し、今女房《いまにようぼう》を手に掛《か》くれば、いよ〳〵心《こゝろ》の惹《ひ》かるゝものなく大願成就時至《ぐわんじやうじゆときいた》れり。ハ、ア心地良《こゝちよ》や喜《よろこ》ばしや追風《おひかぜ》四郎。今《いま》の命《いのち》は助《たす》ける間《あひだ》、多門之《たもんの》介が行方《ゆくへ》を尋《たづ》ね、我《わ》が味方《みかた》に来《きた》るべし。ヤア味方《みかた》とは舌長《したなが》し。追付《おつつ》け主君《しゆくん》多門之《たもんの》介様《さま》に巡会《めぐりあ》ひ、汝《なんぢ》を討取《うちと》り雲《くも》井の名香を取返《とりかへ》し、それを功に御家再興願《おいへさいかうねが》ふべし。いつたん此場《ば》を見逃《みのが》すは、月若《わか》様を助《たす》けたる恩返《おんがへ》し。ホ、しほらしき志《こゝろざし》、佐上《さがみ》次郎年行《としゆき》が顔《かほ》をよく見《み》ておけ、さらばと、互《たが》ひに睨合《にらみあ》ふ。妻《つま》は何《なん》にも申《まう》しませぬ。

次《つぎ》へ続《つゞ》く

大盤若経

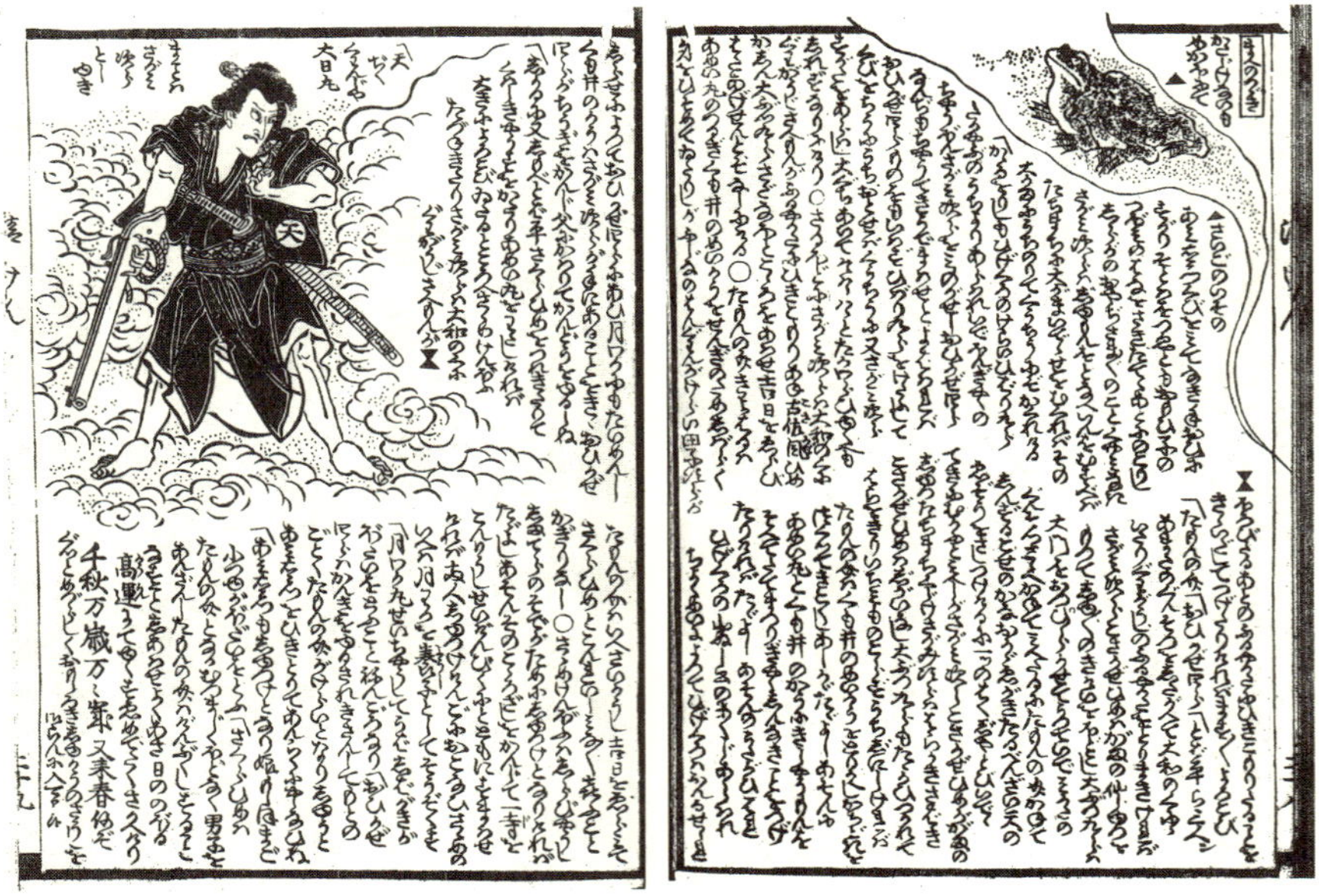

(35)二十八ウ　二十九オ

(35) 前《まへ》の続《つゞ》き 忝《かたじけな》いも目顔《めかほ》にて、最期《さいご》の磯《いそ》の網《あみ》右衛門、首《くび》を見《み》て泣《な》き、手負《おひ》に縋《すが》り、卒塔婆《そとば》を杖《つゑ》とも思《おも》ひ子の莟《つぼみ》の花《はな》を先立《さきだ》て、、後《あと》に残《のこ》りし白髪《しらが》の親父《おやぢ》、様々《さまぐ》の事《こと》悔《く》やみ泣《な》き、佐上《さがみ》次郎は呪文《じゆもん》を唱《とな》へ印《いん》を結《むす》べば、忽《たちま》ちに大蝦《が》蟇出《まいで》て背《せ》を向《む》くれば、その大蝦蟇《がま》に打乗《うちの》りて空中《くうちう》にぞ隠《かく》れける。

斯《か》かる折《をり》しも髭黒《ひげくろ》の家来《けらい》雲雀《ひばり》九郎、竹藪《たかやぶ》の中《うち》より現《あらは》れ出《い》で、「本逆《ほんぎやく》の張本《ちやうぼん》佐上《さがみ》次郎を見逃《みのが》せし追風《おひかぜ》四郎、汝《なんぢ》も朝《ちやう》敵《てき》、腕回《うでまは》せ」と呼《よ》ばはれば、追風《おひかぜ》四郎、物《もの》をも言《い》はず、雲雀《ひばり》九郎を蹴倒《けたふ》して、首《くび》を宙《ちう》に打落《うちお》とせば、空中《くうちう》に又、佐《さ》上《がみ》次郎姿《すがた》を現《あらは》し、大口《ぐち》開《あ》いてハ、ハ、ハ、ハ、と高笑《たかわら》ひ、行方《ゆくへ》も知《し》れずなりにけり。

○さる程《ほど》に佐上《さがみ》次郎は大和の国元興寺《くにぐわうじ》左衛門《さへもん》が古館《ふるやかた》に引《ひき》籠《こも》り、姉《あね》古佐風姫《こさかぜひめ》、家臣《かしん》大仏《ぶつ》九郎貞直《さだなほ》と心《こゝろ》を合《あ》はせ、吉日を選《えら》び旗揚《はたあげ》せんとぞなしにける。

○多門之《たもんの》介清春《きよはる》は蛙鳴《あめい》丸の剣《つるぎ》、雲《くも》井の名香《めいかう》を詮議《せんぎ》のため、暫《しばら》く身《み》を潜《ひそ》めて居《ゐ》たりしが、冨士名判官《ふじなのはんぐわん》が家来《けらい》田子次郎が知《し》らせによつて追風《おひかぜ》四郎に会《あ》ひ、月若《わか》にも対面《たいめん》し、雲《くも》井の香《かう》は佐上《さがみ》次郎が手にある事《こと》を聞《き》き、追風《おひかぜ》四郎が忠義《ちうぎ》を感《かん》じ、父に代《か》はりて勘当《かんどう》を許《ゆる》しぬ。然《しか》るに又、下部《しもべ》鳥羽《とば》平、桜《さくら》姫《ひめ》を連来《つれきた》りて詳《くは》しき様子《やうす》を語《かた》り、蛙鳴《あめい》丸を渡《わた》しければ、大きに喜《よろこ》びゐたるところへ、笹《さゝ》目《め》拳法《けんぽふ》訪来《たづねきた》り。佐上《さがみ》次郎は大和の国元興寺《くにぐわがうじ》左衛門《さへもん》が滅《ほろ》びたる跡《あと》の古館《ふるやかた》に引籠《ひきこも》りたる事《こと》を聞出《きゝいだ》して告《つ》げたりければ、ます〱喜《よろこ》び、多門之《たもんの》介、追風《おひかぜ》四郎、鳥羽《とば》平等《ら》三人ン数多《あまた》の軍卒《ぐんそつ》を従《したが》へて大和の国《くに》に到《いた》り、元興寺《ぐわがうじ》の古館《ふるやかた》を取巻《とりま》きければ、佐上《さがみ》次郎、古《こ》佐《さ》風姫《かぜひめ》は蝦蟇《がま》の仙術《せんじゆつ》をもつて種々《しゆぐ》の奇計《きけい》を施《ほどこ》し、大仏《ぶつ》九郎は大門をおつ開《ぴら》かせて打《う》つて出《い》で、味方《みかた》の軍卒《ぐんそつ》、支《さゝ》へかねて見《み》へたるに、多門之《たもんの》介、かねて信《しん》ずる巨勢金岡《こせのかなおか》が描《ゑが》きたる弁財《べんざい》天の絵像《ゑぞう》を差付《さしつ》けけるに、一つの白蛇飛出《はくじやとびいで》て敵《てき》に向《む》かふと見《み》へしが、佐上《さがみ》次郎、古佐風姫《こさかぜひめ》が蝦蟇《がま》の術《じゆつ》たちまち挫《くじ》け、佐上《さがみ》次郎は腹掻捌《はらかきさば》き、古佐風姫《こさかぜひめ》は自害《じがい》なし、大仏《ぶつ》九郎も戦《たゝか》ひ疲《つか》れて腹《はら》を切《き》り、一味《いちみ》も残《のこ》らず討死《うちじに》しければ、多門之《たもんの》介は雲《くも》井の名香《めいかう》を取返《とりかへ》し、勝鬨《かちどき》を作《つく》つて帰国《きこく》し、足《あし》利《かゞ》直義《たゞよし》朝臣《あそん》に蛙鳴《あめい》丸と雲《くも》井の香《かう》に起《き》請文《しやうもん》を添《そ》へて奉《たてまつ》り、逆心《ぎやくしん》なき事《こと》を告《つ》げたりければ、直義《たゞよし》朝臣《あそん》の疑《うたが》ひ晴《は》れ、髭《ひげ》黒《くろの》山主《ぬし》公の悪事《あくじ》顕《あらは》れ、勅命《ちよくめい》によつて髭黒《ひげくろ》は遠流《おんる》せられ、多門之《たもんの》介は家再興《いへさいかう》し、吉日を選《ゑら》みて桜姫《さくらひめ》と婚礼《こんれい》し、皆々《みなく》喜《よろこ》ぶ事限《ことかぎ》りなし。

○笹《さゝ》目《め》拳法《けんぽふ》は白拍子《しらびやうし》島寺《しまでら》の衣手《そで》がために出家《しゆつけ》となりければ、直義《たゞよし》朝臣《あそん》、その志《こゝろざし》を感《かん》じて一寺《じ》を建立《こんりう》し、清玄比丘《せいげんびく》尼《に》と共《とも》に住《す》まはせければ、両人出家《しゆつけ》堅固《けんご》に行《おこな》ひ、笹目《さゝめ》の家《いへ》は月若《わか》を養子《やうし》として相続《さうぞく》す。月若《わか》丸、成長《せいちやう》して、乳母《うば》柴垣《しばがき》が菩提《ぼだい》を弔《と》ふこと懇《ねんご》ろなり。追風《おひかぜ》四郎は勘気《かんき》を許《ゆる》され帰参《きさん》して、元《もと》の如《ごと》く多門之《たもんの》介が家来《けらい》となり、舅《しうと》網《あみ》右衛門を引取《ひきと》りて安楽《あんらく》に養《やしな》ひぬ。網《あみ》右衛門も出家《しゆつけ》となり、娘藻《も》汐《しほ》、孫《まご》小露《つゆ》が菩提《ぼだい》を弔《と》ふ。桜姫《さくらひめ》は多門之《たもんの》介と仲睦《なかむつ》まじく、程《ほど》なく男子を安産《あんざん》し、多門之《たもんの》介は元服《げんぷく》し、する事《こと》なす事仕《ことし》合《あは》せ良《よ》く、朝《あさ》日の上《のぼ》る高運《かううん》にて、行《ゆ》く末目出度《すゑめでた》く栄《さか》へけり。千秋万々歳、又来春、何ぞぐつと珍《めづら》しく面白《おもしろ》き趣《しゆ》向《かう》の草紙《さうし》を御覧《らん》に入可申候。

天竺冠者《ぢくくわんじや》大日丸、実《まこと》は佐上《さがみ》次郎年行《としゆき》。

(36)二十九ウ

三十オ

(36)大和《やまと》の国《くに》元興寺《ぐわうじ》左衛門《さへもん》の古館《ふるやかた》
大仏《ぶつ》九郎貞直《さだなほ》、戦《たゝか》い疲《つか》れ、蓑毛《みのげ》の様《やう》に矢を折掛《おりか》けて討死《うちじに》する。
二代の徳《とく》兵衛《へ》、追風《おひかぜ》四郎景《かげ》村と本名を名《な》乗《の》り、大仏《ぶつ》九郎を討取《うちと》る。
多門之《たもんの》介清春《きよはる》、弁財《べんざい》天の絵像《ゑぞう》をもつて佐上《さがみ》次郎姉弟《きやうだい》が蝦蟇《がま》の術《じゆつ》を挫《くじ》く。
下部鳥羽《しもべとば》平

(37)桜姫《さくらひめ》が下部鳥羽《しもべとば》平が姫《ひめ》の先途《せんど》を見届《みとゞ》けたる始終《しじう》、抜《ばつ》群《ぐん》の忠義《ちうぎ》なれば、多門之《たもんの》介、田子次郎をもつて冨士名判《ふじなのはん》官《ぐわん》に鳥羽《とば》平を貰《もら》ひ掛《か》けて武士に取立《とりた》て、高禄《かうろく》を与《あた》へければ、鳥羽《とば》平はます〳〵忠義《ちうぎ》を尽《つ》くし、行《ゆ》く末繁昌《すへはんじやう》したりけり。目出度《めでた》し〳〵〳〵〳〵。

豊国画㊞ 山東京伝作㊞

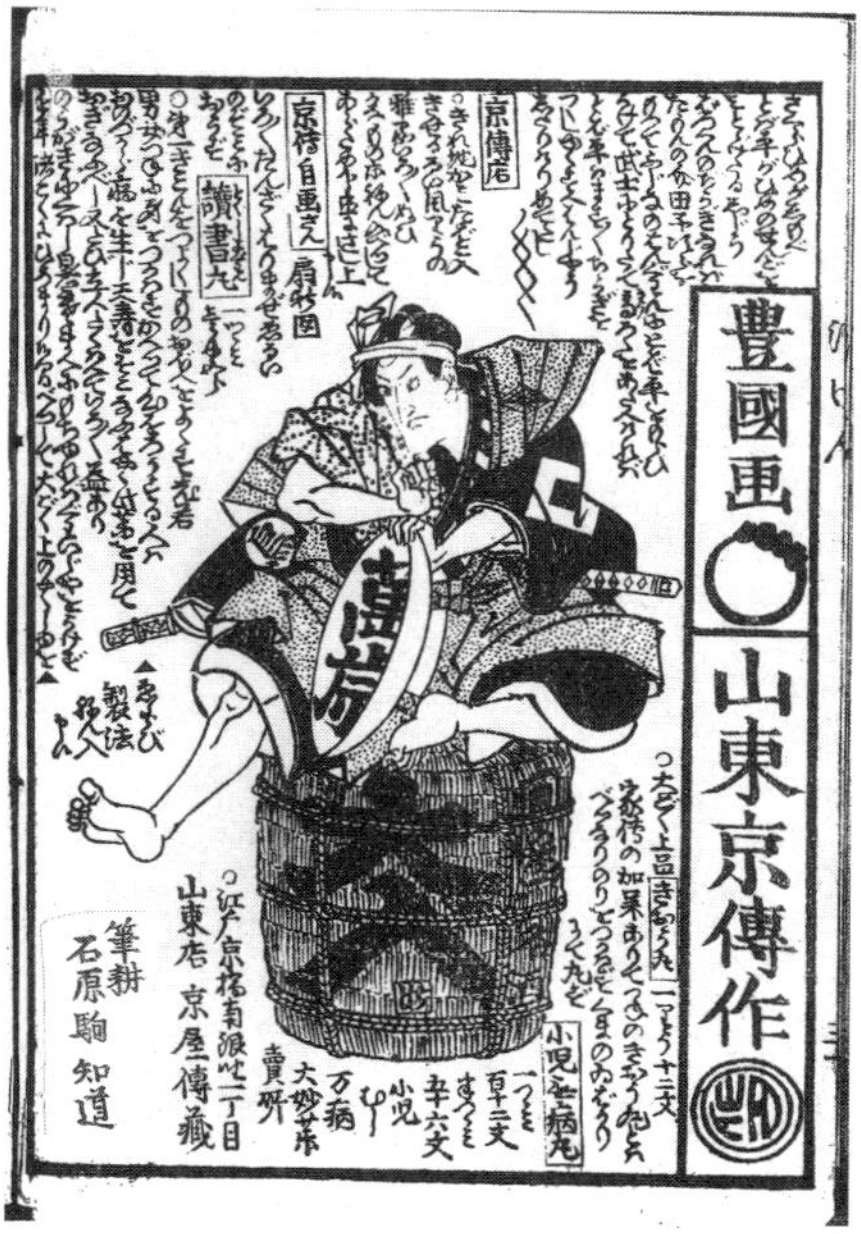

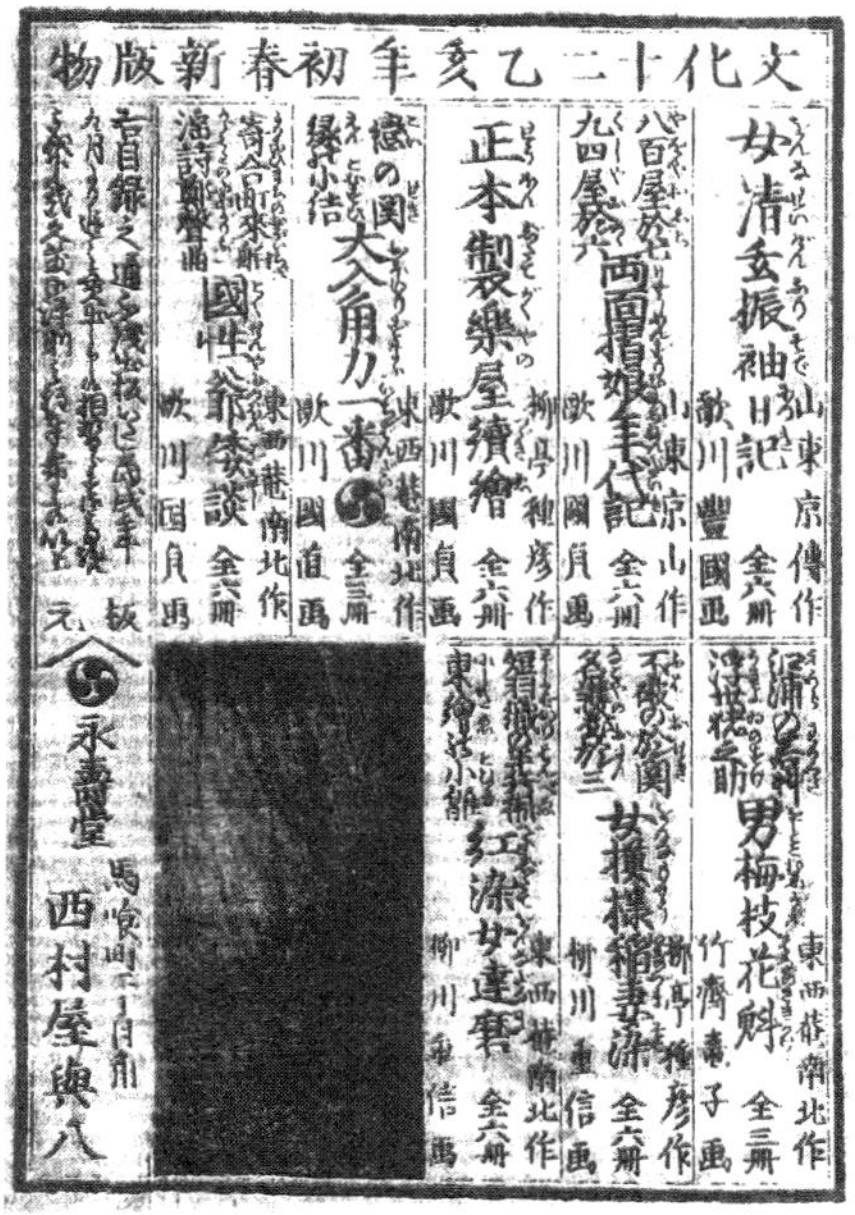

筆耕石原駒知道

京伝店

○裂地《きれ》・紙煙草《かみたばこ》入・煙管類《きせるるい》、風流《りう》の雅品色々《いろ〳〵》、縫金物《ぬひかなもの》等、念《ねん》入別《べつ》して改《あらた》め下直に差《さし》上申候。

京伝自画賛《さん》 扇新《しん》図色々《いろ〳〵》、短冊《たんざく》・貼交絵類《はりまぜゑるい》、望《のぞ》みに応《おう》ず。

読書丸《とくしよぐわん》 一包《つゝみ》壱匁五分

○第一気魂《きこん》を強《つよ》くし物覚《ものおぼへ》を良《よ》くす。老若男女常《つね》に身を使《つか》はず、却《かへ》つて心を労《らう》する人はおのづから病を生じ、天寿を損《そこ》なふ。早《はや》く此薬を用て補《おぎな》ふべし。又旅《たび》立人、蓄《たくは》へて色々《いろ〳〵》益あり。能書《のうがき》に詳《くは》し。暑寒前《まへ》に用《もち》ゆれば外邪《ぐわいじや》を受《う》けず、近年諸国《こく》に弘《ひろ》まり候間、別《べつ》して大極《ごく》上の薬種《やくしゆ》を選《えら》び製法念《ねん》入申候。

○大極《ごく》上品 奇応《きおう》丸 一粒《りう》十二文

家伝の加味ありて、常《つね》の奇応《きおう》丸とは別也《べつなり》。糊《のり》を使《つか》はず、熊《くま》の胆《ゐ》ばかりにて丸ず。

小児無病丸 一包《つゝみ》百十二文、半包《つゝみ》五十六文

小児虫《むし》、万病大妙薬。

売所 ○江戸京橋南銀座一丁目山東店京屋伝蔵。

十六利勘略　縁起
(じゅうろくり)(かんりゃく)(えんぎ)

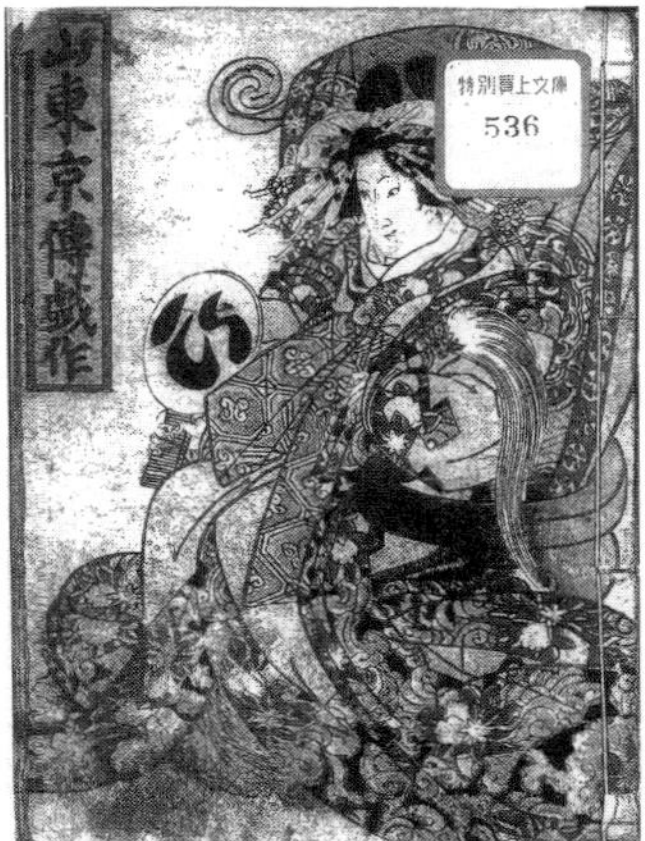

見返し

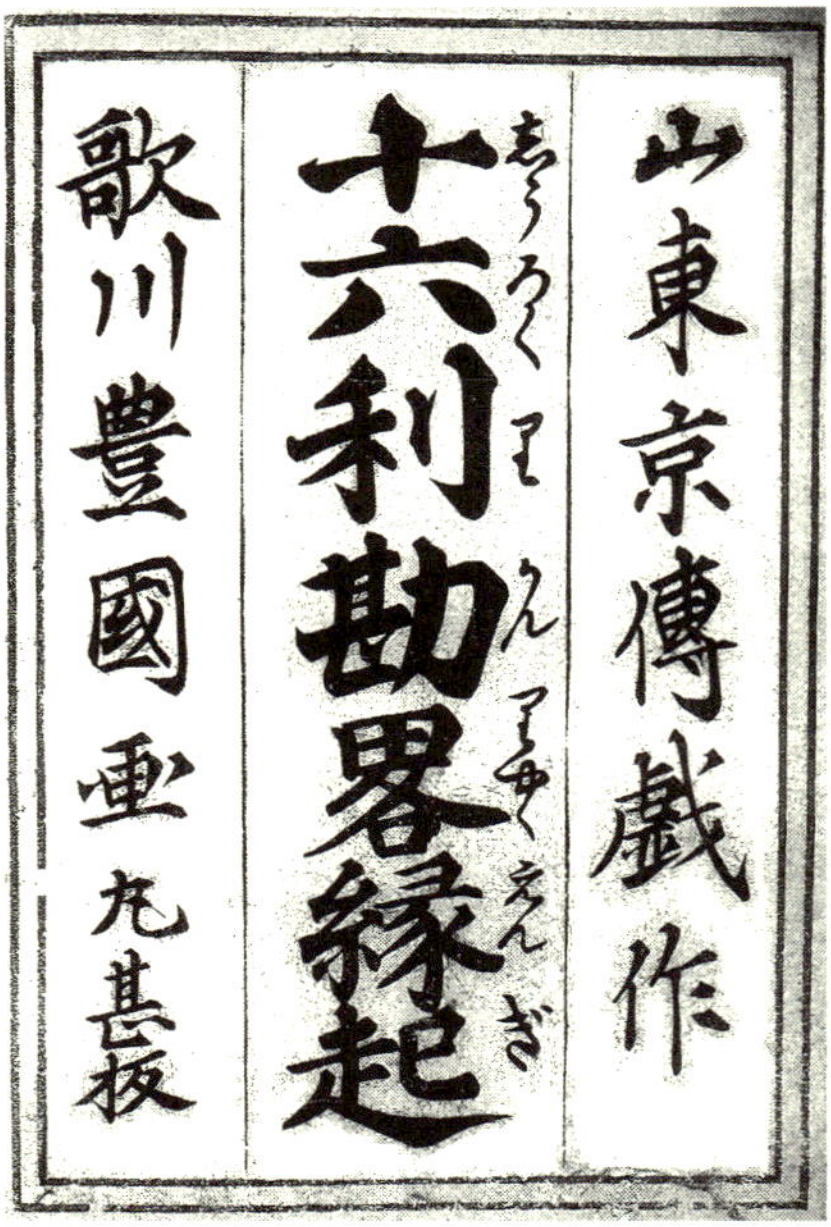
山東京傳戯作
十六利勘畧縁起
歌川豊國画
丸甚板

［見返し］

山東京伝戯作
十六利《しうろくり》勘略《かんりやく》縁起《えんぎ》
歌川豊国画

丸甚板

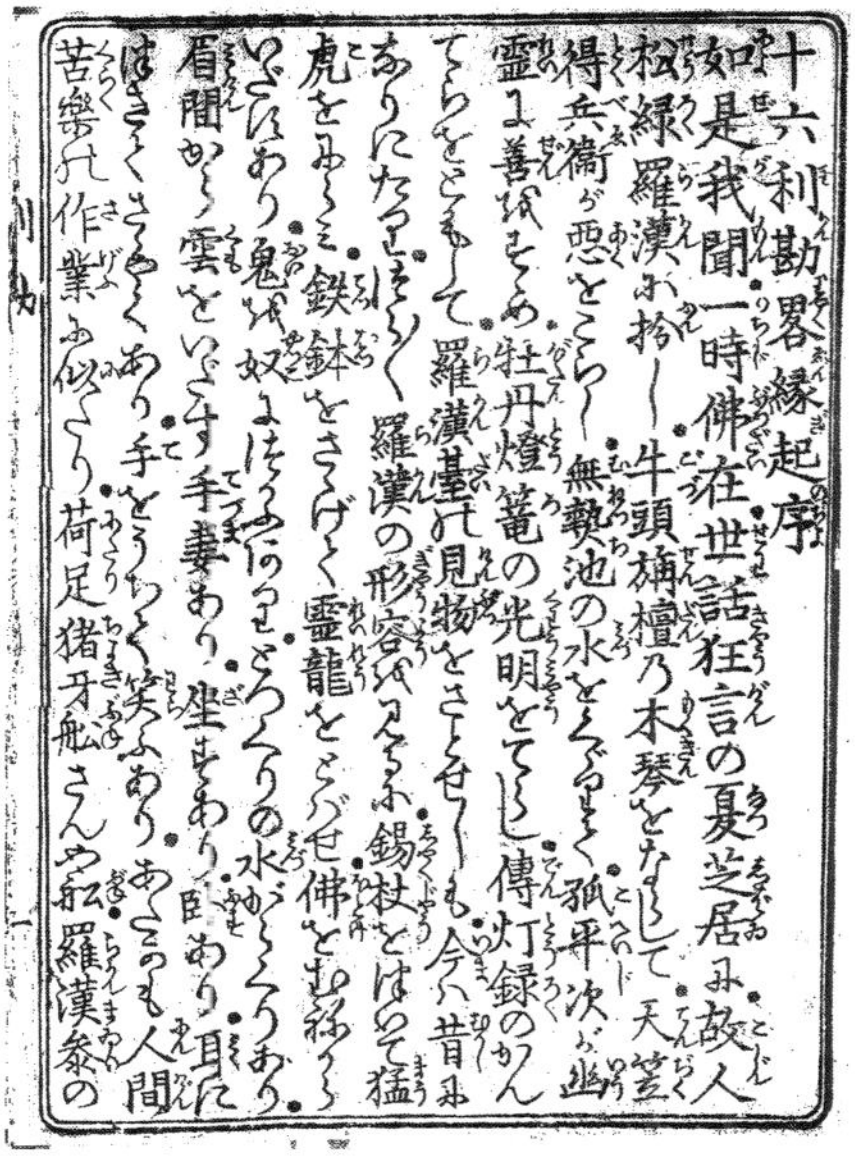

（1）一オ

（1）十六利勘略縁起《りかんりやくゑんぎ》 序《のぢよ》

如是我聞《によぜがもん》。一時仏在《いちじぶつざい》。世話狂言《せわきやうげん》の夏芝居《なつしばゐ》に。故人松緑羅《こじんせうろくら》漢《かん》に扮《ふん》し。牛頭栴檀《ごづせんだん》の木琴《もくきん》をならして。天竺得兵衛《てんぢくとくべゑ》が悪《あく》をこらし。無熱池《むねつち》の水《みづ》をくゞりて。孤平次《こへいじ》が幽霊《いうれい》に善《ぜん》をすゝめ。牡丹燈篭《ぼたんとうろ》の光明《くわうみやう》をてらし。伝灯録《でんとうろく》のかんてらをともして。羅漢台《らかんだい》の見物《けんぶつ》をさとせしも。今《いま》は昔《むかし》になりにたり。つら〳〵羅漢《らかん》の形容《ぎやうよう》を見るに。錫杖《しやくじやう》をついて猛虎《まうこ》をにらみ。鉄鉢《てつばつ》をさゝげて霊龍《れいれう》をとばせ。仏《ほとけ》をむねからいだすあり。鬼《おに》を奴《やつこ》につかふあり。とつくりの水《みづ》がらくりあり。眉《み》間《けん》から雲《くも》をいだす手妻《てづま》あり。坐《ざ》すあり。臥《ふす》あり。耳《みゝ》につきてさゝやくあり。手《て》をうちて笑《わら》ふあり。あたかも人間苦楽《にんげんくらく》の作業《さげふ》に似《に》たり。荷足猪牙舩《にたりちよきぶね》 さんや舩《ぶね》。羅漢参《らかんまゐり》の乗合《のりあひ》に。ぢゝいとばゝあがあつたとさ。昔話《むかしばなし》の鼈獼猴《べつみかう》は。一《いち》部《ぶ》の経《きやう》に説《とき》たまひ。仏説生経《ぶつせつしやうきやう》。巻第一《くわんだいいち》に収《おさ》めたり。偏袒《へんたん》右肩《うけん》の片腕《かたうで》に。命《いのち》といふ字《じ》はたがかいた。白無垢《しろむく》ぬいで見せさんせ。三世因果《さんぜいんぐわ》の喜怒札《きどふだ》に。哀楽《あいらく》の山《やま》あらしは。禅家《ぜんけ》蒙求《もうぎう》からいけどつた。教外別伝《きやうげへつでん》。不立文殊《ふりうもんじゆ》の獅子《しし》十六。羅漢《らかん》に紙屑柿《かみくずかき》のたね。二間坐敷《ふたまざしき》のちがひ棚《だな》。あけて見たれ

一ウ　二オ

ば呉道子《ごどうし》が。筆意《ひつい》をうつし。兆殿司《てふでんす》が。画法《ぐわほふ》をまねぶ絵《ゑ》そらごと。うそからでたるまことをのべ。迷《まよ》ふは損者《そんじや》。悟《さと》るは徳《とく》と。利勘《りかん》をしめす小冊《せうさつ》なり。さてまたつぎの翻訳《ほんやく》は。梵語《ぼんご》に摩訶《まか》ととなふるを。唐《とう》に翻《ほん》して大《だい》の字《じ》じやイ。はりとう唐《とう》の三蔵円《さんざうゑん》。法師《ほふし》〳〵は木《き》のはしと。木仏《もくぶつ》の黒焼《くろやき》を。調合《ちやうがふ》したる悟道《ごどう》の妙薬《みやうやく》。丹霞《たんか》をきつて口上に。おとしばなしやくちあひも。狂言気《きやうげんき》どりの讃仏乗《さんぶつじやう》。おほくのなかでこなさんの。親《おや》によく似《に》た羅漢《らかん》にかはり。いらざる意見《いけん》の順《じゆん》の舞《まひ》に。その次《つぎ》の羅漢《らかん》は。このよな羅漢《らかん》としかたをそのまゝ絵《ゑ》にかきて。賓頭盧《びんづる》といふめりやすの。もみの頭巾《づきん》のふくろ入。一目《ひとめ》見ぬのは。ア、尊者《そんじや》へ。

文化十二年乙亥十二月十三日
寒声《かんごゑ》つかふ小娘《こむすめ》が稽古本《けいこぼん》を引書《いんしよ》にして

山東京伝戯述㊞

江戸　地本問屋　芝神明前　丸屋甚八梓行

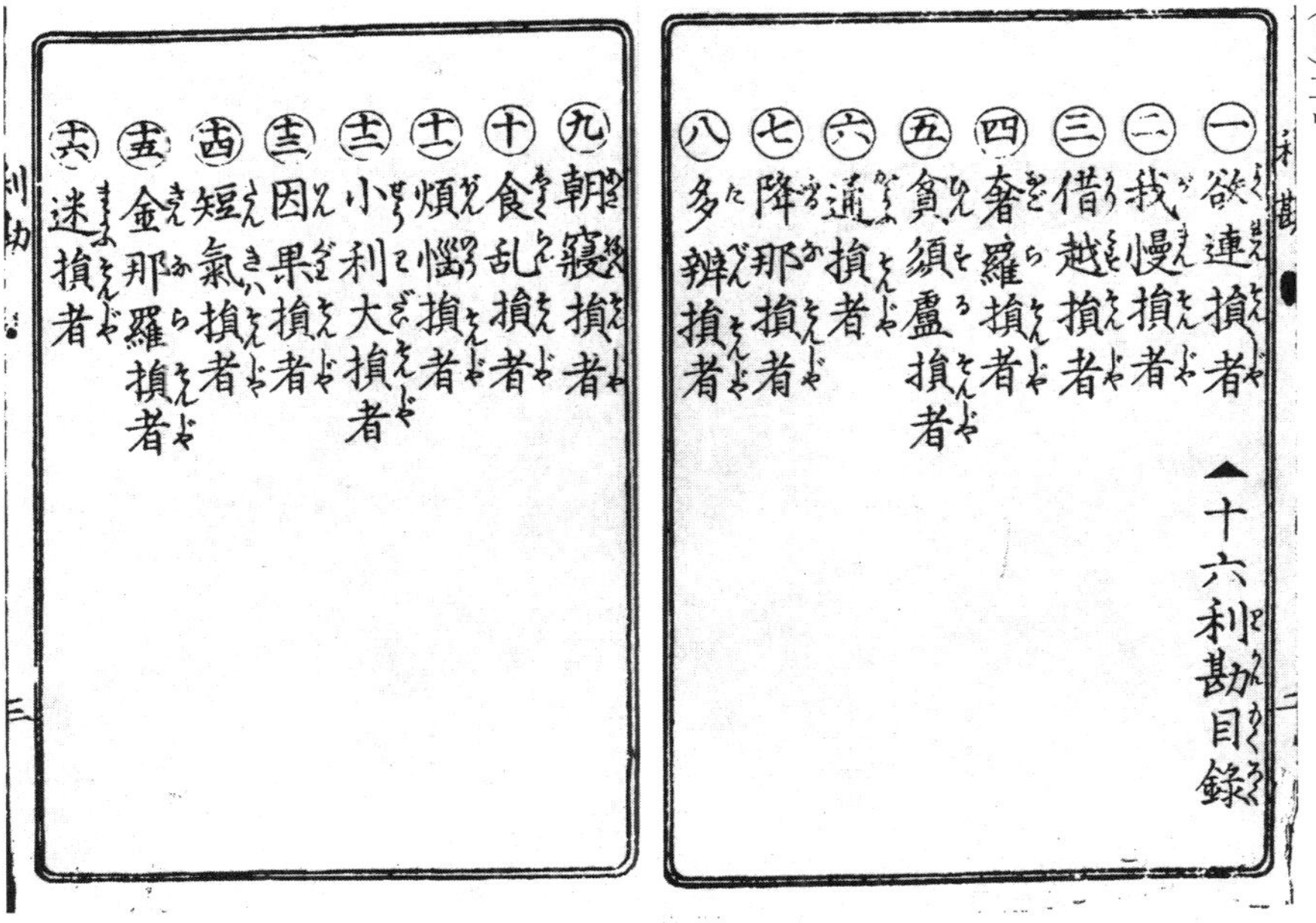

（2）二ウ

三オ

（2）

▲十六利《り》勘《かん》目録《もくろく》

㊀欲連《よくれん》損者《そんじや》
㊁我慢《がまん》損者《そんじや》
㊂借越《かりこす》損者《そんじや》
㊃奢羅《おごら》損者《そんじや》
㊄貧須盧《ひんするそんじや》損者
㊅通《かよふ》損者《そんじや》
㊆降那《ふるな》損者《そんじや》
㊇多弁《たべん》損者《そんじや》
㊈朝寝《あさね》損者《はそんじや》
㊉食乱《しよくらん》損者《そんじや》
⑪煩悩《ぼんのう》損者《そんじや》
⑫小利大《せうりだい》損者《そんじや》
⑬因果《いんぐわ》損者《そんじや》
⑭短気《たんき》損者《はそんじや》
⑮金那羅《きんなら》損者《そんじや》
⑯迷《まよふ》損者《そんじや》

（3）三ウ

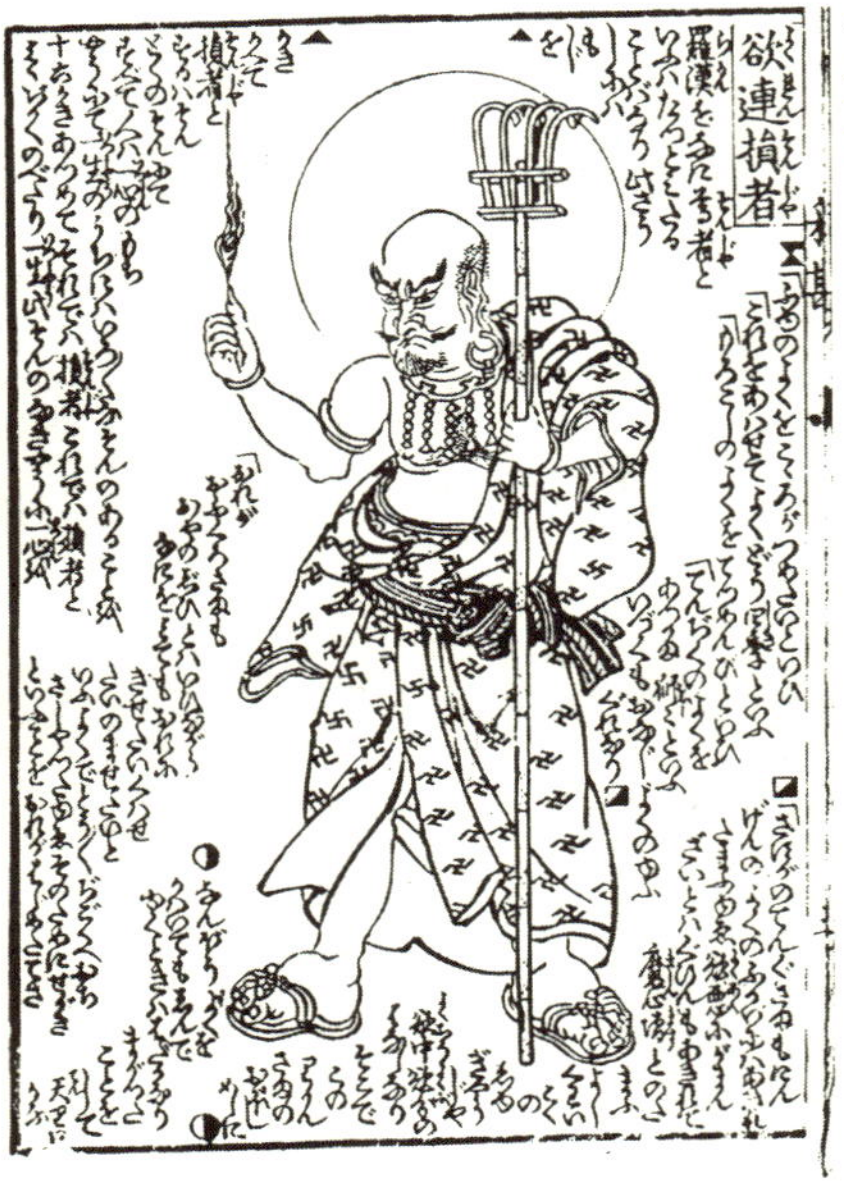

四オ

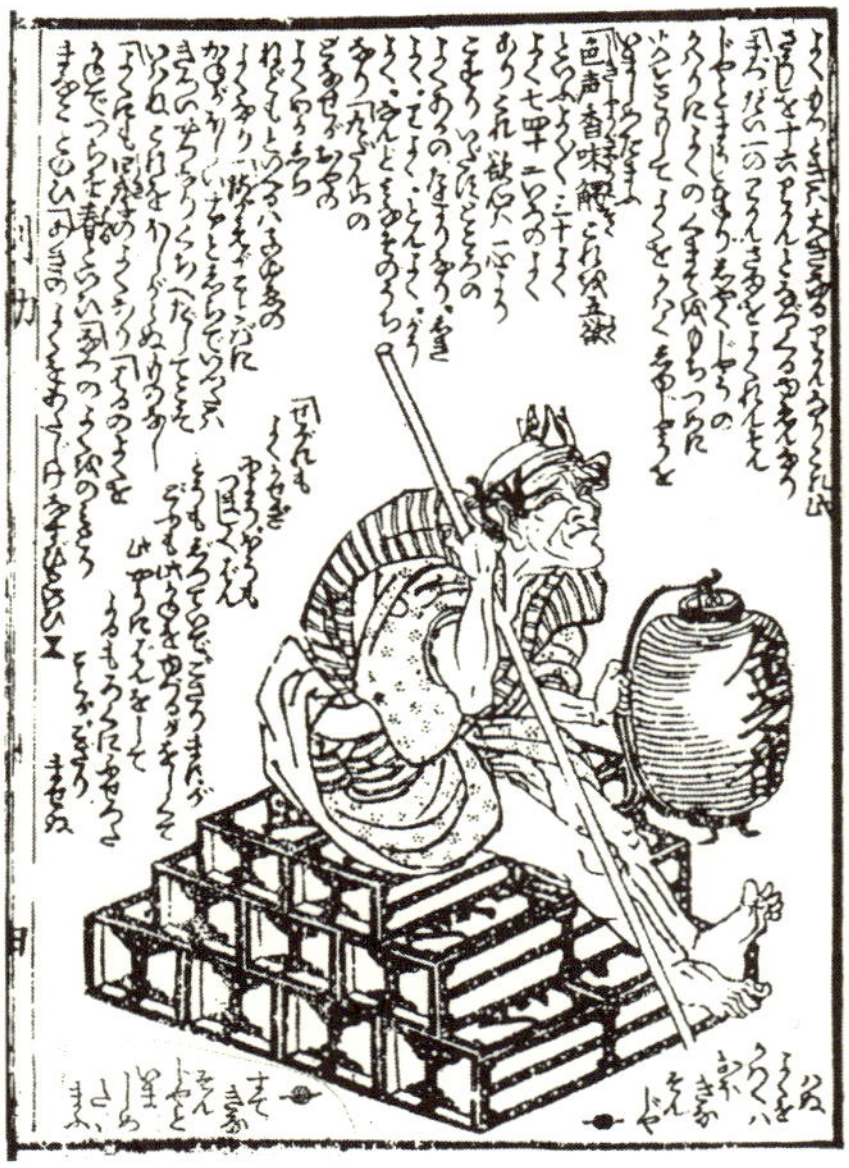

（3）欲連損者《よくれんそんじや》

羅漢《らかん》を何尊者《なにそんじや》と言《い》ふは尊《たつと》みたる言葉《ことば》なり。此草紙《さうし》には文《も》字《じ》を書換《かきか》へて損者《そんじや》とするは、損得《そんとく》の損《そん》にて、すべて人は一《いつ》心《しん》の持《も》ちやうにて、一生《いつしやう》のうちには色々《いろ〳〵》な損《そん》のある事《こと》を十六書集《かきあつ》めて、それでは損者《そんじや》、これでは損者と耳近《みゝぢか》く述《の》べたり。一生《いつしやう》、此損《そん》のなきやうに一心《いつしん》をよく持《も》つ時《とき》は大きなる利勘《りかん》なり。これ、此草紙《さうし》を十六利勘《りかん》と名付《なづ》くる所以《ゆゑん》なり。

まづ第《だい》一の利勘様《りかんさま》を欲連損者《よくれんそんじや》と申《まう》し奉り、錫杖《しやくじやう》の代《かは》りに欲《よく》の熊手《くまで》を持《も》ち、爪《つめ》に火を灯《とも》して欲《よく》をかはく衆生《しゆじやう》を戒《いまし》め給《たま》ふ。

色声香味触《しきしやうきやうみそく》、これを五欲《よく》といふ。欲々《よく〳〵》三十欲《よく》、欲《よく》七四十二色《いろ》の欲《よく》あり。これ欲心は、一心より擦出《こすりいだ》すところの欲垢《よくあか》の溜《たま》りなり。色欲《しきよく》、利欲《りよく》、貪欲《とんよく》、強欲《がうよく》なんど、皆《みな》そのうちなり。

九段目《だんめ》の「戸無瀬《となせ》が親《おや》の欲目《よくめ》か知《し》らねども」と言《い》へるは、子故《ゆゑ》の欲《よく》なり。

梅が枝《え》が言葉《ことば》に「金《かね》が欲《ほ》しいナア」と白《しら》で言《い》つたは、きついやつなり。口《くち》へ出《だ》してこそ言《い》はね、これを欲《ほ》しがらぬ者《もの》なし。

欲《よく》にも四季《しき》の欲《よく》あり。春《はる》の欲《よく》を金《かね》で面《つら》を春《はる》と言《い》ひ、夏《なつ》の欲《よく》を蚤取眼《のみとりまなこ》と言《い》ひ、秋《あき》の欲《よく》をあたじけ茄子《なすび》と言《い》ひ、冬《ふゆ》の欲《よく》を心《こゝろ》が冷《つめ》たいと言《い》ひ、これを合《あ》はせて欲《よく》どう四季《しき》と言《い》ふ。

唐土《もろこし》の欲《よく》を鉄面皮《てつめんぴ》と言《い》ひ、天竺《てんぢく》の欲《よく》を厚《あつ》かま獅々《しし》と言《い》ふ。何処《いづく》も同《おな》じ欲《よく》の夕暮《ゆふぐれ》なり。

さすがの天狗様《てんぐさま》も人間《にんげん》の欲《よく》の深《ふか》いには呆《あき》れ給《たま》ふゆゑ、欲《よく》悪《あく》に我慢歳《がまんざい》とは狗賓《ぐひん》も呆《あき》れて、魔心増《ましんます》と宣《のたま》ふ由《よし》、廻国《くわいこく》の修行者《しゆぎやうじや》、欲中欲分《よくちうよくぶ》の話《はなし》なり。そこで、この利勘様《りかんさま》の思召《おぼしめ》しに、何《なん》ぼう欲《よく》をかはいても死《し》んでゆく時《とき》は裸《はだか》なり。曲《ま》がつた事《こと》をして天理《てんり》に適《かな》はぬ欲《よく》をかはくは、大《おほ》きな損者《そんじや》、すてきな損者《そんじや》と戒《いまし》め給《たま》ふ。

（欲連損者）「俺《おれ》がお袋様《ふくろさま》も親《おや》の慈悲《じひ》とは言《い》ひながら、何《なに》を見《み》ても、俺《おれ》に着《き》せたい食《く》はせたい飲《の》ませたいといふ欲《よく》で、とう〳〵地獄《ぢごく》へ落《お》ちさしやつたゆゑ、そのために施餓鬼《せがき》といふ事《こと》を俺《おれ》がはじめたてさ」

（親爺）「倅《せがれ》もよく稼《かせ》ぎ、女房《にようぼう》もつましく、番頭《ばんとう》も実体《じつてい》でござりますが、どふも此金《かね》を譲《ゆづ》るが惜《を》しくて、此様《やう》に番《ばん》をして、夜《よる》もろくに伏《ふ》せつた事《こと》がござりませぬ」

［金之番］

（4）四ウ

五オ

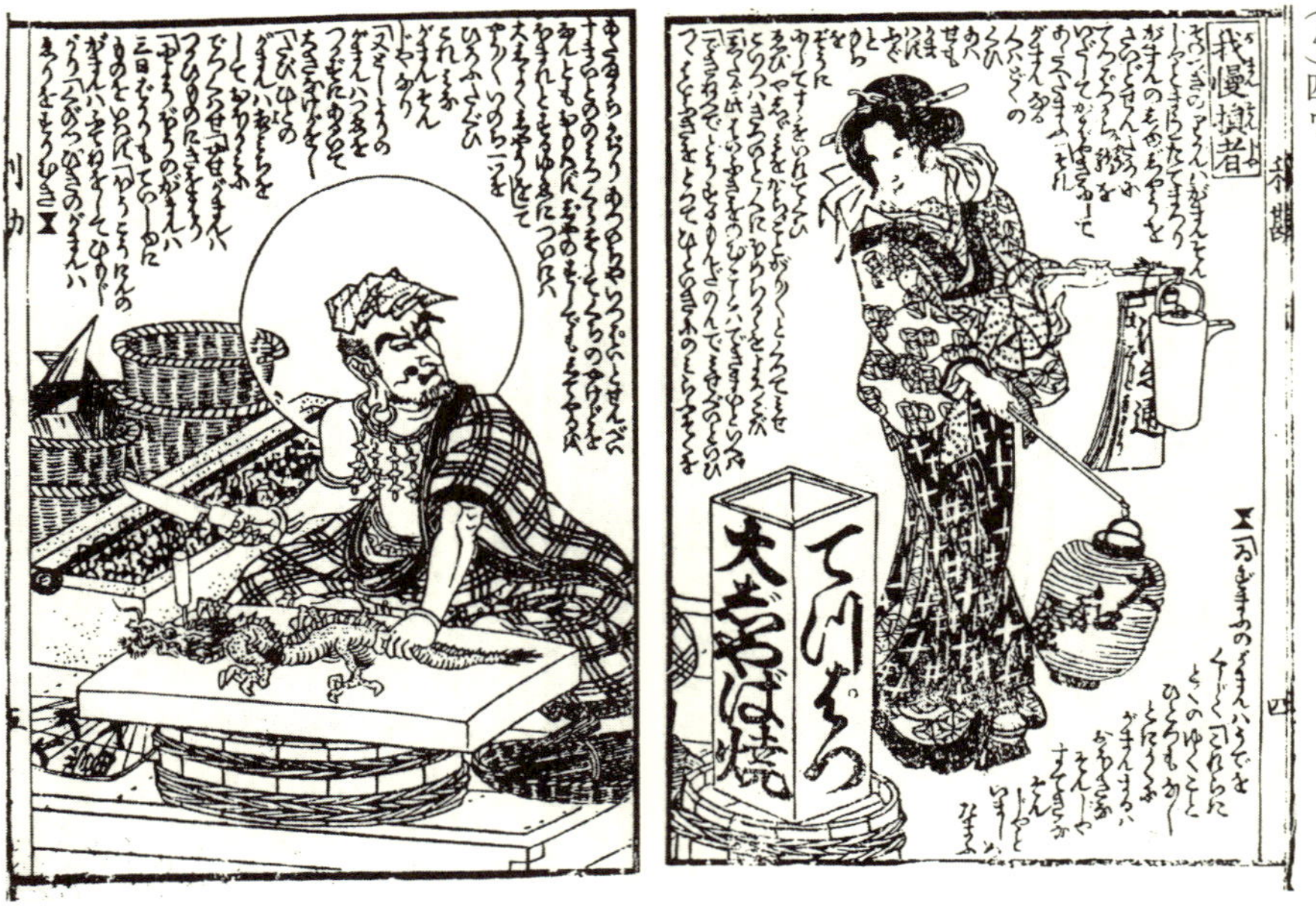

（4）

我慢損者《がまんそんじや》

その次《つぎ》の利勘《りかん》は我慢損者《がまんそんじや》と申《まう》し奉《たてまつ》り、我慢《がまん》の衆生《しゆじやう》を済《さい》度《ど》せんために、鉄鉢《てつぱつ》から龍《りやう》を出《いだ》して蒲焼《かばやき》にして与《あた》へ給《たま》ふ。

それ、我慢《がまん》なる人は毒《どく》の食合《くひあは》せも構《かま》はず、河豚《ふぐ》と餅《もち》を雑《ぞう》煮《に》にして煤《すゝ》を入《い》れて食《く》ひ、海老《えび》や蜆《しじみ》を殻《から》ごと、がり〳〵と食《く》つてみせ、こいつはきついと人に褒《ほ》めらるゝを喜《よろこ》び、「したが、此灰吹《はいふき》を飲《の》む事《こと》は出来《でき》まい」と言《い》へば、「出来《でき》ねへで、どうするもんだ。飲《の》んでみせべい」と言《い》ひつゝ、灰《はい》吹《ふき》を取《と》つて一息《ひといき》に飲《の》み、蠟燭《らふそく》を頭《あたま》から齧《かぢ》り、熱《あつ》い茶一杯《ちやいつぱい》と煎餅《せんべい》十枚《まい》との飲《の》みつくらをして、口《くち》の火傷《やけど》を何《なん》とも思《おも》はず、蛇《じや》の鮓《すし》でもしてやるを誉《ほま》れとする故《ゆゑ》に、ついには大食傷《しよくしやう》をして、やう〳〵命《いのち》一つを拾《ひろ》ふ類《たぐひ》。これ皆《みな》、我慢損《がまんそん》者《じや》なり。

又、年寄《としより》の我慢《がまん》は杖《つゑ》を突《つ》かずに歩《ある》いて大きな怪我《けが》をし、旅人《たびひと》の我慢《がまん》は夜道《よみち》をして狼《おほかみ》に出《で》つくはせ、痩我慢《やせがまん》は遣物《つかひもの》に気《き》を張《は》り、女房《にようばう》の我慢《がまん》は三日ばかりも亭主《ていしゆ》に物《もの》を言《い》はず、奉公人《ほうこうにん》の我慢《がまん》は、ふて寝《ね》をしてひもじがり、首《くび》つ引《ぴき》の我慢《がまん》は襟《ゑり》を擦剝《すりむ》き、居相撲《ゐずまふ》の我慢《がまん》は腕《うで》を挫《くじ》く。これらに徳《とく》

（5）五ウ

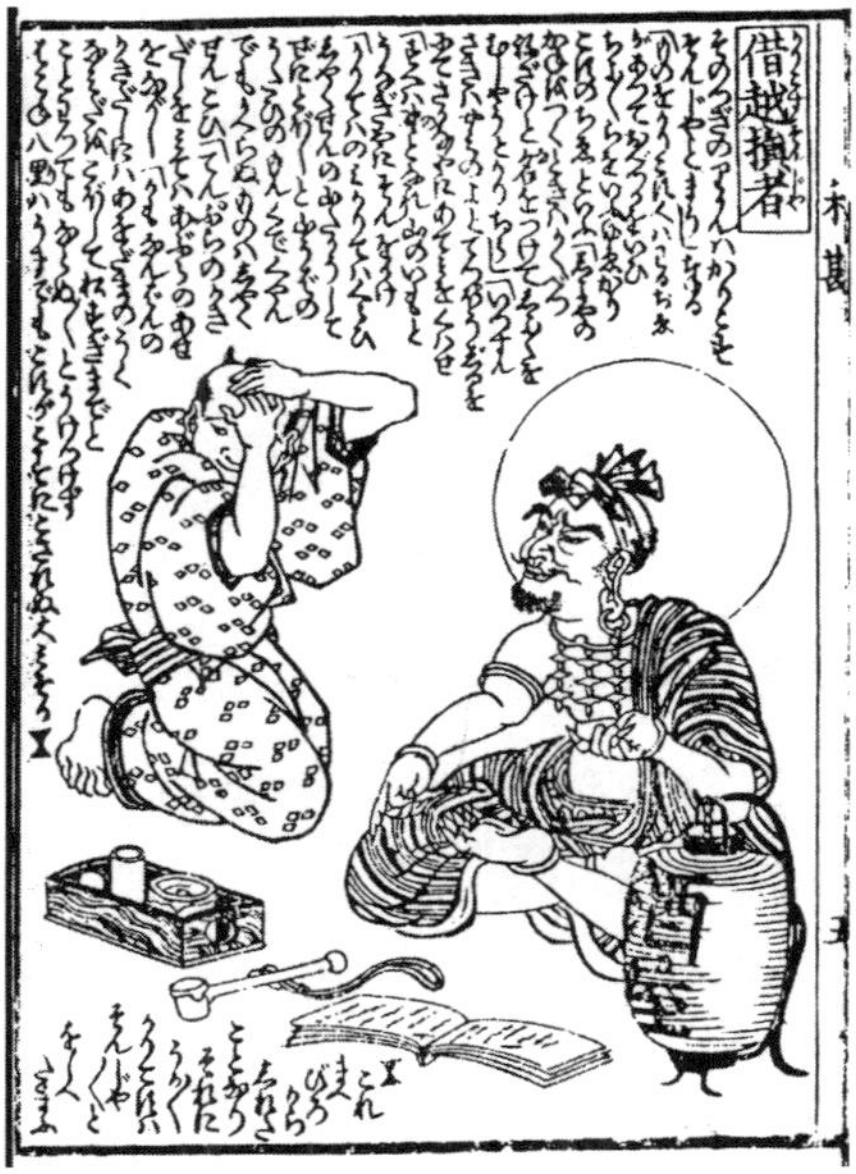

のゆく事《こと》、一《ひと》つもなし。兎《と》に角《かく》に我慢《がまん》するは大《おほ》きな損者《そんじや》、すてきな損者《そんじや》と戒《いまし》め給《たま》ふ。

［酒之通］

［大和屋］

［鉄鉢《てつぱつ》／大蛇《じや》ば焼］

（5）借越損者《かりこすそんじや》

その次《つぎ》の利勘《りかん》は借越損者《かりこすそんじや》と申《まう》し奉る。物《もの》を借越《かりこす》人は悪知恵《わるぢゑ》があつて、おべつかを言《い》ひちよ〳〵らを言《い》ふゆゑ、借越《かりこす》の知恵《ちゑ》といふ。

初夜《しよや》の鐘《かね》を撞《つ》く時《とき》は、格別寝酒《かくべつねざけ》と名《な》を付《つ》けて諸所《しよ〳〵》を無《む》性《しやう》と借散《かりち》らし、一寸先《いつすんさき》は闇《やみ》の夜《よ》と、鉄砲汁《てつぽうじる》を煮《に》て魚屋《さかなや》に当身《あてみ》を食《く》はせ、末《すへ》は野《の》となれ山の芋《いも》と、鰻屋《うなぎや》に損《そん》を掛《か》け、借《か》りては飲《の》み、借《か》りては食《く》らひ、借銭《しやくせん》の山高《たか》うして銭乏《ぜにとぼ》しと、山姥《うば》の謡《うた》ひの文句《もんく》で悔《くや》んでも、返《かへ》らぬ物《もの》は借銭乞《しやくせんこひ》。天麩羅《てんぷら》の書出《かきだし》を見《み》ては脂《あぶら》の汗《あせ》を流《なが》し、鴨南蛮《かもなんばん》の書出《かきだし》には、青玉《あをだま》の浮《う》く涙《なみだ》をこぼして、松過《す》ぎまでと断《ことわ》つても、ならぬ〳〵と受付《うけつ》けず、箱根《はこね》八里《り》は馬《うま》でも越《こ》すが、越《こ》すに越《こ》されぬ大晦日《みそか》、これ前広《まへびろ》から知《し》れたことなり。それにうか〱借越《かりこす》は、損者《そんじや》々々《〱》と教《をし》へ給《たま》ふ。

［酒屋］

(6)六オ

（6）奢羅損者《おごらそんじや》

その次《つぎ》の利勘《りかん》は奢羅《おごら》ァ損者《そんじや》と申《まう》し奉る。

身分《みぶん》不相応《ふさうおう》に着飾《きかざ》つて出《で》る女《をんな》などを見給《みたま》ひては、頭《あたま》の先《さき》から足《あし》のぎり〱まで、これがいくら、あれがいくらと、算盤《そろばん》においてみて、これでは身上《しんしやう》が持《も》てぬはずだと、払《ほっ》子《す》を投《な》げて呆《あき》れ給《たま》ふ。

竜宮《りうぐう》の乙姫《おとひめ》は鼈甲《べつかう》の櫛笄《くしかうがい》を珍《めづら》しがらず。黒《くろ》ん坊《ぼう》の仲間《なかま》では珊瑚樹《さんごじゆ》の緒締《をじめ》を直下《ちよつか》に見下《くだ》し、砂糖《さとう》屋《や》の丁稚《でつち》はさつま芋《いも》に心《こころ》を掛《か》けず、料理茶屋《りやうりぢや》の辺《ほと》りの犬《いぬ》は秋刀魚《さんま》の干物《ひもの》に目《め》を掛《か》けず。皆《みな》これ、自然《しぜん》の奢《おご》り也。兎《と》角《かく》、奢《おご》るは損者《そんじや》ほどに、つましくせよと教《をし》へ給《たま》ふ。

（奢羅損者）「何《なん》ぼ平気《へいき》で居《ゐ》ても、大晦日《みそか》に思《おも》ひ知《し》るであらふ。あんまり平気《へいき》な面《つら》をするな。奢《おご》る平気《へいき》、久《ひさ》しからずだ」

(7)六ウ

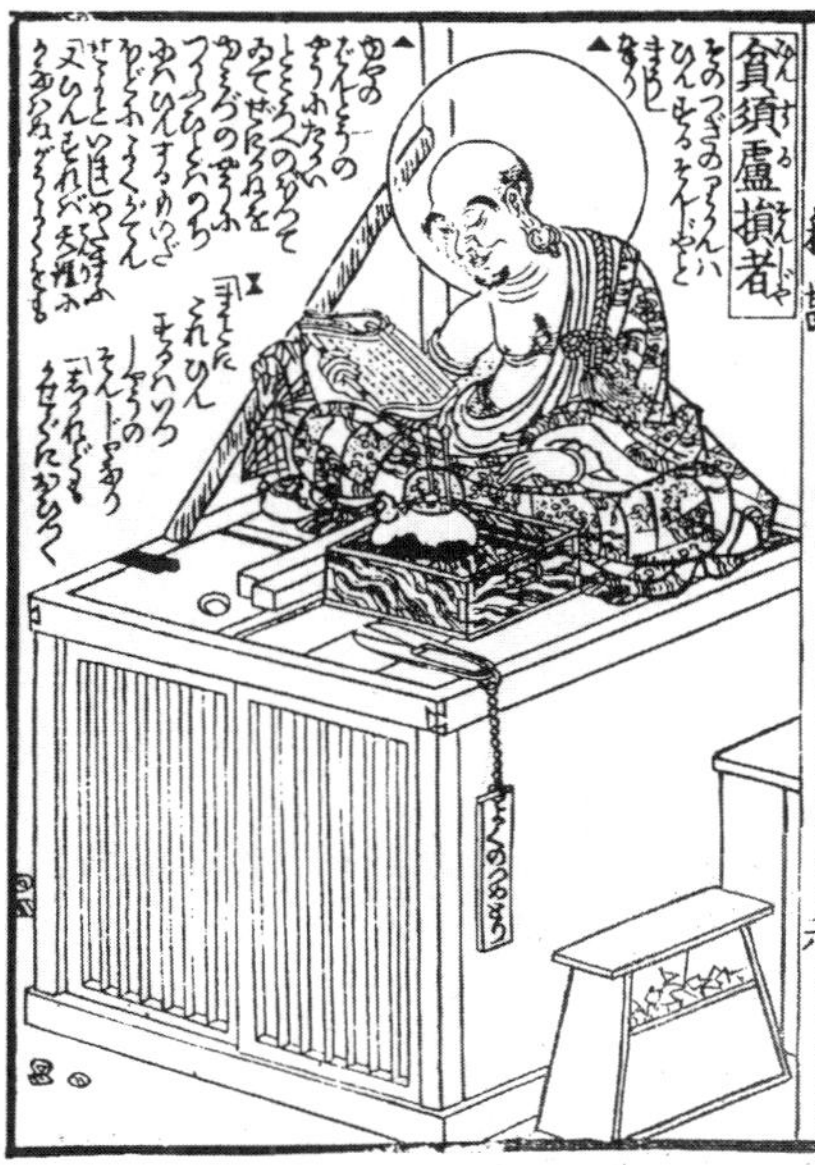

七オ

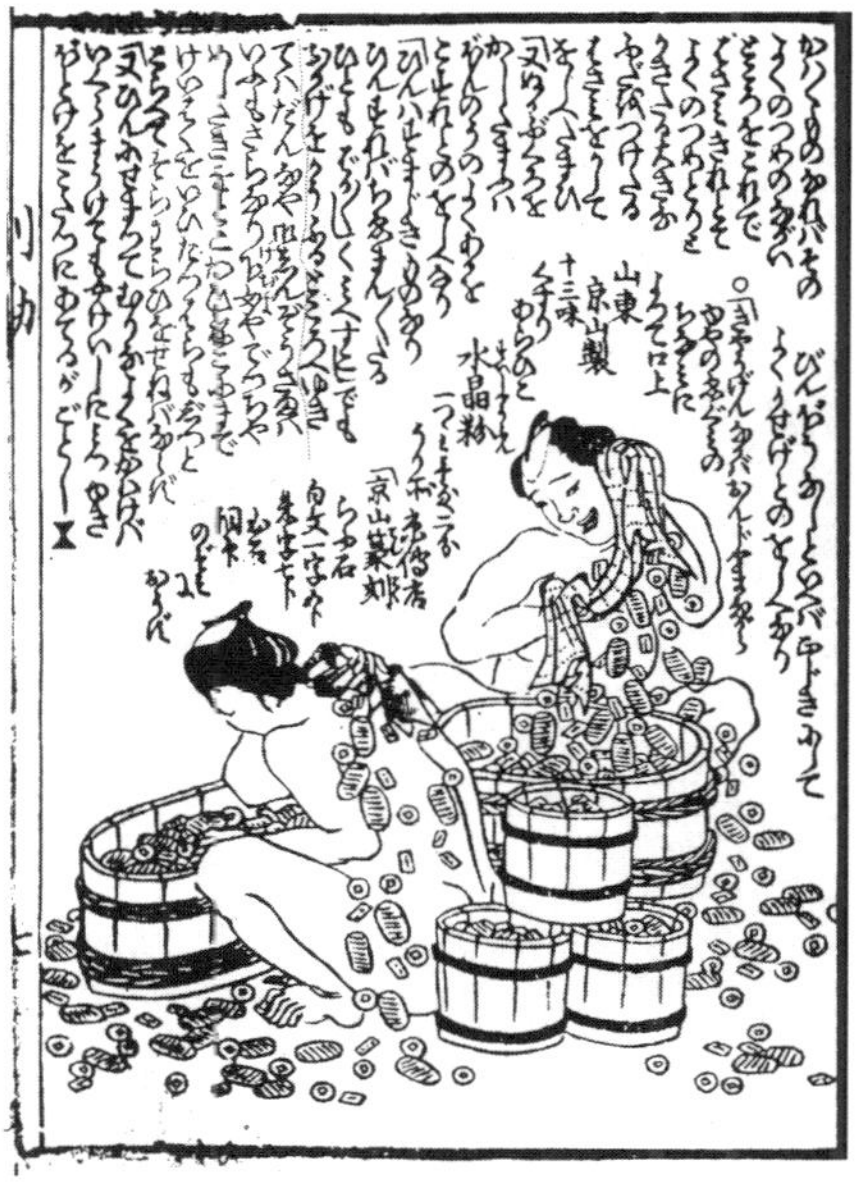

(7) 貧須盧損者《ひんするそんじや》

その次《つぎ》の利勘《りかん》は貧須盧損者《ひんするそんじや》と申し奉《まう》り、湯屋《ゆや》の番頭《ばんとう》のやうに高《たか》い所《ところ》へ登《のぼ》つて居《ゐ》て、銭金《ぜにかね》を湯水《ゆみづ》の様《やう》に使《つか》ふ人《ひと》は、後《のち》には貧《ひん》するものだ、程《ほど》によく合点《がてん》せよと戒《いまし》め給《たま》ふ。

又、貧《ひん》すれば、天理《てんり》に適《かな》はぬ強欲《がうよく》をも、かはくものなれば、その欲《よく》の爪《つめ》の長《なが》いところを、これで挟《はさみ》切《き》れとて、欲《よく》の爪取《つめとり》と書《か》きたる大きな札《ふだ》を付《つ》けたる鋏《はさみ》を貸《か》して教《をし》へ給《たま》ひ、又、糠袋《ぬかぶくろ》を貸《か》し給《たま》ふは、煩悩《ぼんのう》の欲垢《よくあか》を擦《こす》れとの教《をしへ》なり。

貧《ひん》はすまじきものなり。貧《ひん》すれば、知恵《ちゑ》まん〳〵たる人《ひと》も馬鹿《ばか》〳〵しく見《み》へ、少《すこ》しでも御蔭《おかげ》を被《かうふ》るところへ行《ゆ》きては、旦那《だんな》や御新造様《しんぞうさま》はいふもさらなり、下女《げぢよ》や丁稚《でつち》や飯炊《めしたき》男《をとこ》、飼猫《かひねこ》にまで軽薄《けいはく》を言《い》ひ、立腹《たつはら》もじつと堪《こら》へて、空笑《そらわら》ひをせねばならず。

又、貧《ひん》に迫《せま》つて無理《むり》な欲《よく》をかはけば、いくら儲《まう》けても焼《やけ》石《いし》に水《みづ》。雪仏《ゆきぼとけ》を炬燵《こたつ》に当《あ》てるが如《ごと》し。実《まこと》にこれ、貧《ひん》するは一生《いつしやう》の損者《そんじや》なり。然《しか》れども、稼《かせ》ぐに追付《おひつ》く貧乏《びんばう》なしと言《い》へば、正直《じき》にしてよく稼《かせ》げとの教《をしへ》なり。

○狂言半《きやうげんなか》ば、御邪魔《おんじやま》ながら湯屋《ゆや》の絵組《ゑぐみ》の因《ちな》みによつて口
上。
山東京山製　十三味薬洗粉《くすりあらひこ》
水晶粉《すいしやうふん》　一包《つゝみ》壱匁二分　　売《うり》所　京伝店
京山篆刻《てんこく》　蠟石《らふ》白文一字五分、朱字七分
玉石銅印、望《のぞ》みに応《おう》ず。
[欲《よく》の爪取《つめとり》]

(8) 通損者《かよふそんじや》

その次《つぎ》の利勘《りかん》は通損者《かよふそんじや》と申《まう》し奉《たてまつ》る。

そもそも通《かよ》ふといふ名《な》の付《つ》いた事《こと》に得《とく》な事《こと》は少《すく》なし。深《ふか》草少将《くさのせうしやう》は小町《まち》が許《もと》へ百夜《もゝよ》通《かよ》つて車《くるま》の元《もと》に行倒《ゆきだを》れ、曾我《そが》の十郎は大磯《おほいそ》へ通《かよ》つて盃論《さかづきろん》の難儀《なんぎ》を引出《ひきだ》し、初鰹《はつがつを》を買《か》ふ上《うは》

端《は》が不足《ふそく》で質屋《しちや》へ通《かよ》ふ。合縞《あはせじま》、通《かよ》ふ銚釐《ちろり》の数重《かずかさ》なれば、酒屋《さかや》にどつさり借《か》りが出来《でき》、枕《まくら》に通《かよ》ふ梅が香《か》も、もし移《うつり》香《が》とや疑《うたが》はれん。

京町《まち》の猫通《ねこかよ》ひける店裏《たなうら》は筑摩《つくま》の鍋《なべ》をぶち壊《こは》し、豆腐屋《とうふや》へ通《かよ》ふ丁稚《でつち》は鳶《とんび》のために鼻面《はなづら》を引掻《ひつか》かれる。

尾籠《びろふ》ながら雪隠《せつちん》へたび〳〵通《かよ》へば、尻《しり》から冷《ひ》へて風邪《かぜ》を引《ひ》くなり。

猪牙《ちよき》や四手《よつで》で通《かよ》ひ過《す》ぎると、遂《つい》にこの身《み》はとつくりと、奈良《なら》の旅籠屋《はたごや》、三輪《みわ》の茶屋《ちや》、使果《つかひはた》して二分も残《のこ》らず、身《しん》代《だい》を棒《ぼう》に振《ふ》ること眼前《がんぜん》なり。さる程《ほど》に、通《かよ》ふは損者《そんじや》と戒《いまし》め給《たま》ふ。

虎曰《とらいは》く、「三枚《さんまい》の駕籠《かご》には、さすがの俺《おれ》も追付《おつつ》かれぬ。乗《の》るから旦那《だんな》は、とらやあ〳〵だ」。

（通損者）「虎《とら》めは埒《らち》の明《あ》かぬ奴《やつ》だ。こんな時《とき》に急《いそ》がしやうと思《おも》つて、常《つね》に藪酒手《やぶさかて》を使《つか》つておくに。俺《おれ》が乗《の》る駕籠《かご》は通駕籠《かよひかご》ではない。裾《すそ》を切《き》るまいために乗《の》る駕籠《かご》だから、これもやつぱり利勘《りかん》だ。しかし、輪後光《わごくわう》がつかへて窮屈《きうくつ》だぞ〳〵」

（9）八ウ

九オ

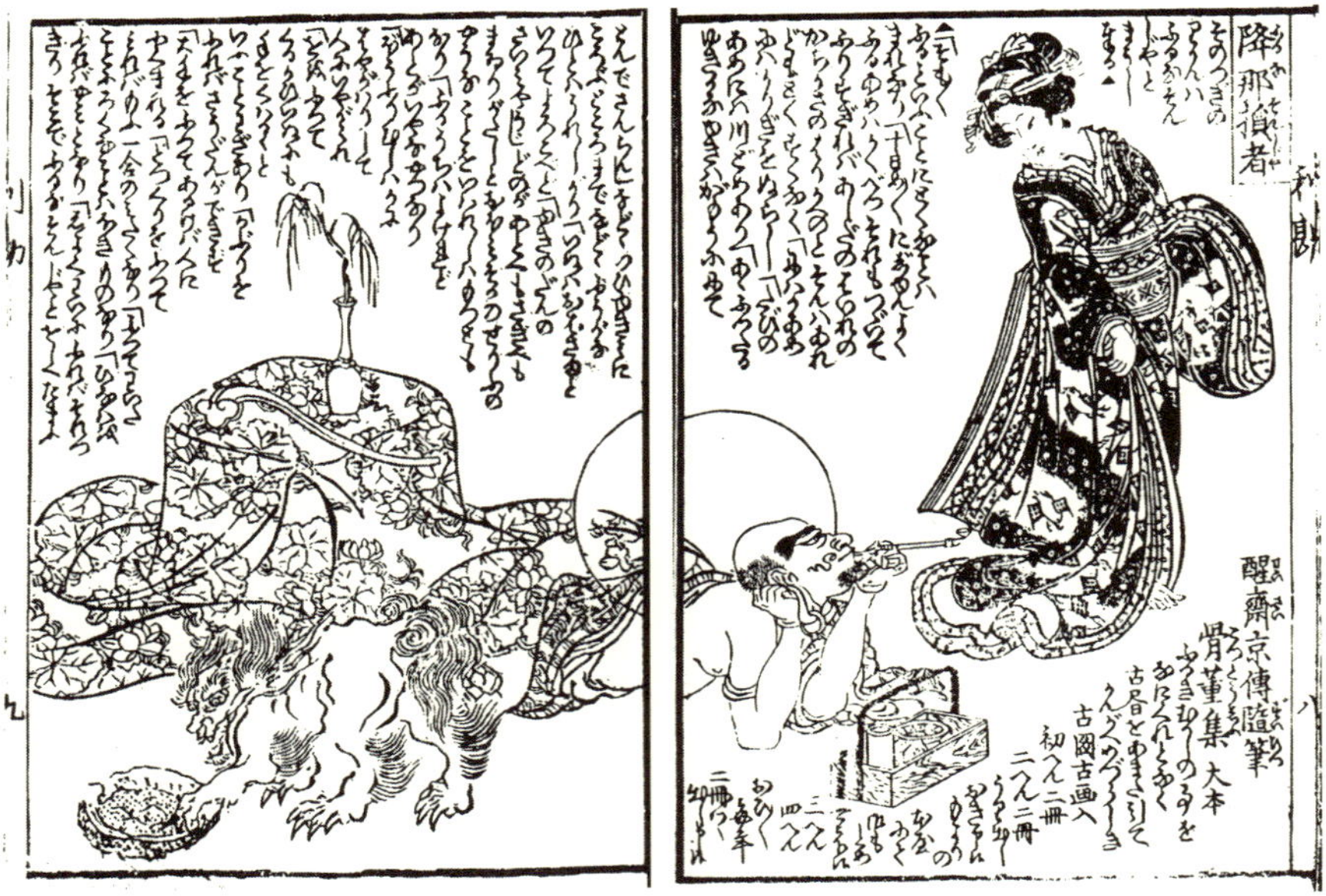

（9）

降那損者《ふるなそんじや》

その次《つぎ》の利勘《りかん》は降那損者《ふるなそんじや》と申《まう》し奉る。

そも〳〵降《ふ》るといふ事《こと》に得《とく》な事《こと》は稀《まれ》なり。十日目《め》〳〵に順《じゆん》よく降《ふ》る雨《あめ》は格別《かくべつ》。それも続《つゞ》いて降過《ふりす》ぎれば、足駄《あしだ》の歯入《はいれ》の、傘《からかさ》の張替《はりかへ》のと損《そん》はあれども得少《とくすく》なく、俄雨《にはかあめ》には借着《かりぎ》を濡《ぬ》らし、旅《たび》の雨《あめ》には川止《どめ》あり。

「あゝ降《ふ》つたる雪《ゆき》かな。雪《ゆき》は鵝毛《がもう》に似《に》て飛《と》んで散乱《さんらん》し」など、言《い》ひ、雪見《ゆきみ》に転《ころ》ぶ所《ところ》まで、などゝ風雅《ふうが》な人《ひと》は嬉《うれ》しがり、犬《いぬ》はおば様《さま》と言《い》つて喜《よろこ》べど、「雪《ゆき》の段《だん》の最明寺殿《さいみやうじどの》が、後《あと》へも先《さき》へも参《まゐ》り難《がた》し」と大晦日《おほみそか》の台詞《せりふ》のやうな事《こと》を言《い》はれしは、もつともなり。降《ふ》るうちはよけれど、後《あと》が嫌《いや》なやつなり。

棒振虫《ぼうふりむし》は蚊《か》に早変《はやが》はりして人《ひと》に嫌《いや》がられ、尾《を》を振《ふ》つて来《く》る飼犬《かひいぬ》にも手《て》を食《く》はるゝ、といふ諺《ことわざ》あり。頭《かぶり》を振《ふ》れば相談《さうだん》が出来《でき》ず、大手を振《ふ》つて歩《ある》けば人《ひと》に憎《にく》まれる。徳利《とつくり》を振《ふ》つて見《み》れば、もふ一合呑《の》みたくなり、降《ふ》つて沸《わ》いた事《こと》にろくな事《こと》はなきものなり。火縄《ひなは》を振《ふ》れば闇《やみ》となり、初回《しよくわい》に振《ふ》ればそれつきり。そこで降那損者《ふるなそんじや》と教《をし》へ給《たま》ふ。

醒齋《せいさい》京伝随筆《ずいひつ》　骨董集《こつとうしふ》　大本

古《ふる》き昔《むかし》の事を何《なに》くれとなく古書を数多《あまた》引て考《かんが》へ、珍《めづら》しき古図古画入。初編《へん》二冊、二編《へん》二冊売《うり》出し置《お》き申候。最寄《もより》の本屋にて御求《もと》め可被下候。三編《へん》、四編《へん》、追々《おひ〳〵》毎年二冊つゝ出し申候。

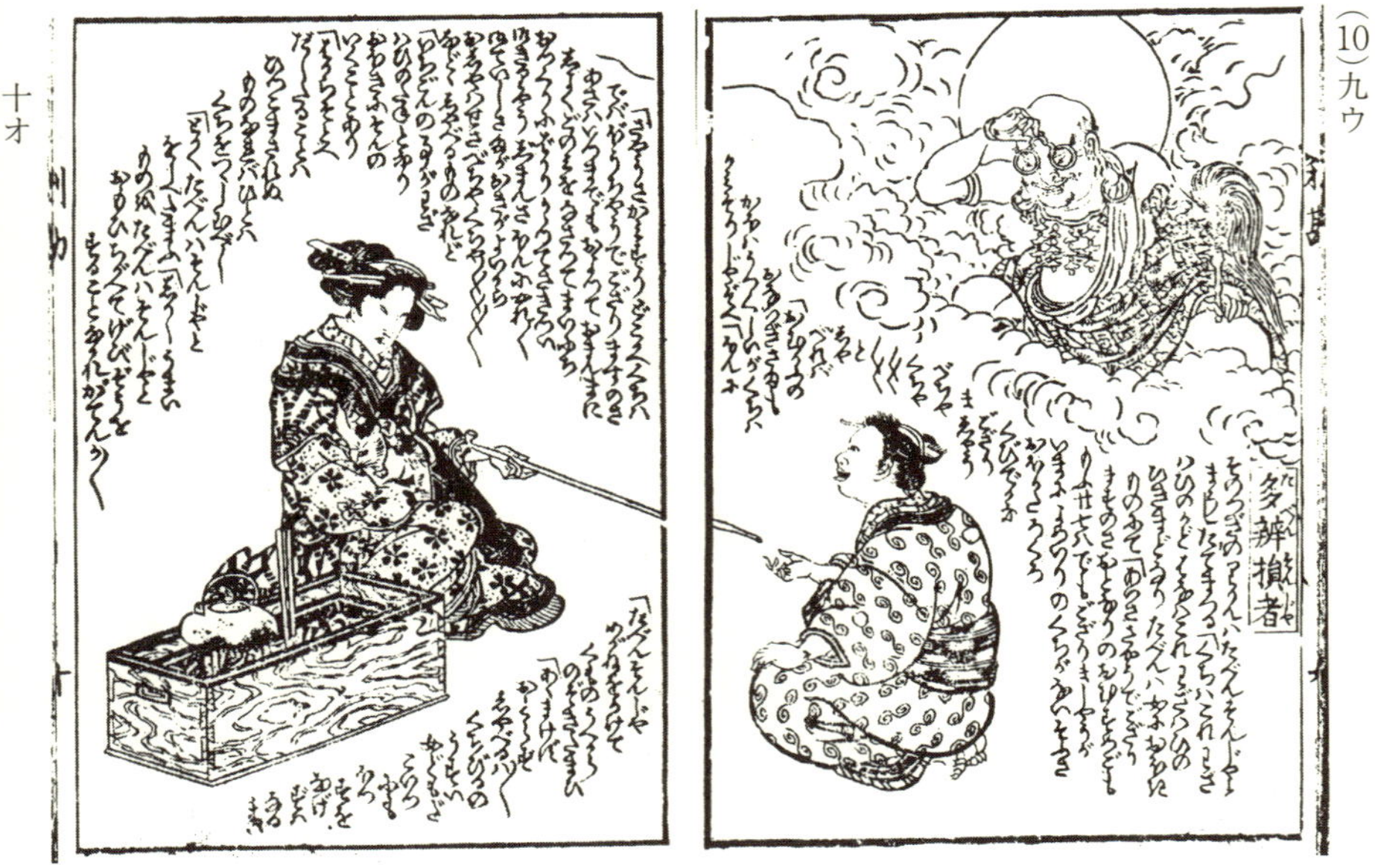

(10) 多弁損者《たべんそんじや》

その次《つぎ》の利勘《りかん》は多弁損者《たべんそんじや》と申《まう》し奉《たてまつ》る。口《くち》はこれ災《わざは》ひの門《かど》、鼻《はな》はこれ災《わざは》ひの引窓《ひきまど》なり。多弁《たべん》は女に多《おほ》きものにて、「あいさ左様《さやう》でござりますのさ。お隣《となり》のお娘御《むすめご》も、もふ廿七八でもござりましやうが、今《いま》に嫁入《よめいり》の口《くち》がないそふさ。大方《おほかた》ろくろ首《くび》でかなござりましやう。べちやくちや〱〱〱」と喋《しやべ》れば、「お向《むか》ふのお内儀様《ないぎさま》も、顔《かほ》は美《うつく》しいが、口《くち》は剃刀《かみそり》じやぞへ」。「ほんに」。「左様《さやう》さ。剃刀《かみすり》どこかへ、口《くち》は出刃包丁《でばぼうちやう》でござりますのさ。朝《あさ》は何時《いつ》までもお寝《よ》つて、お飯《まんま》に食好《しよくごの》みをなさつて、毎日《まいにち》お造《つく》りにばかり掛《か》かつてさ、きつい御器量《きりやう》自慢《じまん》さ。ほんに、やれ〱、御亭主様《ていしさま》がお気《き》がよいからお幸《しやは》せさ。べちやくちや〱〱〱」など、喋《しやべ》るものなれど、一言《いちごん》の事が災《わざは》ひの種《たね》となり、多《おほ》きに損《そん》のいく事《こと》あり。歯《は》から外《そと》へ出《だ》したる事《こと》は、引込《ひつこ》まされぬものなれば、人《ひと》は口《くち》を慎《つゝし》むべし。兎角《とかく》、多弁《たべん》は損者《そんじや》と教《をし》へ給《たま》ふ。しかし、美味《うま》い物《もの》を食《た》べんは損者《そんじや》と思《おも》ひ違《ちが》へて、下卑蔵《げびぞう》をする事《こと》なかれ、合点《がてん》か〱。

多弁損者《たべんそんじや》、眼鏡《めがね》を掛《か》けて雲《くも》の上《うへ》から覗《のぞ》き給《たま》ひ、「あゝ、負《ま》けず劣《おと》らず喋《しやべ》るは〳〵。唇《くちびる》の薄《うす》い女どもだ。こいつにも払子《ほつす》を投《な》げずはなるまい」。

(11)十ウ

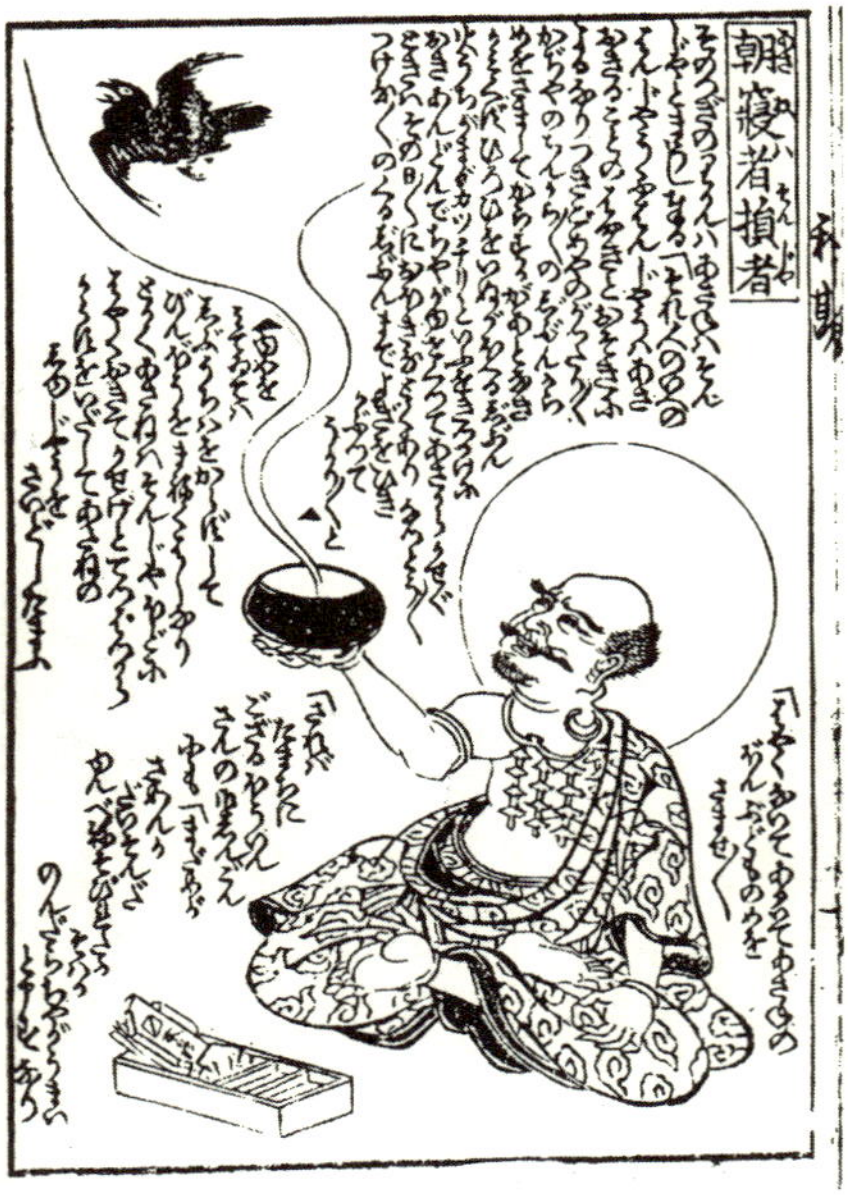

(11) 朝寝者損者《あさねはそんじや》

その次《つぎ》の利勘《りかん》は朝寝《あさね》は損者《そんじや》と申《まう》し奉る。

それ、人の家《いへ》の繁盛《はんじやう》、不繁盛《ふはんじやう》は朝起《あさお》きる事《こと》の早《はや》きと遅《おそ》きによるなり。搗米屋《つきごめや》のがつたり〳〵、鍛冶屋《かぢや》のちんから〳〵の時分《じぶん》から目《め》を覚《さ》まして、烏《からす(ママ)》かがあと鳴《な》き、紙屑《かみくず》拾《ひろひ》を犬《いぬ》が吠《ほ》へる時分《じぶん》、火打鎌《うちがま》がカツチリといふをきつかけに起《お》き、行灯《あんどん》で茶粥《ちやがゆ》を食《く》つて、朝《あさ》から稼《かせ》ぐ時《とき》は、その日〳〵に大《おほ》きな得《とく》あり。納豆《なつとう》々々、漬菜《つけな》々々の来《く》る時分《じぶん》まで、夜着《よぎ》を引被《ひきかぶ》つて、うかり〳〵と夢《ゆめ》を見《み》てゐては、渋団扇《しぶうちは》をからずして貧乏《びんぼう》を招《まね》く端《はし》なり。兎角《とかく》、朝寝《あさね》は損者《そんじや》ほどに早《はや》く起《お》きて稼《かせ》げと、鉄鉢《てつばつ》から烏《からす》を出《いだ》して、朝寝《あさね》の衆生《しゆじやう》を済度《さいど》し給《たま》ふ。

(朝寝者損者)「早《はや》く鳴《な》いて歩《ある》いて、朝寝《あさね》の凡夫《ぼんぶ》どもの目《め》を覚《さ》ませ〳〵。されば忽《たちま》ちにござる法印《ほういん》さんの御真言《しんごん》にも、まだ目《め》が覚《さ》めんか、大損《だいそん》だ、昨夜寝《ゆんべね》そびれたか、薩婆訶《そはか》。飲《の》んだら茶《ちや》が美味《うま》いと申すなり」

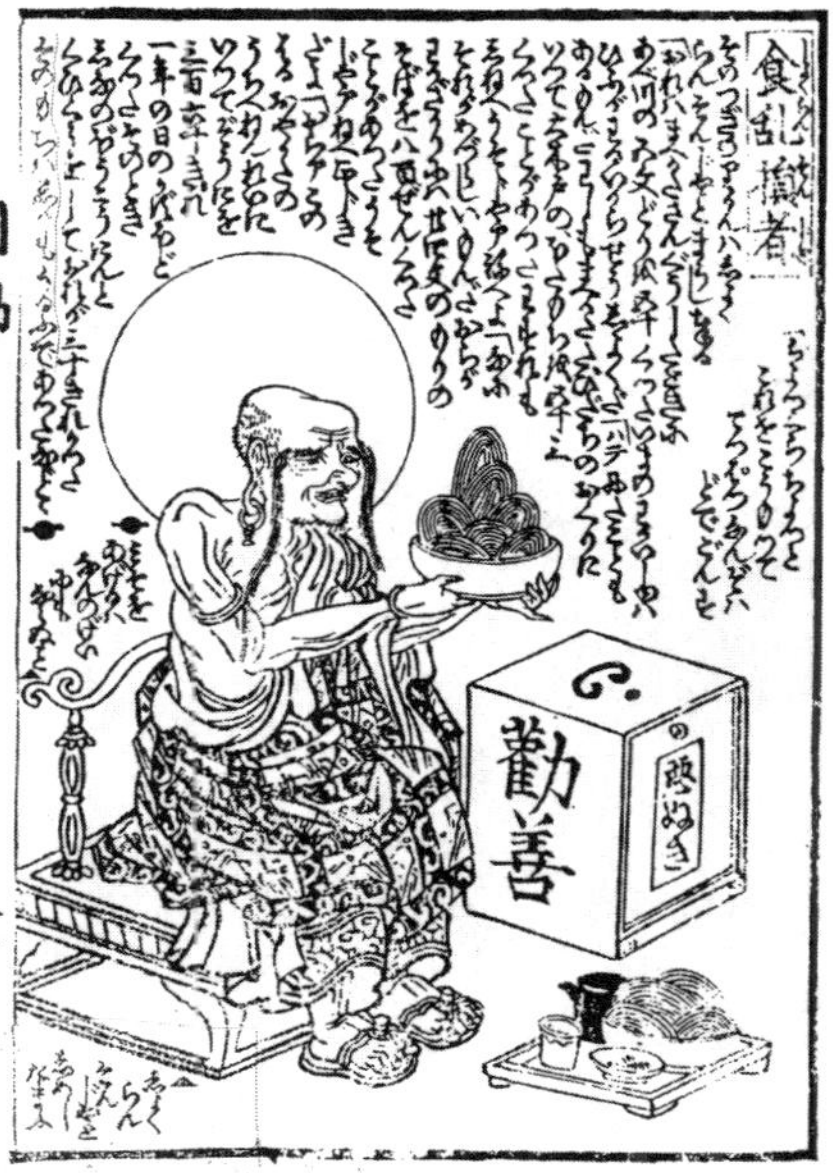

(12) 十一オ

(12) 食乱損者《しよくらんそんじや》

その次《つぎ》の利勘《りかん》は食乱損者《しよくらんそんじや》と申《まう》し奉る。

「俺《おれ》は前方《まへかた》、参宮《さんぐう》した時《とき》に、安倍《あべ》川の五文どりを五十食《く》つた。今《いま》の若《わか》い衆《しゆ》は脾腑《ひふ》が悪《わる》いから小食《せうしよく》だ」

「ハテ、似《に》た事《こと》もあるもんだ。わしも前方《まへかた》、旅立《たびだち》の送《おく》りに行《い》つて、大木戸のぼた餅《もち》を五十三食《く》つた事《こと》があつた。忘《わす》れもしねへ、嘘《うそ》じやアねへよ」

「何《なに》、それが珍《めづ》らしいもんだ。おらが若盛《わかざか》りには、廿四文の盛《もり》の蕎麦《そば》を八百膳《ぜん》食《く》つた事《こと》があつた。嘘《うそ》じやアねへ、正直《じき》だよ」

「おらアこの春《はる》、親方《おやかた》の家《うち》へ年礼《ねんれい》に行《い》つて、雑煮《ぞうに》を三百六十切《きれ》、一年の日の数《かず》ほど食《く》つた。その時《とき》、支那《しな》の膨脝人《ぼうこうにん》と食競《くひくら》をして、俺《おれ》が三十切勝《きれか》つた。その餅《もち》は、しかも粳《うるふ》であつた」など、味噌《みそ》を上《あ》げるは、何《なん》の芸《げい》にもならぬ事《こと》。食乱損者《しよくらんそんじや》と示《しめ》し給《たま》ふ。

(食乱損者)「ちよつくらちよつと、これをこう持《も》つて、鉄《てつ》鉢《ぱつ》なんぞは、どでごんす」

[悪ぬき/勧善]

(13)十一ウ

十二オ

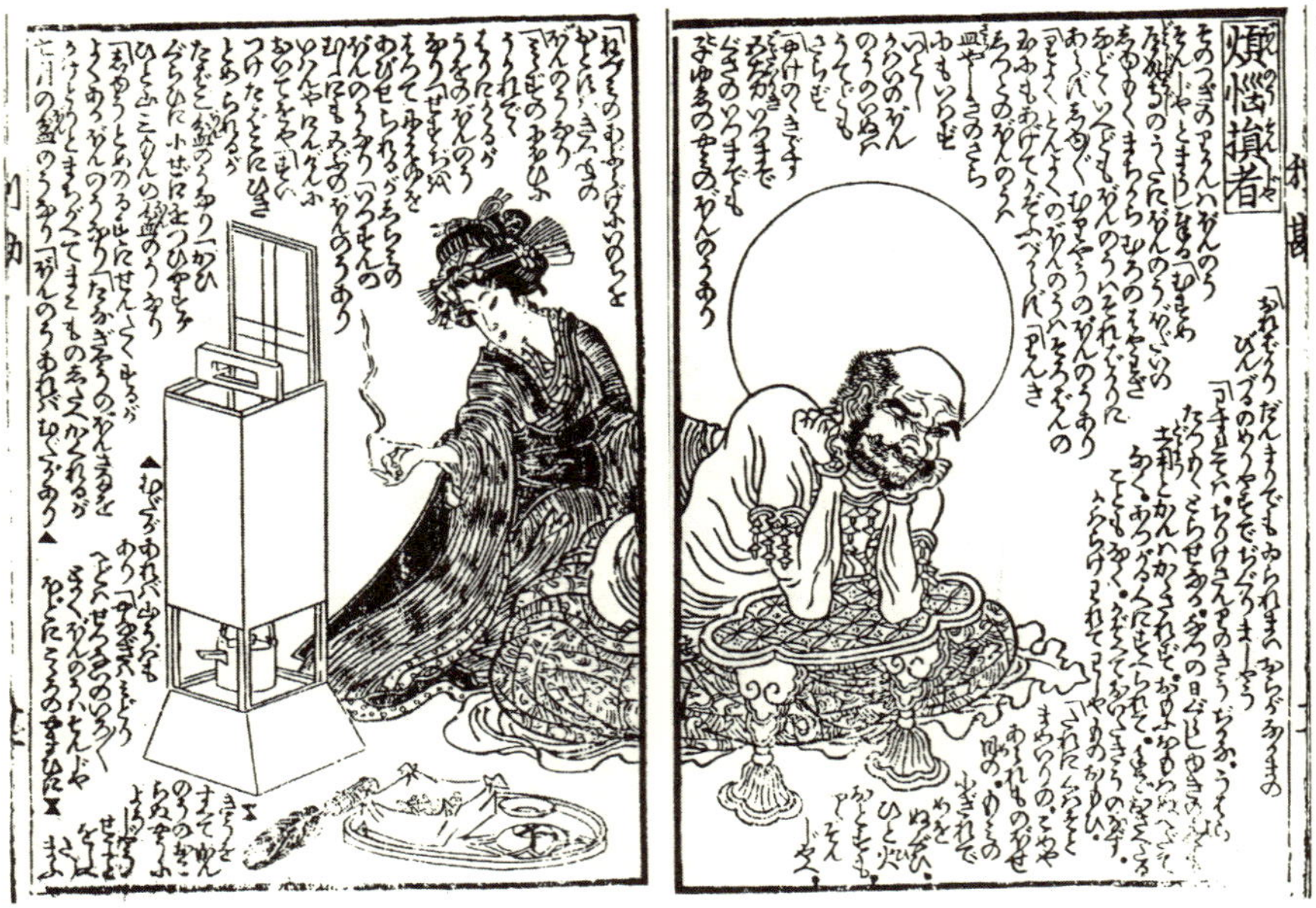

(13) 煩悩損者《ぼんのうそんじや》

その次《つぎ》の利勘《りかん》は煩悩損者《ぼんのうそんじや》と申《まう》し奉る。娘道成寺《むすめどうじやうじ》の歌《うた》に、煩悩菩提《ぼんのうぼだい》の撞木町《しゆもくまち》から室《むろ》の早業《はやわざ》などゝいへども、煩悩《ぼんのう》はそればかりにあらず。種々無量《しゆぐむりやう》の煩悩《ぼんのう》あり。

利欲《りよく》、貪欲《とんよく》の煩悩《ぼんのう》は、算盤《そろばん》の玉にも挙《あ》げて数《かぞ》ふべからず。

悋気《りんき》、嫉妬《しつと》の煩悩《ぼんのう》は皿屋敷《さらやしき》の皿《さら》にもいはず。愛《いと》し可愛《かはい》の煩悩《ぼんのう》の犬《いぬ》は打《う》てども去《さ》らず。焼野《やけの》の雉子《きゞす》、五大力《ごだいりき》、何時《いつ》まで草《ぐさ》の何時《いつ》までも、子故《こゆゑ》の闇《やみ》の煩悩《ぼんのう》あり。鼠《ねづみ》の油揚《あぶらげ》に命《いのち》を落《お》とすは狐《きつね》の煩悩《ぼんのう》なり。蚯蚓《みゝず》の匂《にほ》ひに浮《う》かれ出《で》て、針《はり》に掛《か》かるが魚《うを》の煩悩《ぼんのう》なり。背筋《せすぢ》を張《は》つて煮湯《にえゆ》を浴《あ》びせられるが虱《しらみ》の煩悩《ぼんのう》なり。一寸《いつすん》の虫《むし》にも五分《ぶ》の煩悩《ぼんのう》あり。況《いはん》や人間《にんげん》においてをや。

吸付煙草《すいつけたばこ》に引止《ひきと》められるが煙草盆《たばこぼん》のうなり。買食《かひぐら》ひに小銭《ぜに》を費《つひ》やすが、一《ひと》山三文《もん》の盆《ぼん》のうなり。姑《しゆうとめ》の留守《るす》に洗濯《せんたく》するが、よくある煩悩《ぼんのう》なり。棚経《たなぎやう》の坊様《ぼんさま》を掛取《かけとり》と間違《まちが》へて、真菰《まこも》の下《した》へ隠《かく》れるが七月の盆《ぼん》のうなり。

　煩悩《ぼんのう》あれば無駄《むだ》があり、無駄《むだ》があれば山姥《うば》もあり。柳《やなぎ》は緑《みどり》、反吐《へど》は切《せつ》ないの色々《いろ〳〵》。兎角《とかく》、煩悩《ぼんのう》は損者《そんじや》ほどに心《こゝろ》の病《やまひ》に灸《きう》を据《す》へて、煩悩《ぼんのう》の起《お》こらぬやうに養生《ようじやう》せよと教《をし》へ給《たま》ふ。

（煩悩損者）「俺《おれ》ばかりだんまりでも居《ゐ》られまい。おらが仲《なか》間《ま》の貧須盧《びんづる》のめりやすで地口《ぢぐ》りましやう。忘《わす》れては。身柱《ちりけ》三里《さんり》の灸治《きうぢ》かな。卯《う》腹《はら》辰《たつ》股《もゝ》虎《とら》背《せ》中《なか》。夏《なつ》の日ぐらし雪《ゆき》の夜《よ》も土用《どよう》と寒《かん》は欠《か》かされず。思《おも》ふ思《おも》はぬ隔《へだ》てなく。熱《あつ》がる人に据《す》へられて。手で押《お》さへたる事《こと》もなく。数《かぞ》へておいた灸《きう》のなず《（ママ）》。土器《かはらけ》割《わ》れてわしや物思《ものおも》ひ。誰《たれ》に食《く》はそと豆煎《まめいり》の。米《こめ》や霰《あられ》ものぼせ目《め》の。紅絹《もみ》の小布《ぎれ》で目《め》を拭《ぬぐ》ひ。一火落《ひとひお》とすも。ア、損《そん》じやへ」

（14）十二ウ

十三オ

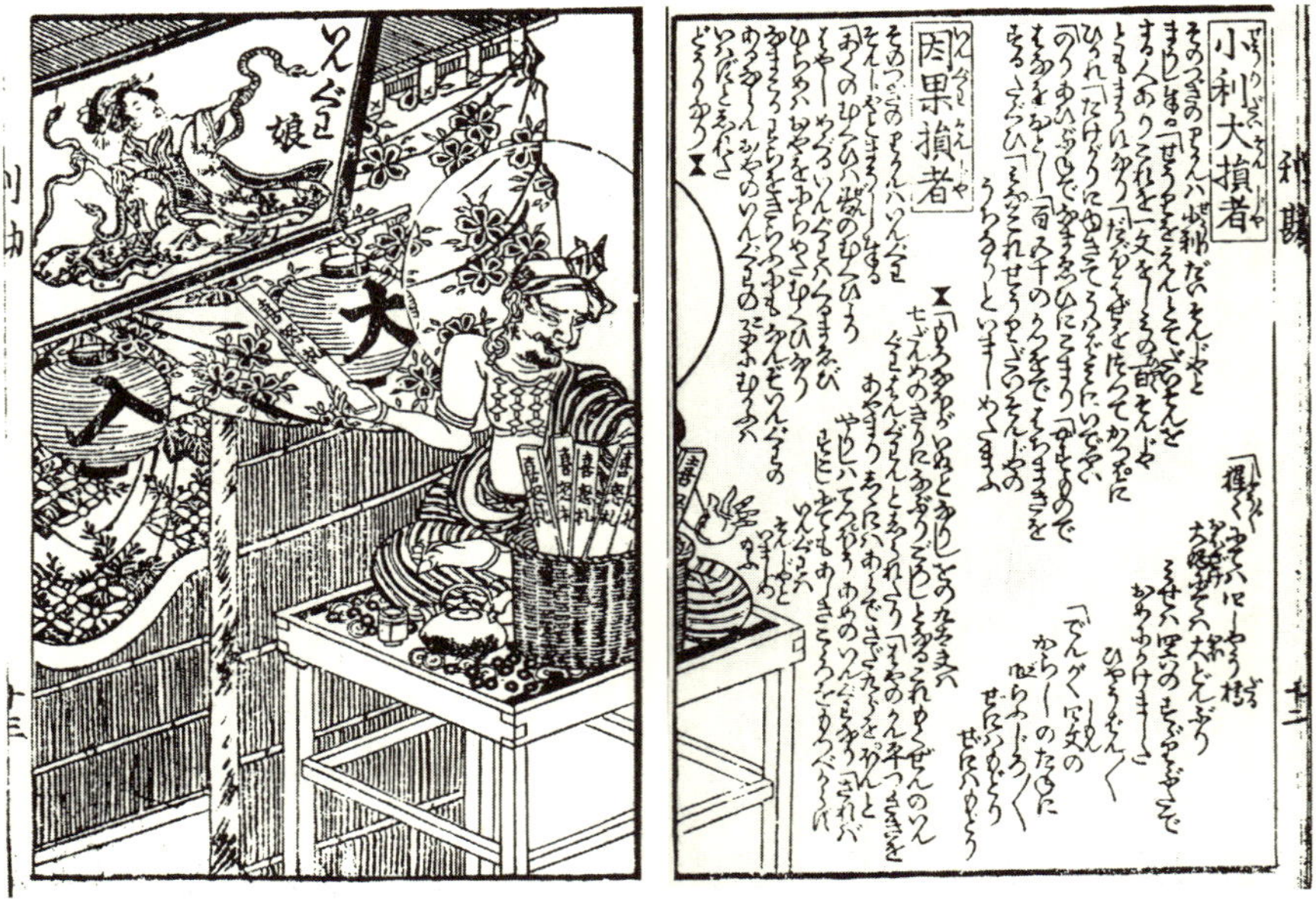

（14）

小利大損者《せうりだいそんじや》

その次《つぎ》の利勘《りかん》は小利大損者《せうりだいそんじや》と申《まう》し奉る。

小利《せうり》を得《え》んとて大損《だいそん》をする人あり。これを一文惜《を》しみの百《ひやく》損者《そんじや》とも申《まう》すなり。

だぼ鯊《はぜ》を釣《つ》つて河童《かつぱ》に引《ひ》かれ、茸狩《たけがり》に行《ゆ》きて蟒蛇《うはばみ》に出会《いでや》い、乗合船《のりあひぶね》で生酔《なまゑひ》に困《こま》り、安物《やすもの》で鼻《はな》を落《お》とし、百五十の鰹《かつを》で鉢巻《はちまき》をする類《たぐひ》。皆《みな》これ、小利大損者《せうりだいそんじや》のうちなりと戒《いまし》め給《たま》ふ。

因果損者《いんぐわそんじや》

その次《つぎ》の利勘《りかん》は因果損者《いんぐわそんじや》と申《まう》し奉る。

悪《あく》の報《むく》ひは善《ぜん》の報《むく》ひより早《はや》し。廻《めぐ》る因果《いんぐわ》は車海老《くるまゑび》、鮃《ひらめ》は親《おや》を睨《にら》めた報《むく》ひなり。海鼠《なまこ》が藁《わら》を嫌《きら》ふにも、何《なん》ぞ因果《いんぐわ》のあるならん。親《おや》の因果《いんぐわ》の子《こ》に向《む》かふは、言《い》はずと知《し》れた道《どう》理《り》なり。

師直《もろなほ》が犬《いぬ》となりし斧《をの》九太夫は、七段目《だんめ》の切《きり》に嬲殺《なぶりごろ》しとなる。これ目前《もくぜん》の因果判官《いんぐわはんぐわん》と知《し》られたり。

早野勘平《はやのかんぺい》、筒先《つゝさき》を誤《あやま》り、猪《しゝ》にはあらで定《さだ》九郎をぽんとやりしは、鉄砲雨《てつぽうあめ》の因果《いんぐわ》なり。されば少《すこ》しにても悪《あ》しき心《こゝろ》を持《も》つべからず。因果《いんぐわ》は損者《そんじや》と戒《いまし》め給ふ。
（因果損者）「猩々《しやうぐ》にては四升樽《しやうだる》、大酒《おおざけ》にては大丼《おほどんぶり》、店《みせ》は四六の硯蓋《すゞりぶた》でお目《め》に掛《か》けました、評判《ひやうばん》〳〵。田楽四文《でんがくしもん》の辛子《からし》の種《たね》に御覧《ごらふ》じろ〳〵。銭《ぜに》は戻《もど》り銭《ぜに》は戻《もど》り」
［喜怒札］
［喜怒札］
［喜怒札］
［喜怒札］
［喜怒札］
［喜怒札］
［大入］
［因果《いんぐわ》娘］

(15)十三ウ

十四オ

(15) 短気者損者《たんきはそんじや》

その次《つぎ》の利勘《りかん》は短気《たんき》は損者《そんじや》と申し奉《まう》り、古道具屋《ふるどうぐや》と現《げん》じ給《たま》ひて、あまねく癇癪《かんしやく》の衆生《しゆじやう》を済度《さいど》し給《たま》ふ。

此利勘様《りかんさま》の近所《きんじよ》に、夫婦揃《ふうふそろ》つた癇癪持《かんしやくもち》ありけるが、米《こめ》櫃《びつ》ががたつき、小遣銭《こづかひぜに》が尽《つ》きたるより事起《ことお》こり、「銭使《ぜにづか》ひが荒《あら》ひ」と亭主《ていしゆ》が小言《こごと》を言《い》へば、働《はたら》きのない亭主《ていしゆ》と、女《によう》房《ぼう》も負《ま》けてゐず、亭主《ていしゆ》が一言《ひとこと》言《い》へば、嬶《かゝあ》は五言《いつこと》言《い》ひ、べちやくちやく〱と喋《しやべ》りて、遂《つい》に夫婦喧嘩《ふうふげんくわ》となり、亭主《ていしゆ》、大癇《おほがん》癪《しやく》にて、有合《ありあ》ふ土瓶《どびん》を取《と》つて投《な》げれば、嬶《かゝあ》も茶碗《ちやわん》を投放《なげほふ》り、台所《だいどころ》の道具《どうぐ》を大方《おほかた》、二人《ふたり》で放出《ほふりだ》し、お歯黒壺《はぐろつぼ》、猫《ねこ》の椀《わん》まで投散《なげち》らして、最早《もはや》、何《なに》も投放《なげほ》ふる物《もの》なけれど、夫婦《ふうふ》の癇癪《かんしやく》はいまだ収《おさ》まらず、夫婦《ふうふ》ともに駆出《かけいだ》して、亭主《ていしゆ》まづ、利勘様古道具店《りかんさまふるどうぐみせ》に有合《ありあ》ふ擂粉木《すりこぎ》を取《と》つて、嬶《かゝあ》を打《ぶ》ちのめせば、嬶《かゝあ》も、そこに有合《ありあ》ふ擂鉢《すりばち》を取《と》つて投《な》げければ、利《り》勘様《かんさま》は肝《きも》を潰《つぶ》し、これは又、滅相《めつそふ》な、夫婦喧嘩《ふうふげんくわ》は面々《めん〱》の家《うち》でしたがよい。売物《うりもの》の古道具《ふるどうぐ》を投放《なげほ》うられては、

次《つぎ》へ続《つゞ》く

(女房)「年寄《としより》に食《く》はせる蛸《たこ》じやああるめへし、擂粉木《すりこぎ》で打《ぶ》たれる覚《おぼ》へはねへによ」

(16)十四ウ

十五オ

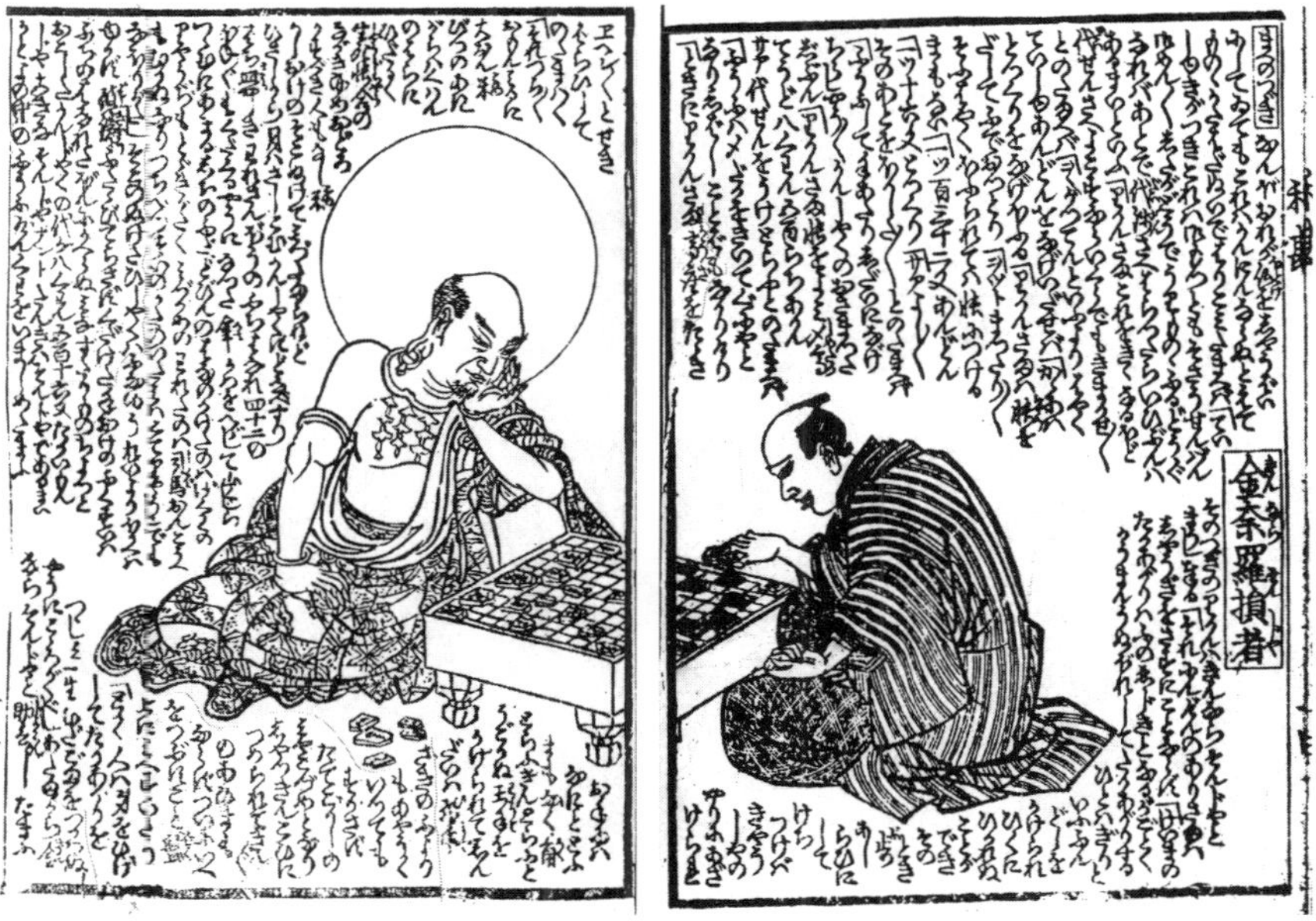

(16) 前《まへ》の続《つゞ》き 何《なん》ぼ俺《おれ》が仏《ほとけ》を商売《しやうばい》にしてゐても、これは堪忍《かんにん》ならぬと、得手物《えてもの》の片肌脱《かたはだぬ》いで張込《はりこ》み給《たま》へば、亭主《ていしゆ》気《き》が付《つ》き、「これは御尤《もつと》も粗相千万《そさうせんばん》、御免《めん》〳〵。したが、どうで売物《うりもの》の古道具《ふるどうぐ》なれば、後《あと》で代銭《だいせん》さへ払《はら》つたら言分《いひぶん》はあるまい」と言《い》ふ。

利勘様《りかんさま》、これを聞《き》き、「なるほど代銭《だいせん》さへよこすなら、いくらでも気任《きまか》せ〳〵」と宣《のたま》へば、「ヲ、合点《がつてん》」と言《い》ふより早《はや》く亭主《ていしゆ》、行灯《あんどん》を投出《なげいだ》せば、嬶《かゝあ》は徳利《とつくり》を投放《なげほ》ふる。利勘様《りかんさま》は帳《ちやう》を出《だ》して筆押取《ふでおつと》り、「ヲツト待《ま》つたり〳〵。そふ早《はや》く放《ほ》ふられては帳《ちやう》に付《つ》ける間《ま》もない。一つ百三十二文行灯《あんどん》、一つ十六文徳利《とつくり》。サアよし〳〵、その後《あと》を放《ほ》かした〳〵」と宣《のたま》へば、夫婦《ふうふ》して手当《あた》り次第《しだい》に投散《なげち》らし、やう〳〵癇癪《かんしやく》の収《おさ》まつた時分《じぶん》、利勘様《りかんさま》、帳《ちやう》を読《よ》み、「〆高《しめだか》、丁《ちやう》度《ど》八貫《くわん》五百、埒明《らちあ》かん。サア代銭《せん》を受取《うけと》らふ」と宣《のたま》へば、夫婦《ふうふ》は〆高《だか》を聞《き》いてぐにやとなり、しばし言葉《ことば》もなかりけり。

時《とき》に利勘様《りかんさま》、高座《かうざ》を叩《たゝ》き、ヱヘン〳〵と咳払《せきばら》ひして宣《のたま》はく、「それつら〳〵惟《おもんみ》るに、大恩米櫃《おんこめびつ》の空殻《あきがら》は貫《くはん》の腹《はら》にひだるく、生死帳合《しやうじちやう》の長《なが》き夢《ゆめ》、驚《おどろ》かすべき人もなし。米《こめ》、かし桶《おけ》の底抜《そこぬ》けて水溜《みづたま》らねど、庇《ひさし》から月は差込《さしこ》む。癇癪《かんしやく》に、土鍋《どなべ》、擂鉢《すりばち》、皿屋敷《さらやしき》、割三方《われさんぼう》の縁離《ふちはな》れ、四十二の骨々《ほね〴〵》も砕《くだ》くる様《やう》になつた傘《かさ》、皮《かは》を剝《へ》がして山鯨《くじら》、包《つゝ》むにあまる質《しち》の札《ふだ》。土瓶《どびん》の鼻《はな》の欠《か》けたのは、外科《げくわ》の療治《りやうぢ》も届《とゞ》き難《がた》く、水瓶《みづがめ》の割《わ》れたのは司馬温公《しばおんこう》へも向《む》かぬなり。土竈《つちべつつい》の肩《かた》の傷《いた》みは鏝療治《こてりやうじ》でも直《なほ》り難《がた》し。底《そこ》の抜《ぬ》けた柄杓《ひしやく》は船幽《ふなゆう》霊《れい》より外《ほか》へは行《ゆ》かず。破鏡《はきやう》再《ふたゝ》び照《て》らさず。砕《くだ》けた手桶《おけ》の覆水《ふくすい》は縁《ふち》の離《はな》れた盆《ぼん》に返《かへ》らぬ。皆《みな》、廃物《すたりもの》。ちよつと起《お》こした癇癪《かんじやく》の代が八貫《くわん》五百十六文、高《たか》いもんじや。大きな損《そん》じや。ナント短気《たんき》は損者《そんじや》であるまいか」と世《よ》の中の夫婦《ふうふ》喧嘩《げんくわ》を戒《いまし》め給《たま》ふ。

金奈羅損者《きんならそんじや》

その次《つぎ》の利勘《りかん》は金奈羅損者《きんならそんじや》と申し奉《まう》る。

それ人間《にんげん》の有様《ありさま》は将棋《しやうぎ》を指《さ》すに異《こと》ならず。桂馬《けいま》の高上《たかあ》がりは歩《ふ》の餌食《ゑじき》となるが如《ごと》く、高慢《かうまん》、自惚《うぬぼれ》して高上《たかあ》がりする人《ひと》は、義理《ぎり》といふ褌《ふんどし》を掛《か》けられ、引《ひ》くに引《ひ》かれぬ事《こと》が出来《でき》、その時《とき》、歩《ぶ》あしらひにして、けち付《つ》けば、香車《きやうしや》の槍《やり》に嘲《あざけ》られ、お手には何《なに》と問《と》ふ間《ま》もなく、角取《かくと》らふ金取《きんと》らふと、動《うご》かぬ王手《わうて》をかけられて、身代《しんだい》は飛車先《ひしやさき》の歩《ふ》よりも危《あや》うく、一手《いつて》もすかさず、たてごかしの都詰《みやこづめ》となり、借《しやつ》金乞《きんこひ》に詰《つ》められて、金銀《きん〴〵》の合馬《あひま》もならず、遂《つい》に家《いへ》を潰《つぶ》す事《こと》、盤《ばん》上に見透《みへす》いたり。兎角《とかく》、人は身を卑下《ひげ》して高上《たかあ》がりを慎《つゝ》しみ、一生無駄駒《むだごま》を使《つか》はぬやうに心《こゝろ》掛《が》くべし。頭《あたま》から金《きん》なら損者《そんじや》と助言《じよごん》し給《たま》ふ。

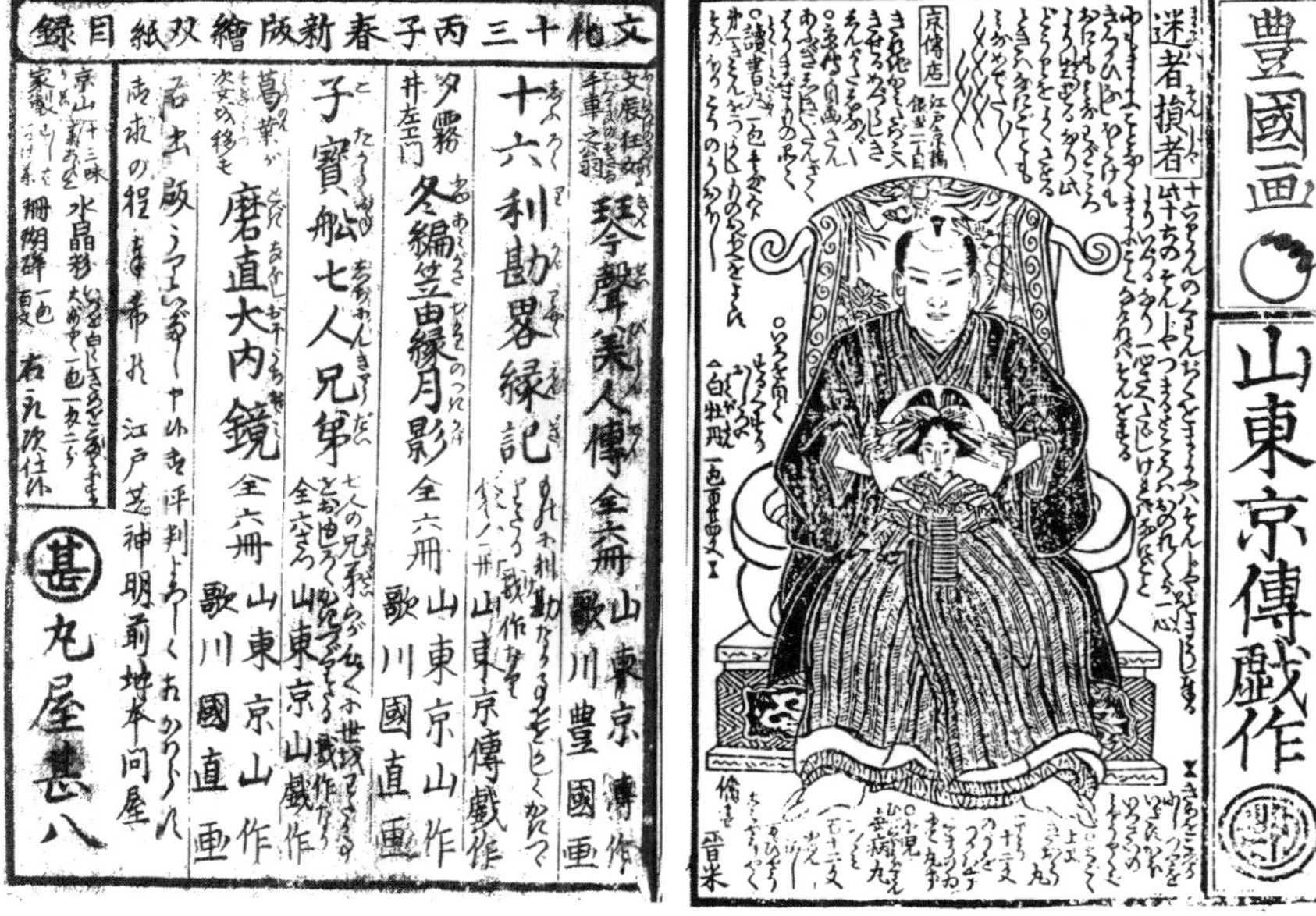

(17)

迷者《まよふは》損者《そんじや》

十六利勘《りかん》の巻軸《くわんぢく》を迷《まよ》ふは損者《そんじや》と申《まう》し奉る。此十六の損者《そんじや》、詰《つ》まるところは己々《おのれ〱》が一心《いつしん》より出《いづ》るなり。一心さへ正《たゞ》しければ何事《なにごと》にも迷《まよ》ふ事《こと》なく、迷《まよ》ふ事《こと》なければ損《そん》をする気遣《きづか》ひなし。仏《ほとけ》も鬼《おに》も皆《みな》、我《わ》が心《こゝろ》より生《しやう》ずるなり。此道理《どうり》をよく悟《さと》る時《とき》は何事《なにごと》も皆《みな》、目出度《めでた》し〱〱〱〱〱〱〱〱〱〱。

豊国画㊞　山東京伝戯作㊞

倩書　晋米

京伝店　江戸京橋銀座一丁目

裂地《きれ》・紙煙草入《かみたばこいれ》・煙管《きせる》、珍《めづら》しき新型品々《しんがたしな〲》。

○京伝自画賛《さん》・扇《あふぎ》・色紙《しきし》・短冊《たんざく》・張交物《はりまぜもの》品々

○読書丸《とくしよぐわん》　一包壱匁五分

第一気根《きこん》を強《つよ》くし物覚《ものおぼ》へをよくす。その外《ほか》、効能多《こうのうおほ》し。

○色《いろ》を白くする薬白粉《くすりおしろい》

△白牡丹《はくぼたん》　一包百廿四文

きめを細《こま》かにし艶《つや》を出《いだ》す、顔一切《かほいつさい》の妙薬《みやうやく》也。

○大極《ごく》上品　奇応丸《きおう》　一粒《りう》十二文
糊《のり》を使《つか》はず熊《くま》の胆《ゐ》にて丸ず。
○小児無病丸《むびやうぐわん》　一包《つゝみ》百十二文
小児虫《むし》、万病《びやう》、大妙薬《みやうやく》。

姥《うばが》池《いけの》由《ゆ》来《らい》
一家《いとつやの》昔《むかし》語《がたり》

石枕春宵抄《いしのまくらしゅんせうしやう》

後冷泉院の御宇（天喜、治暦、延久の頃）

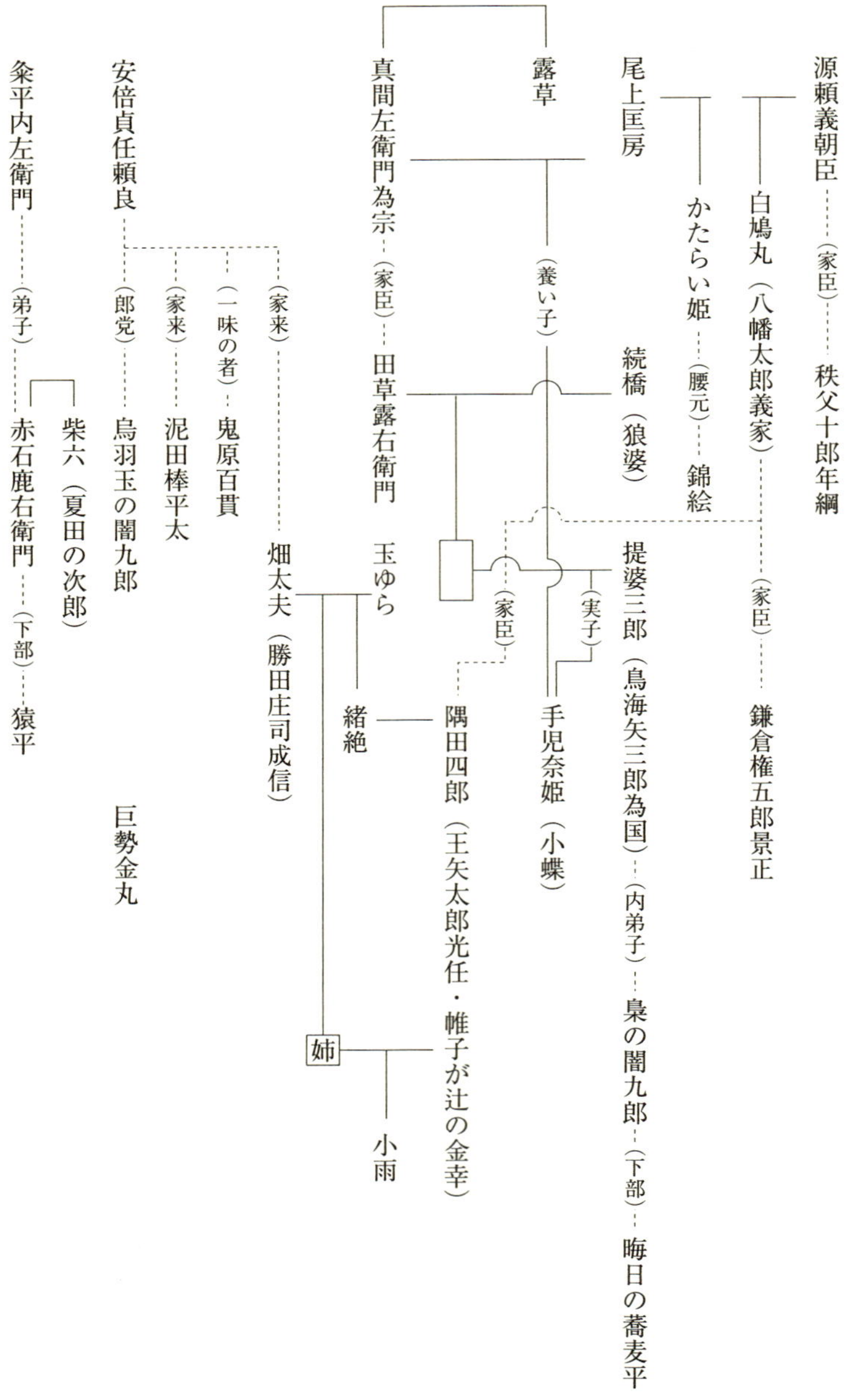

上編見返し

［上編見返し］

山東京伝作

歌川豊国画　甘泉堂記

新鐫

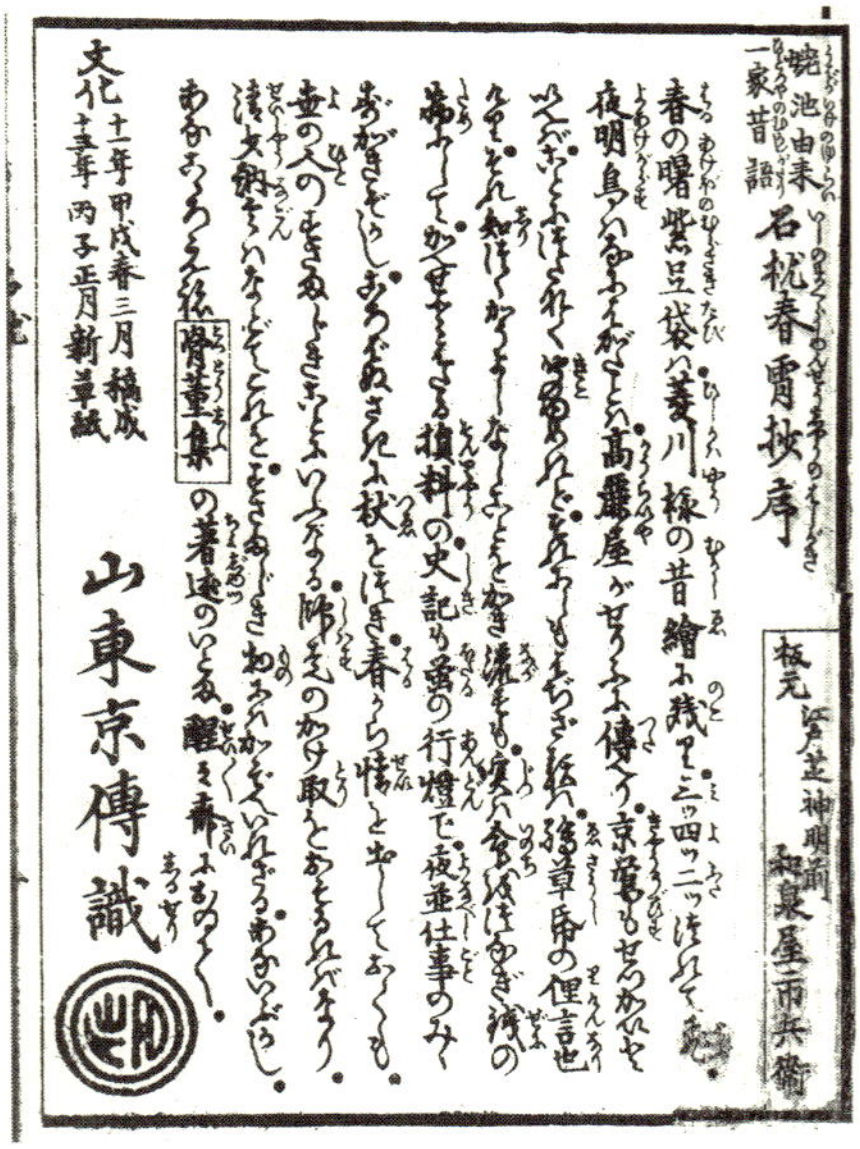

(1)一オ

【上編】

【上】

(1)

姥池由来《うばがいけのゆらい》
一家昔語《ひとつやのむかしがたり》 石枕春宵抄序《いしのまくらしゆんせうしやうのはしがき》

板元 江戸芝神明前 和泉屋市兵衛

春《はる》の曙《あけぼの》紫《むらさき》足袋《たび》は。菱川様《ひしかはやう》の昔絵《むかしゑ》に残《のこ》り。三《み》つ四《よ》つ二《ふた》つつれて飛《とぶ》。夜明烏《よあけがらす》はなにはがたとは。高麗屋《かうらいや》がせりふに伝《つた》へり。京鶯《きやううぐひす》もせつかいといへば。ことにつたなく聞《きこ》ゆめれど。それにしもはぢざるは。絵草帋《ゑさうし》の俚言也《りけんなり》けり。それ知《しり》つゝ、かうよしなしことをかき流《なが》すも。実《じつ》は命《いのち》をつなぎ銭《ぜに》の為《ため》にして。かへせとはたる損料《そんりやう》の。史記《しき》も蛍《ほたる》の行燈《あんどん》で。夜並仕事《よなべしごと》のみゝずがきぞかし。ころばぬさきに杖《つゑ》をつき。春《はる》から情《せい》を出しておくも。世《よ》の人《ひと》のすさまじきことにいふなる。師走《しはす》のかけ取《とり》をおそるればなり。清少納言《せいしやうなごん》はなどてこれを。すさまじき物《もの》にはかぞへいれざる。あないぶかし。あなこゝろえね骨董集《こつとうしふ》の著述《ちよじゆつ》のいとま。醒々《せい〲》

二オ

(2)一ウ

斉《さい》におゐて。

文化　十一年甲戌春三月稿成
　　　十三年丙子正月新草紙　　山東京伝　識《しるせり》㊞

(2)

夫狂言別伝《それきやうげんべつでん》の大当《おほあた》りは、風流文字《ふりうもんじ》に書尽《かきつ》くされず。祖師《そし》才牛《さいぎう》の再来《さいらい》、意《い》は目前《もくぜん》の柏莚子《はくゑんし》その儘《まゝ》こゝに出《で》たるが如《ごと》し。面壁《めんぺき》九年の達磨《だるま》、化《け》して苦海《くがい》十年の花魁《おいらん》となる。替《かはり》屛風《びやうぶ》の張交《はりま》ぜに名画《めいぐわ》の筆《ふで》の誉《ほま》れを残《のこ》す。戯場《げぢやう》の禅《ぜん》の大和《だいお》尚《しやう》、土間桟敷《どまさんじき》を売切《うりき》つて、明日《めうにち》お出《いで》の無門関《むもんくわん》、獅子《しし》の座《ざ》頭《がしら》拈花《ねんげ》の親玉《おやだま》、清女離魂《せいぢよりこん》の早替《はやがは》り、仏《ほとけ》あれば衆生《しゆじやう》あり、男《おとこ》よければ愛嬌《あいきやう》あり、柳《やなぎ》は緑《みどり》、花《はな》のお江戸の大立者《だてもの》、花の廓《くるわ》の言葉《ことば》にも、ありがたう払子《ほつす》とやいはん。作麼生《そもさん》如何《いかん》、作麼生如何《そもさんいかん》。

此一丁《てふ》は本文《ほんもん》に関《か》かはらぬ狂文《けうぶん》なれども、子供衆《こどもしゆ》のお目《め》覚《ざ》ましに記添《しるしそ》へたり。此次《つぎ》より本文《ほんもん》、口絵始《くちゑはじ》まりなり。

(3)二ウ

(4)三オ

(3)

酒中花《しゆちうくわ》の花《はな》を拈《ひね》つて盃《さかづき》に浮《う》かめ、につこり笑《わら》つて客《きやく》を招《まね》ぐ。此娘《むすめ》の意旨如何《いしいかん》。答《こたへ》て曰《いは》く、「拈花微笑《ねんげみしやう》」。

○浅草一《あさくさひと》つ家《や》の小蝶《てふ》娘《むすめ》

○八幡《まん》太郎義家《よしいゑ》朝臣《あそん》

(4)

忠《ちう》に似《に》て忠《ちう》にあらず。悪《あく》に似《に》て悪《あく》にあらず。此老女《このろうぢよ》が行状如何《ぎやうじやういかん》。答《こたへ》て曰《いは》く、「非風非幡《ひふうひはん》」。

○武蔵《むさし》の国浅草《くにあさくさ》一つ家《や》の狼婆《おほかみばゞあ》

○鎌倉権五郎《かまくらのごん》景正《かげまさ》

○稚児《ちご》白鳩《はと》丸の絵姿《ゑすがた》

(5)三ウ　四オ

(5)

始人《はじめひと》の能《のう》を妬《ねた》んで睡虎《すいこ》を殺《ころ》し、中比欲《なかころよく》に走《はし》つて毒蜂花《どくほうはな》を奪《うば》ふが如《ごと》き亊《こと》あり。終《おはり》に老女《ろうぢよ》が一つ家《や》に忍《しの》びて悪報《あくほう》の早《はや》きを暁《さと》し、車輪《しやりん》の巡《めぐ》る因果《いんぐわ》を悟《さとり》て、みづから剣《つるぎ》に伏《ふし》て終《お》はる。此提婆《このだいば》三郎が始終如何《しじういかん》。答《こたへ》て曰《いは》く、「首山竹篦《しゆさんしつぺい》」。

○下総《しもふさ》の浪人提婆《ろうにんだいば》三郎、後《のち》に鳥海《とりのうみ》矢《や》三郎為国《ためくに》と名乗《なの》る。

○狩人柴六《かりうどしばろく》、後《のち》に夏田《なつだ》次郎成実《なりざね》と名乗《なの》る。

○源《みなもと》の頼義朝臣《よりよしあそん》の嫡男《ちやくなん》、白鳩丸《しらはとまる》

五オ

(6)四ウ

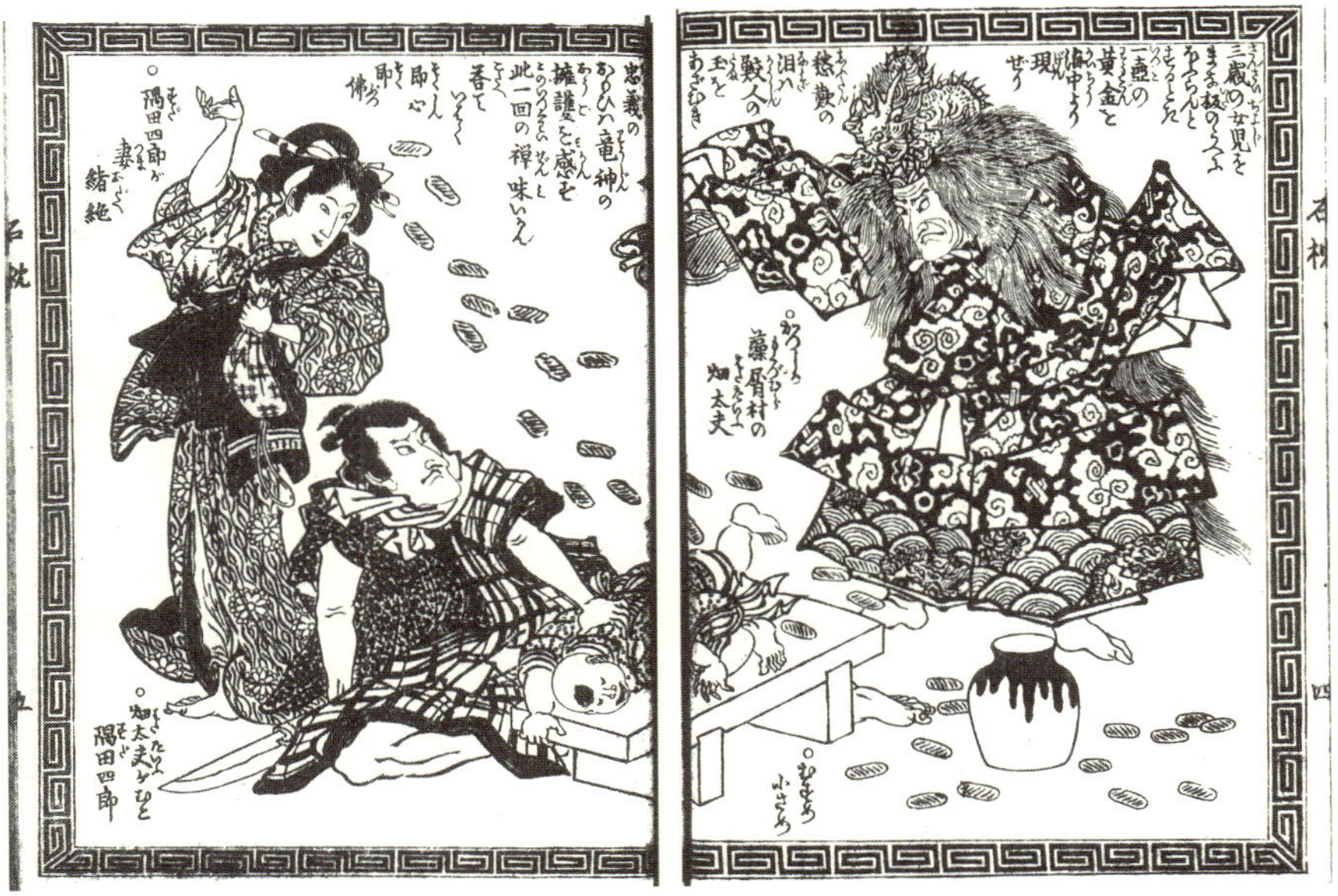

(6)

三歳《さんさい》の女児《ぢよじ》を俎板《まないた》の上《うへ》に屠《ほふ》らんとする時《とき》、一壺《いつこ》の黄金《わうごん》を海中《かいちう》より現《げん》ぜり。愁歎《しふたん》の泪《なみだ》は鮫人《かうじん》の玉《たま》を欺《あざむ》き、忠義《ちうぎ》の思《おも》ひは竜神《りうじん》の擁護《おうご》を感《かん》ず。此一回《このいつくわい》の禅味《ぜんみ》如何《いかん》。答《こたへ》て曰《いは》く、「即《そく》心即仏《しんそくぶつ》」。

○葛飾《かつしか》藻屑村《もくづむら》の畑太夫《はたたいふ》

○娘《むすめ》小雨《さめ》

○隅田《すだ》四郎が妻《つま》、緒絶《おだへ》

○畑太夫《はたたいふ》が婿《むこ》、隅田《すだ》四郎

(7)五ウ

(7)
人生旅《じんせいたび》に似《に》たり。門松《かどまつ》の一里塚《いちりづか》あれども日月《じつげつ》に川止《かはど》めなし。光陰《くはういん》の飛脚《ひきやく》、其足速《そのあしはや》く、道中《だうちう》の双六後《すごろくあと》へ戻《もど》らず。此《この》一段《いちだん》の趣向如何《しゆこういかん》。答《こたへ》て曰《いは》く、「乾峯一路《けんぽういつろ》」。
○旅侍《たびさぶらひ》、実《じつ》は秩父《ちゝぶの》十郎年綱《としつな》
○田舎娘《いなかむすめ》、実《じつ》はかたらい姫《ひめ》の腰元《こしもと》、錦絵《にしきゑ》

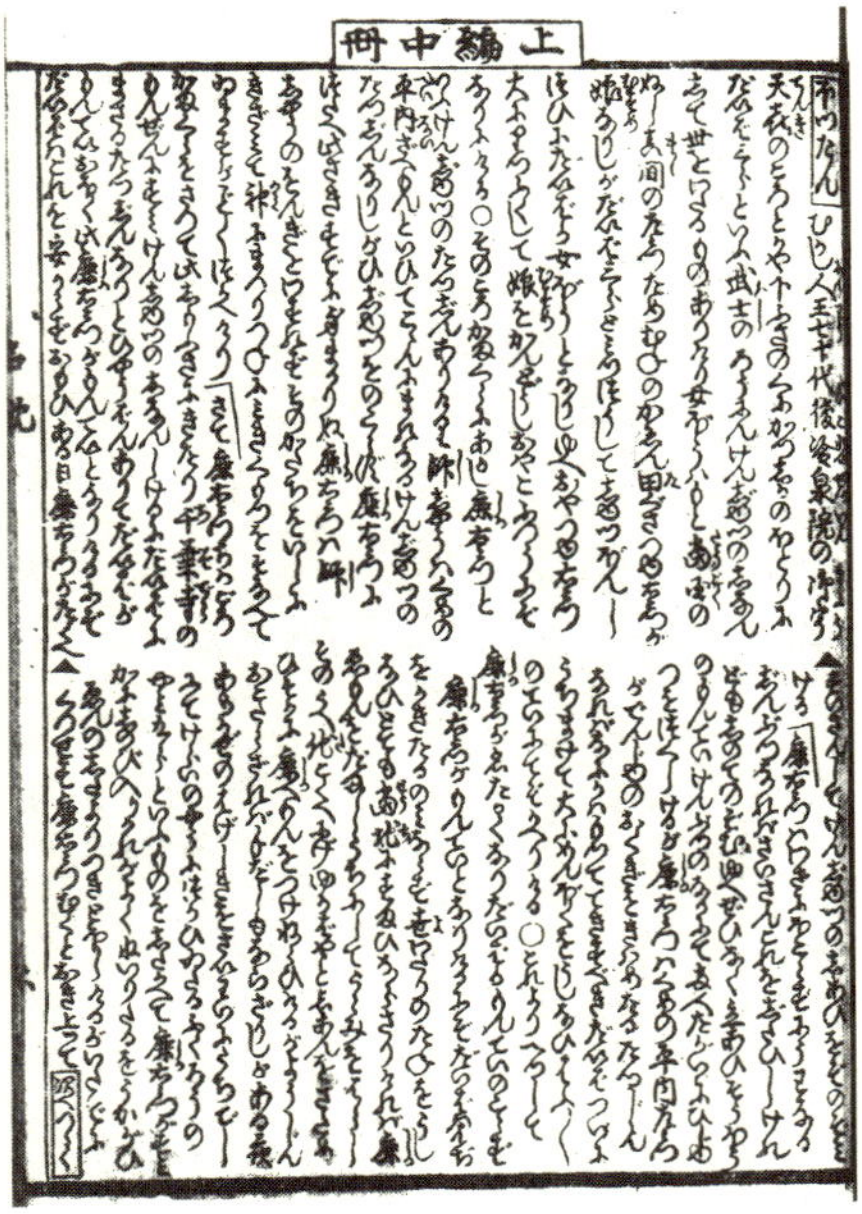

（8）六オ

【中】

（8）上編中冊

発端　昔《むかし》、人王《にんわう》七十代後冷泉院《ごれいぜいいん》の御宇《ぎよう》、天喜《てんき》の頃《ころ》とかや。下総《ふさ》の国葛飾《くにかつしか》の辺《ほと》りに提婆《だいば》三郎といふ武士《ぶし》の浪人《ろうにん》、剣術《けんじゆつ》の指南《しなん》して世を渡《わた》る者《もの》ありけり。女房《ぼう》は元《もと》、当国《たうごく》の主真間《ぬしまゝ》の左衛門為宗《ためむね》の家臣《かしん》田草露《たぐさつゆ》右衛門が娘《むすめ》なりしが、提婆《だいば》三郎と密通《みつつう》して出奔《しゆつぽん》し、つひに提婆《だいば》が女房《ぼう》となりしゆへ、親《おや》露《つゆ》右衛門、大に立腹《りつふく》して娘《むすめ》を勘当《かんどう》し、親子不通《おやこふつう》にぞなりにける。

○その頃《ころ》、鎌倉《かまくら》に赤石鹿《あかししか》右衛門といふ剣術《けんじゆつ》の達人《たつじん》ありけり。師匠《ししやう》は粂平内左《くめのへいないざ》衛門《へもん》といひて、古今《こゝん》に稀《まれ》なる剣術《けんじゆつ》の達人《たつじん》なりしが、秘術《ひじゆつ》を残《のこ》らず鹿《しか》右衛門に伝《つた》へ、此先《さき》すでに身罷《まか》りぬ。鹿《しか》右衛門は師匠《ししやう》の恩義《をんぎ》を忘《わす》れず、その形《かたち》を石《いし》に刻《きざ》みて神《かみ》に祀《まつ》り、常《つね》に神酒《みき》・供物《くもつ》を供《そな》へて、居《ゐ》ますが如《ごと》く仕《つか》へけり。

　さて鹿右衛門、近頃鎌倉《ちかごろかまくら》を去《さ》つて、此下総《しもふさ》に来《きた》り、千葉《ちば》寺《でら》の門前《もんぜん》に住《す》み、剣術《けんじゆつ》の指南《しなん》しけるに、提婆《だいば》に勝《まさ》る達人《たつじん》なりと評判《ひやうばん》ありて、提婆《だいば》が門弟多《もんていおほ》く此鹿《しか》右衛門が門弟《もんてい》となりけるにぞ。提婆《だいば》はこれを安からず思《おも》ひ、ある日、鹿右衛門が宅《たく》へ推参《すいさん》して剣術《けんじゆつ》の試合《しあひ》をぞ望《のぞ》みける。鹿右衛門は技《わざ》に誇《ほこ》らず柔和《にうわ》なる人物《じんぶつ》なれば、再三《さいさん》これを辞退《じたひ》しけれども、強《し》いて望《のぞ》むゆへ、是非《ぜひ》なく立合《あ》ひ、双方《そうほう》の門弟見物《もんていけんぶつ》の中《なか》にて、両人互《たが》いに秘術《ひじゆつ》を尽《つ》くしけるが、鹿《しか》右衛門は粂《くめの》平内左衛門が伝授《でんじゆ》の奥義《おくぎ》を極《きは》めたる達人《たつじん》なれば、なにかはもつて敵《てき》すべき、提婆《だいば》ついに打負《うちま》けて、大に面目《めんぼく》を失《うしな》ひ、はふ〳〵の体《てい》にてぞ帰《かへ》りける。

○これより別《べつ》して鹿《しか》右衛門が名高《たか》くなり、提婆《だいば》が門弟残《もんていのこ》らず鹿《しか》右衛門が門弟《もんてい》となりけるにぞ。提婆《だいば》は恥《はぢ》をかきたるのみならず、世渡《よわた》りの種《たね》を失《うしな》ひ、とても当地《とうち》に住居《すまひ》ならざりければ、鹿《しか》右衛《ゑ》門《もん》を騙討《だましうち》にして恨《うら》みを晴《は》らし、その上《うへ》、他国《たこく》へ逃行《にげゆ》かばやと思案《しあん》を定《さだ》め、秘《ひそか》に鹿《しか》右衛《へ》門《もん》を付狙《つけねら》ひけるが、用心怠《ようじんおこた》らざれば、手出《だ》しもならざりしが、ある夜、雨風《あめかぜ》の激《はげ》しきを幸《さいは》いに、内弟子《うちでし》にて家来《けらい》のやうに使《つか》ひゐたる梟《ふくろう》の闇《やみ》九郎といふ者《もの》を従《したが》へて、鹿《しか》右衛門が住処《すみか》に忍入《しのび》り、彼《かれ》がよく寝入《ねい》りたるを窺《うかが》ひ、縁《ゑん》の下《した》より突通《つきとほ》しけるが、痛手《いたで》に屈《くつ》せず鹿右衛門むくと起上《おき》つて

次へ続《つゞ》く

（9）六ウ

七オ

（9）前の続《つゞ》き　枕元《まくらもと》の刀を取《と》り、提婆《だいば》と闇《やみ》九郎と二人《ふたり》を相手《あいて》に、暫《しばら》く防《ふせ》ぎ戦《たゝか》ひぬ。然《しか》れども、最初《さいしよ》の手疵《きづ》深《ふか》ければ、心《こゝろ》は彌猛《やたけ》にはやれども、次第《しだい》々《く》に弱出《よわりい》で、眼眩《まなこくら》みてたぢろぐところを、二人《ふたり》は得《ゑ》たりと畳《たゝ》みかけ、斬伏《きりふ》せて首掻切《くびかきき》り、さて、鹿右衛門が師匠《しやう》粂《くめの》平内左衛門より譲《ゆづ》られたる剣術奥義《けんじゆつおくぎ》の秘書《ひしよ》を奪取《うばひと》り、又、鹿右衛門が秘蔵《ひそう》の刀を奪取《うばひと》り、両人共《とも》に竹藪《たかやぶ》を押分《おしわ》けて逃出《にげいで》けるが、あら怪《あや》しや、鹿右衛門が屍《しかばね》より二つの心火燃出《しんくわもへいで》て、一つは平内左衛門《ざへもん》が石像《せきぞう》を三遍巡《べんめぐ》りて消失《きへう》せ、又一つの心火《しんくわ》は、提《だい》婆《ば》三郎と闇《やみ》九郎が跡《あと》を慕《した》つて後《うし》ろ髪《がみ》を引戻《ひきもど》す。折《をり》から雨風《あめかぜ》なを激《はげ》しく、塒《ねぐら》の雀鳴立《すゞめなきた》ちて、梢《こずゑ》、木の葉《こは》も、ざは〳〵〳〵と篠《しの》を束《つか》ねて、降《ふ》る雨《あめ》に交《ま》じりて光《ひか》る稲光《いなびかり》、鹿右衛門が住処《すみか》の辺《あた》り鳴動《めいだう》して、いと物凄《ものすご》き有様《ありさま》なれば、

次へ続《つゞ》く

闇《やみ》「先生《せんせい》、これを見ちやァ捨置《すてお》かれぬ。勝負《しやうぶ》を望《のぞ》んで打据《ぶちす》ゑさつせへ」。

提婆《だいば》「人もなげなる此看板《かんばん》、片腹痛《かたはらいた》や、事《こと》おかしや。今に俺《おれ》が叩伏《たゝきふ》せて此看板《かんばん》を打砕《ぶちくだ》いてやるべい。ハ、〳〵

〳〵」。

条平内流
海内無双
剣術指南

赤石鹿右衛門

［ひの大あたり］

(10)七ウ

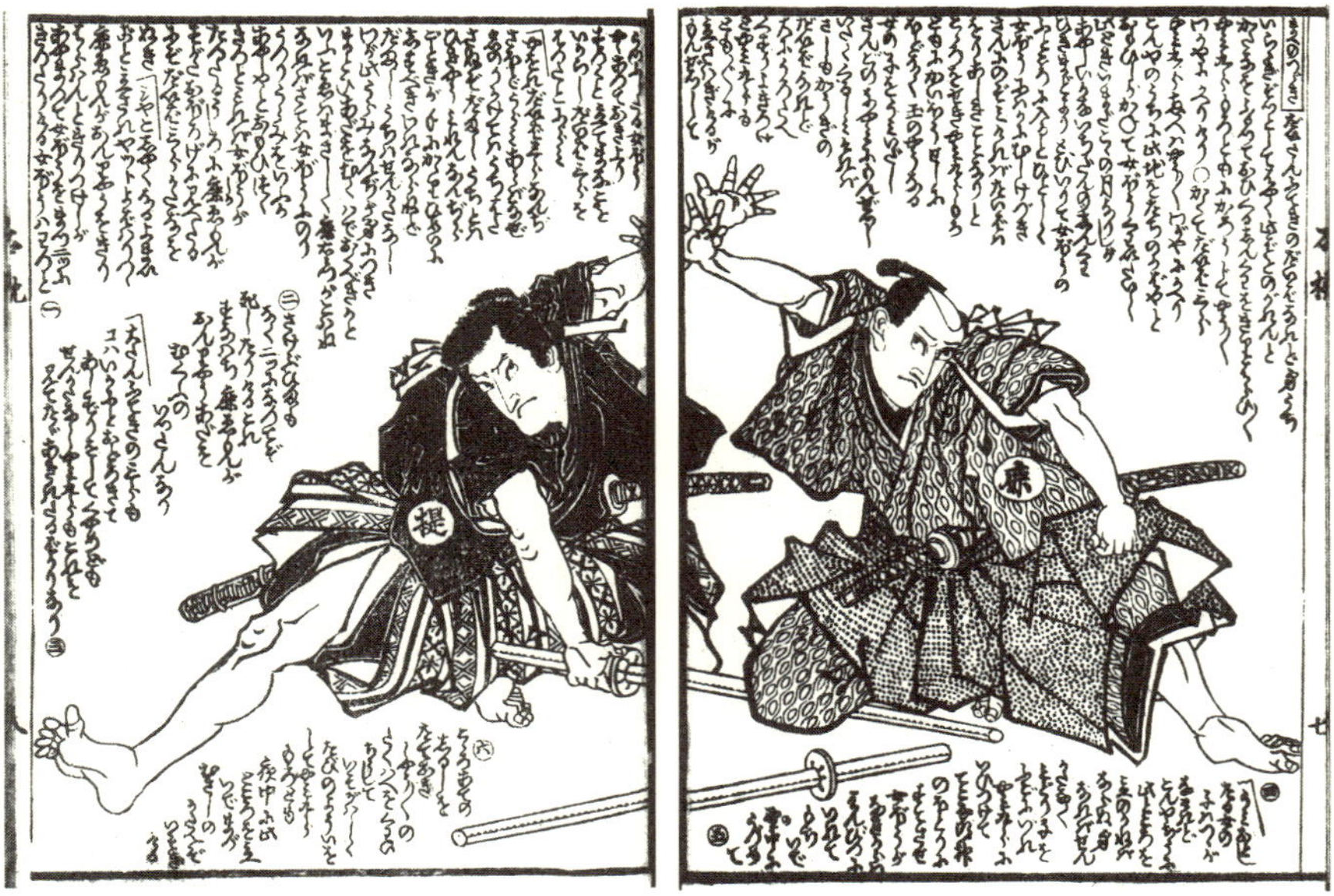

八オ

(10) 前《まへ》の続《つゞ》き 大胆不敵《だいたんふてき》の提婆《だいば》なれど、身内苛《うちいら》ぎ、ぞっとして、早《はや》く此場《ば》を逃《のが》れんと、刀《かたな》を奮《ふる》って、追来《おひく》る心火《しんくわ》を切払《きりはら》ひ〳〵、闇《やみ》九郎諸共《もろとも》に、辛《かろう》じてやう〳〵我《わ》が家《や》に帰《かへ》りけり。

○斯《か》くて提婆《だいば》三郎・闇《やみ》九郎両人は、やう〳〵我《わ》が家《や》に帰《かへ》り、今夜《こんや》のうちに此地を立退《たちの》かばやと思《おも》ひしが、かねて女房《ぼう》懐胎《くわいたい》し、此時《とき》、未《いま》だ九月《こゝの》なりしが、怪《あや》しいかな一団《いちだん》の心《しん》火《くわ》、引窓《ひきまど》より飛入《とびい》りて、女房《ぼう》の懐《ふところ》に入るとひとしく、女房《ぼう》にはかに虫気付《むしけづ》き、産《さん》に臨《のぞ》みければ、提婆《だいば》は折悪《をりあ》しき事《こと》なりと心《こゝろ》を急《せ》き、闇《やみ》九郎諸共《もろとも》に介抱《かいほう》せしに、ほどなく玉の様《やう》なる女の子を産出《うみいだ》し、産後《さんご》の悩《なや》みに悶絶《もんぜつ》し、いたく苦《くる》しみければ、さしも剛気《がうぎ》の提婆《だいば》なれど大に狼狽《うろた》へ、薬《くすり》よ気付《きつけ》と闇《やみ》九郎も、とも〴〵に立騒《さは》ぎけるが、悶絶《もんぜつ》して俯《うつぶ》したる女房《ぼう》、やゝあつて起《おき》上り、すつくと立て眼《まなこ》を怒《いか》らし、提婆《だいば》三郎をはつたと睨《にら》み、「やをれ提婆《だいば》三郎。汝《なんぢ》さほど恨《うら》みあらば、何故《なぜ》、名乗《の》り掛《か》けては討果《うちは》たさぬぞ。騙討《だましうち》とは卑《ひ》怯《きやう》未練《みれん》。汝等《なんぢら》ごときが手に掛《か》かり、非命《ひめい》に死《し》すべき我《われ》ならねど、騙討《だましうち》は詮方《せんかた》なし。我《わ》が此恨《うら》み、汝《なんぢ》が身につきまとひ、仇《あだ》を報《むく》はでおくべきか」といふ声《こゑ》は正《まさ》しく鹿右衛門が声音《こはね》なれば、さては女房《ばう》に乗移《のりうつ》り、恨《うら》みを言《い》ふか怪《あや》しやと思《おも》ひつゝ、きつと見《み》れば、女房《ばう》が立《た》つたる後《うし》ろに鹿《しか》右衛《ゑ》門《もん》が姿《すがた》、朧《おぼろ》げに見へたるにぞ、提婆《だいば》三郎刀《かたな》を抜《ぬ》き、「シヤ小癪《こしやく》なる世迷言《よまいごと》、立去《さ》れヤツ」と呼《よ》ばはりつゝ、鹿右衛《ゑ》門《もん》が怨霊《おんりやう》を斬払《きりはら》はんと斬付《きりつ》けしが、誤《あやま》つて女房《ばう》を真《まつ》二つに斬《き》つたりける。女房《ばう》は、わつと叫《さけ》ぶ暇《ひま》もなく、二つになつてぞ死したりける。これすなはち鹿右衛《ゑ》門《もん》が怨霊《おんりやう》、仇《あだ》を報《むく》ふの一端《いつたん》なり。

大胆不敵《たんふてき》の三郎も、コハ如何《いか》にと驚《おどろ》きて、足摺《あしずり》をして悔《くや》めども詮方《せんかた》なし。闇《やみ》九郎も、これを見てたゞ呆《あき》れたるばかりなり。

産落《うみお》としたる女の子は恙《つゝが》なけれど、今夜中《こんやぢう》に此所《ところ》を立退《の》かねばならぬ身なれば、詮方《せんかた》なく嬰子《みどり》を畚《ふご》に入《い》れ、闇《やみ》九郎に言付《いひつ》けて、手児奈《てこな》明神の辺《ほと》りに捨《す》てさせ、女房《ばう》が亡《なき》骸《がら》は半櫃《はんびつ》に入《い》れて持出《もちい》で、野《の》口に埋《うづ》めて心当《こゝろあ》ての標《しるし》を立《たて》置《お》き、少々《しやう〳〵》の蓄《たくは》へを懐中《くわいちう》して、忙《いそが》はしく旅《たび》の用意《ようい》をして、闇《やみ》九郎諸共《もろとも》、夜中に此所《ところ》を立出《い》で、まづ武蔵《むさし》の方《かた》へぞ急《いそ》ぎける。

(11)八ウ

九オ

（11）　前の続《つゞ》き

○こゝにまた、当国《ごく》の主真間《ぬしまゝ》の左衛門為宗《ためむね》の奥方《おくがた》、たび〳〵懐胎《くわいたい》せられけるが、何時《いつ》も流産《りうざん》して一度《いちど》も平産《へいざん》なかりければ、かねてこれを憂《うれ》ひゐたるに、又こんど懐胎《くわいたい》せられけるにぞ、もし又、流産《りうざん》せんも図《はか》られず、もし、さもあらば、入レ子をしてなりとも、子といふものを欲《ほ》しきと思《おも》はれ、家臣《かしん》田草露《ぐさつゆ》右衛門が妻続橋《つまつぎはし》といふ女と秘《ひそか》に示合《しめしあ》はせ、入《いれ》子にすべき嬰子《みどり》を探《さが》しけり。

此月はすでに奥方《おくがた》の臨月《りんげつ》なれば、続橋《つぎはし》は早《はや》く入《いれ》子を求《もと》め

次へ続《つゞ》く

提婆《だいば》三郎
鹿《しか》右《ゑ》衛門《もん》
闇《やみ》九郎

（12）九ウ

十オ

（12）前《まへ》の続《つゞ》き　たく思《おも》ひ、一家中《いつかちう》の者《もの》に隠《かく》れ、夜なく〳〵一人《ひとり》、此処彼処《こゝかしこ》を歩《あり》き、たとへ賤《しづ》の者《もの》の子なりとも、金を与《あた》へて求《もと》むべしと尋《たづ》ねけるが、いくらもある産子《うぶ》なれど、尋《たづ》ぬれば又《また》なきものにて、二里三里四方《はう》を求《もと》めけれども手に入《い》らず、尋《たづ》ねあぐみけるが、ある夜、手児奈《てこな》明神の辺《ほと》りにて捨子《すて》を見つけ、女の子なれども、これ天の与《あた》へと喜《よろこ》びて拾取《ひろいと》り、懐《ふところ》に隠《かく》して館《やかた》へぞ帰《かへ》りける。

その次《つぎ》の日、奥方《おくがた》、産気《さんけ》付《づ》き子を産《う》み給ひしが、果《はた》してその子は死して産《う》まれければ、続橋《つぎはし》、手早《ばや》くこれを隠《かく》し、秘《ひそか》にかの拾子《ひろい》を入子《いれ》にして、御平産《へいざん》と披露《ひろう》しければ、一《いつ》家中《かちう》の喜《よろこ》びはいふもさらなり。

此捨子《すて》はすなはち、これ提婆《だいば》三郎が捨《すて》たる子にて、続橋《つぎはし》がためには血を分《わ》けたる孫《まご》なれども、続橋《つぎはし》はこれを露《つゆ》ばかりも知《し》らざりけり。

此嬰子《みどりご》、一旦《いつたん》、此国《くに》の主《ぬし》の入子《いれ》になりしは、良《よ》き果報《くわほう》の様《やう》なれども、次《つぎ》へ続《つゞ》く

（13）十ウ

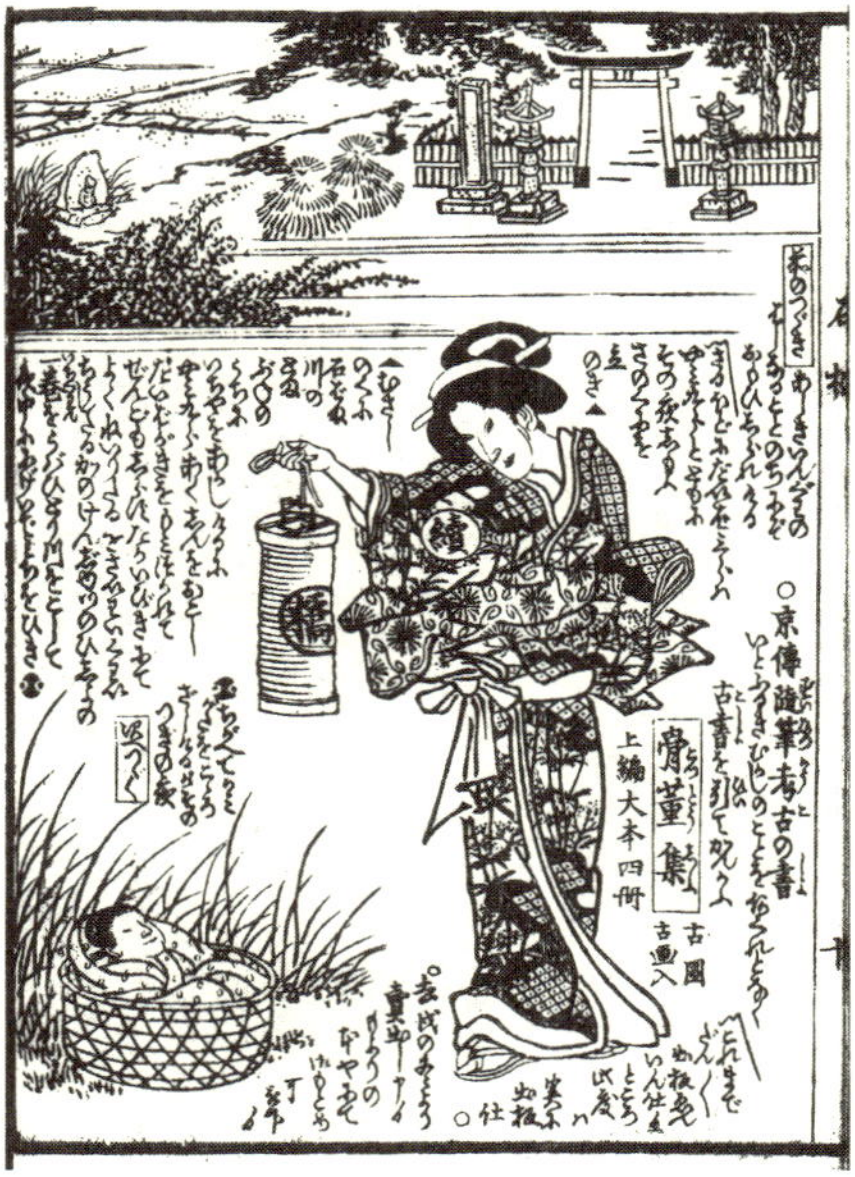

（13）［前の続き《つゞ》］悪《あ》しき因果《いんぐわ》の端《はし》なる事《こと》、後《のち》にぞ思《おも》ひ知《し》られける。

さるほどに提婆《だいば》三郎は闇《やみ》九郎と共《とも》に、その夜、下総《しもふさ》の国《くに》を立退《の》き、武蔵《むさし》の国《くに》石浜《ばま》川の苫舟《とまぶね》の内《うち》に一夜《いちや》を明《あ》かしけるに、闇《やみ》九郎悪心《あくしん》を起《お》こし、提婆《だいば》が気《き》を揉疲《もみつか》れて前後《ぜんご》も知《し》らず高鼾《たかいびき》にてよく寝入《ねい》りたるを幸《さいわ》い、懐中《くわいちう》したるかの剣術《けんじゆつ》の秘書《ひしよ》の一巻《いちくわん》を奪取《うばひと》り、川を越《こ》して夜中に逃出《にげい》で、道《みち》を引違《ひきちが》へて上方《かみがた》を志《こゝろざ》しけるが、その次《つぎ》の夜、［次へ続《つゞ》く］

［橋］

○京伝随筆考古《ずいひつかうこ》の書《しよ》。いと古《ふる》き昔《むかし》の事《こと》を何くれとなく古書《こしよ》を引《ひい》て考《かんが》ふ。

［骨董集《こつとうしふ》］古図、古画入　上編大本四冊

これまでだん〲出板延引《ゑんいん》仕候ところ、此度は実に出板仕。去戌の冬より売出し申候。最寄《もより》の本屋《や》にて御求《もと》め可被下候。

(14)十一オ

【下】

(14) 上編下冊

前《まへ》の続《つゞ》き 相模《さがみ》の国《くに》の足柄峠《あしがらとうげ》にさしか丶る折《をり》しも、叢《くさむら》の内《うち》より雉子《きじ》の雄鳥《おんどり》一羽《いちわ》飛出《とびいで》たり。時《とき》に遥《はる》かあなたの巌《いはほ》の上《うへ》に、一人《ひとり》の狩人《かりうど》、雉子《きじ》を撃《う》たんと狙《ねらひ》澄《す》まし、鉄砲《てつぽう》の火蓋《ぶた》を切《き》つて放《はな》しけるが、怪《あや》しいかな、雉子《きじ》は一団《いちだん》の心火《しんくわ》となつて飛去《とびさ》り、鉄砲《てつぽう》は外《そ》れて、木陰《こかげ》に休《やす》らふ闇《やみ》九郎が胸板《むないた》を撃抜《うちぬ》き、闇《やみ》九郎、きやつとも言《い》はず、後《うし》ろの方《かた》にはたと倒《たふ》れ、血を吐《は》きてぞ死してげる。思《おも》ふに、かの雉子《きじ》は鹿右衛門が怨念《おんねん》の鳥《とり》に化《け》したるに疑《うたが》ひなし。次へ続《つゞ》く

提婆《だいば》三郎

（15）［前《まへ》の続《つゞ》き］狩人《かりうど》は雉子《きじ》を撃止《うちと》めしと思《おも》ひ、火縄《なは》を振《ふ》つて立寄《よ》り見るに、雉子《きじ》にはあらで人なりければ、大に驚《おどろ》き、もし懐中《くわいちう》に薬《くすり》もやと懐《ふところ》を探《さぐ》り、手に当《あ》たる物《もの》あれば引出《ひきいだ》して、月明《あか》りで透《す》かして見るに、見覚《おぼ》へある巻物《まきもの》なれば、こは訝《いぶか》しやと思《おも》ふうち、一団《いちだん》の心火《しんくわ》、又、空中《くうちう》より現《あらは》れたり。狩人《かりうど》は火縄《なは》の火を松明《たいまつ》に移《うつ》さばやと思《おも》ひし折《おり》から、折悪《おりあ》しく火を消《け》したれば、如何《いかゞ》はせんと思《おも》ふうち、向《むか》ふより提灯《ちやうちん》の光《ひかり》見へしゆへ、これ幸《さいわ》いと闇《やみ》九郎が死骸《しがい》は、まづ岩《いわ》の陰《かげ》に隠置《かくしお》き、ほどなく来《きた》る提灯《ちやうちん》の火を借《か》らんと立寄《たちよ》りて、互《たが》いに顔《かほ》を見合《あは》せて、ヤアその方《ほう》は兄《あに》鹿右衛門殿《どの》の下部《しもべ》猿《さる》平にてはあらざるや。「ヲヽ、左様《さやう》に仰《おつしや》るお前様《まへさま》は、旦那《だんな》の弟《おとゝ》子柴《しば》六様《さま》。これはまアよい所《ところ》でお目《め》に掛《か》かりました。お前様《まへさま》の御住処《おんすみか》、竹の下道《みち》へ急《いそ》ひで参《まい》る此山中、此処《こゝ》でお目《め》に［次へ続《つゞ》く］

○足柄《あしがら》の山中夜《よる》の体《てい》

［闇《やみ》九郎］

［柴《しば》六］

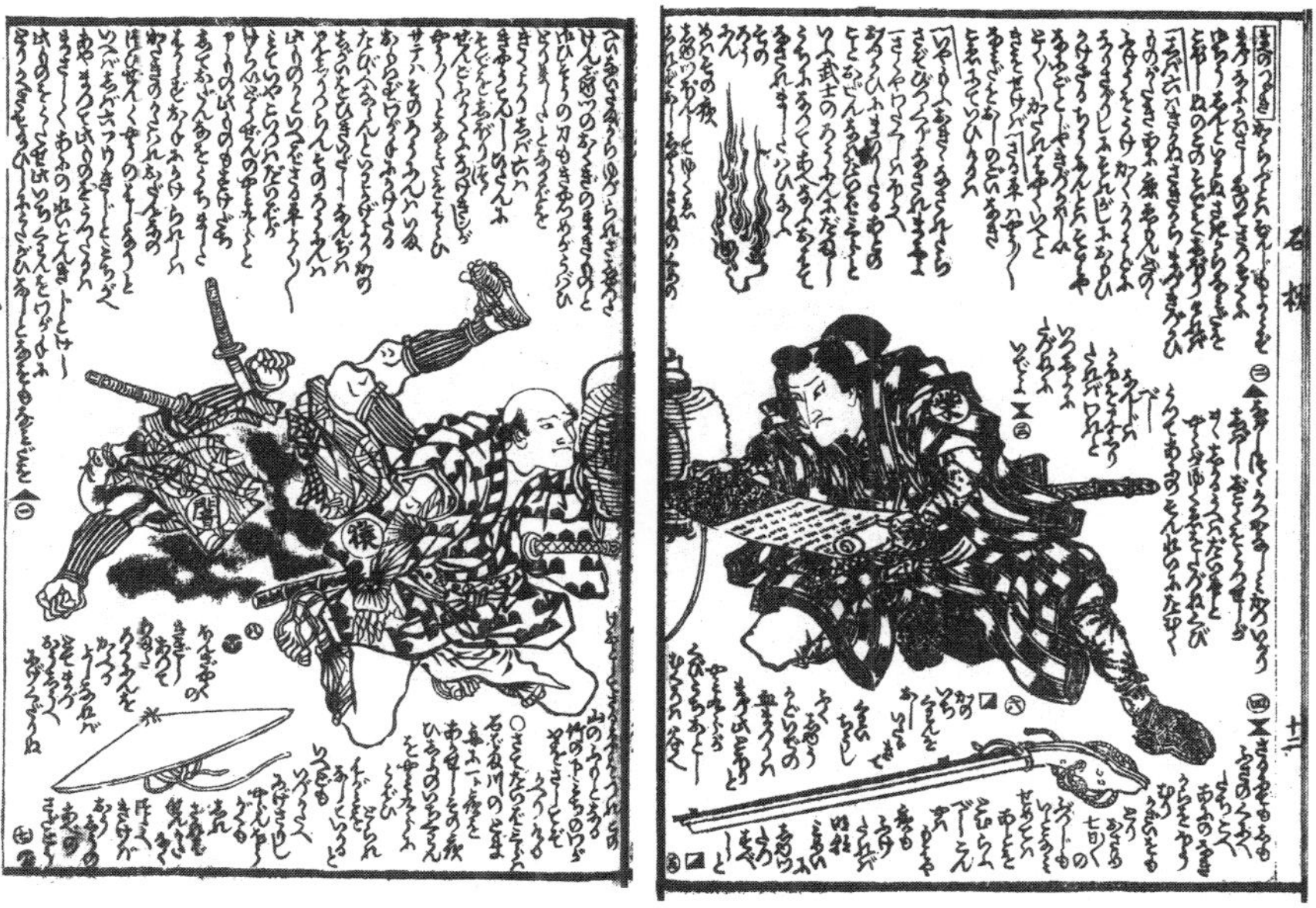

(16) 前《まへ》の続《つゞ》き　掛《か》からふとは存《ぞん》じもよらず。まづ何《なに》かは差置《さしお》いて、早速《さつそく》に御注進《ちうしん》」と言《い》わぬ先《さき》から涙《なみだ》をこぼし、布《ぬの》子《こ》の袖《そで》を絞《しぼ》りければ、柴六《しば》は聞《き》かぬ先《さき》から、まづ気遣《きづか》ひ、物堅《ものがた》き兄《あに》鹿右衛門殿《ゑもんどの》の不興《ふけう》を受《う》け、斯《か》く狩人《かりうど》に成下《なりさ》がりしに、某《それがし》に思《おも》ひがけざる注進《ちうしん》とは、そりや何事《なにごと》じや。気遣《きづか》はしい、疾《と》く〳〵語《かた》れ、早《はや》く言《い》へと気《き》を急《せ》けば、猿平《さる》はやう〳〵涙《なみだ》を押拭《おしのご》い、泣声《なきごゑ》にて言《い》ひけるは、「いやもふ、お聞《き》きなされたら、さぞびつくりなされましよ。一昨夜《さくや》、私《わたくし》は外《ほか》へお使《つか》ひに参《まい》りたる後《あと》の事《こと》、御旦那《おだんな》は提婆《だいば》三郎といふ武士の浪人《ろうにん》に騙討《だましうち》になつて、あへなふお果《は》てなされましたはひなふ。その浪人《ろうにん》めは、その夜、出奔《しゆつぽん》して行方《ゆくゑ》知《し》れず、御師匠様《おししやうさま》の粂平内様《くめのへいないさま》から譲《ゆづ》られさしやつた剣《けん》術《じゆつ》の奥義《おくぎ》の巻物《まきもの》と、御秘蔵《ひそう》の刀も彼奴《きやつ》めが奪取《うばひと》りました」と、半《なか》ばを聞《き》くより柴六《しば》は仰天《ぎやうてん》し、悲嘆《ひたん》に袖《そで》を絞《しぼ》りつゝ、前後不覚《ぜんごふかく》に嘆《なげ》きしが、やう〳〵と涙《なみだ》を払《はら》ひ、サテは、その浪人《ろうにん》は今《いま》、思《おも》はず我《わ》が手に掛《か》けたる旅人《たび》ならんと、岩陰《いわかげ》より、かの死骸《しがい》を引出《ひきいだ》し、「汝《なんぢ》は見知《し》りつらん。その浪人《ろうにん》は此者《もの》か」と言《い》へば、猿平《さる》よく〳〵見《み》て、「いや、

こいつは提婆《だいば》が家来同然《けらいどうぜん》の闇《やみ》九郎と申者《もの》。此者《もの》も助太刀《すけだち》して、御旦那《おだんな》を打《う》ちました。はからずお手に掛《か》けられしは、敵《かたき》の片割《かたはれ》、御旦那《おだんな》の追善供養《つひぜんくやう》の始《はじ》めなり」と言《い》へば、柴《しば》六、フウ、雉子《きじ》と見違《みちが》へ誤《あやま》つて此者《もの》を撃《う》つたるは、正《まさ》しく兄《あに》の霊魂《れいこん》、雉子《きじ》と化《け》し此者《もの》を撃《う》たせ、此一巻《いちくわん》を我《わ》が手に取返《とりかへ》させ給ひしに疑《うたが》ひなしと、なをも涙《なみだ》を流《なが》しつゝ、かつ悲《かな》しみ、かつ怒《いか》り、暫《しば》し時刻《じこく》を移《うつ》せしが、ヲ、然《しか》る上《うへ》は、提婆《だいば》とやらが行方《ゆくゑ》を尋《たづ》ね、首打《くびう》つて兄《あに》の尊霊《そんれい》に手向《たむ》くべし。汝《なんじ》は顔《かほ》を見知《し》りたれば、我《われ》と一緒《いつしよ》に尋《たづ》ねに出《いで》よ。さるにても下総《しもふさ》の国《くに》へ立越《たちこ》へ、兄《あに》の亡骸《なきがら》を葬《ほうむ》り、家財《かざい》をも取納《とりおさ》め、七日々々《〱》の仏事《ぶつじ》も営《いとな》み、せめては跡《あと》を弔《とむら》ふべし。今夜《こんや》は、もはや夜《よ》も更《ふ》けたれば、明朝未明《みめい》に出立《しゆつたつ》すべしと、かの一巻《いちくわん》を押戴《おしいた》きて懐中《くわいちう》し、復讐門出《ふくしゆうかどいで》の血祭《まつり》は、まづ此通《とほ》りと、闇《やみ》九郎が首打落《くびうちお》とし、骸《むくろ》は谷へ蹴落《けお》として、猿《さる》平を連《つ》れ、この山の麓《ふもと》なる竹の下道《みち》の我《わ》が家《や》を指《さ》して帰《かへ》りける。

○さて提婆《だいば》三郎は石浜《ばま》川の苫《とま》舟に一ト夜を明《あ》かせし。その夜、秘書《ひしよ》の一巻《いちくわん》を闇《やみ》九郎に奪取《うばひと》られ、歯嚙《はがみ》をなして怒《いか》る

といへども、何方《いづかた》へ逃去《にげさ》りしやらん、方角《ほうがく》も知《し》れざれば詮方《せんかた》なく、伝聞《つたへき》けば奥州《おうしう》の安倍貞任《あべのさだとう》、叛逆《ほんぎやく》の兆《きざし》あつて数多《あまた》浪人《ろうにん》を抱《かゝ》へる由《よし》なればとて、まづ奥州《おうしう》へ逃下《にげくだ》りぬ。

[鹿]

(17)十三ウ

十四オ

（17）

○それはさておき、こゝに又《また》、真間《まゝ》左衛門《さゑもん》の奥方《おくがた》は、かの入レ子にしたる女の子は、手児奈《てこな》明神の辺《あた》りにて拾《ひろ》ひたる子《こ》なればとて、その名を手児奈姫《てこなひめ》と付《つ》けて寵愛《ちやうあい》し、続橋《つぎはし》より外《ほか》には入《いれ》子なりといふ事《こと》は知《し》る者《もの》さらになかりけり。

真間《まゝ》の左衛門、平《たいら》の為宗《ためむね》、滅《ほろ》ぶるところ、源《みなもと》の頼義《よりよし》朝臣《あそん》、勅命《ちよくめい》によつて討手《うつて》に向《む》かふ。

真間左衛門《まゝのさへもん》が家臣《かしん》田草露《ぐさつゆ》右衛門《ゑもん》、戦《たゝか》ひ疲《つか》れて切腹《せつぷく》す。

十五オ

(18)十四ウ

(18)
○斯《か》くて光陰《くはういん》矢の如《ごと》く、夢《ゆめ》と思《おも》ふ間《あひだ》に早《はや》く三年《とせ》の春秋《あき》を過《す》ぎて、手児奈姫《てこなひめ》は今年《ことし》三才になりにける。
○然《しか》るに、真間左衛門《ままのさゑもん》、武威《ぶゐ》に誇《ほこ》りて、近頃《ちかごろ》は我儘《わがまゝ》を振舞《ふるま》い、王命《わうめい》に背《そむ》き、年々《としぐ》の貢《みつぎ》を止《とゞ》めて申奏《しんそう》せざりければ、帝《みかど》、逆鱗《げきりん》ましく\て、時《とき》の武将　源頼義《みなもとのよりよし》朝臣《あそん》に、真間左《まゝのさ》衛門《へもん》を誅伐《ちうばつ》せよ、と勅命下《ちよくめいくだ》りければ、頼義朝臣《よりよしあそん》、急《いそ》ぎ軍《ぐん》勢《ぜい》を催《もよふ》して下総《しもふさ》の国《くに》へ立越《たちこ》へ、真間左衛門《まゝのさへもん》が館《やかた》を十重《とへ》二十《はた》重《へ》に取巻《とりま》き、陣鉦《ぢんがね》・太鼓《たいこ》・鬨《とき》の声《こゑ》、天地も崩《くづ》るゝばかりなり。

さるほどに真間左衛門《まゝのさへもん》は自《みづか》ら家臣《かしん》に下知《げぢ》をして、防戦《ふせぎたゝか》ふといへども、何《なに》かはもつて敵《てき》すべき。ついに腹掻破《はらかきやぶ》つて死しければ、田草露《ぐさつゆ》右衛門をはじめとして、家臣《かしん》の面々《めんぐ》、思《おも》ふ様《さま》に戦《たゝか》つて皆《みな》、討《うち》死をぞしたりける。

此時《とき》、奥方《おくがた》も自《みづか》ら長刀《なぎなた》を打振《うちふ》り、敵《てき》四五人討取《うちと》つて自害《じがい》しければ、付従《つきしたが》ふ腰元《こしもと》どもも残《のこ》らず自害《じがい》して同《おな》じ枕《まくら》に伏《ふ》したりけり。

此時《とき》、田草露《ぐさつゆ》右衛門が妻続橋《つまつぎはし》は、奥方《おくがた》の言付《いひつけ》にて、三才になる、かの手児奈姫《てこなひめ》を背中《せなか》に負《を》ひ、長刀《なぎなた》を打振《うちふ》つて一方《いつぽう》を切抜《きりぬ》け、とある所に休《やす》らい、手児奈姫《てこなひめ》、飢《う》へに臨《のぞ》みければ、兜《かぶと》を鍋《なべ》とし、矢柄《がら》を薪《たきゞ》として飯《めし》を炊《た》き、館《やかた》の様子《やうす》は如《い》何《か》ならんと案《あん》じ煩《わづら》い居《ゐ》る所へ、味方《みかた》の兵《つはもの》戦《たゝか》い疲《つか》れ、

次へ続《つゞ》く

此所だんまりの訳《わけ》大切《ぎり》に詳《くは》しく分《わ》かる

(19)十五ウ

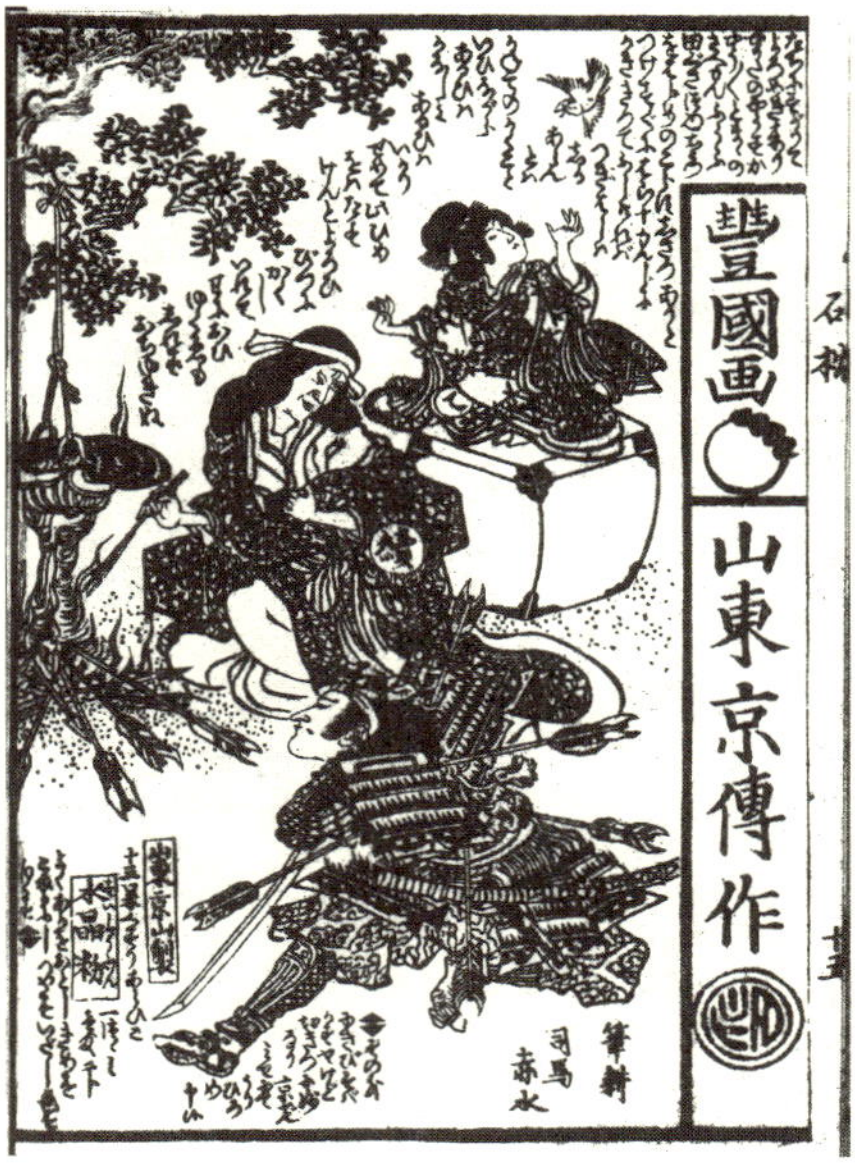

(19) 太刀《たち》にすがりてよろめき来り、館《やかた》の様子《やうす》斯様《かやう》々々《〳〵》と、真間左衛門夫婦《まゝのさへもんふうふ》、田草露《ぐさつゆ》右衛門をはじめ残《のこ》らず自殺《じさつ》ありと告《つ》げ、直《す》ぐに腹《はら》十文字《もんじ》に掻切《かきき》つて伏《ふ》しければ、続橋《つぎはし》は然《しか》あらんとは、かねての覚悟《かくご》といひながら、あるひは悲《かな》しみ、あるひは怒《いか》り、せめて此姫《ひめ》をば助《たす》けんと、鎧櫃《よろひびつ》に隠《かくし》入れて背《せ》に負《お》ひ、行方《ゆくゑ》も知《し》れず落行《おちゆ》きぬ。

豊国画㊞　山東京伝作㊞

筆耕司馬赤水

山東京山製 十三味薬《くすり》洗粉《あらひこ》

水晶粉《すいしやうふん》 一包《つゝみ》壱匁二分

よく垢《あか》を落《お》とし、きめを細《こま》かにし艶《つや》を出《いだ》し色を白くす。その外、面皰《にきび》・雀斑《そばかす》・火傷《やけど》・切傷《きづ》に妙なり。京伝店《でんみせ》にて売弘《うりひろ》め申候。

【中編見返し】

姥賀池　中編

山東京伝作

歌川豊国画

甘泉堂梓

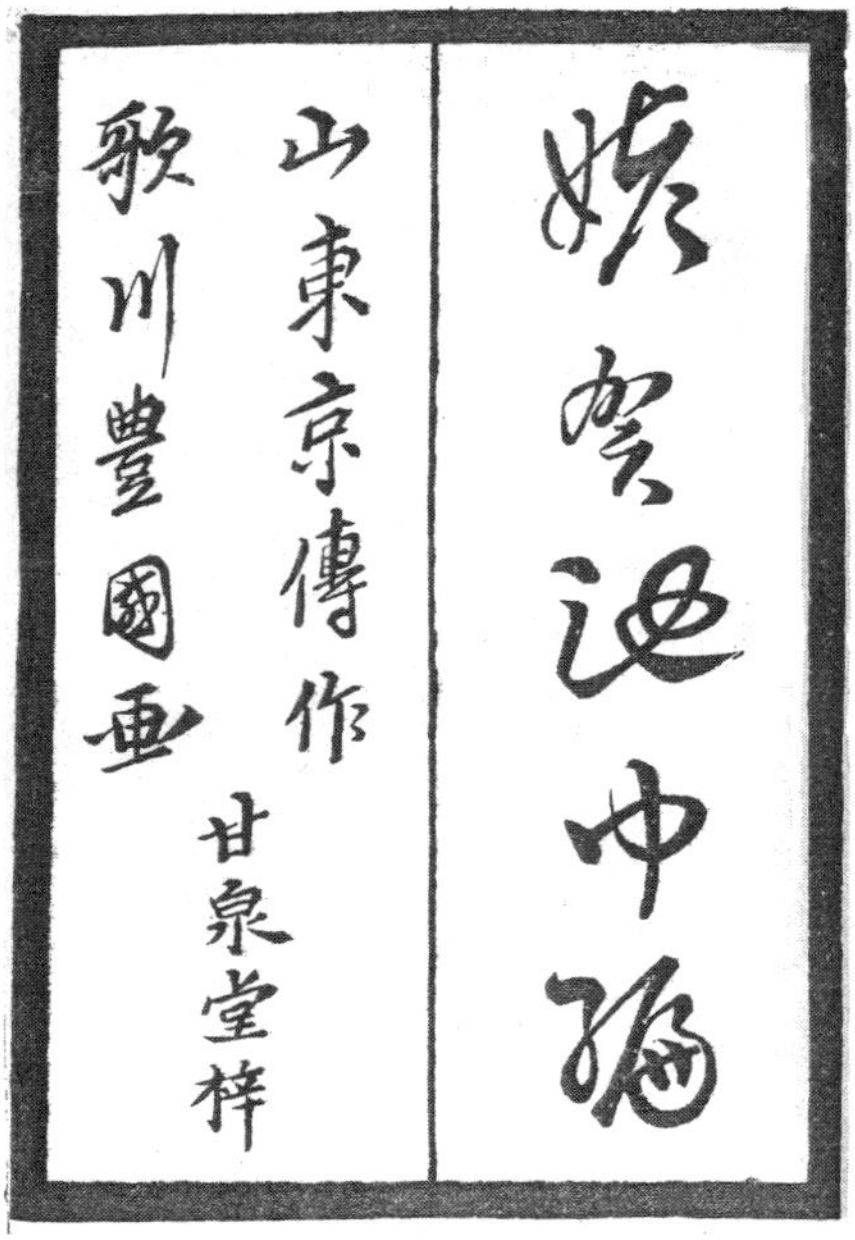

中編見返し

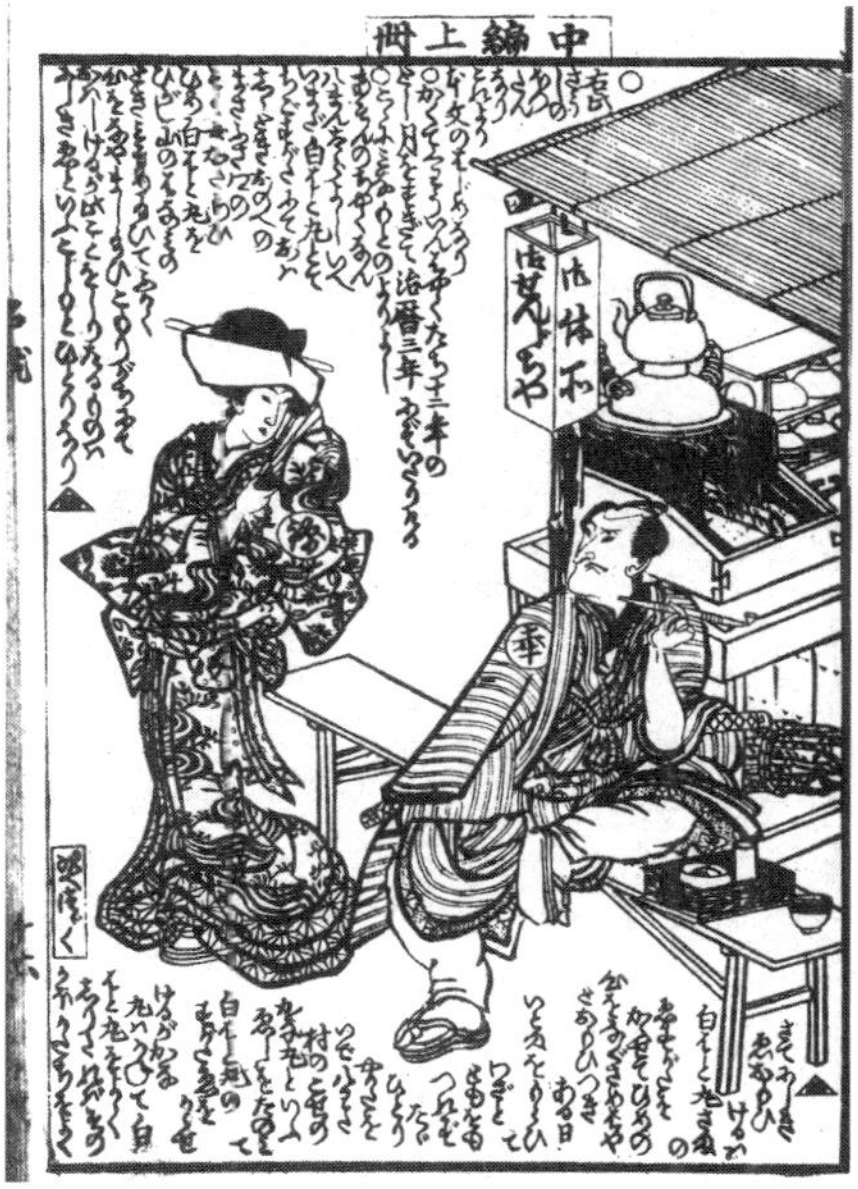

(20)十六オ

【中編】

［上］

(20) 中編上冊

○右此草紙《さうし》の発端《ほつたん》なり。これより本文の始《はじ》めなり。

○斯《か》くて光陰早《くわういんはや》く経《た》ち、十二年の年《とし》月を過《す》ぎて、治暦三年にぞ至《いた》りける。

○此処《こゝ》に源頼義朝臣《みなもとのよりよしあそん》の嫡男《ちやくなん》八幡《まん》太郎義家《よしいへ》、未《いま》だ白鳩丸《はと》とて稚児姿《ちごすがた》にておはし、時《とき》、尾上匡房《おのへのまさふさ》卿の息《そく》女かたらひ姫《ひめ》、白鳩《はと》丸を東《ひがし》山の花見《はなみ》のとき見初《みそ》め給ひて、深《ふか》く心を悩《なや》まし給ひ、籠《こも》りがちにておはしけるが、此事《こと》を知《し》りたる者《もの》は錦絵《にしきゑ》といふ腰元一人《こしもとひとり》なり。

さて錦絵《にしきゑ》、思《おも》ひけるは、白鳩《はと》丸様《さま》の絵姿《ゑすがた》を画《か》かせて姫《ひめ》の心を慰《なぐさ》めばやと思《おも》ひ付《つ》き、ある日、暇《いとま》を貰《もら》ひて、わざと供《とも》をも連《つ》れず、たゞ一人館《ひとりやかた》を出《い》で、八幡《わた》村の巨勢金《こせのかな》丸といふ絵師《ゑし》を頼《たの》みて、白鳩《はと》丸の姿絵《すがたゑ》を画《か》かせけるが、金《かな》丸はかねて白鳩《はと》丸をよく知《し》りたれば、その顔形《かまかたち》をよく

次へ続《つゞ》く

［御休所／御煎茶《せんじちや》］

(21)十六ウ

十七オ

（21）　前《まへ》の続《つゞ》き　似《に》せて、真《まこと》に生《い》けるが如《ごと》く画《か》きければ、錦絵《にしきゑ》は喜びつゝ、これを携《たづさ》へて帰《かへ》る途中《とちう》にて大雨《あめ》降《ふ》り、初雷《はつかみなり》大に鳴《な》りはためき難儀《なんぎ》せしが、傍《かたは》らの水茶屋《みづぢや》に帷子《かたびら》が辻《つじ》の金《きん》幸といふ当世《とうせい》男、休《やす》らひゐて、気《き》の毒《どく》に思ひ、かの腰元《こしもと》を茶屋《ちや》の奥《おく》に誘《いざな》ひ、大雷《かみなり》に怖《おそ》れて癪《しやく》を起《お》こしたるを様々《さまざま》に介抱《かいほう》しけるが、ほどなく雷《かみなり》も止《や》み、雨《あめ》も晴《は》れて錦絵《にしきゑ》も癪《しやく》おさまり、いろ〳〵礼《れい》を述《の》べけるが、一樹《いちじゆ》の陰《かげ》、一河《いちが》の流《なが》れも他生《たしやう》の縁《ゑん》とか言《い》へる諺《ことわざ》の如《ごと》く、これが縁《ゑん》となり、二人《ふたり》仮初《かりそめ》の夢《ゆめ》を結《むす》びけるが、互《たが》ひに名《な》は名乗《の》らず、又逢《あ》ふ時《とき》の印《しるし》にとて、錦絵《にしきゑ》は香包《かうづゝみ》を金《きん》幸に遣《や》り、金《きん》幸は歌《うた》を書《か》きたる扇《あふぎ》を錦絵《にしきゑ》に遣《や》り、互《たが》ひに名残惜《なごりお》しげに別《わか》れけり。

此日、かたらひ姫《ひめ》は、雨晴《あめは》れてより俄《にはか》に思《おも》ひ立《た》ち、保養《ほよう》のため、花見《はなみ》がてら男《おとこ》山の八幡《まん》へ参詣《さんけい》ありければ、錦絵《にしきゑ》は幸《さいは》ひ途中《とちう》にて姫《ひめ》に会《あ》ひ奉り、秘《ひそか》にかの姿絵《すがたゑ》を差上《さしあ》げければ、姫《ひめ》は大に嬉《うれ》しみ給ひ、サテも、よう似《に》たはひのと、暫《しば》し見《み》とれて御座《おは》しける折《をり》しも、疾風《はやて》さつと吹来《ふききた》りて、かの絵《ゑ》を空《そら》へ吹上《ふきあ》げ、行方《ゆくへ》も知《し》れずなりければ、姫《ひめ》は悲《かな》し

(22)十七ウ

十八オ

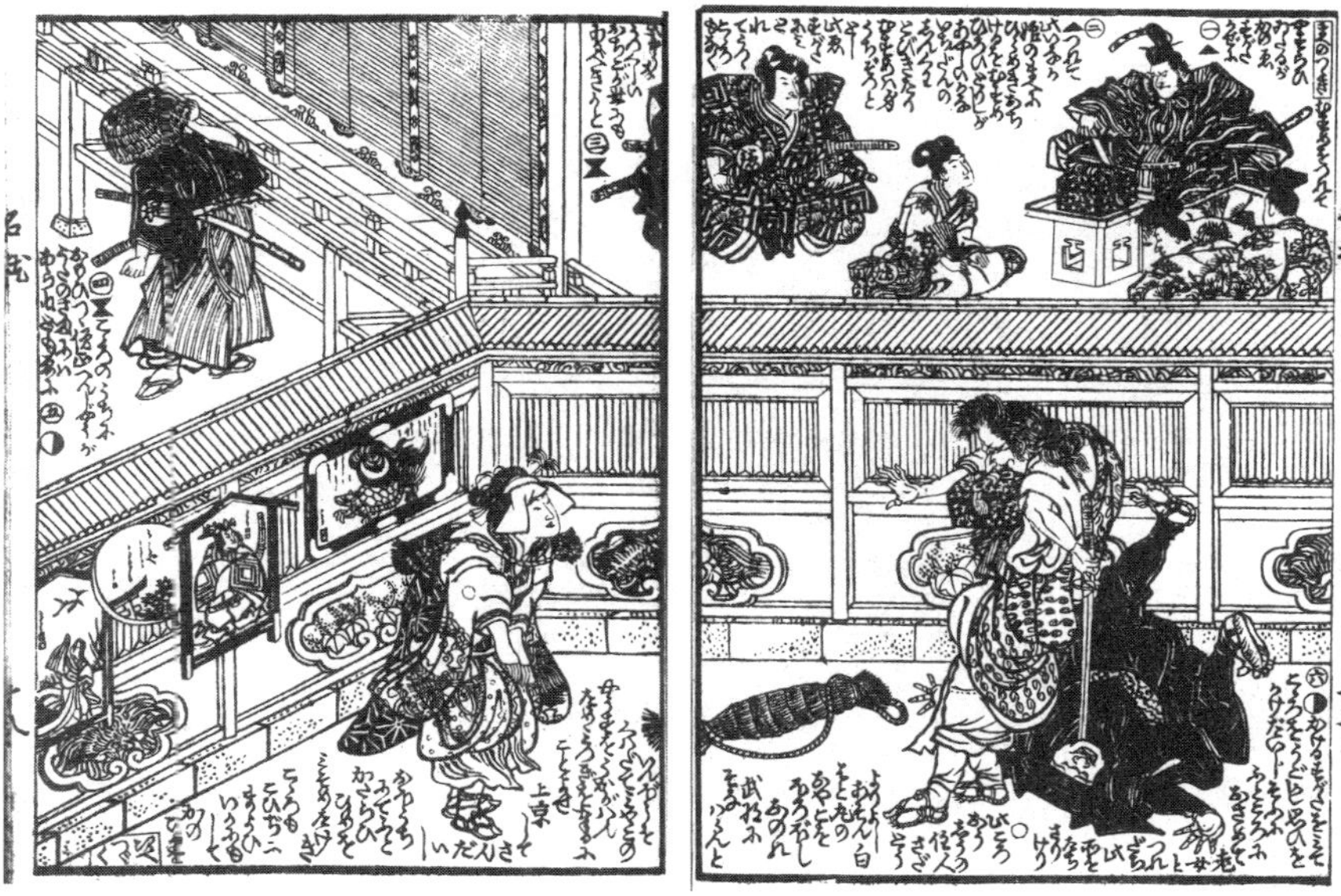

み、錦絵《にしきゑ》はたゞ呆《あき》れたるばかりなり。

此時《とき》、堤《つゝみ》の下の桜《さくら》の木陰《かげ》に苞《つと》を背負《せお》ひし田舎《いなか》の婆《ばゞ》、十四五の田舎《いなか》 次へ続《つゞ》く

「男山八幡《まん》道」

(22) 前《まへ》の続《つゞ》き 娘《むすめ》を連《つ》れて休《やす》らひ居《ゐ》たるが、かの絵姿《ゑすがた》風《かぜ》に連《つ》れて此田舎《いなか》娘の前《まへ》に閃《ひらめ》き落《お》ちけるを、娘拾取《むすめひろいと》りしが、怪《あや》しいかな一団《いちだん》の心火飛来《しんくわとびきた》り。娘《むすめ》は身内《うち》ぞつとゝし、此絵姿《ゑすがた》に見《み》とれて、現心《うつゝごゝろ》もなく、此様《やう》な美《うつく》しい御稚児《おちご》が世にもあるべきかと心《こゝろ》の内《うち》に思《おも》ひつゝ、僧正遍照《へんじやう》が歌《うた》の様《さま》にはあらねども、絵《ゑ》に画《か》ける姿《すがた》を見《み》て心《こゝろ》を動《うご》かし思ひを掛《か》け、大事《だいじ》そふに懐《ふところ》に収《おさ》めて老女と連立《つれだ》ち、此所を立去《たちさ》りけり。

○此頃《ころ》、奥州《おうしう》の住人貞任頼良朝臣《さだとうよりよしあそん》、白鳩《はと》丸の親子《おやこ》を滅《ほろ》ぼし、おのれ武将に備《そな》はらんと陰謀《いんぼう》を企《くはだ》て、都《みやこ》の様子《やうす》を窺《うかゞ》はんため、貢《みつぎ》を奉るに事寄《ことよ》せ上京して参内《さんだい》し、大内《おほうち》にてふと、かたらひ姫《ひめ》を見初《みそ》め、猛《たけ》き心《こゝろ》も恋路《こひぢ》に迷《まよ》ひ、いかにもしてかの姫《ひめ》を 次へ続《つゞ》く

(23)十八ウ

十九オ

(23) 前《まへ》の続《つゞ》き 奪取《うばひと》り、我《わ》が妻《つま》にせばやとぞ思《おも》ひける。

さて又、かの提婆《だいば》三郎は奥州《おうしう》へ逃下《にげくだ》り、貞任《さだとう》が家来《けらい》となりしが、貞任都《さだとうみやこ》より帰《かへ》り、提婆《だいば》三郎に言《い》ひ付《つ》け、「かたらい姫《ひめ》を奪来《うばひきた》れ」と言《い》ひければ、三郎はこれを承《うけたまは》り、急《いそ》ぎ上京して姫《ひめ》を奪取《うばひと》らんと狙《ねら》ひけり。

此時、帝《みかど》、御脳《のう》によつて軍勢催促《ぐんぜいさいそく》の飛龍《ひりやう》の印《いん》を頼義朝《よりよしあ》臣《そん》に預《あづ》け給ひ、これを帝《みかど》の御形代《かたしろ》となし、男山《おとこ》八幡《まん》にて御脳平癒《のうへいゆ》の御祈《おんいの》りあるべき由《よし》、勅命下《ちよくめいくだ》りけるが、折節《をりふし》、頼義初老《よりよししよろう》によつて嫡男《ちやくなん》白鳩《はと》丸、若年《じやくねん》なれども、父の名代《みやうだい》として男《おとこ》山の神前《しんぜん》にて、かの飛龍《ひりやう》の印《いん》を受取《うけと》るべきに極《きは》まり、勅使《ちよくし》鬼原百貫《はらのもゝつら》、かの印《いん》を持参《じさん》しけるが、此百貫《もゝつら》はかねて貞任《さだとう》が叛逆《ほんぎやく》の企《くはだ》てに一味《いちみ》の者《もの》なれば、貞任《さだとう》が家来《けらい》泥《どろ》田棒平太といふ者《もの》と示合《しめしあ》はせ、一度《たび》、白鳩《しらはと》丸に渡《わた》したる飛龍《ひりやう》の印《いん》を導《みちび》きして奪《うば》はせ、白鳩《はと》丸に罪《つみ》を着《き》せ、自滅《じめつ》させんと謀《はか》りける。

斯《か》くて棒平太は黒装束《くろしやうぞく》に身を忍《しの》び、箱《はこ》に入《い》れたる飛龍《ひりやう》の印《いん》を奪取《うばひと》り、逃出《にげいで》んとしたる所に、玉垣《たまがき》の陰《かげ》に窺《うかゞ》ひゐたる田舎《いなか》の老女、棒平太を捉《とら》へ、かの印《いん》の箱《はこ》を奪《うば》ひ、棒《ぼう》平太が差《さ》したる刀を奪《うば》つて喉笛《のどぶゑ》を抉《ゑぐ》りければ、同行の田舎《いなか》娘《むすめ》はこれを見《み》て、ぶるぐ〱震《ふる》へて近寄《ちかよ》らず。老女はにつこと打笑《うちわら》ひ、怖《こは》い事《こと》は何《なん》にもない、こちへ〱と招寄《まねぎよ》せ、飛龍《ひりやう》の印《いん》を懐中《くわいちう》し、娘《むすめ》の手を引《ひ》き、神前《しんぜん》にて神楽《かぐら》を奏《そう》す笛《ふゑ》・鼓《つゞみ》の音《おと》に紛《まぎ》れて、行方《ゆくへ》も知《し》れずなりにけり。此老《ろう》女、只者《たゞもの》とは見《み》へざりけり。

此時《とき》、深編笠《ふかあみかさ》の侍《さふらひ》、神前《しんぜん》の方《かた》を窺《うかゞ》ひ、白《はく》丁着《き》たる宮子《みやつこ》に何《なに》か囁《さゝや》き、物陰《ものかげ》に隠《かく》れけり。これは提婆《だいば》三郎にぞあるべき。

白鳩《はと》丸は一度《たび》、我《わ》が受取《うけと》りたる飛龍《ひりやう》の印《いん》、紛失《ふんじつ》によつて言訳《いひわけ》なく切腹《せつぷく》と見《み》へければ、此日、御供《おんとも》に付添《つきそ》ひ来《きた》りし鎌倉権《かまくらのごん》五郎景正《かげまさ》も共《とも》に切腹《せつぷく》と見《み》へたるところへ、頼義《よりよし》の家臣秩父《かしんちゝぶの》十郎年綱《としつな》、韋駄《いだ》天走《ばし》りに駆来《かけきた》り、様子《やうす》はあれにて詳《くは》しく承《うけたまは》り候。今《いま》、御切腹《せつぷく》ありては誠《まこと》の犬死《いぬじに》と申《まう》すもの。ひとまづ此場《ば》を立退《たちの》き給《たま》ひ、飛龍《ひりやう》の印《いん》を尋出《たづねいだ》し、御《おん》申《まう》しわけし給ふに若《し》くべかうず。権《ごん》五郎景正《かげまさ》も切腹《せつぷく》を止《とゞ》まり、若君《わかぎみ》の御供《おんとも》して共々《ともぐ》に飛龍《ひりやう》の印《いん》の詮議《せんぎ》あれと、主従《しゆうぐ》二人《ふたり》の切腹《せつぷく》をやう〱止《とゞ》めし。

次へ続《つゞ》く

(24)十九ウ

二十オ

(24) **前《まへ》の続《つゞ》き** 折《をり》しもあれ、床《ゆか》の下《した》より白刃《しらは》の切先《きつさき》二筋《すぢ》まで閃《ひらめ》き出《いで》ければ、主従《しゆうぐ》三人、身を避《さ》けてこれを窺《うかゞ》ふ。秩父《ちゝぶの》十郎は、手早《ばや》く手水鉢《ちやうづばち》の水《みづ》を剣《つるぎ》に注《そゝ》ぎ掛《か》くれば、床《ゆか》の下《した》には為済《しす》ましたりとや思《おも》ひけん、ぬつと出《いで》たる忍《しの》びの二人、待《まち》まうけたる年綱《としつな》・景正《かげまさ》両人、一度《いちど》に刀《かたな》を抜《ぬ》いて、忍《しの》びの二人が細首《ほそくび》を水《みづ》も溜《た》まらず打落《うちお》どし、「此処《こゝ》構《かま》はず権《ごん》五郎、若君《わかぎみ》の御供《おんとも》して早《はや》く此場《ば》を落《お》ち給《たま》へ」と言《い》ふに、此方《こなた》の主従《しゆうぐ》二人、言葉数《ことばかづ》なき暇乞《いとまごひ》、俄《にはか》に出立《いでた》つ旅《たび》の空《そら》。後《あと》に止《とゞ》まる秩父《ちゝぶの》十郎、見送《おく》る姿《すがた》見返《かへ》る名残《なごり》。又も神楽《かぐら》の笛《ふゑ》・鼓《つゞみ》、行方《ゆくへ》も知《し》れず落行《おちゆ》きぬ。かの忍《しの》びの二人は、提婆《だいば》三郎が下知《げぢ》により宮子《みやつこ》に紛《まぎれ》入《い》り、床《ゆか》の下《した》に忍《しの》びて、白鳩《はと》丸と鎌倉《かまくらの》権《ごん》五郎を刺殺《さしころ》さんとして、かへつてその身《み》を滅《ほろ》ぼしぬ。

○それはさておき、こゝに又、赤石鹿《あかししか》右衛門が弟《おとゝ》柴《しば》六は、下部《しもべ》猿《さる》平を連《つ》れて、兄《あに》の敵《かたき》提婆《だいば》三郎が行方《ゆくへ》を尋《たづ》ぬるため、先《さき》の年《とし》、旅路《たびぢ》に出《い》で道中《どうちう》にて前髪《まへがみ》を落《お》とし、元服《げんぷく》して此処《こゝ》に一年、彼処《かしこ》に二年と諸国《しよこく》に逗留《とうりう》し、相応《さうおう》の渡世《とせい》をして、その暇々《ひまく》に敵《かたき》の手掛《がゝ》りを尋《たづ》ね、すでにはや十五年経《た》ちける

が、今《いま》に敵《かたき》の行方《ゆくへ》知《し》れず。敵《かたき》の顔《かほ》を見知《し》りたる猿《さる》平さへ道《どう》中《ちう》にて病《びやう》死したれば、ことさら今《いま》は心細《こゝろぼそ》く、ひとまづ、

次へ続《つゞ》く

(25)二十ウ

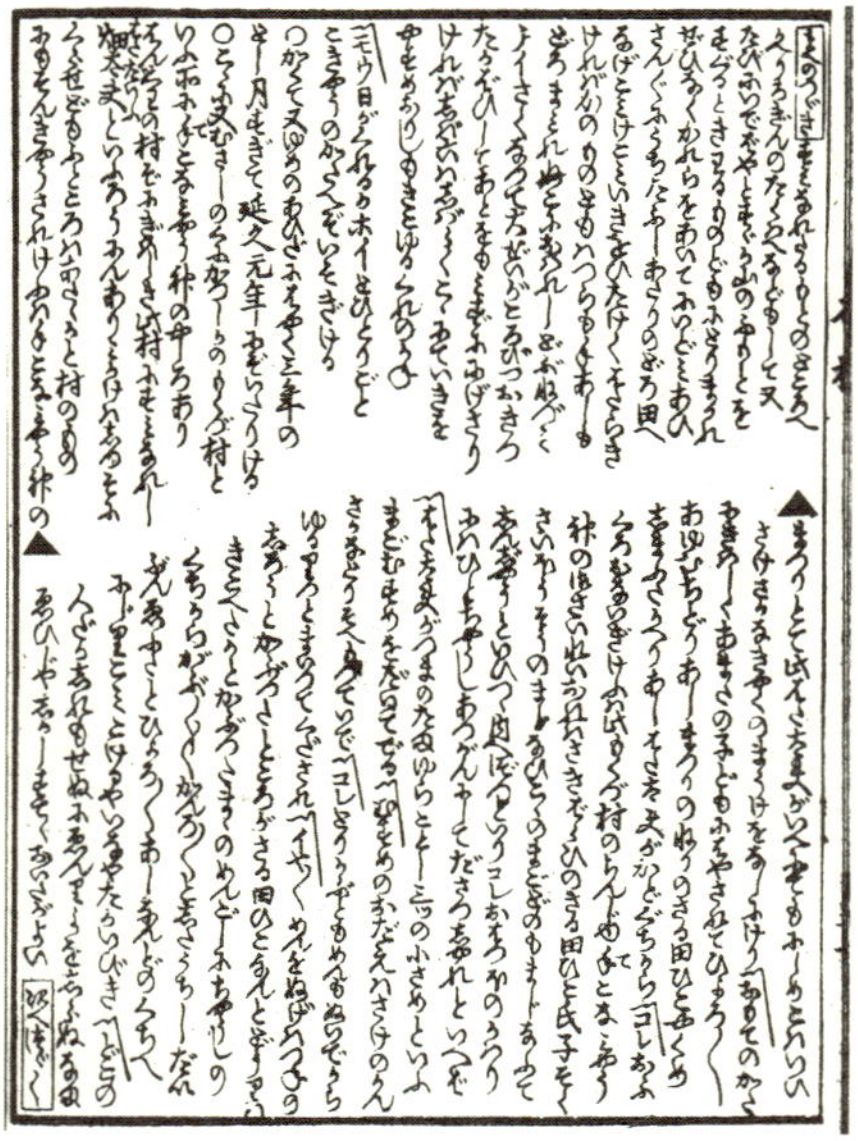

（25）前《まへ》の続《つゞ》き 住慣《すみな》れたる元《もと》の所《ところ》へ帰《かへ》り、路銀《ろぎん》の蓄《たくは》へなどもして、又、旅《たび》に出《いで》ばやと鈴鹿《すゞか》山の麓《ふもと》を過《す》ぐる時《とき》、悪者《わるもの》共《ども》に取巻《とりま》かれ、是非《ぜひ》なく彼等《かれら》を相手《あいて》に挑合《いどみあ》ひ、さん〴〵に打倒《うちたふ》し、辺《あた》りの泥《どろ》田へ投込《なげこ》み蹴込《けこ》み、勢《いきを》ひ猛《たけ》く働《はたら》きければ、かの者共《ものども》は面《つら》も手足《あし》も泥《どろ》まみれ、猫《ねこ》に追《お》はれし溝鼠《どぶねづみ》、チイさくなつて大勢《ぜい》が、転《ころ》びつ起《お》きつ高這《たかばひ》して、後《あと》をも見《み》ずに逃去《にげさ》りければ、柴六は暫《しばら》く此処《こゝ》にて息《いき》を休《やす》め、折《おり》しも聞《き》こゆる暮《くれ》の鐘《かね》。「モウ日が暮《く》れるかホイ」と独言《ひとりごと》。故《こ》郷《きやう》の方《かた》へぞ急《いそ》ぎける。

○斯《か》くて又、夢《ゆめ》の間《あひだ》に早《はや》く三年の年《とし》月過《す》ぎて、延久元年にぞ至《いた》りける。

○こゝに又、武蔵《むさし》の国葛飾《くにかつしか》の藻屑《もくづ》村といふ所に、手児奈《てこな》明《みやう》神の社《やしろ》あり。繁華《はんくわ》の村ぞ賑《にぎ》はしき此村に、住馴《すみな》れし畑《はた》太夫《たいふ》といふ浪人《ろうにん》あり。見掛《みか》けは質素《しつそ》に暮《く》らせども、懐《ふところ》は暖《あた》かと村の者《もの》にも尊敬《そんきやう》され、今日《けふ》は手児奈明神《こなみやう》の祭《まつり》とて、此畑《はた》太夫が家《いへ》にても、煮染《にしめ》、強飯《こはいひ》、酒《さけ》、肴《さかな》、客《きやく》のまうけをなしにけり。

表《おもて》の方賑《かたにぎ》はしく、数多《あまた》の子供《ども》に囃《はや》されて、ひよろ〳〵

歩《あゆ》む千鳥足《ちどりあし》、祭《まつり》の練《ねり》の猿田彦《さるひこ》、役目《やくめ》仕舞《しま》ふた帰《かへ》り足《あし》、畑《はた》太夫が門口《かどぐち》から、「コレおふくろ、お内儀《ないぎ》、今日《けふ》は此藻屑《もくづ》村の鎮守《ちんじゆ》手児奈《てこな》明《みやう》神の御祭礼《さいれい》。俺《おれ》は先払《さきばら》ひの猿田彦《さるひこ》。氏子息災《そくさい》、疱瘡《ほうそう》の呪《まじな》ひ、此処《こゝ》の孫殿《まごどの》も呪《まじな》ふて進《しん》じやう」と言《い》ひつゝ、内へづつと入《い》り、「コレ御初穂《おはつほ》の代《かは》りには、一銚子《ひとちやうし》熱燗《あつがん》にして出《だ》さつしやれ」と言《い》へば、畑《はた》太夫が妻《つま》の玉《たま》ゆら、今年《ことし》三つの小雨《さめ》といふ孫娘《まごむすめ》を抱《だ》いて出《で》る。娘《むすめ》の緒絶《おだえ》は酒《さけ》の燗《かん》、肴取添《さかなとりそ》へ持《も》つて出《い》で、コレ鳥兜《とりかぶと》も面《めん》も脱《ぬ》いでから、ゆるりつと参《まい》つて下《くだ》され。イヤ〳〵面《めん》を脱《ぬ》げば常《つね》の素人《しろうと》、被《かぶ》つたところが猿田彦《さるひこ》、なんと道理《どうり》は聞《き》こへたかと、被《かぶ》つたまゝの面越《めんご》しに、銚子《ちやうし》の口《くち》から、がぶ〴〵、甘露《かんろ》々々《く》と舌打《したうち》し、だいぶん酔《ゑ》ふたと、ひよろ〳〵足《あし》、納戸《なんど》の口《くち》へ躙込《にじりこ》み、転《こけ》るやいなや高鼾《たかいびき》。「どこの人だか知《し》れもせぬに、遠慮《ゑんりよ》を知《し》らぬ生酔《なまゑひ》じや。しかし捨《す》てゝ置《お》いたがよい。

次へ続《つゞ》く

（26）二十一オ

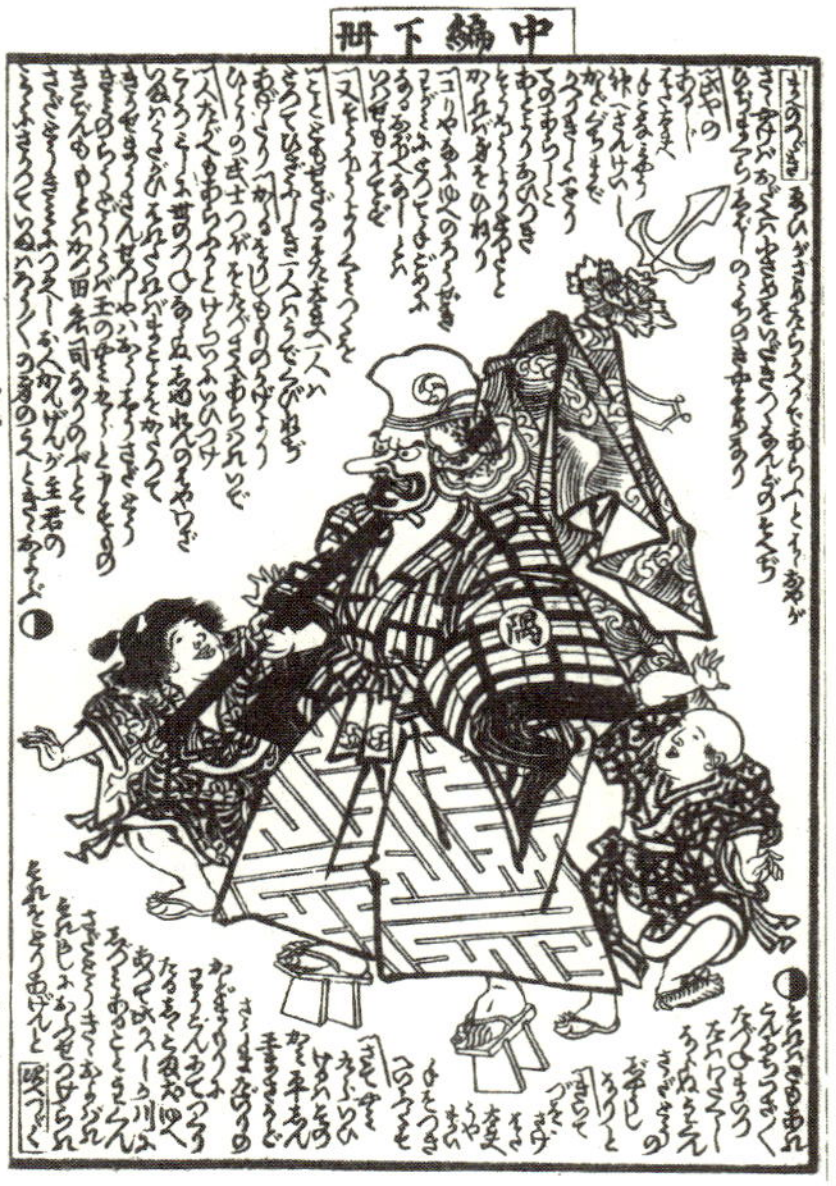

【下】

（26）中編下冊

前《まへ》の続《つゞ》き 酔《ゑ》ひが醒《さ》めたら帰《かへ》るであらふ」と母親《はゝおや》が囁《さゝや》けば、緒絶《おだへ》は小雨《さめ》を抱《いだ》きつゝ、納戸《なんど》の添乳肘枕《そへぢひぢまくら》、暫《しば》しのうちの気休《きやす》めなり。

此屋《や》の主《あるじ》畑《はた》太夫、手児奈明《こなみやう》神へ参詣《さんけい》し、門口《かどぐち》まで帰《かへ》り来《き》しに、捕手《とりて》の荒子《あらしこ》、後《あと》より追付《おひつ》き、双方《そうほう》より捕《と》つたと掛《か》かれば、身を捻《ひね》り、「コリヤ何故《なにゆへ》の狼藉《ろうぜき》。我《わ》が身にとつて手込《ご》めになる覚《おぼ》へなし」とは言《い》はせも果《は》てず、又、双方《そうほう》より組付《くみつ》くを、事《こと》ともせざる畑《はた》太夫。一人は取《と》つて膝《ひざ》に敷《し》き、一人は腕首《うでくび》捻《ねぢ》上《あ》げたり。

斯《か》かる折《をり》しも、物陰《ものかげ》より一人《ひとり》の武士、壺《つぼ》を携《たづさ》へ現《あらは》れ出《い》で、人違《たが》へもあらふかと家来《けらい》に言《い》ひ付《つ》け試《こゝろ》みしに、世の常《つね》ならぬ手練《しゆれん》の早業《はやわざ》。今《いま》は疑《うたが》ひ晴《は》れたれば、実《まこと》を語《かた》つて聞《き》かせ申《まう》さん。拙者《せつしや》は奥州貞任君《おうしうさだとうきみ》の郎党《らうどう》烏羽《うば》玉の闇《やみ》九郎と申す者《もの》。貴殿《きでん》も元《もと》は勝《かつ》田庄司成信《なりのぶ》とて、貞任君《さだとうきみ》に仕《つか》へしお人。諫言《かんげん》が主君の耳《みゝ》に逆《さか》つて、今《いま》は浪々《ろう〳〵》の身の上《うへ》と聞及《きゝおよ》ぶ。それはともあれ、今日《こんにち》わざ〳〵尋参《たづねまい》つたは、私《わたくし》ならぬ主君《くん》

貞任《さだとう》の上使《じやうし》なりと、聞《き》いて頭《づ》を下《さ》げ、畑《はた》太夫敬《うやま》い手を突《つ》き平伏《へいふく》す。

さて闇《やみ》九郎言《い》ひけるは、「その上《かみ》、平親王《しんわう》将門《まさかど》、相馬内《さうまだい》裏《り》の門守《かどまもり》に黄金《わうごん》にて作《つく》りたる獅子狛《しゝこま》犬、故《ゆへ》あつて此葛飾《かつしか》川に沈《しづ》みある事《こと》、主君貞任聞及《くんさだとうきゝおよ》ばれ、某《それがし》に仰付《おふせつ》けられ、それを取上《とりあ》げんと

次へ続《つゞ》く

(27) 前《まへ》の続《つゞ》き すれども、水神の惜《お》しむ故《ゆへ》にや、数多《あまた》の人を損《そん》ずるばかりにて取上《とりあ》げ難《がた》きにより、長柄《ながら》の人柱《ばしら》の例《れい》に倣《なら》ひ、水神・龍神を祀《まつ》らばやと此近国《きんこく》へ高札《たかふだ》を立《た》て、壬《みづのへ》辰《たつ》の年月日時に生《う》まれて、未《いま》だ嫁《か》せざる女あらば、小児に限《かぎ》らず連来《つれきた》れ、褒美《ほうび》は望《のぞ》み次第《しだい》との文言《もんごん》。貴殿《きでん》も読《よ》んだであらふ。それにつき貴殿《きでん》の孫《まご》は今年《ことし》三才。尋《たづ》ぬる注文《ちうもん》に少《すこ》しも違《ちが》はぬ女子なれば、生血《いきち》を採《と》つて此壺《つぼ》へ封込《ふうじこ》め、龍神の供物《くもつ》にせんため、某《それがし》これまで参《まい》つたり。此事明白《ことめいはく》に告知《つげし》らする者《もの》あつて、すでに主君《しゆくん》の御耳《おんみゝ》にも達《たつ》し

次へ続《つゞ》く

［祭礼］［祭礼］［祭礼］

(28) 前《まへ》の続《つゞ》き たれば、逃《のが》れぬところ、早《はや》く孫《まご》が生血《いきち》を採《と》つて某《それがし》に渡《わた》し、それを功に帰参《きさん》の願《ねが》ひ致《いた》されよ」と聞《き》いて驚《おどろ》く畑《はた》太夫。暫《しば》し言葉《ことば》もなかりしが、是非《ぜひ》に及《およ》ばぬ主《しゅ》君《くん》の仰《おふ》せ、畏《かしこま》り奉る、委細《いさい》は我《わ》が家《や》でいざこれへと、闇《やみ》九郎を伴《ともな》ひて内《うち》に入《い》り、奥《おく》の一間《ひとま》へ入にけり。

暫《しばら》くあつて納戸《なんど》より、よろぼひ出《いで》たる猿田彦《さるひこ》、幼《おさな》き小雨《さめ》をひん抱《だか》へて逃出《にげいづ》るを、母や娘《むすめ》が慕《したひ》出で、鳥兜《とりかぶと》を手に掛《か》けて引止《ひきとゞ》むれば、面《めん》もろともにすつぽりと抜《ぬ》けて、見合《みあ》はす顔《かほ》と顔《かほ》。ヤアこちの人。ほんに婿《むこ》の隅田《すだ》四郎かと親子《おやこ》は呆《あき》るゝ。隅田《すだ》四郎は、はつとばかりに差俯《さしうつむ》き、赤面《せきめん》したるばかりなり。緒絶《おたえ》は手早《ばや》く子を捥取《もぎと》る。

母親《おや》は腹立《はらだ》ち声《ごへ》、「道理《どうり》こそ、先程《さきほど》から声《こゑ》が似《に》たやうなと思《おも》つてゐた。ヱ、こ、な人でなし。駈落《かけお》ちして十日あまり影《かげ》も形《かたち》も見《み》せぬ身が、あられぬ形《なり》に似《に》せて来《き》て、盗《ぬす》む物《もの》も多《おほ》かろに、我《わ》が子を盗《ぬす》んで何《なに》にする。ム、聞《き》こへた。今《いま》の侍《さぶらひ》が言《い》ふたを聞《き》き、褒美《ほうび》の金《かね》にせんためか。たゞし一《いち》味《み》が常《つね》から悪《わる》ひ賭物《かけもの》に多《おほ》くの金《かね》を入揚《いれあ》げて、母、女房《ぼう》までせぶり取《と》り、その上《うへ》に又、義理《ぎり》ある娘《むすめ》を盗出《ぬすみだ》し、褒美《ほうび》の金《かね》に換《か》へんとは、鬼《おに》とも蛇《じや》とも言《い》はれぬ」と腹立《はらだ》ち涙《なみだ》せきあへず。

女房《ぼう》緒絶《おだえ》も涙声《なみだごへ》、「なんぼう悪《あく》に染《そ》まればとて、あんまり非道《ひどう》なお前《まへ》の心《こゝろ》。今《いま》の侍《さぶらひ》と父様《とゝさま》と、此子を殺《ころ》す奥《おく》の相《さう》談《だん》。スリヤ父様《とゝさま》も頼《たの》みにならぬ。此子が命《いのち》、助《たす》けふと思《おも》ふは母様《かゝさま》と私《わたし》ばかり。心《こゝろ》を直《なほ》して共々《ともぐ》に助《たす》くる思案《しあん》して下《くだ》され。これ拝《おが》みます、頼《たの》みます」と諫《いさ》めつ泣《な》きつ様々《さまぐ》に掻口《かきく》説《どき》くこそ道理《どうり》なれ。

隅田《すだ》四郎は顔《かほ》を上《あ》げ、「母人も女房《ぼう》も皆道理《みなどうり》。小雨《さめ》は俺《おれ》が胤《たね》でなく、先《せん》の夫《おつと》の形見《かたみ》の娘《むすめ》。義理《ぎり》も情《なさ》けも恩愛《おんあい》も山ほどあれど、それをみんな打遣《うつちや》つて、済《す》まさにやならぬ金《かね》の入用。奥《おく》の侍《さぶらひ》と一味《いちみ》ではない俺《おれ》が一存《いちぞん》、娘《むすめ》が生血《いきち》を龍神《りうじん》へ供《そな》へ、黄金《わうごん》の狛犬《こま》をこつちへせしめる分別《ぶんべつ》、マアそふ思《おも》ふて」とひるまぬ言葉《ことば》。「ヱ、聞《き》こへぬぞやこちの人。忠《ちう》義《ぎ》のためか孝行のためならば、子を殺《ころ》すのも厭《いと》やせぬ。借金《しやつきん》のため賭物《かけもの》の元手《もとで》には、ならぬ〳〵。夫《おつと》の言葉《ことば》、父《とゝ》様《さま》の気《き》に違《ちが》ふても、此子の命助《いのちたす》けねば、死《し》んだお人へ立《た》たぬわいなふ」。「ム、、女房《ぼう》、然《しか》らば忠義《ちうぎ》のためならば、娘《むすめ》が命《いのち》くれうとな。きつと言葉《ことば》を番《つが》へたぞ。見《み》する物《もの》あり、待《ま》つて居《ゐ》よ」と言《い》ひ捨《す》て納戸《なんど》へ駆入《かけい》れば、障子《しやうじ》細《ほそ》めに畑《はた》太夫、様子《やうす》を立聞《たちぎ》き居《ゐ》たりけり。

隅田《すだ》四郎は、かねてより半櫃《はんびつ》の内《うち》に隠置《かくしお》いたる鎧《よろひ》取出《とりだ》し、縕袍《どてら》の上《うへ》にざつくと着《き》、太刀《たち》を佩《は》いて出《いで》たる姿《すがた》、威《ゐ》あつて猛《たけ》き武者《むしや》振《ぶ》りを、母、女房《ぼう》は見《み》てびつくり。「ホ、ウ、拙者《せつしや》が此扮装《いでたち》を訝《いぶか》るはもつとも。これ見《み》られよ」と有合《ありあ》ふ祭《まつり》の地口行灯《ぢぐちあんどん》差向《さしむ》けて、「これが拙者《せつしや》が本名《ほんみやう》なり」と言《い》ひければ、母《はゝ》はなをさら不審顔《ふしんがほ》。なふ此行灯《あんどん》の絵《ゑ》に将棋《しやうぎ》の駒《こま》の王の下に矢を書添《かきそ》へしが本名《ほんみやう》とは。［次へ続《つゞ》く］

此ところ合印、番付《ばんづけ》よく〳〵御見分《みわ》け、順《じゆん》に御覧下《ごらんくだ》されべく候。

［祭礼／王将］

(29)二十三ウ

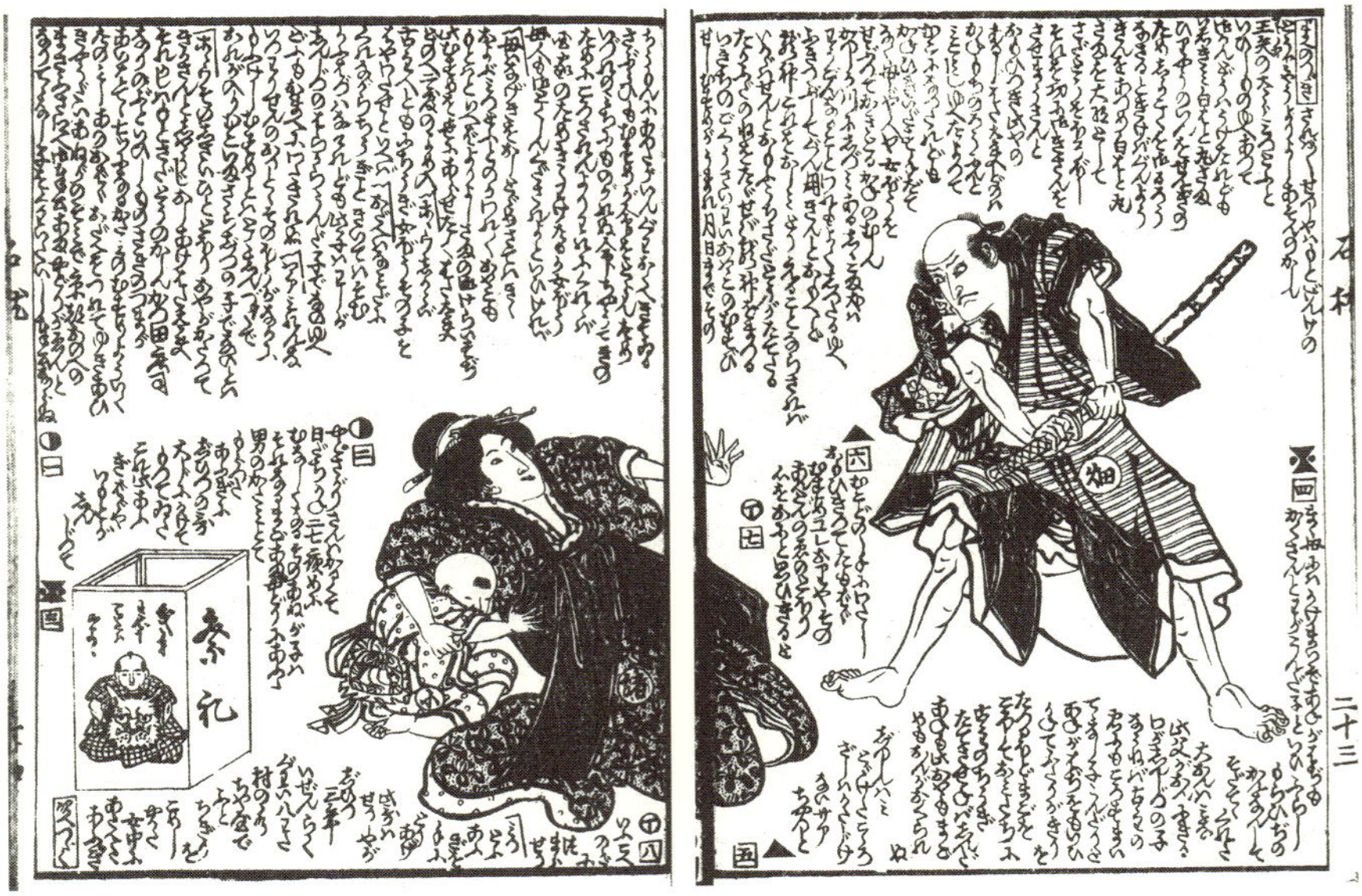

二十四オ

(29) 前《まへ》の続《つゞ》き 「さればく拙者《せつしや》は、元《もと》源家《げんけ》の棟梁《とうりやう》頼義《よりよし》朝臣《あそん》の家臣《かしん》、王矢《わうや》太郎光任《みつとふ》といひし者《もの》。故《ゆへ》あつて御勘当《かんどう》は受《う》けたれども、若君《ぎみ》白鳩《はと》丸様《さま》、飛龍《ひりやう》の印《いん》を詮議《せんぎ》のため諸《しよ》国《こく》を御流浪《るろう》なさると聞《き》けば、軍用金《ぐんようきん》を集《あつ》め、白鳩《はと》丸様《さま》を大将として貞任《さだとう》を滅《ほろ》ぼし、それを功に御帰参《きさん》をさせ申《まう》さんと思《おも》ひ付《つ》き、此家《や》の主畑《あるじはた》太夫殿《どの》は金持《かねもち》の浪人《ろうにん》と見込《みこ》みしゆへ、頼《たよ》つて婿《むこ》になつたれども、金引出《かねひきいだ》す手立《だ》てなく、母者《じや》人や女房《ぼう》をせぶつて掻取《かきと》る金《かね》の無心《むしん》。葛飾《かつしか》川に沈《しづ》みある獅《し》子狛《こま》犬は黄金《わうごん》なる事《こと》、我《われ》もよく知《し》つたるゆへ、吹潰《ふきつぶ》して軍《ぐん》用金《きん》と思《おも》へど、龍神これを惜《お》しみ、取得《とりえ》る事《こと》ならざれば、如何《いかゞ》はせんと思《おも》ふうち、貞任《さだとう》が立《た》てたる高札《たかふだ》の値《ね》を糺《たゞ》せば、龍神を祀《まつ》る生血《いきち》の御供《ごくう》、幸《さいわ》い親子《おやこ》の結《むす》びせし娘《むすめ》が生《う》まれ月日まで、その注文《ちうもん》に合《あ》つたが因果《いんぐわ》。奥《おく》へ来《き》てゐる侍《さぶらひ》も、娘《むすめ》が命を取《と》らんため、いづれの道《みち》にも逃《のが》れぬ命。朝《ちやう》敵《てき》のために殺《ころ》されんより、我《われ》にくれゝば国家のため。聞分《きゝわ》けたるか女房《ぼう》、母人も御得心下《とくしんくだ》されよ」と言《い》ひければ、母は嘆《なげ》きを押止《おしとゞ》め、さては聞及《きゝおよ》ぶ光任殿《みつとふどの》か。我々《われく》親子《おやこ》も元《もと》はといへば、頼義様《よりよしさま》の御家来筋《けらいすぢ》。此娘《むすめ》を世にあらせたく、畑《はた》太夫殿《どの》へ二度の嫁《よめ》入。「ホ、ウ然《しか》らば古主人共《とも》に忠義《ちうぎ》。女房《ばう》、その子を早《は》や渡《わた》せ」と言《い》へば、緒絶《おだへ》は涙《なみだ》に暮《く》れながら、忠義《ちうぎ》と聞《き》いては背《そむ》かふ筈《はづ》はなけれども、此子はわしが真実《しんじつ》の腹《はら》から産《う》んだ子でないゆへ、どふもお前《まへ》に渡《わた》されぬ。ヤア未練《みれん》な偽《いつわ》り。先《せん》の夫《おつと》と、その方《ほう》が仲《なか》にもふけし娘《むすめ》とは、得心《とくしん》づくで俺《おれ》が入り婿《むこ》。今《いま》さら実《じつ》の子でないとは。ホ、ウ、その仔細《しさい》一通《ひととほ》り親《おや》が語《かた》つて聞《き》かさんと、障《しやう》子押開《じおしあ》け畑《はた》太夫、「某《それがし》は元《もと》、貞任《さだとう》の家臣《かしん》勝《かつ》田庄司成信《なりのぶ》といひし者《もの》。先《さき》の妻《つま》が相果《あいは》てゝ、七つになる形見《かたみ》の娘《むすめ》、養育頼《よういくたの》みしあのお婆《ばゞ》、緒絶《おだへ》を連《つ》れて行合《ゆきあ》ひ、姉妹姉《きやうだいあね》が望《のぞ》みで、京都尾上匡房《おのへのまさふさ》卿へ御奉公。雨宿《あまやど》りが縁《ゑん》となり、父《てゝ》無《な》し子を懐胎《くわいたい》し、奉公ならぬ宿下《やどさが》り。産《さん》は軽《かる》くて日立《だ》ちかね、二七夜目《め》に空《むな》しくなる。その姉《あね》が子は、それなる孫《まご》。雨宿《あまやど》りに逢《あ》ふた男の形見《かたみ》とて、貰《もら》つた扇《あふぎ》に自筆《じひつ》の歌。大事《じ》に掛《か》けて持《も》つてゐた、これ此扇《あふぎ》、婆《ばゞ》や妹《いもと》が親昵《しんじつ》で、継母《まゝ》には欠《か》けまいぞ。姉《あね》が恥《はぢ》も隠《かく》さんと、我《わ》が産《う》んだ子と言《い》ひ触《ふ》らし、貰乳《もらひぢ》の艱難《かんなん》して育《そだ》てゝくれた大恩《おん》は皆《みな》、此父が恩《おん》に着《き》る。我《わ》が信実《しんじつ》の子ならねば、古主の忠にも殺《ころ》すまい。父《てゝ》無《な》し子産《う》んだりと姉《あね》が恥《はぢ》をも言《い》ひかねて、二人《ふたり》が義理《ぎり》を立《た》つるほど、孫《まご》を殺《ころ》して御身達《おみたち》に、古主の忠義《ちうぎ》立《た》てさせねば、死《し》んだ姉《あね》も此親《おや》も孫《まご》めも恩《おん》が送《おく》られぬ。実心《じつしん》は見届《みとゞ》けた、志《こゝろざ》しは忝《かたじけな》い。サアちやつと婿殿《むこどの》の手に渡《わた》し、思《おも》ひ切《き》つてたも。婆《ばゞ》、娘《むすめ》、コレおりや、その行灯《あんどん》の絵《ゑ》の通《とほ》り、心を鬼《おに》と思ひ切《き》る」と言《い》ふ声喉《こへのど》に詰《つ》まらせり。

光任扇《みつとふあふぎ》を手に取上《とりあ》げ、此歌は拙者《せつしや》が自筆《じひつ》。三年以前《いぜん》、洛外《らくぐわい》八幡《わた》村の水茶屋《ちや》で、ふと契《ちぎ》りを籠《こ》めし館《やかた》女中に与《あた》へた扇《あふぎ》。

次へ続《つゞ》く

［祭礼］

（30）二十四ウ

二十五オ

（30）前《まへ》の続《つゞ》き　その時《とき》、拙者《せつしや》が変名《かへな》は、帷子《かたびら》が辻《つぢ》の金《きん》幸といひしが、女の方《かた》よりも印《しるし》にくれた、これ此香包《かうづゝみ》。その時《とき》の女は貴殿《きでん》の娘《むすめ》にて、その時《とき》の仮初《かりそめ》が懐胎《くわいたい》の胤《たね》となり、産《う》んだ子は此小雨《さめ》。さては我《わ》が子でありしかと打驚《うちおどろ》けば、畑《はた》太夫、母、女房《ばう》も諸共《もろとも》に不思議《ふしぎ》の縁《えん》とぞ思《おも》ひける。

光任《みつとふ》重《かさ》ねて言《い》ひけるは、「我《わ》が子と聞《き》けば、どこに少《すこ》しの遠慮《ゑんりよ》もない。その子をこちへ」と手を掛《か》くれば、いや〳〵此子をお前《まへ》に渡《わた》しては、どふしても死《し》んだ姉様《あねさま》へ義理《ぎり》が立《た》たぬ。母もとも〴〵渡《わた》さじと、聞分《きゝわ》けあらぬ女の義理立《ぎりだ》て。渡《わた》せ〳〵と光任《みつとふ》が子を追《お》ふ鳥《とり》の雲雀鷹《ひばりだか》。中から摑《つか》む父親《てゝおや》が、孫《まご》を引取《ひつと》り二人《ふたり》を突退《つきの》け、コレ〳〵光任《みつとふ》、女輩《ばら》、動《うご》かされな。孫《まご》が生血《いきち》を採《と》つて渡《わた》さん、待《ま》たれよと、側《そば》に有合《ありあ》ふ猿《さる》田彦《ひこ》の衣装《いしやう》、大口引掠《おほくちひつさら》つて駆《かけ》入たり。なふ胴欲《どうよく》なと母、娘《むすめ》。続《つゞ》いて行《ゆ》くを光任《みつとふ》が、左右の手に引捕《ひつとら》へ、聞分《きゝわ》けなしと制《せい》せられ、焦《あせ》り身を揉《も》みそのうちに、障子《しやうじ》へハツト血煙《ちけむり》を見るに目《め》も眩《く》れ気《き》も乱《みだ》れ、わつとばかりに伏沈《ふししづ》み、前後不覚《ぜんごふかく》の叫泣《さけびな》き。爺《ぢゞ》は血刀《ちがたな》引下《ひつさ》げ出《い》で、「コレ〳〵光任《みつとふ》、吾殿《わどの》は早《はや》く舟の用意《ようい》。孫《まご》が生血《いきち》を壺《つぼ》に収《おさ》め、某《それがし》後《あと》より追付《おつつ》かん。早《はや》く〳〵」と言《い》ひ捨《ず》てに、一間《ひとま》へ入《い》れば、光任《みつとふ》が承《うけたまは》ると急《いそぎ》行《ゆ》く。時分《じぶん》はよしと闇《やみ》九郎が下部《しもべ》、晦日《みそか》の蕎麦《そば》平、表《おもて》の方《かた》より入来り、ヤア〳〵庄司成信様《なりのぶさま》。認《したゝ》めよくば、早《はや》こなへ。ハツと答《こた》へて立出《たちいづ》る。以前《いぜん》の壺《つぼ》を縄《なは》からげ、四つ身の小袖《そで》打《うち》掛《か》けて、見《み》るもいぶせき無情瓶《むじやうがめ》。心強《こゝろづよ》い父様《とつさま》と、取付《とりつ》き嘆《なげ》くをハツたと睨《ね》め、ヤア女童《わらべ》の知《し》る事《こと》ならず、退《の》いてゐよと叱《しか》りつけ、万事《ばんじ》は言《い》はずと承知《しやうち》ならん。心静《こゝろしづ》かに龍神

次へ続《つゞ》く

(31)二十五ウ

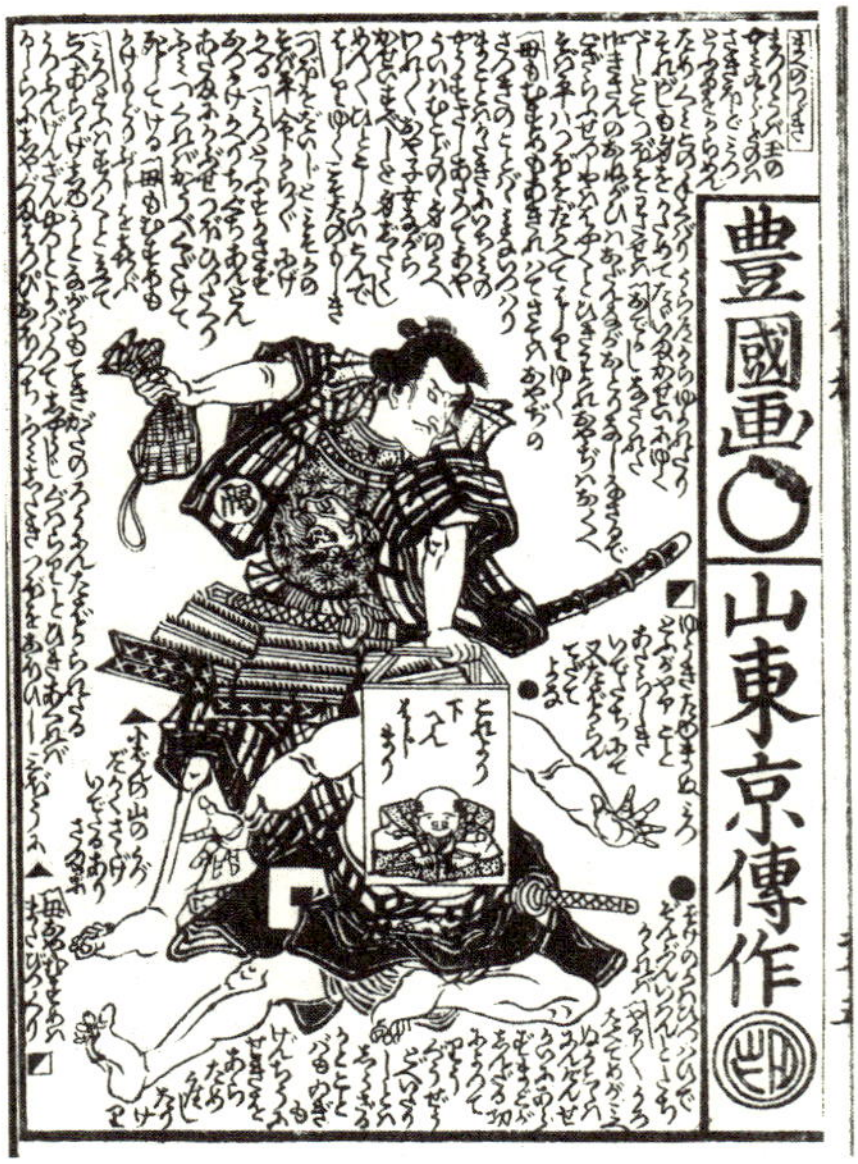

(31) 前《まへ》の続《つゞ》き 祀《まつ》り、烏羽《うば》玉の闇《やみ》九郎殿《どの》は先《さき》ほど、光任《みつとふ》めを搦《から》めんため、組子《くみこ》の手配《くば》り、裏道《うら》から行《ゆ》かれたり。某《それがし》も身を固《かた》めて、たゞ今加勢《いまかせい》に行《ゆ》くべしとて、壺《つぼ》を渡《わた》せば、おでかしなされた。御帰参《きさん》の御願《おねが》ひは、御旦那《おだんな》が御取《おと》り執《な》しなさるでござらふ。拙者《せつしや》は早《はや》くと引別《ひきわか》れ、親父《おやぢ》は奥《おく》へ、蕎麦《そば》平は壺《つぼ》を抱《だ》かへて走行《はしりゆ》く。

母も娘《むすめ》も呆果《あきれは》て、さては親父《おやぢ》の先刻《さつき》の言葉《ことば》はみな偽《いつは》り。実《まこと》は敵《かたき》に一味《いちみ》の様子《やうす》。差当《さしあ》たつて危《あや》ういは婿殿《むこどの》の身の上《うへ》。我々《われ〳〵》親子《おや》、女ながら加勢《かせい》すべしと身支度《じたく》し、面々《めん〳〵》一腰《ひとこし》搔込《かいこ》んで、走行《はしりゆ》くこそ頼《たの》もしき。壺《つぼ》を大事《だいじ》と晦日《みそか》の蕎麦《そば》平、命から〴〵逃帰《にげかへ》る。光任《みつとふ》すかさず追駆《おつか》け帰《かへ》り、地口行灯《ぢぐちあんどん》、頭《あたま》に被《かぶ》せ、壺《つぼ》ひつたくり踏付《ふみつ》くれば、頭砕《かうべくだ》けて死してける。

母も娘《むすめ》も駆戻《かけもど》り、無事《ぶじ》を喜ぶ。光任《みつとふ》はすつくと立て声荒《こへあら》らげ、「舅《しゆうと》ながらも敵方《てきがた》の浪人《ろうにん》、謀《たばか》られたる鬱憤《うつぷん》、見参《げんざん》やつ」と呼《よ》ばゝつて、障子《しやうじ》ぐはらりと引開《ひきあ》くれば、頭《かしら》に赤熊《しやぐま》、法被《はつぴ》大口《おほくち》踏拉《ふみしだ》き、壺《つぼ》を被《おほ》ひし三方《ぼう》に、小判《ばん》の山の堆《うづだか》く、捧出《さゝげいで》たる有様《ありさま》に、母親《おや》、娘《むすめ》はまたびつくり。勇気弛《ゆうきたゆ》まぬ光任《みつとふ》が、ヤア事新《ことあたら》しき扮装《いでたち》にて、又謀《たばか》らん手立《てだ》てよな。化《ば》けの皮引剝《かはひつぱ》ひで、存分言《ぞんぶんい》はんと立掛《たちか》かれば、「ヤア〳〵狼狽《うろた》へて目《め》が見《み》へぬか。此処《こゝ》は人間世界《にんげんせかい》にあらず。孫《まご》が死《し》んだる功によつて、龍宮浄土《りうぐうぜうど》へ至《いた》りしとは知《し》らざるか」と言葉《ことば》も威儀《ゐぎ》も厳重《げんぢう》に、席《せき》を改《あらた》め座したりけり。

これより下編《へん》始《はじ》まり

豊国画㊞　山東京伝作㊞

後編見返し

（32）二十六オ

【後編見返し】

山東京伝作	姥ケ池下編	歌川豊国画　甘泉堂

【下編】

【上】

（32）　姥《うば》が池《いけ》下編上

○さてもその時《とき》、庄司成信言《なはのぶい》（ママ）ひけるは、「夫婦《ふうふ》が忠心、貞《てい》女の操感《みさをかん》ずる余《あま》りに、龍神の蓄《たくわ》へ置《お》きし金銀珠玉《きん〴〵しゆぎよく》、稀人《まれびと》に与《あた》へんとて、八大竜《りう》王現《あらは》れたり」と聞《き》きもあへず、王矢の太郎から〳〵と打笑《うちわら》ひ、渇《かつ》しても盗泉《とうせん》の水《みづ》を飲《の》まず。敵《てき》方《かた》の合力《がふりよく》は、見《み》るもなか〳〵汚《けが》らはしと、はつしと蹴《け》れば、三方《さんばう》転《こけ》て壺砕《つぼくだ》け、内より「わつ」と泣出《なきだ》す娘《むすめ》。ヤア其《そ》方《なた》は豆《まめ》かと喜《よろこ》ぶ母、女房《ぼう》も光任《みつとふ》も二度《にど》びつくり。光任《みつとふ》は、我《わ》が奪取《ばひと》つたる壺《つぼ》には何《なに》が入《い》れあるかと砕《くだ》いて見《み》れば、ころ〳〵と転出《まろびいで》しは烏羽《うば》玉の闇《やみ》九郎が首《くび》なりけり。ヤアさ

(33)二十六ウ

二十七オ

ては敵《てき》を謀《たばか》る計略《けいりやく》。そふとは存《ぞん》ぜず無礼《ぶれい》の段々《だんぐ》。真平《まつぴら》御面《めん》と三拝《さんぱい》す。「ホ、ウ、疑《うたが》ひ晴《は》れて満足《まんぞく》々《ぐ》。葛飾《かつしか》川に沈《しづ》みある黄金《わうごん》の狛《こま》犬を取《とり》上んと思《おも》はる丶、元《もと》はといへば軍用《ぐんよう》金《きん》、金《かね》さへあれば狛《こま》犬を取上《とりあ》ぐるには及《およ》ぶまじ。某《それがし》金《かね》を蓄《たくは》へしは武士の嗜《たしな》み。人界《がい》にては勝田《かつだの》庄司成信《なはのぶ》(ママ)、勘当《かんどう》は受《う》けたれども、貞任方《さだとうがた》の浪人《ろうにん》、源氏方《げんじがた》の光任《みつとふ》に金の合力《かふりよく》はさておいて、言葉《ことば》を交《か》はすも不《ふ》忠なり。龍宮界《りうぐうかい》は人間《にんげん》の外《ほか》なれば、此金《かね》を合力《かふりよく》するとも、又、婿《むこ》、舅《しゆうと》にならふとも、古主へ憚《はゞか》り、人《ひと》の謗《そし》りもあるべからず。我主《わぬし》も又、その通《とほ》り龍宮界《りうぐうかい》の

次《つぎ》へ続《つゞ》く

(33)前《まへ》の続《つゞ》き賜物《たまもの》は受《う》けても恥《はぢ》にはなるまじければ、主人《しゆじん》の用に立《た》つておくりやれ。娑婆《しやば》と冥土《めいど》の姉妹《あねいもと》、夫《おつと》に手柄《てがら》をさせたいと思《おも》ふ願《ねが》ひも立《た》つ道理《どうり》。はじめより此道理《どうり》を言《い》ふに言《い》はれぬ障子《しやうじ》の内《うち》、敵《てき》の目《め》を抜《ぬ》く孫《まご》を品《しな》玉、思《おも》ひのま丶に欺《あざむ》いたり。烏羽《うば》玉の闇《やみ》九郎は、主人貞任《しゆじんさだとう》に悪《あく》を勧《すゝ》むる佞人《ねいじん》と聞《き》きしゆへ、幸《さいは》ひおのれが手に掛《か》けたり」と詳《くわ》しく語《かた》れば、妻《つま》、娘《むすめ》は忝《かたじ》け涙《なみだ》せきあへず。光任《みつとふ》も理《り》に服《ふく》

し、合力《かふりよく》の小判《ばん》の金《かね》を掻寄《かきよ》せ〳〵懐中《くわいちう》す。成信重《(ママ)なはのぶかさ》ねて言《い》ひけるは、「闇《やみ》九郎が家来共《けらいども》、取《と》つて返《かへ》さば事難《ことむづか》し。妻子《つま》を連《つ》れて早帰《はやかへ》られよ。我《われ》はこれより菩提《ぼだい》に入《い》り、仏《ほとけ》に仕《つか》ふる身となならん」と髻《もとどり》切《き》れば、妻《つま》も同《おな》じく髪切払《かみきりはら》ふ。光任《みつとふ》は妻子《つま》を連《つ》れて名残惜《なごりお》しげに立出《たちいづ》る。舅《しゆうと》は龍神波乱《はらん》の袂《たもと》、婿《むこ》は勇者《ゆうしや》の旅衣《たびごろも》、古里《ふるさと》指《さ》して出行《いでゆ》きぬ。

○こゝに又、白鳩《しらはと》丸は角《すみ》を入《い》れて、八幡《まん》太郎義家《よしいへ》と名を改《あらた》め、飛龍《ひりやう》の印《いん》を尋《たづ》ぬるため、鎌倉権《かまくらのごん》五郎景正《かげまさ》を供《とも》に連《つ》れ、武蔵《むさし》の国浅草《くにあさくさ》の辺《ほと》りまで下《くだ》り給ひしが、道《みち》の傍《かたは》らに白と赤の鶏《にはとり》、蹴合《けあい》をして白の方勝《かたか》ちければ、辻占《つぢうら》よしと喜びつゝ過《す》ぎ給ふ。

○都には尾上匡房《おのへのまさふさ》卿、息《そく》女かたらひ姫《ひめ》に向《む》かつて曰《いは》く、「今《いま》までその方《ほう》には知《し》らせざれども、その方《ほう》と白鳩《しらはと》丸とは、かねて親々《おや〳〵》の相談《さうだん》づくで許嫁《いひなづけ》を仕置《しお》きたり。然《しか》るに白鳩《はと》丸は飛龍《ひりやう》の印《いん》を奪《うば》はれて、言訳《いひわけ》なさに出奔《しゆつぽん》し、それを詮《せん》議《ぎ》のため八幡《まん》太郎と名を改《あらた》め、吾妻《あづま》の方《かた》へ下《くだ》りたる由《よし》、婿《むこ》の落目《おちめ》を他所《よそ》に見《み》ん事本意《ことほんい》ならず。さりながら、表立《おもてだ》つて婚礼《こんれい》は大内《おほうち》への畏《おそ》れあれば、かねて婿引出《むこひきで》にと思ひし此鳩《はと》丸の名剣《めいけん》に許嫁《いひなづけ》の印《しるし》の一通《つう》を添《そ》へて、その方《ほう》に遣《つか》はす間《あいだ》、吾妻《あづま》に下《くだ》り夫婦《ふうふ》になれ」と宣《のたま》へば、かたらひ姫《ひめ》は親《おや》の情《なさ》けを感嘆《かんたん》し、名剣《めいけん》と一通《つう》を携《たづさ》へ、県御子《あがたみこ》に身《み》をやつし、八幡《まん》太郎の跡《あと》を慕《した》ひて吾妻《あづま》に下《くだ》り、これも浅草辺《あさくさへん》まで辿来《たどりき》しに、武士の浪人《ろうにん》と覚《おぼ》しき者《もの》、かたらい姫《ひめ》を捕行《とらへゆ》かんとしたりけるに、姫《ひめ》の懐《ふところ》より白鳩飛出《しらはととびい》で、浪人《ろうにん》は五体《たい》竦《すく》んで働《はたら》かれず。これ鳩《はと》丸の名剣《めいけん》の奇特《きどく》とこそは知《し》られたり。その隙《ひま》に姫《ひめ》は逃行《のがれゆ》く。後《うし》ろの方《かた》に様子《やうす》を窺《うかゞ》ふ寒念仏《かんねんぶつ》。曲者待《くせものま》てと、浪人《ろうにん》が鐺《こじり》を取《と》つて引戻《ひきもど》すを、浪人《ろうにん》は振払《ふりはら》い小柄《づか》を抜《ぬ》いて、次へ続《つゞ》く

此ところ合印、番付《ばんづけ》よく〳〵御見分《おんみは》け、順《じゆん》に御覧《らん》下されべく候。此一丁は格別《かくべつ》、合印沢山《たくさん》ゆへ、わけて御断《おんことはり》申上候。

(34)二十七ウ

二十八オ

(34) 前の続《つゞ》き 手裏剣《しゆりけん》に打《う》ち、姫《ひめ》の跡《あと》を追駆行《おつかけゆ》く。寒念《かんねん》仏《ぶつ》は手裏剣《しゆりけん》を打落《うちお》とし、後《のち》の証拠《しやうこ》と懐中《くわいちう》して、浪人《らうにん》の跡《あと》を慕《した》ふて追行《おひゆ》きぬ。

○武蔵《むさし》の国《くに》の浅草《あさくさ》に、一ツ家寿《す》しと看板出《かんばんいだ》し、老女と娘《むすめ》の親子住《おやこず》み、娘《むすめ》は楊枝《やうじ》を商《あきな》ひて、小蝶娘《てふむすめ》と名に高《たか》く、辺《あた》りに人の住処《すみか》なく、一《ひと》つ家《や》といふも理《ことはり》なり。

八幡《まん》太郎は行暮《ゆきく》れて、宿《やど》を借《か》らんと此一《ひと》つ家《や》に立寄《たちよ》り給ひ、横笛《よこぶゑ》を取出《とりいだ》して吹《ふ》き給《たま》ふに、頭《かしら》の上《うへ》に白鳩飛巡《しらはととびめぐ》りければ、ハヽア我《われ》を導《みちび》く印《しるし》ならん。いかさま怪《あや》しき此家《や》の様《やう》子《す》。いよ〳〵宿借《やどか》り様子《やうす》を見《み》んと、なほも笛《ふゑ》を吹《ふ》き給ふ。娘《むすめ》小蝶《てふ》は笛《ふゑ》の音色《ねいろ》の面白《おもしろ》さに、二階《かい》に出《いで》て見下《みおろ》せば、日頃尋《ごろたづ》ぬるその 次へ続《つゞ》く

[一ツ家寿し所]

[一ツ家寿し所]

（35）二十八ウ

二十九オ

（35）前《まへ》の続《つゞ》き　人によく似《に》たれば、心時《こゝろとき》めき居《ゐ》たりけり。主《あるじ》の老女門《かど》に出《い》で、「行暮《ゆきく》れたるお方《かた》と見《み》へる。御宿《おやど》を致《いた》し申さん」と言《い》へば、八幡《まん》太郎主従《しゆうぐ》二人、それは近頃《ちかごろ》、忝《かたじけ》ないと内に入り、暫《しば》し休息《きうそく》ありけるに、老女は奥《おく》へ。入り替《か》はりて娘立出《むすめたちい》で、義家《よしいへ》の御顔《おんかほ》ばせをつく〴〵見《み》て、穂《ほ》に出初《いでそ》むる恋薄《すゝき》、何《なに》と仕掛《しか》けてどふ言《い》ふて、契《ちぎ》り結《むす》ばん常陸帯《ひたちおび》、緒探《いとぐちさが》すぞおぼこらし。義家《よしいへ》はそれと悟《さと》りし恥《はづか》しぶり、御《お》なぶりあるな娘子《むすめ》とありければ、「なぶるなど、はもつたいない。かねてお前《まへ》の御姿《おすがた》を見初《みそ》めてより、女と生《う》まれし名聞《みやうもん》に、こんなお方《かた》を夫《おつと》にと、心《こゝろ》の内《うち》で神々《く》へ願《ねが》ひを立てておりました」と顔赤《かほあか》めつゝ、言《い》ひければ、それは偽《いつは》り、某《それがし》は遠国者《ゑんごくもの》。ついに会《あ》ふた事《こと》もないに、かねて我《われ》を見初《みそ》めたとは心得《こゝろへ》ず。ホヽ、そのお疑《うたが》ひは御もつとも。ついにお目《め》には掛《か》からねども、先《さき》だつて男山の八幡様《まんさま》で拾《ひろ》ひたる稚児《ちご》の絵姿《ゑすがた》。御額付《おひたいつき》は変《か》はれども、寸分《すんぶん》変《か》はらぬお前《まへ》の御顔《おかほ》。これが論《ろん》より証拠《しやうこ》なり。これ見《み》給へと取出《とりだ》すを、義家《よしいへ》取《と》つて見《み》給へば、我《わ》が顔《かほ》ながら、如何《いか》さま真《まこと》の生写《いきうつ》し。景正《かげまさ》もこれを見て、さては此家《や》の老女が言付《いひつけ》にて、此娘《むすめ》が恋に事寄《ことよ》せ、我君の本名《ほんみやう》を探《さぐ》らんための計略《けいりやく》ならんと目配《めくば》せすれば、八幡《まん》太郎は早《はや》く悟《さと》り、此方《ほう》も又、恋に事寄《ことよ》せ老女が素性《すじやう》を見出《みだ》さんと、言葉《ことば》を艶《ゑん》に言《い》ひ回《まは》し、娘《むすめ》が言葉《ことば》に従《したが》ひたる振《ふ》りをして、絵姿《ゑすがた》を懐中《くわいちう》し、「案内《あんない》あれ」と宣《のたま》へば、娘《むすめ》は嬉《うれ》しさ限《かぎ》りなく、御《お》寝間《ねま》の用意《ようい》と立《た》つて行《ゆ》く。老女は奥《おく》より立出《いで》て、いざ〳〵あれへと二階《かい》へ導《みちび》き、景正《かげまさ》をば別《べつ》の所に伏《ふ》させけり。

斯《か》かる折《をり》しも、以前《いぜん》の浪人《ろうにん》葛籠《つゞら》を背負《しよ》つて門口《かどぐち》から一夜《いちや》の宿《やど》を訪《おと》づるれば、老女は門《かど》の戸を開《あ》けて、重《おも》そふな葛籠《つゞら》を背負《しよ》つてと笑《ゑ》みを含《ふく》み、おやすい事《こと》、いざこれへと導《みちび》きて、これも別間《べつま》に伏《ふ》させけり。かの浪人《ろうにん》の跡付来《あとつけきた》りし寒念《かんねん》仏《ぶつ》、一人《ひとり》頷《うなづ》き裏道《うらみち》より、此家《や》の口《くち》に忍入《しのびい》り、様子《やうす》を窺《うかゞ》ひゐたりけり。

斯《か》くて時刻《じこく》も丑三頃《うしみつごろ》、かの浪人《ろうにん》が片寄《かたよ》せ置《お》きたる葛籠《つゞら》の内《うち》より白鳩《はと》飛出《とびい》で、二階《かい》の障子《しやうじ》に取付《とりつ》きて、口《くち》より墨《すみ》を吐出《はきいだ》し、日は暮《く》れて野《の》には伏《ふ》すとも宿借《やどか》るな浅草野辺《あさくさのべ》の一《ひと》つ家《や》の内《うち》と、一ッ首《しゆ》の歌《うた》を書付《かきつ》けたり。義家《よしいへ》は用心《ようじん》して眠《ねむ》りもせずに御座《おは》せしが、此歌《うた》を見て、さてこそと頷《うなづ》きてぞ御座《おは》しける。

主《あるじ》の老女は忍《しの》び足《あし》にて出来《いできた》り、出刃包丁《でばぼうちやう》を取直《とりなほ》し、かねて釣置《つりお》く石《いし》の縄《なわ》を切《き》らんとせしを、娘《むすめ》は慌《あは》て走出《はしりい》で、母に取付《とりつ》き止《とゞ》めつゝ、恨《うら》み嘆《なげ》けば、ア、これ、声高《こはだか》に物言《ものい》ふて、あの供《とも》の大若衆《おほわかしゆ》めが目《め》を覚《さ》ますと大な邪魔《じやま》。様子《やうす》を語《かた》り申さんと、娘《むすめ》を上座《かみざ》に押直《おしなほ》し、両《りやう》手をついて声《こゑ》を潜《ひそ》め、「世を忍《しの》ぶため、仮《かり》に親子《おやこ》とはなりをれども、実《まこと》はお前《まへ》は、私《わたくし》がためには御主人様《しゆじんさま》。誰《たれ》あらふ下総《しもふさ》の国《くに》真間《まゝの》左《さ》衛門為宗様《へもんためむねさま》の御娘《おんむすめ》、

次へ続《つゞ》く

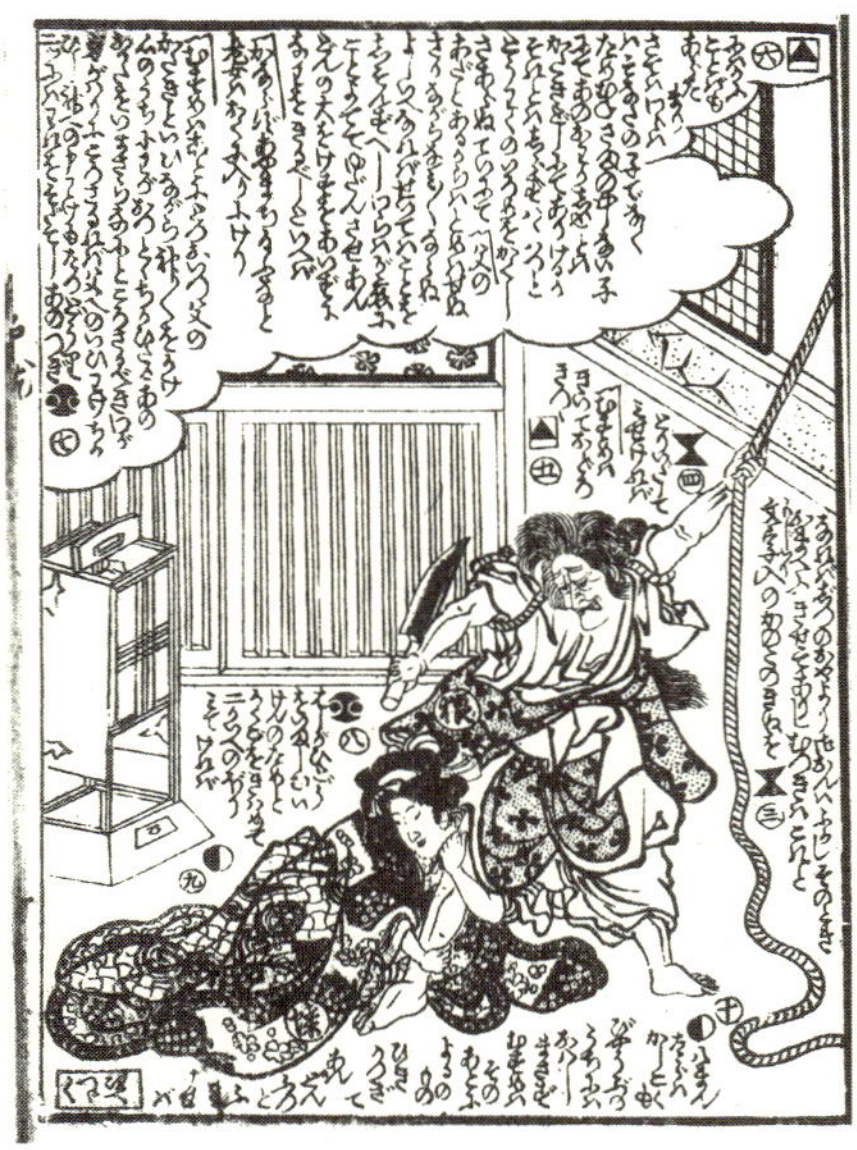

三十オ

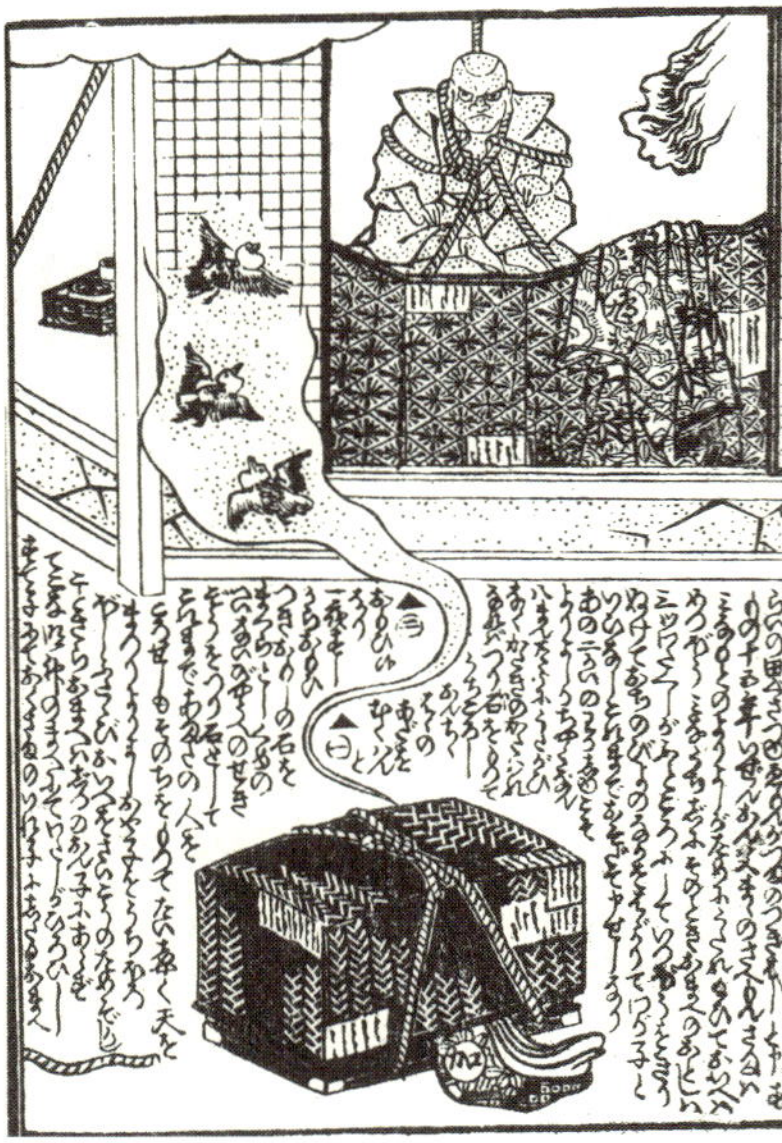

(36)二十九ウ

（36）前《まへ》の続《つゞ》き　実《まこと》の御《おん》名は手児奈姫《てこなひめ》。私《わたくし》は御家来《けらい》の田草露《ぐさつゆ》右《ゑ》衛門《もん》が妻《つま》の続橋《つぎはし》と申す者《もの》。十五年以前《いぜん》、御父《おん》真間左《まゝのさ》衛門《へもん》様《さま》は源《みなもとの》頼義《よりよし》がために討《う》たれ給ひて、御家《おいへ》は滅亡《めつぼう》、皆討死《みなうちじに》。その時《とき》、御前《おまへ》の御年《おとし》は三つ。私《わたくし》が懐《ふところ》にして、一《いつ》方《ぽう》を切抜《きりぬ》けて落延《おちの》び、世《よ》の中《なか》を憚《はゞか》りて我《わ》が子と言《い》ひ做《な》し、これまで御育《おそだ》て申せしなり。あの二階《かい》の若衆《わかしゅ》こそ、頼義《よりよし》が嫡男《ちやくなん》八幡《まん》太郎に疑《うたが》ひなく、敵《かたき》の片割《かたはれ》なれば、吊石《つりいし》をもつて打殺《うちころ》し、御父母《おんちゝはゝ》の仇《あだ》を報《むく》はんと思《おも》ひ候なり。一夜寿司《すし》から思《おも》ひ付《つ》き、重《おも》しの石を枕《まくら》とし、粂平内兵衛《くめのへいないびやうへ》の石像《せきぞう》を吊《つり》石として、これまで数多《あまた》の人を殺《ころ》せしも、その血《ち》をもつて帝釈天《たいしやく》を祀《まつ》り、頼義親子《よりよしおや》を討滅《うちほろ》ぼし、再《ふたゝ》び御家《おいへ》を再興《さいこう》のためぞかし。ことさら御前《おまへ》は実《じつ》の御子《おん》にあらず。手児奈《てこな》明神の前《まへ》にて私《わたし》が拾《ひろ》ひし捨子《すて》にて、奥様《おくさま》の入子《いれ》にしたる御前《おまへ》なれば、実《じつ》の親《おや》より御恩《おん》は深《ふか》し。その時《とき》、御前《おまへ》に着《き》せてありし襁褓《むつき》はこれ」と文字入《もじいり》の鹿子《かのこ》の絹《きぬ》を取出《とりいだ》して見《み》せければ、娘《むすめ》は聞《き》いて驚《おどろ》きつゝ、俄《にはか》に言葉《ことば》も改《あらた》まり、「さては妾《わらは》は、そなたの子でなく為宗様《ためむねさま》の養《やしな》い子にて、あの御若衆《おわかしゅ》とは敵同士《かたきどし》にてありけるか。それとは知《し》らず、ハ、はつ」

と当惑《とうわく》の色目《いろめ》を隠《かく》し、さあらぬ体《てい》にて、「父の仇《あだ》とあるからは止《と》めはせぬ。さりながら並々《なみ〱》ならぬ義家《よしいへ》なれば、急《せ》いては事《こと》を仕損《しそん》ずべし。妾《わらは》が恋に事寄《ことよ》(ママ)てて油断《ゆだん》させ、行灯《あんどん》の火を消《け》すを合図《あいず》に縄《なわ》を切《き》るべし」と言《い》へば、必《かなら》ず誤《あやま》ち給ふなと、老女は奥《おく》に入りにけり。娘《むすめ》は後《あと》にとつおいつ、父の敵《かたき》といひながら、神々《〱》を掛《か》け、心の内《うち》に我《わ》が夫《おつと》と誓《ちか》ひたるあのお方《かた》を、今《いま》さら何《なに》と殺《ころ》さるべき。我《わ》が身代《みがは》りに殺《ころ》さるれば、父への言訳《いひわけ》、誓《ちか》ひし神への申訳《わけ》も立《た》つ道理《どうり》。二つには、我《われ》を育《そだ》てし、あの続橋《つぎはし》が非道《ひどう》を戒《いまし》む意見《いけん》のためと、覚悟《かくご》を極《きは》めて二階《かい》へ上《のぼ》り見《み》てければ、八幡《まん》太郎は畏《かしこ》くも屏風《びやうぶ》の内《うち》には御座《おは》しまさず。娘《むすめ》はその後《あと》に、夜《よる》の物引被《ものひきかつ》ぎて、行灯《あんどん》ふつと吹消《ふきけ》せば、

次へ続《つゞ》く

(37)三十ウ

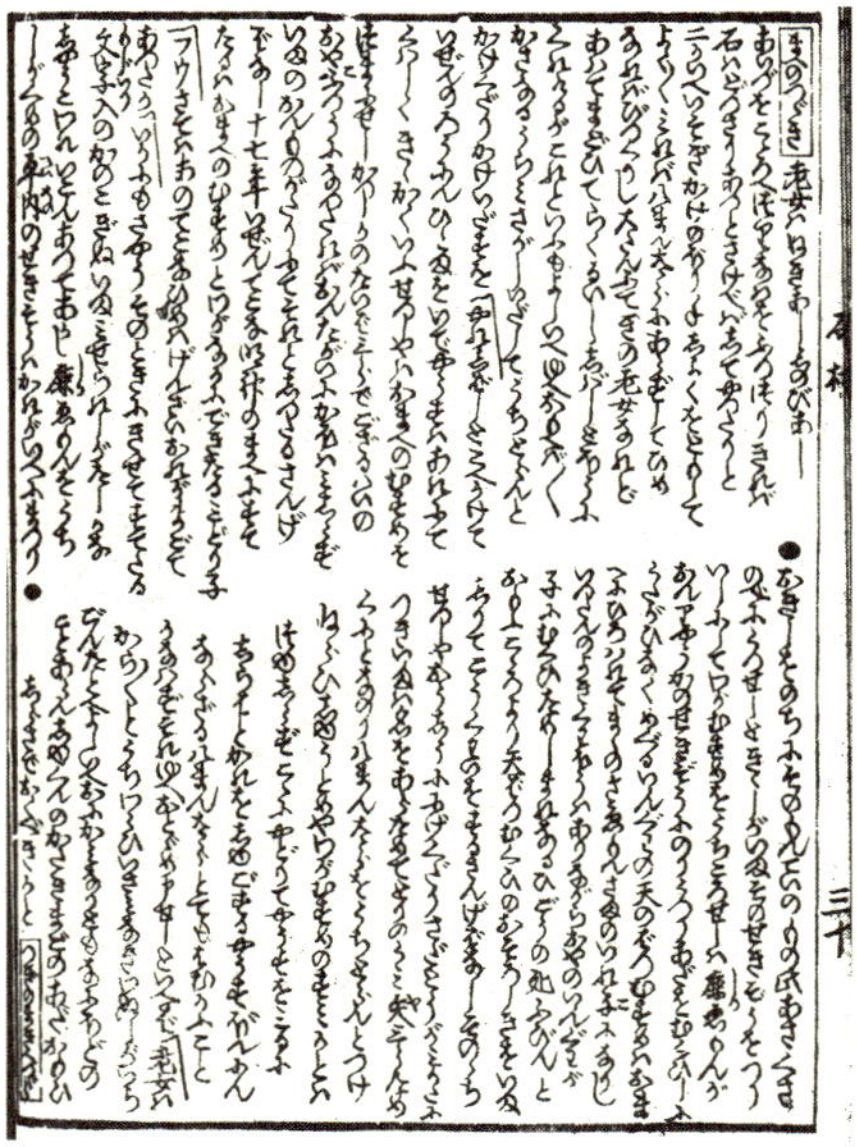

（37）

前《まへ》の続《つゞ》き　老女は抜足忍足《ぬきあししのびあし》、合図《あいづ》を心得《こゝろへ》、吊縄《つりなは》をふつつり切《き》れば石はどつさり、「あつ」と叫《さけ》べば、してやつたりと二階《かい》へ急《いそ》ぎ駆上《かけのぼ》り、手燭《しよく》を灯《とも》してよく〳〵見《み》れば、八幡《まん》太郎にあらずして姫《ひめ》なれば、びつくりし、大胆不《たんふ》敵《てき》の老女なれど、慌《あは》て惑《まど》ひて落涙《らくるい》し、暫《しば》し途方《とほう》に暮《く》れけるが、これといふも義家《よしいへ》ゆへ、思《おも》へば〳〵重《かさ》なる恨《うら》み、捜《さがし》出《いだ》して討取《うちと》らんと、駆下《かけくだ》り駆出《かけいだ》すを、「やれ暫《しば》し」と声掛《こへか》けて、以前《いぜん》の浪人一間《ろうにんひとま》を出《い》で、様子《やうす》はあれにて詳《くは》しく聞《き》き、斯《か》くいふ拙者《せつしや》は、お前《まへ》の娘《むすめ》を妻《つま》にせし、葛飾《かつしか》の提婆《だいば》三郎でござるはいの。親子不通《おやこふつう》になつたれば、御互《おんたが》いに顔《かほ》は見知《みし》らず、今《いま》の御物語《おんものがたり》にて、それと知《し》つたる懺悔話《さんげばなし》。十七年以前《いぜん》、手児奈《てこな》明神の前《まへ》に捨《す》てたるは、お前《まへ》の娘《むすめ》と我《わ》が仲《なか》にできたる嬰子《みどり》。フウさては、あの手児奈姫《てこなひめ》は現在《げんざい》おれが孫《まご》であつたか。「如何《いか》にも左様《さやう》。その時《とき》に着《き》せて捨《す》てたる文字入《もじいり》の鹿子絹《かのこぎぬ》、今見《いまみ》せられしが確《たし》かな証拠《しやうこ》。我《われ》、遺恨《いこん》あつて赤石鹿右衛門《あかししかゑもん》を討《う》ちしが、粂平内《くめのへいない》の石像《せきぞう》は、彼《かれ》が家《いへ》に祀《まつ》り置《お》きしを、後《のち》にその門弟《もんてい》の者《もの》、此浅草野辺《あさくさのべ》に移《うつ》せしと聞《き》きしが、今《いま》その石像《せきぞう》を吊石《つりいし》にして、我《わ》が娘《むすめ》を打《うち》殺《ころ》せしは、鹿右衛門《しかゑもん》が怨霊《おんりやう》、かの石像《せきぞう》に乗移《のりうつ》り、仇《あだ》を報《むく》ひしに疑《うたが》ひなく、巡《めぐ》る因果《いんぐわ》の天の罰《ばつ》。娘《むすめ》はお前《まへ》に拾《ひろ》はれて、真間左衛門様《まゝのさゑもんさま》の入子《いれこ》になりし一旦《いつたん》のよき果報《くわほう》はありながら、親《おや》の因果《いんぐわ》が子に報《むく》ひ、例稀《ためしまれ》なる非業《ひごう》の死。不憫《ふびん》と思《おも》ふ心《こゝろ》より、天罰報《ばつむく》ひの恐《おそ》ろしきを、今知《いまし》りて後悔《こうくわい》をする懺悔話《さんげばなし》。その後《のち》、拙者奥州《せつしやおうしう》に逃下《にげくだ》り、貞任《さだとう》が味方《みかた》に付《つ》き、今《いま》は名を改《あらた》めて鳥海矢《とりのうみや》三郎為国《ためくに》と名乗《なの》り、八幡《まん》太郎を討取《うちと》らんと付狙《つけねら》ひ、姑《しゆうとめ》や我《わ》が娘《むすめ》の住処《すみか》とは露知《つゆし》らず、此処《こゝ》に宿《やど》りて様子《やうす》を見《み》るに、白鳩《しらはと》、彼《かれ》を守護《しゆご》する様子《やうす》、凡人《ぼんにん》ならざる八幡《まん》太郎、とても刃向《はむか》ふ事叶《ことかな》はず。それ故《ゆへ》お止《とゞ》め申せし」と言《い》へば、老女はから〳〵と打笑《うちわら》ひ、勇《いさ》みなき我主《わぬし》が一言《いちごん》。たとへ義家《よしいへ》、鬼《おに》、雷《かみなり》とも、何《なに》ほどの事《こと》あらん。主君《しゆくん》の敵《かたき》、孫《まご》の仇《あだ》。思《おも》ひ知《し》らさでおくべきかと、

次《つぎ》の巻《まき》へ続《つゞ》く

【下】

(38) 姥《うば》が池《いけ》下編下

前《まへ》の続《つゞ》き 立上《たちあ》がつて怒《いか》りの面色《めんしよく》。又駆出《かけいだ》す折《をり》しもあれ、「八幡《まん》太郎義家《よしいへ》、見参《けんざん》せん」と呼《よ》ばはつて、障子《しやうじ》をさつと

(38)三十一オ

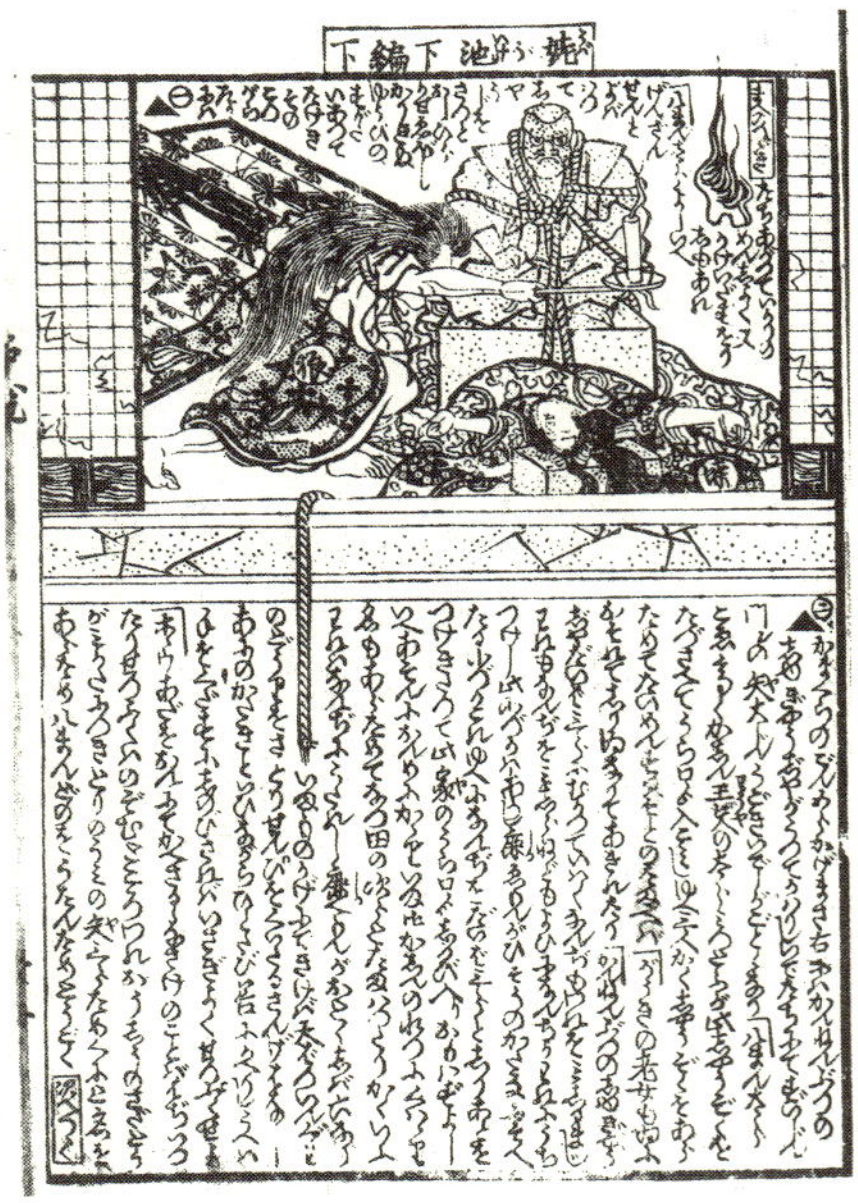

押開《おしひら》かせ、烏帽子《ゑぼし》、狩衣《かりぎぬ》、優美《ゆうび》の姿《すがた》。威《い》あつて猛《たけ》きその骨《こつ》柄《がら》。左りには鎌倉権五郎《かまくらのごん》景正《かげまさ》、右には寒念仏《かんねんぶつ》の修行者《しゆぎやうじや》が打《う》つて変《か》はりし扮装《いでたち》にて、随身《ずいじん》門ンの矢《や》大神《じん》動《うご》き出《いで》しが如《ごと》くなり。八幡《まん》太郎声《こゑ》高く、「家臣王矢太郎光任《かしんわうやのみつとふ》が此装束《しやうぞく》を携《たづさ》へて裏口《うら》より入込《こ》みしゆへ、三人斯《か》く装束《しやうぞく》を改《あらた》めて対《たい》面《めん》するぞ」と宣《のたま》へば、剛気《がうき》の老女も威《ゐ》に畏《おそ》れて尻居《しりゐ》なりて呆《あき》れたり。寒念仏《かんねんぶつ》の修行者《しゆぎやうじや》、提婆《だいば》三郎に向《む》かつて曰《いは》く、「汝《なんぢ》も我《われ》を見《み》知《し》るまじ。我《われ》も汝《なんぢ》を見《み》知《し》らねども、宵《よひ》に汝《なんぢ》が我《われ》に打付《うちつ》けし此小柄《づか》は、赤石鹿右衛門《あかししかゑもん》が秘蔵《ひそう》の刀《かたな》に添《そ》へたる小柄《づか》。これ故《ゆへ》に汝《なんぢ》を提婆《だいば》三郎と知《し》り、跡《あと》を付来《つけきた》つて此家《や》の裏口《うら》より忍《しのび》入り、思《おも》はず義家朝臣《よしいへあそん》に御目《おんめ》に掛《か》かり、今《いま》、此家臣《かしん》の列《れつ》に加《くは》はり、名も改《あらた》めて夏《なつ》田の次郎と賜《たまは》つたり。斯《か》くいふ我《われ》は汝《なんぢ》に討《う》たれし鹿右衛門《しかゑもん》が弟《おとゝ》、柴《しば》六なり。今《いま》、物陰《ものかげ》にて聞《き》けば、天罰因果《ばついんぐわ》の道理《どうり》を悟《さと》り、先非《せんぴ》を悔《く》いたる懺悔話《さんげばなし》。兄《あに》の敵《かたき》といひながら、一度《ひとたび》善に返《かへ》りし上《うへ》は、手を下《くだ》すに忍《しの》びざれば潔《いさぎよ》く切腹《せつぷく》せよ」。ホ、ウ、仇《あだ》を恩《おん》にて返《かへ》さる、情《なさ》けの言葉《ことば》、恥入《はぢい》つたり。切腹《せつぷく》は望《のぞ》むところ。我《われ》、奥州《おうしう》の貞任《さだとう》が味方《みかた》に付《つ》き、鳥海矢三郎為国《とりのうみのやためくに》と名を改《あらた》

(39)三十一ウ

三十二オ

め、八幡殿《まんどの》を討《う》たんため東国《とうごく》 次へ続《つゞ》く

(39) 前《まへ》の続《つゞ》き まで上《のぼ》りしが、宵《よひ》に見《み》つけた県御子《あがたみこ》は、かねて貞任《さだとう》が心《こゝろ》を掛《か》くるかたらひ姫《ひめ》と察《さつ》せしゆへ、跡追駆《あとおつか》けて奪《うば》ひしが、先非《せんぴ》を悔《く》いし証拠《しやうこ》のため、八幡殿《まんどの》へ返《かへ》すべしと、葛籠《つゞら》の蓋《ふた》を取《と》るより早《はや》く内《うち》より出《いで》し、かたらい姫《ひめ》、八幡《まん》太郎に取縋《とりすが》り、葛籠《つゞら》の内《うち》で様子《やうす》は残《のこ》らず聞《き》きました。思《おも》ひがけなき御対面《たいめん》と嬉《うれ》し涙《なみだ》を流《なが》しつゝ、婿引出《むこひきで》の鳩《はと》丸の名剣《けん》に許嫁《いひなづけ》の印《しるし》の一つ通《つう》を添《そ》へて奉れば、八幡《まん》太郎は尾上匡房卿《おのへのまさふさ》の情《なさ》けを感《かん》じて共《とも》に喜び給ひけり。鳥海矢《とりのうみや》三郎は腹《はら》十文字《もんじ》に掻破《かきやぶ》り、「いざ〳〵夏田《なつ》の次郎、我《わ》が首《くび》取《と》つて兄《あに》鹿右衛門《へもん》が霊魂《れいこん》に手向《たむ》けよ」と言《い》ひければ、神《しん》妙《びやう》なりとて、夏田《なつ》の次郎、鳥海矢《とりのうみや》三郎が首打落《くびうちお》とせば、不思議《ふしぎ》なるかな粂平内《くめのへいない》の石像《ぞう》より、心火《しんくわい》出《で》て飛去《とびさ》つたり。これ鹿《しか》右衛門《へもん》が怨魂《ゑんこん》の怨《うら》みを晴《は》らせし故《ゆへ》ならん。

次へ続《つゞ》く

此ところの合印▲ ⧗ ● ■ ◑ ⧋ ⧗

右の通《とほ》り順《じゆん》に御覧《らん》下されべく候。

(40)三十二ウ

三十三オ

（40）前《まへ》の続《つゞ》き　八幡《まん》太郎、老女に向《む》かひ、「我《わ》が父頼義《よりよし》、真間左衛門《まのさへもん》を討《う》つたるは勅命《ちよくめい》なれば、敵《かたき》と思《おも》ふは僻事《ひがごと》なり。その上《うへ》、石の枕《まくら》をもつて多《おほ》くの人を害《がい》し、帝釈《たいしやく》天を祀《まつ》りしなどは非道《ひだう》にして、真《まこと》の忠義《ちうぎ》といふべからず。惜《お》しむべし〳〵。さりながら我《われ》、貞任《さだとう》を討《う》ちなば、その功《こう》に代《か》へて真間左衛門《まのさへもん》が家名《かめい》を再興《さいこう》し、血筋《すぢ》の者《もの》を尋《たづ》ねて、家相《いへそう》続《ぞく》を致《いた》さすべし。さるにても不憫《ふびん》なるは手児奈姫《てこなひめ》が非業《ひがう》の死。我《わ》が身代《がは》りとなりたるは、観世音《くわんぜおん》の応護《おうご》とはいひながら、彼《かれ》が情《なさ》けの深《ふか》き故《ゆへ》なり。その報《むく》いに此絵姿《ゑすがた》を汝《なんぢ》に与《あた》ふ。晋《しん》の予譲《よじやう》が例《ためし》に倣《なら》へ」と宣《のたま》へば、ハ、ア、情《なさ》けあるその言葉《ことば》には刃向《はむ》かふべき刃《やいば》なし。思《おも》ひ込《こ》んだる一念《いちねん》は、まづこの通《とほ》りと、白鳩《はと》丸の絵姿《ゑすがた》を刺通《さしとほ》し、返《かへ》す刀《かたな》を喉《のんど》に突立《つきた》て、先《さき》だつて我《わ》が奪《うば》ひし一品《しな》は、情《なさ》けの報《むく》ひに返《かへ》すなりとて、喉《のんど》の鎖《くさり》を断切《たちき》つて、池《いけ》の中《なか》へ投入《なげい》るれば、たちまち池水《いけみづ》、逆巻上《さかまきあ》がり、金色《こんじき》の龍現《あらは》れたり。時《とき》に鳩《はと》丸の名剣《めいけん》より白鳩数多飛出《しらはとあまたとびいで》て、金龍《きん》に向《む》かふと見《み》へしが、金《きん》龍はたちまち飛龍の印となりて、八幡《まん》太郎の御《おん》手の上《うへ》に止《とゞ》まつたり。老女は苦《くる》しき息《いき》を吐《つ》き、「我《われ》、多《おほ》くの人を害《がい》

したる罪滅《つみほろ》ぼしに、一念《いちねん》、此池《いけ》に止《とゞ》まり、諸人《しよにん》の病苦を救《すく》ふ守《まもり》神となるべし」と言《い》ひ終《お》はつて、池の中《なか》へ飛入《とびい》りて失《う》せにけり。その言葉《ことば》に違《たが》はず、末世《まつせ》の今《いま》に至《いた》るまで、その名、高くぞ聞《き》こへける。

斯《か》かる所へ王矢《わうやの》太郎光任《みつとふ》、奥《おく》より出《い》で、勝《かつ》田の庄司が与《あた》へたる軍用金《ぐんようきん》を八幡《まん》太郎に奉れば、御《おん》父に代《か》はりて勘当《かんどう》を許《ゆる》し給ひ、「これより直《す》ぐに奥州《おうしう》に下《くだ》り、貞任《さだとう》を討《う》つべし」と宣《のたま》ひて、皆一同《みないちどう》に奥州指《おうしうさ》して下《くだ》りける。

○さるほどに八幡《まん》太郎、鎌倉権《かまくらのごん》五郎、王矢《わうやの》太郎、夏《なつ》田の次郎、秩父《ちゝぶの》十郎も加勢《かせい》に加《くは》はりて奥州《おうしう》に下《くだ》り、貞任《さだとう》が館《やかた》に乱入《らんにう》し、皆々《みな〳〵》勇《ゆう》を奮《ふる》つて戦《たゝか》ひ、貞任《さだとう》が一味《いちみ》の者《もの》は皆討死《みなうちじに》をしたりけるに、貞任《さだとう》はかねて祀《まつ》り置《お》きたる 次へ続《つゞ》く

○文句半《もんくなか》ば御邪魔《じやま》ながら、京伝製色《いろ》を白くする薬白粉《おしろい》。

●白牡丹《はくぼたん》一包《つゝみ》代百廿四文

●此薬白粉《くすりおしろい》を顔《かほ》の下地に塗《ぬ》りて、その上へ常《つね》の白粉《おしろい》を付《つ》ければ生際綺麗《はへぎはきれい》になり、自然《しぜん》と色《いろ》を白くし、格別器量《かくべつきりやう》をよくするなり。

●疥《はたけ》●雀斑《そばかす》●瘡《くさ》の跡《あと》●面皰《にきび》●汗疹《あせも》・皹《ひゞ》●霜焼《しもやけ》の類《るい》を治《なほ》し、顔《かほ》に艶《つや》を出《いだ》し、きめを細《こま》かにする大妙薬《みやうやく》なり。

(41) 前《まへ》の続《つゞ》き 男雛《をびな》を取《と》つて胸《むね》に当《あ》て、印《いん》を結《むす》び呪文《じゆもん》を唱《とな》ふるとひとしく、一《ひと》つの蟇現出《がまあらはれい》で、口《くち》より霧《きり》を吹出《ふきいだ》して、貞任《さだとう》が姿《すがた》を隠《かく》しければ、八幡《まん》太郎をはじめ皆々《みな〱》、これはと驚《おどろ》きけるに、秩父《ちゝぶ》十郎ちつとも騒《さは》がず、懐《ふところ》より女雛《めびな》を出《いだ》して捧《さゝ》ぐれば、女雛《びな》より一つの小蛇現《じやあらは》れて、かの蟇《がま》と戦《たゝか》い、ついに蟇《がま》を食殺《くいころ》せば、貞任《さだとう》が隠形《おんぎやう》の術《じゆつ》破《やぶ》れ、たちまちに霧晴《きりは》れて、貞任《さだとう》は姿《すがた》を現《あらは》し、地団駄《じだんだ》踏《ふ》んでぞ怒《いか》りける。

時《とき》に秩父《ちゝぶの》十郎、なほ女雛《びな》を差付《さしつ》けて言《い》ひけるは、「十五年以前《ねんいぜん》、頼義朝臣《よりよしあそん》、真間左衛門《まゝのさゑもん》を追伐《ついばつ》の刻《きざ》み、落人《おちうど》を詮議《せんぎ》のため、我《われ》、旅侍《たびさふらい》に身をやつして、手児奈《こな》明神の辺《あた》りを徘徊《はいくわい》したる折《おり》から、出会《いであ》いたる丑《うし》の時参《ときまい》りの曲者《くせもの》は、汝《なんぢ》なる事疑《ことうたが》ひなし」。ム、小賢《ざか》しくも推量《すいりやう》したり。我《わ》が形代《かたしろ》を男雛《びな》に作《つく》り、千匹《びき》の蛙《かいる》の血を採《と》つて塗《ぬ》り、手児奈《こな》明神に丑《うし》の時参《ときまい》りして、隠形《おんぎやう》の術《じゆつ》を自然《しぜん》と学《まな》び、姿《すがた》を隠《かく》すは心《こゝろ》のまゝ。汝《なんぢ》が持《も》ちたる女雛《びな》にて、術《じゆつ》を破《やぶ》られし無念《むねん》さよ。その時《とき》の旅侍《たびさぶらひ》は汝《なんぢ》であつたか。ヲ、サその時《とき》、御身《おんみ》が手に掛《か》けたる女の懐《ふところ》より、落散《おちち》つたる此女雛《びな》を拾取《ひろいと》り、雛《ひな》に書付《かきつ》けたる文字《もんじ》を読《よ》めば、真間左衛門《まゝのさゑもん》が妹露草《いもとつゆくさ》、巳《み》の年《とし》の女奉納と記《しる》しあり。ムウ、さてはその時《とき》、手に掛《か》けし女は真間左衛門《まゝのさへもん》が妹《いもと》であつたか。「如何《いか》にも〳〵。かの女、最期《さいご》の一念《ねん》、小蛇《じや》となり、此女雛《びな》に止《とゞ》まりしを見届《みとゞ》けたれば、御身《おんみ》の術《じゆつ》を挫《くじ》かんため、これまで携《たづさ》へ来《きた》りし」と言《い》へば、ヱ、口惜《くちお》しや、残念《ざんねん》やと歯噛《はが》みをなし、我《わ》が国《くに》の梅の花《はな》とは都《みやこ》を攻《せ》め、大宮人《おほみやびと》を追下《おひくだ》して、我《われ》、万乗《じやう》の位《くらゐ》に即《つ》かんと謀《はか》りしに、事半《ことなか》ばにして、見現《みあらは》されたる無念《むねん》さよとて、死物狂《しにものぐる》ひに戦《たゝか》ひしが、ついに数多《あまた》手を負《おひ》たれば、今《いま》はこれまでと、剣《つるぎ》を口《くち》に啣《くは》へ、俯《うつぶ》しになりてぞ死《し》したりける。

○されば八幡《まん》太郎、貞任《さだとう》を討取《うちと》り、一同《いちどう》に都へ帰《かへ》り、此由《よし》を奏聞《そうもん》して飛龍《ひりやう》の印《いん》を返《かへ》し奉れば、帝《みかど》、御感《ぎよかん》なゝめならず。勅勘《ちよくかん》を許《ゆる》し、武将に倶《そな》へ給ひければ、鬼原百貫《おにはらのもゝつら》が悪《あく》事《じ》、自《おのづ》から現《あらは》れて罪《つみ》せられ、頼義朝臣《よりよしあそん》は隠居《いんきよ》し給ひ、八幡《まん》太郎、かたらひ姫《ひめ》と婚礼《こんれい》済《す》み、皆々《みな〳〵》喜ぶ事限《ことかぎ》りなし。

次へ続《つゞ》く

(42)三十四ウ

三十五オ

(42) 前《まへ》の続《つゞ》き 斯《か》くて先《さき》に剃髪《ていはつ》したる勝田《かつ》の庄司夫婦《ふうふ》は、古主貞任《さだとう》が菩提《ぼだい》のため、諸国修行《しよこくしゆぎやう》に出《い》で、秩父《ちゝぶの》十郎、鎌《かま》倉権《くらのごん》五郎、夏《なつ》田の次郎、王矢《わうや》の太郎、妻緒絶《つまおだえ》、娘《むすめ》三才の小雨《さめ》、皆々《みなく》それぐ\に恩賞《おんしやう》を賜《たまは》り、行末《ゆくすへ》めでたく栄《さか》ゑて、万歳楽《ばんざいらく》とぞ祝《しゆく》しける。

鎌倉権五郎《かまくらのごん》　大矢の太郎妻《つま》　大矢の太郎

八幡《まん》太郎　秩父《ちゝぶの》十郎　かたらい姫　夏《なつ》田の次郎

[宝]

骨董集《こつとうしふ》 前帙二冊

去戌十二月売出し置《お》き申候。最寄《もより》の本屋《や》にて御求《もと》め可被下候。

(43) 鎌倉権五郎《かまくらのごん》は、勇力勝《すぐ》れたる者《もの》にて、我《わ》が朝《ちやう》の関《くわん》羽《う》と呼《よ》ばれたれば、偃月刀《えんげつとう》を作《つく》りて、五月幟《のぼり》の飾《かざ》りとしたるが、今《いま》にその威風《いふう》を伝《つた》へ、八幡《まん》太郎義家朝臣《よしいへあそん》の武徳《ぶとく》、今《いま》に朽《く》ちず。千歳《せんざい》の美談《びだん》とこそはなりにけれ。めでたし

く〳〵。

〔豊国画㊞〕 〔山東京伝作㊞〕

〔京伝店〕 ●裂地《きれ》、紙煙草《かみたばこ》入・煙管類《きせるるい》、風流の雅品色々《いろ〳〵》。

〔京伝自画賛《さん》〕 扇珍《あふぎめづら》しき新図色々《いろ〳〵》。短冊《たんざく》・張交絵類《はりまぜゑるい》、望《のぞ》みに応《おう》ず。

〔読書丸《どくしよぐわん》〕 一ト包《つゝみ》一匁五分

●第一気根《きこん》を強《つよ》くし、物覚《ものおぼ》へをよくす。老若男女常《つね》に身を使《つか》はず、かへつて心《こゝろ》を労《ろう》する人は、おのづから病を生じ、天寿を損《そこな》ふ。早《はや》く此薬《くすり》を用て補《おぎな》ふべし。旅《たび》立人蓄《たくわ》へて益多し。暑寒前《まへ》に用れば、外邪《ぐわいじや》を受《う》けず、延年長寿の妙薬《みやうやく》なり。

●大極《ごく》上品 奇応《きおう》丸 一粒《りう》十二文

糊《のり》を使《つか》はず熊《くま》の胆《ゐ》ばかりにて丸ず。

〔小児無病丸〕 半包《つゝみ》五十六文

小児虫《むし》、万病《びやう》大妙薬《みやうやく》。

〔京山篆刻《てんこく》〕 蠟《ろう》石白文一字五分、朱字七分

玉石銅印求《もと》めに応《おう》ず。

山東店

濡髪茶入《ぬれがみのちゃいれ》
放駒掛物《はなれごまのかけもの》

黄金花万宝善書《こがねのはなまんぽうぜんしょ》

足利尊氏の時代（暦応の頃）

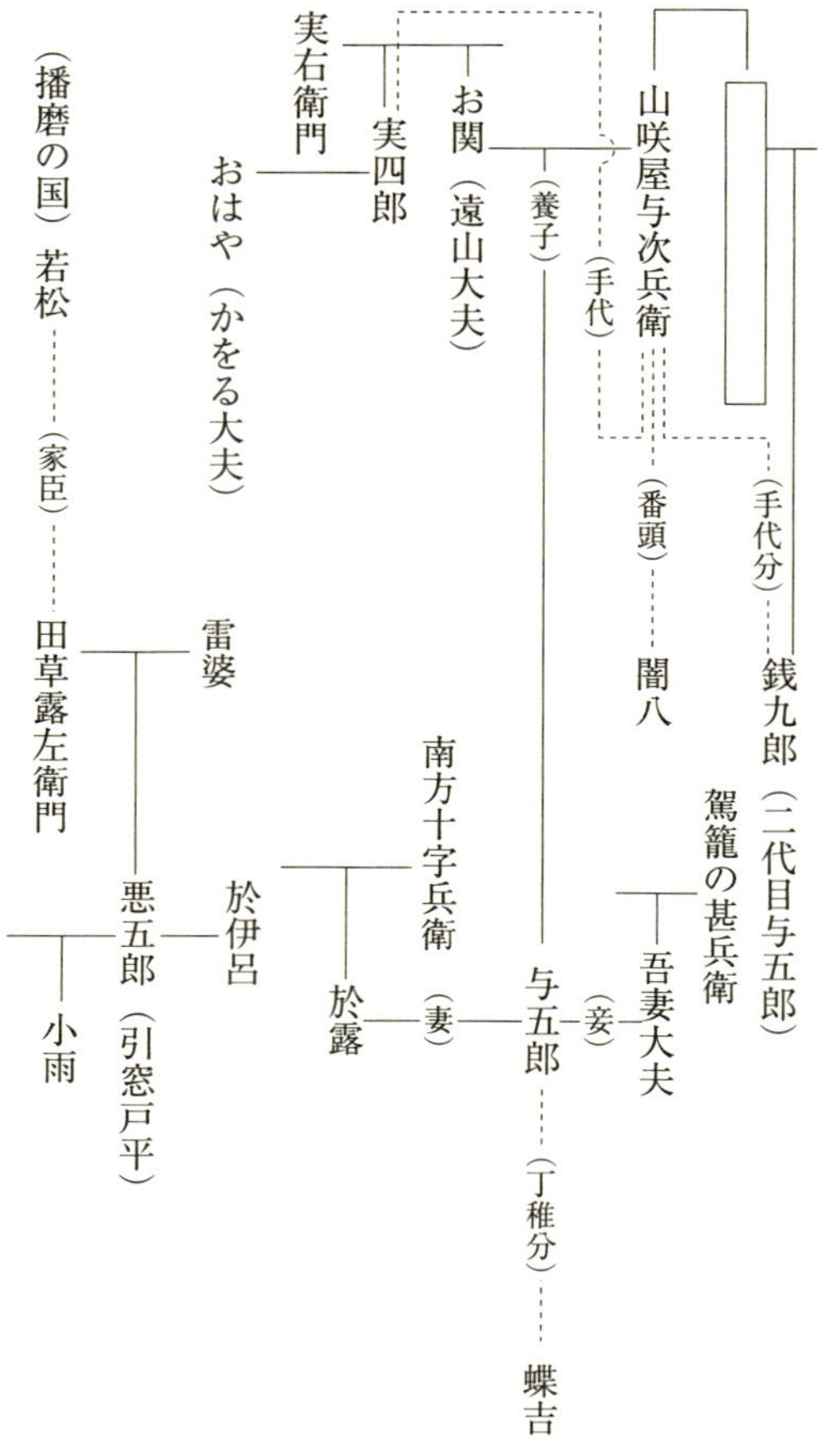

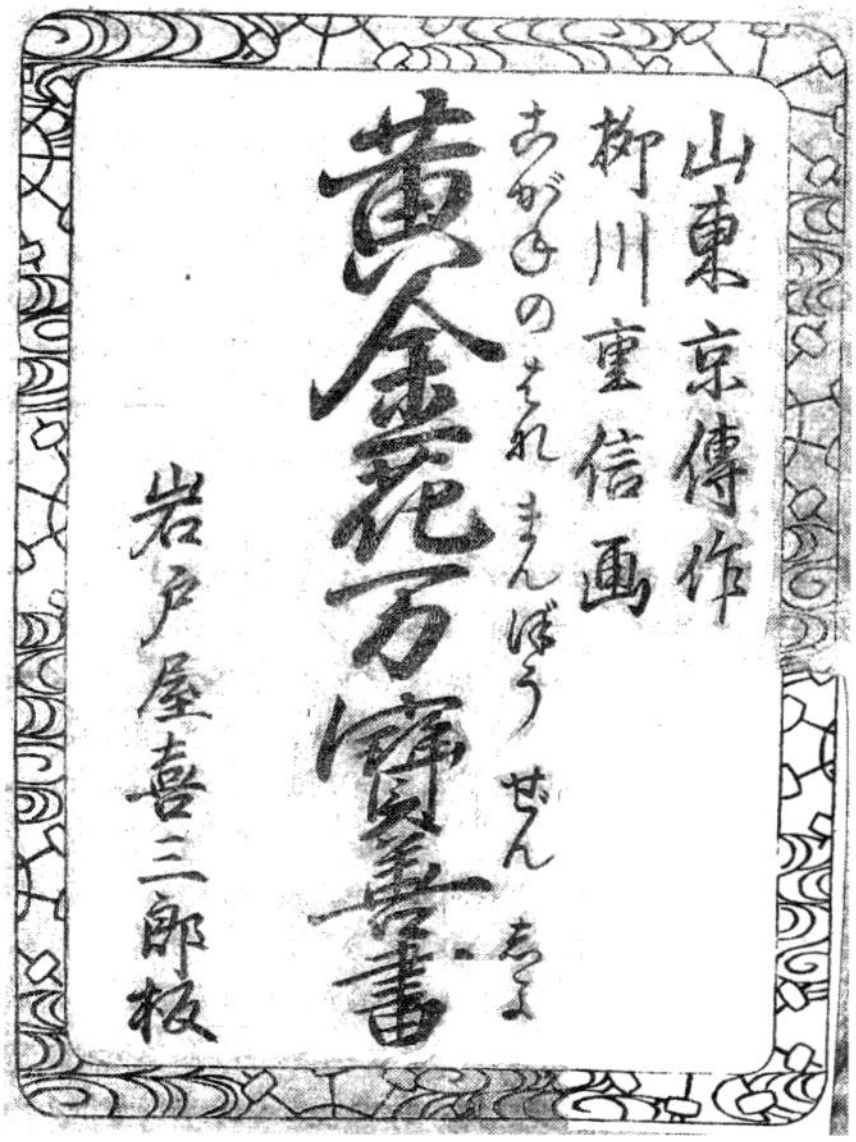

前編見返し

［前編見返し］

山東京伝作

柳川重信画

黄金花万宝善書《こがねのはなまんぼうぜんしよ》

岩戸屋喜三郎板

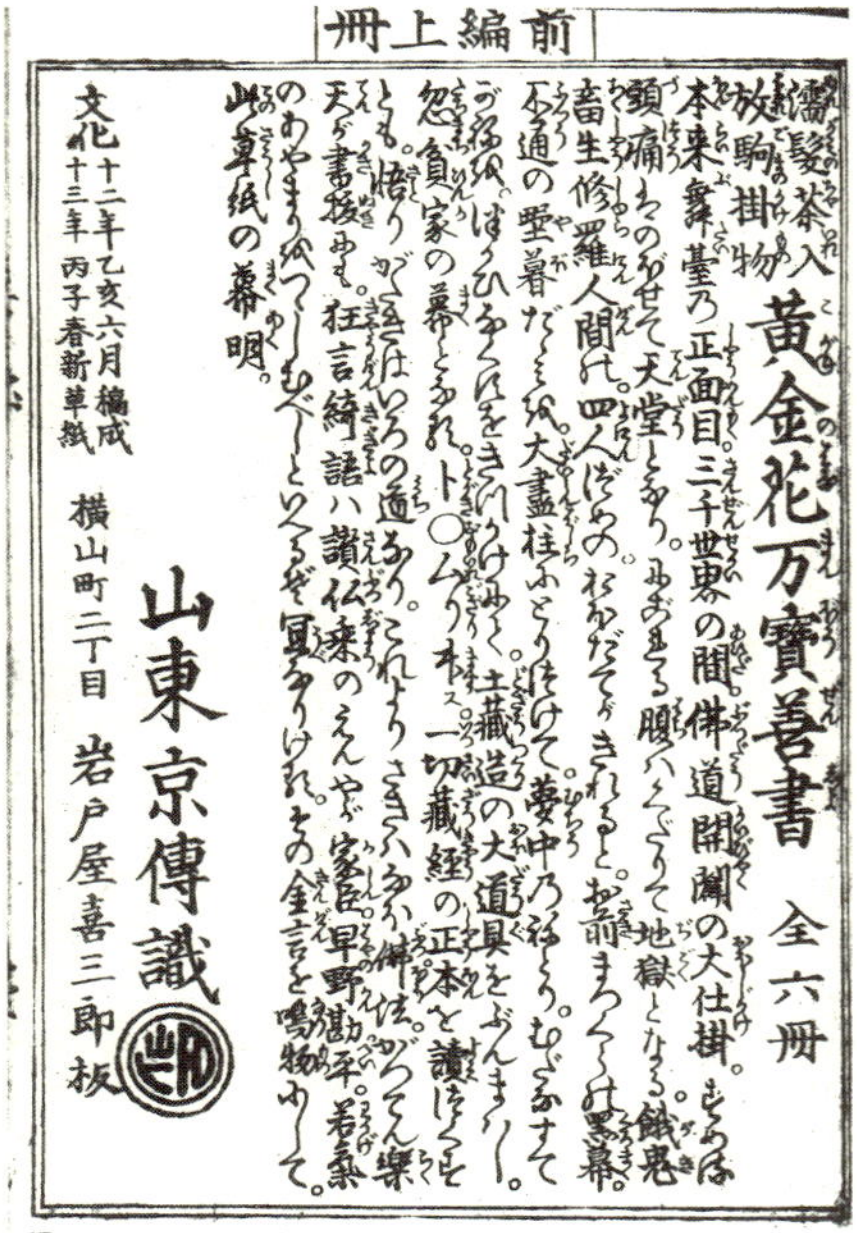

（1）一オ

【前編】

【上】

（1）

前編上冊

濡髪《ぬれがみの》茶入《ちやいれ》 黄金花万宝善書《こがねのはなまんぼうぜんしよ》 全六冊
放駒掛物《はなれごまのかけもの》

本来《ほんらい》舞台《ぶたい》の正面目《しやうめんもく》。三千世界《さんぜんせかい》の間《あひだ》。仏道開闢《ぶつだうかいびやく》の大仕掛《おほじかけ》。すめる頭痛《づつう》はのぼせて天堂《てんだう》となり。にごれる腹《はら》はくだりて地獄《ぢごく》となる。餓鬼畜生修羅人間《がきちくしやうしゆらにんげん》の。四人《よにん》づめの。おほだてがきれると。お前《さき》まつくらの黒幕《くろまく》。不通《ふつう》の野暮《やぼ》だ、みを。大尽柱《だいじんばしら》にとりつけて。夢中《むちう》のねとり。むだなすてがねを。つかひなくすをきつかけにて。土蔵造《どざうつくり》の大道具《おほだうぐ》をぶんまはし。忽貧家《たちまちひんか》の幕《まく》となる。ト○ムり《とがきおもいれござり》升《ます》ス。一《いつ》切蔵経《さいざうきやう》の正本《しやうほん》を読《よみ》つくすとも。悟《さと》りがたきはいろの道《みち》なり。これよりさきはなほ仏法《ぶつぽう》。がつてん楽天《らくてん》が書抜《かきぬき》にも。狂言綺語《きやうげんきぎよ》は讃仏乗《さんぶつじよう》のえんやが家臣《かしん》。早野勘平《はやのかんぺい》。若気《わかげ》のあやまりをつゝしむべしといへるぞ宜《うべ》なりける。その金言《きんげん》を鳴物《なりもの》にして。此草紙《このさうし》の幕明《まくあく》。

山東京伝識㊞

二オ

（2）一ウ

文化十二年乙亥六月稿成
十三年丙子春新草紙　横山町二丁目　岩戸屋喜三郎板

（2）

摂州神崎《せつしうかんざき》の里《さと》の夜《よる》の景色《けしき》

西江月《セイコウゲツ》

自《ヨリ》レ古《イニシヘ》姻‐縁《インエン》天《テンヨリ》定《サダマル》○
不《ズ》レ繇《ヨラ》二人‐力《ジンリキ》一謀《ハカリ》求《モトムルニ》○
有《アレバ》レ縁《エン》千《セン》‐里《リ》也《マタ》相投《アヒシ》○
対《タイスレドモ》レ面《ヲモテヲ》无《ナケレバ》レ縁《エン》不《ズ》レ偶《アハ》○
仙境《センキヤウノ》桃花《トウクワ》出《イデ》レ水《ミツニ》○
宮中《キウチウノ》紅葉《コウエフ》伝《ツタフ》レ溝《ミゾニ》○
三生《サンセイ》簿上《ハクシヤウ》注《チウス》二風流《フウリウヲ》一○
何《ナンゾ》用《モチヒン》二氷人《ヘウジンノ》《ナカウド》一開《ヒラクヲ》レ口《クチヲ》○

此詞《このことば》の心《こころ》ばへを取《と》りて此草紙《このさうし》を作《つく》れり。

浪花《なには》の男伊達《をとこだて》、黒雲組《くろくもぐみ》
山崎余五郎《やまざきよごらう》が手代《てだい》、実四郎《じつしらう》

(3)

摂州神崎《せっしうかんざきの》 遊君《いうくん》、冨士屋《ふじやの》吾妻《あづま》

菜畑《なばたけ》に花見顔《はなみかほ》なるすゞめかな　芭蕉

山咲屋《やまざきや》余五郎《よごらう》

あはれとよりほかには見えぬ蚊《か》やりかな　嵐雪

山咲屋手代《やまざきやのてだい》、闇八《やみはち》

文月《ふみづき》や陰《かげ》を感《かん》ずる蚊屋《かや》の内《うち》　其角

山咲屋新婦《やまざきやのよめ》、於露《おつゆ》

波風《なみかぜ》はたてど中《なか》よし友千鳥《ともちどり》　貞室

（4）三ウ

四オ

（4）発端《ほつたん》 今は昔《むかし》、暦応《りやくおう》の頃《ころ》、足利尊氏朝臣《あしかゞたかうぢあそん》の時代《じだい》とかや、播磨《はりま》の国若《くにわか》松の家臣《かしん》田草露《くさつゆ》左衛門が一子に悪五郎といふ者《もの》ありけり。父露《つゆ》左衛門も女房も先立《さきだ》つて身罷《まか》り、老《らう》母一人《ひとり》と三才になる小雨《さめ》といふ女の子一人《ひとり》ありけり。然《しか》るに悪《あく》五郎、身持悪《みもちあ》しく主君《しゆくん》の軍《ぐん》用金を掠《かす》めたる罪《つみ》により、播磨《はりま》の国《くに》を阿呆払《あはうばら》ひになり、母と娘小雨《さめ》とを連《つ》れて河内《かはち》の国《くに》に移《うつ》り、鞍作《くらつくり》村といふ所に住《す》み、引窓《ひきまど》戸平と名を変《か》へ、浪《らう》人《にん》の身過《すぎ》の活計《たつき》のため、剣術《けんじゆつ》の指南《しなん》して世を過《す》ぎ、次《つぎ》へ

河内国浪人《かはちのくにのらうにん》、引窓戸平《ひきまどとへい》
戸平母《とへいはゝ》、雷婆《いかづちばゞア》
戸平妻《とへいつま》、於伊呂《おいろ》

（5）四ウ

五オ

（5）続き《つゞ》　独身《ひとり》にては不自由《ふじゆう》なりとて、於伊呂《おいろ》といふ後《のち》の妻《つま》を持《も》ちけり。老《らう》母は元来《ぐわんらい》、志《こゝろざ》し悪《あ》しく、荒々《あら〳〵》しき生《うま》れ付《つ》きなるが、於伊呂《おいろ》は見目《みめ》形《かたち》美《うつく》しきのみならず、心立《だ》て優《やさ》しく、難《むづか》しき姑《しうとめ》の機嫌《きげん》を取《と》りて朝夕《あさゆふ》孝行を尽《つ》くし、継《まゝ》娘小雨《さめ》を我《わ》が産出《うみいだ》せし実《じつ》の子の様《やう》に可愛《かは》ゆがりて育《そだ》て、小雨《さめ》は早々《はや〴〵》五才にぞなりにける。

さて戸平はます〳〵身持《もち》悪《あ》しく大酒を飲《の》み、借金《しやくきん》多《おほ》く出来《いできた》るうへに、少々《せう〳〵》ありける剣術《けんじゆつ》の弟子《でし》も皆疎《みなうと》み、次第《しだい》になくなり、いよ〳〵困窮《こんきう》し詮方《せんかた》なさに、ある夜《よ》、書《かき》を残《のこ》し、母、妻、子を捨置《すてお》きて、行方《ゆくゑ》知《し》れずなりにけり。

女房於伊呂《おいろ》は書置《かきおき》を読《よ》みて、かつ驚《おどろ》き、かつ悲《かな》しみ、心悪《あ》しき老《らう》母も、さすが子に捨《す》てられて、途方《とほう》に暮《く》れてぞゐたりける。次へ続《つゞ》く

(6)五ウ

（6）前《まへ》の続《つゞ》き ○それはさておき、こゝに又、浪花《なには》に山咲屋といふ有徳《うとく》なる商人《あきびと》ありけり。主《あるじ》与次兵衛は先立《さきた》つて身罷《まか》り、養子与五郎といふ者《もの》家督《かとく》となりて、南方《なんぽう》十字兵衛といふ家柄《いへがら》よき武士の娘於露《おつゆ》といふを嫁《よめ》に取《と》りぬ。先《さき》の主《あるじ》与次兵衛が妻《つま》お関《せき》、今は後家《ごけ》となり、よく家内の世話《せわ》を焼《や》きて与五郎を守立《もりた》てけり。与五郎夫婦《ふうふ》はお関《せき》を実《じつ》の母のごとくに敬《うやま》ひぬ。

さて此家付《いへつ》きの甥《おい》に銭《ぜに》九郎といふ者《もの》ありけり。手代分《ぶん》になりて此家《いへ》に居《ゐ》けるが、かねて此家《いへ》を横領《おうりやう》せばやと思《おも》ふ悪企《わるだく》みありて、番頭《ばんとう》の闇《やみ》八といふ者《もの》と頷合《うなづきあ》ひ、表《おもて》は忠義《ちうぎ》と見《み》せ掛《か》け内《うち》には様々《さまぐ》の悪《あ》しき事《こと》をぞ巧《たく》みける。次《つぎ》へ続《つゞ》く

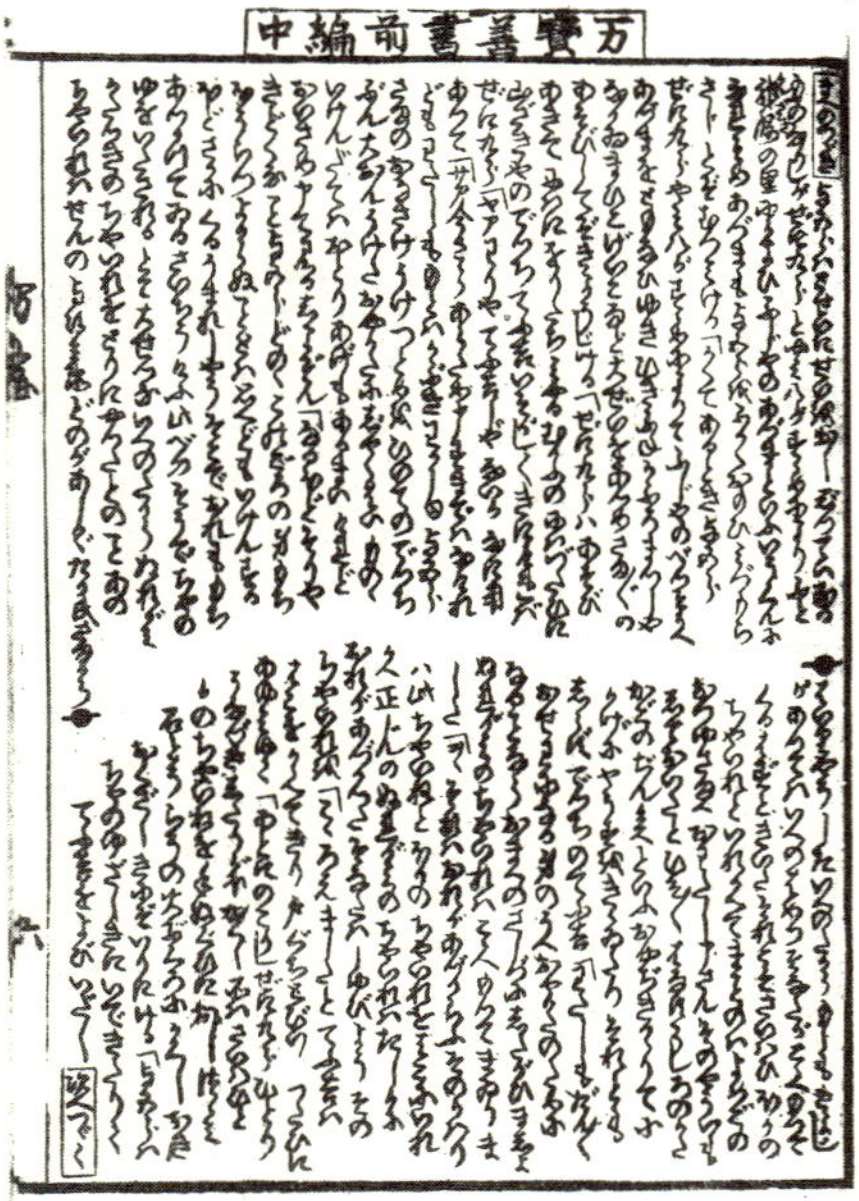

（7）六オ

【中】

（7）万宝善書前編中

前の続《つゞ》き 与五郎は渡世《とせい》に精《せい》を出し、実体《じつてい》なる者《もの》なりしが、銭《ぜに》九郎と闇《やみ》八が勧《すゝ》めにより、ふと神崎《かんざき》の里に通《かよ》ひ、冨《ふ》士屋《じや》の吾妻《あづま》といふ遊君《いうくん》に馴初《なれそ》め、吾妻《あづま》も与五郎を深《ふか》く思《おも》ひ、水漏《みづも》らさじとぞ睦《むつ》みける。

斯《か》くてある時《とき》、与五郎、銭《ぜに》九郎・闇《やみ》八が勧《すゝ》めによりて、冨士屋《ふじや》の別荘《べつそう》へ吾妻《あづま》を伴《ともな》ひ行《ゆ》き、引舟《ひきふね》・禿《かふろ》・末社《まつしや》・仲居《なかゐ》・舞子《まひこ》・芸子《げいこ》など大勢《ぜい》を集《あつ》め、様々《さまゞ》の遊《あそ》びしてぞ興《きよう》じける。

銭《ぜに》九郎は遊《あそ》び飽《あ》きて庭《には》に降立《をりた》ち、見《み》やる向《むか》ふの庭伝《にはづた》ひに、山咲屋《ざきや》の丁稚《でつち》蝶《てふ》吉、忙《いそが》しく来《き》にければ、銭《ぜに》九郎、「ヤア、わりや蝶《てふ》吉じやないか。何《なに》用あつて」。「サア今更《さら》改《あらた》め申すまではなけれども、私《わたし》も元《もと》は歌舞伎若衆《かぶきわかしゆ》。与五郎様《さま》のお情《なさ》け受《う》け、勤《つと》めを退《ひ》いての丁稚分《でつちぶん》。大恩《おん》受《う》けた親方《おやかた》に、若輩者《じやくはいもの》の異見立《いけんだ》ては、お取上《とりあ》げもあるまいけれど、お諌《いさ》め申て見る所存《しよぞん》」。「なるほどそりや奇特《きどく》な事《こと》」。「与五郎殿《どの》の、この頃《ごろ》の身持放埒《もちほうらつ》、よからぬ事《こと》とは思へども、異《い》見《けん》するほど逆《さか》にくる生《うま》れ性《しやう》。そこで俺《おれ》も持扱《もちあつか》つてゐる最《さい》中《ちう》。今日《けふ》、此別荘《べつそう》で茶《ちや》の湯《ゆ》を致《いた》されるとて、大切《せつ》な家《いへ》の宝《たから》、濡髪肩衝《ぬれがみかたつき》の茶入《ちやいれ》を取《と》りに遣《や》つたとの事《こと》、あの茶入《ちやいれ》は、先《せん》の与次兵衛殿《どの》が足利尊《あしかゞたか》氏様《さま》から拝領《はいりやう》した家《いへ》の宝《たから》。もしも凶事《きよじ》があつては家《いへ》の破滅《はめつ》。そなたがこゝへ持《も》つて来《く》るはずと聞《き》いた。それこそ幸《さいはひ》。他《ほか》の茶入《ちやいれ》と入替《いれか》へて、実《まこと》のは嫁御《よめご》の於露様《おつゆさま》へお渡《わた》し申さん。その用意《やうい》もして置《お》いた」と、ひそ〳〵話《はな》す後《うし》ろの方《かた》、駕籠《かご》の甚《ぢん》兵衛《へ》といふ親父《おやぢ》来掛《きか》かりて、小陰《かげ》に様子《やうす》を聞《き》きゐたり。それとも知《し》らず丁稚《でつち》の蝶《てふ》吉、私《わたし》もだん〳〵お世話《せわ》になる身の上《うへ》。親方《おやかた》のためになる事《こと》なら、お前《まへ》の指図《さしづ》に従《したが》ひましよ。濡髪《ぬれがみ》の茶入《ちやいれ》は、こゝへ持《も》つて参《まゐ》りました。ヲ、それは俺《おれ》が預《あづ》からふ。その代《かは》りは此茶入《ちやいれ》と、他《ほか》の茶入《ちやいれ》を箱《はこ》に入替《いれか》へ、正真《じん》の濡髪《ぬれがみ》の茶入《ちやいれ》は、確《たし》かに俺《おれ》が預《あづ》かつた。そなたは首尾《しゆび》よう、その茶入《ちやいれ》を。心得《こゝろえ》ましたと蝶吉《てふ》は、箱《はこ》を抱《かゝ》へて切《きり》戸口《ぐち》、飛石伝《とびいしづた》ひに歩行《あゆみゆ》く。後《あと》に残《のこ》りし銭《ぜに》九郎、一人《ひとり》頷《うなづ》きしたり顔《がほ》。隠《かく》し所は幸《さいは》ひと、かの茶入《ちやいれ》を手拭《ぬぐひ》に押包《おしつゝ》み、石燈籠《どうらう》の火袋《ぶくろ》に隠《かくし》置《お》き、奥座敷《おくざしき》にぞ入《い》りにける。

与五郎は茶《ちや》の湯座敷《ゆざしき》に出来《いでき》たりて、蝶吉《てふ》を呼出《よびいだ》し、

次へ続《つゞ》く

（8）六ウ

七オ

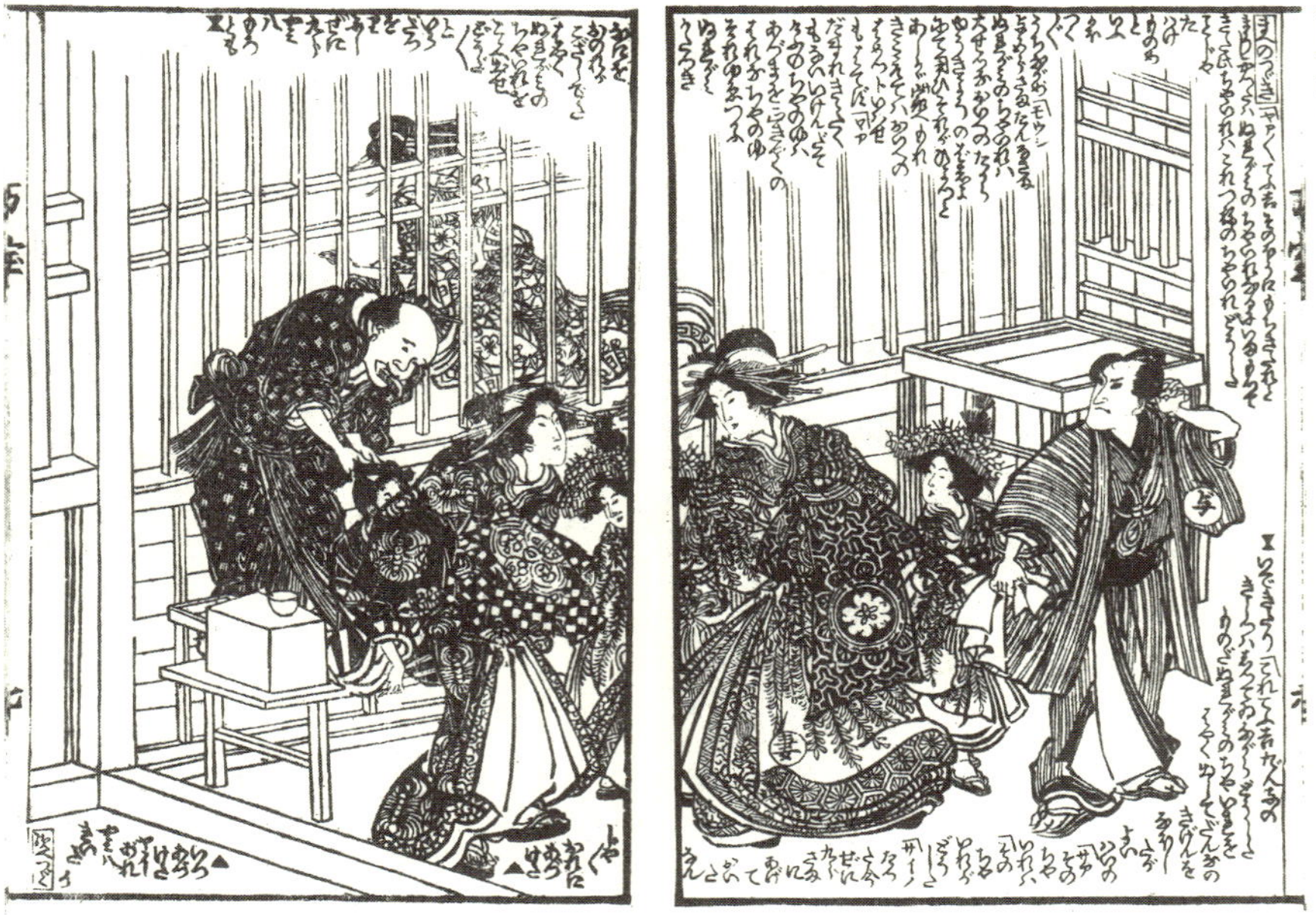

（8）前《まへ》の続《つゞ》き 「ヤア〳〵蝶吉《てふ》。その方《はう》に持来《もちきた》れと申《まう》し遣《や》つたは濡髪《ぬれがみ》の茶入《ちやいれ》なるに、今持《いまも》つて来《き》た此茶入《ちやいれ》は、これ常《つね》の茶入《ちやいれ》。どうした事《こと》じや、戯者《たはけもの》め」と言《い》ふ。顔《かほ》つく〴〵打眺《うちなが》め、「モウシ与五郎様《さま》、旦那様《だんなさま》。濡髪《ぬれがみ》の茶入《ちやいれ》は大切《せつ》な御家《おいへ》の宝《たから》。遊興《ゆうきよう》の場所《ばしよ》にて用ひ、それがひよつと足利家《かゞけ》へ漏聞《もれき》こえては御家《おいへ》の破滅《はめつ》」ト言《い》はせも果《は》てず、ヤア黙《だま》れ。聞《き》きたくもない異見立《いけんだ》て。今日《けふ》の茶《ちや》の湯《ゆ》は、吾妻《あづま》を正客《きやく》の晴《は》れな茶《ちや》の湯《ゆ》。それゆゑ使《つか》ふ濡髪肩衝《ぬれがみかたつき》。何《なに》をおのれが小差出《こざしで》た。早《はや》く濡髪《ぬれがみ》の茶入《ちやいれ》を此処《こゝ》へ出せ。どうだ〳〵と色立《いろだ》つ折節《をりふし》、銭《ぜに》九郎、闇《やみ》八諸共出来《もろともいできた》り、「これ蝶吉《てふ》、旦《だん》那《な》の気質《きしつ》は知《し》つてゐながら、どうしたものだ。濡髪《ぬれがみ》の茶入《ちやいれ》を早《はや》く出して、旦那《だんな》の機嫌《きげん》を直《なほ》したがよいはいの」。「サアその茶入《ちやいれ》は」。「その茶入《ちやいれ》がどうした」。「サイノ、たつた今《いま》、銭《ぜに》九郎様《さま》に上《あ》げて置《お》いた」。「何《なん》じや〳〵。俺《おれ》に預《あづ》けた、何《い》時《つ》預《あづ》けたヤイ。あれ闇《やみ》八、聞《き》いたか。 次へ続《つゞ》く

八オ

（9）七ウ

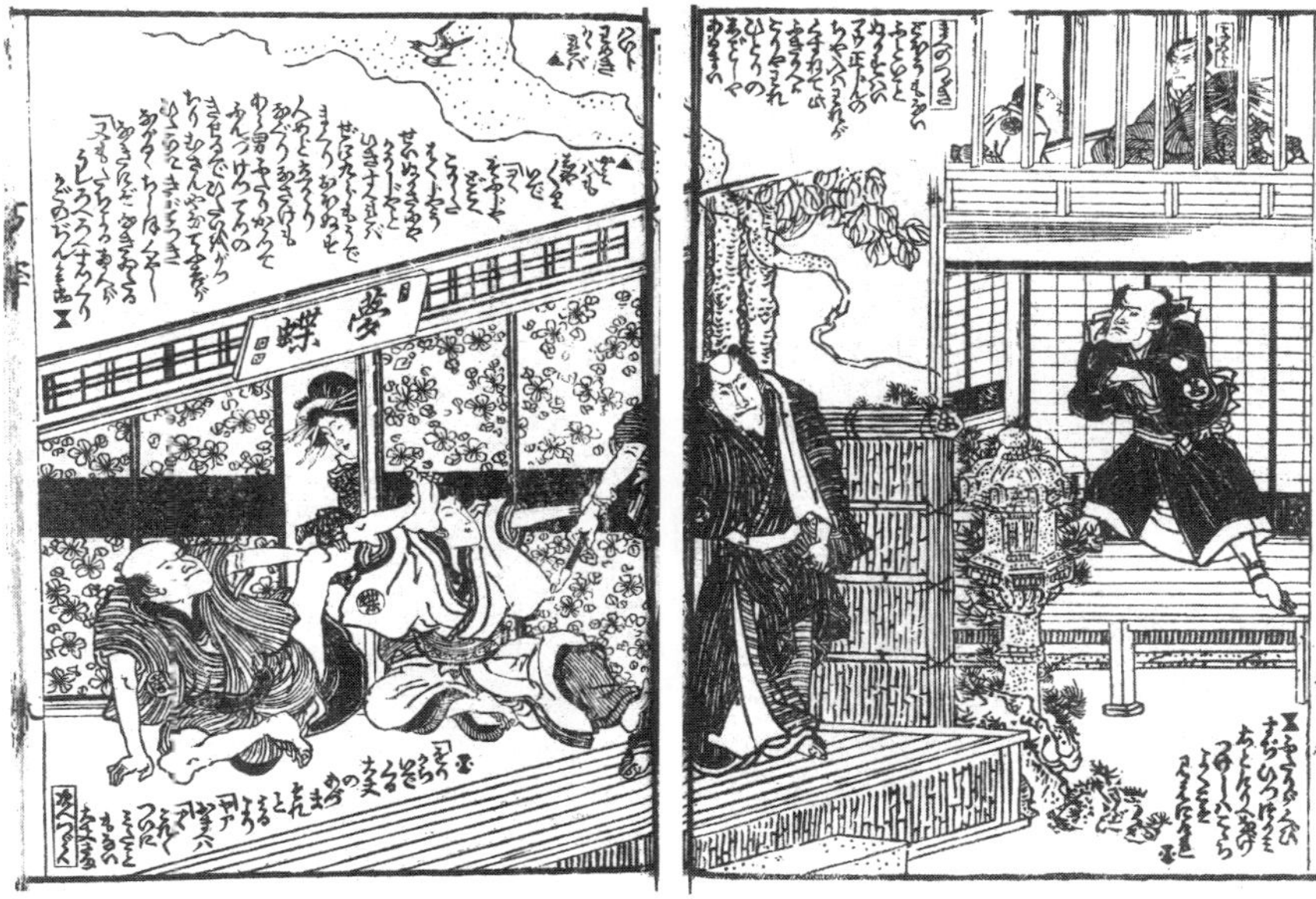

（9）前《まへ》の続《つゞ》き 途方《とほう》もない太《ふと》い事《こと》ぬかすはい。フウ正真《じん》の茶《ちや》入は、われがくすねて此吹替《ふきか》へか。こりや、われ一人《ひとり》の仕事《しごと》じやあるまいはい」ト喚《わめ》き掛《か》かれば、闇《やみ》八もしやくり出《い》で、ヲ、そふじや。どこへ転《こか》した、白状《はくじやう》せい。ぬかさにや、かうじやと引据《ひきす》へれば、銭《ぜに》九郎も腕捲《うでまく》り。大《おほ》盗人《ぬす》めと立掛《か》かり殴《なぐ》り、情《なさ》けも荒《あら》男、二人掛《ふたりか》かつて踏付《ふんづ》けつ、鉄《てつ》の煙管《きせる》で額《ひたい》をがつちり。無残《むざん》やな蝶《てふ》吉が額《ひたい》に傷付《きずつ》き、流《なが》るゝ血潮《ちしほ》。悔泣《くやしな》きにぞ泣《な》きゐたる。

又も立寄《たちよ》る両人が後《うし》ろへろへ（ママ）すつくり駕籠《かご》の甚《ちん》兵衛、二人《ふたり》が首筋引摑《くびすぢひつつか》み、右と左りへ投付《なげつ》けしは、心地《こゝち》よくこそ見えにけれ。折《をり》から出来《いでく》る大夫の吾妻《あづま》、それと見《み》るより、ヤアお前《まへ》は。ア、これ〳〵、ついに見《み》た事《こと》もない大夫様《さま》。

次へ続《つゞ》く

与五郎

［夢蝶］

(10)八ウ

九オ

（10）前《まへ》の続《つゞ》き　黙《だま》つてござれと目《め》で知《し》らす。二人《ふたり》は、はふ〳〵起上《おきあ》がり、「ヤイ老耄《おいぼれ》め。うぬはどこから出《で》しやばつて、惨《むご》いめに遭《あ》はすのだ」。「ヲ、わしは今日《けふ》、初《はじ》めて此別荘《べつそう》へ雇《やと》はれてきた甚兵衛《ぢんべへ》といふ駕籠舁《かごかき》。訳《わけ》は知《し》らねど気《き》の毒《どく》さに、ちよつと出たのでごんす」。「そんならわれが此詮議《せんぎ》を」。「ハテ、かうして出るからは埒《らち》を明《あ》けて見《み》せませう。コレお若衆《わかしゆ》、最前《さいぜん》から聞《き》いてゐれば、茶入《ちやいれ》を盗《ぬす》んだ盗《ぬす》まぬとの争《あらそ》ひ。まこと覚《おぼ》えのない事《こと》ならば、誓紙《せいし》を書《か》いて見《み》せるがよい。幸《さいは》ひ、あれあそこの住吉型《すみよしがた》の石燈籠《いしどうろう》、住吉《すみよし》大明神を誓《ちか》ひに立《た》て、あの石燈籠《いしどうろう》の火袋《ぶくろ》の内《うち》の油煙《ゆえん》の墨《すみ》で、早《はや》く誓紙《せいし》を書《か》かしやませ」と言《い》はれて蝶《てふ》吉立上《たちあ》がり、なるほど書《か》いて見《み》せませうと、石燈籠《いしどうろう》に立寄《よ》るを、慌《あは》てふためき押止《おしとゞ》め、ア、これ待《ま》つた〳〵。もう誓紙《せいし》には及《およ》ばぬと俄《にはか》に弱《よは》る銭《ぜに》九郎。様子《やうす》知らねば闇《やみ》八が、ア、これ銭《ぜに》九郎様《さま》。早《はや》く誓紙《せいし》を書《か》かせたがよくござる。いかにも書《か》いて見《み》せませうと、又も立寄《たちよ》る蝶《てふ》吉を、寄《よ》せじと隔《へだ》つる銭《ぜに》九郎。しばし争《あらそ》ふその弾《はづ》みに、蝶《てふ》吉が額《ひたい》の血潮《ちしほ》、石燈籠《いしどうろう》に迸《ほとばし》れば、穢《けが》れを嫌《きら》ふ名器《めいき》の奇特《きどく》、たちまち時鳥《ほとゝぎす》の声《こゑ》を一ト声《こゑ》

発《はつ》しけるにぞ。さては尋《たづ》ぬる茶入ぞと、火袋《ぶくろ》の内《うち》より手早《ばや》く取出《とりだ》す蝶《てふ》吉。それはと駆寄《かけよ》る銭《ぜに》九郎。甚《ぢん》兵衛《へ》押《お》さへて、こりや何《なに》をさつしやります。ヲ、その茶《ちや》入をと、闇《やみ》八が立寄《たちよ》る素頭《すかうべ》横殴《よこなぐ》り、二人《ふたり》はべつたり尻餅付《しりもちつ》き、呆《あき》れ果《は》てたるばかりなり。「これお二人《ふたり》、これでも蝶《てふ》吉が盗《ぬす》みましたか。疑《うたが》ひは晴《は》れたでござらう」。「イヤ何《なに》、旦那様《だんなさま》、宝《たから》が戻《もど》りましておめでたうござります」。「これお二人《ふたり》の手代衆《しゆう》、宝《たから》の戻《もど》つた祝酒《いはひ》、奥《おく》で一杯《いつぱい》やりましよ」と言《い》へば、答《こた》えもむつと顔《がほ》。与五郎、吾妻《あづま》、蝶《てふ》吉も、とも〴〵奥《おく》と勝手《かつて》口、引別《ひきわか》れてぞ入にける。後《あと》に二人《ふたり》は腰《こし》を撫《な》で、「銭《ぜに》九郎様《さま》」。「闇《やみ》八、折角《せつかく》してやつた濡髪《ぬれがみ》を、ヱ、いま〳〵しい」。「そんなら、かねて言《い》ひ合《あ》はせた工面《くめん》は」。「ヲ、そりや気遣《きづか》ひすな。先《さき》だつて盗出《ぬすみだ》しておいた巨勢金岡《こせのかなをか》が筆の放駒《はなれごま》の名画《めいぐわ》の一軸《いちぢく》、あれを囮《をとり》に与五郎めをナ」かう〳〵と囁《さゝや》きて、二人一緒《ふたりいつしよ》に奥《おく》の間《ま》さして入にけり。ほどなく出来《いでく》る与五郎、吾妻《あづま》、差向《さしむか》ひの話《はなし》の最中《さいちう》、

次へ続《つゞ》く

（11）九ウ

十オ

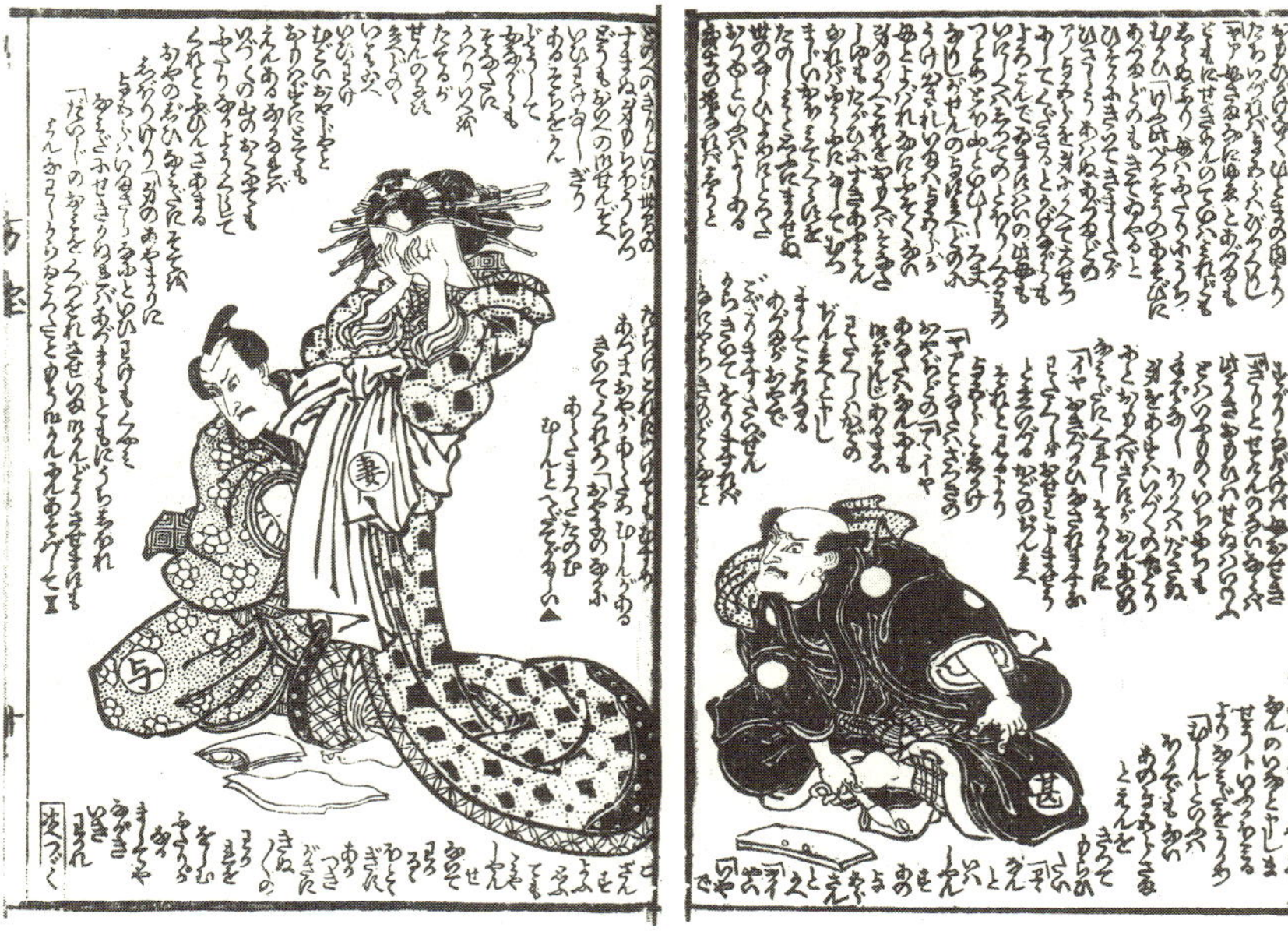

（11）前《まへ》の続《つゞ》き　山咲屋《ざきや》の後家《ごけ》お関《せき》、思《おも》ひがけなく一間《ひとま》の内より立出《たちいづ》れば、与五郎はびつくりし、ヤア母様《さま》、何故《なにゆゑ》と、吾妻《あづま》も共《とも》に赤面《せきめん》の体《てい》は見《み》れども知《し》らぬふり。母は二人《ふたり》に打向《うちむ》かひ、今日《けふ》、此別荘《べつそう》の遊《あそ》びに吾妻殿《あづまどの》も来《き》てゐやると、ひそかに聞《き》いて来《き》ましたが、久《ひさ》しう会《あ》はぬ吾妻殿《あづまどの》。アノ与五郎を身に代《か》へて大切《せつ》にして下《くだ》さると、陰《かげ》ながらも喜《よろこ》んでゐますはいの。此母も往古《いにしへ》は知《し》つての通《とほ》り廓《くるわ》の勤《つと》め、遠《とほ》山といひし大夫なりしが、先《せん》の与次兵衛殿《へどの》に請出《うけ》され、今《いま》は与五郎が母と呼《よ》ばれ、何不足《なにふそく》ない身の上《うへ》。これを思《おも》へば、そなた衆《しゆ》も互《たが》ひに好合《すきあ》ふ縁《えん》なれば、夫婦《ふうふ》になして睦《むつ》まじい顔《かほ》見《み》て暮《く》らすを楽《たの》しみと、思ふに任《まか》せぬ世の習《なら》ひ。嫁《よめ》に取《と》つた於露《おつゆ》といふは、由縁《よし》ある武士の娘なれば、舅殿《しうとどの》への義理《ぎり》といひ、世間のすまぬ身持放埒《もちほうらつ》、どうも御《お》家《いへ》の御先祖《せんぞ》へ言訳《いひわけ》なし。義理《ぎり》あるそちを勘当《かんどう》して、女ながらもそなたに代《か》はり、家《いへ》を立《た》てるが先《せん》の与次兵衛殿《へどの》の位牌《いはゐ》へ言訳《いひわけ》。むごい親《おや》じやと思《おも》はずに、とても縁《えん》ある仲《なか》なれば、何処《いづく》の山の奥《おく》にても、二人仲良《ふたりなかよ》う暮《く》らしてくれと、不《ふ》憫《びん》さ余《あま》る親《おや》の慈悲《じひ》、涙《なみだ》に袖《そで》を絞《しぼ》りけり。

身の誤《あやま》りに与五郎は、今更何《いまさらなに》と言訳《いひわけ》も、悔《くや》み涙《なみだ》に堰《せ》きかぬれば、吾妻《あづま》も共《とも》に打萎《うちしほ》れ、大事《だいじ》の御身《おみ》を頽折《くづを》れさせ、今《いま》御勘当《かんどう》させますも、皆《みんな》わしから起《お》こつた事《こと》。もう御堪忍《かんにん》あそばして、御機嫌直《きげんなほ》して給はれと縋嘆《すがりなげ》けば、母お関《せき》、義《ぎ》理《り》と世間《せけん》のないならば、此憂思《うきおも》ひはせぬはいのふ。とは言《い》ふもの、一日《いちにち》も手放《ばな》し外《ほか》へは出《だ》さぬ身を、明日《あす》は何処《いづく》の宿《やど》りにと、思《おも》へばさすが恩愛《おんあい》の涙《なみだ》に暮《く》れし折《をり》からに、イヤお気遣《きづか》ひなされますな。私《わたくし》がお世話《せわ》申ませうと、立出《いづ》る駕《か》籠《ご》の甚《ぢん》兵衛《へ》。それと見るより与五郎声掛《こゑか》け、「ヤア此方《こなた》は先刻《さつき》の親父殿《おやぢどの》」。「ア、イヤ、あなたは何《なん》にも御存《ぞんじ》知あるまい。私《わたくし》は駕籠《かご》の甚《ぢん》兵衛《へ》と申しまして、これなる吾妻《あづま》が親《おや》でござります。最前《さいぜん》から聞《き》いてをりますれば、何《なに》やら気《き》の毒《どく》な事《こと》だらけ。これにつけても娘《むすめ》吾妻《あづま》、親《おや》より改《あらた》め無心《むしん》がある。聞《き》いてくれろ」。「親《おや》子の仲《なか》に改《あらた》まつた頼《たの》む無心《むしん》と隔《へだ》てがましい。どのやうな事《こと》じやとて、何《なん》のいなと申しませう」ト言《い》ふ顔《かほ》見《み》るより涙《なみだ》を浮《う》かめ、無心《むしん》といふは外《ほか》でもない。あの与五郎様《さま》と縁《えん》を切《き》つてもらひたい。ヱ、何《なん》と言《い》はしやんす。あの与五郎さんとかへ。ヲイやい。嫌《いや》でござんす。よふ思ふてもみやしやんせ。鳴《な》いて別《わか》るゝ時鳥《ほとゝぎす》、暁方《あかつきがた》に後朝《きぬぐ》の別《わか》れを惜《を》しむ二人《ふたり》が仲《なか》、ましてや永《なが》き生別《いきわか》れ、

次へ続《つゞ》く

(12)十ウ

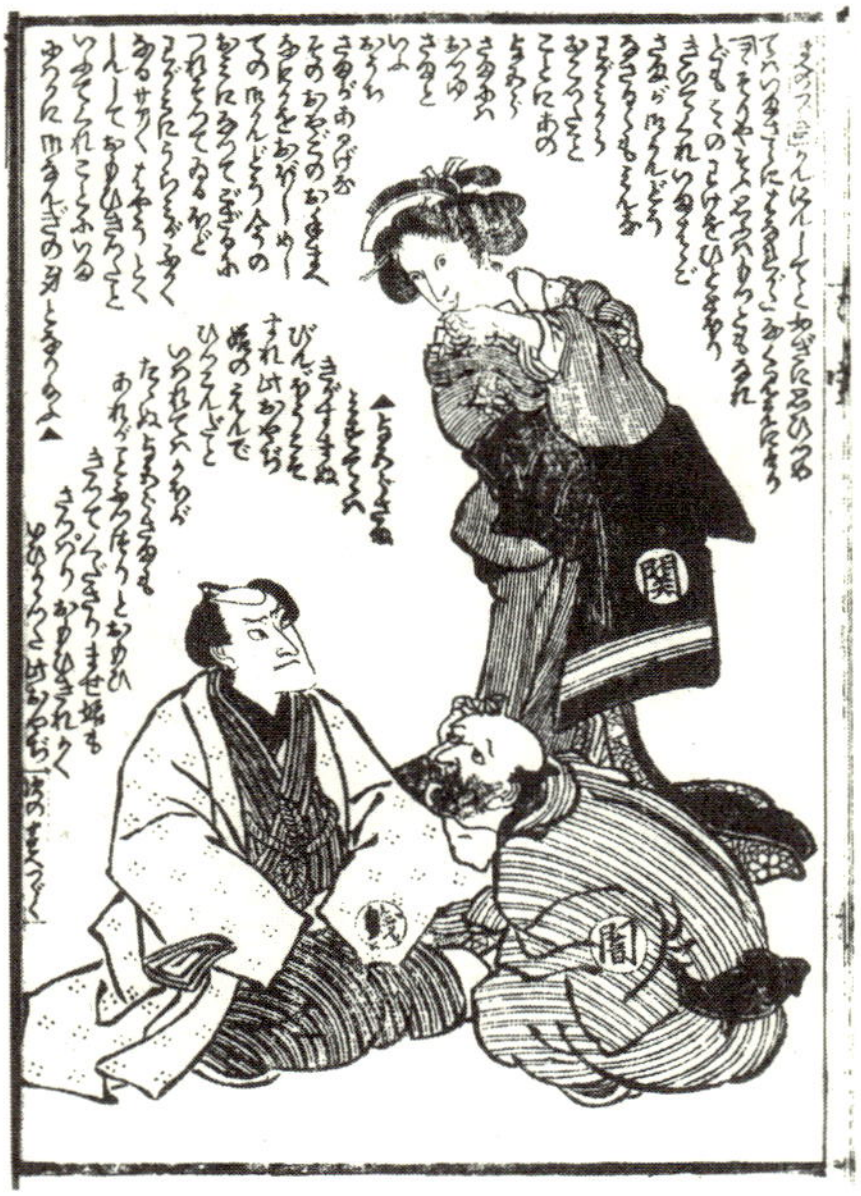

(12) 前《まへ》の続《つゞ》き 堪忍《かんにん》してと、女義《ぎ》に思ひ詰《つ》めては今更《いまさら》に、離《はな》れがたなく見えにけり。「ヲ、そりや、そふ思ふはもつともなれども、こゝの訳《わけ》を一通《ひととほ》り聞《き》いてくれ。今《いま》、母御様《はゝごさま》が御勘当《かんどう》なさるゝも皆《みんな》、我《わ》が身《み》から起《お》こつた事《こと》。殊《こと》にあの与五郎様《さま》には、於露様《おつゆさま》といふ御内様《おうちさま》があるげな。その親御《おやご》の御手前《おまへ》、何《なに》かを思《おぼ》し召《め》しての御勘当《かんどう》。今の御身《おみ》になつてござるに、連添《つれそ》つてゐるほど我《わ》が身《み》に恨《うら》みが深《ふか》くなる。サア〱早《はや》う得心《とくしん》して、思《おも》ひ切《き》つたと言《い》ふてくれ。殊《こと》に今《いま》、俄《にはか》に御難儀《おなんぎ》の身となり給ふ与五郎様《さま》、見捨《みす》てゝは気《き》が済《す》まぬ。貧乏《びんぼう》こそすれ、此親父《おやぢ》、娘の縁《えん》で引込《ひつこ》んだと言《い》はれては顔《かほ》が立《た》たぬ。与五郎様《さま》もあれが事《こと》、ふつつりと思《おも》ひ切つて下《くだ》さりませ。娘もさつぱり思《おも》ひ切《き》れ」、斯《か》く言《い》ひかゝつた此親父《おやぢ》、 次の巻へ続《つゞ》く

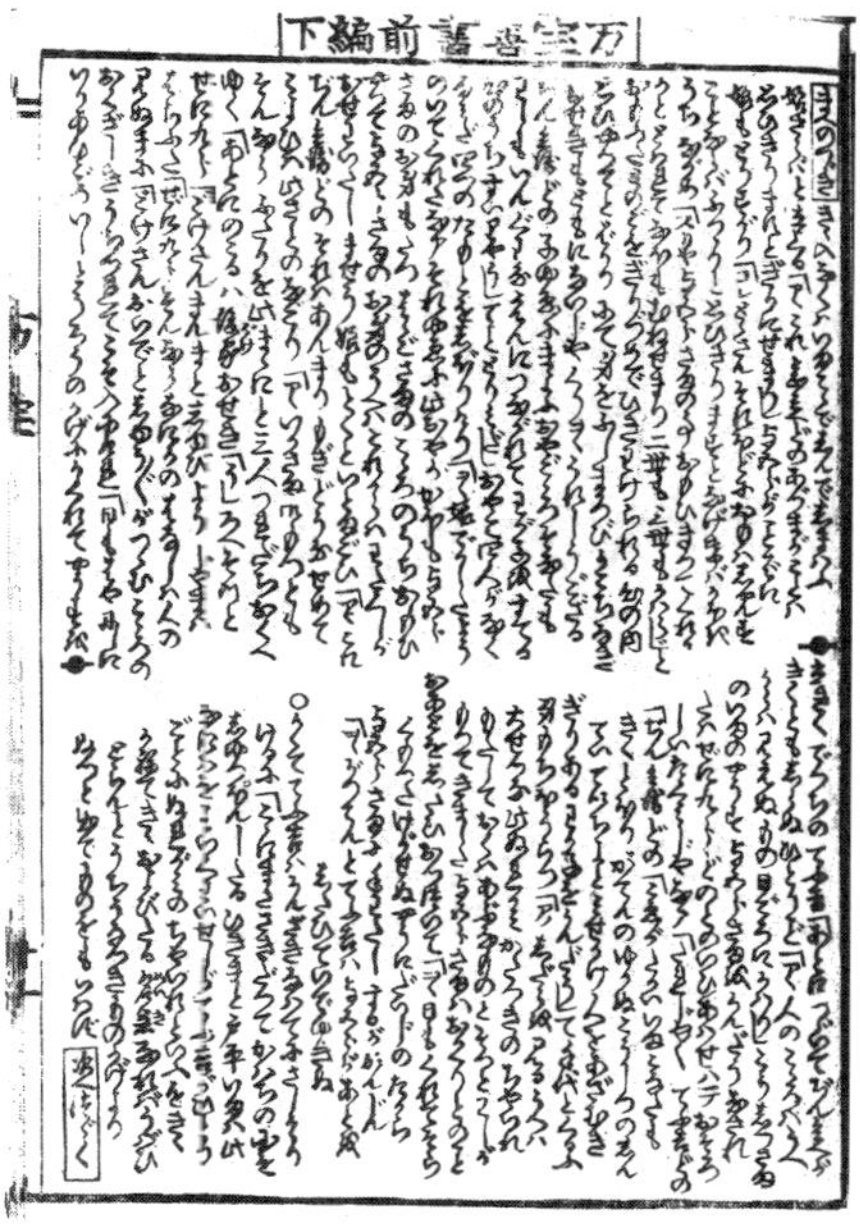

（13）十一オ

【下】

（13）万宝善書前編下

前の続《まへつゞ》き

「聞入《きゝ》なくは、今此処《いまこゝ》で死《し》んでしまはふ、娘さらば」と立上る。「ア、これ甚兵衛殿《へどの》、吾妻《あづま》が事《こと》は思《おも》ひ切《き》ります」と、義理《ぎり》に迫《せま》りし与五郎が言葉《ことば》に娘も取縋《とりすが》り、コレ父《と》さん、それほどに思《おも》はしやんす事《こと》ならば、ふつゝりと思ひ切《き》りますと嘆《なげ》けば、顔《かほ》を打眺《うちなが》め、スリヤ与五郎様《さま》の事、思《おも》ひ切《き》つてくれるかと、問《と》はれてなほも胸迫《むねせま》り、二世も三世も変《か》はらじと、思《おも》ふた殿御《とのご》を義理詰《ぎりづ》めで、引分《ひきわ》けられる心の内、思《おも》ひ遣《や》つてとばかりにて、身を臥転《ふしまろ》び、かこち泣《な》き。お関《せき》も共《とも》に泣《な》いじやくり、ヲ、嬉《うれ》しうござる甚《ぢん》兵衛殿《どの》、子故《ゆゑ》に迷《まよ》ふ親心《おやごゝろ》。そなたもわしも因果《いんぐわ》な縁《えん》に繋《つな》がれて、我《わ》が子を捨《す》てる心の内《うち》、推量《すいりやう》して取乱《とりみだ》し、親子《おやこ》四人が泣《な》く涙《なみだ》、四つの袂《たもと》を絞《しぼ》りけり。ヲ、娘でかした。よう退《の》いてくれたなア。それ故《ゆゑ》に此親《おや》が顔《かほ》も、与五郎様《さま》の御《お》身も立《た》つ。母御様《はゝごさま》の心《こゝろ》の内《うち》、思《おも》ひ遣《や》つて、与五郎様《さま》の御《お》身の上《うへ》は、これからは私《わたくし》がお世話致《せわいた》しませう。娘も、とくと暇乞《いとまごひ》。ア、これ甚《ぢん》兵衛殿《どの》、それはあんまり没義道《もぎどう》な。

せめて今宵《こよひ》は此里《さと》の名残《なごり》。ア、いかさま御もつとも。そんなら二人《ふたり》を此まゝにと、三人連立《つれだ》ち奥《おく》へ行《ゆ》く。後《あと》に残《のこ》るは後家《ごけ》お関《せき》。後《うし》ろへそつと銭《ぜに》九郎。後家《ごけ》さん、まんまと首尾《しゆび》よう邪魔《じやま》は払《はら》ふた。銭《ぜに》九郎、そんなら何《なに》かの話《はなし》は人の見ぬ間《ま》に。後家《ごけ》さんお出《いで》と主従《しゆうぐ》が、包《つゝ》む心《こゝろ》の奥座敷《おくざしき》、打連《うちつ》れてこそ入にけれ。

日もはや西《にし》に入相頃《いりあひごろ》、石燈籠《いしどうろう》の陰《かげ》に隠《かく》れて様子《やうす》を立聞《ぎ》く丁稚《でつち》の蝶《てふ》吉。後《あと》に続《つゞ》いて甚《ぢん》兵衛《へ》が、聞《き》くとも知《し》らぬ独言《ひとりごと》、「ア、人の心《こゝろ》は上《うへ》からは見えぬもの。日頃《ごろ》に変《か》はりし後室《こうしつ》様《さま》の今《いま》の様子《やうす》。与五郎様《さま》を勘当《かんだう》なされたは、銭《ぜに》九郎殿《どの》との言《い》ひ合《あ》はせ。ハテ恐《おそ》ろしい巧《たく》みじやなア」。「誰《たれ》じや〳〵」。「蝶《てふ》吉殿《どの》」。「甚《ぢん》兵衛殿《どの》、声《こゑ》が高《たか》い」。今《いま》、此方《こなた》も聞《き》く通《とほ》り、合点《がてん》のゆかぬ後室《こうしつ》の心底《しんてい》。貞女《ていぢよ》と見《み》せ掛《か》け人を欺《あざむ》き、義理《ぎり》ある我《わ》が子を勘当《かんだう》して、手代とぐるに身持放埒《もちほうらつ》。アノしだらを見る上《うへ》は、大切《せつ》な此濡髪肩衝《ぬれがみかたつき》の茶入《ちやいれ》持《も》たしておくは危物《あぶなもの》と、そつとわしが持《も》つて来《き》ました。与五郎様《さま》はお帰《かへ》りとの事《こと》。お跡《あと》を慕《した》ひ追付《おつつ》いて。ヲ、日も暮《く》れて空曇《そらくも》つた。怪我《けが》せぬ様《やう》に大事《だいじ》の宝《たから》、与五郎様《さま》に手渡《わた》しするが肝《かん》心《じん》。ヲ、合点《がつてん》と蝶《てふ》吉は、与五郎が跡《あと》を慕《した》ひて出行《いでゆ》きぬ。

○斯《か》くて蝶《てふ》吉は神崎畷《かんざきなはて》にさしかゝりけるに、こゝに又《また》、先《さき》だつて河内《かはち》の国を出奔《しゆつぽん》したる引窓《ひきまど》戸平、今《いま》は此浪花《なには》を徘徊《はいくわい》せしが、蝶《てふ》吉が独言《ひとりごと》に「濡髪《ぬれがみ》の茶入《ちやいれ》」といふを聞《き》き、かねて聞及《きゝおよ》びたる名器《めいき》なれば、奪取《うばひと》らんと打頷《うちうなづ》き、物陰《ものかげ》よりぬつと出て、物《もの》をも言《い》はず

次《つぎ》へ続《つゞ》く

(14)十一ウ

十二オ

(14) 前《まへ》の続《つゞ》き 蝶《てふ》吉が肩先《かたさき》すつぱと斬《き》りつくる。声立《こゑた》つる間《ま》も、三刀《かたな》四刀《かたな》、脾腹《ひはら》をかけて一抉《ひとゑぐ》り。「アツ」ト叫《さけ》びて七転八倒《しつてんばつとう》。手早《ばや》く茶入《ちやいれ》を奪取《うばひと》り、死骸《しがい》を隠《かく》す藪《やぶ》の中《なか》。折《をり》から降来《ふりく》る雨《あめ》の脚《あし》。逃行《のがれゆ》かんとする折《をり》しも、山咲屋《や》の家来筋《けらいすぢ》実四郎といふ者《もの》、主人与五郎の安否《あんぴ》いかゞと急《いそ》ぎ来《く》る。折《をり》しも、すれ違《ちが》ふたる引窓《ひきまど》戸平を怪《あや》しと止《とゞ》むる途端《とたん》の拍子《ひやうし》、引千切《ひきちぎ》りたる片袖《かたそで》は、実《じつ》四郎が手に残《のこ》り、後《あと》を見《み》送《おく》る小提灯《ちやうちん》を目当《めあ》てに、ばたたり手練《しゆれん》の礫《つぶて》。戸平は跡《あと》をくらまして、行方《ゆくゑ》も知《し》れずなりにけり。

○山咲屋《ざきや》の先《せん》の主《あるじ》与次兵衛《へ》代に手代にてありし実《じつ》四郎、若気《わかげ》の誤《あやま》りにて、神崎《かんざき》の里通《さとがよ》ひに、主人の金《かね》を使込《つかひこ》みたる誤《あやま》りにて暇出《いとまい》で、それよりは山咲屋《ざきや》へ出入叶《でいりかな》はず、父実右衛門《ぢつゑもん》、母もろとも天王寺の門前《もんぜん》に住《す》みけるが、前方《まへかた》、馴染《なじみ》の神崎《かんざき》のかをる大夫が年季明《ねんきあ》けたるを幸《さいは》ひ、女房にして名をおはやと呼《よ》び、次へ続《つゞ》く

(15)十二ウ

十三オ

(15) 前《まへ》の続《つゞ》き 少《すこ》しの小商《あきな》ひして暮《く》らし、先非《せんぴ》を悔《く》いて、どうぞして山咲屋《ざきや》へ帰参《きさん》をし、これまで受《う》けたる大恩《おん》の百が一つも報《ほう》ずべしと思ふうち、後家《ごけ》のお関《せき》、手代分《ぶん》の銭《ぜに》九郎と訳《わけ》ありて、義理《ぎり》ある与五郎を勘当《かんどう》したると聞《き》き、お関《せき》はいつたい我《わ》が妹《いもと》なれば、大きに心《こゝろ》を痛《いた》めてぞゐたりける。

此折節《をりふし》、父実《じつ》右衛門は病気《びやうき》なり。然《しか》るに実《じつ》四郎、如何《いか》なる所存《しよぞん》にや、此頃《ごろ》は商《あきな》ひもせず、幾日《いくか》も家《うち》へ帰《かへ》らず、俄《にはか》に又、身持《もち》悪《あ》しくなりければ、母はこれを父実《じつ》右衛門《ゑもん》には隠《かく》して言《い》はねど、たゞ嫁《よめ》のおはやと共《とも》に苦労《くらう》にしてぞゐたりける。

斯《か》くて四、五日振《ぶ》りにて実《じつ》四郎、家《うち》へ戻《もど》りければ、母親《おや》は腹立《はらた》つまゝの震《ふる》ひ声《ごゑ》、「こりや、やい実《じつ》四郎 次へ続《つゞ》く

(16) 前《まへ》の続《つゞ》き 此頃《ごろ》続《つゞ》く夜泊《どま》り日泊《どま》り、どこへのら〳〵出歩《である》くのじや。言《い》ふに及《およ》ばぬ事《こと》ながら、前方《まへかた》、親父殿《おやぢどの》、人の請《う》けに立《た》つて金がなければ、身に難儀《なんぎ》のかゝる事があつて、詮方《せんかた》なく、妹《いもと》娘を神崎《かんざき》へ勤《つとめ》奉公、名も遠《とほ》山大夫とい

ひしが、先《せん》の御主人与次兵衛様《へさま》、そちが妹《いもと》じや聞《き》かしやつて、不憫《ふびん》に思《おぼ》し召《め》し、身請《うけ》なされて御新造様《しんぞさま》になつたゆゑ、兄弟《きやうだい》の子の陰《かげ》で楽々《らくく》と暮《く》らしてゐた所、その方《ほう》が年《ねん》明前《あけまへ》になつて、若気《わかげ》のしくじり。あの堅《かた》い親父殿《おやぢどの》、大恩《おん》を受《う》けた先旦那《せんだんな》へ義理《ぎり》が立《た》たぬと言《い》ふて、それからは娘の方《ほう》から銭《ぜに》三文貢《みつぎ》は受《う》けず、此貧苦《ひんく》を凌《しの》いでゐるも、皆《みな》おのれが不所存《ふしよぞん》からじやぞよ。されども嫁女《よめぢよ》もこちら二人《ふたり》への孝行、可哀想《かはいそふ》に三方《ぼう》四方《ほう》へ気兼《きが》ねしてゐるが、わが目《め》には見《み》へぬかやい。ヱ、不孝者《ふかうもの》め」と声震《こゑふる》はし、一間を憚《はゞか》る忍《しのび》泣《な》き。実《じつ》四郎は大あくび、「ア、家《うち》へ入《はい》るか入《はい》らぬに、面白《おもしろ》くない長談義《ながだんぎ》。それが嫌《いや》さに戻《もど》らぬのじやはいの。女房《ぼう》めも何《なん》じや陽気《やうき》に食《く》はぬ面付《つらつ》き。愛想《あいそ》が尽《つ》きた、嫌《いや》になつた、暇《ひま》やつた、出《で》て失《う》しやう」と言《い》ひ散《ち》らし、有合《ありあ》ふ三《さ》味線取上《みせんとりあ》げて、落着《おちつ》き顔《がほ》の罰当《ばちあ》たり。小唄歌《うたうた》ふてゐたりけり。母《はゝ》も女房《ぼ》も呆《あき》れ顔《がほ》。おはやは側《そば》に差寄《さしよ》つて、お前《まへ》、そりやマア何《なん》のこつちやいな。あんまり呆《あき》れて物《もの》が言《い》はれぬ。私《わたし》には何誤《なにあやま》り、何科《なにとが》あつて暇《ひま》を下《くだ》さんすのじや。サアその訳聞《わけき》かせて下《くだ》さんせ。ヲ、そふじや〳〵。嫁女《よめぢよ》を去《さ》

らす事《こと》はならぬ。此母《はゝ》が去《さ》らさぬ。出《で》て行《ゆ》きてよくば、おのれ出《で》て行《ゆ》け。親父殿《おやぢどの》の耳《みゝ》へ入《い》れるに及《およ》ばぬ、勘当《かんどう》じや。ハ、きり〳〵と出《で》て行《ゆ》きおれと、堪《こら》へかねたる腹立涙《はらだちなみだ》。ハ、、、その出《で》て失《う》せいを待《ま》つてゐたのだ。長《なが》い浮世《うきよ》に短《みじか》い命《いのち》。一寸先《すんさき》は闇雲《やみくも》。一人《ひとり》気散《きさん》じで暮《く》らそふはい。母者人《はゝじやひと》おさらばでござります。ヱ、モ、知《し》らぬはやい。ハアいかさまなア、勘当《かんどう》受《う》ければ赤《あか》の他人《たにん》。どりやお暇《いとま》申さうと立上《あ》がる裾引止《すそひきとゞ》め、これいナア、こちの人、本気《ほんき》じやあるまい。気《き》が違《ちが》ひはせぬかいナアと、止《とゞ》むる女房《ぼう》振《ふり》切《き》つて、ずつと出かゝる門《かど》の口《くち》、「悴待《せがれま》て。こりや遺言《ゆいごん》は、それでよいか。親子《おや》は一世《いつせ》、とつくりと暇乞《いとまごひ》をして行《ゆ》きやれ」と父の声《こゑ》、

次へ続《つゞ》く

(17)十四ウ

十五オ

（17） 此所《ところ》の絵《ゑ》の訳《わけ》は後編《こうへん》に記《しる》す

前《まへ》の続《つゞ》き 親父様《おやぢさま》、何《なん》と仰《おつしや》ります。イヤサ、こりやそちを産《う》ました親《おや》じやはやい。知《し》るまいと思《おも》ふが、山咲屋《ざきや》与次兵衛殿《へどの》、死去《きよ》の後《のち》、与五郎殿《どの》を名前《まへ》に立《た》て、後家《ごけ》を立る我《わ》が娘《むすめ》。ヱでかしおつたと心に誉《ほ》める甲斐《かひ》もなく、手代分《ぶん》の銭《ぜに》九郎と訳《わけ》あつて、若旦那《わかだんな》を勘当《かんどう》したと世間《せけん》の噂《うはさ》。お主の家《いへ》に傷《きず》を付《つ》ける憎《にく》い娘《むすめ》。銭《ぜに》九郎もろとも打放《うちはな》し、人殺《ごろ》しの科《とが》を引被《ひきかぶ》れば、山咲《ざき》の家《いへ》に傷付《きずつ》かず、跡式《あとしき》は与五郎殿《どの》と思《し》案《あん》を極《きは》めたそちが心底《しんてい》。後《あと》へ難儀《なんぎ》をかけまいと、心に思《おも》はぬ身の放埒《ほうらつ》。勘当《かんどう》受《う》けて死《し》なふとは、ホ、でかした。病《びやう》気《き》でなくは不義《ふぎ》の娘、此親《おや》が存分《ぞんぶん》にしやうものを、何を言《い》ふても叶《かな》はぬ病苦《びやうく》と、一徹涙《いつてつなみだ》。さてはと母は正体《たい》なく、女房《ぼう》おはやも諸共《もろとも》に、わつとばかりに泣出《なきいだ》す。実《じつ》四郎も涙《なみだ》を払《はら》ひ、「御推量《すいりやう》の上《うへ》は包《つゝ》むに及《およ》ばず。山咲屋《ざきや》の宝《たから》、巨《こ》勢金岡《せのかなをか》が筆《ふで》の放駒《はなれごま》の一軸《ぢく》と濡髪肩衝《ぬれがみかたつき》の茶入《ちやいれ》、二品共《しなとも》に紛《ふん》失《じつ》。いろ〳〵詮議致《せんぎいた》せども、日限《ぎり》は近《ちか》づく、

次《つぎ》へ続《つゞ》く

此処柳川重政画

(18)十五ウ

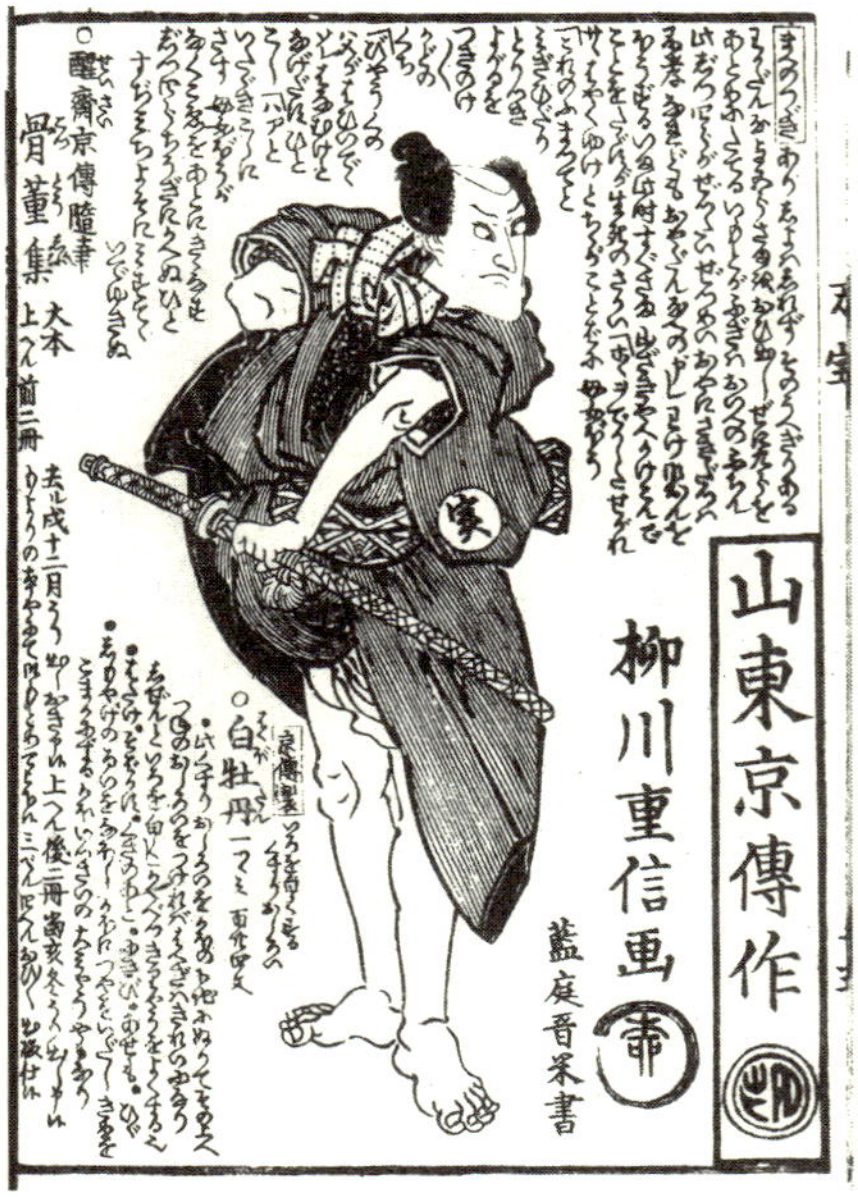

(18) 前《まへ》の続《つゞ》き 有所《ありしよ》は知《し》れず。その上《うへ》、義理《ぎり》ある若旦那《わかだんな》与五郎様《さま》を追出《おひ》し、銭《ぜに》九郎を跡目《あとめ》に立《た》てる妹《いもと》が不義《ふぎ》は御家《おいへ》の浮沈《ふちん》。此実《じつ》四郎が絶体絶命《ぜつたいぜつめい》。親《おや》に先立《さきだ》つは不孝なれども、親旦那《おやだんな》への申し訳《わけ》、御恩《おん》を奉《ほう》ずる今《いま》此時、すぐさま山咲屋《ざきや》へ駆込《かけこ》んで、事《こと》を糺《たゞ》すが生死の境《さかい》」「ホ、ヲでかした倅《せがれ》。サ、早《はや》く行《ゆ》け」と父《ちゝ》が言葉《ことば》に、母、女房《ぼう》、これのふ待《ま》つてと右左《みぎひだり》、取付《とりつ》きすがるを突除《つきの》け〳〵門《かど》の口《くち》。病苦《びやうく》の父が這出《はひで》て、ソレ餞《はなむけ》と投出《なげだ》す一腰《ひとこし》。ハアと戴《いたゞ》き腰《こし》に差《さ》す。母、女房《ぼう》が泣《な》く声《こゑ》を後《あと》に聞《き》きなす実《じつ》四郎。忠義《ちうぎ》に変《か》へぬ一筋道《ひとすぢみち》、よそに見捨《みす》てゝ出行《いでゆ》きぬ。

山東京伝作㊞
柳川重信画㊞
藍庭晋米書

○醒斎《せいさい》京伝随筆　骨董集《こつとうしふ》　大本　上編《へん》前二冊
去ル戌十二月売《うり》出し置《お》き申候。上編《へん》後二冊、当亥冬売《うり》出し申候。最寄《もより》の本屋《や》にて御求《もと》め可被下候。三編《べん》四編《へん》追々《おひ〳〵》出板仕候。

京伝製 色《いろ》を白くする薬白粉《くすりおしろい》

○白牡丹《はくぼたん》　一包《つゝみ》百廿四文

●此薬白粉《くすりおしろい》を顔《かほ》の下地に塗《ぬ》りて、その上へ常《つね》の白粉《おしろい》を付《つ》ければ生際《はへぎは》綺麗《きれい》になり、自然《しぜん》と色《いろ》を白くし、格別《かくべつ》器量《きりやう》をよくする也。

●疥《はたけ》・雀斑《そばかす》・瘡《くさ》の跡《あと》・面皰《にきび》・汗疹《あせも》・皹《ひゞ》・霜焼《しもやけ》の類《るい》を治《なほ》し、顔《かほ》に艶《つや》を出《いだ》し、きめを細《こま》かにする。顔一切《かほいっさい》の大妙薬《みやうやく》なり。

後編見返し

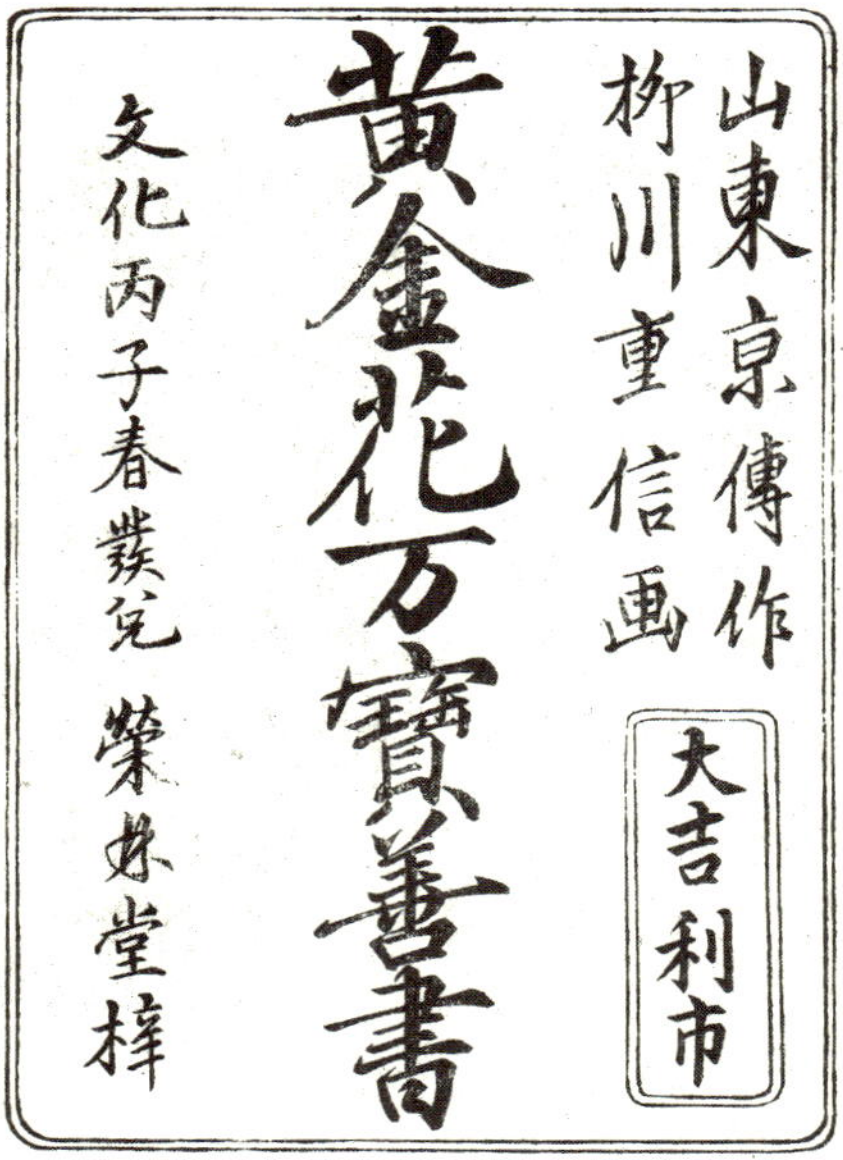
山東京傳作
柳川重信画
黄金花万寶善書
大吉利市
文化丙子春發兌　榮林堂梓

【後編見返し】

山東京伝作
柳川重信画　大吉利市
黄金花万宝善書
文化丙子春発兌　栄林堂梓

【後編】

【上】

(19)　万宝善書後編上

読《よ》み始《はじ》め　さても山咲屋《や》の後家《ごけ》お関《せき》は、与五郎を勘当《かんどう》し、銭《ぜに》九郎を跡目《あとめ》と定《さだ》め、名も二代の与五郎と変《か》へさせしは、訳《わけ》ある仲故《なかゆゑ》と知《し》られたり。

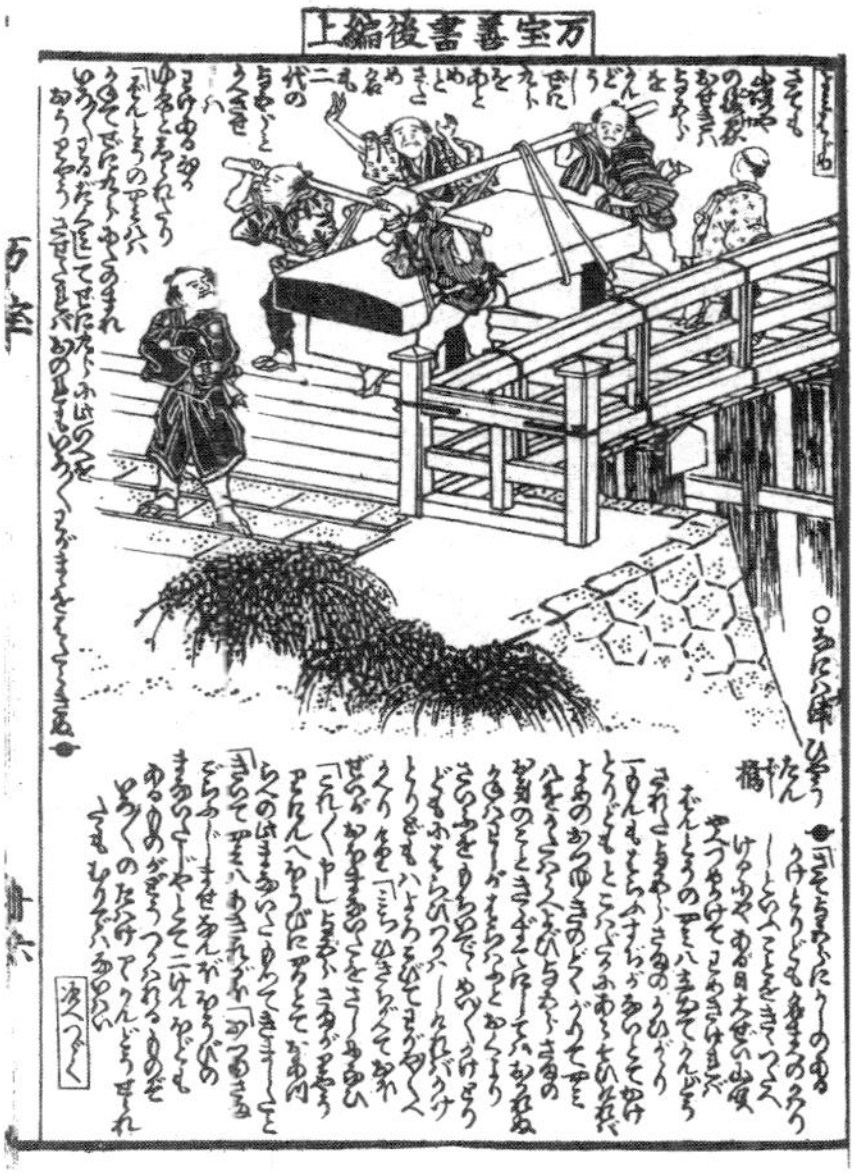

(19)十六オ

番頭《ばんとう》の闇《やみ》八は、かねて銭《ぜに》九郎に頼《たの》まれ、いろ〳〵悪企《わるだく》みして、銭《ぜに》九郎に此家《いへ》を横領《おうりやう》させたれば、おのれもいろ〳〵我儘《わがまゝ》を働《はたら》きぬ。

さて、与五郎に貸《か》しのある掛取共《かけとりども》、名前《まへ》の変《か》はりしといふ事《こと》を聞伝《きゝつた》へけるにや。ある日、大勢《ぜい》、山咲屋《や》へ詰掛《つめか》けて喚《わめ》きければ、番頭《ばんとう》の闇《やみ》八立出て、勘当《かんどう》された与五郎様《さま》の買《かひ》掛《が》かり、一文《もん》も払《はら》ふ筋《すぢ》がないとて、掛取共《かけとりども》と声高《こはだか》に争《あらそ》ひければ、嫁《よめ》の於露《おつゆ》気の毒《どく》がりて、闇《やみ》八を傍《かたは》らへ呼《よ》び、与五郎様《さま》の御《お》身の事《こと》、聞捨《きゝず》てにしては置《お》かれぬ。金《かね》はわしが払《はら》はふと、奥《おく》より財布《さいふ》を持出《もちいで》て、めい〳〵掛取共《かけとりども》に払《はら》ひ遣《つか》はしければ、掛取共《かけとりども》は喜《よろこ》びて、我《わ》が家《や》〳〵へ帰《かへ》りけり。

道引違《みちひきちが》へて大勢《おほぜい》が、大俎板《おほまないた》を差担《さしにな》ひ、これ〳〵申し、与五郎様《さま》が料理人《りやうりにん》へ褒美《ほうび》に遣《や》るとて、お誂《あつら》への此俎板《まないた》、持《も》つて来《き》ましたと、聞《き》いて闇《やみ》八呆《あき》れ顔《がほ》。於露様《おつゆさま》、御覧《ごらふ》じませ。なんぼ褒美《ほうび》の俎板《まないた》じやとて、二間《けん》ほどもある物《もの》が、どう使《つか》はれる物《もの》ぞ。いろ〳〵の戯《たは》け、ア、勘当《かんどう》せられたも無《む》理《り》ではないはい。

次へ続《つゞ》く

○浪花津《なにはづ》瓢簞橋《ひやうたんばし》

(20)十六ウ

十七オ

(20)【前の続き】コレ〳〵皆《みな》の衆《しゆ》。息子殿《むすこどの》は勘当《かんどう》じや。家《うち》には居《ゐ》ぬ、持《も》つて帰《かへ》りや。ヱ、これは又、迷惑《めいわく》でござります。此大きな俎板《まないた》が、変替《へんが》へ受《う》けてどうなりましよ。じやといふて、こつちにも此俎板《まないた》で料理《りやうり》する魚《うを》がないと争《あらそ》ふ折《をり》から、門口《かどぐち》より、その俎板《まないた》で料理《りやうり》する魚《さかな》は俺《おれ》が知《し》つてゐると、ずつと入《はい》る胡麻塩親父《ごましほおやぢ》。「ヤアわりやア、此間《あひだ》、下屋敷《しもやしき》で邪魔《じやま》を広《ひろ》いだ吾妻《あづま》が親《おや》の駕籠《かご》の甚兵衛《ぢんへ》とやら、よい所へうせたなア。此俎板《まないた》で料理《りやうり》する魚《うを》があると抜《ぬ》かすのか」。「ヲ、あるとも〳〵。此俎板《まないた》の上へ乗《の》せるのは、後《こう》室《しつ》のお関殿《せきどの》と銭《ぜに》九郎。可哀想《かはゆそふ》に与五郎様《さま》を勘当《かんどう》して、此跡《あと》式《しき》を丸呑《のみ》にする悪性者《あくしやうもの》を、二人一緒《ふたりいつしよ》に重《かさ》ねておいて、料《りやう》理《り》するには屈強《くつきやう》な此俎板《まないた》。性根《しやうね》の腐《くさ》つた腸《はらわた》を、俺《おれ》が洗《あら》つてみせるのだ」と、なほ俎板《まないた》に海老《えび》の腰据《こしす》ゑて、どつさり言《い》ひ掛《か》けた台詞《せりふ》も、手強《ごは》き頑丈作《がんぢやうづく》り。闇《やみ》八は嘲笑《せゝらわら》ひ、「何《なん》のおのれが、いらざる指図《さしづ》」ト互《たが》ひに争《あらそ》ふ言葉戦《ことばたゝか》ひ。その毫《ほうげ》たを、と摑《つか》み掛《か》かる闇《やみ》八を、捕《とら》へてどつさり担投《かつぎな》げ、続《つゞ》いて掛《か》かる手代共《だいども》を張退《はりの》け蹴退《けの》け、荒出《あれいだ》す。於露《おつゆ》は裾《すそ》に取付《とりつ》いて、様々《さまぐ》宥《なだ》め賺《すか》しければ、甚兵衛《ぢんへ》も於露《おつゆ》が何《なに》か

の心遣《こゝろづか》ひを思《おも》ひ遣《や》り、やう〳〵と料簡《りやうけん》して、元来《もとき》し道《みち》へ立帰《かへ》る。

宿《やど》は行来《ゆきゝ》も途絶《とだ》へなき、人目を窺《うかゞ》ひ闇《やみ》八が、大俎板《まないた》に頬《ほう》杖突《づゑつ》き、かねて於露《おつゆ》に心《こゝろ》を掛《か》くる思《おも》ひの丈《たけ》を打明《うちあ》かし、いろ〳〵と掻口説《かきくど》きけるが、於露《おつゆ》は聞《き》くもうるさく思《おも》ひ、けんもほろゝの挨拶《あいさつ》の、折《をり》から表《おもて》へ最前《さいぜん》の掛取《かけとり》ども立戻《もど》り、合図《あひづ》と思《おぼ》しく手拍子《びやうし》を打《う》ちければ、闇《やみ》八は、ア、これ、まだ早《はや》い〳〵と気《き》を揉《も》むその暇《ひま》に、於露《おつゆ》は振切《ふりき》り奥《おく》へ行《ゆ》く。恨《うら》めしそふに後打見《あとうちみ》やり、辺《あた》り見回《まは》し表《おもて》へ出《い》で、皆《みな》の衆《しゆ》、まんまと首尾《しゆび》よう。サアお前《まへ》の頼《たの》みの通《とほ》り、与五郎様《さま》の掛取《かけとり》になつて、嫁御《よめご》の帆待《ほまち》、めい〳〵せしめた

次へ続《つゞ》く

(21)十七ウ

十八オ

(21) 前《まへ》の続《つゞ》き 此金《かね》と渡《わた》せば、取《と》つて、ヲ、皆《みな》、大儀《たいぎ》であつた。それ分口《わけくち》。ヱ、忝《かたじけ》ない。又よい仕事《しごと》ができたらば頼《たの》みますと、相摺共《あひすりども》は金懐《かねふところ》へ取納《とりおさ》め、我《わ》が家《や》〳〵へ立帰《かへ》る。

斯《か》かる折《をり》しも、奥《おく》の間《ま》よりお関《せき》、銭《ぜに》九郎諸共《もろとも》に、於露《おつゆ》が実父南方《じつぷなんぽう》十字兵衛《じへ》を伴《ともな》ひて出来《きた》り、座に着《つ》けば、十字兵衛《へ》言《い》ひけるは、「スリヤ如何様《いかやう》に申ても、金貸《かねか》す事《こと》はなりませぬか。拙者《せつしや》は与五郎がためには舅《しうと》、二百や三百両貸《か》したとて、さのみ恩《おん》には着《き》ませぬ。いよ〳〵金《かね》が貸《か》されずは、娘の於露《おつゆ》を取返《とりかへ》して連《つ》れて帰《かへ》る」と立上《あ》がる。お関《せき》は押止《おしと》め、「一旦嫁《いつたんよめ》に取《と》つた於露《おつゆ》、去《さ》る事《こと》はなりませぬ」。「此間《あひだ》からたび〳〵の無心事《むしんごと》。こちじやとて金《かね》のなる木は持《も》つまいし、もうそふ〳〵は貸《か》されませぬ」と双方言葉《さうほうことば》の争《あらそ》ひに、角菱《かどひぢ》の立《た》つ十字兵衛《じへ》、鐺詰《こじりつ》まりし大小も中戸へぐわたぴし当《あた》り眼《まなこ》、ぶつくさ言《い》ふてぞ帰《かへ》りける。

道引違《みちひきちが》へて引窓《ひきまど》戸平、腰《こし》に大小偽物作《いかものづく》り繕《つくら》ふ武士の表《おもて》の方《かた》、後室《こうしつ》に御意得《ぎよいえ》たい、取次《とりつぎ》召《め》されと打通《うちとほ》れば、底気味悪《そこきみわる》く銭《ぜに》九郎、尻込《しりご》みすれば、お関《せき》は騒《さは》がず、私《わたくし》が主《あるじ》の関《せき》。

お越《こ》しなされたあなた様《さま》は。拙者《せつしや》は浪人者《らうにんもの》でござるが、糧《かて》に尽《つ》きて一人の弟《おとゝ》を若衆奉公《わかしゆぼうこう》に売《う》りましたるところ、此処《こゝ》の御子息《しそく》与五郎殿《どの》が根引《ねびき》して、丁稚分《でつちぶん》に使《つか》ひ召《め》さる由《よし》、弟《おとゝ》蝶《てふ》吉を此方へお返《かへ》しなされて下《くだ》されよと、己《おの》が悪事《あくじ》を塗付《ぬりつ》くる非道《ひどう》の難題《なんだい》。お関《せき》が、突胸《とむね》、銭《ぜに》九郎差寄《さしよ》つて、なるほどその蝶《てふ》吉、丁稚分《でつちぶん》に使《つか》ふてはをりましたれど、此頃《ごろ》から行方知《ゆくゑし》れず。諸所方々《しよくほうぐ》と手分《わ》けして。黙《だま》り召《め》され。大《たい》切《せつ》な弟《おとゝ》、行方知《ゆくゑし》れぬといふて済《す》まふか、返《かへ》さつしやれと申も、浪人《らうにん》の糧《かて》に尽《つ》き、も一度《いちど》若衆奉公《わかしゆぼうこう》に売《う》らふと存《ぞん》じての事《こと》。事の子細《しさい》は言《い》はぬが秘密《ひみつ》、弟《おとゝ》蝶《てふ》吉を返《かへ》す事がならずは、なにとぞ金子《きんす》を貸《か》し下《くだ》されよと申して、たゞは借《か》りぬ、此一品《しな》と懐《ふところ》より取《とり》出すは、山咲屋《や》の定紋《ぢやうもん》を染込《そめこ》む服《ふく》紗《さ》にあやなす血潮《ちしほ》。お関《せき》は見《み》るよりびつくりし、こりやこれ私《わたし》が家《いへ》の定紋《ぢやうもん》。

次へ続《つゞ》く

[金銀覚]

（22）十八ウ

十九オ

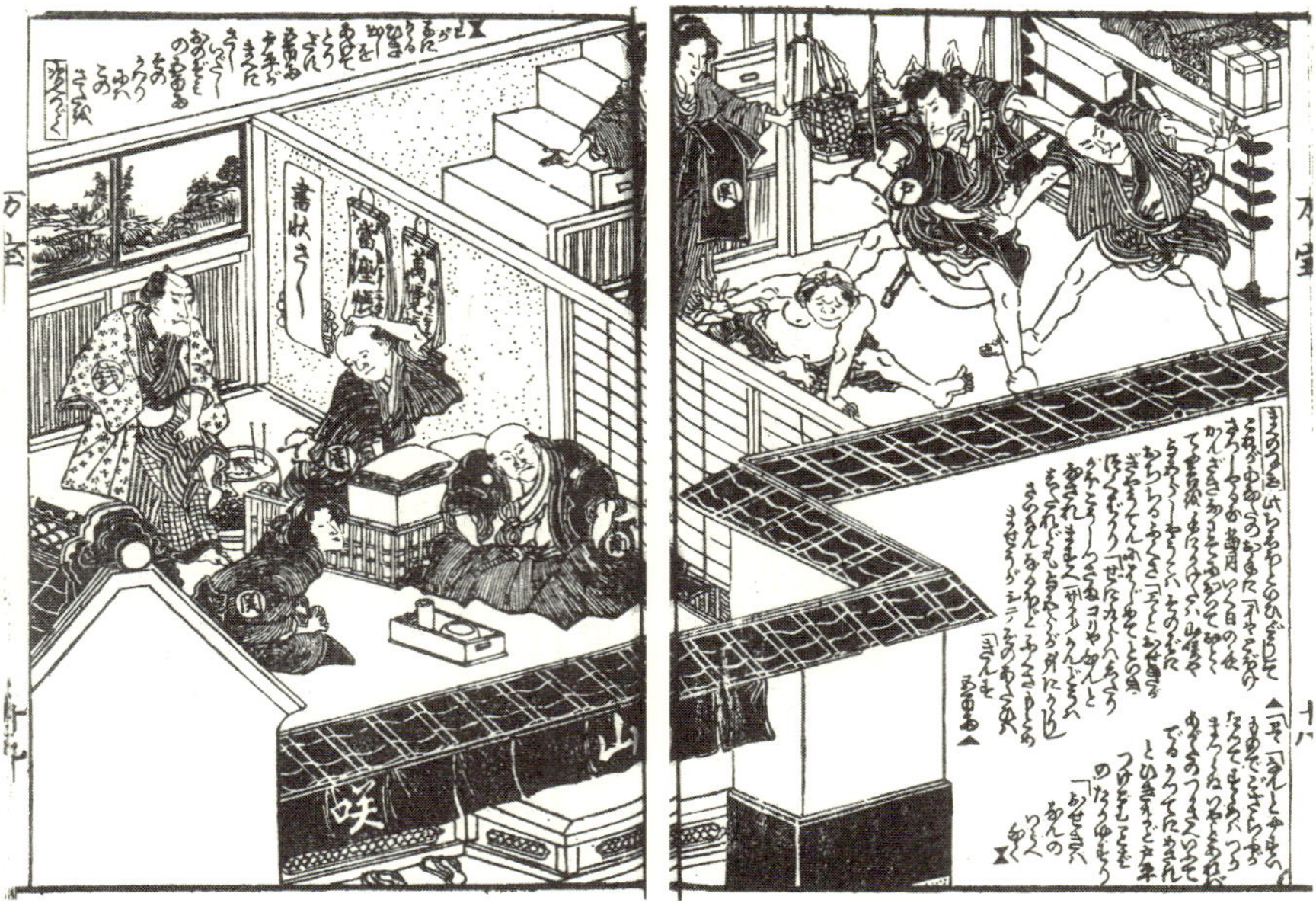

（22）［前《まへ》の続《つゞ》き］此血潮《ちしほ》といひ、どうしてこれが、あなたのお手に。イヤ惚《とぼ》けさつしやるな。当月幾《いく》日の夜、神崎《かんざき》畷《なわて》において、弟蝶吉《おとゝてふ》を手に掛《か》けたは山咲屋《や》与五郎。証拠《しやうこ》は、その場《ば》に落散《おちち》る服紗《ふくさ》。ヱ、とお関《せき》が仰天《ぎやうてん》に、初《はじ》めて吐息吐《といきつ》くばかり。銭《ぜに》九郎はしたり顔《がほ》、「後室様《こうしつさま》。コリヤ何《なん》となされますへ」。「サイノ勘当《かんどう》はしたれども、与五郎が身に掛《か》かりし災難《さいなん》。なるほど服紗求《ふくさもと》めませうが、シテその価《あたひ》は」。「金子《きんす》五百両」。「ヱ、」。「何《なん》と安《やす》い物《もの》でござらふが。たつて勧《すゝ》めは仕《つか》まつらぬ。嫌《いや》とあれば、県《あがた》の司《つかさ》へ言《い》ふて出《で》る。勝手《かつて》に召《め》され」と引窓《ひきまど》戸平、付込《つけこ》む言葉《ことば》の高強請《たかゆすり》。お関《せき》は何《なん》の応《いら》へなく、我《わ》が名《な》に掛《か》かる引《ひき》出しを開《あ》けて取出《とりだ》す五百両。戸平が前《まへ》に差出《さしいだ》し、お望《のぞ》みの五百両。その代《かは》りには、この沙汰《さた》を。［次へ続《つゞ》く］

［山咲］
［万覚帳］
［当座帳］
［書状差《さし》］

二十オ

（23）十九ウ

（23） 前の続《つゞ》き 知《し》れた事《こと》、此座切《ざぎり》。与五郎が命代《がは》りの服《ふく》紗《さ》の代金、確《たし》かに受納《じゆなふ》と懐《ふところ》へ押込《おしこ》んで、いづれもさらばと門《かど》の口。イヤ申し、お侍様《さむらひさま》。あなたの御旅宿《りよしゆく》はな。偽《いつは》り事《ごと》を渡世《とせい》に致《いた》す拙者《せつしや》。定《さだ》まつた宿《やど》はござらぬ。ナニ偽《いつは》りとは。ハ、ハヽ、蝶《てふ》吉が兄《あに》と言《い》ふたは真赤《まつか》な偽《いつは》り。実《まこと》は此金をせしめふためさ。又偽者《いつはりもの》など、抜《ぬ》かすが最《さい》後《ご》、与五郎は人殺《ごろ》しでござるといふて出やうか。サアそれは何《なん》とでござる。後室《こうしつ》と弱味《よはみ》へ付込《つけこ》む疫病《やくびやう》神。お関《せき》は無《む》念《ねん》と思《おも》へども、荒立《あらだ》てられぬ此場《ば》の仕儀《しぎ》。口惜《くちを》し涙《なみだ》に暮《く》れゐたる。銭《ぜに》九郎は高笑《わら》ひ、「コリヤやい、勘当《かんどう》した与五郎、死《し》なふが生《い》きよふが、こつちは知《し》らぬ。ヲ、騙《かた》りとぬかしやア動《うご》かさぬと 次へ続《つゞ》く

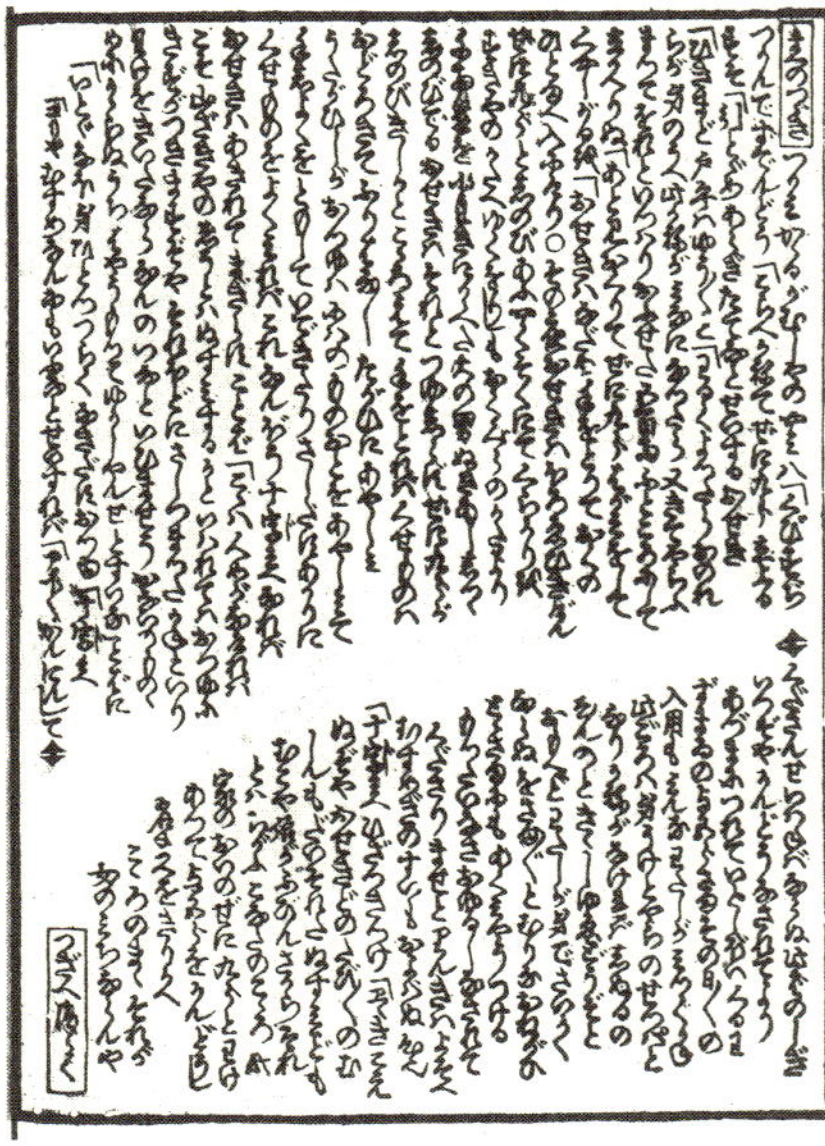

(24)二十ウ

（24）前《まへ》の続《つゞ》き　摑《つかみ》掛《か》かる我武者《がむしゃ》の闇《やみ》八、首筋摑《くびすぢつか》んでずでんどう。堪《こら》へかねて銭《ぜに》九郎、立上る裾《すそ》引止《とゞ》め、荒《あら》ぎ立《た》てなと制《せい》するお関《せき》。引窓《ひきまど》戸平は悠々《ゆう〳〵》と、悪《わる》く寄《よ》つたら、おのれらが身の上《うへ》、此金《かね》が皆《みな》になつたら又来《き》てやらふ、待《ま》つてをれと、偽《いつは》り果《おふ》せた五百両、懐《ふところ》にして立帰《かへ》りぬ。後《あと》見送《おく》りて銭《ぜに》九郎、歯嚙《はがみ》をして悔《くや》しがるを、お関《せき》は宥《なだ》め手を取《と》りて、奥《おく》の一間《ひとま》へ入にけり。

○その夜、お関《せき》はほろ酔《ゑ》ひ機嫌《きげん》。銭《ぜに》九郎と忍逢《しのびあ》ふ約束《やくそく》にて、暗《くら》がりを数寄屋《すきや》の方《かた》へ行《ゆ》く折《をり》しも、奥蔵《おくぐら》の方《かた》より千両箱を小脇《わき》に抱《かゝ》へた大の男、抜足《ぬきあし》しつゝ、忍出《しのびで》る。お関《せき》は、それと露知《つゆし》らず、銭《ぜに》九郎が忍来《しのびき》しかと心得《こゝろえ》て、手を取《と》れば、曲者《くせもの》は驚《おどろ》きて振放《ふりはな》し、互《たが》ひに怪《あや》しみ疑《うたが》ひしが、於露《おつゆ》は庭《には》の物音《ものおと》を怪《あや》しみて手燭《しよく》を灯《とも》して出来《いできた》り。差出《さしだ》す明《あか》りに曲者《くせもの》をよく見《み》れば、これ南方《なんぼう》十字《じ》兵衛《へ》なれば、お関《せき》は呆《あき》れて紛《まぎ》らす言葉《ことば》、「此処《こゝ》は人目《め》がなければこそ、山咲屋《ざきや》の舅《しうと》は盗《ぬす》みするかと言《い》はれては、於露《おつゆ》に傷《きず》が付《つ》きますぞや。それほどに差詰《さしつ》まつた金《かね》と入訳《いりわけ》を聞《き》いたなら、何《なん》のいなと言《い》ひませう。家内《かない》の者《もの》の目《め》に掛《か》からぬうち、早《はや》う持《も》つて行《ゆ》かしやんせ」と粋《すい》な言葉《ことば》に、いとゞなほ身一《ひと》つ辛《つら》く泣出《なきだ》す於《お》露《つゆ》。十字《じ》兵衛《へ》、コリヤ娘《むすめ》、何《なん》にも言《い》ふなと制《せい》すれば、アイ〳〵堪忍《かんにん》して下《くだ》さんせ。言《い》はねばならぬ此場《ば》の仕儀《しぎ》。何時《いつ》ぞや勘当《かんどう》なされてより、吾妻《あづま》に連《つ》れていとしぼい、廓住《くるわずま》ゐの与五郎様《さま》、その日〳〵の入用も、皆私《みんなわたし》が貢《みつ》ぐ金《かね》。此頃《ごろ》は身請《うけ》とやらの切羽《せつぱ》となり、金《かね》がなければ死《し》ぬるの何《なん》のと聞《き》きしゆゑ、どうぞと思《おも》へど私《わたし》が身で才覚《さいかく》ならぬを様々《さま〴〵》と、無理《むり》な御願《おねが》ひ父様《とゝさま》にも、悪名《あくみやう》付《つ》けるもつたいなさ。御許《おゆる》しなされて下《くだ》さりませと、悋気《りんき》はよそへ娘気《むすめぎ》の粋《すい》も及《およ》ばぬ心也。

十字《じ》兵衛《へ》、膝突《ひざつき》付《つ》け、ヱ、聞《き》こえぬぞや、お関殿《せきどの》。たび〳〵の無心《むしん》も大《だい》それた盗《ぬす》み事《ごと》も、婿《むこ》や娘が不憫《ふびん》さから、それとは違《ちが》ふ此方《こなた》の心《こゝろ》。此家の甥《おい》の銭《ぜに》九郎と訳《わけ》あつて、与五郎を勘当《かんどう》し、名前《まへ》を切替《きりか》へ心《こゝろ》のまゝ、それが女の道《みち》ならんや。

次《つぎ》へ続《つゞ》く

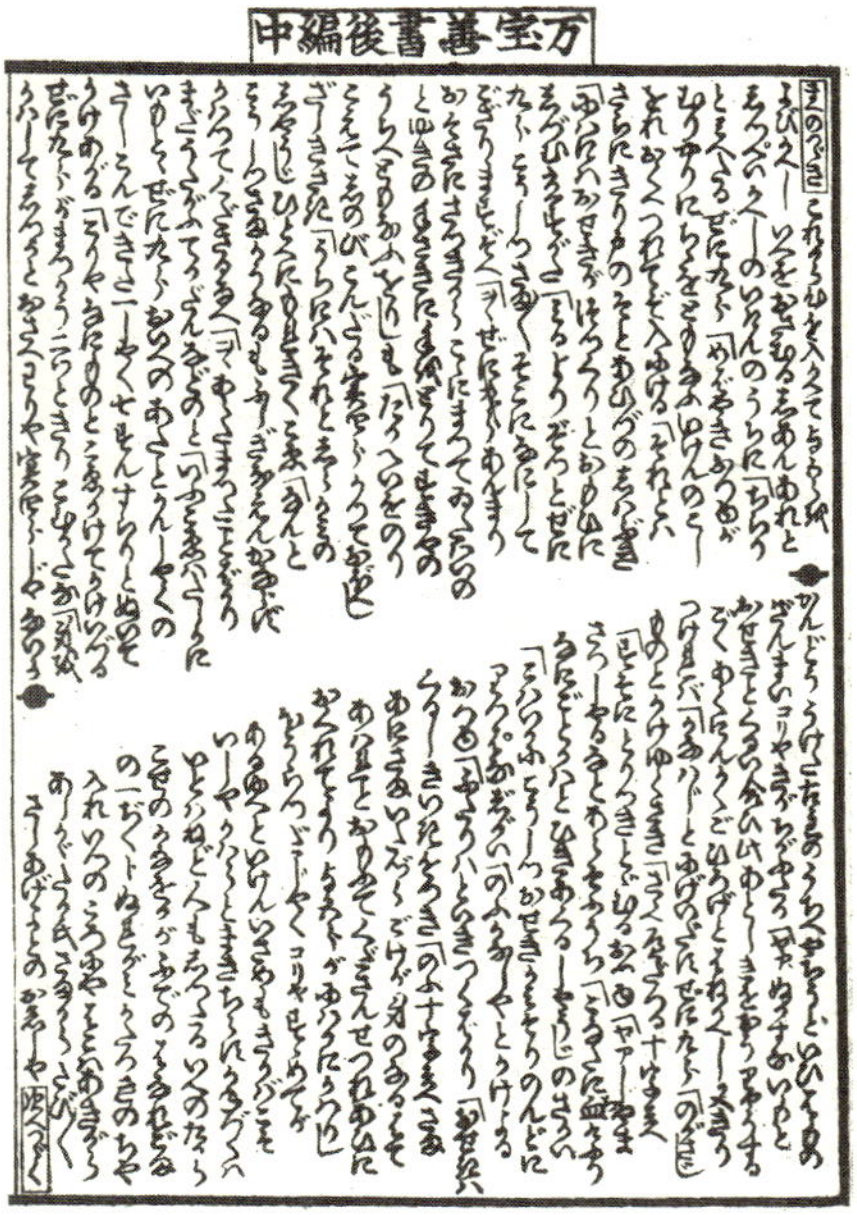

(25)二十一オ

【中】

(25) 万宝善書後編中

前《まへ》の続《つゞ》き これから心を入替《か》へて、与五郎を呼返《よびかへ》し、家《いへ》を治《おさ》むる思案《しあん》あれと、竹篦返《しつぺいがへ》しの意見《いけん》のうちに、ちらりと見《み》へたる銭《ぜに》九郎。目早《めばや》き於露《おつゆ》が無理《むり》やりに、父《ちゝ》を伴《ともな》ふ異見《いけん》の腰折《こしをれ》、奥《おく》へ連《つ》れてぞ入にける。

それとはさらに切戸《きり》の外《そと》、合図《あひづ》の咳《しはぶき》。庭《には》にはお関《せき》がつつくりと思《おも》ひに沈《しづ》む立姿《すがた》。見《み》るよりぞつと銭《ぜに》九郎、後室《こうしつ》様《さま》〲、そこに何《なに》してござりますぞへ。ヲ、銭《ぜに》九郎、あんまり遅《おそ》さに、先刻《さつき》から此処《こゝ》に待《ま》つてゐたはいのと、雪《ゆき》の手先《さき》に手《と》を取りて、数寄屋《すきや》の内《うち》へ伴《ともな》ふ折《をり》しも、高塀《たかべい》を乗越《のりこ》えて忍込《しのびこ》んだる実四郎。勝手覚《かつておぼ》へし座敷先《ざしきさき》、内《うち》にはそれと、白紙《しらかみ》の障子一重《しやうじひとへ》に漏聞《もれき》く声《こゑ》。「何《なん》と後室様《こうしつさま》、かうなるも不《ふ》思議《しぎ》な縁《えん》。必《かなら》ず変《か》はつて下《くだ》さるなへ」。「ヲ、改《あらた》まつた事《こと》ばかり。まだ疑《うたが》ふてか旦那殿《だんなどの》」といふ声《こゑ》は、確《たし》かに妹《いもと》と銭《ぜに》九郎。御家《おいへ》の仇《あた》と癇癪《かんしやく》の差込《さしこ》んできた一尺《しやく》七寸《すん》、すらりと抜《ぬ》いて駆上《かけあ》がる。「こりや、何者《なにもの》」と声掛《こゑか》けて、駆出《かけいづ》る銭《ぜに》九郎が真向《まつかう》二つと斬込《きりこ》む刀《かたな》。身をかはして、しつかと押《お》さへ、わりや実四郎じやないか。勘当《かんどう》受《う》けた古主の家《うち》へ、夜《や》中《ちう》といひ、刃物三昧《はものざんまい》。コリヤ気《き》が違《ちが》ふたか。ヤア抜《ぬ》かすな。妹《いもと》お関《せき》と狂《くる》い合ひ、此跡式《あとしき》を横領《おうりやう》する極悪人《ごくあくにん》。覚悟《かくご》広《ひろ》げと跳返《はねかへ》し、又斬付《きりつ》ければ、敵《かな》はじと逃出《にげいだ》す銭《ぜに》九郎。逃《のが》さじものと駆行《かけゆ》く先《さき》、支《さゝ》へ隔《へだ》つる十字兵衛《へ》、裾《すそ》に取付《とりつ》き止《とゞ》むる於露《おつゆ》。ヤア邪魔《じやま》さつしやるなと争《あらそ》ふうち、此方《こなた》に血《ち》煙《けふり》何事《なにごと》かはと、引開《ひきあ》くる障子《しやうじ》の境《さかい》。こは如何《いか》に、後室《こうしつ》お関《せき》、剃刀《かみそり》喉《のんど》に立派《りつぱ》な自害《じがい》。のふ、悲《かな》しやと駆寄《かけよ》る於露《おつゆ》。二人《ふたり》は吐息《といき》吐《つ》くばかり。お関《せき》は苦《くる》しき息《いき》を吐《つ》き、「のふ、十字兵衛様《へさま》、兄様《あにさま》、徒《いたづ》ら後家《ごけ》が身のなる果《は》て、哀《あは》れと思《おも》ふて下《くだ》さんせ。連合《つれあ》ひに遅《おく》れてより、与五郎が俄《にはか》に変《か》はりし放埒《ほうらつ》惰弱《だじやく》。コリヤ勧《すゝ》め手《て》がある故《ゆへ》と、意見諫《いけんいさ》めも聞《き》かばこそ、石《いし》や瓦《かはら》と蒔散《まきち》らす金尽《かねづ》くは厭《いと》はねど、人も知《し》つたる家《いへ》の宝《たから》、巨勢金岡《こせのかなをか》が筆《ふで》の放駒《はなれごま》の一軸《ぢく》と濡髪肩衝《ぬれがみかたつき》の茶《ちや》入れ、何時《いつ》の頃《ころ》にや箱《はこ》は空殻《あきがら》。足利尊《あしかゞたか》氏様《さま》から、たび〳〵差上《さしあ》げよとのお使者《ししや》、

次へ続《つゞ》く

(26)二十一ウ

二十二オ

(26) 前《まへ》の続《つゞ》き 日延《の》べの限《かぎ》りも一度ならず二度三度《ど》。与五郎が放埒《ほうらつ》より、宝紛失《たからふんじつ》と聞《き》こえなば、与五郎が身の大事《だいじ》。それのみならず人殺《ごろ》しと無実《むじつ》の噂《うはさ》。それ故《ゆゑ》にこそ音信不通《いんしんふつう》。勘当《かんどう》したも可愛《かはい》さ故《ゆゑ》。家《いへ》を目《め》がける血筋《ちすぢ》の甥《おい》、宝《たから》の在処《ありか》は銭《ぜに》九郎と思ひの的《まと》の不義徒《ふぎいたづ》ら。肌《はだ》も心《こゝろ》も汚《けが》さねど、言葉《ことば》汚した故《ゆゑ》にこそ、無事《ぶじ》に取得《とりえ》た此一軸《ぢく》。十字様《じさま》の、いろ〳〵と婿《むこ》を思《おも》つて親身《しんみ》の御意見《いけん》。最前《さいぜん》のお言葉《ことば》に、さすが流《なが》れの女じやと仰《おつしや》つた一ト言《こと》が、親《おや》の恥《はぢ》、家《いへ》の恥《はぢ》、

次へ続《つゞ》く

(27) 前《まへ》の続《つゞ》き 我《わ》が子の恥《はぢ》と、此胸《むね》が砕《くだ》くる様《やう》にありしぞや。此世《よ》の二親《ふたおや》、未来《みらい》の夫《をつと》へ言訳《いひわけ》にする此自害《じがい》。兄様《あにさま》疑《うたが》ひ晴《は》らして給《た》べ。心に掛《か》かるは与五郎が身の修《おさ》まりを頼《たの》みます」と言《い》ふも苦《くる》しき息遣《いきづか》ひ。十字《じ》兵《へ》衛は身《み》お悔《くや》み、「ヲ、貞《てい》女と言《い》はふか馬鹿《ばか》々《ぐ》しい。老耄《おいぼ》れての異見立《いけんだ》て許《ゆる》して下《くだ》され面目《めんぼく》ない。我《われ》は子故《ゆゑ》に盗泉《とうせん》の水に汚《けが》れし心を持《も》ち、此方《こなた》は子故《ゆゑ》に身を果《は》たす。哀《あは》れ儚《はかな》き身の果《は》てや」と奥歯《おくば》に漏《も》る〻悔泣《くやみな》き。於露《おつゆ》はいつそ正体《たい》なく、そふとは知《し》らず、あなたの御《お》身の徒《いたづ》らを思《おも》へば〳〵もつたいない。

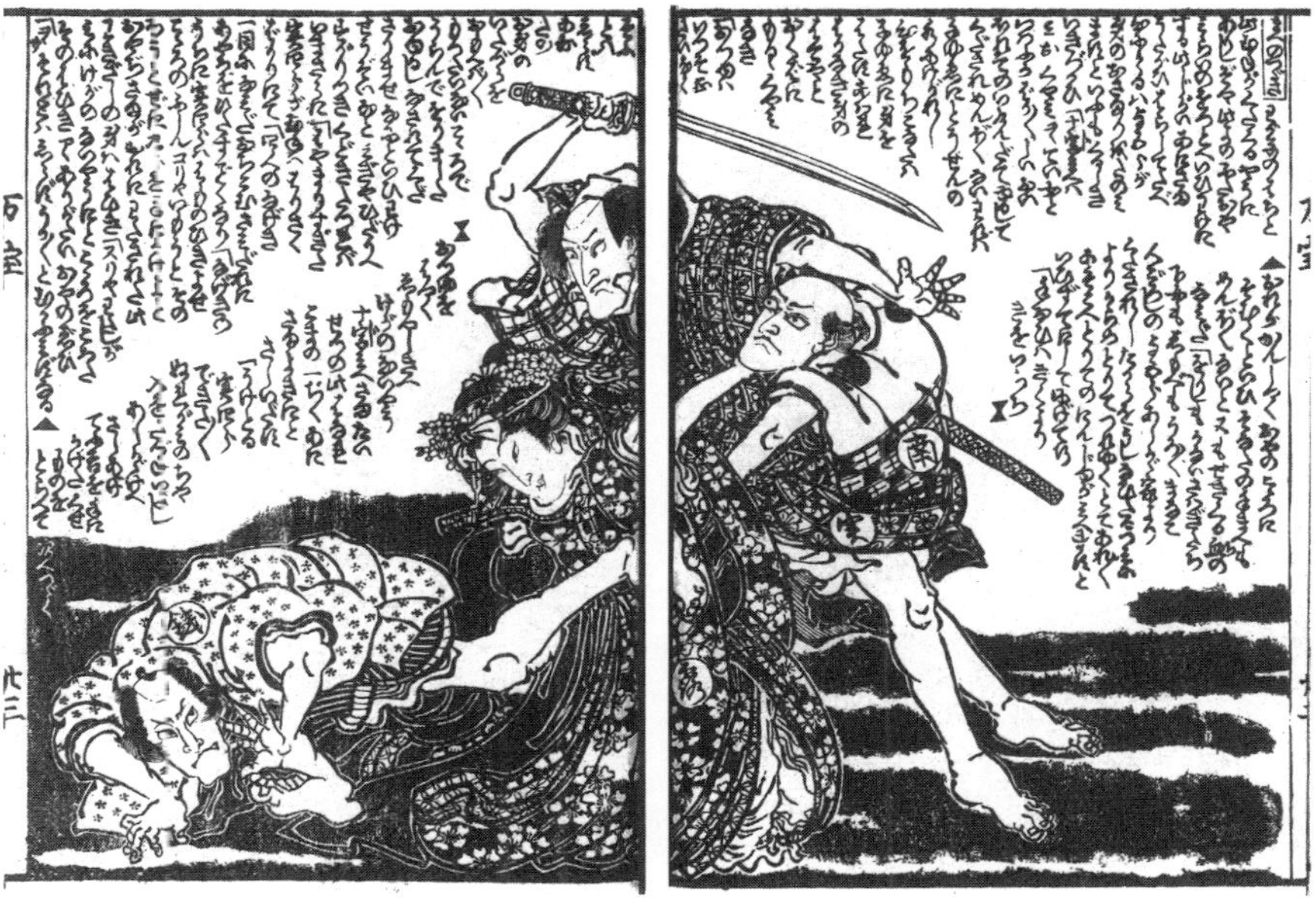

心《こゝろ》で怨《うら》んでをりました、御許《おゆる》しなされて下《くだ》さりませ。何《なに》と言訳《いひわけ》せうぞいなと、右《みぎ》や左《ひだり》へ縋付《すがりつ》き、口説立《くどきた》つれば今《いま》更《さら》に、早《はや》まり過《す》ぎた実四郎が胸《むね》は張裂《はりさ》くばかりにて、四人の嘆《なげ》き一日に涙落込《なみだおちこ》む五月雨《さみだれ》に、菖蒲《あやめ》を浸《ひた》す如《ごと》くなり。嘆《なげ》きのうちに実四郎は、刃物引寄《はものひきよ》せ心《こゝろ》の腐心《ふしん》、コリヤ妹《いもうと》、その方《はう》と銭《ぜに》九郎を手に掛《か》けよと、親父様《おやぢさま》が俺《おれ》に渡《わた》された此脇差《わきざし》の身は刃引《はびき》。スリヤ私《わたし》が身《み》に怪我《けが》のないやうにと、心《こゝろ》を込《こ》めたその刃引《はびき》。ア、有難《ありがた》い親《おや》の慈悲《ぢひ》。ヲ、サ、それとは知《し》らずうか〳〵と、向見《むかふみ》ずなる俺《おれ》が癇癪《かんしやく》。親《おや》の心《こゝろ》に背《そむ》くといひ、そなたの手前《まへ》も面目《めんぼく》ないと、又も急来《せきく》る血《ち》の涙《なみだ》。折《をり》しも家内騒立《かないさはぎた》ち、下女も下部《しもべ》もうろ〳〵眼《まなこ》。人殺《ごろ》しの与五郎、足利《あしかゞ》家より下《くだ》されし宝《たから》を失《うしな》ひたる罪《つみ》により、搦取《からめと》りて連行《つれゆ》くとて、「あれ〳〵あそこへ捕手《とりて》の人数《にんじゆ》が見《み》へます」と言《い》ひ捨《ず》てにして逃《にげ》て行。手負《おひ》は聞《き》くより気《き》を苛《いら》ち、於露《おつゆ》を早《はや》く下屋敷《しもやしき》へ怪我《けが》のないやう。十字《じ》兵衛《へ》様《さま》、大切《たいせつ》の此放駒《はなれごま》の一軸《ぢく》、兄様《あにさま》よきにと差出《さしいだ》す。受取《うけと》る実四郎、できた〳〵濡髪《ぬれがみ》の茶《ちや》入を尋出《たづねいだ》し、足利家《あしかゞけ》へ差上《さしあ》げ、蝶《てふ》吉を手に掛《か》けた曲者《くせもの》を捕《とら》へて 次へ続《つゞ》く

(28)二十三ウ
二十四オ

(28) 前《まへ》の続《つゞ》き 与五郎様《さま》の証《あかり》を立《た》て、ふたゝび御家《おいへ》を与五郎様《さま》に相続《さうぞく》さするは、今《いま》の間《ま》なり。かならず案《あん》じて迷《まよ》ふまいぞ。安堵《あんど》して成仏せよ、南無阿弥陀仏《なむあみだぶつ》。此世の別《わか》れ、現在《げんざい》の妹《いもうと》が最期《さいご》を見捨《みす》てる忠義の一途《いちづ》。出行《いでゆ》く表《おもて》に数多《あまた》の人音《おと》、聞《き》かせじものと両人が手負《おひ》を労《いたは》り、奥《おく》の間《ま》へ伴《ともな》ひてこそ入にけり。

○斯《か》くて実四郎は放駒《はなれごま》の一軸《ぢく》を携《たづさ》へ、与五郎に会《あ》ひ手渡《わた》しせんと走行《はしりゆ》く。裏道伝《うらみちづた》ひ待伏《まちぶ》せしたる銭《ぜに》九郎、闇《やみ》八諸《もろ》共《とも》、物陰《ものかげ》より棒《ぼう》を持《も》つて走出《はしり》、ヤア〳〵実四郎、後室《こうしつ》のお関《せき》めに騙《だま》されて、折角《せつかく》せしめた一軸《ぢく》を巻上《まきあ》げられ、汝《なんぢ》が手に入《い》つたその宝《たから》。どうでもう破《やぶ》れかぶれだ、こつちへ渡《わた》せと詰寄《つめよ》れば、ハ、ハ、ハ、性懲《しやうこ》りもなき悪人共《あくにんども》、たゞ一《ひと》打とは思《おも》へども、親父《おやぢ》の慈悲《ぢひ》の刃引《はびき》の刀は、何《なに》かを無事《ぶじ》に収《おさ》むる利剣《りけん》。これも今《いま》では幸《さいは》ひと心の内《うち》に思《おも》ひつゝ、電《でん》光石火《くわうせきくわ》と振回《ふりまは》せば、二人《ふたり》の者《もの》は真剣《しんけん》と心得《こころえ》て、受《う》けつ流《なが》しつ棒の殺陣《たて》、我武者《がむしや》の二人《ふたり》も、実四郎が忠義一途《いちづ》の働《はたら》きに、敵《てき》しかねてよろめくを、刃引《はびき》の刀で打倒《うちたふ》し、気絶《きぜつ》させたるその暇《ひま》に、実四郎は飛《と》ぶが如《ごと》くに馳行《はせゆ》きぬ。

暫《しばら》くあつて二人《ふたり》は気《き》が付《つ》き起上《おきあ》がり、喧嘩過《けんくわす》ぎての棒《ぼう》乳切木《ちぎり》、口《くち》あんごりのその所へ、捕手《とりて》の人数寄来《にんじゆよせきた》りて取囲《とりかこ》み、汝《なんぢ》らは何者《なにもの》ぞと尋《たづ》ぬれば、銭《ぜに》九郎、「ハイ拙者《せつしや》は二代の山咲与五郎。これに居《を》るは番頭《ばんとう》の闇《やみ》八と申します」と言《い》へば、ヲ、その与五郎に用がある。両人共《とも》に動《うご》くなと、高《たか》手小手《こて》に縛《いまし》めて、足利《あしかゞ》の館《やかた》へこそは連行《つれゆ》きけり。

○実四郎は与五郎に会《あ》ひて、かの一軸《ぢく》を渡《わた》し、お関《せき》が自害《じがい》の様子《やうす》を語《かた》りければ、与五郎は養母お関《せき》が志《こゝろざ》しを感《かん》じ入《い》り、何事《なにごと》も身の放埒《ほうらつ》より起《お》こりし事《こと》と先非《せんぴ》を悔《く》ひ、不《ふ》孝の段《だん》を大きに悔《くや》み、嘆《なげ》き悲《かな》しむ事限《ことかぎ》りなし。此上《うへ》は濡髪肩衝《ぬれがみかたつき》の茶《ちや》入を尋《たづね》出し、蝶《てふ》吉を手に掛《か》けし曲者《くせもの》を捕《とら》へて、我《わ》が身の証《あかり》を立《た》て、山咲の家《いへ》を恙《つゝが》なく相続《さうぞく》するが養母お関様《せきさま》への追善供養《ついぜんくやう》。骨《ほね》を粉《こ》に砕《くだ》いても尋出《たづねいだ》すべし。さりながら、これといふ手掛《が》ゝりのなきを如何《いか》にせんと、当惑《とうわく》の体《てい》なりけり。実四郎言《い》ひけるは、

次へ続《つゞ》く

（29）二十四ウ

二十五オ

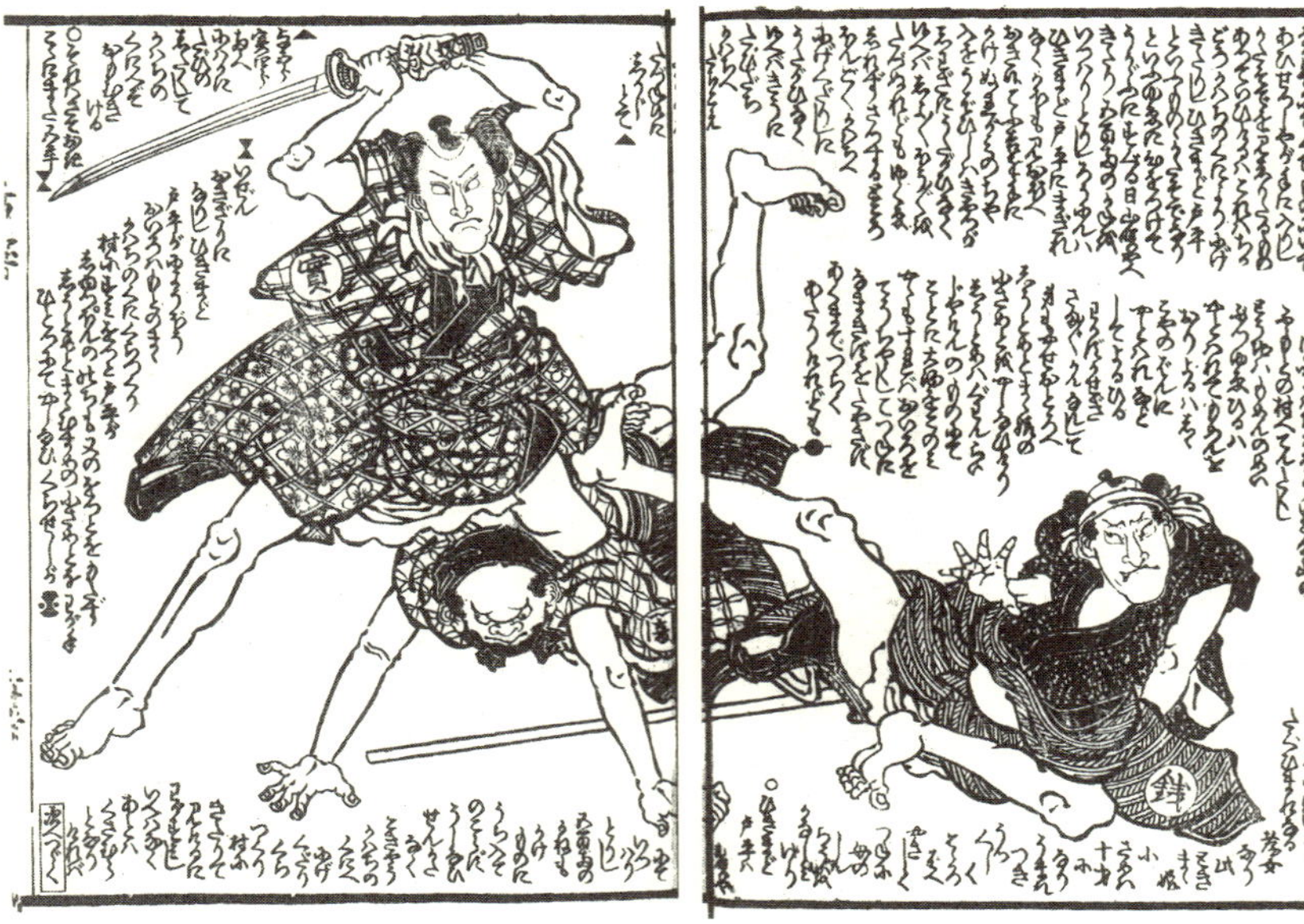

（29）前《まへ》の続《つゞ》き「何時《いつ》ぞや神崎《かんざき》の畷《なわて》にて曲者《くせもの》に出会《いであ》ひ、拙者《せつしや》が手に入りし片袖《かたそで》を見知《し》りたる者《もの》あつて言《い》ひけるは、これは近頃《ちかごろ》、河内《かはち》の国《くに》より逃来《にげきた》りし、引窓《ひきまど》戸平といふ者《もの》の片袖《かたそで》なりと言《い》ふ故《ゆゑ》に、心を付《つ》けて窺《うかゞ》ふに、過《す》ぐる日、山咲屋《や》へ来《きた》り、五百両の金《かね》を偽《いつは》り取《と》りし浪人《ろうにん》は引窓《ひきまど》戸平に紛《まぎ》れなく、顔《かほ》も見覚《おぼ》へ置《お》き候。蝶《てふ》吉を手に掛《か》け、濡髪《ぬれがみ》の茶《ちや》入を奪《うば》ひしは、彼奴《きやつ》が仕業《しわざ》に疑《うたが》ひなく候へば、諸所方々《しよ〳〵ほう〴〵》を尋《たづ》ぬれども行方《ゆくゑ》知《し》れず。察《さつ》するところ、本国河内《ほんごくかはち》へ逃下《にげくだ》りしに疑《うたが》ひなく候へば、急《きう》に旅立《たびだ》ち、河内《かはち》へ立越《たちご》え尋《たづ》ね候に如《し》かじ」とて、与五郎・実四郎両人、俄《にはか》に旅《たび》の支度《したく》して、河《かは》内《ち》の国《くに》へぞ赴《おもむ》きける。

○それはさておき、こゝに又《また》、五年以前《いぜん》、置去《おきざ》りになりし引窓《ひきまど》戸平が女房《にようぼう》於伊呂《おいろ》は、元《もと》のまゝ、河内《かはち》の国鞍作《くにくらつくり》村に住《す》み、夫《をつと》戸平が出奔《しゆつぽん》の後《のち》も、又の夫《をつと》を持《も》たず、姑《しうとめ》と継娘《まゝむすめ》の小雨《さめ》とを我《わ》が手一《ひと》つにて養《やしな》ひ暮《く》らせしが、生業《すぎはひ》の頼《たよ》り悪《あ》しきゆゑ、同国河内郡《かはちごほり》生駒《いこま》山の麓《ふもと》の村へ転宅《てんたく》し、当《とう》地は木綿《もめん》の名物《めいぶつ》ゆゑ、昼《ひる》は雇《やと》はれて木綿《もめん》を織《お》り、夜《よる》は猪小屋《しゝごや》の番《ばん》に雇《やと》はれなどして、夜昼《よるひる》分《わ》かず稼《かせ》ぎ、様々《さま〴〵》艱難《かんなん》して、身も痩衰《やせおとろ》へ、姑《しうとめ》と継娘《まゝ》の小雨《さめ》とを養《やしな》ひけり。姑《しうとめ》は元来《ぐわんらい》、邪慳《じやけん》の者《もの》にて、殊《こと》に大酒を好《この》み、や、もすれば於伊呂《おいろ》を打《てう》擲《ちやく》して、常《つね》に生傷《なまきず》を絶《た》やさず、あくまで辛《つら》く当《あ》たりけれども少《すこ》しも厭《いと》はず、孝行《かうく》を尽《つ》くしける類稀《たぐひまれ》なる孝女なり。此時《とき》、継娘《まゝ》小雨《さめ》は十才になり、生《うま》れ付《つ》き美《うつく》しく、心《こゝろ》ばへ優《やさ》しく、常《つね》に母の心労《しんらう》を悲《かな》しみけり。

○引窓《ひきまど》戸平は山咲屋《や》にて偽《いつは》り取《と》りし五百両の金《かね》も、賭物《かけもの》に打《うち》入て残《のこ》らず失《うしな》ひ、詮方《せんかた》なく故郷《こきやう》河内《かはち》の国《くに》へ逃下《にげくだ》り、鞍《くら》作《つくり》村に来《きた》りて見けるに、我《わ》が住《す》みし家《いへ》はなく、跡《あと》は叢《くさむら》となりければ、

次へ続《つゞ》く

（30）二十五ウ

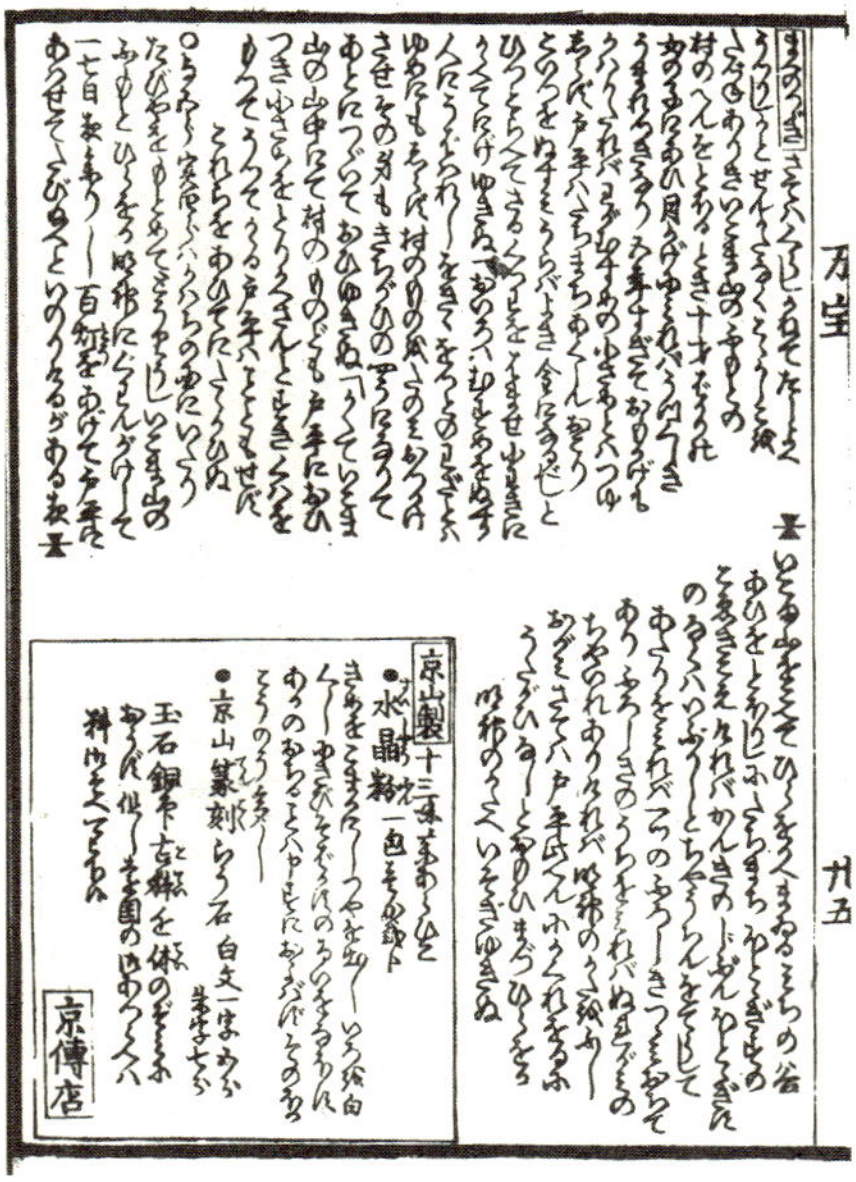

（30）前《まへ》の続《つゞ》き　さては暮《くら》しかねて他所《たしよ》へ移《うつ》りしかと、詮《せん》方《かた》なく、此処彼処《こゝかしこ》を尋歩《たづねあり》き、生駒《いこま》山の麓《ふもと》の村の辺《へん》を通《とほ》る時《とき》、十才ばかりの女の子に会《あ》ひ、月影《かげ》に見《み》れば美《うつく》しき生《うま》れ付《つ》きなり。五年過《す》ぎて面影《おもかげ》も変《か》はりたれば、我《わ》が娘《むすめ》の小雨《さめ》とは露知《つゆし》らず。戸平はたちまち悪心起《あくしんお》こり、こいつを盗《ぬす》み売《う》らば、よき金になるべしと、引捕《ひつとら》へて猿轡《さるぐつわ》をはませ、小脇《わき》に抱《か》へて逃行《にげゆ》きぬ。於伊呂《おいろ》は娘《むすめ》を盗人《ぬす》に奪《うば》はれしを聞《き》き、夫《をつと》の業《わざ》とは夢《ゆめ》にも知《し》らず、村の者《もの》を頼《たの》み追駆《おつか》けさせ、その身も気違《きちが》ひの様《やう》になりて、後《あと》に続《つゞ》いて追行《おひゆ》きぬ。斯《か》くて生駒《いこま》山の山中にて村の者《もの》ども戸平に追付《おひつ》き、小雨《さめ》を取返《とりかへ》さんと、鋤鍬《すきくは》を持《も》つて打《う》つて掛《か》かる。戸平は事《こと》ともせず、これ等《ら》を相手《あひて》に戦《たゝか》ひぬ。

○与五郎、実四郎は河内《かはち》の国に至《いた》り、旅屋《たびや》を求《もと》めて逗留《とうりう》し、生駒《いこま》山の麓《ふもと》、枚岡《ひらをか》明神に願掛《ぐわんが》けして、一七日夜参りし百灯《とう》を上《あ》げて、戸平に会《あ》はせて給《た》び給へと祈《いの》りけるが、ある夜、生駒《いこま》山を越《こ》へて枚岡《ひらをか》へ参《まゐ》る道《みち》の谷間《あひ》を通《とほ》りしに、たちまち時鳥《ほとゝぎす》の声聞《こゑき》こえければ、寒気《かんき》の時分《じぶん》、時鳥《ほとゝぎす》の鳴《な》くは訝《いぶか》しと、提灯《ちやうちん》を照《て》らして辺《あた》りを見《み》れば、一つの風呂《ふろ》敷包《しきづゝみ》落《お》ちてあり。風呂敷《ふろしき》の内《うち》を見《み》れば、濡髪《ぬれがみ》の茶入《ちやいれ》ありければ、明神の方《かた》を伏拝《ふしおが》み、さては戸平、此辺《へん》に隠《かく》れ居《を》るに疑《うたが》ひなしと思《おも》ひ、まづ枚岡《ひらをか》明神の方《かた》へ急行《いそぎゆ》きぬ。

京山製　十三味薬洗粉《あらひこ》

●水晶粉《すいしやうふん》　一包壱匁弐分

きめを細《こま》かにし艶《つや》を出し、色《いろ》を白くし、面皰《にきび》・雀斑《そばかす》の類《るい》を治《なほ》す。垢《あか》の落《お》ちる事《こと》は申すに及《およ》ばず。その他効能《ほかこうのう》多し。

●京山篆刻《てんこく》　蠟《らう》石、白文一字五分、朱字七分

玉石銅印、古体《こてい》近体《てい》望《のぞ》みに応《おう》ず。但し、遠国の御誂《あつら》へは料御添《そ》へ可被下候。

京伝店

(31)二十六オ

【下】

（31） 万宝善書後編下

読《よ》み始《はじ》め　戸平は小雨《さめ》を奪《うば》ひ、谷《たに》を越《こ》へて向《むか》ふの岡《をか》まで逃《にげ》行《ゆ》きける時《とき》、風呂敷包《ふろしきづゝみ》を取落《とりお》としたるに心付《こゝろづ》き、これはしたりと驚《おどろ》きけり。此時《とき》しも寒気強《かんきつよ》く、樋《ひ》の口《くち》に氷閉《こほりと》ぢて、水筋《すぢ》の通《かよ》ひを止《と》め、造付《つくりつ》けたる様《やう》なる水車のあるを見付《みつ》け、暫《しば》しのうちと、小雨《さめ》をその水車《みづぐるま》に括付《くゝしつ》け置《お》きて、飛《と》ぶが如《ごと》くに後《あと》へ戻《もど》り、谷底《そこ》に下《くだ》りて此処彼処《こゝかしこ》を尋歩《たづねあり》きけり。

○与五郎・実四郎両人は、思《おも》はず茶《ちや》入の手に入たるは、まつたく明神の御陰《おんかげ》と有難《ありがた》く、直《すぐ》に枚岡《ひらをか》の社《やしろ》へ参《まゐ》り、なほ戸平に会《あ》はせ給《たま》はれと、百灯に油《あぶら》を増《ま》し、祈念《きねん》してぞ帰《かへ》りける。

○こゝに又、戸平が母は慳貪邪慳《けんどんじやけん》の心より、神罰《ばつ》をも畏《おそ》れず、毎《まい》夜、枚岡《ひらをか》明神に忍来《しのびきた》り、神灯の油《あぶら》を盗《ぬす》みて売代《うりしろ》なし、残《のこ》らず酒《さけ》に換《か》へけるが、此時《とき》、例《れい》の如《ごと》く忍来《しのびきた》り、見る人あらじと立寄《たちよ》りて、与五郎が捧《さゝ》げたる百灯の油《あぶら》を盗《ぬす》む所を宮子《みやづこ》どもに見付《みつ》けられ、囚《とら》はれて諸人《しよにん》の見せしめのためとて、高手小手《たかてこて》に縛《いまし》めて、引《ひき》ずり行《ゆ》きぬ。
○戸平は小雨《さめ》を我《わ》が娘とも知《し》らず盗取《ぬすみと》り、水車《みづぐるま》に括置《くゝしお》きて、包《つゝみ》を探《さが》しに戻《もど》りける。後《あと》にて枚岡《ひらをか》明神の方《かた》より一つの神灯飛来《とびきた》り、樋《ひ》の口《くち》に落《お》ちるとひとしく、たちまち氷解《こほりと》け、水勢《みづせい》強《つよ》く押入《おしい》りて、水車《みづぐるま》勢《いきほ》ひ強《つよ》く回《まは》りければ、括付《くゝしつ》けられたる

次へ続《つゞ》く

（32）二十六ウ

二十七オ

（32）[前《まへ》の続《つゞ》き]小雨《さめ》は目眩《めくるめ》き、口《くち》に水《みづ》入《い》り血《ち》を吐《は》きて苦《くる》しみ、声《こゑ》を立《た》てんにも猿轡《さるぐつわ》にて声《こゑ》さへ出《いで》ず。巡《めぐ》る因果《いんぐわ》は車《くるま》の輪《わ》。我《わ》が手《で》に我《わ》が子を責殺《せめころ》す、此世連《つら》なる氷《こほり》の地獄《ぢごく》。戸平母子が犯《おか》せる罪《つみ》の悪《あく》の報《むく》いの輪廻《りんゑ》の車《くるま》。紅蓮《ぐれん》大紅蓮《ぐれん》の呵責《かしやく》目前《もくぜん》にて、親《おや》の因果《いんぐわ》が子に報《むく》ふ。天罰《ばつ》神ン罰《ばつ》の速《すみや》かなるぞ恐《おそ》ろしき。

斯《か》かる折《をり》しも於伊呂《おいろ》は、小雨《さめ》が跡《あと》を尋《たづ》ねて此処《こゝ》に来《きた》り。此体《てい》を見《み》て肝《きも》を潰《つぶ》し、車《くるま》を止《とゞ》めんと走寄《はしりよ》つて取縋《とりすが》れど、水勢《みづせい》強《つよ》く迸《ほどばし》り、女のか弱《よは》き力《ちから》に叶《かな》はず。近《ちか》づけば跳飛《はねと》ばされ、共《とも》に悶苦《もだへくる》しみけるに、神灯飛去《とびさ》りければ、たちまち水止《とゞ》まりて車《くるま》も巡《めぐ》らず、於伊呂《おいろ》は嬉《うれ》しく娘を解下《ときお》ろせば、はや事切《ことき》れて死しにけり。於伊呂《おいろ》が嘆《なげ》き書尽《かきつ》くすべからず。

○さて与五郎、実四郎、枚岡《ひらをか》明神より帰《かへ》り道《みち》、[次へ続《つゞ》く]

[地蔵堂]

[与]

（33）二十七ウ

二十八オ

（33）前の続き 戸平に出《で》つくはせ、実四郎まづ言《い》ひけるは、「何時《いつ》ぞや神崎《かんざき》の畷《なはて》にて出会《いであ》ひし時《とき》、我《わ》が手《て》に入《い》りし、これ此片袖《かたそで》は汝《なんぢ》が片袖《かたそで》に疑《うたが》ひなし。その時《とき》、蝶《てふ》吉を手に掛《か》け濡髪《ぬれがみ》の茶《ちゃ》入を奪取《うばひと》りしは、汝《なんぢ》が仕業《しわざ》なる事明白《ことめいはく》なり。濡髪《ぬれがみ》の茶《ちゃ》入はすでに我《われ》らが手に戻《もど》つたり。此上《うへ》は汝《なんぢ》を搦《からめ》取《と》つて、与五郎様《さま》の人殺《ごろ》しの無実《むじつ》の証《あかり》を立《た》てる。覚悟《かくご》せよ」と詰寄《つめよ》すれば、戸平は、から〳〵と打笑《うちわら》ひ、「かうなるからは破《やぶ》れかぶれだ。なるほど蝶《てふ》吉とやらいふ丁稚《でっち》めを手に掛《か》けて、茶入《ちゃいれ》を奪取《うばひと》つたは俺《おれ》が業《わざ》だ。その茶《ちゃ》入をこつちへ返《かへ》せ」と呼《よ》ばはりつゝ、刀を抜《ぬ》いて斬《き》りかくれば、与五郎・実四郎両人も脇差《わきざし》抜《ぬ》いて戦《たゝか》ひしが、いかでか戸平に敵《てき》すべき。すでに危《あやう》く見《み》へたる所に又、神灯現《あらは》れて、戸平が五体竦《たいすく》みければ、与五郎・実四郎両人は戸平が刀を打落《うちお》とし、ついに押倒《おしたふ》して、高手小手《たかてこて》に縛《いまし》めければ、戸平は歯嚙《はがみ》をなし、無念《むねん》〳〵と悔《くや》しみけり。 次へ続《つゞ》く

(34)二十八ウ

二十九オ

（34）前《まへ》の続《つゞ》き　与五郎、実四郎は戸平を引立《ひつたて》行《ゆ》かんとしたるに、「やれ暫《しばら》く待《ま》つて給《た》べ」と声掛《こゑか》けて物陰《ものかげ》より於伊《おい》呂《ろ》、小雨《さめ》が死骸《しがい》を抱《いだ》いて走出《はしりい》で、戸平に向《むか》ひて言《い》ひけるは、「察《さつ》するところ、娘小雨《さめ》を奪《うば》ひしは御身《おんみ》なるべし。小雨《さめ》は車《くるま》に括《く》ゝされ、斯様《かやう》々々《く》の様子《やうす》にて、狂《くる》ひ死《じに》をしたるぞや。せめて死骸《しがい》に暇乞《いとまごひ》をしやしやんせ。我《わ》が子と知《し》つたら、なんぼ非道《ひだう》なお前《まへ》でも、斯《か》うではあるまい。我《わ》が子と知《し》らず、我《わ》が手にて責殺《せめころ》せしは巡《めぐ》る因果《いんぐわ》の報《むく》いぞかし。又今《いま》、枚岡《ひらをか》の門前《もんぜん》にて聞《き》けば、母人《はゝ》は神灯の油《あぶら》を盗《ぬす》み、今夜《こんや》囚《とら》はれて、もはや生埋《いきうめ》にならしやんしたとの事《こと》、これも眼《がん》前《ぜん》の神ン罰《ばつ》なり。人殺《ごろ》しの罪《つみ》あれば、とても助《たす》からぬお前《まへ》の命《いのち》、せめて最後《さいご》に先非《せんぴ》を悔《く》ひ、来世《らいせ》を助《たす》かり下《くだ》されよ。私《わたし》や母様《はゝさま》のため、お前《まへ》のため、血《ち》は分《わ》けねど、我《わ》が子と思《おも》ひ育《そだ》てたる小雨《さめ》がために尼《あま》となり、長く菩提《ぼだい》を弔《とむら》ふべし」とて黒髪《くろかみ》を切《き》りければ、戸平は一言《いちごん》の答《こた》へもなく、差《さし》俯《うつむ》いていたりけり。

与五郎、実四郎は天罰《ばつ》、神罰《ばつ》の報《むく》いのほどを感嘆《かんたん》し、於《お》伊呂《いろ》が心底《しんてい》を感《かん》じ入《い》り、戸平を所《ところ》の県司《あがたつかさ》に預置《あづけお》きて、浪花《なには》に帰《かへ》り、一軸《ぢく》と茶《ちや》入を足利尊氏朝臣《あしかゞたかうぢあそん》へ差《さし》上げ、詳《くは》しき事《こと》を聞《き》こへ上《あ》げければ、与五郎が人殺《ごろ》しの無実《むじつ》の罪《つみ》はたちまち分《わ》かり、戸平は罪《つみ》に行《おこな》はれ、先《さき》だつて搦置《からめお》きし銭《ぜに》九郎、闇《やみ》八が山咲の家《いへ》を横領《おうりやう》せんと巧《たく》みたる悪事明白《あくじめいはく》に分《わ》かり、両人は阿呆払《あほうばら》ひとなりにけり。

斯《か》くて与五郎は恙《つゝが》なく元《もと》の通《とほ》り山咲の家《いへ》を相続《そうぞく》し、実四郎が忠義抜群《ばつぐん》なれば、多《おほ》く扶持《ふち》を与《あた》へて通番頭《かよひばんとう》となし、於露《おつゆ》を本妻《さい》、吾妻《あづま》を身請《うけ》して妾《てかけ》とし、身持《もち》を改《あらた》め貞実《ていじつ》に渡《と》世《せい》を励《はげ》みける。

○さて、戸平が母は、生駒《いこま》山の麓《ふもと》に生埋《いきうめ》になりけるが、

次へ続《つゞ》く

門人柳川重政画

（35）二十九ウ

三十オ

（35）前《まへ》の続《つゞ》き　悪念《あくねん》なほ滅《めつ》せずやありけん。その霊魂《れいこん》一つの炎《ほのほ》となり、村民《そんみん》を悩《なや》ましけるが、尊《たつと》き知識《ちしき》の教化《きやうげ》によりて成仏得脱《じやうぶつとくだつ》し、その後《のち》、炎出《ほのほいづ》る事《こと》なし。河内《かはち》の国《くに》の姥《うば》が火と言《い》ひ伝《つた》ふる謂《いは》れは斯《か》くと知《し》られたり。

○与五郎は、養母お関《せき》が菩提《ぼだい》のため、一つの草庵《さうあん》を建立《こんりう》し、その庵《あん》に於伊呂《おいろ》は尼《あま》となりて道心堅固《どうしんけんご》に行《おこな》ひぬ。

○於露《おつゆ》と吾妻《あづま》と仲睦《なかむつ》まじく暮《く》らしければ、南方《なんぽう》十字《じ》兵衛《へ》、駕籠《かご》の甚兵衛《ぢんへ》二人《ふたり》の親《おや》は安堵《あんど》して、喜《よろこ》ぶ事限《ことかぎ》りなし。

○実四郎は、なほ忠義を尽《つ》くして仕《つか》へけるにぞ。親《おや》、女房おはや諸共《もろとも》に喜《よろこ》び、何不足《なにふそく》なき暮《くら》しとなりぬ。

○されば悪人巧《たく》みに事《こと》を謀《はか》るといへども、天罰《ばつ》によりて滅《めつ》亡《ぼう》し、善人一度《ひとたび》衰《おとろ》へたるも、天の憐《あは》れみを被《かうふ》りて、再《ふた》び栄《さか》ふる。善悪邪正は一部の狂言に異《こと》ならねば、斯《か》かる要《えう》なき絵草紙《ゑざうし》も、その理《ことわり》を悟《さと》りて、善に勧《すゝ》む頼《たよ》りとすべし。子供衆《どもしゆ》、合点《がてん》か〳〵。

与五郎ある日、祝儀《しうぎ》の酒宴《しゆえん》をなし、大踊《おどり》を催《もよほ》して家内《かない》さゞめき喜《よろこ》びけり。

［千両］

(36)三十ウ

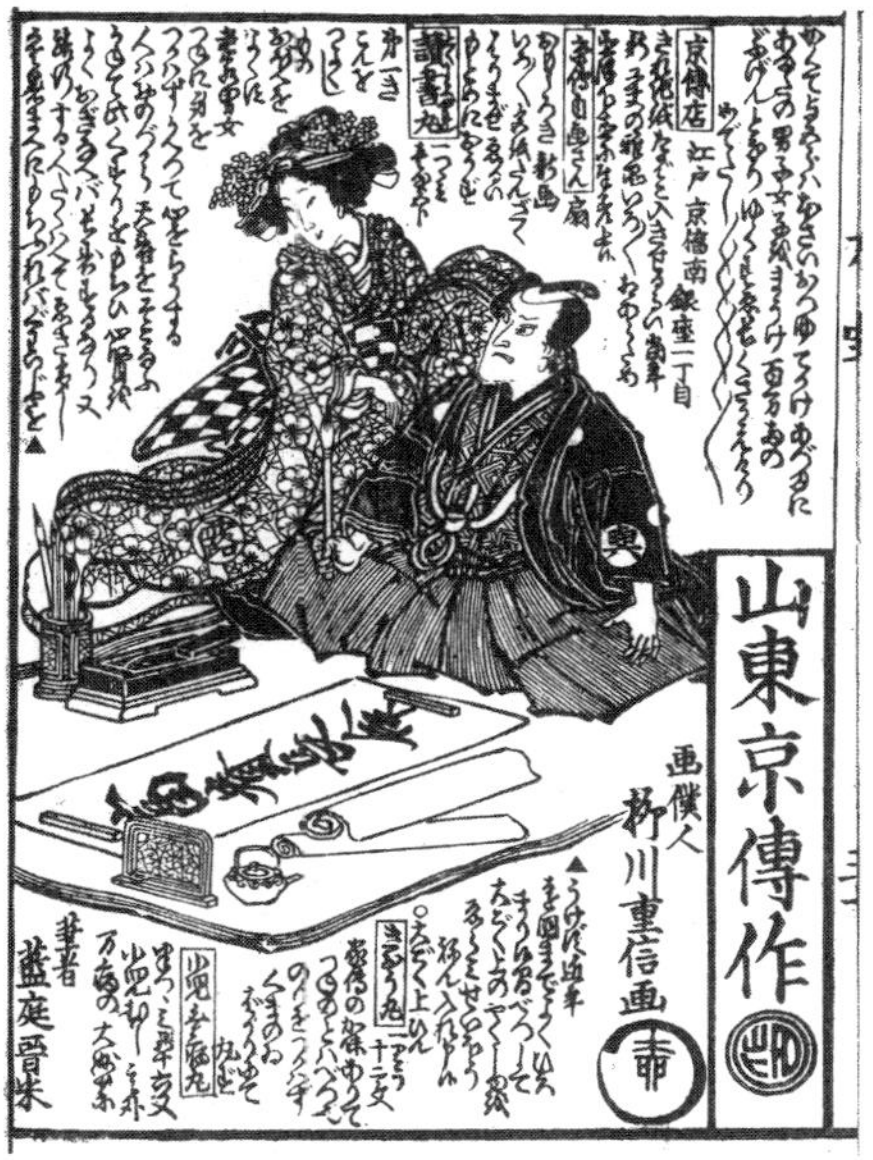

奥付広告

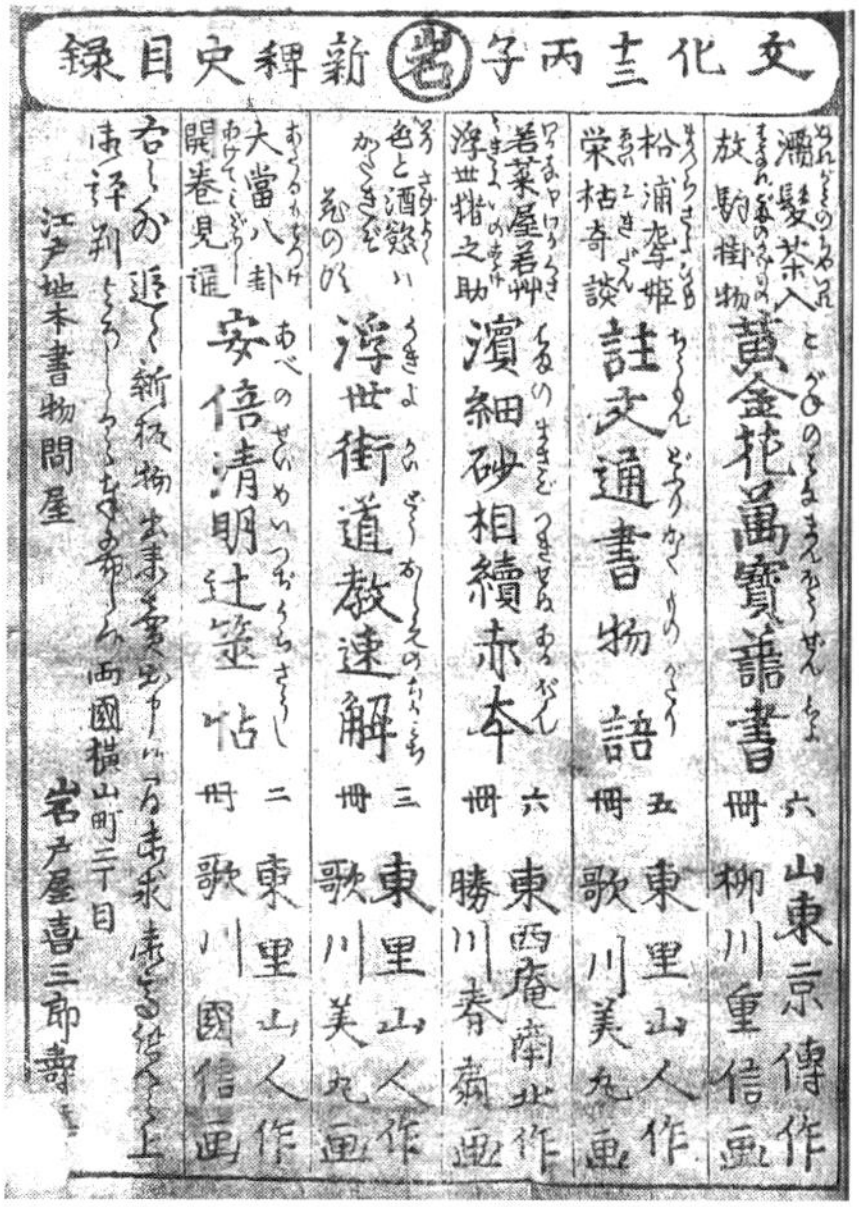

(36) 斯《か》くて与五郎は本妻《さい》於露《おつゆ》、妾《てかけ》吾妻《あづま》に数多《あまた》の男子、女子をまうけ、百万両の分限《ぶげん》となり、行末《ゆくすゑ》長く栄《さか》えけり。めでたし〳〵〳〵〳〵〳〵。

[富貴長命]

山東京伝作㊞

画僕人柳川重信画㊞

筆者藍庭晋米

京伝店 江戸京橋南銀座一丁目

裂地《きれ》・紙煙草《たばこ》入・煙管《きせる》類、当年新工夫の雅品色々《いろ〳〵》相改《あらた》め直段下直に奉差上候。

京伝自画賛《さん》 扇、面白《おもしろ》き新画色々《いろ〳〵》。色紙・短冊《たんざく》・張交《はりまぜ》絵《ゑ》類《るい》求《もと》めに応《おう》ず。

読書丸《とくしよぐわん》 一包《つゝみ》壱匁五分

第一気根《きこん》を強《つよ》くし物覚《ものおぼ》へをよくす。老若男女常《つね》に身を使《つか》はず、かへつて心を労《らう》する人は、おのづから天寿を損《そこな》ふ。かねて此薬《くすり》を用《もち》ひ、心腎をよく補《おぎな》へば長寿するなり。又、旅行する人、蓄《たくは》へて益《えき》多し。寒暑前《まへ》に用《もち》ふれば、外邪《ぐわいじや》を受《う》けず。近年、遠国までよく弘《ひろ》まり候間、別《べつ》して大極《ごく》上の薬種《やくしゆ》を選《えら》み、製法《せいほう》念《ねん》入れ申候。

○大極《ごく》上品《ひん》 奇応《きおう》丸 一粒《りう》十二文

家伝の加味ありて、常《つね》のとは別《べつ》也。糊《のり》を使《つか》はず、熊《くま》の胆《ゐ》ばかりにて丸ず。

小児無病丸 半包《つゝみ》五十六文

小児虫《むし》其外、万病の大妙薬。

文展《ふみひろげの》狂女《きやうぢよ》
手車《てくるま》之《の》翁《おきな》
琴声《きんせい》美人伝《びじんでん》

東山義政の時代（文安の頃）

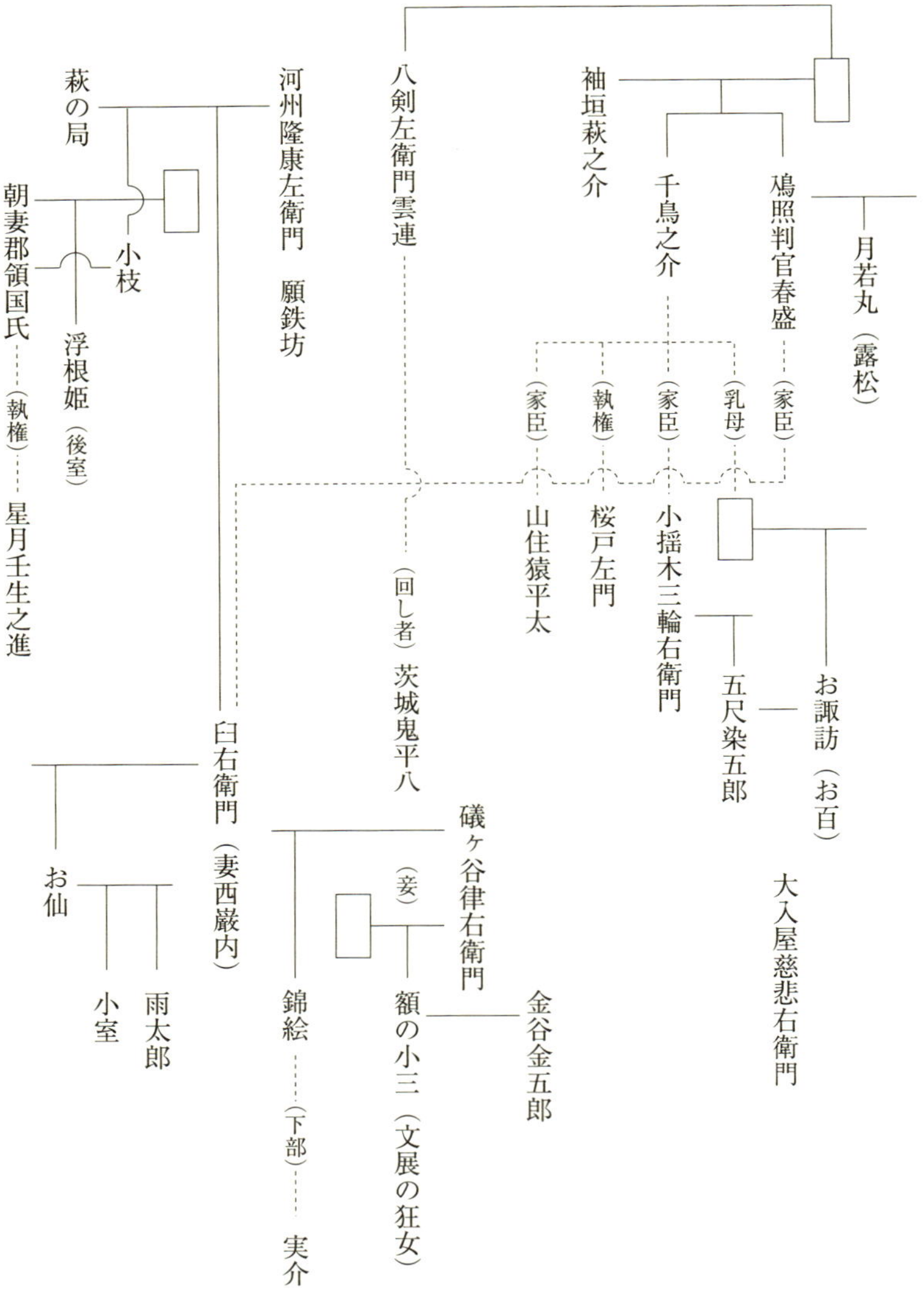

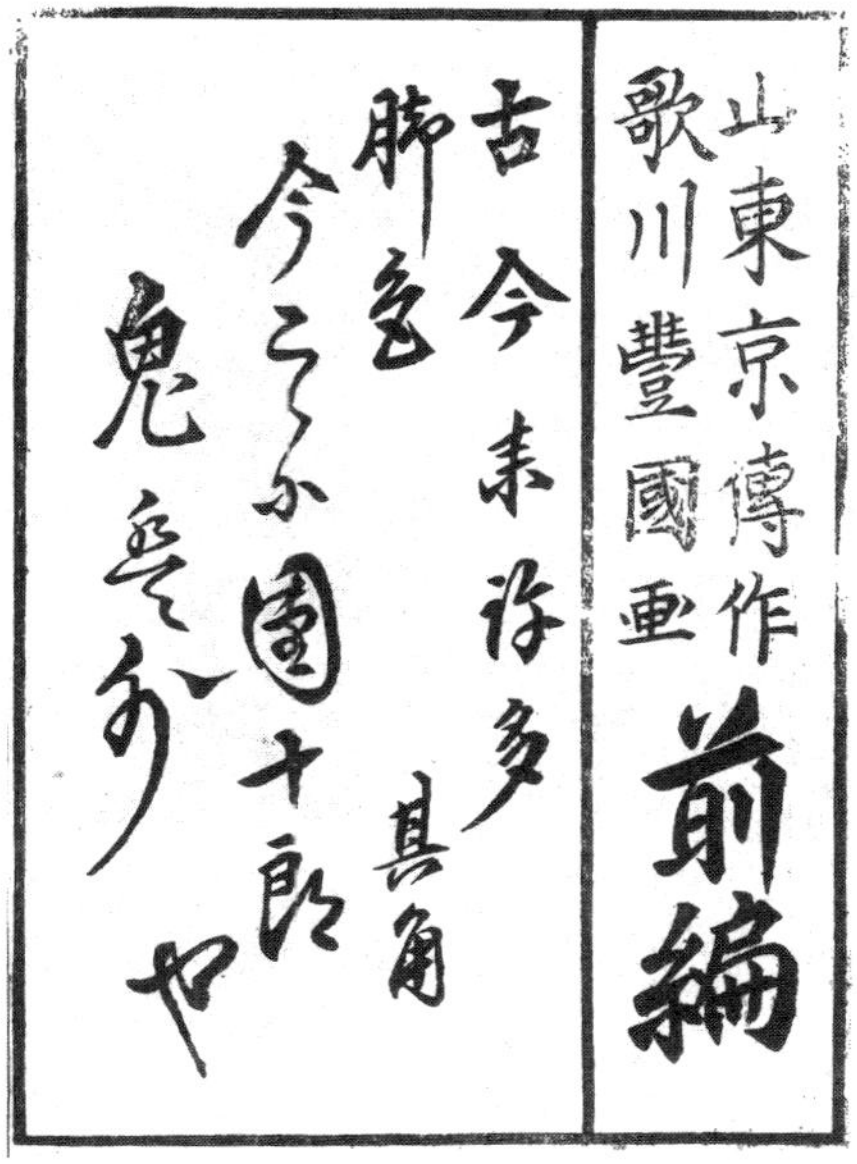

［前編見返し］

山東京伝作
歌川豊国画　前編

古今来許多脚色

今こゝに団十郎や鬼は外　其角

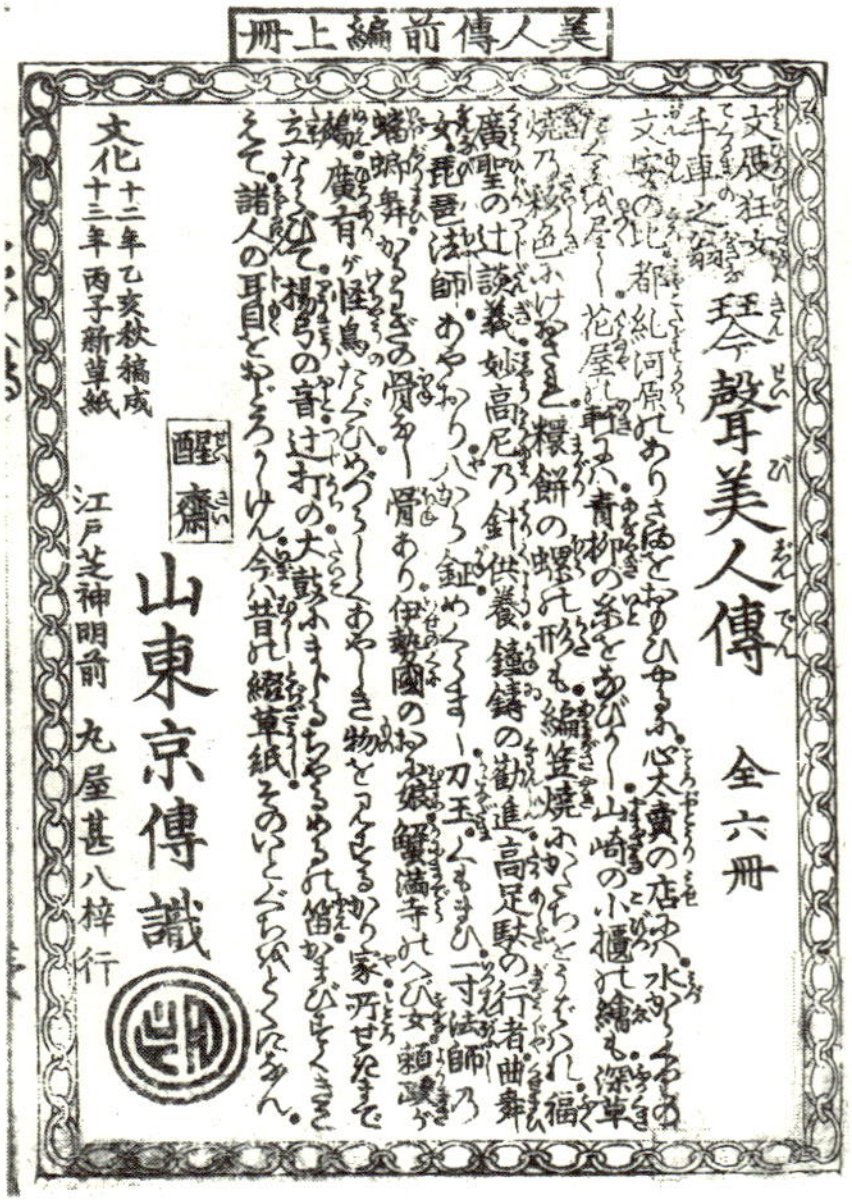

（1）一オ

【前編】

【上】

（1）　美人伝前編上冊

文展《ふみひろげの》狂女《きやうぢよ》
手車《てくるま》之翁《のおきな》　琴声《きんせい》美人伝《びじんでん》　全六冊

文安《ぶんあん》の比《ころ》。都《みやこ》糺《たゞす》河原《かはら》のありさまをおもひやるに。心太売《こゝろぶとうり》の店《みせ》には。水《みづ》からくりのたくみを尽《つく》し。花屋《はなや》の軒《のき》には。青柳《あをやぎ》の糸《いと》をなびかし。山崎《やまざき》の小櫃《こびつ》の絵《ゑ》も。深草焼《ふかくさやき》の彩色《さいしき》にけおされ。糫餅《まがり》の螺《ほら》の形《かた》も。編笠焼《あみがさやき》にかたちをうばはれ。福広聖《ふくくわうひじり》の辻談義《つじだんぎ》。妙高尼《みやうかうあま》の針供養《はりくよう》。鐘鋳《かねゐ》の勧進《くわんじん》。高足駄《たかあしだ》の行者《ぎやうじや》。曲舞女《くせまひをんな》。琵琶法師《びはほふし》。あやおり。八《や》から鉦《がね》。めくらまし。刀玉《かたなだま》。くもまひ。一寸法師《いつすんぼふし》の蟷螂舞《いぼじりまひ》。かるわざの骨《ほね》なし骨《ほね》あり。伊勢国《いせのくに》のおに娘《むすめ》。蟹満寺《かにまでら》のへび女《をんな》。頼政《よりまさ》が鵺《ぬえ》。広有《ひろあり》が怪鳥《けちやうの》たぐひ。めづらしくあやしき物《もの》を見するかり家《や》。所《ところ》せきまで立《たち》ならびて。楊弓《やうきう》の音《おと》。辻打《つじうち》の。太鼓《たいこ》にまじるちやるめるの笛《ふえ》。かまびすくきこえて。諸人《しよにん》の耳目《じもく》をおどろかしけん。今《いま》は昔《むかし》の綴草紙《とぢざうし》。そのいとぐちをとくになん。

文化十二年乙亥秋稿成
十三年丙子新草紙

醒斎《せいさい》 山東京伝識㊞

江戸芝神明前 丸屋甚八梓行

（2） 近世《きんせい》畸人伝《きじんでん》所載《のするところ》
文《ふみ》ひろげの狂女《きやうぢよ》

（2）一ウ

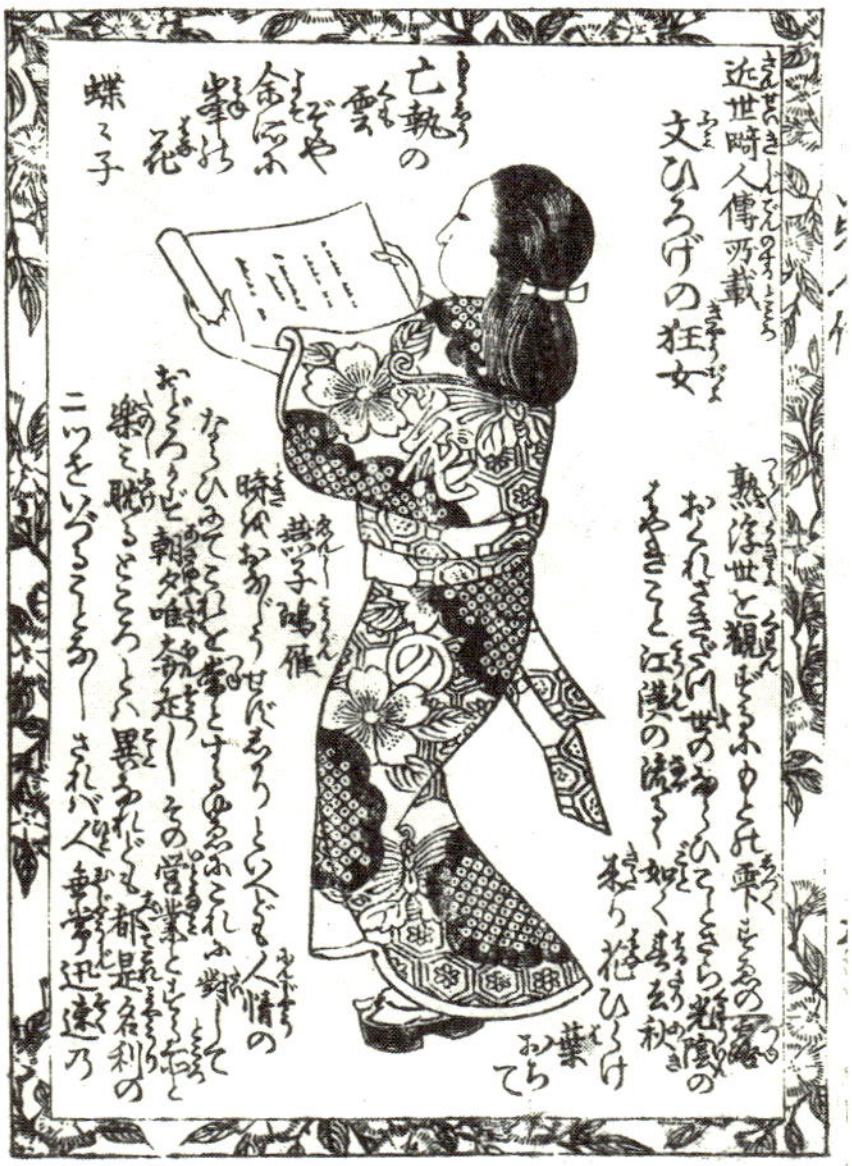

二オ

亡執《もうしふ》の雲《くも》ぞや余所《よそ》に峯《みね》の花《はな》　蝶々子

熟《つら〳〵》浮世《うきよ》を観《くわん》ずるに、もとの雫《しづく》するゑの露《つゆ》、おくれさきだつ世のならひ、ことさら光陰《くわういん》のはやきこと江漢《こうかん》の流《なが》る丶如《ごと》く、春去秋来《はるさりあききた》り、花《はな》ひらけ葉《は》おちて、燕子鴻雁《ゑんしこうがん》、時《とき》をおなじうせず。しかりといへども人情《にんじやう》のならひにて、これを常《つね》とするゆゑに、これに対《たい》しておどろかず、朝夕唯奔走《あさゆふたゞほんそう》し、その営業《いとなみ》とする所《ところ》と楽《たのし》み耽《ふけ》るところとは異《こと》なれども、都是《すべてこれ》、名利《みやうり》の二つをいづることなし。されば人《ひと》、無常《むじやう》迅速《じんそく》の理《り》をしらば、其果報《そのくわほう》はおの〳〵高下《かうげ》ありとも、あながちに他《た》を貪《むさぼり》、瞞《たぶらかす》心《こゝろ》なく、只一生《たゞいつしやう》を安《やす》らかにあらまほしきことならずや。

同書所載《どうしよのするところ》

手車《てぐるま》の翁《おきな》

「これは誰《た》がのじや、これは俺《おれ》がのじや」

花ひとつたもとにすがる童《わらべ》かな　立圃

手車《てぐるま》の翁《おきな》の歌《うた》に

小車《をぐるま》のめくり〴〵て今《いま》こゝに

たてたるそとはこれはおれがのじや

三オ

（3）二ウ

（3）

京都《きやうと》糺《たゞす》河原《かはら》蛇使《へびつか》ひの女、青《あを》大小のお百《ひやく》

風羅念仏《ふうらねんぶつ》の願鉄坊《ぐわんてつばう》

糺《たゞす》河原《かはら》の女軽業太夫《かるわざたいふ》、額《がく》の小三《こさん》

題《ダイス》㆓娘《ムスメノ》軽業《カルワザニ》㆒

振《フリ》‐袖《ソデ》美《ビナル》‐哉《カナ》二‐八《ノ》娘《ムスメ》。近《キン》‐来《ライノ》　大‐入闇《リヤミ》如《ゴトシクモノ》㆑雲。渡《ワタリツナヲ》㆑綱

渡《ワタレドモカミヲ》㆑紙　世《ヨハ》難《ガタシワタリ》㆑渡。御《ゴ》一人前《マヘガ》十六文《モン》。　京山人題㊞

へびくふときけばおそろし雉子《きじ》の声《こゑ》　芭蕉

身《み》はかろくもつこそよけれかるわざの
綱《つな》のうへなる人の世《よ》わたり　京伝

［ふうらねんぶつ］

［願鉄］

［大入］

四オ

（4）三ウ

（4）

京都《きやうと》糺《たゞす》河原《かはら》の景色《けしき》

八剣《やつるぎ》左《さ》衛門《ゑもん》雲連《くもつら》

錦絵《にしきゑ》が下部《しもべ》、実助《じつすけ》

鳰照判官《にほてるはんぐわんの》 家臣《かしん》、山住猿平太《やまずみさるへいだ》

　蚊《か》を焼《やく》や褒姒《ほうじ》が閨《ねや》のさゝめごと　其角

　此あたり目《め》に見ゆるものみな涼《すゞ》し　芭蕉

［かるわざ］

［下りへび女］

［大入］

（5）四ウ

五オ

（5）

洛外《らくぐわい》八幡村《やはたむら》勇《いさみ》が辻《つじ》の男伊達《をとこだて》、五尺《ごしやく》染五郎《そめごらう》

願鉄《ぐわんてつ》が亡魂《ぼうこん》

うぐひすや鼠《ねづみ》ちりゆく閨《ねや》のひま　其角

（6）五ウ

（6）

鳰照《にほてる》千鳥之助《ちどりのすけ》

七月《ふみつき》や暮露《ぼろ》よび入て笛《ふえ》を聞《きく》　其角

七十一番職人歌合

法《のり》の月ひろくすましてむさし野《の》に

おきゐる暮露《ぼろ》の草《くさ》の床《とこ》かな

［中］

（7）　琴声美人伝前編中冊

発端《ほつたん》　今《いま》は昔《むかし》、東《ひがし》山義《よし》政公の時代、文安の頃《ころ》とかや。京の堀《ほり》川に鳰照判官春盛《にほてるはんぐわんはるもり》といへるぞおはしける。奥方《おくがた》は月若《わか》丸といふ幼《おさな》き男子を残《のこ》し置《お》き、先《さき》だつて身罷《まか》り給ひぬ。判官《はんぐわん》の弟《おとゝ》千鳥《ちどり》之《の》介は近江《あふみ》の国《くに》、朝妻《あさづま》郡《ぐん》領《りやう》国《くに》氏の養子《ようし》に極《きは》まり、朝妻《あさづま》の息《そく》女浮根姫《うきねのひめ》とかねて許嫁《いひなづけ》にてぞありける。然《しか》るに伯父《おぢ》八《や》剣《つるぎ》左《さ》衛《ゑ》門雲連《もんくもつら》、鳰照《にほてる》の家臣山住猿《かしんやまずみさる》平太を味方《みかた》に付《つ》け、かねて鳰照《にほてる》の家《いへ》を横領《おうりやう》せんと、様々《さま〴〵》悪《あ》しき企《たく》みをなし、鳰照《にほてる》の家《いへ》の子共《こども》を大方《おほかた》味方《みかた》に付《つ》け、判官《はんぐわん》の歳若《としわか》なるを幸《さいは》ひに、放埒《ほうらつ》を勧《すゝ》め、とにかくに家《いへ》を乱《みだ》さんとぞ謀《はか》

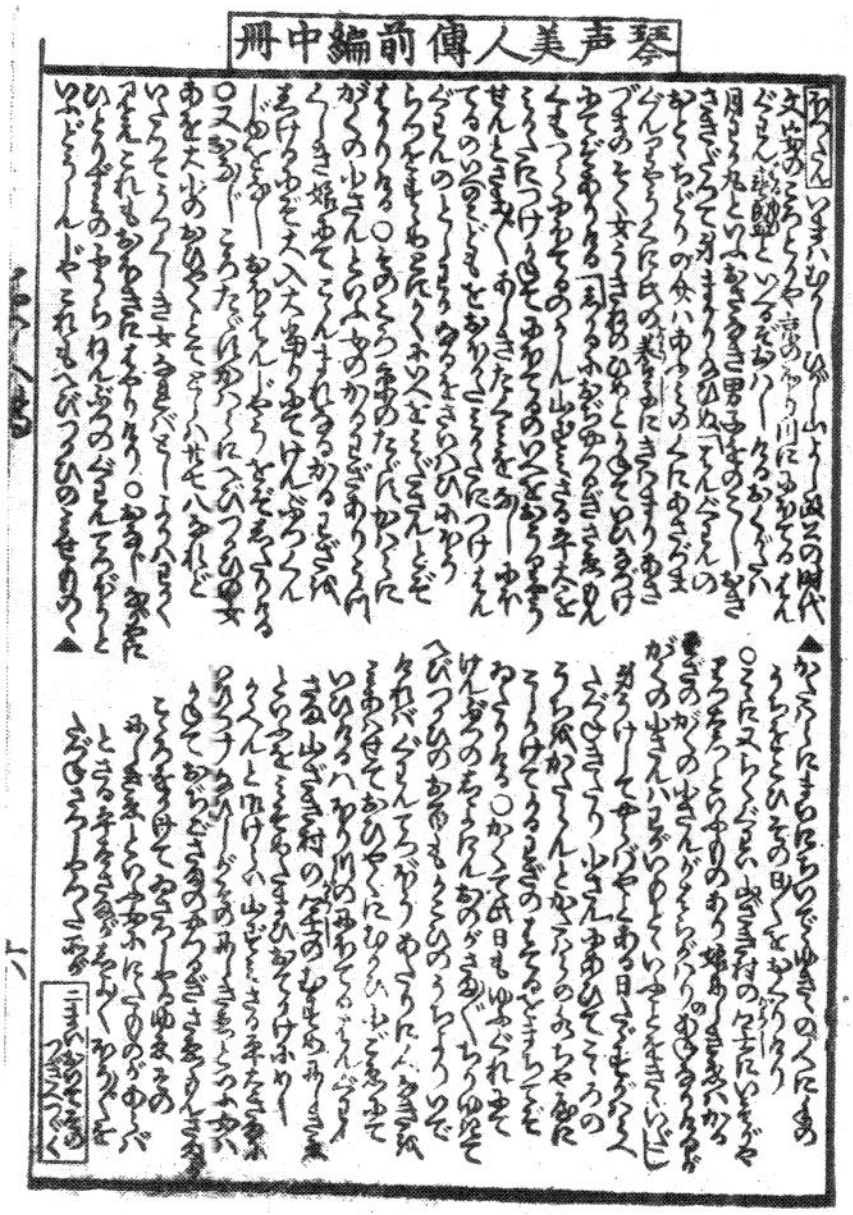

(7)六オ

りける。

○その頃《ころ》、京の糺河原《たゞすかはら》に額《がく》の小三《さん》といふ女の軽業《かるわざ》あり。美《うつく》しき娘にて、古今稀《こゝんまれ》なる軽業《かるわざ》をしけるにぞ、大入大当りにて見物群衆《けんぶつくんじゆ》をなし、大繁昌《おほはんじやう》をぞしたりける。

○又同《おな》じ頃《ころ》、糺河原《たゞすかはら》に蛇使《へびつか》ひの女、青《あを》大小のお百《ひやく》とて、歳《とし》は廿七、八なれど、いたつて美《うつく》しき女なれば、歳《とし》よりは若《わか》く見え、これも大《おほ》きに流行《はや》りけり。

○同《おな》じ長屋《ながや》に独住《ひとりず》みの風羅念仏《ふうらねんぶつ》の願鉄坊《ぐわんてつぼう》といふ道心者《どうしんじや》、これも蛇使《へびつか》ひの見世物《みせもの》の傍《かたは》らに毎日出《まいにちいで》て、行来《ゆきゝ》の人に手の内《うち》を乞《こ》ひ、その日〳〵を送《おく》りけり。

○こゝに又、洛外《らくぐわい》、山崎《ざき》村の郷士《がうし》に礒ケ谷律《いそがやりつ》右衛門といふ者《もの》あり。娘錦絵《にしきゑ》は軽業《かるわざ》の額《がく》の小三《さん》が腹変《はらがは》りの姉《あね》なりけるが、額《がく》の小三《さん》は我《わ》が妹《いもと》といふ事《こと》を聞出《きゝいだ》し、身請《うけ》してやらばやと、ある日、糺河原《たゞすがはら》へ訪来《たづねきた》り、小三《さん》に会《あ》ひて心《こゝろ》の内《うち》を語《かた》らんと、傍《かたは》らの水茶屋《ちや》に腰掛《こしか》けて、軽業《かるわざ》の果《は》てるを待《ま》ちて居《ゐ》たりける。

○斯《か》くて此日も夕暮《ゆふぐれ》にて、見物《けんぶつ》の諸人《しよにん》、己《おの》がさま〴〵散行《ちりゆ》きて、蛇使《へびつか》ひのお百も囲《かこ》ひの内《うち》より出《いで》ければ、願鉄坊《ぐわんてつぼう》、

七オ

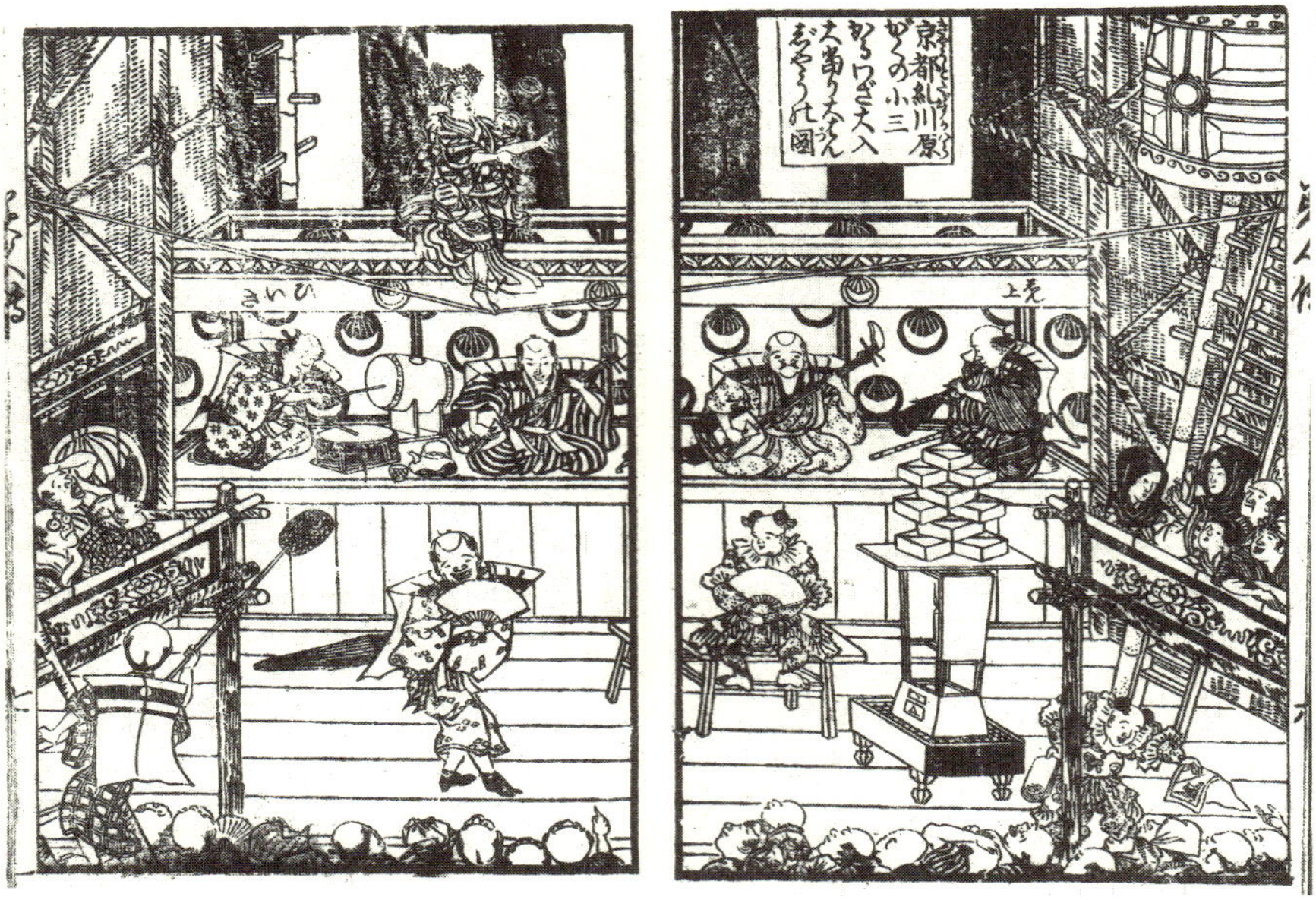

（8）六ウ

辺《あた》りに人なきを見合《みあ》はせてお百《ひやく》に向《む》かひ、小声《ごゑ》にて言《い》ひけるは、「堀《ほり》川の鳰照判官様《にほてるはんぐわんさま》、山崎《ざき》村の郷士《がうし》の娘錦絵《むすめにしきゑ》といふを見初《みそ》め給《たま》ひ、お手掛《てかけ》に召抱《めしかゝ》へんと、御家来《けらい》山住猿《ずみさる》平太様《さま》に言付《いひつ》け給ひしが、その錦絵《にしきゑ》といふ女は、かねて伯父《おぢ》御様《ごさま》の八剣左衛門様《やつるぎさゑもんさま》が心《こゝろ》を掛《か》けてゐさつしやるゆゑ、その錦絵《にしきゑ》といふ女に似《に》た者《もの》があらばと、猿《さる》平太様《さま》が諸々《しよ／＼》方々《ほう／＼》を尋《たづ》ねさつしやつた所が、［二枚置《まいお》いてその次《つぎ》へ続《つゞ》く］

（8）

［京都紀川原《きやうとたゞすかはら》、額《がく》の小三、軽業《かるわざ》大入大当り大繁昌《はんじやう》の図《づ》］

［進上《しん》］

［贔屓《ひいき》］

（9）七ウ

八オ

（9）

京《きやう》都《と》紀《たゞす》河《か》原《はら》図《のづ》

青《あを》大小のお百といふ蛇使《へびつか》ひの女、大に流行《はや》る。

礒《いそ》ケ谷《がや》律《りつ》右衛《ゑ》門《もん》が娘錦絵《にしきゑ》、紀河原《たゞすがはら》へ訪来《たづねく》る。

風羅念仏《ふうらねんぶつ》の願鉄坊《ぐわんてつぼう》といふ道心者《どうしんじや》。

［進《しん》上　軽業《かるわざ》太夫額《がく》の小三《さん》　贔屓《ひいき》］

［風羅念仏《ふうらねんぶつ》　願鉄坊］

［願主願鉄］

［男山］

［開帳］

［開帳］

［千部］

［大入］

［大入］

［開帳］

［目歌］

(10)八ウ

九オ

（10）二枚先《まいさき》の続《つゞ》き　歳《とし》は少《すこ》し老《ふ》けたけれど、こなさんがその錦絵《にしきゑ》に瓜《うり》を二つに割《わ》つたほど良《よ》く似《に》たゆゑ、こなさんが、その錦絵《にしきゑ》になつて鳰照様《にほてるさま》の御館《おやかた》へ行《ゆ》き、御手掛《おてかけ》になつてくれるならば、お金《かね》を百両下《くだ》されふとの事。なんと行《ゆ》く気はねへか。そふすれば俺《おれ》も、ちつとは骨折代《ほねをりしろ》の取《と》れる事《こと》だ。嘘《うそ》でねへ。証拠《しやうこ》はこれ、猿《さる》平太様《さま》から頼《たの》みの手紙《がみ》。これを見やれ」と手に渡《わた》せば、お百は取《と》つて読下《よみくだ》し、なるほどこれじやァ確《たし》かな事《こと》だ。したが、他所《よそ》の女の名を偽《いつは》つて替玉《かへだま》に行《ゆ》くとは真直《まつす》ぐでねへ。邪《よこしま》といふもんじやァあるめへか。お志《こゝろざし》は有難《ありがた》てへが、わつちやァそんな曲《ま》がつた事《こと》は嫌《きれ》へだよ。はてさて、人の難義《なんぎ》にでもなるこつちやァあるめへし、行《ゆ》く〳〵尻《しり》が剥《は》げたところが、こなさんが判官様《はんぐわんさま》の御気《おき》にさへ入《い》れば、後《あと》のいさくさは、ちつともねへ。差当《さしあ》たつて百両といふ金《かね》を、こなさんのお袋《ふくろ》へ遣《や》りやァお袋《ふくろ》は浮《う》かみ上《あ》がる。マア孝行といふもんだと、己《おの》が企《たく》みを押隠《おしかく》し、道理《どうり》を付《つ》けて勧《すゝ》むれば、賢《さか》しきお百もさすがは女、それもそふかと得心《とくしん》し、「詳《くは》しい事《こと》は家《うち》で話《はな》さふ、サア歩《あゆ》びな」と言《い》ふところへ、鴉組《からすぐみ》の男伊《をとこだ》達共《てども》、後《うし》ろからつつと出《い》で、何《なに》やら怪《あや》しいその手紙《てがみ》と取付《とりつ》くを、お百は捕《と》らへて突飛《つきと》ばし、大《おほ》きな蛇《へび》を差付《さしつ》ぐれば、男《をとこ》伊達共《だてども》は身を縮《ちゞ》め、跡《あと》をも見《み》ずして逃帰《にげかへ》る。折《をり》しも撞《つき》出《だ》す時《とき》の鐘《かね》、ボウン〱〱。〔願鉄《ぐわんてつ》〕あれは暮《くれ》六つ、お百坊《ひやくばう》。〔お百〕願鉄《ぐわんてつ》さん。〔願《ぐわん》〕何《なに》かの事《こと》は家《うち》でとつくり。〔お百〕サア歩《あゆ》びなと、両人は打連立《うちつれだ》ちてぞ帰《かへ》りける。

○斯《か》くて願鉄《ぐわんてつ》は、お百が得心《とくしん》の事《こと》を早速《さつそく》、猿《さる》平太に知《し》らせければ、猿《さる》平太大《おほ》きに喜《よろこ》び、その夜、密《ひそ》かに結構《けつかう》なる乗《のり》物《もの》を吊《つ》らせて来《きた》り。先《ま》づ得心《とくしん》で身共《ども》も満足《まんぞく》。衣裳《いしやう》支度《したく》は八剣様《やつるぎさま》の館《やかた》でする。ちつとも早《はや》くと気《き》を急《せ》きて、褒美《ほうび》の百両をお百に渡《わた》し、〔次へ続《つゞ》く〕

（11）九ウ

十オ

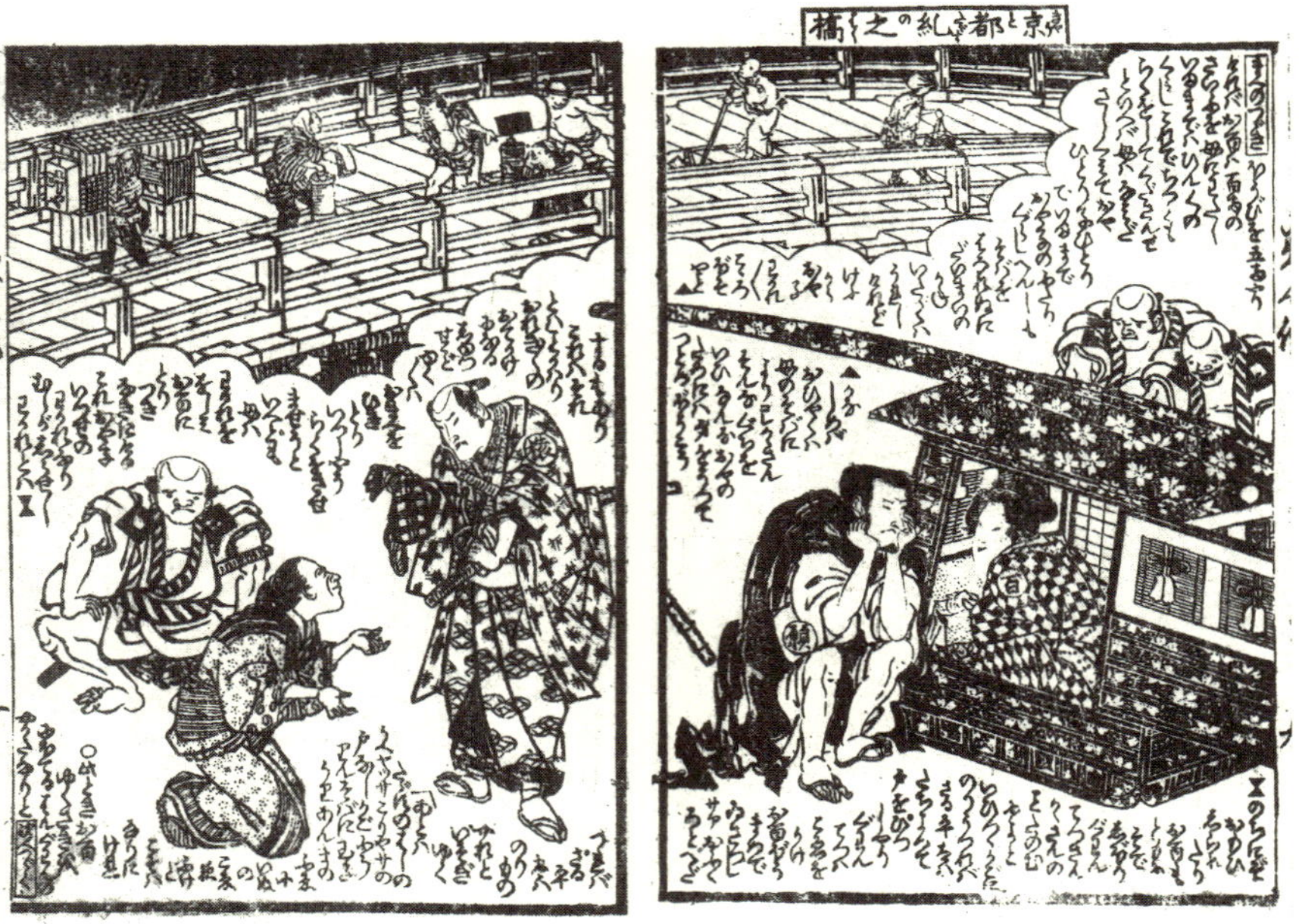

（11）京都紀之橋《きやうとたゞすのはし》

前《まへ》の続《つゞ》き　褒美《ほうび》を五両遣《や》りければ、お百は百両の財布《さいふ》を母に渡《わた》し、「今《いま》までは貧苦《ひんく》の暮《くら》し、これでちつとも楽《らく》をして下《くだ》さんせ」と言《い》へば、母は涙《なみだ》さしくみて、親一人《おやひとり》子一人《ひとり》で今《いま》まで親《おや》子の二人暮《ふたりぐら》し。片時《へんし》も側《そば》を離《はな》れぬに、大枚《だいまい》の金《かね》戴《いたゞ》くは嬉《うれ》しけれど、今日《けふ》から親子別《おやわか》れ〱、心細《こころぼそ》やと悲《かな》しめば、お百《ひやく》は母の側《そば》に寄《よ》り、「コレ母《か、》さん、そんな愚痴《ぐち》を言《い》ひなんな。親《おや》の為《ため》には身を売《う》つて勤奉公《つとめぼうこう》するもあり。これはそれとは事変《ことか》はり、御歴々《おれき〱》のお手掛《てかけ》になる出世事《しゆつせごと》。行《ゆ》く〱は、お前《まへ》を引取《ひきと》り、一生楽《いつしやうらく》をさせませう」と言《い》へども、母は別《わか》れを惜《を》しみ、お百に取付《とりつ》き泣《な》きにける。これ親子《おや》一世《いつせ》の別《わか》れなり。虫《むし》が知《し》らせし別《わか》れとは、後《のち》にぞ思《おも》ひ知《し》られたり。お百も共《とも》に袖絞《そでしぼ》り、「願鉄《ぐわんてつ》さん、母《か、》さんの事《こと》、頼《たの》むによ」と言《い》ひつゝ、駕籠《かご》に乗移《のりうつ》れば、猿《さる》平太は立寄《たちよ》つて戸をぴつしやり。願鉄《ぐわんてつ》は声《こゑ》を掛《か》け、「お百坊《ぼう》、まめで居《ゐ》さつし。サアお袋《ふくろ》」と隔《へだ》つれば、猿《さる》平太は乗物《のりもの》やれと急《いそぎ》行《ゆ》く。

あとは紀《たゞす》の橋《はし》の上《うへ》、ヤツサこりやサの戸無駕籠《なしかご》、風鈴蕎《ふうりんそ》麦《ば》に玉子売《うり》、按摩《あんま》の笛《ふゑ》に犬《いぬ》の声《こゑ》、夜更《ふ》けとこそはなりにけれ。

◯此時《とき》お百、行《ゆ》く先《さき》を鳰照判官《にほてるはんぐわん》の館《やかた》なりと

次へ続《つゞ》く

(12)十ウ

(12) 前《まへ》の続《つゞ》き いふ事《こと》を言《い》はざりしは、女心《こゝろ》の粗忽《そこつ》にて、後《のち》の我《わ》が身《み》の災《わざは》ひと知《し》らぬ凡夫《ぼんぷ》ぞ浅《あさ》ましき。

○さて、願鉄《ぐわんてつ》とお百が住処《すみか》とは一つ長屋《ながや》の隣《となり》越《ご》しにてありけるが、願鉄《ぐわんてつ》は、その夜、隔《へだ》ての壁《かべ》を切破《きりやぶ》つて隣《となり》へ忍《しの》び、お百が母を一抉《ひとゑぐ》りにして百両入の財布《さいふ》を奪《うば》ひ、行方《ゆくゑ》も知《し》れずなりにけり。これ初《はじ》めよりの悪企《わるだく》みとぞ知《し》られたる。

京伝店

色《いろ》を白くする薬白粉《おしろい》

白牡丹《はくぼたん》　一包《つゝみ》代百廿四文

此薬《くすり》、白粉《おしろい》を顔《かほ》の下地《したぢ》に塗《ぬ》りて、その後《あと》へ常《つね》の白粉《おしろい》を塗《ぬ》れば、きめを細《こま》かにして、良《よ》く白粉《おしろい》をのせ、生際綺麗《はへぎはきれい》になり、自然《しぜん》と色《いろ》を白くし、格別器量《かくべつきりやう》を良《よ》くするなり。疥《はたけ》・雀斑《そばかす》・瘡《くさ》の痕《あと》・面皰《にきび》・汗疹《あせも》・皹《ひゞ》・霜焼《しもやけ》の類《るい》、顔一切《かほいつさい》の大妙薬《みやうやく》。顔《かほ》に艶《つや》を出し、きめを細《こま》かにする事奇妙《こときみやう》也。効能《こうのう》数多《あまた》、能書《のうがき》に詳《くは》し。

醒斎《せいさい》老人京伝随筆《ずいひつ》

○骨董集《こつとうしふ》

古《いにしへ》の事を何《なに》くれとなく古書を引て考へ、珍《めづら》しき古画・古図入。

上編前帙二冊、去る戌の冬売出し、後帙二冊、当亥冬売出し申候。

最寄《もより》の本屋にて御求《もと》め可被下候。毎年二冊づゝ追々《おひ〱》出板仕候。

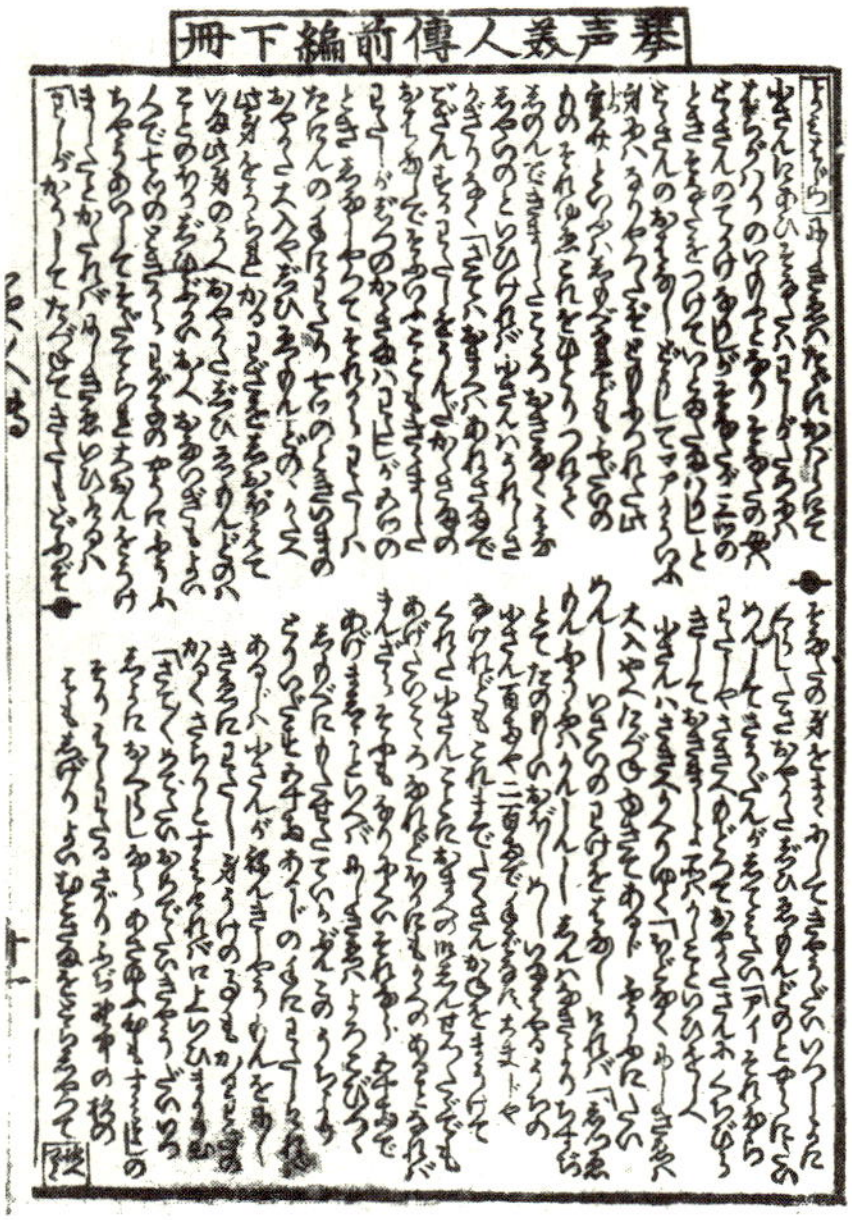

（13）十一オ

（13）琴声美人伝前編下冊

読《よ》み始《はじ》め　錦絵《にしきゑ》は糺河原《たゞすかはら》にて小三《さん》に会《あ》ひ、「そなたはわしがためには腹変《はらがは》りの妹《いもふと》なり。そなたの母は父《とゝ》さんの手《て》掛《かけ》なりしが、そなたが三つの時《とき》、そなたを付《つ》けて暇賜《いとまたま》はりしと、父《とゝ》さんのお話《はなし》。どうしてマア斯《か》ういふ身にはなりやつたぞ。供《とも》に連《つ》れた此実《じつ》介といふは、下部《しもべ》なれども、譜《ふ》代《だい》の者《もの》。それ故《ゆゑ》これを一人《ひとり》連《つ》れて忍《しの》んで来《き》ました。心置《こゝろお》きなく話《はな》しやいの」と言《い》ひければ、小三《さん》は嬉《うれ》しさ限《かぎ》りなく、「さてはお前《まへ》は姉様《あねさま》で御座《ござ》んすか。私《わたし》を産《う》んだ母様《かゝさま》のお話《はなし》で、そふいふ事《こと》も聞《き》きました。私《わたし》が実《じつ》の母様《かゝさま》は、私《わたし》が五つの時《とき》、死《し》なしやつて、それから私《わたし》は他人《たにん》の手に渡《わた》り、七つの時《とき》、今《いま》の親方《おやかた》大入屋《や》慈悲右衛門殿《じひゑもんどの》の方《かた》へ此身を売《う》られ、軽業《かるわざ》をし覚《おぼ》えて、今《いま》此身の上《うへ》。親方慈悲右衛門殿《おやかたじひゑもんどの》は殊《こと》の外《ほか》慈悲深《じひぶか》い御《お》人。御内儀《おないぎ》も良《よ》い人で、七つの時《とき》から我《わ》が子の様《やう》に夫婦《ふうふ》寵愛《ちやうあい》して育《そだ》てられ、大恩《おん》を受《う》けました」と語《かた》れば、錦絵《にしきゑ》言《い》ひけるは、「わしが斯《か》うして訪《たづ》ねて来《き》たも、どふぞ其方《そなた》の身を儘《まゝ》にして、姉妹《きやうだい》一緒《いつしよ》に暮《く》らしたさ。親《おや》方慈悲右衛門殿《かたじひゑもんどの》とやらに対面《たいめん》して相談《さうだん》がしてみたい」。「アイそれなら私《わたし》や先《さき》へ戻《もど》つて親方《おやかた》さんに口開《くちびら》きしておきましよ。所は彼処《かしこ》」と言《い》ひ教《をし》へ、小三《さん》は先《さき》へ帰《かへ》り行《ゆ》く。

程《ほど》なく錦絵《にしきゑ》は大入屋《や》へ訪行《たづねゆ》きて、主夫婦《あるじふうふ》に対面《たいめん》し、委細《い さい》の訳《わけ》を話《はな》しければ、悦《ゑつ》（ママ）右衛門《ゑもん》夫婦《ふうふ》は感心《かんしん》し、「親《しん》は無《な》きより血筋《ちすぢ》とて、頼《たの》もしい思召《おぼしめ》し。今流行《いまはや》るうちの小三《さん》、百両や二百両で手放《ばな》す大夫じやなけれども、これまで沢山《たくさん》金《かね》を儲《まう》けてくれた小三《さん》。殊《こと》にお前《まへ》の御深切《しんせつ》、たゞでもあげたい心《こゝろ》なれど、他《ほか》にも抱《かゝ》へのある事《こと》なれば、満更《まんざら》そふもなりにくい。それなら五十両であげましよ」と言《い》へば、錦絵《にしきゑ》は喜《よろこ》びつゝ、下部《しもべ》に持《も》たせた定家文庫《ていかぶんこ》の中《うち》より取出《とりいだ》す五十両、主《あるじ》の手に渡《わた》しければ、主《あるじ》は小三《さん》が年季証文《ねんきしやうもん》を錦絵《にしきゑ》に渡《わた》し、身請《うけ》の事も軽業《かるわざ》の軽《かる》くさらりと済《す》みければ、口上言《い》ひ罷《まか》り出、さて〳〵目出度《めでた》い、お目出度《めでた》い、姉妹一緒《きやうだいいつしよ》にお暮《く》らしなら、朝夕《あさゆふ》心も住吉《すみよし》の反橋渡《そりはしわた》る下《さ》がり藤《ふぢ》、野中の杉の葉《は》も繁《しげ》り、良《よ》い婿様《むこさま》を取《と》らしやつて

次へ続《つゞ》く

(14)十一ウ

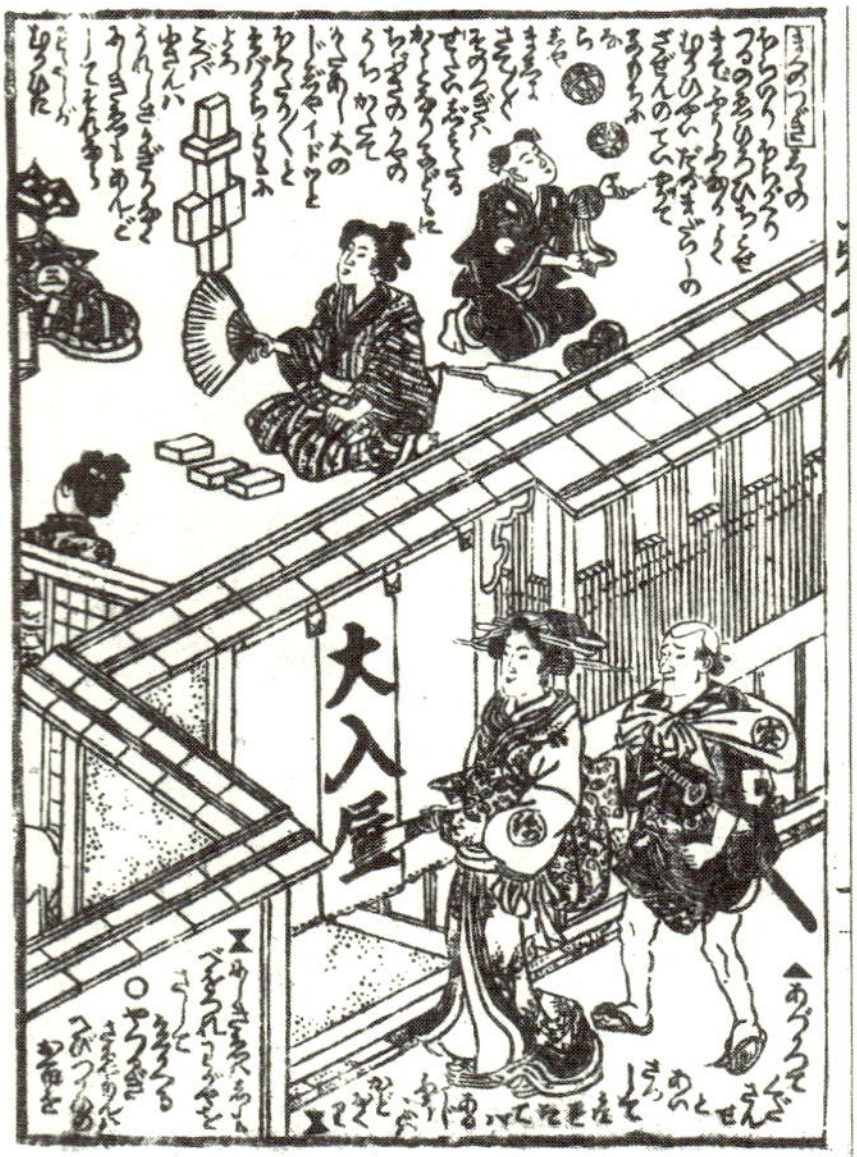

十二オ

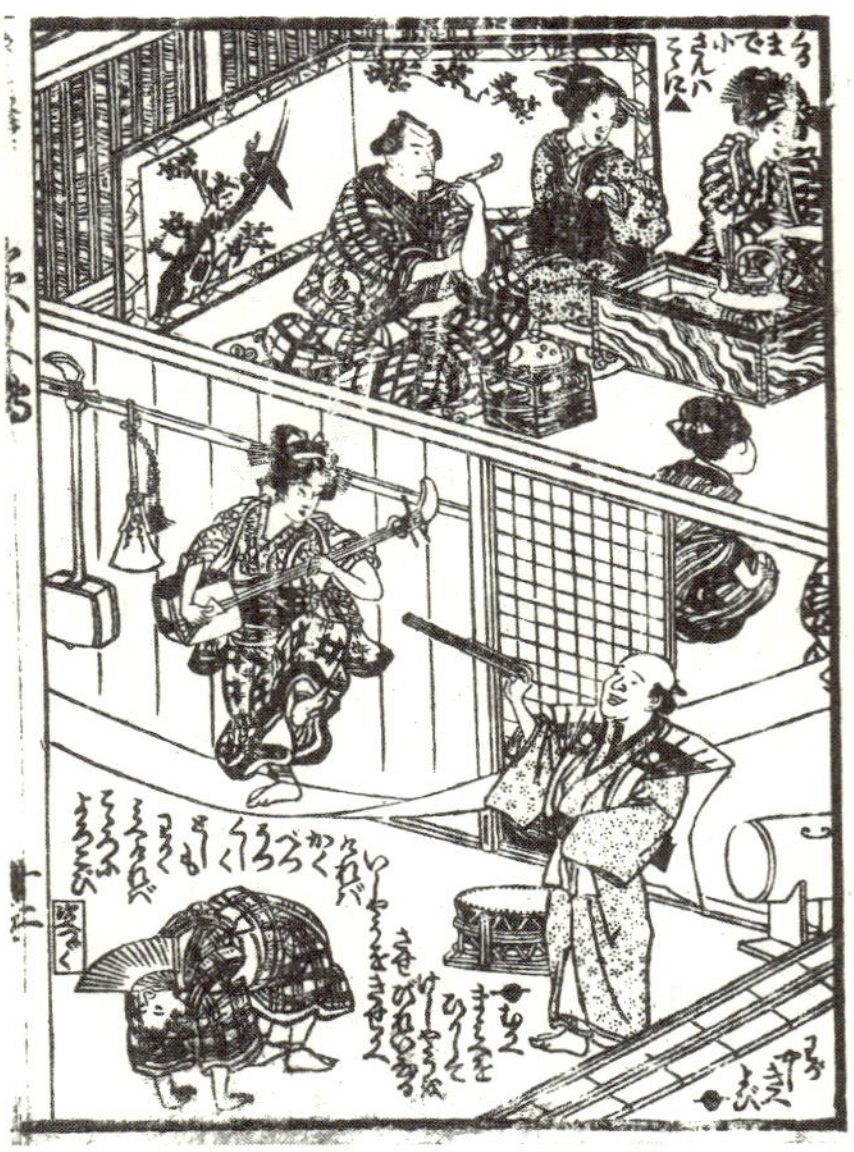

(14) 前《まへ》の続《つゞ》き 獅子《し》の洞入《ほらい》り洞《ほら》がへり、鶴《つる》の餌拾《ゑひろ》ひ千歳《ちとせ》まで、夫婦仲良《ふうふなかよ》く向《む》かひ合《や》ひ、達磨大師《だるまだいし》の座禅《ざぜん》の体《てい》、やがて子持《もち》にならしやましよ。さて〳〵その次《つぎ》は、世帯染《せたいじ》みたる嗅《か》となり、子供《ども》に乳房《ちぶさ》の蚊帳《かや》の内《うち》、片手片足《かたてかたあし》大の字《じ》じやイ、ドツと褒《ほ》めたり〳〵と側《そば》から共《とも》に喜《よろこ》べば、小三《さん》は嬉《うれ》しさ限《かぎ》りなく、錦絵《にしきゑ》も安堵《あんど》して、それなら私《わたし》が迎《むか》ひに来《く》るまで、小三《さん》は此処《こゝ》に預《あづ》かつて下《くだ》さんせと、挨拶《あいさつ》して座を立《た》てば、主夫婦《あるじふうふ》は門送《かどおく》り、錦絵《にしきゑ》は下部《しもべ》を連《つ》れ、我《わ》が家をさして立帰《かへ》る。

○八剣左衛門《やつるぎさゑもん》は、蛇使《へびつか》ひのお百を我《わ》が屋敷《やしき》へ呼迎《よびむか》へ、眉《まみへ》を引《ひ》かして化粧《けしやう》をさせ、美麗《びれい》なる衣裳《いしやう》を着替《きせか》へければ、格別美《かくべつうつく》しく歳《とし》も若《わか》く見《み》へければ、心《こゝろ》に喜《よろこ》び、次へ続《つゞ》く

[大入屋]

(15)十二ウ

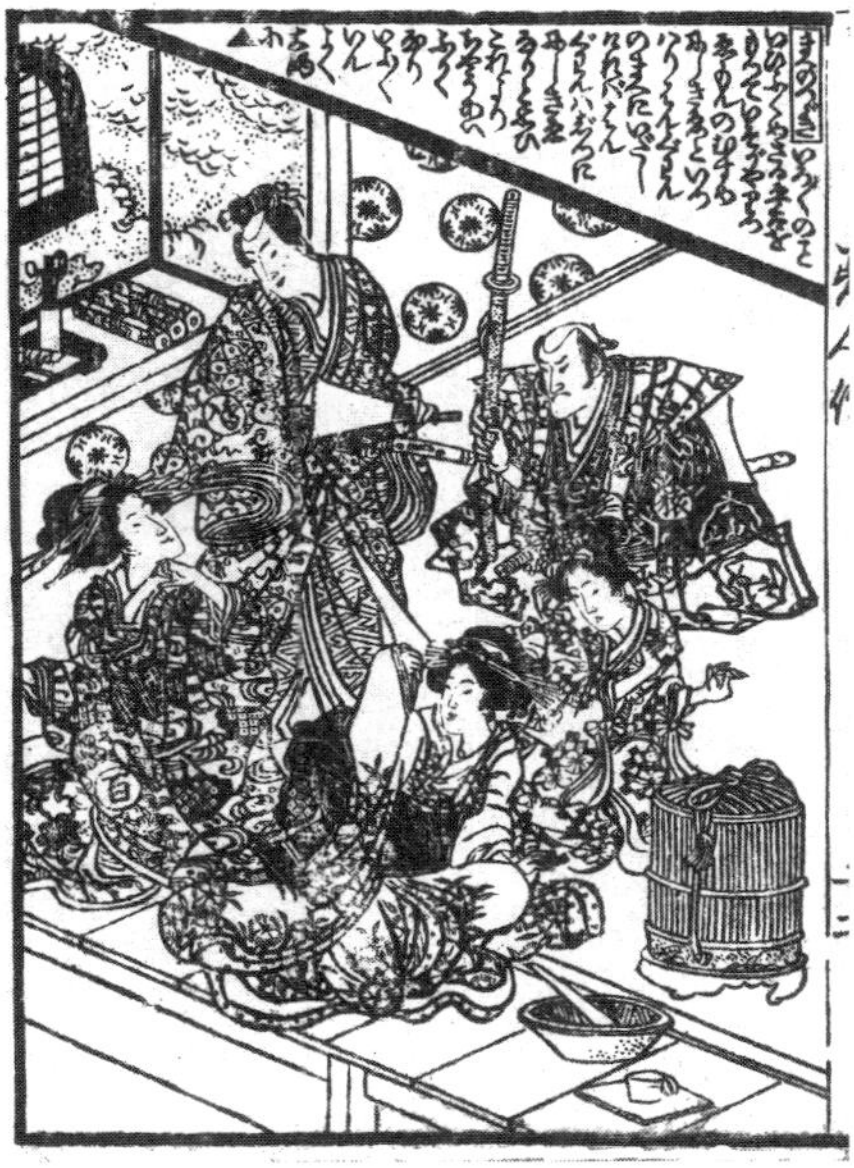

十三オ

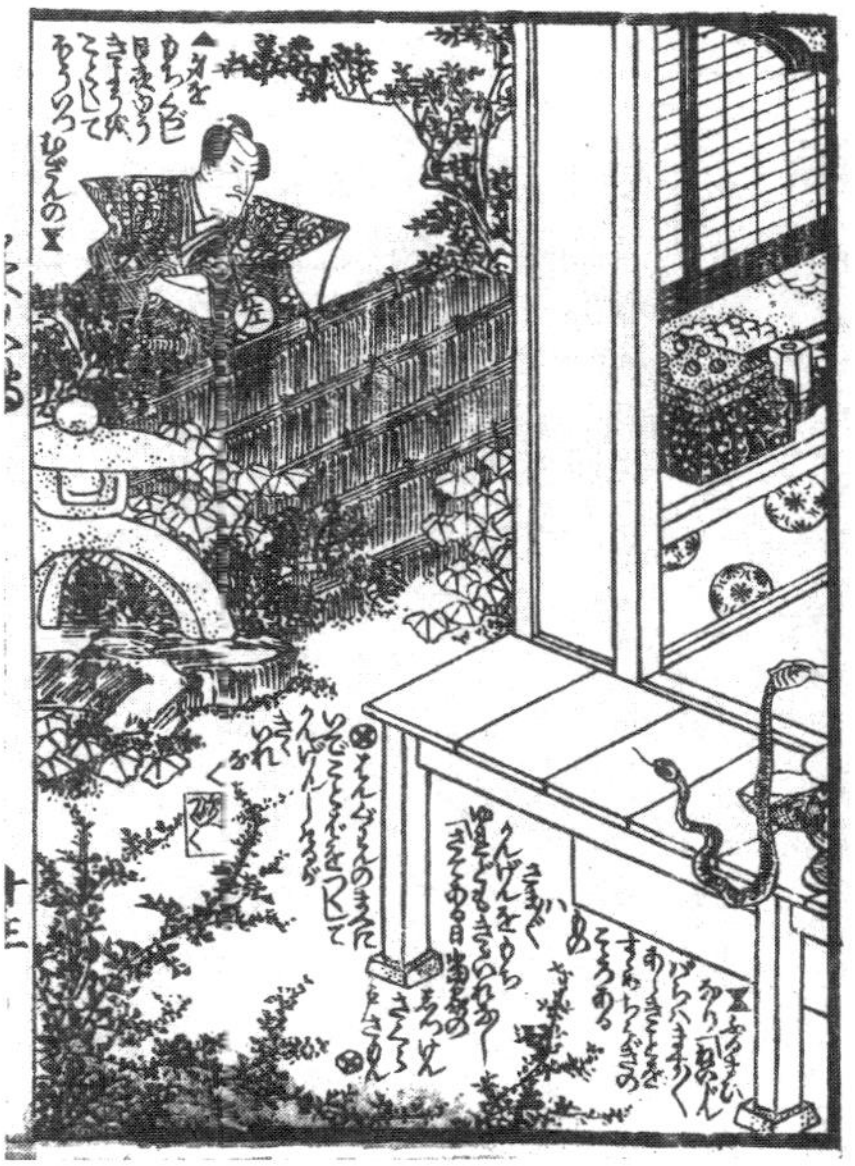

(15) 前《まへ》の続《つゞ》き 色々《いろ〳〵》の事言《ことい》ひ含《ふく》め、猿《さる》平太をもつて礒ケ《いそが》谷律《やりつ》右衛門《ゑもん》の娘《むすめ》錦絵《にしきゑ》と偽《いつは》り、判《はん》官《ぐわん》の前《まへ》に出《いだ》しければ、判《はん》官《ぐわん》は実《じつ》に錦絵《にしきゑ》なりと思ひ、これより寵愛《ちやうあい》深《ふか》くなり、いよ〳〵淫欲《いんよく》大酒に身を持崩《もちくづ》し、日夜遊興《ゆうきよう》を事《こと》として、放逸《ほういつ》無残《むざん》の振舞《ふるまひ》なり。佞人輩《ねいじんばら》は益々《ます〳〵》悪《あ》しき事《こと》を勧《すゝ》め、忠義《ちうぎ》の心《こゝろ》ある者《もの》は様々《さま〴〵》諫言《かんげん》を用《もち》ゆれども聞入《きゝい》れなし。

さて、ある日、当家の執権《しつけん》桜《さくら》戸左門《さもん》、判官《はんぐわん》の前《まへ》に出《い》で言葉《ことば》を尽《つ》くして諫言《かんげん》しけるが聞入《きゝい》れなく、

次へ続《つゞ》く

(16)十三ウ

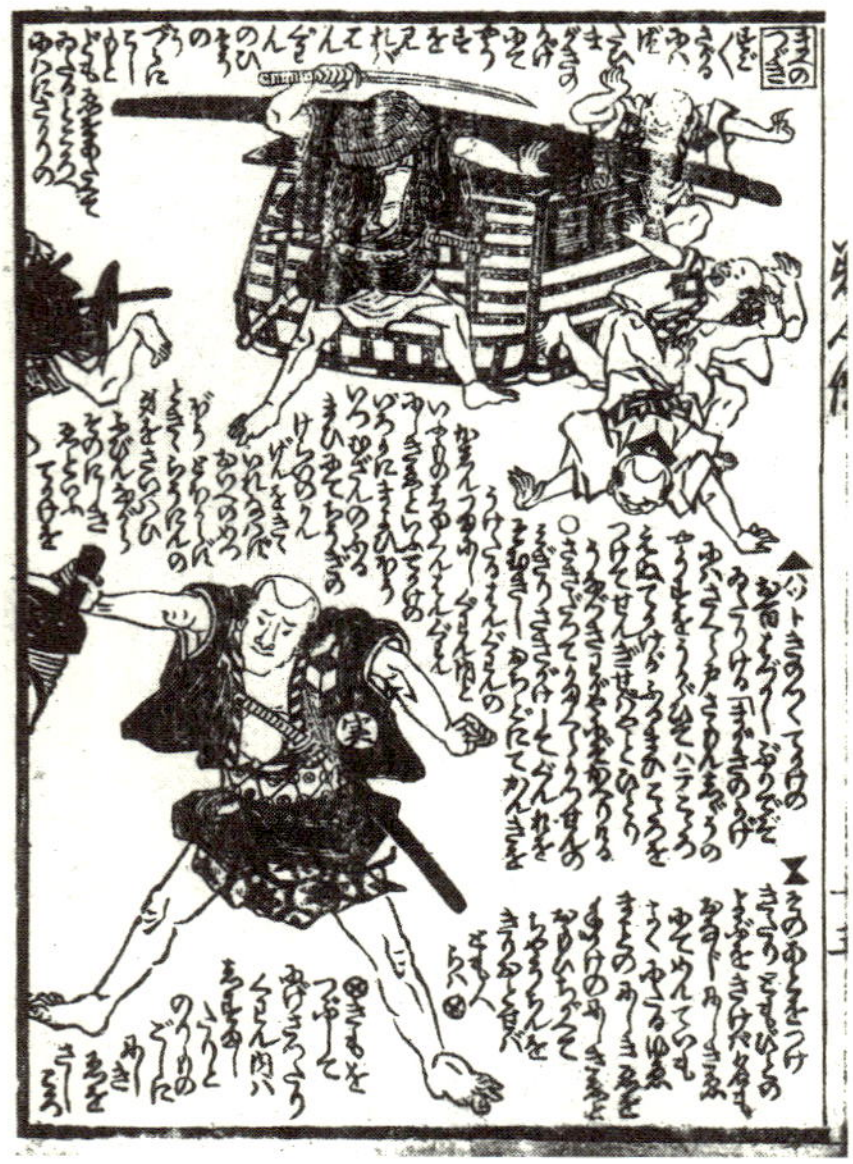

十四オ

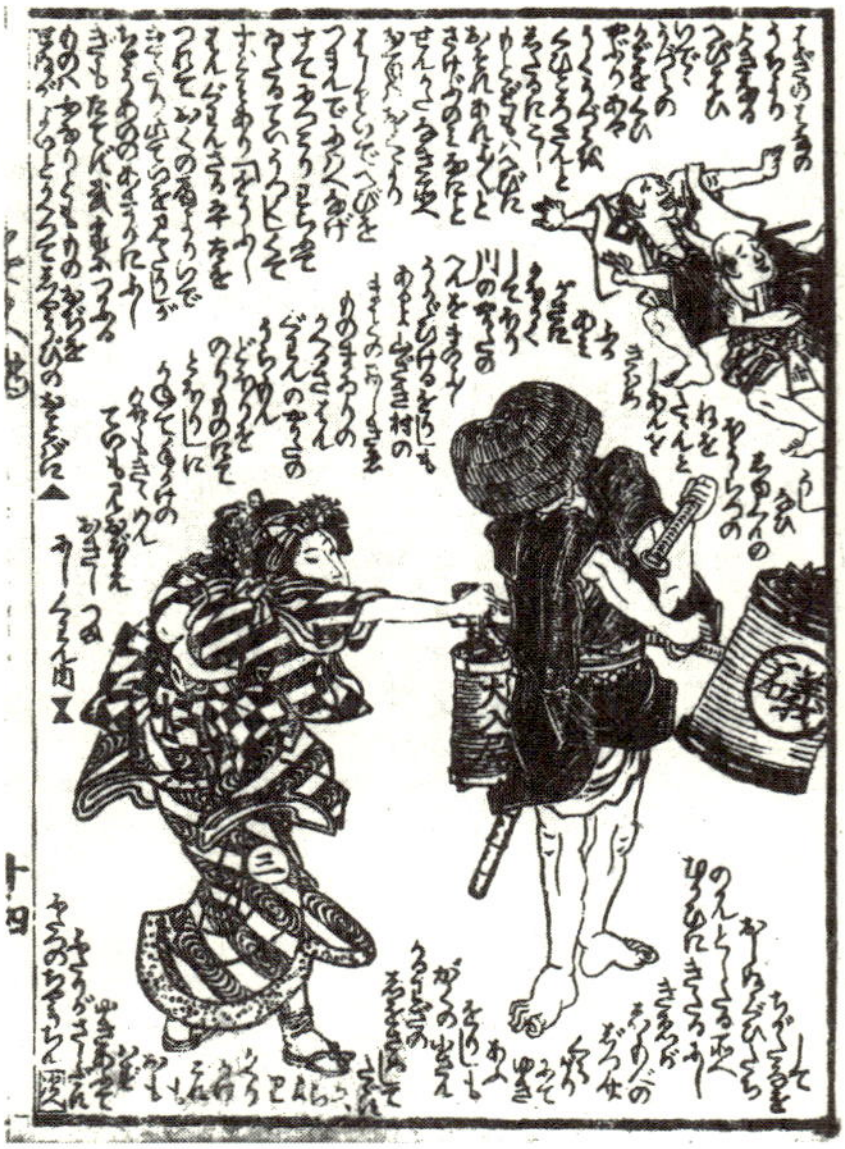

(16) 前《まへ》の続《つゞ》き　すご〳〵下《さ》がる庭伝《にはづた》ひ、籬《まがき》の陰《かげ》にて様子《やうす》を見《み》れば、判官《はんぐわん》の秘蔵《ひぞう》の鶉《うづら》に腰元《こしもと》ども餌《ゑ》を与《あた》へてゐたるところへ、庭《には》に盛《さか》りの萩《はぎ》の花《はな》の中《うち》より大きなる蛇這出《へびはひいで》て鶉《うづら》の籠《かご》を食破《くひやぶ》り、危《あや》うく鶉《うづら》を食殺《くひころ》さんとしたるに、腰元《こしもと》どもは蛇《へび》に恐《おそ》れ、あれよ〳〵と叫《さけ》ぶのみ、何《なに》と詮方《せんかた》なき所へ、お百は奥《おく》より走《はし》り出《い》で、蛇《へび》を摘《つま》んで庭《には》へ投捨《なげす》て、にっこり笑《わら》ふてゐたる体《てい》、美《うつく》しくて凄《すご》みあり。折節《をりふし》、判官《はんぐわん》、猿《さる》平太を連《つ》れて奥《おく》の殿より出来《いでき》たり、此体《てい》を見たりしが、寵愛《ちやうあい》の余《あま》りに不思議《ふしぎ》も立《た》てず、武家に仕《つか》ふる者《もの》は女なりとも物怖《ものお》ぢをせぬがよいと、かへつて賞美《しやうび》の御言葉《おことば》に、ハツト気《き》の付《つ》く手掛《てかけ》のお百、恥《は》づかし振《ぶ》りでゐたりける。籬《まがき》の陰《かげ》には桜戸左門《さくらさもん》、始終《しじう》の様子《やうす》を窺《うかゞ》ひて、ハテ心《こゝろ》得《え》ぬ手掛《てかけ》が振舞《ふるまひ》、心《こゝろ》を付《つ》けて詮議《せんぎ》せばやと、一人頷《ひとりうなづ》き我《わ》が家《や》にぞ帰《かへ》りける。

○先《さき》だつて鎌倉合戦《かまくらかつせん》の砌《みぎり》、先駆《さきが》けして軍令《ぐんれい》を背《そむ》きし落度《おちど》にて、勘気《かんき》を受《う》けたる判官《はんぐわん》の家臣《かしん》、妻西巌内《つまにしぐわん》といふ者《もの》、主《しゅ》君判官《くんはんぐわん》、錦絵《にしきゑ》といふ手掛《てかけ》の色香《いろか》に迷《まよ》ひ、放逸無残《ほういつむざん》の振舞《ふるまひ》にて、忠義《ちうぎ》の家来《けらい》の諫言《かんげん》を聞入《きゝい》れ給はず、御家《おいへ》の滅亡遠《めつぼうとほ》からずと聞《き》き、浪人《らうにん》の身を幸《さいは》ひ、不憫《ふびん》ながら、その錦絵《にしきゑ》といふ手掛《てかけ》を失《うしな》ひ、主君《しゆくん》の放埒《ほうらつ》の根《ね》を絶《た》たんと思案《しあん》を極《きは》め、深編笠《ふかあみがさ》に顔隠《かほかく》して、堀《ほり》川の館《やかた》の辺《へん》を毎夜《まいよ》々〱窺《うかゞ》ひける折《をり》しも、ある夜《よ》、山崎《ざき》村の真《まこと》の錦絵《にしきゑ》、物参《ものまゐ》りの帰《かへ》るさ、判《はん》官《ぐわん》の館《やかた》の裏門通《うらもんどほ》りを乗物《のりもの》にて通《とほ》りしに、かねて手掛《かけ》の名も聞《き》き、面体《めんてい》も見覚《おぼ》えおきし妻西巌《つまにしぐわん》内、その後《あと》を付来《つけきた》り、供人《ともびと》の呼《よ》ぶを聞《き》けば、名も同《おな》じ錦絵《にしきゑ》にて面体《めんてい》も良《よ》く似《に》たるゆゑ、真《まこと》の錦絵《にしきゑ》を手掛《かけ》の錦絵《にしきゑ》と思《おも》ひ違《ちが》へて提灯《ちやうちん》を斬落《きりお》とせば、供人等《ともら》は肝《きも》を潰《つぶ》して逃去《にげさ》つたり。巌《ぐわん》内はし済《す》ましたりと乗物越《のりものご》しに錦絵《にしきゑ》を刺殺《さしころ》して、血刀《ちがたな》を押拭《おしぬぐ》ひ、立《たち》退《の》かんとしたる所へ、迎《むか》ひに来《きた》る錦絵《にしきゑ》が下部《しもべ》の実《じつ》介、暗《くら》がりにて行会《ゆきあ》ふ折《をり》しも、額《がく》の小三《さん》、軽業《かるわざ》のし収《をさ》めして紆《たゞす》河原《かはら》より帰《かへ》りがけ、これも思《おも》はず行会《ゆきあ》ふて、二人《ふたり》が差出《さしだ》す二《ふた》つの提灯《ちやうちん》、次へ

［礒］

［大入屋］

十五オ

(17)十四ウ

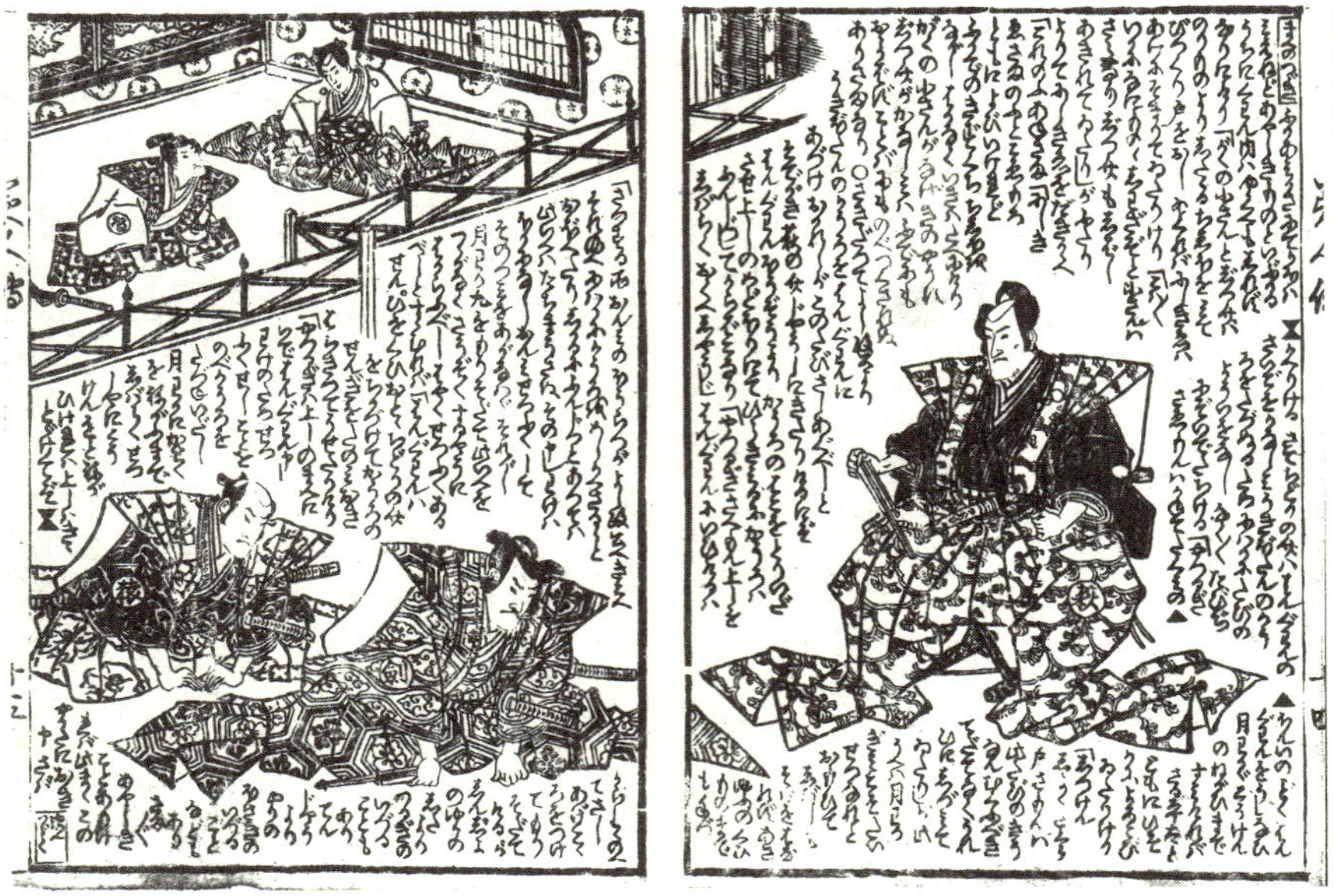

(17) 前《まへ》の続《つゞ》き 深編笠《ふかあみがさ》にて顔《かほ》は見《み》えねど、怪《あや》しき者《もの》と訝《いぶか》るうちに、巌《ぐわん》内は行方《ゆくへ》も知《し》れずなりにけり。額《がく》の小三《さん》と実《じつ》介は、乗物《のりもの》より滴《したゝ》る血潮《ちしほ》を見《み》てびつくり。戸を押開《おしあ》くれば、錦絵《にしきゑ》は朱《あけ》に染《そ》まりて居《ゐ》たりけり。こは〳〵いかに、何者《なにもの》の仕業《しわざ》ぞと、小三《さん》はさらなり、実《じつ》介も暫《しば》し呆《あき》れてゐたりしが、二人《ふたり》寄《よ》りて錦絵《にしきゑ》を抱抱《だきかゝ》へ、「これのふ姉様《あねさま》」、「錦《にしき》絵様《ゑさま》のふ」と声《こゑ》もろともに呼《よ》びいけれど、深手《ふかで》の傷口《きずぐち》、血《ち》潮《しほ》を流《なが》し儚《はかな》く息《いき》は絶《た》へにけり。額《がく》の小三《さん》が嘆《なげ》きの様子《やうす》、実《じつ》介が悲《かな》しみは筆《ふで》にも及《およ》ばず、言葉《ことば》にも述《の》べ尽《つ》くされぬ有様《ありさま》なり。

○先《さき》だつて義《よし》政公より浮牡丹《うきぼたん》の香炉《かうろ》を判官《はんぐわん》に預置《あづけお》かれしが、この度《たび》、差上《さしあ》ぐべしと袖垣《そでがき》萩之《の》介、上使《じやうし》に来《きた》りけるにぞ、判官《はんぐわん》、宝蔵《ほうぞう》より香炉《かうろ》の箱《はこ》を取出《とりいだ》させ、上使《し》の目通《めどほ》りにて開《ひら》き見《み》るに、香炉《かうろ》は紛失《ふんじつ》して空箱《からばこ》なり。八剣《やつるぎ》左衛《さへ》門《もん》、上使《し》を暫《しばら》く奥《おく》へ招《しやう》じ、判官《はんぐわん》に言《い》ひけるは、「察《さつ》する所、御身《おんみ》の放埒《ほうらつ》が義《よし》政公へ聞《き》こへ、それ故《ゆへ》、俄《にはか》に香炉《かうろ》を召返《めしかへ》さるゝと思《おぼ》へたり。然《しか》るに紛失《ふんじつ》とあつては、此家《いへ》は立《た》ち申《まう》さぬ。その申し訳《わけ》は他《ほか》になし。御身《おんみ》切腹《せつぷく》して、その罪《つみ》を購《あがな》はゞ、某《それがし》、月若《わか》丸を守育《もりそだ》て、此家《いへ》を恙《つゝが》なく相続《さうぞく》するやうに計《はか》らふべし。早《はや》く切腹《せつぷく》あるべし」と勧《すゝ》むれば、判官《はんぐわん》は先非《せんぴ》を悔《く》ひ、弟《おとゝ》千鳥之《ちどりの》介を近付《ちかづ》けて、香炉《かうろ》の詮議《せんぎ》を頼置《たのみお》き、腹切《はらき》つて失《う》せたりけり。八剣《やつるぎ》は上使《し》の前《まへ》に出《い》で、判《はん》官《ぐわん》申し訳《わけ》のため切腹《せつぷく》せし事《こと》を述《の》べ、香炉《かうろ》を尋出《たづねいだ》し、月若《わか》に家督《かとく》を願《ねが》ふまで、暫《しばら》く拙者《せつしや》に後見《こうけん》をと願《ねが》ひければ、上使《し》は聞届《きゝとゞ》けてぞ帰《かへ》りける。

さて、千鳥之《ちどりの》介は判官《はんぐわん》の最期《さいご》を悲《かな》しみ、浮牡丹《うきぼたん》の香炉《かうろ》を尋《たづ》ぬるため、俄《にはか》に旅《たび》の用意《ようい》をなし、泣《な》く〳〵旅路《たびぢ》にぞ出《いで》立《た》ちける。

八剣《やつるぎ》左衛門《さゑもん》は、かねて企《たく》みの本意《ほんい》の如《ごと》く、判官《はんぐわん》を失《うしな》ひ、月若《わか》が後見《こうけん》の願《ねが》ひまで済《す》みければ、猿《さる》平太と共《とも》に密《ひそ》かに喜《よろこ》びゐたりけり。

執権職《しつけんしよく》桜《さくら》戸左門《さもん》は、此度《たび》の急難報《きうなんむく》ふべき手立《てだ》てなく、憂《うれ》ひに沈《しづ》みて居《ゐ》たりしが、此上《うへ》は月若君《わかぎみ》こそ大切《たいせつ》なれと思《おも》ひて、暫《しば》しも側《そば》を離《はな》れず、朝夕《あさゆふ》の食物《くひもの》までゞも手づから調《とゝ》のへて差上《さしあ》げ、心《こゝろ》を付《つ》けて守育《もりそだ》てけるが、寝所《しんじよ》の床《ゆか》の下《した》より剣《つるぎ》の出《いづ》る事《こと》もあり、天井《てんじやう》より槍《やり》の穂先《ほさき》の出《いづ》る事《こと》などもあり、様々《さまざま》怪《あや》しき事《こと》ありければ、此まゝこの館《やかた》に置《お》き申さば

次へ続《つゞ》く

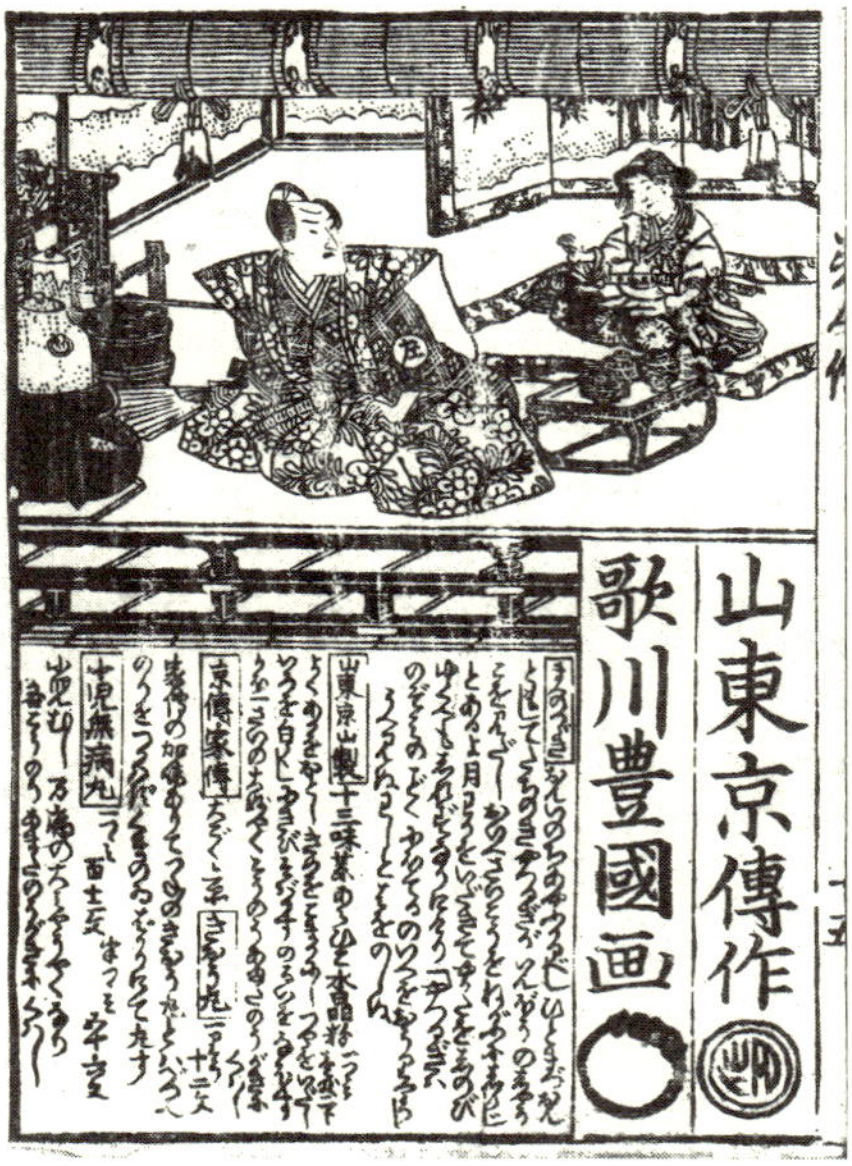

(18)十五ウ

(18) 前《まへ》の続《つゞ》き 御命危《おんいのちあや》ふかるべし。一先《ひとま》づ御供《おんとも》して立退《たちの》き、八剣《やつるぎ》が陰謀《いんぼう》の証拠《しやうこ》を見出《だ》し、御家再興《おいへさいこう》を願《ねが》ふに如《し》かじと、ある夜《よ》、月若《わか》を抱《いだ》きて館《やかた》を忍《しの》び、行方《ゆくへ》も知《し》れずなりにけり。

八剣《やつるぎ》は望《のぞ》みの如《ごと》く鳰照《にほてる》の家《いへ》を横領《おうりやう》し、上《うへ》見ぬ鷲《わし》と羽《は》を伸《の》しぬ。

山東京伝作㊞
歌川豊国画㊞

山東京山製 十三味薬の洗粉《あらひこ》 水晶粉 一包《つゝみ》壱匁二分
よく垢《あか》を落《お》とし、きめを細《こま》かにし、艶《つや》を出《いだ》し、色《いろ》を白《しろ》くし、面皰《にきび》・雀斑《そばかす》の類《るい》を治《なほ》す顔《かほ》一切《さい》の大妙薬《やく》、効能数多《こうのうあまた》、能《のう》書《がき》に詳《くは》し。

京伝家伝 大極《ごく》上品 奇応丸《きおう》 一粒《りう》十二文
家伝の加味ありて常《つね》の奇応丸《きおう》とは別《べつ》也。糊《のり》を使《つか》はず熊《くま》の胆《ゐ》ばかりにて丸す。

小児無病丸 一包《つゝみ》百十二文、半包《つゝみ》五十六文
小児虫《むし》、万病の大妙薬也《みやうやくなり》。各効能数多《こうのうあまた》、能書《のうがき》に詳《くは》し。

後編見返し

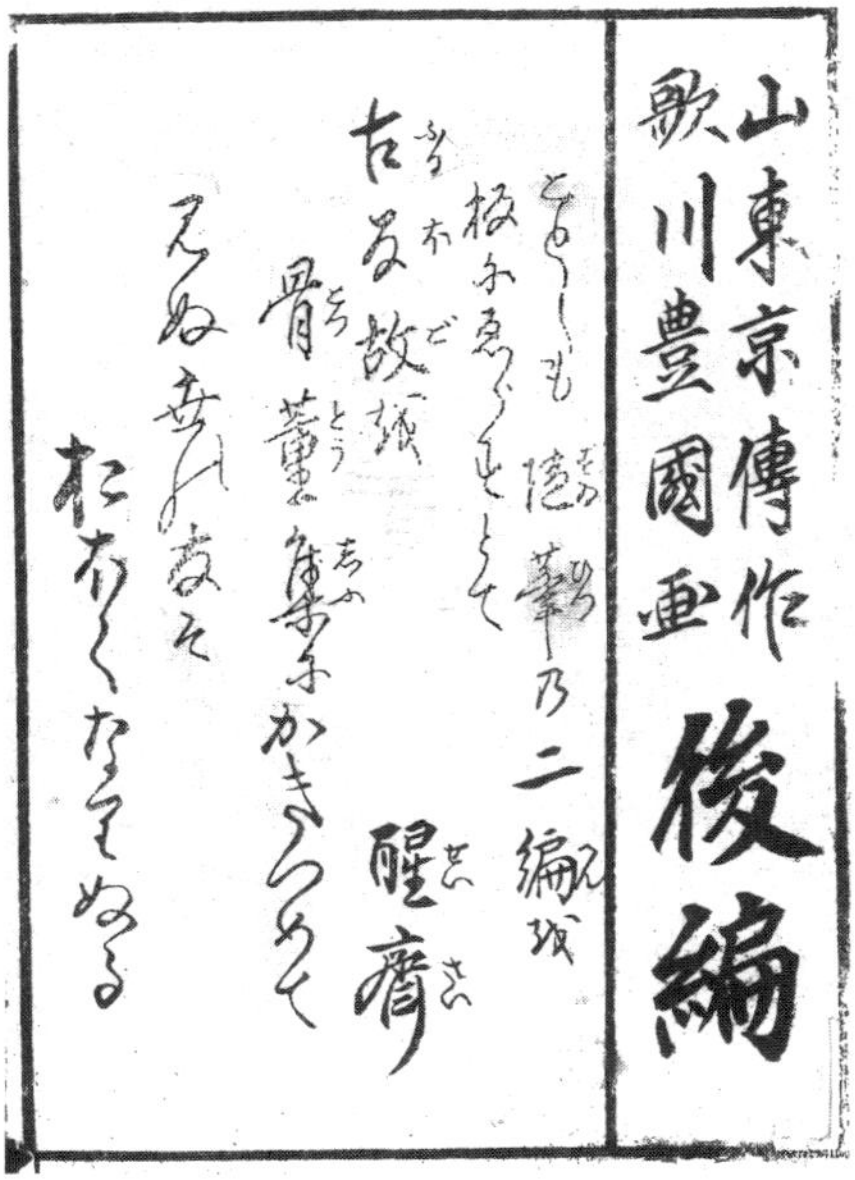

［後編見返し］

山東京伝作
歌川豊国画　後編

ことしも随筆《ずゐひつ》の二編《へん》を板にゑらすとて
古反故《ふるほご》を骨董集《こつとうしふ》にかきつめて
見ぬ世の友そおほくなりぬる

醒斎《せいさい》

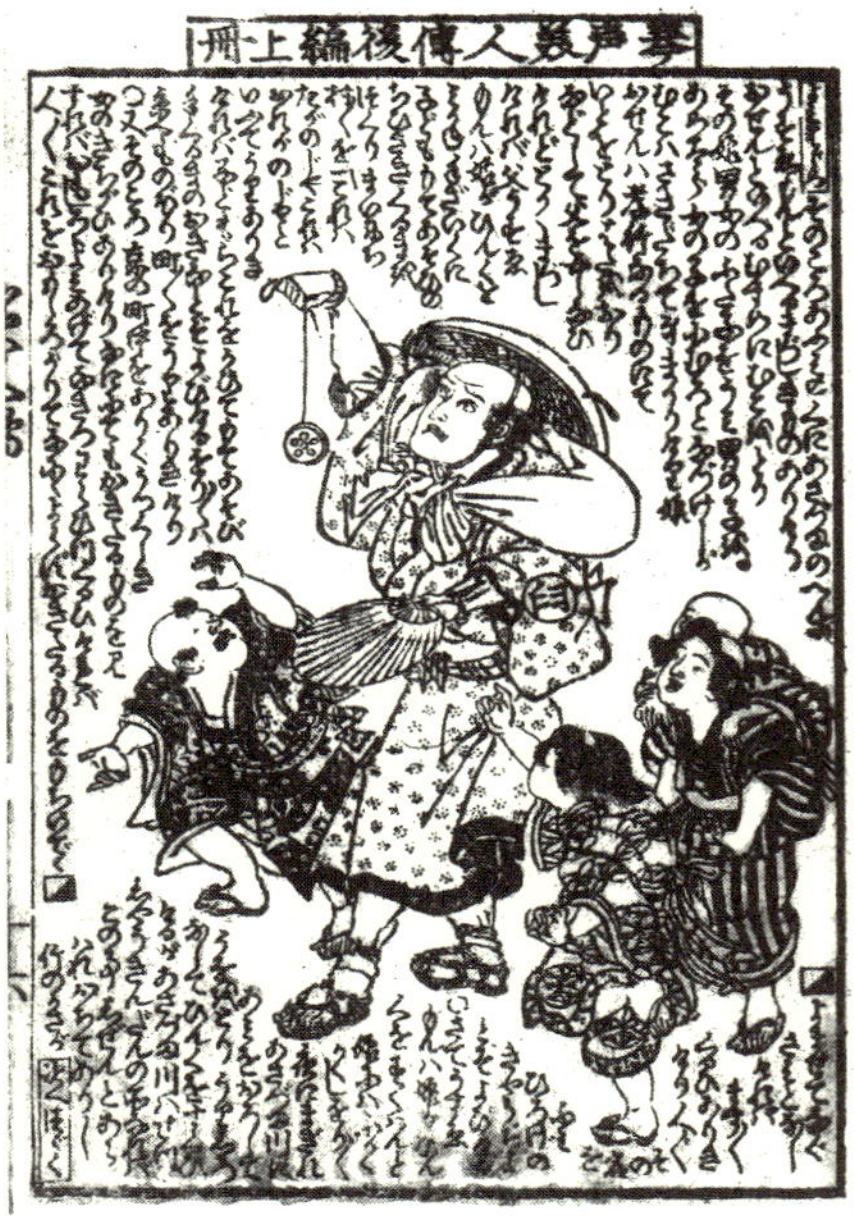

(19)十六オ

【後編】

【上】

（19）琴声美人伝後編上冊

読《よ》み始《はじ》め　その頃《ころ》、近江《あふみ》の国朝妻《くにあさづま》の辺《へん》に臼右衛門《うすゑもん》といへる貧《まづ》しき者《もの》ありけり。お仙《せん》といへる娘《むすめ》に婿《むこ》を取《と》り、その娘、男女の双子《ふた》を産《う》み、男の子を雨太郎《あめ》、女の子を小室《むろ》と名付《づ》けしが、婿《むこ》は先《さき》だちて身罷《まか》りけり。娘お仙《せん》は孝行なる者《もの》にて、糸《いと》を取《と》り機《はた》を織《お》りなどして父を養《やしな》ひけれど、とかく貧《まづ》しければ、父臼右衛門《うすゑもん》は娘が貧苦《ひんく》を見《み》かね、手細工《ざいく》に子供《ども》弄《もてあそ》びの小《ち》さき車《くるま》を作《つく》り、毎日《まいにち》村々《〳〵》を、「これは誰《た》がのじや、これは俺《おれ》がのじや」と言《い》ふて売歩《うりあ》りきければ、子供等《どもら》これを買《か》ひて弄《もてあそ》び、手車《ぐるま》の翁《おきな》とぞ呼《よ》びける。折々《をり〳〵》は京へも上《のぼ》り、町々《〳〵》を売歩《うりあ》りきけり。

○又その頃《ころ》、京の町中を歩《あ》りく美《うつく》しき女の気違《きちが》ひありけり。何《なに》にても書《か》きたる物《もの》を見すれば面白《おもしろ》く読上《よみあ》げて、泣《な》きつ笑《わら》ひつ狂《くる》ひければ、人々《〳〵》これを面白《おもしろ》がりて、何《なに》によらず書《か》きたる物《もの》を持出《もちいで》て読《よ》ませて、慰《なぐさ》みとなしければ、ます〳〵狂歩《くるひあ》りきけり。人々《〴〵》、その名を文展《ふみひろ》げの狂女《きやうぢよ》とぞ呼《よ》びける。

○さて臼右衛門《うすゑもん》は、娘が貧苦《ひんく》を救《すく》はんと、娘には深《ふか》く隠《かく》し、折々《をりく》夜に紛《まぎ》れ、朝妻川《あさづま》に網《あみ》を下《お》ろして魚《うを》を取《と》り、売代《うりしろ》なして貧苦《ひんく》を救《すく》ひけるが、朝妻川《あさづま》は殺生禁断《せつしやうきんだん》の所なれば、この事自然《しぜん》と顕《あら》はれ、落《お》ちてありし竹の笠《かさ》が

次へ続《つゞ》く

(20)十六ウ

十七オ

(20) 前《まへ》の続《つゞ》き 証拠《しやうこ》となり、臼右衛門《うすゑもん》が仕業《しわざ》に極《きは》まり、ある日、朝妻郡領国《あさづまぐんりやうくに》氏の館《やかた》より捕手《とりて》の人衆来《にんじゆき》り、臼右衛《うすゑ》門《もん》を高《たか》手小手に縛《いまし》めてぞ連行《つれゆ》きける。娘《むすめ》お仙《せん》、孫二人《まごふたり》は臼《うす》右衛門《ゑもん》に取付《とりつ》きて離《はな》さじと嘆《なげ》きけれども詮方《せんかた》なし。

○近江《あふみ》の国《くに》の朝妻郡領国《あさづまぐんりやうくに》氏は先《さき》だつて身罷《まか》り、後室小枝《こうしつさえだ》と先《さき》の奥方《おくがた》の産《う》みたる娘浮根姫《うきねのひめ》ばかりありて男の子なければ、かねて鳰照判官《にほてるはんぐわん》の弟《おとゝ》千鳥之介《ちどりのすけ》を婿《むこ》に取《と》るべき言約束《いひやくそく》ありしが、鳰照判官《にほてるはんぐわん》は切腹《せつぷく》し、千鳥之介《ちどりのすけ》は行方《ゆくへ》知《し》れずと聞《き》きて、浮根姫《うきねのひめ》、物《もの》思ひのあまり腰《こし》の立《た》たぬ病《やまひ》となりければ、後室小枝《こうしつさえだ》の心労《しんらう》大方《かた》ならず、医療《いりやう》を尽《つ》くし神仏を祈《いの》れども、少《すこ》しも験《しるし》なかりけり。

○さて又ある日、執権職星《しつけんしよくほし》月壬生之進《みぶのしん》、館《やかた》へ出仕《しゆつし》の折《をり》から、臼右衛門《うすゑもん》が娘お仙《せん》、二人《ふたり》の子供雨《どもあめ》太郎・小室《むろ》を連《つ》れ、御召《おめ》しによりて庭先《にはさき》に畏《かしこ》まり、良《よ》き幸《さいは》ひと父臼右衛門《うすゑもん》が罪《つみ》を詫《わ》び、様々《さまぐ》に言葉《ことば》を尽《つ》くし、二人《ふたり》の子供《ども》もろともに命《いのち》乞《ごひ》をぞ願《ねが》ひける。

折《をり》から奥《おく》の一間《ひとま》より浮根姫《うきねのひめ》、結構《けつかう》なる膝行車《ゐざりぐるま》に乗《の》り給ひ、大勢《ぜい》の腰元《こしもと》に引《ひ》かれて此処《こゝ》に出《い》で給ふ。腰立《こした》たぬ病《やまひ》とて御労《おんいたは》しき有様《ありさま》なり。壬生之進《みぶのしん》が言付《いひつけ》にて、お仙《せん》は麦搗《むぎつき》歌《うた》、臼挽歌《うすひきうた》などを歌《うた》ひければ、腰元《こしもと》どもどつと笑《わら》ひ、浮根《うきねの》姫《ひめ》も暫《しばら》く興《きよう》に入《い》り給ひ、又、腰元《こしもと》に綱手《つなで》を引《ひ》かせ、別屋《べつや》へこそは入《い》り給ふ。

さて又、壬生之進《みぶのしん》、下部《しもべ》に言付《いひつ》け、先《さき》の日、搦捕《からめと》りし臼右衛門《うすゑもん》を人屋《ひとや》より引出《ひきいだ》させ、此庭先《にはさき》に引据《ひきす》へたり。お仙《せん》はさらなり、子供《ども》ら二人《ふたり》、臼右衛門《うすゑもん》が高手小手《たかこて》に縛《いまし》められ、次へ続《つゞ》く

(21) 前《まへ》の続《つゞ》き 痩衰《やせおとろ》へたる体《てい》を見て、右左《みぎひだり》に取付《とりつ》き、嘆《なげ》き悲《かな》しむ事《こと》なか〳〵筆《ふで》に尽《つ》くされず。壬生之進《みぶのしん》、お仙《せん》に向《む》かひ、コリヤ〳〵女、父臼右衛門《うすゑもん》が一命を助《たす》けたく思《おも》ふならば、後室様《こうしつさま》から御頼《おたの》みの筋《すぢ》を得心《とくしん》するか。嫌《いや》と言《い》へば今《いま》、此処《こゝ》で臼右衛門《うすゑもん》を成敗《せいばい》するが、どふじや〳〵。ハイ〳〵、何《なに》がさて、どの様《やう》な御用でも親《おや》の命《いのち》に代《か》へられませうか。ホ、しかとそうか。何《なに》の偽《いつは》り申《まう》しませう。ア、その

(21)十七ウ

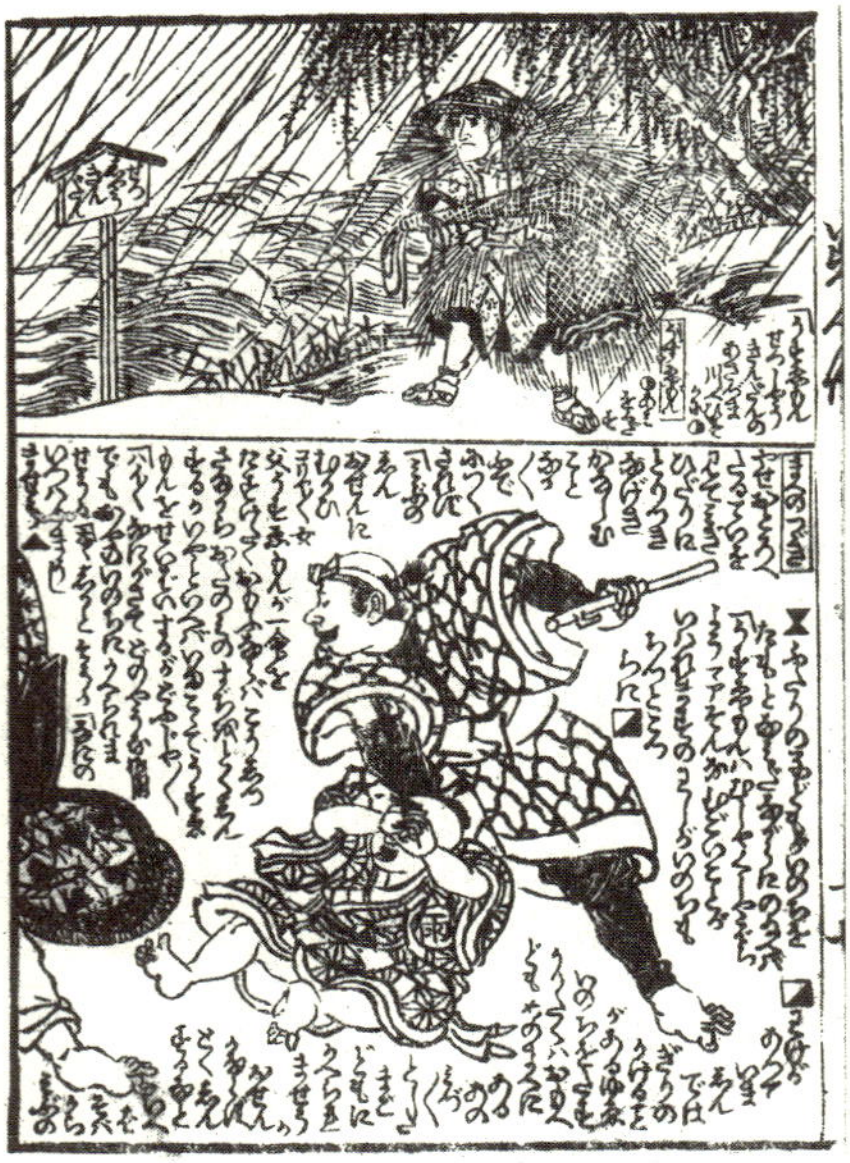

十八オ

言葉《ことば》を聞《き》く上《うへ》は、妾《わらは》が直《じき》にと障子《しやうじ》を開《あ》け、立出《たちい》で給ふ後《こう》室小枝《しつさえだ》、お仙《せん》に向《む》かひ、「頼《たの》みと言《い》ふは他《ほか》でもない。今見《いまみ》る通《とほ》り、姫《ひめ》の患《わづら》ひは腰《こし》の立《た》たぬ病《やまひ》、氏神の霊夢《れいむ》を受《う》けしその妙薬《みやうやく》は、男女の双子《ふた》の生血《いきち》を薬《くすり》に合《あ》はせ用《もち》ふる時《とき》は忽《たちま》ち治す。そちが子供《ども》ら二人《ふたり》は双子《ふた》なりと聞《き》く。殊《こと》に注文《ちうもん》の通《とほ》り男と女。それ故《ゆゑ》に二人《ふたり》の子供《ども》の命《いのち》が、どうぞ貰《もら》ひたい。ヲ、びつくりは道理《だうり》〳〵。斯《か》う言《い》はゞ我《わ》が子の為《ため》に人の子を殺《ころ》すかと腹立《はらた》つ上《うへ》に疑《うたが》ひあらん。人の子の可愛《かは》ゆさも我《わ》が子の可愛《かは》ゆさも同《おな》じ事、妾《わらは》が産《う》んだ姫《ひめ》ならば、何《なに》しに無理《むり》な所望《しよまう》せん。前《まへ》の奥方《おくがた》の御子《お》故《ゆゑ》に、姫《ひめ》の病《やまひ》が治《なほ》したい。臼右衛門《うすゑもん》が命代《いのちがは》りに二人《ふたり》の子供《ども》が命《いのち》を給《た》も」と涙《なみだ》ながらにの給へば、臼右衛門《うすゑもん》はむしやくしや腹《ばら》、「ようマア、そんな惨《むご》い事《こと》が言《い》はれますの。わしが命《いのち》も、ちつとこつちに訳《わけ》があつて、今死《いまし》んでは義理《ぎり》の欠《か》ける事《こと》があるゆゑ、命《いのち》を助《たす》かりたくは思《おも》へども、目《め》の前《まへ》にある、あの瑞々《みづ〳〵》とした孫《まご》どもに代《か》へられませうか。お仙《せん》、必《かなら》ず得心《とくしん》するな」と言《い》へば、側《そば》から壬生之進《みぶのしん》、イヤサ、その方《ほう》には構《かま》はぬ。これお仙《せん》、親《おや》を殺《ころ》して子を助《たす》けるか、子を殺《ころ》して親《おや》を助《たす》け

(22)十八ウ

十九オ

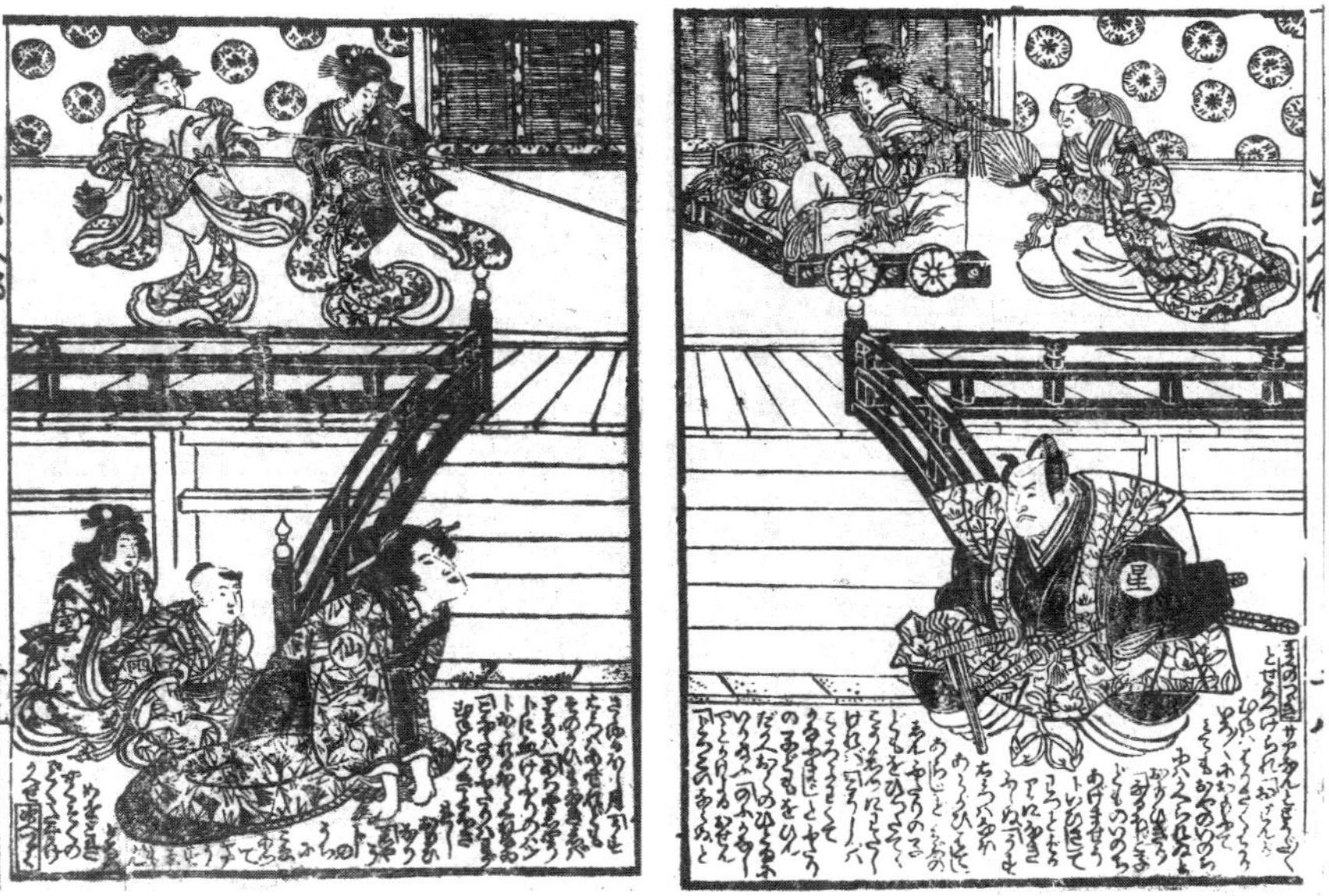

るか、親《おや》子三人生《しやう》死の境《さかい》だ、とつくりと料簡《りやうけん》して返答《へんとう》せよ。

次へ続《つゞ》く

臼右衛門《うすゑもん》

臼右衛門《うすゑもん》、殺生禁断《せつしやうきんだん》の朝妻《あさづま》川へ密《ひそ》かに網《あみ》を下《くだ》す。

[殺生禁断《せつしやうきんだん》]

(22) 前《まへ》の続《つゞ》き サア何《なん》と、どうだ〳〵と責付《せめつ》けられ、お仙《せん》が胸《むね》は張裂《はりさ》くばかり。色々《いろ〳〵》に思《おも》ふて、とても親《おや》の命《いのち》には代《か》へられぬと思《おも》ひ切《き》り、「なるほど子供《ども》の命《いのち》あげませう」と言《い》ひさして、わつとばかりに泣伏《なきふ》しぬ。臼右衛門《うすゑもん》は猶《なほ》抗《あらが》ひ果《は》てしあらじと、壬生之進《みぶのしん》、二人《ふたり》の子供《ども》を引立《ひつた》て、後室《こうしつ》に渡《わた》しければ、後室《こうしつ》は心弱《こゝろよわ》くて敵《かな》ふまじと、二人《ふたり》の子供《ども》を引抱《ひんだ》かへ、奥《おく》の一間《ひとま》に入《い》り給ふ。のふ悲《かな》しやと駆寄《かけよ》るお仙《せん》、どつこいならぬと支《さ》ゆる星《ほし》月、臼《うす》右衛門は焦《あせ》れども、その甲斐《かひ》もなき縛縄《しばりなは》。あはや障子《しやうじ》に血煙《けふり》のハツトかゝれる唐紅《からくれなゐ》、此方《こなた》の二人《ふたり》は我《わ》が胸《むね》に突通《つきとほ》されし思《おも》ひなり。障子《しやうじ》の内《うち》に声《こゑ》あつて、「ヤア臼右衛門《うすゑもん》が縄目《なはめ》を解《と》き、約束《やくそく》の如《ごと》く助《たす》け返《かへ》せ」。

次へ続《つゞ》く

(23)十九ウ

二十オ

(23) 前《まへ》の続《つゞ》き　ハツと答《こた》へて壬生之進《みぶのしん》、立寄《たちよ》つて解《と》く縛《しば》り縄《なは》。親子《おや》二人《ふたり》は正体《しやうたい》なく、庭《には》に伏《ふ》してぞ泣叫《なきさけ》ぶ。後室《こうしつ》小枝《さえだ》、白金《しろかね》の鉢《はち》に血潮《しほ》を受《う》け、悠々《ゆう〳〵》と立出《たちい》で給ひ、「ヲ、臼右衛門《うすゑもん》と娘が嘆《なげ》き、理《ことわり》至極《しごく》、二人《ふたり》の子の血潮《しほ》をもつて姫《ひめ》の病全快《やまひぜんくわい》せば、当家の守《まも》り神と記録《ろく》に載《の》せて末永《すゑなが》く祀《まつ》るべし」との給へば、臼右衛門《うすゑもん》は怒《いか》りの眼《まなこ》に涙《なみだ》を流《なが》し、末《すゑ》永《なが》く祀《まつ》られたとて何《なん》にせうぞへ。ようも〳〵惨《むご》い事さしやつたのふ。せめて死骸《しがい》に暇乞《いとまごひ》と、館《やかた》の上《うへ》に駆《かけ》上り、引揚《ひきあ》ぐる障子《しやうじ》の内《うち》より、爺様《ぢいさま》のふと走出《はしりいづ》るは二人《ふたり》の孫《まご》、体《からだ》に少《すこ》しも傷《きず》なき体《てい》。臼右衛門《うすゑもん》、お仙《せん》もろとも、こは〳〵どうじやと二度《にど》びつくり。後室少《こうしつすこ》しも騒《さは》ぎ給はず、姫《ひめ》が病《やまひ》を本《ほん》復《ぷく》さする双子《ふた》の血潮《しほ》、その実《まこと》はこゝにありと、上着《うはぎ》の袖《そで》を脱《ぬ》ぎかくる下《した》は、血潮《ちしほ》に胸先《むなさき》を刺貫《さしつらぬ》きし傷口《きずぐち》に、腹帯《はらおび》を締《し》められたり。こは〳〵如何《いか》にと壬生之進《みぶのしん》、臼右衛門親子《うすゑもんおや》の者《もの》も共《とも》に不審《ふしん》は晴《は》れざりけり。後室《こうしつ》は弛《たる》む気力《きりよく》を張詰《はりつ》めて、「ヲ、不審《ふしん》は理《ことわり》、今《いま》は何《なに》をか包《つゝ》むべき、自《みづか》らも双子《ふた》ぞや。しかも男と女の双子《ふた》。父《ちゝ》は河州隆康某《かしうたかやすなにがし》、母は大内《おほうち》お末《すゑ》の女官《によくわん》、忍寝《しのびね》に双子《ふた》をまうけ、男子は世継《つぎ》と連帰《つれかへ》り、ちり〲になる身の流浪《るらう》、人の恵《めぐ》みで人と成《な》り、浮根姫《うきねのひめ》のお守乳母《もりうば》、先殿様《せんとのさま》の御情《おなさ》けのかゝる幸《しあは》せ此身《み》の上《うへ》、養《やしな》ひ君《ぎみ》の姫君《ひめぎみ》に母と敬《うやま》はるゝ勿体《もつたい》なさ。氏神の霊夢《れいむ》は、まさしく我《わ》が血潮《ちしほ》を与《あた》へよとの告《つ》げならん。然《さ》りながら我《わ》が血なりと言《い》はゞ、姫君《ひめぎみ》の如何《いか》でか服《ふく》し給はんや。我《わ》が命《いのち》を差上《さしあ》ぐるが、先殿様《せんとのさま》、先奥方《せんおくがた》への御奉公、たゞ何時《いつ》までも罪人臼《つみんどうす》右衛門《ゑもん》が命代《いのちがは》りの孫が血と、壬生之進《みぶのしん》にさへ偽《いつは》りしは、仮《かり》にも親《おや》の血《ち》を飲《の》みし姫《ひめ》に、不孝の名や立《た》たんと心《こゝろ》を込《こ》めし我《わ》が血潮《ちしほ》、たとへ双《ふた》子揃《そろ》はずとも、その片割《かたわれ》の我《われ》なれば、両足《りやうそく》こそは立《た》たずとも、せめて一方片足《いつぽうかたし》は杖《つゑ》になりとも縋《すが》りなば、膝行片輪《ゐざりかたわ》と言《い》ひもせじ。鳰照判官殿《にほてるはんぐわんどの》の弟《おとゝ》千鳥之《ちどりの》介とかねて許嫁《いひなづけ》の浮根姫《うきねのひめ》、千鳥之《ちどりの》介、今《いま》は行方知《ゆくへし》れざれども、香炉《かうろ》の詮議《せんぎ》し出《いだ》して目出度《めでた》く帰宅《きたく》あるならば、呼迎《よびむか》へて姫《ひめ》と妻合《めあは》せ、此家相続《いへさうぞく》あるやうに頼《たの》み置《お》くは壬生之進《みぶのしん》、その方《ほう》なり」との給へば、ハ、ア感《かん》じ入《い》りたる御心底《しんてい》、その義《ぎ》は必《かなら》ず御気遣《おきづか》ひなされますなっ。ちつとも早《はや》く此御《おん》血を浮根姫《うきねのひめ》に奉《たてまつ》り、御息《おんいき》のあるうちに吉相《きつさう》御報《おしら》せ申《まう》さんと立上《たちあ》がるを臼《うす》右衛門《ゑもん》、引留《ひきとゞ》め、その薬《くすり》効《き》きますまい。効《き》かす薬《くすり》はこれかうと、壬生之進《みぶのしん》が差添抜《さしぞへぬ》いて我《わ》が腹《はら》へ突立《つきた》つる。これはと驚《おどろ》く娘《むすめ》が嘆《なげ》き、「ヲ、騒《さわ》ぐまい〱、今《いま》、後室様《こうしつさま》の御話《おはなし》の双《ふた》子のうちの男の子は、わしじやはいの。

次へ続《つゞ》く

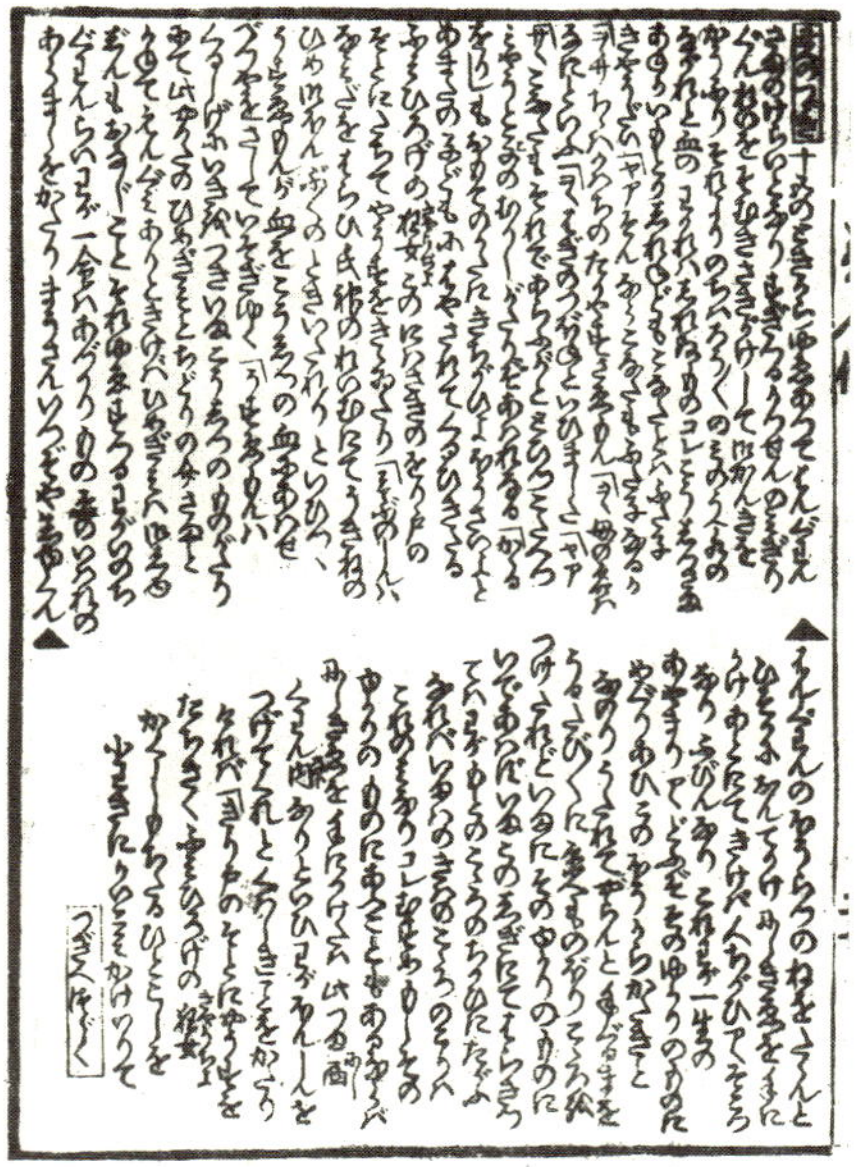

(24)二十ウ

(24) 前《まへ》の続《つゞ》き 十五の時《とき》から故《ゆゑ》あつて判官様《はんぐわんさま》の家来《けらい》となり、過《す》ぎつる合戦《かつせん》の砌《みぎり》、軍令《ぐんれい》を背《そむ》き先駆《さきが》けして御癇気《かんき》を蒙《かうふ》り、それより後《のち》は浪々《らう〳〵》の身《み》の上《うへ》、水の流《なが》れと血の別《わか》れは知《し》れぬもの。コレ後室様《こうしつさま》、姉《あね》か妹《いもと》か知《し》れねども、此方《こなた》とは双子《ふた》兄弟《きやうだい》」。「ヤアそんなら此方《こなた》も双子《ふた》なるか」。「ヲ、サ父《ち》ゝは河内《かはち》の隆康左衛門《たかやすさゑもん》」。「ヲ、母の名は何《なに》といふ」。「ヲ、萩《はぎ》の局《つぼね》といひました」。「ヤア」。「サ、此方《こなた》もそれであらふが」と、問《と》ひつ答《こた》へつ夫婦子《みやうとこ》の昔語《むかしがたり》ぞ哀《あは》れなる。

斯《か》かる折《をり》しも、表《おもて》の方《かた》に気違《きちが》ひよ泡斎《ほうさい》よと、数多《あまた》の子供《ども》に囃《はや》されて狂《くる》ひ来《きた》る文展《ふみひろ》げの狂女《きやうぢよ》、この庭先《にはさき》の折戸《をり》の外《そと》に立《た》ちて様子《やうす》を聞《き》き居《ゐ》たり。壬生之進《みぶのしん》は涙《なみだ》を払《はら》ひ、「氏神の霊夢《れいむ》にて、浮根姫《うきねのひめ》、御本復《ほんぷく》の時至《ときいた》れり」と言《い》ひつゝ、臼《うす》右衛門《ゑもん》が血を後室《こうしつ》の血に合《あ》はせ、別屋《べつや》をさして急行《いそぎゆ》く。臼《うす》右衛門《ゑもん》は苦《くる》しげに息《いき》を吐《つ》き、「今《いま》、後室《こうしつ》の物語《ものがたり》にて、此館《やかた》の姫君《ひめぎみ》と千鳥之《ちどりの》介様《さま》と、かねて縁組《えんぐみ》ありと聞《き》けば、姫《ひめ》君《ぎみ》は御主人《しゆじん》も同《おな》じ事《こと》。それ故《ゆゑ》捨《す》つる我《わ》が命《いのち》、元来《ぐわんらい》我《わ》が一命は預《あづ》かりもの。その謂《いは》れのあらましを語《かた》り申《まう》さん。何時《いつ》ぞや主君判官《しゆくんはんぐわん》の放埒《ほうらつ》の根《ね》を絶《た》たんと、密《ひそ》かに御手掛錦絵《おんてかけにしきゑ》を手に掛《か》け、後《あと》にて聞《き》けば人違《ちが》ひ。ア、粗忽《そこつ》なり不憫《ふびん》なり。これ我《わ》が一生の誤《あやま》り。ア、どふぞ、その所縁《ゆかり》の者《もの》に巡《めぐり》会《あ》ひ、この方《ほう》から敵《かたき》と名乗《なの》り、討《う》たれてやらんと手車《ぐるま》を売《う》る度々《たびく》に京へも上《のぼ》り、心《こゝろ》を付《つ》けたれど、その所縁《ゆかり》の者《もの》は出会《いであ》はず、今《いま》にこの仕儀《しぎ》にて腹切《はらき》つては、我《わ》が元《もと》の心《こゝろ》の誓《ちか》ひに違《たが》ふなれば、今際《いまは》の際《きは》の心残《こゝろのこ》りはこれのみなり。コレ娘《むすめ》、もしその所縁《ゆかり》の者《もの》に会《あ》ふ事《こと》もあるならば、錦絵《にしきゑ》を手に掛《か》けたは此妻西巌内《つまにしぐわんない》なりと言《い》ひ、我《わ》が本心《ほんしん》を告《つ》げてくれ」と詳《くは》しき事《こと》を語《かた》りければ、切《きり》戸の外《そと》に様子《やうす》を立《た》ち聞《き》く文展《ふみひろ》げの狂女《きやうぢよ》、隠《かく》し持《も》ちたる一腰《ひとこし》を小脇《わき》に掻込《かいこ》み駆《かけ》入《い》りて、

次《つぎ》へ続《つゞ》く

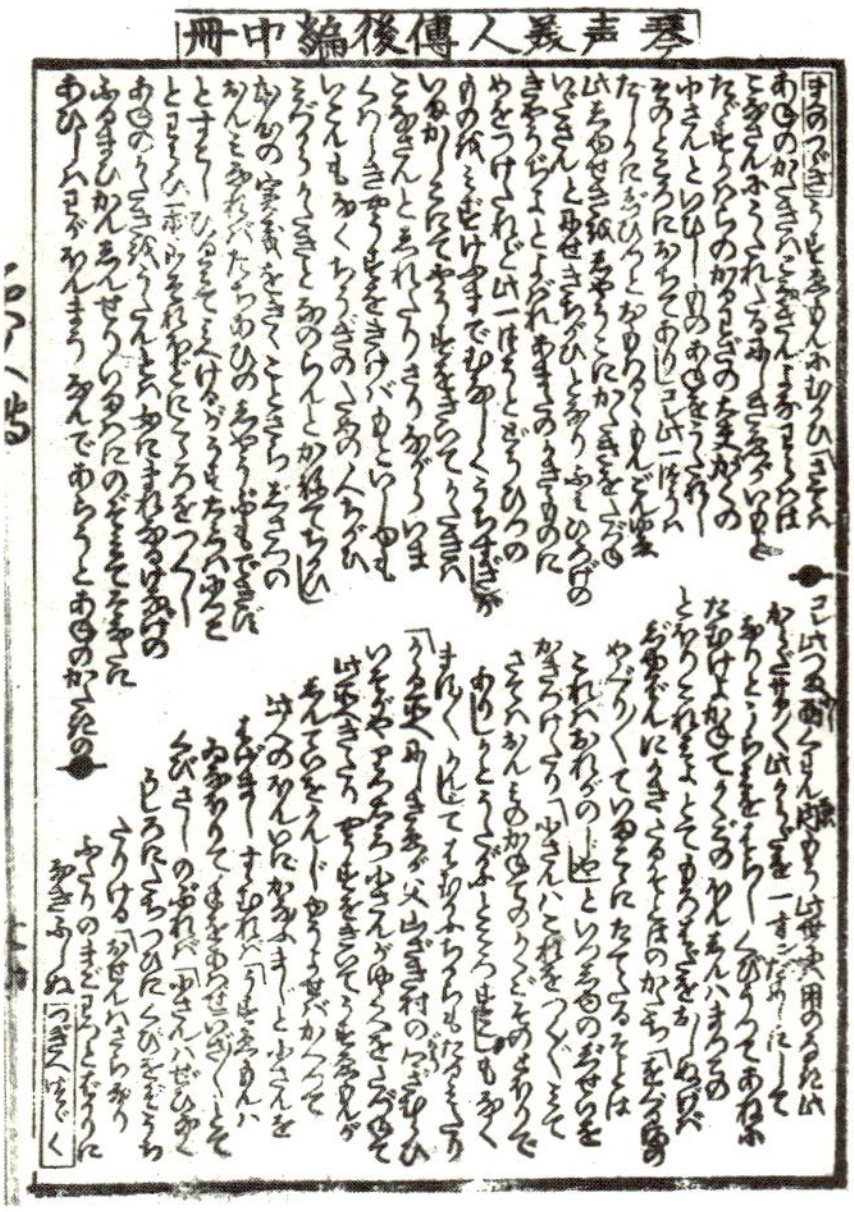
琴声美人傳後編中冊

（25）二十一オ

（25）

琴声美人伝後編中冊

前《まへ》の続《つゞ》き

臼右衛門《うすゑもん》に向《む》かひ、さては姉《あね》の敵《かたき》はこなさんよな。妾《わらは》は、こなさんに討《う》たれたる錦絵《にしきゑ》が妹《いもと》、糺河原《たゞすがはら》の軽業《かるわざ》の大夫額《がく》の小三《さん》といひし者《もの》。姉《あね》を討《う》たれし、その所《ところ》に落《お》ちてありし、コレ此一通《つう》は確《たし》かに自筆《じひつ》と思《おも》はるゝ文言《もんごん》ゆゑ、此手跡《しゆせき》を証拠《しやうこ》に敵《かたき》を尋出《たづねいだ》さんと、偽気違《にせきちが》ひとなり文《ふみ》展《ひろ》げの狂女《きやうぢよ》と呼《よ》ばれ、数多《あまた》の書物《かきもの》に目《め》を付《つ》けたれど、此一通《つう》と同筆《どうひつ》の物《もの》を見《み》ず、今日《けふ》まで空《むな》しく打過《うちす》ぎしが、今彼《いまかし》処《こ》にて様子《やうす》を聞《き》いて、敵《かたき》は、こなさんと知《し》れたり。然《さ》りながら今《いま》、詳《くは》しき様子《やうす》を聞《き》けば、元意趣《もといしゆ》も遺恨《いこん》もなく、忠義《ちうぎ》のための人違《ちが》ひ、自《みづか》ら敵《かたき》と名乗《なの》らんと、かねて誓《ちか》ひし本心の実義を聞《き》き、殊更《ことさら》自殺《じさつ》の御身《おんみ》なれば、立合《たちあ》ひの勝負《しやうぶ》も出来《でき》ずと、少《すこ》し怯《ひる》みて見《み》へけるが、臼《うす》右衛門は、につこと笑《わら》ひ、ホヽウそれ程《ほど》に心《こゝろ》を尽《つ》くし姉《あね》の敵《かたき》を討《う》たんとは、女に稀《まれ》なる健気《けなげ》の振舞《ふるま》ひ、感心《かんしん》せり。今際《いまは》に臨《のぞ》みて其方《そなた》に会《あ》ひしは我《わ》が本望《ほんまう》。何《なん》であらうと姉《あね》の敵《かたき》のコレ此妻西巌内《つまにしぐわんない》、もう此世には用のなき此体《からだ》、サア〳〵此体《からだ》を一寸ン試《だめ》しにしてなりと、恨《うら》みを晴《は》らし、首打《くびう》つて姉《あね》に手向《たむ》けよ。かねて覚悟《かくご》の本心《ほんしん》は先《ま》づこの通《とほ》り。これ見《み》よ、とて諸肌《もろはだ》を押《おし》脱《ぬ》げば、襦袢《じゆばん》に書《か》きたる卒塔婆《そとば》の形《かたち》。小車《をぐるま》の巡《めぐ》り〳〵て今此処《いまこゝ》に立《た》てたる卒塔婆《そとば》、これは俺《おれ》がのじやと一首《いつしゆ》の辞世《じせい》を書付《かきつ》けたり。小三《さん》はこれをつく〴〵見《み》て、さては御身《おんみ》のかねての覚悟《かくご》、その通《とほ》りでありしかと疑《うたが》ふところ少《すこ》しもなく、ます〳〵感《かん》じて歯向《はむ》かふ力《ちから》も弛《たる》みたり。

斯《か》かる所へ錦絵《にしきゑ》が父山崎《ざき》村の郷侍《がうざむらひ》、礒ケ谷律《いそがやりつ》右衛門、小三《さん》が行方《ゆくへ》を尋《たづ》ねて此所へ来《きた》り。様子《やうす》を聞《き》いて臼右衛門《うすゑもん》が心底《しんてい》を感《かん》じ、猶予《ゆうよ》せば、かへつて此人の本意《ほんい》に叶《かな》ふまじと、小三《さん》を励《はげ》まし勧《すゝ》むれば、臼右衛門《うすゑもん》は居直《ゐなほ》りて手を合《あ》はせ、いざ〳〵とて首差伸《くびさしの》ぶれば、小三《さん》は是非《ぜひ》なく後《うし》ろに立《た》ち、遂《つひ》に首《くび》をぞ打《う》ちたりける。お仙《せん》はさらなり、二人《ふたり》の孫《まご》、わつとばかりに泣伏《なきふ》しぬ。

次《つぎ》へ続《つゞ》く

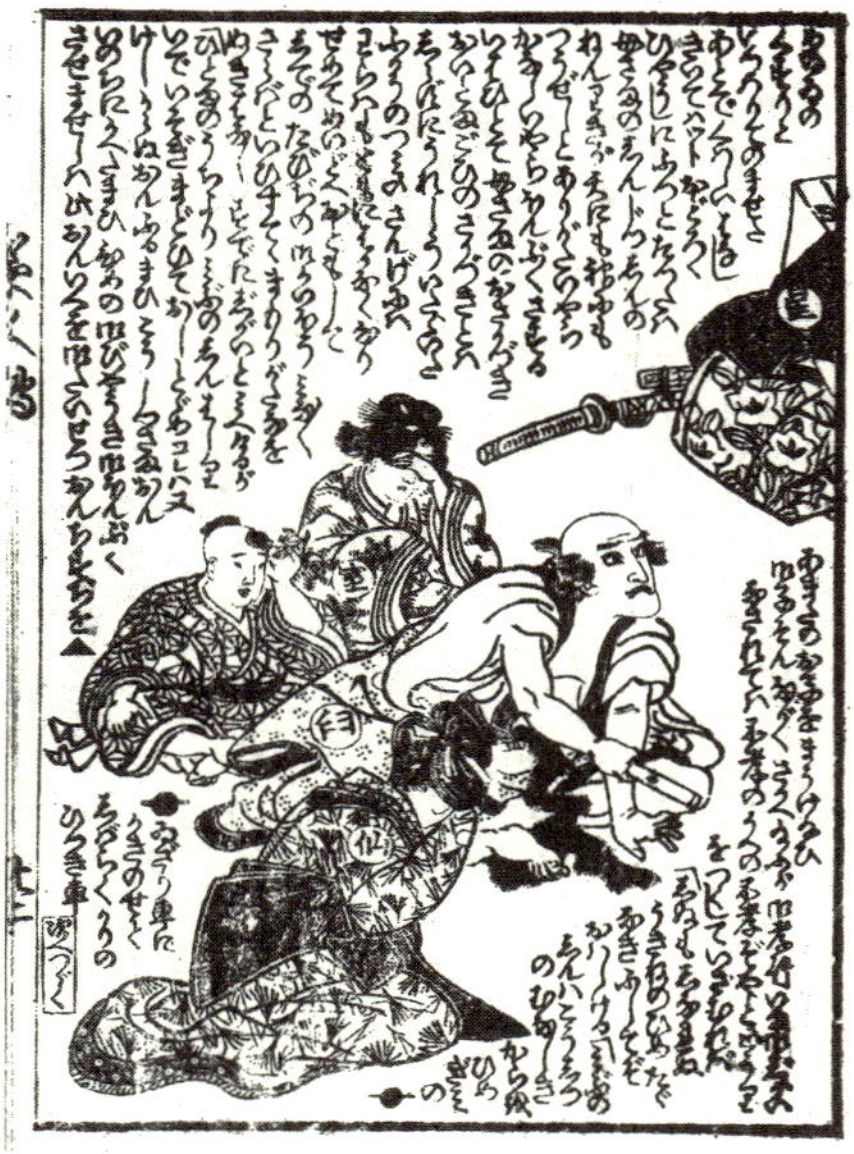

二十二オ

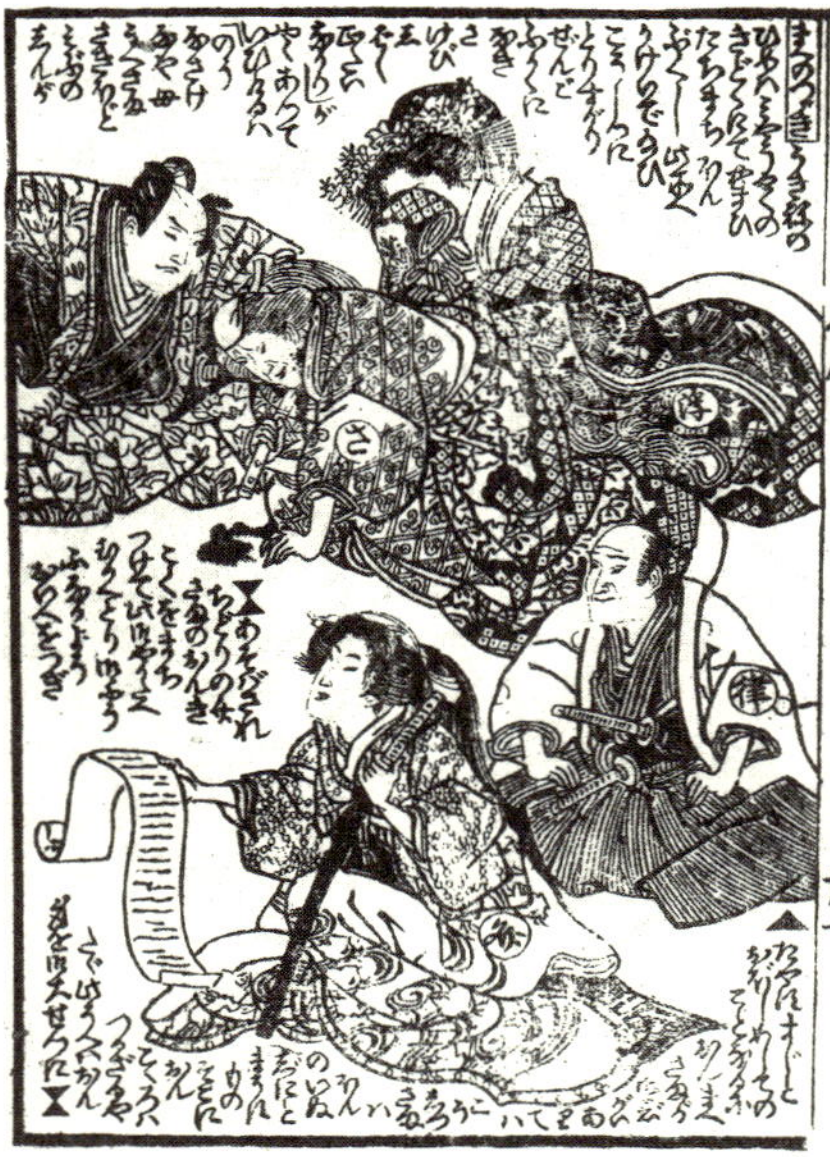

（26）二十一ウ

（26）前《まへ》の続《つゞ》き 浮根姫《うきねのひめ》は妙薬《みやうやく》の奇特《きどく》にて、病《やまひ》たちまち本《ほん》復《ぶく》し、此所へ駆出《かけい》で給ひ、後室《こうしつ》に取縋《とりすが》り前後不覚《ぜんごふかく》に泣叫《なきさけ》び、暫《しば》し正体《たい》なかりしが、稍《やゝ》あつて言《い》ひけるは、「のう情《なさ》けなや母上様《うへさま》、先《さき》ほど壬生之進《みぶのしん》が名医《めいゐ》の薬《くすり》と偽《いつは》りて飲《の》ませた後《あと》で詳《くは》しい話聞《はなしき》いて、ハツと驚《おどろ》く拍子《ひやうし》に、ふつと立《た》つたは母様《さま》の真実心《しんじつしん》の念力《ねんりき》が、天にも神にも通《つう》ぜしと、有難《ありがた》いやら悲《かな》しいやら、本復《ほんぶく》さする祝《いは》ひとて、母様《さま》の御盃《おさかづき》、御暇乞《おいとまごひ》の盃《さかづき》とは知《し》らずに、嬉《うれ》しう戴《いたゞ》いた不孝《ふかう》の罪《つみ》の懺悔《さんげ》には、妾《わらは》も共《とも》に儚《はかな》くなり、せめて冥土《めいど》へ御供《おとも》して、死出《しで》の旅路《たびぢ》の御介抱《かいほう》、皆々《みなく》さらば」と言《い》ひ捨《す》てゝ、守刀《まもりがたな》を抜放《ぬきはな》し、すでに自害《じがい》と見《み》へけるが、一間《ひとま》の内《うち》より壬生之進《みぶのしん》走《はしり》出《い》で、急《いそ》ぎ惑《まど》ひて押止《おしとゞ》め、コレは又けしからぬ御振舞《おんふるま》ひ、後室様《こうしつさま》、御命《おんいのち》に代《か》へ給《たま》ひ、姫《ひめ》の御病気《びやうき》御本復《ほんぶく》させませしは、此御家《おんいへ》を御大切《たいせつ》、御血筋《おんちすぢ》を絶《た》やすまじと思《おぼ》し召《め》しての事《こと》なるに、御前様《おんまへさま》が御自害《じがい》ありては、後室様《こうしつさま》は本《ほん》の犬死《いぬじに》と申《まう》すもの、そこに御心《おんこゝろ》は付《つ》かざるや。たゞ此上《うへ》は御身《おん》を御大切《せつ》に遊《あそ》ばされ、千鳥之介様《ちどりのさま》の御帰国《おんきこく》を待付《まちつ》けて、此御館《やかた》へ迎取《むかへと》り、御夫婦仲《ふうふなか》よう御家《おいへ》を継《つ》ぎ、数多《あまた》の御子《お》をまうけ給ひ、御子孫《そん》長《なが》く栄《さか》へ給ふが御孝行。今《いま》御自害《じがい》なされては、不孝の上《うへ》の不孝ぞやと、道理《どうり》を尽《つ》くして諫《いさ》むれば、死《し》ぬも死《し》なれぬ浮根姫《うきねのひめ》、たゞ泣伏《なきふ》してぞ御座《おは》しける。壬生《みぶ》之進《のしん》は後室《こうしつ》の空《むな》しき骸《から》を姫君《ひめぎみ》の膝行《ゐざり》車に舁《かき》乗《の》せて、暫《しばら》く仮《かり》の柩車《ひつぎ》、

次へ続《つゞ》く

(27)二十二ウ

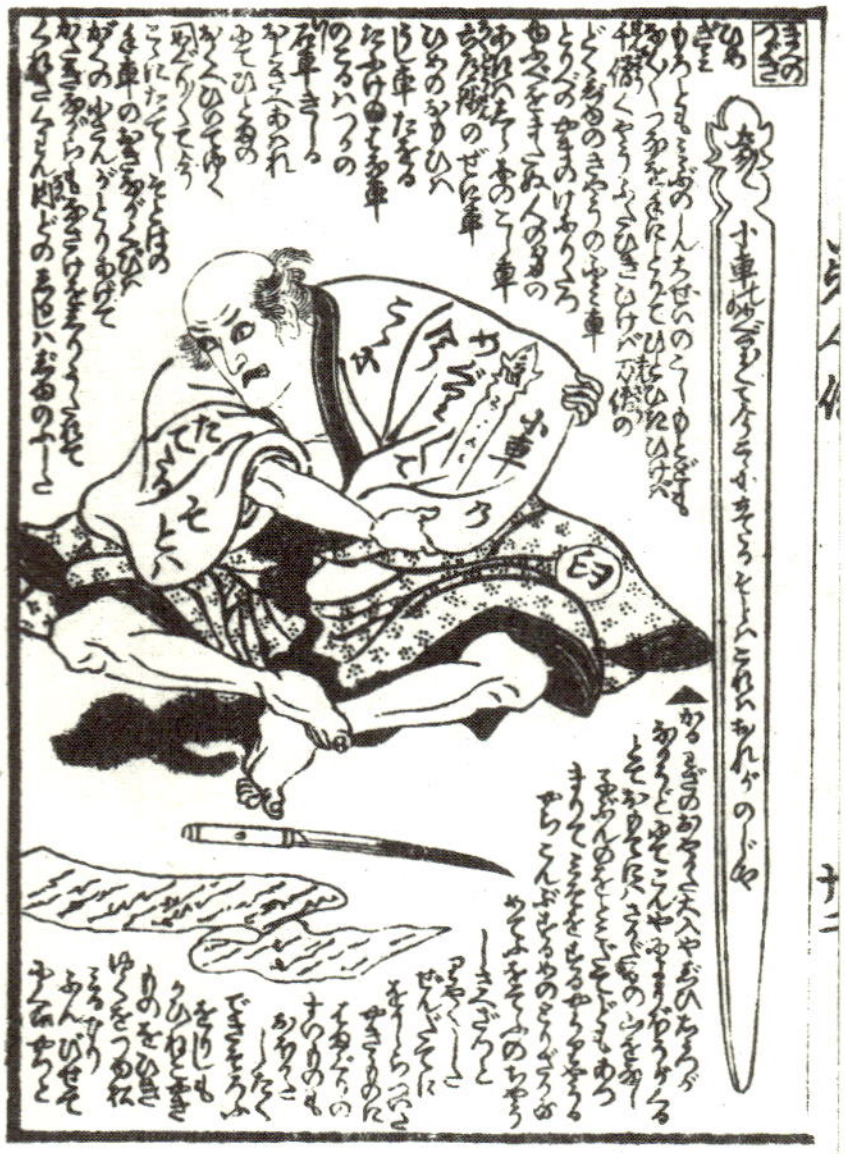

二十三オ

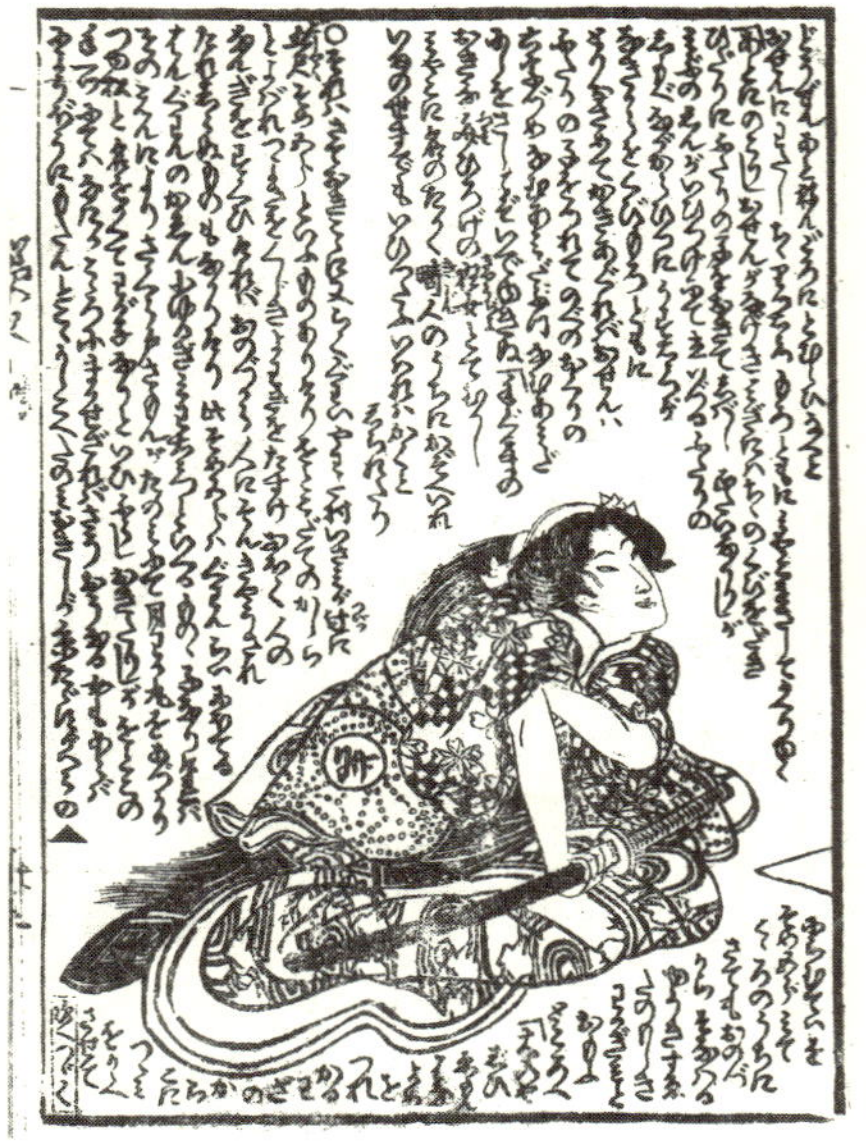

(27) 前《まへ》の続《つゞ》き 姫君《ひめぎみ》もろとも壬生之進《みぶのしん》、大勢《ぜい》の腰元《こしもと》ども泣《な》く〱綱《つな》を手に取《と》りて、一引引《ひとひきひ》けば千僧供養《せんぞうくやう》、二引引《ふたひきひ》けば万僧《まんぞう》の読誦《どくじゆ》の経《きやう》の文《ふみ》車、鳥辺野山《とりべのやま》の煙立《けふりた》つ夕《ゆふ》べを待《ま》たぬ人の身の、明日《あす》は白《しら》木の輿《こし》車、六道銭《ろくどうせん》の銭《ぜに》車、姫《ひめ》の思《おも》ひは牛《うし》車、手折《たを》る手向《たふ》けの花《はな》車、残《のこ》るは塚《つか》の石《いし》車、軋《きし》る音《おと》さへ哀《あは》れにて、一間《ひとま》の奥《おく》へ引《ひ》いて行《ゆ》く。

巡《めぐ》り〱て今此処《こゝ》に、立《た》てし卒塔婆《そとば》の手車の翁《おきな》が首《くび》は、額《がく》の小三《さん》が取上《とりあ》げて、敵《かたき》ながらも情《なさ》けを知《し》り、討《う》たれてくれた巌内殿《ぐわんないどの》、首《しるし》は受納《じゆのふ》した同然《どうぜん》、後懇《あとねんご》ろに弔《とむら》ひ給へと、お仙《せん》に渡《わた》し、父律《ちゝりつ》右衛門もろともに都《みやこ》をさして帰行《かへりゆ》く。後《あと》に残《のこ》りしお仙《せん》が嘆《なげ》き、右《みぎ》には父《ちゝ》の首《くび》を抱《だ》き、左《ひだり》に二人《ふたり》の子を置《お》きて、暫《しば》し正体《たい》なかりしが、壬生之進《みぶのしん》が言付《いひつけ》にて立出《いづ》る二人《ふたり》の下部《しもべ》、長屍櫃《ながからひつ》に臼《うす》右衛門が亡骸《なきがら》を、首《くび》もろともに取納《とりおさ》めて舁揚《かきあ》ぐれば、お仙《せん》は二人《ふたり》の子を連《つ》れて野辺《のべ》の送《おく》りの六字詰《づ》め、南無阿弥陀仏南無阿弥陀《なむあみだぶつなむあみだ》、西《にし》をさしてぞ出《いで》行《ゆ》きぬ。

手車《ぐるま》の翁《おきな》、文展《ふみひろ》げの狂女《きやうぢよ》とて、昔《むかし》、都《みやこ》に名の高《たか》く、畸《き》人《じん》の内《うち》に数《かぞ》へ入《い》れ、今《いま》の世までも言《い》ひ伝《つた》ふ謂《いは》れは斯《か》くと知《し》られたり。

○それはさて置《お》き、此処《こゝ》に又、洛外《らくぐわい》八幡《やわた》村勇《いさみ》が辻《つぢ》に五《ご》尺《しやく》染《そめ》五郎といふ者《もの》ありけり。男《をとこ》伊達《だて》の頭《かしら》と呼《よ》ばれ、強《つよ》きを挫《くじ》き弱《よわ》きを助《たす》け、多《おほ》く人の難義《なんぎ》を救《すく》ひければ、おのづから人に尊敬《そんきやう》され、誰《たれ》知《し》らぬ者《もの》もなかりけり。此染《そめ》五郎は元来《ぐわんらい》、鳰照判官《にほてるはんぐわん》の家臣《かしん》小揺木《ゆるぎ》三輪《みわ》右衛門といへる者《もの》の子なりければ、その縁《えん》により、桜《さくら》戸左門《さもん》が頼《たの》みにて月若《わか》丸を預《あづ》かり、露《つゆ》松と名を変《か》へて、我《わ》が子なりと言《い》ひ触《ふ》らし置《お》きたりしが、男《をとこ》の手一つにては何《なに》か心《こゝろ》に任《まか》せざれば、相応《さうおう》なる女もあらば女房《にようぼう》に持《も》たんと、此処彼処《こゝかしこ》へ頼《たの》み置《お》きしが、京糺河原《たゞすがはら》の軽業《かるわざ》の親方《おやかた》大入屋慈悲《やじひ》右衛門が仲人《なかうど》にて、今夜《こんや》、女房《にようぼう》が来《く》るとて表《おもて》には酒樽《さかだる》の山をなし、子分《ぶん》の男《をとこ》伊達《だて》ども集《あつ》まりて、味噌《みそ》を擂《す》るやら料《りやう》るやら、昆布《こんぶ》、鯣《するめ》の取肴《とりざかな》、雌蝶雄蝶《めてふをてふ》の銚子《ちやうし》さへ、ざつと略《りやく》した膳立《ぜんだて》に、御頭《をかしら》付《つ》いた焼物《やきもの》に蛤《はまぐり》の吸物《すいもの》も大方支度出来揃《おほかたしたくできそろ》ふ。折《をり》しも飼猫《かひねこ》、焼物《やきもの》を引行《ひきゆ》くを露《つゆ》松見《み》るなり踏拉《ふんび》せて、憎《にく》い奴《やつ》と睨《にら》む体《てい》を染《そめ》五郎見《み》て、心《こゝろ》の内《うち》に、さても自《おの》づから備《そな》はる勇気《ゆうき》、末頼《すゑたの》もしき若君《わかぎみ》と思《おも》ふところへ、大入屋慈悲《やじひ》右衛《ゑ》門《もん》、花嫁《はなよめ》を連《つ》れ、軽業《かるわざ》の唐子《からこ》に包《つゝ》みを抱《かゝ》へさせて

次へ続《つゞ》く

「小車の巡《めぐ》り〱て今此処《こゝ》に立たる卒塔婆《そとば》これは俺《おれ》がのじや」

「小車の巡《めぐ》り〱て今こゝに立《たて》たる卒塔婆《そとば》」

(28)二十三ウ

二十四オ

(28) 前《まへ》の続《つゞ》き 入来《きた》り、互《たが》ひに祝儀《しうぎ》の挨拶済《あいさつす》み、祝言《しうげん》の盃《さかづき》も首尾良《しゆびよ》く済《す》み、千秋楽《せんしうらく》には祭文《さいもん》を歌《うた》ひ、万歳楽《まんざいらく》には甚句《ぢんく》を踊《おど》り、仲人《なかうど》は宵《よひ》のものと、慈悲右衛門《じひゑもん》をはじめとして皆打連《みなうちつ》れてぞ開《ひら》きける。

斯《か》くて此女房《にようぼう》をお諏訪《すわ》と名付《なづ》け、夫婦仲睦《ふうふなかむつ》ましく、染《そめ》五郎、露《つゆ》松は判官《はんぐわん》の若君《わかぎみ》なりといふ事《こと》は深《ふか》く隠《かく》しければ、お諏訪《すわ》は実《じつ》に染《そめ》五郎が先妻《せんさい》の子と思《おも》ひ、可愛《かはゆ》がりて暫《しば》く月日を送《おく》りけり。

○さて又、願鉄《ぐわんてつ》坊は先《さき》だつて紏河原《たゞすかはら》を逃去《にげさ》り、暫《しば》く他国に隠《かく》れ居《ゐ》たるが、 次へ続《つゞ》く

進《しん》上　鶺鴒《せきれい》組男伊達《だて》中
一御酒十駄
五尺染五郎様

[(鎌)○ぬ][(鎌)○ぬ]

[目歌][大入]

[火の用心]

(29) 前《まへ》の続《つゞ》き 今《いま》又、此辺《へん》を徘徊《はいくわい》し、ある日、男山八幡《まん》

(29)二十四ウ

二十五オ

前《まへ》の植木《うゑ》茶屋《や》にて判官《はんぐわん》の家来《けらい》山住《ずみ》猿《さる》平太に出会《いであ》ひ、「これは〳〵お久《ひさ》しや」と言《い》へば、猿《さる》平太、辺《あた》りを見回《みまは》し小声《ごゑ》になり、「その方《はう》が行方《ゆくへ》を尋《たづ》ねてゐたところ、図《はか》らず会《あ》ひしは幸《さいは》ひなり。八剣《やつるぎ》左衛門様《さゑもんさま》の頼《たの》みにて、先《さき》だつて奪《うばひ》隠《かく》せし浮牡丹《うきぼたん》の香炉《かうろ》、この頃《ごろ》、管領《くわんれい》の内命《ないめい》なりとて、袖垣萩《そでがきはぎ》之《の》介殿《どの》が厳《きび》しく詮議《せんぎ》せらるゝゆゑ、どうも俺《おれ》が持《も》つてゐるは心許《こゝろもと》ない。暫《しば》しの間《あひだ》、その方《はう》これを預《あづ》かつてくれまいか。かねてそちが胆《きも》の太《ふと》い性根《しやうね》を見届《みとゞ》けてゐるゆゑ、此大切《せつ》な物《もの》を預《あづ》けるのだ。必《かなら》ず人に見《み》つけられるな、合点《がつてん》か。他《ほか》に又、頼《たの》みといふは千鳥《ちどり》之《の》介と月若《わか》丸、桜《さくら》戸左門《さもん》めも邪魔者《じやまもの》。あいつらがゐるうちは、鳰照《にほてる》の家《いへ》を横領《おうりやう》したる八剣様《やつるぎさま》の気《き》が休《やす》まらぬ。その方《はう》、彼等《かれら》を見付《みつ》け次第《しだい》、騙討《だましうち》にしてくれろ。そふすれば褒美《はうび》の金《かね》は申すに及《およ》ばず、一角《いつかど》の武士《ぶし》に取立《とりた》てゝやらふ。頼《たの》む〳〵」と言《い》ひながら、

次へ続《つゞ》く

[風羅念仏《ふうらねんぶつ》　願鉄《ぐわんてつ》]

[植《うゑ》木茶屋]

願鉄

（30）二十五ウ

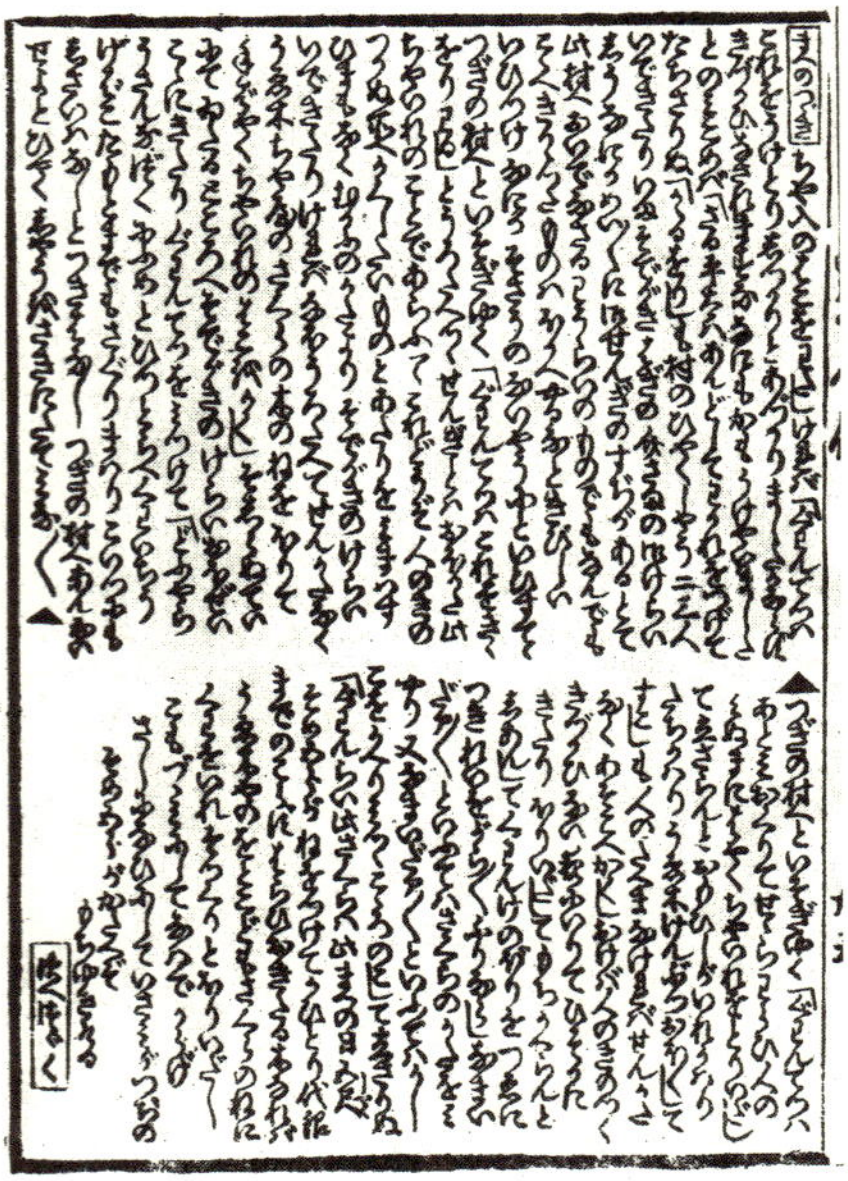

（30） 前《まへ》の続《つゞ》き 茶《ちや》入の箱《はこ》を渡《わた》しければ、願鉄《ぐわんてつ》はこれを受《うけ》取《と》り、しつかりと預《あづ》かりました。必《かなら》ず気遣《きづか》ひなされますな。何《なに》もかも請合《うけや》いましたと飲込《のみこ》めば、猿《さる》平太は安堵《あんど》して別《わか》れを告《つ》げて立去《たちさ》りぬ。

斯《か》かる折《をり》しも、村の百姓《ひやくしやう》二三人出来《いでき》たり、今《いま》、袖垣萩之《そでがきはぎの》介様《さま》の御家来衆《けらいしう》、何《なに》か銘々《めい〳〵》に御詮議《せんぎ》の筋《すぢ》があるとて此村へ御出《おいで》なさる。往来《わうらい》の者《もの》でも何《なん》でも此処《こゝ》へ来掛《きか》かつた者《もの》は、他《ほか》へやるなと厳《きび》しい言付《いひつ》け、何《なに》か粗相《そさう》のないやうにと言《い》ひ捨《す》てゝ、次《つぎ》の村へと急行《いそぎゆ》く。願鉄《ぐわんてつ》はこれを聞《き》き、折悪《をりわる》しと狼狽《うろた》へつゝ、詮議《せんぎ》とは大方《おほかた》、此茶入《ちやいれ》の事《こと》であらふ。ア、これ、どうぞ人の気《き》の付《つ》かぬ所へ隠《かく》したいものと、辺《あた》りを見《み》回《まは》す暇《ひま》もなく、向《むか》ふの方《かた》より袖垣《そでがき》の家来出来《けらいいでき》りければ、なほ狼狽《うろた》へて詮方《せんかた》なく、植《うゑ》木茶《ちや》屋の桜《さくら》の木の根《ね》を掘《ほ》りて手早《ばや》く茶入《ちやいれ》の箱《はこ》を隠《かく》し、素知《そし》らぬ体《てい》にて居《ゐ》たるところへ、袖垣《そでがき》の家来大勢此処《けらいおほぜいこゝ》に来《きた》り、願鉄《ぐわんてつ》を見付《みつ》けて、どふやら胡散《うさん》な木菟入《づくにふ》めと引捕《ひつと》らへ、懐中《くわいちう》、餉箱《げばこ》、袂《たもと》までも探《さぐ》り回《まは》り、こいつにも仔細《しさい》はなしと突放《つきはな》し、次《つぎ》の村へ案内《あんない》せよと百《ひやく》姓《しやう》を先《さき》に立《た》て、皆々《みな〳〵》次《つぎ》の村へと急行《いそぎゆ》く。願鉄《ぐわんてつ》は後見送《あとみおく》りてせゝら笑《わら》ひ、人の見《み》ぬ間《ま》に早《はや》く茶入《ちやいれ》を取出《とりいだ》して立去《さ》らんと思《おも》ひしが、入替《いれか》はり立替《たちか》はり植《うゑ》木見物《けんぶつ》多《おほ》くして、少《すこ》しも人の絶間《たへま》なければ詮方《せんかた》なく、あそこへ隠《かくし》置《お》けば人の気《き》の付《つ》く気遣《きづか》ひない。夜に入《い》りて密《ひそ》かに来《きた》り、掘出《ほりいだ》して持帰《もちかへ》らんと思案《しあん》して、勧化《くわんげ》幟《のぼり》を杖《つゑ》に突《つ》き、鈴《れい》をがら〱振鳴《ふりな》らし、「なまいだア〱」と言《い》ふては桜《さくら》の方《かた》を見遣《みや》り、又、「なまいだア〱」と言《い》ふては彼処《かしこ》を顧《かへり》みつゝ、心残《こゝろのこ》して立去《さ》りぬ。

元来《ぐわんらい》、此桜《さくら》は此前《まへ》の日、五尺《しやく》染《そめ》五郎が値《ね》を付《つ》けて買《かひ》取《と》り、代銀まで残《のこ》らず払《はら》ひ置《お》きたる木なれば、植《うゑ》木屋《や》の男共《をとこども》、桜《さくら》の根《ね》に鍬《くわ》を入《い》れ、そつくりと掘出《ほりいだ》し、菰包《こもづゝみ》にして縄《なは》で絡《から》げ、差担《さしにな》ひにして、勇《いさみ》が辻《つぢ》の染《そめ》五郎が方《かた》へぞ持行《もちゆ》きける。

次へ続《つゞ》く

(31)二十六オ

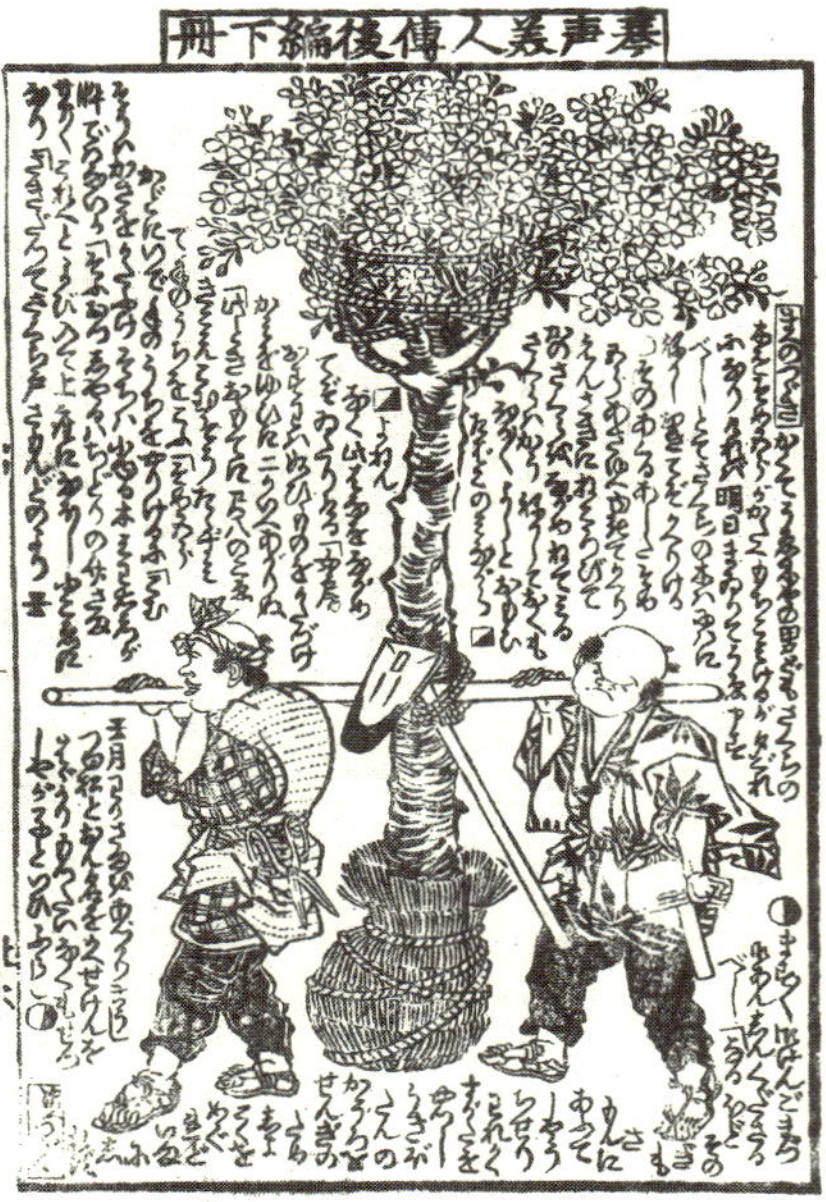

（31）琴声美人伝後編下冊

前《まへ》の続《つゞ》き 斯《か》くて植《うゑ》木屋《や》の男共《ども》、桜《さくら》の木を染《そめ》五郎が方《かた》へ持《もち》込《こ》みけるが、夕暮《ぐれ》になりければ、明日参《まゐ》りて植《う》ゑ申すべしとて、桜《さくら》の木は庭《には》に寝《ね》かし置《お》きてぞ帰《かへ》りける。

○その明《あ》くる朝《あした》、染《そめ》五郎、朝湯《あさゆ》へ行《ゆ》きて帰《かへ》り、縁先《えんさき》に寝転《ねころ》びて彼《か》の桜《さくら》を眺《なが》め、寝《ね》て見《み》る桜《さくら》は斯《か》う寝《ね》かしておくもなか〳〵良《よ》しと思《おも》ひ、煙草《たばこ》飲《の》みながら、余念《よねん》なく此花《はな》を眺《なが》めてぞゐたりける。女房お諏訪《すわ》は縫物《ぬひもの》を片付《かたづ》け、髪《かみ》を結《ゆ》ひに二階《かい》へ上《あ》がりぬ。此時《とき》、表《おもて》に尺八の声聞《こゑき》こえ、虚無僧《こむそう》佇《たゝず》みて手の内《うち》を乞《こ》ふ。染《そめ》五郎門《かど》に出《い》で、手の内《うち》を遣《や》りけるに、虚無僧《こむそう》は笠《かさ》を傾《かたふ》け、そちは小揺《ゆる》木三輪《みわ》右衛門が悴ではないか。そふ仰《おつしや》るは千鳥之《ちどりの》介様《さま》、サア〳〵これへ、と呼《よび》入《い》れて上座に直《なほ》し、小声《こゑ》になり、「先《さき》だつて桜《さくら》戸左門殿《さもんどの》より、月若様《わかさま》を預《あづ》かり申《まう》し、露《つゆ》松と御《おん》名を替《か》へ世間《せけん》を憚《はゞか》り、勿体《もつたい》なくも拙者《せつしや》が子と言《い》ひ触《ふら》し、ます〳〵御堅固《けんご》、先《ま》づ御安心下《あんしんくだ》さるべし」。「なるほど、その義《ぎ》も左門《さもん》に会《あ》ふて承知《しやうち》せり。我《われ》、斯《か》く姿《すがた》をやつし、浮牡丹《うきぼたん》の香炉《かうろ》を詮議《せんぎ》のため諸国《しよこく》を巡《めぐ》れど、今《いま》に知《し》れず、 次へ続《つゞ》く

(32)二十六ウ

二十七オ

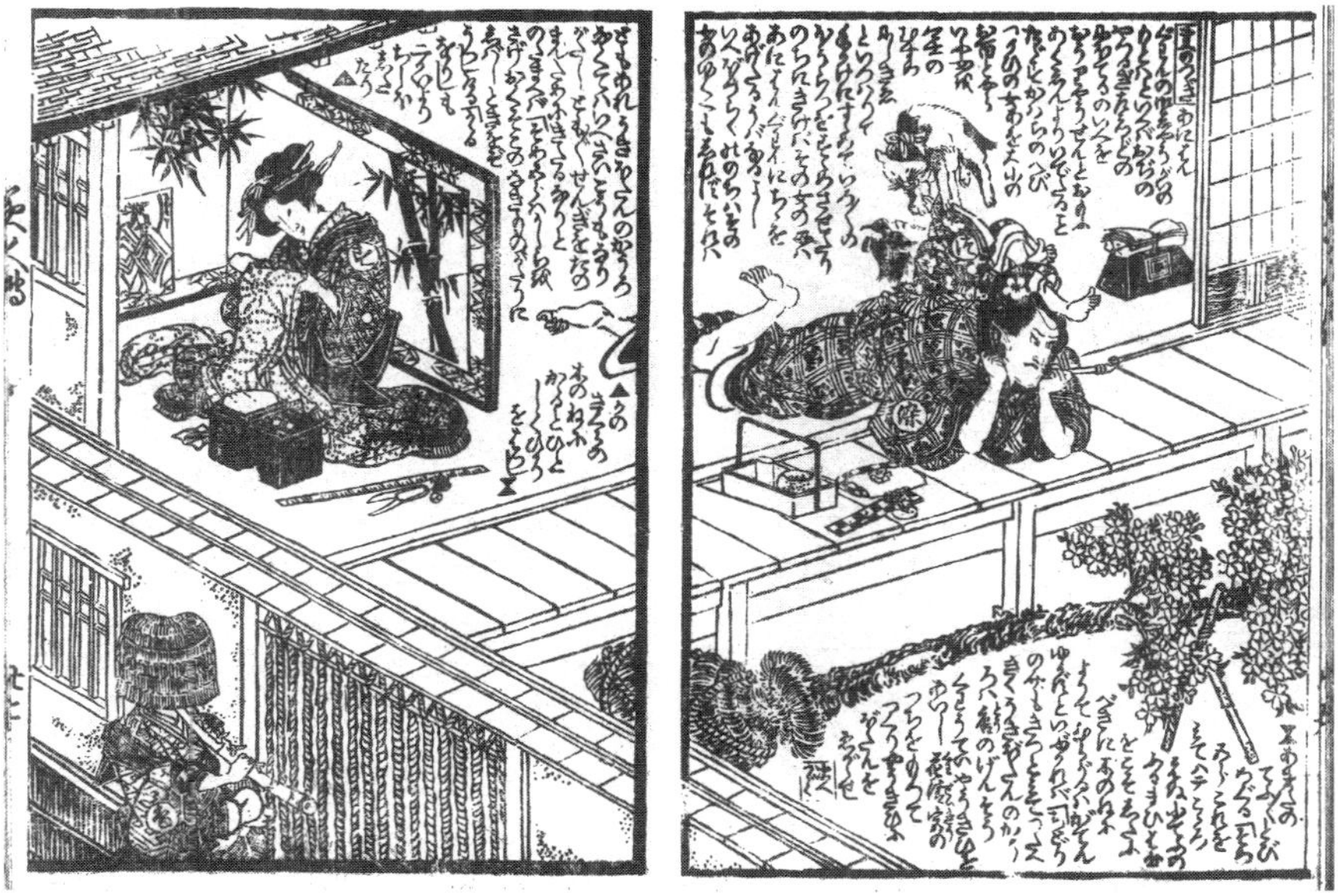

（32）前《まへ》の続《つゞ》き　兄判官《あにはんぐわん》の御生害《しやうがい》の元《もと》はといへば叔父《おぢ》の八剣《やつるぎ》左衛門殿《どの》、鳰照《にほてる》の家《いへ》を横領《おうりやう》せんと思《おも》ふ悪心《あくしん》より出《いで》たる事《こと》、糺河原《たゞすかはら》の蛇使《へびつかひ》の女、青《あを》大小のお百とやらいふ女を郷士の娘《むすめ》錦絵《にしきゑ》と偽《いつは》りて、手掛《かけ》に勧《すゝ》めて色々《いろ〳〵》の放埒《ほうらつ》を勧《すゝ》めさせたり。後《のち》に聞《き》けば、その女の母は兄判官《あにはんぐわん》に乳《ち》をあげたる乳母《うば》なる由《よし》、家没落《いへぼつらく》の後《のち》は、その女の行方《ゆくへ》も知《し》れず、それはともあれ、浮牡丹《うきぼたん》の香炉《かうろ》なくては家再興《いへさいこう》もなり難《がた》し。共々詮議《とも〴〵せんぎ》を頼《たの》まんために来《きた》るなり」と宣《のたま》へば、染五郎《そめ》は頭《かしら》を下《さ》げ、奥底《おくそこ》のなき物語《ものがたり》に暫《しば》し時《とき》をぞ移《うつ》しける。

斯《か》かる折《をり》しも、二階《かい》より血潮滴《ちしほしたた》り、彼《か》の桜《さくら》の木の根《ね》にかゝるとひとしく光《ひかり》を発《はつ》し、数多《あまた》の蝶々飛巡《てふ〳〵とびめぐ》る。染五郎《そめ》、これを見《み》て、ハテ心得《こゝろえ》ぬ小蝶《てふ》の振舞《ふるま》ひ、花《はな》をこそ慕《した》ふべきに木の根《ね》に寄《よ》りて群《むら》がるは合点《がてん》ゆかずと訝《いぶか》れば、千鳥之《ちどりの》介もきつと見《み》て、伝《つた》へ聞《き》く浮牡丹《うきぼたん》の香炉《かうろ》は、唐《とう》の玄宗皇帝《げんそうくわうてい》、楊貴妃《やうきひ》を愛《あい》し、花清宮《くわせいきう》の土《つち》をもつて作《つく》り、楊貴妃《やうきひ》に牡丹《ぼたん》を描《ゑが》かせ　次へ続《つゞ》く

(33)二十七ウ

二十八オ

(33) 前《まへ》の続《つゞ》き 焼《や》かしめたり。もし彼《か》の名器《めいき》を汚《けが》す時《とき》は忽《たちま》ち小蝶集《てふあつ》まりて穢《けが》れを祓《はら》ふと言《い》ひ伝《つた》ふ。この根《ね》の中《うち》こそ訝《いぶか》しけれ。染《そめ》五郎ソレと下知《げぢ》すれば、染《そめ》五郎、立寄《よ》りて手早《ばや》く縄《なは》を切解《きりほど》き、土掻分《つちかきわ》くれば、果《は》たして中《うち》より出《いで》たる箱《はこ》、千鳥《ちどり》之《の》介取上《とりあ》げて開《ひら》き見《み》れば、紛《まが》ふかたなき浮牡丹《うきぼたん》、覚《おぼ》へずハッと押戴《おしいたゞ》き、所《ところ》も多《おほ》くあるべきに、此僅《わづ》かなる木の根《ね》より出《いで》たるは、まったく神仏の応護《おうご》ならんと喜《よろこ》べば、染《そめ》五郎も大に喜《よろこ》び、察《さつ》するところ、何者《なにもの》か此木の根《ね》へ隠《かくし》置《お》きしを、そのまゝ掘出《ほりだ》し持来《もちきた》りしに疑《うたが》ひなし。然《さ》るにても、二階《かい》より滴《した》りし血潮《ちしほ》はいかにと訝《いぶか》る折《をり》しも、最前《さいぜん》より物陰《ものかげ》にて様子《やうす》を窺《うかゞ》ふ願鉄坊《ぐわんてつぼう》、次へ続《つゞ》く

[風羅念仏《ふうらねんぶつ》 願鉄《ぐはんてつ》]

(34) 前《まへ》の続《つゞ》き 駆入《かけい》りて、千鳥之介《ちどりの》が持《も》ちたる茶入《ちやいれ》に手を掛《か》け取《と》らんとするを、染《そめ》五郎引捕《ひつとら》へて動《うご》かせず。女房お諏訪《すわ》、二階《かい》より「その坊主《ばうず》を必《かなら》ず逃《に》がして下《くだ》さんすな」と声掛《こゑか》けつゝ、やう〳〵梯子《はしご》を下《を》りるを見《み》れば、朱《あけ》に染《そ》まりて自害《じがい》の体《てい》。染《そめ》五郎も千鳥之介《ちどりの》も、こは何故《なにゆゑ》と驚《おどろ》けば、お

諏訪《すわ》は苦《くる》しき息《いき》を吐《つ》き、「不審《ふしん》はもつとも、今《いま》、千鳥之《ちどりの》介様《さま》の御話《おはなし》を二階《かい》で残《のこ》らず聞《き》きました。その願鉄《ぐわんてつ》が勧《すゝ》めにて、母を養育《よういく》せんために身《み》の代《しろ》の金《かね》に目《め》が眩《く》れ、錦絵《にしきゑ》といふ名を偽《いつは》り、判官様《はんぐわんさま》の手掛《かけ》となりし青《あを》大小のお百といふは私《わたし》で御座《ござ》んす。今聞《いまき》けば、私《わたし》が母は判官様《はんぐわんさま》の乳母《うば》なる由《よし》、御主様《おしゆうさま》とは露知《つゆし》らず、八剣様《やつるぎさま》に頼《たの》まれて良《よ》からぬ事《こと》をお勧《すゝ》め申《まう》し、それから起《お》こりし御切腹《せつぷく》、御家《おいへ》の騒《さわ》ぎのその元《もと》も、大方《おほかた》は私《わたし》が仕業《しわざ》、抱《かゝ》へられて行《ゆ》く時《とき》に、御屋敷《おやしき》の名を母に言《い》はぬが私《わたし》が誤《あやま》り。その後《あと》で、その願鉄《ぐわんてつ》が母を手に掛《か》け行方《ゆくへ》知《し》れず、その行方《ゆくへ》を尋《たづ》ねて敵《かたき》を討《う》たんと心掛《が》け、人に立《た》てられ男気《き》な頼《たの》もしい染《そめ》五郎殿《どの》、それを見込《みこ》みに縁付《えんづ》いたは、まさかの時《とき》に助太刀《すけだち》を頼《たの》まうため、今《いま》、此死骸《しがい》は判官様《はんぐわんさま》へ不忠をしたる申《まう》し訳《わけ》、千鳥之《ちどりの》介様《さま》に御《お》目《め》に掛《か》かるも面目《めんぼく》ない。まだ言《い》ひたい事《こと》は数々《かず〱》あれど、苦《くる》しいはいな」と言《い》ひさして、息《いき》も絶《た》へ〲にぞ見《み》へにける。染《そめ》五郎これを聞《き》き、「それで漸々《やう〱》様子《やうす》が知《し》れた。自害《じがい》はもつとも。然《さ》りながら、その方《ほう》が血潮《ちしほ》をもつて此木の根《ね》を汚《けが》せし故《ゆゑ》に、隠《かく》した香炉《かうろ》の顕《あらは》れたれば、一《ひと》つの功《こう》は立《た》つ

たるぞ」と涙《なみだ》を含《ふく》みて言《い》ひければ、千鳥之《ちどりの》介も不憫《ふびん》に思《おも》ひ、落涙袖《らくるいそで》を絞《しぼ》りけり。願鉄《ぐわんてつ》はびくともせず、「斯《か》うなるからは破《やぶ》れかぶれだ。その茶入《ちやいれ》も俺《おれ》が隠《かく》して置《お》いたのだ。露《つゆ》松と抜《ぬ》かすのも、てつきり月若《わか》丸、千鳥之《ちどりの》介も染《そめ》五郎も、片《かた》つ端《ぱし》から撫斬《なでき》りにして褒美《ほうび》の金《かね》にするは、覚悟《かくご》せよ」と呼《よ》ばゝつて、隠《かく》し持《も》ちたる一腰《ひとこし》を抜放《ぬきはな》し斬《き》つて掛《か》かれば、千鳥之《ちどりの》介も染《そめ》五郎も一腰《ひとこし》を抜放《ぬきはな》し、三人暫《しばら》く闘《たゝか》ひしが、天罰《てんばつ》如何《いか》でか逃《のが》るべき、願鉄《ぐわんてつ》は肩先《かたさき》を斬付《きりつ》けられ、怯《ひる》むところを染《そめ》五郎、女房が手に刀《かたな》を持《も》たせ抱起《いだきお》こせば、手負《おひ》ながらもお諏訪《すわ》が一念《いちねん》、母の敵《かたき》、思《おも》ひ知《し》れと願鉄《ぐわんてつ》が横腹《よこばら》へ突通《つきとほ》せば、染《そめ》五郎、手を持添《もちそ》へて抉《ゑぐ》るにぞ、手足《あし》を悶《もだ》へて死《し》してんげり。お諏訪《すわ》は、につこり嬉《うれ》し気《げ》にガツクリとして落入《おちい》りぬ。

次へ続《つゞ》く

三十オ

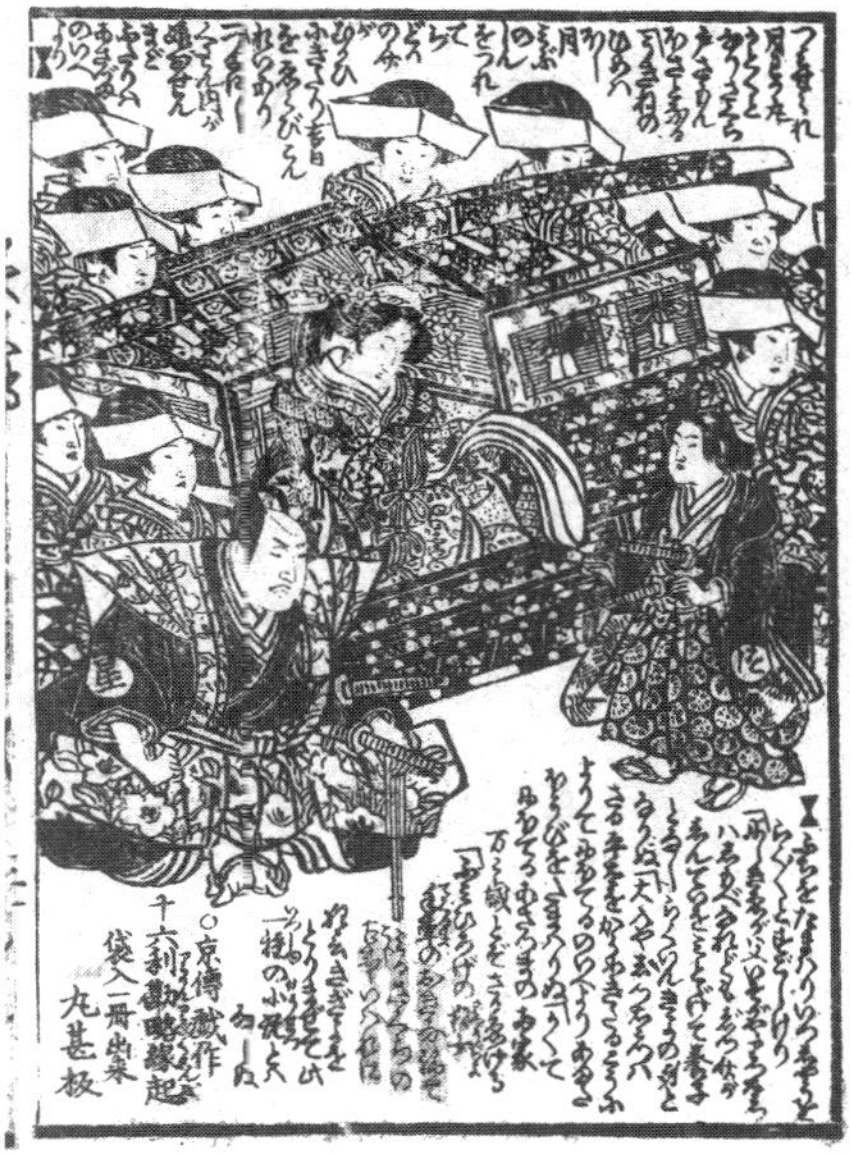

（35）二十九ウ

（35）前《まへ》の続《つゞ》き　八剣方《やつるぎかた》より回し者《まはもの》の茨城鬼《いばらきおに》平八、此時《とき》、染《そめ》五郎に踏殺《ふみころ》されて死《し》したりけり。かの桜《さくら》の木は、お諏訪《すわ》を葬《ほうむ》りたる塚《つか》に植《う》ゑ、寝《ね》て見《み》る桜《さくら》と名付《なづ》け名木《めいぼく》とぞなりにける。斯《か》かるところへ大入屋慈悲《やじひ》右衛門、山住猿《ずみさる》平太に縄《なは》を掛《か》け、桜《さくら》戸左門、同道にて此所へ来り。猿《さる》平太が白状《はくじやう》によつて八剣《やつるぎ》左衛門《さゑもん》が悪事《あくじ》顕《あらは》れ、千鳥《ちどり》之介、香炉《かうろ》を袖垣《そでがき》萩之進《はぎのしん》をもつて義《よし》政公へ差《さし》上ければ、八剣《やつるぎ》は切腹《せつぷく》、猿《さる》平太は罪《つみ》せられ、月若《わか》丸家督《かとく》となり、桜《さくら》戸左門補佐《さもんほさ》となる。浮根姫《うきねのひめ》は星月《ほしみ》壬生之進《ぶのしん》を連《つ》れて、千鳥之《ちどりの》介が迎《むか》ひに来《きた》り、吉日を選《えら》び婚礼《こんれい》あり。妻西巌《つまにしぐわん》内が娘お仙《せん》、孫二人《まごふたり》は朝妻《あさづま》の家《いへ》より扶持《ふち》を賜《たまは》り、一生《いつしやう》を楽々《らくく》と過《す》ごしけり。錦絵《にしきゑ》が父礒ケ谷律《いそがやりつ》右衛門は、下部《しもべ》なれども実《じつ》介が心底《しんてい》を見届《みとゞ》けて養子となし、楽隠居《らくいんきよ》の身となりぬ。大入屋実《やじつ》〔ママ〕右衛門は猿《さる》平太を搦来《からめきた》る功《こう》によりて、鳰照《にほてる》の家《いへ》より数多褒美《あまたほうび》を賜《たまは》りぬ。斯《か》くて鳰照《にほてる》、朝妻《あさづま》の両家、万々歳とぞ栄《さか》ゑける。

文展《ふみひろ》げの狂女《きやうぢよ》、手車《てぐるま》の翁《おきな》、寝《ね》て見《み》る桜《さくら》の古事謂《こじいは》れに狂言綺語《きぎよ》を取混《とりま》ぜて、此一種《いつしゆ》の小説《せうせつ》とはなしぬ。

○京伝戯作十六利勘略縁起《りかんりやくゑんぎ》袋入一冊出来　丸甚板

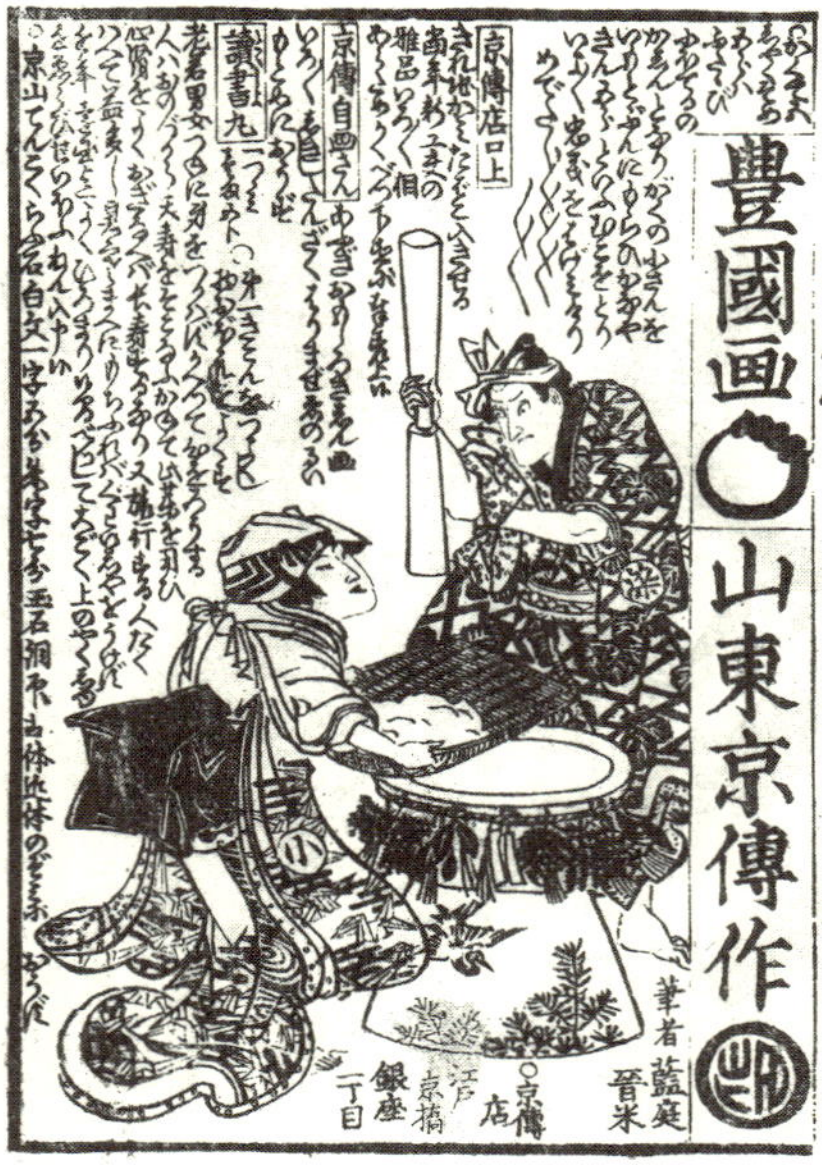

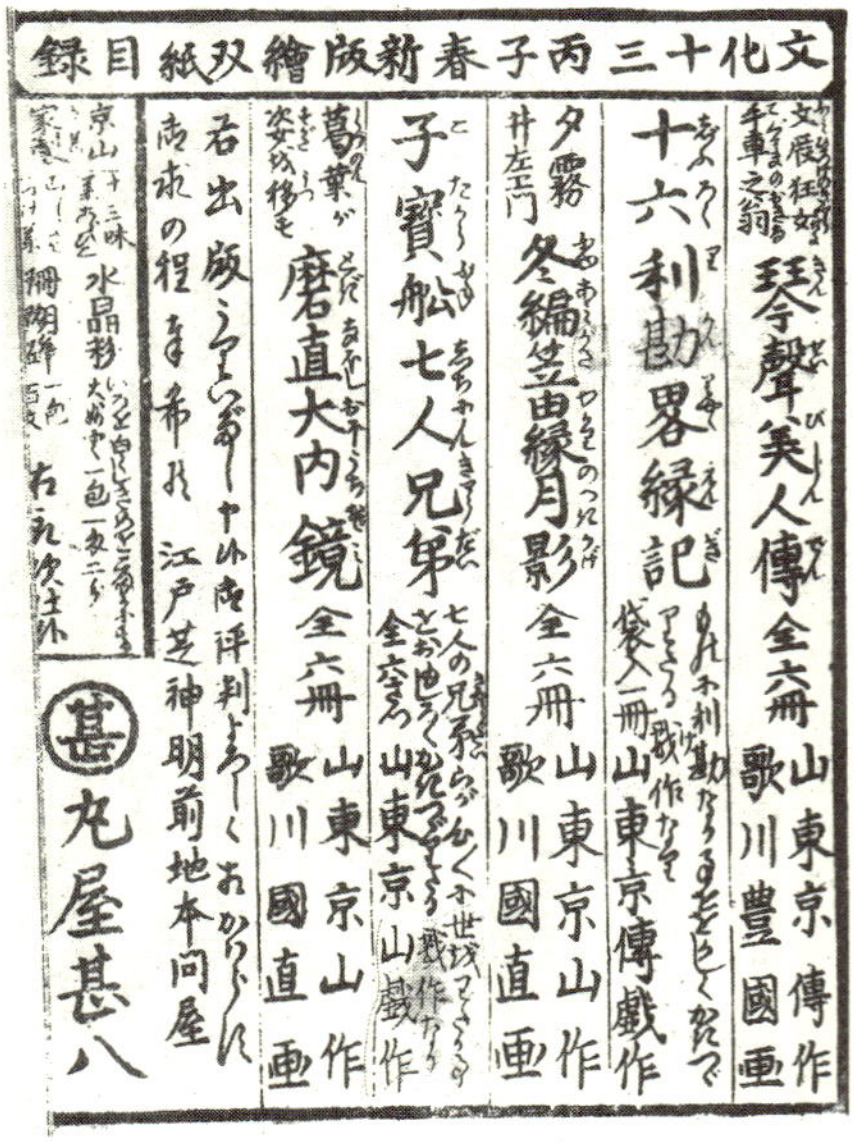

(36)

○斯《か》くて五尺染《しやくそめ》五郎は再《ふた》び鳰照《にほてる》の家臣《かしん》となり、額《がく》の小三《さん》を妹分《いもとぶん》に貰《もら》ひ、金谷金《かなやきん》五郎といふ婿《むこ》を取《と》り、いよ〳〵忠義を励《はげ》みけり。目出度《めでた》し〳〵〳〵〳〵〳〵。

豊国画㊞　山東京伝作㊞

筆者藍庭晋米

京伝店口上

裂地《きれ》・紙煙草《かみたばこ》入・煙管《きせる》、当年新工夫の雅品色々《いろ〳〵》相改《あらた》め、格別《かくべつ》下直に奉差上候。

京伝自画賛《さん》 扇《あふぎ》、面白《おもしろ》き新画《しん》色々《いろ〳〵》、色紙《しきし》・短冊《たんざく》・貼混画《はりまぜゑ》の類《るい》、求《もと》めに応《おう》ず。

読書丸《とくしよ》 一包《つゝみ》壱匁五分

○第一気魂《きこん》を強《つよ》くし物覚《おぼ》えを良《よ》くす。老若男女常《つね》に身を使《つか》はず、かへつて心を労《ろう》する人はおのづから天寿を損《そこ》なふ。かねて此薬を用ひ、心腎を良《よ》く補《おぎな》へば長寿するなり。又旅行する人蓄《たくは》へて益多し。暑寒前《まへ》に用《もち》ふれば、害邪《ぐわいじや》を受《う》けず。近年遠国迄よく弘《ひろ》まり候間、別《べつ》して大極《ごく》上の薬種《やくしゆ》を選《えら》び製法念《せいほふねん》入申候。

○京山篆刻《てんこく》　蠟《らふ》石白文一字五分、朱字七分
玉石銅印、古体近体望《のぞ》みに応《おう》ず。
○京伝店　江戸京橋銀座一丁目

大《おゝ》礒《いそ》之丹前《たんぜん》
化粧坂《けはひざかの》編笠《あみがさ》

蝶衛曾我俤《てふちどりそがのおもかげ》

応仁の頃（東山義政の御代）

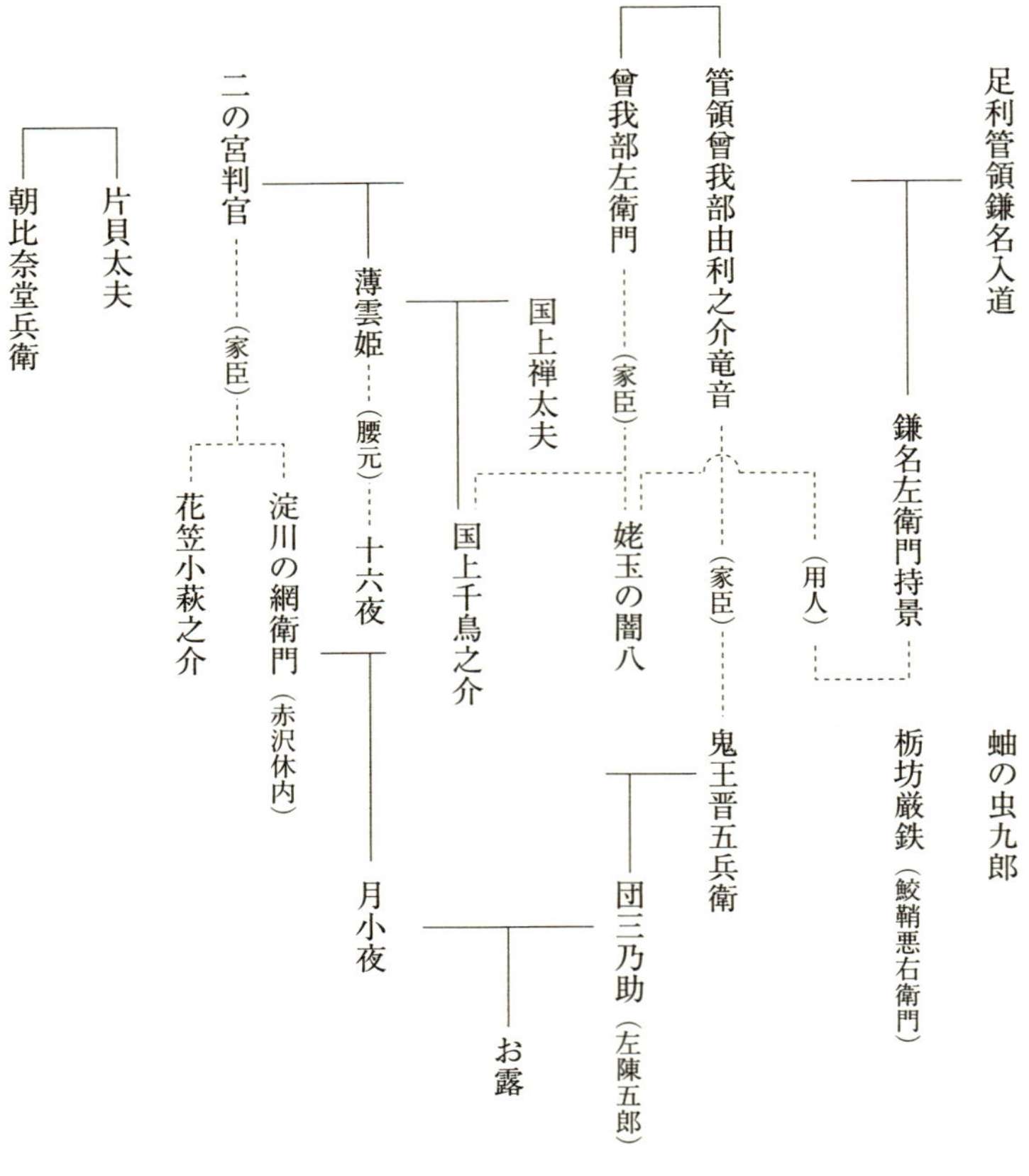

前編見返し

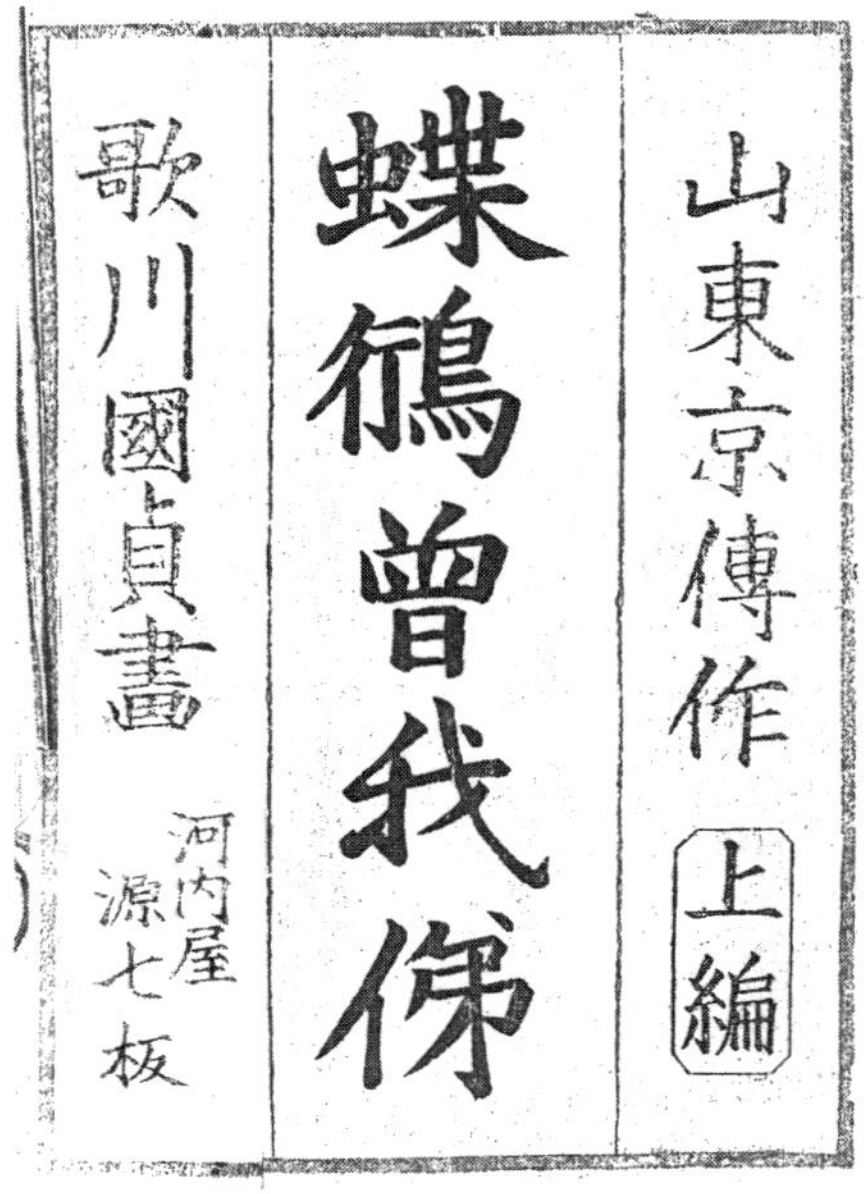

［前編見返し］

山東京伝作　上編

蝶鵆曾我俤

歌川国貞画　河内屋源七板

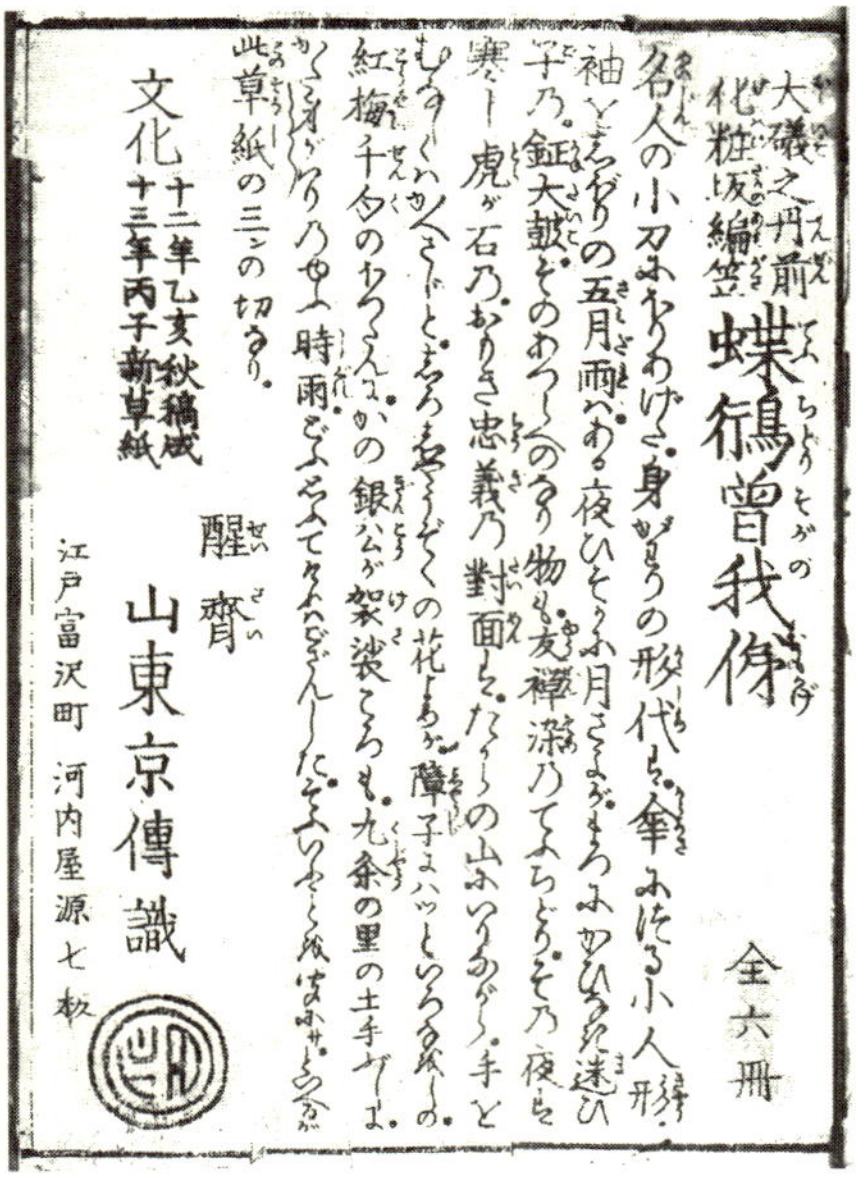

（1）一オ

【前編】

【上】

（1）大礒之丹前《おゝいそのたんぜん》
化粧坂編笠《けはひざかのあみがさ》　蝶衛曾我俤《てふちどりそがのおもかげ》　全六冊

名人《めいじん》の小刀にほりあげた。身がわりの形代《かたしろ》は。傘《からかさ》にする小人形《ぎやう》。袖をしぼりの五月雨《さみだれ》は。ある夜ひそかに月さよが。まつにかひなき迷《まよ》ひ子《ご》の。鉦太鼓《かねたいこ》。そのあつらへのなり物も。友禅染《ゆうぜんそめ》のてふちどり。その夜は寒し虎《とら》が石の。おもき忠義《ちうぎ》の対面《たいめん》は。たからの山にいりながら。手をむなしくはかへさじと。しろしやうぞくの花よめが。障子《しやうじ》にハツといろなをしの。紅梅千句《こうばいせんく》のほつたんに。かの銀公《ぎんこう》が袈裟《けさ》ころも。九条《くじやう》の里の土手ぶしに。かた身がはりのゆふ時雨《しぐれ》。どふ思ふてけふはござんした。そふいふことを聞にサ。といへるが此草紙《このそうし》の三ッの切なり。

文化十二年乙亥秋稿成
　　十三年丙子新草紙　　醒斎《せいさい》　山東京伝識㊞

江戸富沢町　河内屋源七板

（2）一ウ

二オ

（２）

古今集

鶯《うぐひす》の谷よりいづる声《こゑ》なくば

春《はる》くることを誰《たれ》かしらまし

工藤《くどう》は末《まつ》。祐成《すけなり》は旦《たん》。時宗《ときむね》は丑浄《ちうじやう》。天地人《てんちじん》春月の吉例。日月の燈《ともしび》。江海《こうかい》の油。風雷《ふうらい》の通《とほり》神楽《かぐら》。古今来《こゝんらいは》。曾我《そが》の脚色《きやくしき》。

（3）二ウ

二三オ

（3）

○小林《こばやし》の朝比《あさひ》奈、実は男達《おとこだて》あさひな堂兵衛《どうべゑ》

朝比奈《あさひな》の楽屋《がくや》へ入《いり》し暑哉《あつさ》　晋其角

うつくしき髭《ひげ》あり。した丶かなる刀《かたな》あり。勇力《ゆうりき》関羽《くわんう》にお
とらず。怒《いか》れるときは蚰《げぢ〳〵》をいやがらせ。笑《わら》ふときは少将《しやう〳〵》
もよくなつく。地獄《ぢごく》をめぐりて。閻魔《ゑんま》に抹香《まつかう》をねぶらせ。
極楽《ごくらく》にあそびて。地蔵《ぢざう》に犢鼻褌《ふどし》をかぶらす。鬼《おに》乎《か》人《ひと》乎《か》如何《いかん》

○都九条里遊君《みやこくじやうのさとのゆふくん》、三浦屋《みうらや》の片貝太夫《かたかひだいふ》

四オ

（4）三ウ

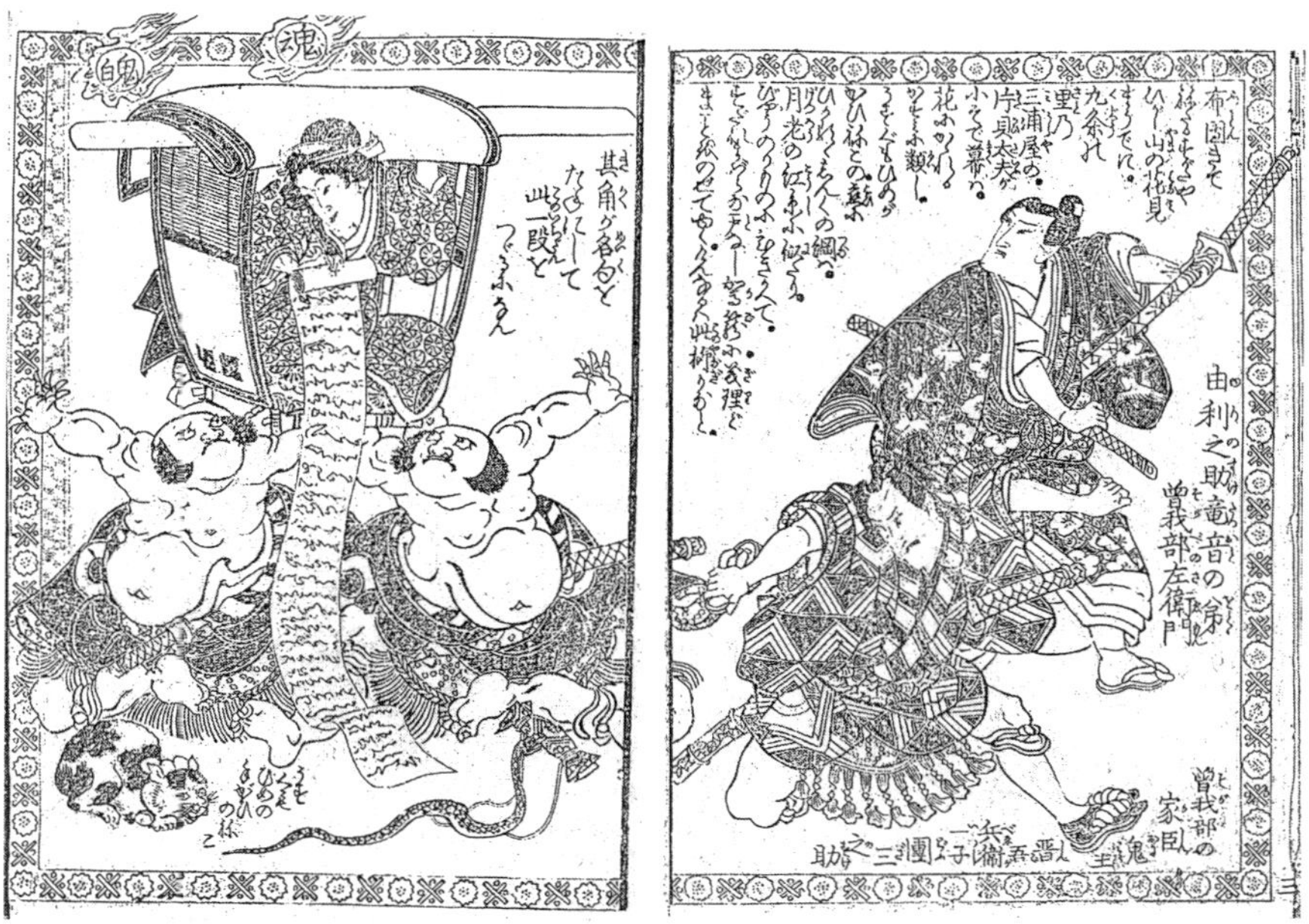

（4）

布団《ふとん》きてねたるすがたやひがし山《やま》の花見《はなみ》まうでに。九条《くじやう》の里《さと》の三浦屋《みうらや》の。片貝太夫《かたかひたいふ》が小そで幕《まく》は。花にかゝれるかすみに類《るい》し。うすぐもひめがかひねこの。恋《こひ》にひかるゝしんくの綱《つな》は。月老《げつろう》の紅糸《こうし》に似《に》たり。びやうのりものにひきかへて。すだれまばらな戸《と》なし駕籠《かご》に。義理《ぎり》とまことをのせてゆく。けんなるは此柳《このやなぎ》かなと。

其角《きかく》が名句《めいく》をたねにして此一段《このいちだん》をつゞるになん。

由利之助竜音《ゆりのすけたつおと》の弟《をとゝ》、曾我部左衛門《そがべのさゑもん》

曾我《そが》部の家臣《かしん》、鬼王晋吾兵衛一子《おにわうしんごべゑがいつし》、団三之助《どふざのすけ》

薄雲姫《うすくもひめ》の手飼《がひ》の猫《ねこ》

［魂］

［魄］

(5)四ウ

五オ

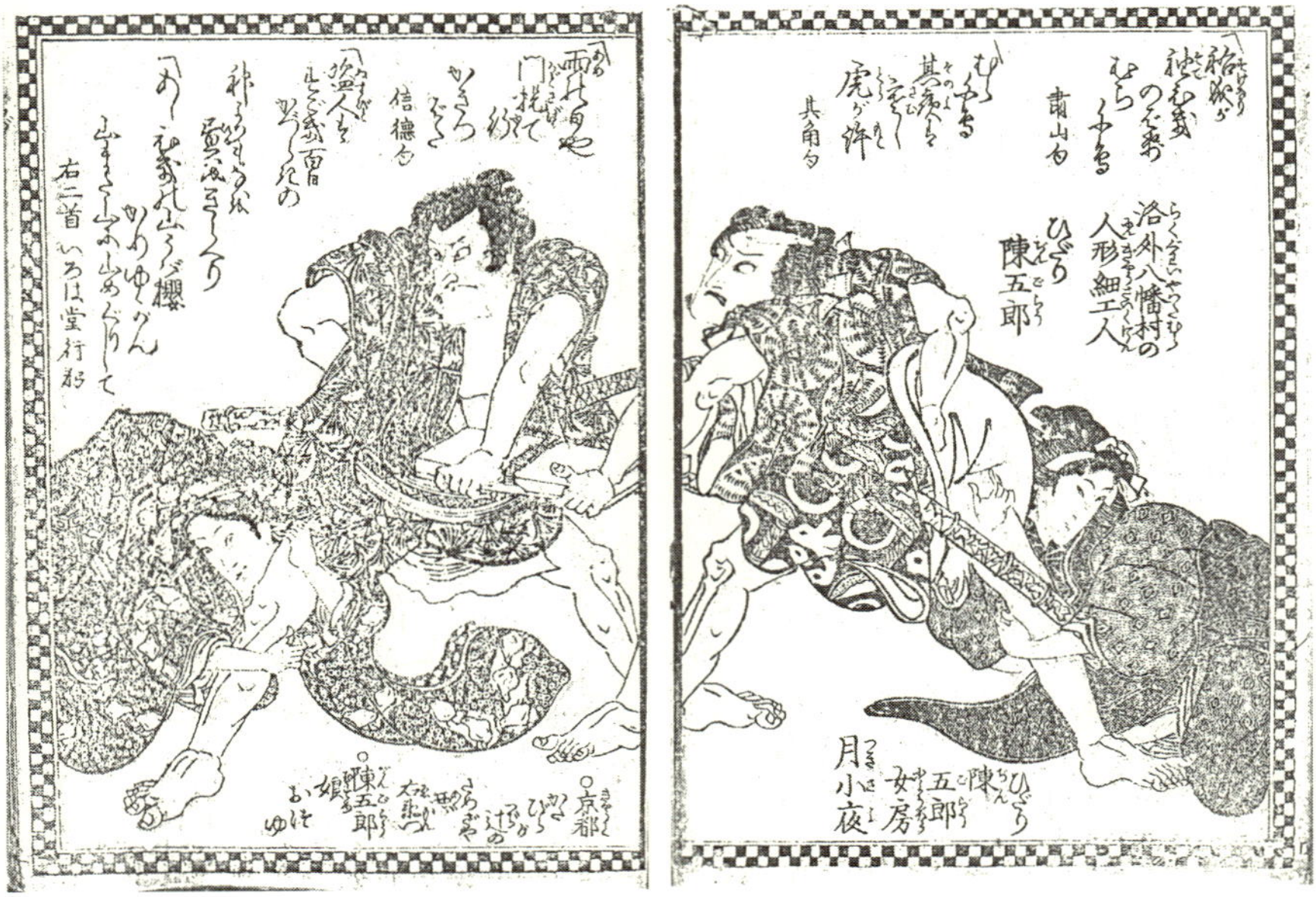

（5）

祐成《すけなり》が袖《そで》ひきのばせむら千鳥　粛山句

むら千鳥其夜《そのよ》は寒《さむ》し虎《とら》が許《もと》　其角句

雨《あめ》の日や門提《かどさげ》て行《ゆく》かきつばた　信徳句

盗人《ぬすびと》はすごき百日かづらきの
　神よりもなを昼《ひる》をきらへり

あしひきの山うば桜かりゆかん
　山また山に山めぐりして

右二首いろは堂行躬

洛外八幡村《らくぐわいやはたむら》の人形細工人《にんぎやうさいくにん》、左陳五郎《ひだりぢんごらう》

左陳五郎女房《ひだりぢんごらうにようぼう》、月小夜《つきさよ》

○京都帷子《きやうとかたびら》が辻《つぢ》の鮫鞘悪右衛門《さめざやあくゑもん》

○陳五郎娘《ぢんごらうむすめ》お露《つゆ》

（6）五ウ

（6）
国上《くがみ》千鳥之助《ちどりのすけ》
箱根《はこね》の栃坊巌鉄《とちぼうぐわんてつ》

（7）六オ

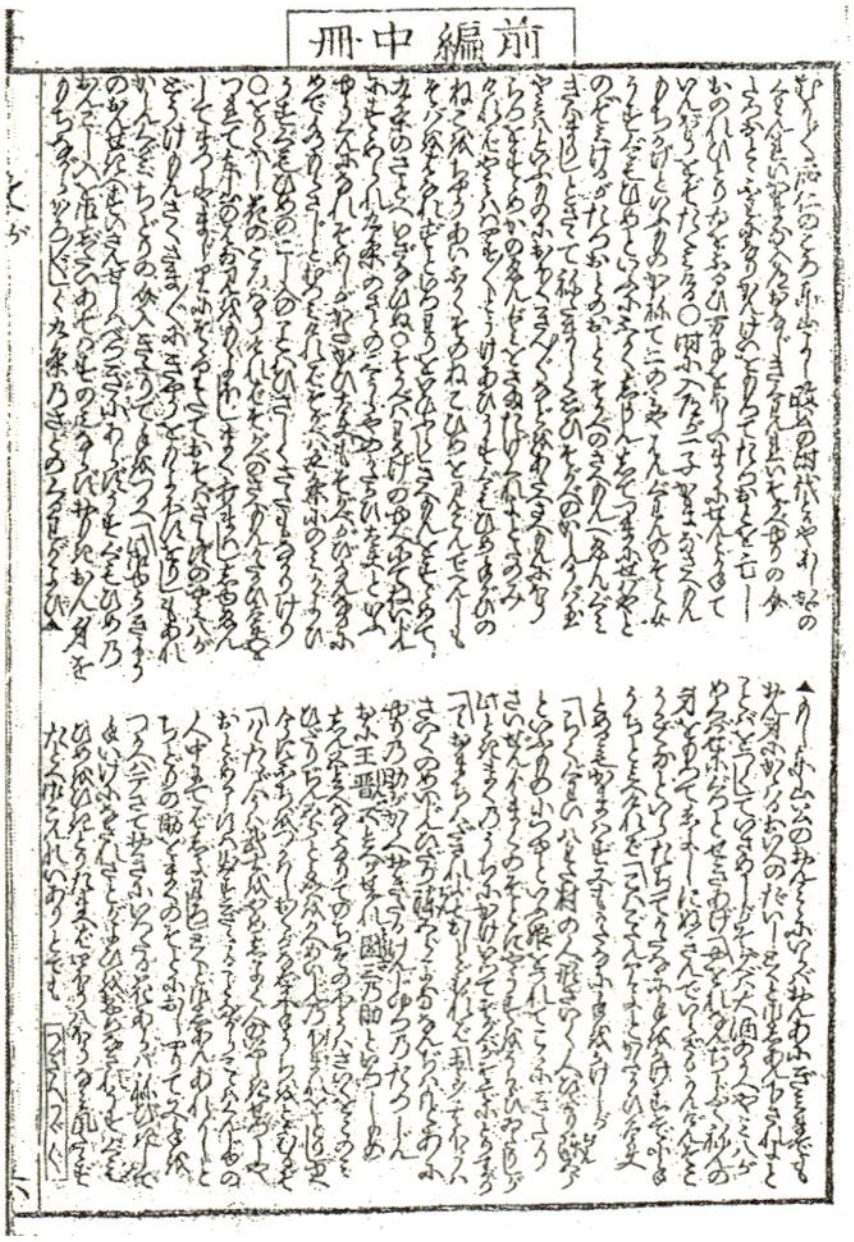

【中】

（7）前編中冊 昔々《むかし〳〵》応仁の頃《ころ》、東山義《よし》政公の御代とかや、足利《あしかゞ》の管領《くわんれい》鎌名《かまな》入道、同《おな》じき管領《くわんれい》曾我部《そがべ》由利之《ゆりの》介竜《たつ》音《おと》と不和《ふわ》になり、奸計《かんけい》をもつて竜音《たつおと》を亡し、おのれ一人《ひとり》威《ゐ》を揮《ふる》ひ万事を 恣《ほしいまゝ》にせんと、かねて陰謀《いんぼう》をぞ企《たく》みける。

○時に入道が一子鎌名左衛門持景《かまなさへもんもちかげ》といふ者《もの》、かねて二《に》の宮《みや》判官《はんぐわん》の側《そく》女薄雲姫《うすぐもひめ》といふに深《ふか》く執心《しうしん》して妻《つま》にせばやと望《のぞ》みけるが、竜音《たつおと》の弟《おと》曾我部左衛門《そがべのさへもん》へ縁組極《ゑんぐみきは》まりしと聞《き》きて妬《ねた》ましく思ひ、曾我部《そがべ》の家臣《かしん》姥《うば》玉闇《やみ》八といふ者《もの》に多《おほ》く金《きん》銀《ぐ》などを与《あた》へ、左衛門《さへもん》に放埒《ほうらつ》を勧《すゝ》め、かの縁組《ゑんぐみ》を妨《さまた》げくれよと頼《たの》みければ、闇《やみ》八はやす〳〵と請合《うけあ》ひ、薄雲姫《うすぐもひめ》手飼《がひ》の猫《ねこ》を寵愛深《ちやうあいふか》く、その猫《ねこ》、姫《ひめ》を見込《こ》んで片時《へんし》も側《そば》を離《はな》れずと偽《いつわ》りを言《い》ひ触《ふ》らし、左衛門《さへもん》を勧《すゝ》めて九条の里《さと》へ誘《いざな》ひぬ。

○曾我部《そがべ》は若気《わかげ》の故《ゆへ》にて佞人《ねいじん》に勧《すゝ》められ、九条の里《さと》の三浦《うら》屋《や》の片貝《かたかひ》太夫といふ遊君《ゆうくん》に馴初《なれそ》めしが、片貝《かたかひ》太夫も曾我部《そがべ》が美男《びなん》なるに愛《め》で、水漏《も》らさじと睦《むつ》みければ、曾我部《そがべ》は九条にのみ通《かよ》ひ、薄雲姫《うすぐもひめ》の輿《こし》入の事《こと》は久《ひさ》しく沙汰《さた》もなかりけり。

○折節《をりふし》、花の頃《ころ》なりければ、曾我部左衛門《そがべのさへもん》、片貝《かたかひ》太夫を連《つ》れて東山の花見《はな》を催《もよほ》し、幕打回《まくまは》し酒宴《しゆゑん》して、末社混《まつしやま》じりにそゞり立《た》て、御側去《おそばさ》らずの闇《やみ》八が道化《どうけ》、文作《もんさく》さまぐ〜に興《きやう》を催《もよほ》す折《をり》しもあれ、家臣《かしん》国上《くがみ》千鳥之《ちどりの》介、入来《きた》りて手を支《つか》へ、「此御遊興《ゆうきよう》の御席《おんせき》へ推参《すいさん》せしは別儀《べつぎ》にあらず。薄雲《うすぐも》姫《ひめ》の御輿《おんこし》入を御辞退遊《じたいあそ》ばすのみならず、重《おも》き御《おん》身を持《も》ちながら、軽々《かろ〴〵》しく九条の里《さと》の廓通《くるわがよ》ひ、もし東山公の御耳《おんみゝ》に入《い》らば、御兄君《おんあにぎみ》までも御《おん》身に関《かゝ》はる御家《おいへ》の大事《だいじ》、とくと御思案《しあん》下されよ」と言葉《ことば》を尽《つ》くして諫《いさ》めしが、曾我部《そがべ》は大酒の上《うへ》、闇《やみ》八が目配《めくば》せにぐつと咳上《せきあ》げ、やをれ汝《なんぢ》、若年《じやくねん》の身をもつて諸氏《しよし》に抜《ぬ》きんで要《い》らざる諫言《かんげん》、そこ動《うご》くなと苛《いら》立《だ》ちて、刀《かたな》に手を掛《か》け、すでに手打《うち》と見《み》へければ、こは御《ご》短慮《たんりよ》と片貝《かたかひ》太夫止《と》めるも構《かま》はず、又も刀《かたな》に手を掛《か》けしが、洛外《らくぐわい》八幡《わた》村の人形細工《さいく》人左陳《ひだりぢん》五郎といふ者《もの》、小露《つゆ》といふ娘を連《つ》れて此所《こゝ》に来《きた》り、最前《さいぜん》より幕《まく》の外《そと》に様子《やうす》を窺《うかゞ》ひゐたりしが、此時《とき》、幕《まく》の内《うち》に駆入《かけい》つて曾我部《そがべ》が袖《そで》に取縋《とりすが》り、マヽ、御待《おま》ち下《くだ》されよと押止《おしとゞ》むれば、ホヽウ其方《ほう》は細工《さいく》の名《めい》人《じん》左陳《ひだりぢん》五郎よな。汝《なんぢ》は元《もと》、兄由利之《あにゆりの》助が抱《かゝ》へ置《お》きたる剣《けん》術《じゆつ》の達人《たつじん》、鬼王《おに》晋五《しんご》兵衛《へ》が倅《せがれ》団三《どうざ》乃《の》助と言《い》つし者《もの》。晋《しん》五兵衛《へ》亡《な》くなりて後《のち》、その方《ほう》は細工《さいく》を好《この》み、左陳《ひだりぢん》五郎と名を変《か》へ、名人《めいじん》の誉《ほま》れを取《と》りしゆへ、今に扶持《ふち》を遣《つか》はし置《お》くが、なぜかな手打《うち》を止《とゞ》むるぞ。ハヽ、只《たゞ》今は武士を辞《や》め、職《しよく》人の卑《いや》しき拙者《せつしや》、御咎《おとが》め申すは出過《す》ぎたる事《こと》ながら、こゝは郡衆《くんじゆ》の人中にて場所悪《ばしよわろ》し。とくと御思案《しあん》あれかしと、千鳥之《ちどりの》助を幕《まく》の外《そと》に押遣《おしや》りて、又、手を支《つか》へ、ハテさて、御気《おき》にいつたる花あらば根引《ねびき》して手活《いけ》になされ。里通《さとがよ》ひを御止《おや》めなされ、薄雲姫《うすぐもひめ》を引取《ひきと》り給《たま》へば、四方《ほう》八方《ぼう》波《なみ》風立《た》たず、たとへ御婚礼《こんれい》ありとても

次《つぎ》へ続《つゞ》く

（8）

前《まへ》の続《つゞ》き

手掛妾《かけめかけ》はある習《なら》ひ、根引《ねびき》の事《こと》は拙者《せつしや》めが千鳥之《ちどりの》介と相談《そうだん》し、きつと請合《うけあひ》してあげましやうと、気《き》に逆《さか》らはぬ上手者《じやうずもの》。言《い》ひ回《まは》されて曾我部《そがべ》は漸々《やう〳〵》怒《いか》りを止《や》め、ヲヽ、太夫を根引《ねびき》さへすれば廓《くるわ》へは行《ゆ》かずとも済《す》む。しか

（8）六ウ

七オ

し、廓《くるわ》の見納《おさ》め、今夜《こんや》一夜は九条の里《さと》へ赴《おもむ》かん。最早《もはや》入相、これ太夫、俺《おれ》は先《さき》へ行《ゆ》くほどに、後《あと》から早《はや》くおぢやいのと、迎《むか》ひに来《きた》る廓駕籠《くるわかご》に乗移《のりうつ》れば、闇《やみ》八も御供《おんとも》にて九条をさして急行《いそぎゆ》く。陳《ちん》五郎も娘を連《つ》れて長居《ゐ》は恐《おそ》れと、片貝《かたかひ》太夫に一礼述《れいの》べ、幕《まく》の外《そと》へ出《いで》たる折しも、一つの小蛇《じや》、錦《にしき》の守袋《まもりぶくろ》を口《くち》に啣《くは》へて幕《まく》の内《うち》より這出《はひいで》たり。陳《ちん》五郎これを見て、コハ怪《あや》しやと思ふうち、叢《くさむら》の中《うち》に入《い》り、行《ゆく》方《へ》も知《し》れずなりければ、陳《ちん》五郎娘を連《つ》れ、一先《ひとまづ》こゝを立去《さ》りぬ。

斯《か》かる折しも、腰元風《こしもとふう》の女中、蒔絵《まきゑ》の乗物《のり》を舁《か》かせ来《き》て、駕籠舁共《かごかきども》は片方《かたへ》に退《しりぞ》け、幕《まく》の内に案内《あない》して、片貝《かたかひ》太夫に対面《たいめん》し、「妾事《わらはこと》は二の宮判官《みやはんぐわん》の息《そく》女薄雲姫《うすぐもひめ》に仕《つか》ふる十六夜《いざよひ》と申《まう》す者《もの》。かねて薄雲姫《うすぐもひめ》と曾我部左衛門《そがべのさへもん》様《さま》と御縁組《ゑんぐみ》の約束《やくそく》は済《す》みながら、手飼《がひ》の猫《ねこ》が姫《ひめ》を見入《い》れしと、何者《なにもの》か偽《いつは》りを言《い》ひ触《ふ》らせしを、曾我部《そがべ》様《さま》、真《まこと》にして姫《ひめ》を疎《うと》み給《たま》ふや、又は御身《おんみ》に馴初《なれそ》め給ひて姫《ひめ》を嫌《きら》ひ給ふにや。今に御《おん》輿入《こしいれ》の沙汰《さた》もなく、姫《ひめ》はそれを悔《く》やみ給ひ、明暮《あけく》れ嘆《なげ》き給ふを 次《つぎ》へ続《つゞ》く

(9)七ウ

八オ

(9) 前《まへ》の続《つゞ》き 見るに忍《しの》びず、然《さ》りとは率爾《そつじ》な事《こと》ながら、どふぞ御身《おんみ》の執《と》りなしにて姫《ひめ》の輿《こし》入あるやうに頼《たの》みます。片貝《かたかひ》太夫と名に高《たか》く、意気地《いきぢ》を立る御《おん》身を見かけて余儀《よぎ》ない頼《たの》み、聞分《きゝわ》けて給《た》べ。片貝殿《かたかひどの》、御婚姻《こんいん》だに整《とゝの》はゞ、すぐにそもじを身請《うけ》して、曾我部様《そがべさま》の御側《おんそば》に共々《ともぐ〱》御伽《おとぎ》させましやう。姫《ひめ》においては聊《いさゝ》かも悋気《りんき》の心ないぞいの」と、事《こと》を分《わ》けて言《い》ひければ、片貝《かたかひ》はこれを聞《き》き、御歴々《おれきく〱》の御身にて卑《いや》しい我《わ》が身を見かけて頼《たの》むと仰《おつしや》るは、勿体《もつたい》ないやら冥《みやう》加《が》やら、申《まう》し上《あ》ぐべき言葉《ことば》なし。そふいふ御縁組《ゑんぐみ》のある事とは、私《わたし》や夢《ゆめ》にも存《ぞん》じませぬ。此程《ほど》も曾我部様《そがべさま》の御館《おやかた》の御首尾《おしゆび》を案《あん》じてゐる最中《さいちう》、そふいふ訳《わけ》を聞《き》きましては、たとへ御頼《おたの》みないとても、どう打捨《うちすて》て置《お》かれましやう。我《わ》が身がきつと請合《うけや》いましたと、さすが廓第《くるわだい》一に意気地《いきぢ》を立《た》てる太夫とて 次《つぎ》へ続《つゞ》く

(露)「私《わたし》や恥《は》づかしいわいな」

(陳)「その書物《かきもの》が証拠《しやうこ》で御座《ござ》る」

(鳥)「さては貴殿《きでん》の息《そく》女と許嫁《いひなづけ》で御座《ござ》つたか」

(10)八ウ

九オ

(10) 前《まへ》の続《つゞ》き

切離《きれはな》れ良《よ》き挨拶《あいさつ》に、十六夜《いざよひ》は喜《よろこ》びて乗物《のりもの》の戸を引開《ひきあ》くれば、内《うち》より出《いづ》る薄雲姫《うすぐもひめ》、顔《かほ》に紅葉《もみぢ》の恥《はぢ》らひて、「良《よ》きに頼《たの》む」の御言葉《おんことば》、身に余《あま》りたる片貝《かたかひ》太夫、此御乗物《おんのりもの》は目立《めだ》ちて悪《わる》し、窮屈《きうくつ》には御座《おは》さんが廓駕籠《くるわかご》に忍《しの》ばせ申し、廓《くるわ》へ御供《おとも》をして帰《かへ》り、今宵《こよひ》の内《うち》に曾我部様《そがべさま》に御《お》会《あ》はせ申し、首尾《しゆび》よう御縁《ゑん》の結《むす》ばるやうに、万事《ばんじ》は我《わ》が身《み》が飲込《のみこ》みましたと、迎《むか》ひの駕籠《かご》に乗《の》せ申し、十六夜《いざよひ》も駕籠《かご》に乗《の》せ、その身《み》も駕籠《かご》に乗移《のりうつ》り、引舟禿《ひきふねかぶろ》を呼出《よびいだ》し、口止《くちど》めしつゝ、引連《ひきつ》れて、九条の里《さと》へ急行《いそぎゆ》きぬ。

○さて国上《くがみ》千鳥《ちどり》之《の》介は此所に立戻《もど》り、左陳《ひだりぢん》五郎親《おや》子に会《あ》ひ、「これは〳〵陳《ぢん》五郎殿《どの》、先刻《せんこく》は貴殿《きでん》のお陰《かげ》で危《あや》うい所を逃《のが》れし上《うへ》、殿《との》の御《おん》心も和《やは》らぎて、今宵切《こよひぎ》りで廓通《くるわがよ》ひを御止《おんや》めあり、薄雲姫《うすぐもひめ》と御婚礼《こんれい》あらんとの事、方々《かた〴〵》もつて貴《き》殿《でん》のお陰《かげ》。お礼《れい》は言葉《ことば》に述《の》べられず」と言《い》へば、陳《ぢん》五郎、何《なに》その御礼《おれい》に及《およ》ぶ事《こと》、今日《けふ》、貴殿《きでん》に御目《おめ》に掛《か》かりしは天の与《あた》へ、斯様《かやう》申すも別儀《べつぎ》にあらず、貴殿《きでん》も少《すこ》しは覚《おぼ》へあらん、御親父《しんぷ》国上禅《くがみぜん》太夫殿《どの》と拙者《せつしや》が父鬼《おに》王晋《しん》五兵衛《へ》と熟談《じゆくだん》の上《うへ》、拙者《せつしや》が娘、これなるお露《つゆ》と貴殿《きでん》と幼《おさな》き時《とき》、許嫁《いひなづけ》の約《やく》束《そく》ありけれども、拙者《せつしや》は今、武士を辞《や》めて職《しよく》人の身なれば遠慮致《ゑんりよいた》して、これまで沙汰《さた》もせざりしが、娘成人《せいじん》するにつけ、他《ほか》へ片付《かたづ》く所存《しよぞん》なし。もし許嫁《いひなづけ》の御方《おんかた》に添《そ》はれずは、尼《あま》にして下《くだ》されと貞《てい》女を立るが不憫《ふびん》さに、良《よ》き折柄《がら》とお話《はな》し申《まう》す。証拠《しやうこ》はこれと、懐《ふところ》より一通《つう》を取出《とりいだ》して渡《わた》しければ、千鳥《ちどり》之《の》介、受取《うけと》つてこれを読《よ》むに、親禅《おやぜん》太夫が自《じ》筆《ひつ》に書《か》きし許嫁《いひなづけ》の契約《けいやく》状に紛《まぎ》れなければ、「ホ、ウかねて拙者《せつしや》に許嫁《いひなづけ》の女ありと承《うけたまは》りしが、さては貴殿《きでん》の息《そく》女にて候ひしか。たとひ今は職人《しよくにん》でも、大殿《との》より御扶持《ふち》を戴《いたゞ》く貴殿《きでん》なれば、朋輩《ほうばい》も同《おな》じ事《こと》。何《なに》がさて否《いな》みましやう。折《をり》をもつて大殿《との》へ願《ねが》ひを出《いだ》し、取結《とりむす》びを致《いた》しましやう」と

次へ続《つゞ》く

（11）九ウ

十オ

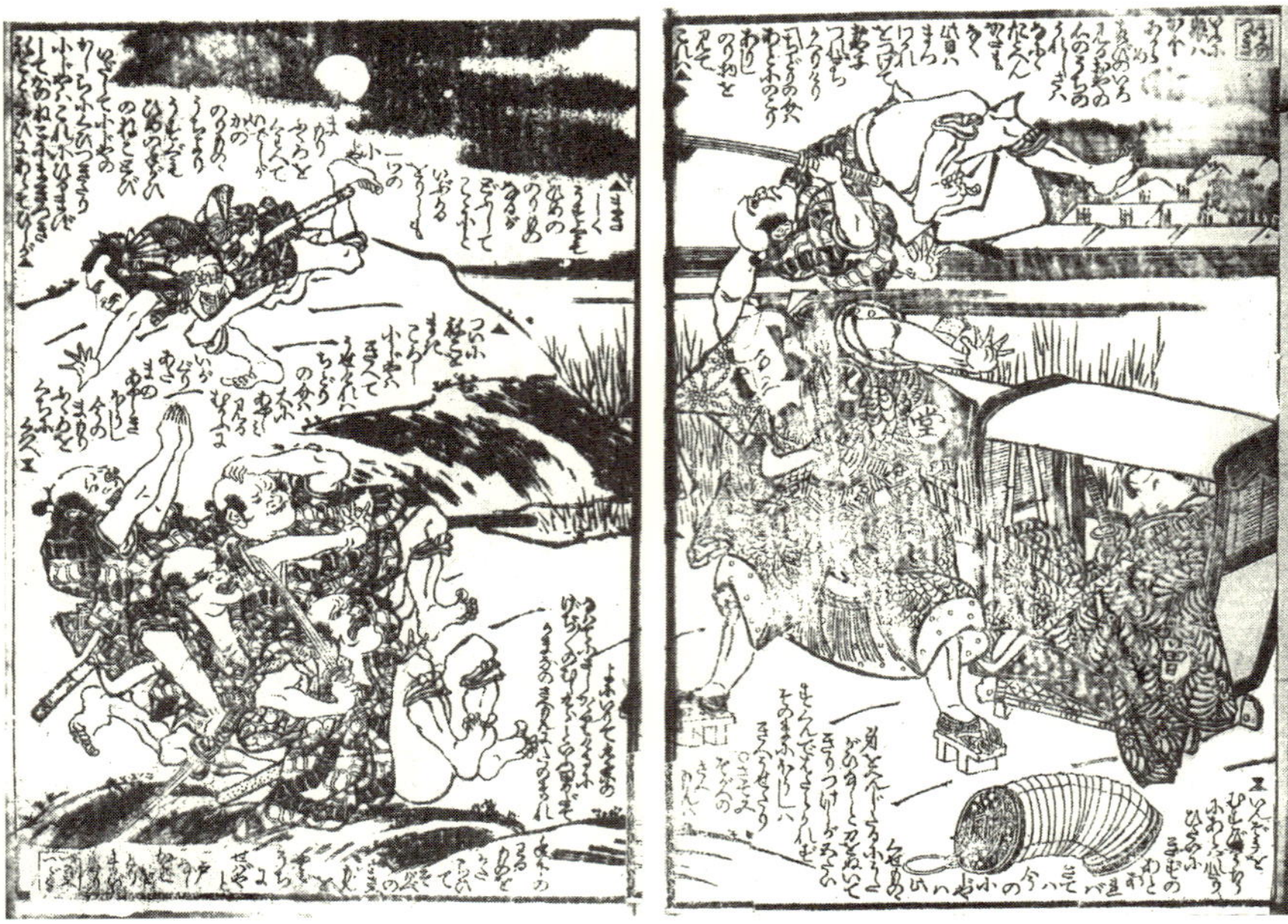

（11）　前《まへ》の続《つゞ》き　言《い》ふに、娘は顔赤《かほあか》らめ、喜びの色《いろ》見る親《おや》の心の内《うち》の嬉《うれ》しさは、何《なに》に喩《たと》へん方《かた》もなく、此日はまづ別《わか》れを告《つ》げて、親《おや》子連立《つれだ》ち帰《かへ》りけり。千鳥之《ちどりの》介は後《あと》に残《のこ》り、薄雲姫《うすぐもひめ》の乗物《のりもの》なるが、どありし乗《のり》物を見て、これは正《まさ》しく薄雲姫《うすぐもひめ》の乗物《のりもの》なるが、どふしてこゝにと訝《いぶか》る折《をり》しも、一つの小蛇《じや》、守袋《まもりぶくろ》を咥《くわ》へて出《いで》しが、かの乗物《のりもの》の内《うち》より薄雲姫《うすぐもひめ》の手飼《がひ》の猫飛出《ねことびいだ》して、小蛇《じや》の頭《かしら》に食付《くひつ》きたり。小蛇《じや》はこれに怯《ひる》まずして、かの猫《ねこ》に巻付《まきつ》き、猫《ねこ》と互《たが》ひに争《あらそ》ひしが、遂《つい》に猫《ねこ》を巻殺《まきころ》し、小蛇《じや》は消《き》へて失《う》せければ、千鳥之《ちどりの》介は大に怪《あや》しみ見る向《むか》ふに、毬栗《いがぐり》頭《あたま》の怪《あや》しき法師《ほうし》、今の守袋《まもりぶくろ》を口《くち》に咥《くは》へ、印相《いんぞう》を結《むす》び、空中《くうちう》に現《あらは》れたり。額《ひたい》に傷《きず》の痕《あと》あれば、さては今の小蛇《じや》は、此曲者《くせもの》の身を変《へん》じたるに疑《うたが》ひなしと、刀を抜《ぬ》いて斬付《きりつ》けしが、五体竦《たいすく》んで働《はたら》かれず、その間《ま》に法師《ほうし》は消失《きへう》せたり。

○さて又、曾我部左衛門《そがべのさへもん》は夜《よ》に入《い》りて、九条の畷《なはて》に差掛《さしか》かりけるに、蚰《げぢ》〳〵の虫《むし》九郎といふ男伊達《だて》、鎌名左衛門《かまなのさへもん》に頼《たの》まれ、手下の悪者《わるもの》を語《かた》らひて、曾我部左衛門《そがべのさへもん》を闇討《やみうち》にせばやと、戸無駕籠《なしかご》を取巻《とりま》いたり。　次《つぎ》へ続《つゞ》く

(12)十ウ

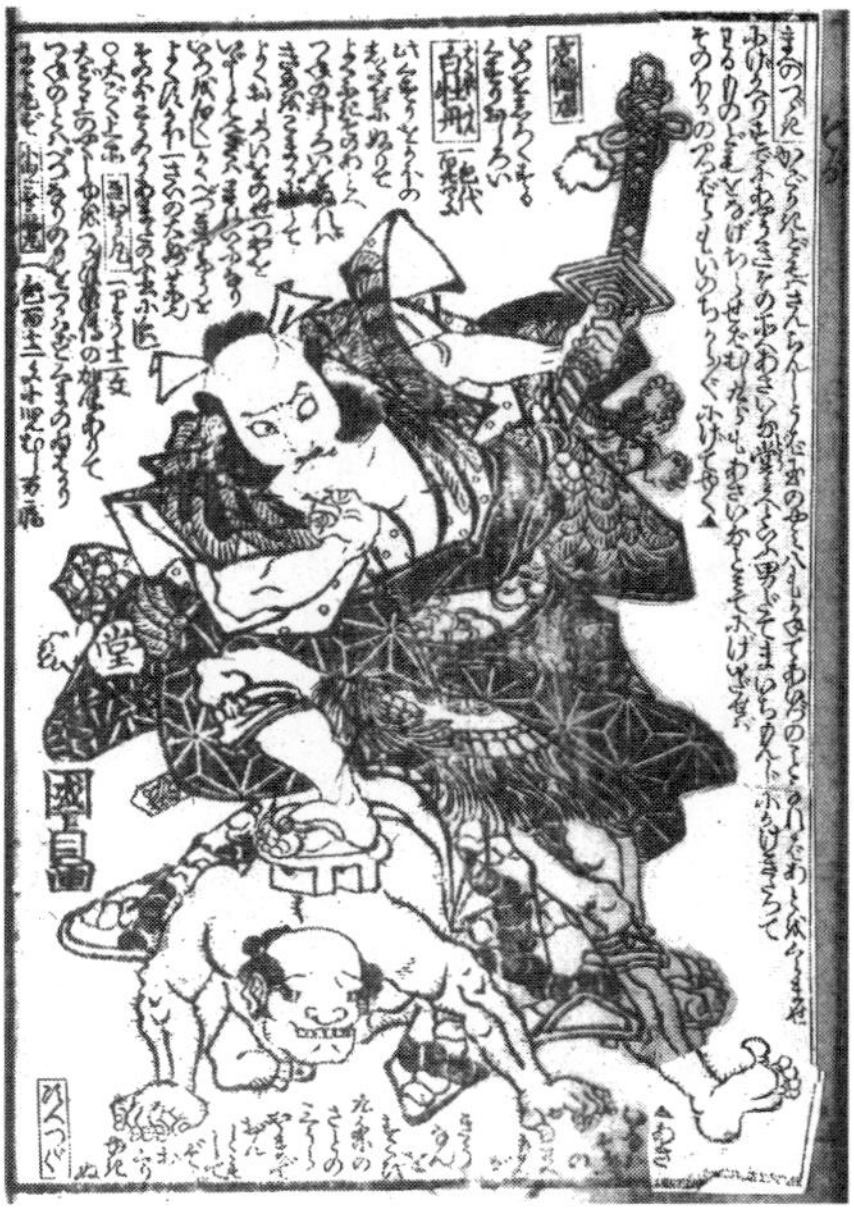

(12) 前《まへ》の続《つゞ》き 駕籠舁共《かごかきども》は散乱《さんらん》し、姥《うば》玉の闇《やみ》八も、かねて合図《あいづ》の事《こと》なれば、跡《あと》を眩《くら》ませ逃帰《にげかへ》り、すでに危《あや》うきその所へ、朝比奈《あさいな》堂兵衛《どうへ》といふ男伊達《だて》、真《ま》一文字《いちもんじ》に駆来《かけきた》つて、悪者共《わるものども》を投散《なげち》らせば、虫《むし》九郎も朝比奈《あさいな》と見《み》て逃出《にげいだ》せば、その他《ほか》の奴《やつ》ばらも、命《いのち》からぐ\逃《に》げて行《ゆ》く。朝比奈《あさいな》は曾我部《そがべの》左衛門《さへもん》が急難《きうなん》を救《すく》ひ、九条の里《さと》の三浦屋《うらや》まで御供《おんとも》してぞ送《おく》り行《ゆ》きぬ。 次へ続《つゞ》く

国貞画

京伝店 色《いろ》を白《しろ》くする薬白粉《くすりおしろい》。 白牡丹《はくぼたん》 一包代百廿四文

此薬《くすり》を顔《かほ》の下地《したぢ》に塗《ぬ》りてよく拭《ふ》き、その後《あと》へ常《つね》の白粉《おしろい》を塗《ぬ》れば、きめを細《こま》かにして、よく白粉《おしろい》をのせ、艶《つや》を出《いだ》し、生際綺麗《はへぎはきれい》になり、色《いろ》を白くし、格別器量《かくべつきりやう》を良《よ》くす。顔《かほ》一切《さい》の大妙薬也。その外効能数多《こうのうあまた》、能書《のふ》に詳《くは》し。

○大極《ごく》上品 奇応《きおう》丸 一粒《りう》十二文

大極《ごく》上の薬種《やくしゆ》を使《つか》ひ、家伝の加味ありて常《つね》のとは別《べつ》なり。糊《のり》を使《つか》はず熊《くま》の胆《ゐ》ばかりにて丸ず。

小児無病丸 一包百十二文

小児虫《むし》、万病、世に稀《まれ》なる大妙薬《みやうやく》也。

（13）十一オ

【下】

（13）　前編下冊

前《まへ》の続《つゞ》き　さるほどに、片貝《かたかい》太夫は姫《ひめ》と十六夜《いざよひ》を伴《ともな》ひて九条の里《さと》へ帰《かへ》りしが、曾我部左衛門《そがべのさへもん》は未《いま》だ御座《おは》さずと聞《き》き、我々《われ〳〵》より先《さき》へ御出《おんいで》ありしに、何故《なにゆゑ》、後《あと》になり給《たま》ひしやと案《あん》じて居《ゐ》る所へ、曾我部左衛門《そがべのさへもん》は朝比奈《あさいな》堂兵衛《へ》に急難《きうなん》を救《すく》はれ、はふ〳〵の体《てい》にて来《き》ければ、片貝《かたかい》太夫は忙《いそがは》しく姫《ひめ》と十六夜《いざよひ》を隣座敷《となりざしき》に隠置《かくしお》き、曾我部左衛門《そがべのさへもん》を迎《むかひ》入《い》れ、「何《なに》故《ゆへ》、後《あと》になり給ひしや」と言《い》へば、途中《とちう》にて斯様《かやう》〳〵と難《なん》義《ぎ》の様子《やうす》を物語《がた》れば、片貝《かたかい》はこれを聞《き》き、それはマア非愛《ひやい》な事《こと》、まづ恙《つゝが》なく嬉《うれ》しやと、禿《かふろ》に鏡台《きやうだい》取持《とりも》たせ、手づから櫛《くし》を取《と》つて、左衛門《さへもん》が鬢《びん》のほつれを撫付《なでつ》けなどし、酒《さけ》を勧《す》めてもてなしけるが、左衛門《さへもん》は気草臥《きくたびれ》に酒《さけ》を過《す》ごし、眠《ねふ》気《け》の兆《きざ》せし体《てい》を見て、片貝《かたかい》は左衛門《さへもん》を屛風《びやうぶ》の閨《ねや》に伴《ともな》ひぬ。

○斯《か》くて左衛門《さへもん》は片貝《かたかい》が膝《ひざ》を枕《まくら》に

次へ続《つゞ》く

(14)十一ウ

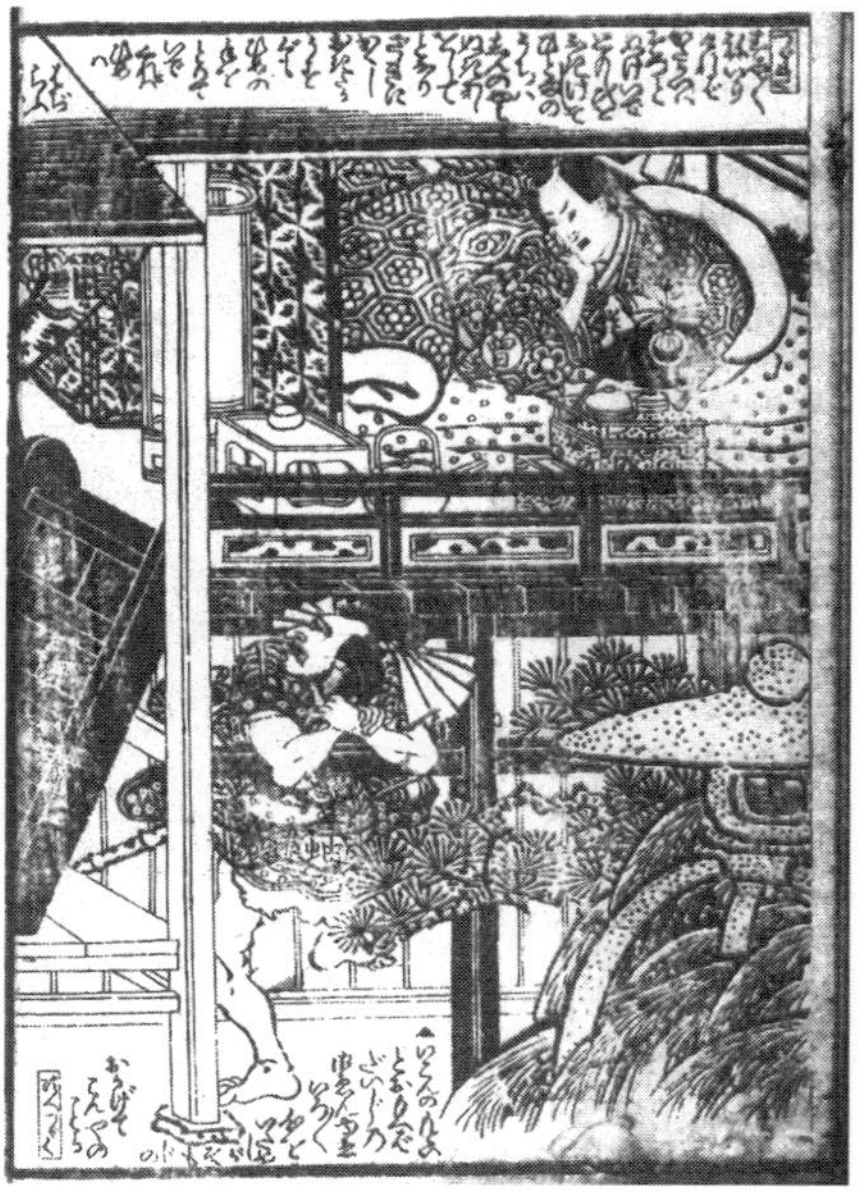

十二オ

(14) 続き《つゞ》 すや〱寝入《ねい》りければ、片貝《かたかい》はそつと抜出《ぬけい》で、灯火《ともしび》を吹消《ふきけ》して一間《ひとま》の内《うち》は真《しん》の闇《やみ》。抜足《ぬきあし》をして隣座敷《となりざしき》に隠《かく》し置《お》きたる薄雲姫《うすぐもひめ》の手を取《と》りて出来《いでく》れば、姫《ひめ》は恥《は》ぢらふ風情《ふぜい》にて、顔《かほ》に紅葉《もみぢ》の秋の鹿、妻恋《つまこ》ふ身にも、わな〱と震《ふる》へ給ふぞ理《ことわり》なる。片貝《かたかい》は姫《ひめ》の耳《みゝ》に囁《さゝや》きて、屏風《びやうぶ》の内《うち》に押入《おし》つゝ、此方《こなた》へ来《き》て、「為済《しす》ましました」と囁《さゝや》けば、腰元《こしもと》の十六夜《いざよひ》は手を合《あ》はせて太夫を拝《おが》み、「何《なん》にも言《い》はぬ 忝《かたじけな》い。もし、いよ〱曾我部様《そがべさま》が姫《ひめ》を御嫌《おきら》ひなされて御縁談《ゑんだん》が整《との》はぬと、曾我部《そがべ》と二の宮《みや》と両家の確執《くわくしつ》、遺恨《いこん》の基《もとい》と思《おも》へば大事《だいじ》の御縁《ゑん》ゆゑ、色々《いろ〱》心を痛《いた》めしが、そもじのお陰《かげ》で今夜《こんや》の事《こと》が 次へ続く《つゞ》

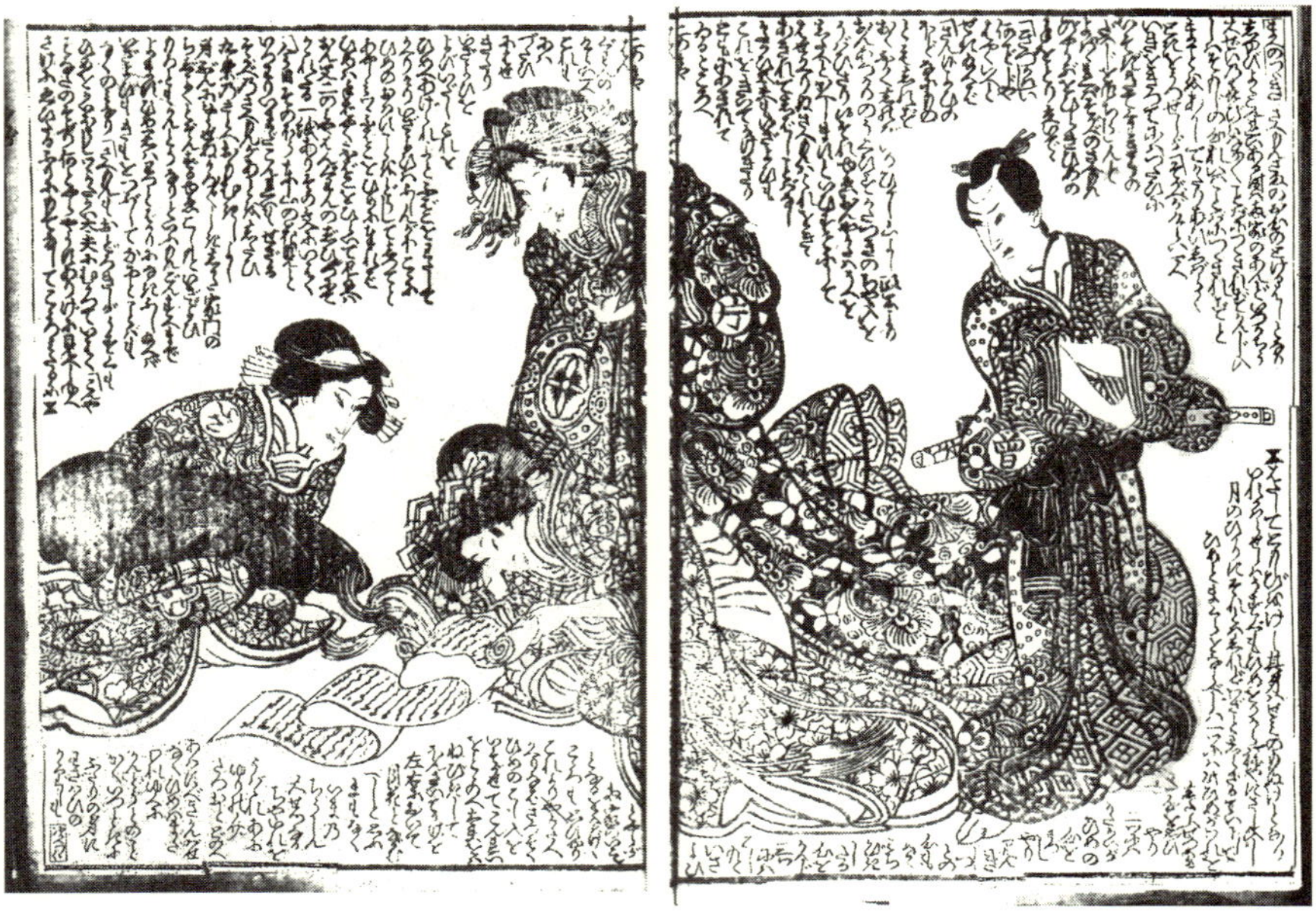

（15）十二ウ

十三オ

（15）前《まへ》の続《つゞ》き　左衛門様《さへもんさま》の御心《お》の解《と》ける端《はし》となり、首尾《しゆび》良《よ》く婚礼《こんれい》ある時《とき》は両家の安堵《あんど》、一家中《いつかちう》大勢《ぜい》の喜びは中々言《なか〳〵こと》葉《ば》に尽《つ》くされず、感《かん》じ入しはそもじの心。礼《れい》は言葉《ことば》に尽《つ》くされず」と真《まこと》を明《あ》かして語《かた》り合《あ》ひ、暫《しばら》く時《とき》を移《うつ》せしが、曾《そ》我部《がべ》が家来《けらい》一人、息《いき》を切《き》つて庭伝《にはつた》ひに急来《いそぎき》て、「火急《くわきう》の大《だい》事《じ》を御注進《ちうしん》」と呼《よ》ばゝれば、曾我部左衛門《そがべのさへもん》、屏風《びやうぶ》を開《ひら》き、姫《ひめ》の手を取《と》り立出《いで》て、気遣《きづか》はしい、何事《ごと》じや、早《はや》く言《い》へと急《せ》き給へば、「然《さ》ん候、宵《よひ》の程《ほど》、何者《なにもの》とも知《し》れず奥深《おくふか》く忍《しのび》入《い》り、東山《ひがし》義《よし》政公より御預《おんあづ》かりの鶯肩衝《うぐひすかたつき》の茶《ちや》入を奪去《うばひさ》り候。それ故《ゆゑ》、御館《おんやかた》は上《うへ》を下《した》へと返《かへ》します」と言《い》ひ捨《す》てにして馳帰《はせかへ》りぬ。左衛門《さへもん》はこれを聞《き》き、呆《あき》れて暫《しば》し言葉《ことば》なし。片貝《かたかひ》太夫も十六夜《いざよひ》も、これを聞《き》いて駆来《かけきた》り、共《とも》に呆《あき》れて居《ゐ》るところへ、二の宮判官《みやはんぐわん》の家来《けらい》一人、これも庭伝《にはづた》ひに馳来《はせきた》り、十六夜《いざよひ》を呼出《よびいだ》し、これを姫《ひめ》へ上《あ》げられよと、文《ふ》箱《ばこ》を渡《わた》して帰《かへ》りけり。十六夜《いざよひ》は不審顔《ふしんがほ》、此処《こゝ》に姫《ひめ》の御座《おは》す事《こと》を、どうして知《し》つてと怪《あや》しみつゝ、文箱《ふばこ》を姫《ひめ》に奉《たてまつ》れば、姫《ひめ》は手早《ばや》く文箱《ふばこ》を開《ひら》いて見給へば、御《おん》父二の宮判官《みやはんぐわん》の自《じ》筆《ひつ》にて書《か》かれたる一紙あり。その文に曰《いは》く、今日その方《はう》、東山の花見と偽《いつわ》り、未《いま》だ婚礼《こんれい》もせざる曾我部左衛門《そがべのさへもん》が跡《あと》を慕《した》ひ、九条の里《さと》へ赴《おもむ》きし由《よし》、身分《ぶん》に応《おう》ぜぬ軽々《かろぐ》しき仕方《しかた》、家門の恥辱《ちじよく》と存《ぞん》ずるゆゑ、腰元十六夜《こしもといざよひ》もろとも勘当《かんどう》なり、といふ文言《もんごん》、末《すへ》まで読《よ》まず姫《ひめ》君は、わつとばかりに泣伏《なきふ》し給へば、十六夜《いざよひ》も胆《きも》を潰《つぶ》して、何《なに》と言葉《ことば》も泣《な》くのみなり。

左衛門《さへもん》も驚《おどろ》きしが、薄雲姫《うすぐもひめ》を介抱《かいほう》しつゝ、片貝《かたかい》太夫に向《む》かつて曰《いは》く、「今夜《こんや》、其方《そなた》の素振《そぶ》り、何とやら様子《やうす》ありげに見へしゆへ、酒《さけ》に酔《ゑ》ひたる振《ふ》りにもてなして試《こゝろ》みたるに、果《は》たして灯火《ともしび》を消《け》し、其身は蟬《せみ》の蛻《もぬけ》となり、入替《いれか》はらせしは薄雲姫《うすぐもひめ》、折《をり》から閨《ねや》に差《さし》入し月の光《ひかり》にそれとは知《し》れど、わざと知《し》らざる体《てい》にして、姫《ひめ》と枕《まくら》を並《なら》べしは、一つには此姫《ひめ》が、我《われ》を慕《した》ふ切《せつ》なる心を思ひやり、二つには片貝《かたかい》が姫《ひめ》の心を察《さつ》しやり、悋気嫉妬《りんきしつと》の心もなく、導《みちび》きしたる心を感《かん》じ、三つには腰元十六夜《こしもといざよひ》とやらが、両家の遺恨《いこん》となるを嘆《なげ》く心《こゝろ》も思ひやり、これより館《やかた》へ帰《かへ》りなば、早速《さつそく》、姫《ひめ》の輿《こし》入を急《いそ》がせて婚礼《こんれい》を整《とゝの》へ、太夫をば根引《ねびき》して、本妻《ほんさい》、手掛《てかけ》を左右に置《お》いて、月花と眺《なが》むべしと思ふ間《ま》もなく、今《いま》の注《ちう》進《しん》、大切《せつ》なる茶入《ちやいれ》を奪《うば》はれ、兄由利之《あにゆりの》介竜音殿《たつおとどの》へ合《あ》はすべき顔《かんばせ》なく、姫《ひめ》はまた我故《われゆへ》に勘当《かんどう》との事《こと》、斯《か》く一時《いつとき》に二人《ふたり》の身に災《わざは》ひのかゝりしも、

次へ続《つゞ》く

(16)十三ウ

十四オ

(16) 前《まへ》の続《つゞ》き よく〳〵薄《うす》き縁《えにし》ぞかし。とても生《い》きてはゐられぬ我《わ》が身、皆々《みな〳〵》さらば」と宣《のたま》ひて、すでに自殺《じさつ》と見へければ、妾《わらは》も共《とも》にと薄雲姫《うすぐもひめ》も懐剣《くわいけん》抜《ぬ》いて覚悟《かくご》の体《てい》、腰《こし》元《もと》十六夜《いざよひ》も共《とも》に自害《じがい》と、三人が一度《いちど》に危《あや》うく見へければ、こはそも如何《いか》にと驚《おどろ》きて、止《とゞ》むる者《もの》は片貝《かたかい》太夫、此方《こなた》を止《と》むれば彼方《かなた》が危《あや》うく、一人《ひとり》の身にて三人を止《とゞ》めかねたる折《をり》しもあれ、次《つぎ》の間《ま》より、「御《お》三人とも暫《しばら》く御待《おま》ち下《くだ》されよ」と声《こゑ》を掛《か》けて駆《かけ》入しは、男伊達《だて》の朝比奈《あさいな》堂兵衛《へ》。暫《しば》し〳〵と三人を止《とゞ》め置《お》き、恭《うや〳〵》しく手を付《つ》きて、拙者《せつしや》めは実《まこと》は此片貝《かたかひ》太夫がためには兄《あに》、昔《むかし》は二腰《ふたこし》も差《さ》したる者《もの》で御座《ござ》ります。先《ま》づ曾我部《そがべ》様《さま》、御切腹《せつぷく》あらんとはチト御短慮《たんりよ》かと存《ぞん》じます。今死《いまし》ぬ命を延《の》べ給《たま》ひ、失《う》せたる宝《たから》を尋《たづね》出《だ》し、兄君《あにぎみ》の御心《おこころ》を御休《おやす》めなさるが御孝行。薄雲様《うすぐもさま》もその通《とほ》り、時節《じせつ》を待《ま》つて御癇気《かんき》の御詫《わ》びをなされ、左衛門様《さへもんさま》と首尾《しゆび》良《よ》う御祝言《しうげん》を遊《あそ》ばすが御父君《おんちゝぎみ》へ御孝行。今《いま》御自害《じがい》なされては、不孝の上《うへ》の不孝なり。十六夜様《いざよひさま》も狼狽《うろた》へたるなされ方《かた》、何故《なぜ》、御二人《おふたり》を御止《おとゞ》め申し、何方《いづかた》へも御供《おとも》して、時節《じせつ》を待《ま》つて御二人《おふたり》を再《ふた》び御世に出《いだ》さんとは思《おぼ》さぬぞ。共《とも》に自《じ》害《がい》と早《はや》まつては、忠がかへつて不忠となる。そこに心は付《つ》き給《たま》はずやと、道理《どうり》を尽《つ》くして諫《いさ》むれば、三人はこれを聞《き》き、尤《もつと》もと理《り》に服《ふく》して、暫《しば》し猶予《ゆうよ》の折《をり》しもあれ、国上千鳥《くがみちどり》之《の》介忙《いそが》はしく馳来《はせきた》り、左衛門《さへもん》に向《む》かつて曰《いは》く、「御兄君《おんあにぎみ》の仰《おふ》せには、鶯肩衝《うぐひすかたつき》の茶入《ちやいれ》を奪《うば》はれたる事《こと》、義政《よしまさ》公の御耳《おんみゝ》に入《い》りては家《いへ》の大事《だいじ》なれば、当分秘《とうぶんひ》し置《お》き、汝《なんぢ》とも〴〵左《さ》衛門《へもん》に力《ちから》を添《そ》へ、茶《ちや》入の詮議致《せんぎいた》すべし。左衛門《さへもん》もし短気《たんき》なる事《こと》もあらば止《とゞ》めよとの仰《おふ》せ。それ故《ゆゑ》、急《いそ》ぎ参《まゐ》りしなり。拙者《せつしや》、これよりすぐに何方《いづかた》へも御立退《の》きあつて然《しか》るべし。御供仕《おんともつかまつ》らん。十六夜殿《いざよひどの》も薄雲様《うすぐもさま》の御供《おとも》して立退《の》かれよ」と言《い》ひければ、十六夜《いざよひ》は心付《つ》き、かねて用意《ようい》に携《たづさ》へ来《きた》る手箱《ばこ》より金五百両取出《とりいだ》し、此金《かね》は薄雲様《うすぐもさま》の御手元《おてもと》金、今夜《こんや》中に片貝殿《かたかいどの》を身請《うけ》せんと思召《おぼしめ》して

次へ続《つゞ》く

(17)十四ウ

十五オ

(17) 前《まへ》の続《つゞ》き 持《も》たせ給ひし金《かね》なれば、片貝殿《かたかいどの》、これにて御身《おん》の苦界《くがい》を逃《のが》れ、時節《じせつ》を待《ま》つて居給《ゐたま》へと出《いだ》せば、太夫押戻《おしもど》し、御姫様《おひめさま》の御情《おなさ》け深《ふか》き思召《おぼしめ》し、此身に余《あま》りて有難《ありがた》うは存《ぞん》じますが、俄《にはか》に浪々《ろう〱》の御身《おん》とならせ給ふなれば、これから何《なに》かも御不自由《ふじゆう》に御座《おは》すらん。此金は御身《おん》を忍《しの》び御《お》座《は》します御用に立《た》て、下《くだ》さんせ。私《わたし》はやつぱり廓《くるわ》にて御出世《しゆつせ》を待《ま》ちますと、義を立抜《たてぬ》くぞ哀《あは》れなる。

斯《か》かる所へ蚰《げぢ〱》の虫《むし》九郎、縁《えん》の下《した》より現《あらは》れ出《い》で、左衛門《さへもん》を目掛《が》け、たゞ一打《ひと》と斬付《きりつ》けたり。朝比奈《あさいな》堂兵衛《へ》、虫《むし》九郎が襟首《ゑりくび》を引摑《ひつつか》み、「性懲《しやうこ》りもなき蚰《げぢ〱》め、明後日来《あさつてこ》い」と呼《よ》ばゝつて、庭先《にはさき》へ投付《なげつ》けたるに、強《つよ》き力《ちから》に誤《あやま》つて、石の手水鉢《ちやうづばち》に脾腹《ひはら》を打付《うちつ》け、きやつとも言《い》はず死してけり。皆々《みな〱》これはと驚《おどろ》くに、朝比奈《あさいな》はちつとも騒《さは》がず、こいつを殺《ころ》した言訳《いひわけ》は、わしが死《し》ねば事《こと》は済《す》む。ちつとも気遣《づか》ひあられなと、虫《むし》九郎が死骸《がい》に跨《また》がり切腹《せつぷく》と見へたるを、片貝《かたかい》太夫押止《おしとゞ》め、御前一人《おまへひとり》は此時節《じせつ》に千人力《りき》とも頼《たの》む御方《おかた》、どふぞ永《なが》らへ、宝《たから》の詮議何《せんぎなに》やかや、力《ちから》を添《そ》へて上《あ》げまして下さんせ。此下手人《げしゆにん》は妾《わらは》なりと、有合《ありあ》ふ懐剣《くわいけん》抜《ぬ》くより早《はや》く、喉《のんど》にがはと突立《つきた》てたり。皆々《みな〳〵》これはと驚《おどろ》きて、止《とゞ》むる隙《ひま》も嵐《あらし》吹《ふ》く諸行無常《しよぎやうむじやう》の夜半の鐘《かね》、朱《あけ》に染《そ》みたる紅葉葉《もみぢば》の散《ち》りて儚《はかな》くなりにけり。

左衛門《さへもん》、姫君《ひめぎみ》、十六夜《いざよひ》はいふもさらなり、さすが勇気《ゆうき》の朝比奈《あさいな》も、現在《げんざい》の妹《いもうと》が思《おも》はぬ非業《ひごう》の悲《かな》しさに、熱《あつ》き涙《なみだ》を流《なが》しければ、千鳥之《ちどりの》介も落涙《らくるい》し、空鳴《そらな》きに鳴《な》く鶏《にはとり》の声《こゑ》も暁近《あかつきちか》ければ、千鳥之《ちどりの》介は涙《なみだ》を払《はら》ひ、夜が明《あ》けては如何《いか》がなり、嘆《なげ》きは尽《つ》きず、早落《はやお》ち給《たま》へと勧《すゝ》むれば、実《げ》に尤《もつと》もと十六夜《いざよひ》は、かの五百両を朝比奈《あさいな》に渡《わた》し、「これを此家《や》の亭《てい》主《しゆ》に渡《わた》し、片貝殿《かたかひどの》の身を償《あがな》ひ、此亡骸《なきがら》を引取《ひきと》りて、後懇《あとねんご》ろに弔《とむら》ひて、仏事供養《くやう》を頼《たの》みます」と言《い》へば、朝比奈《あさいな》、涙《なみだ》を押《お》さへ、「何《なに》から何《なに》まで御情《おなさ》け深《ふか》き思召《おぼしめ》し。死《し》んだ者《もの》に金出《かねだ》すは馬鹿念《ばかねん》の様《やう》なれど、彼《かれ》が身は、此家《や》の亭主《ていしゆ》に借《かり》切《き》つた身なれば、私《わたくし》に死《し》んだのは言《い》はゞ不忠に似《に》たる事《こと》。此金《かね》で死《し》んだ体《からだ》を身請《うけ》すれば、彼《かれ》が成仏疑《じやうぶつうたが》ひなし。拙者《せつしや》は跡《あと》を取納《とりおさ》め、後《あと》から参《まい》つて共々《とも〴〵》に、御力《おんちから》ともなり申《まう》さん」と言《い》へば、皆々《みな〳〵》身繕《づくろ》ひ用意《ようい》をなして、死骸《がい》に向《むか》ひ

次へ続《つゞ》く

(18)十五ウ

(18) 前《まへ》の続《つゞ》き 南無阿弥陀《なむあみだ》仏、阿弥陀仏《あみだぶつ》と手向《たむ》くるものは只念仏《たゞねぶつ》。曾我部《そがべ》左衛門《さへもん》、薄雲姫《うすぐもひめ》、国上《くがみ》千鳥之介《ちどりの》、腰元《こしもと》十六夜《いざよひ》、主従《しゆうぐ》四人、思ひ〳〵に身を忍《しの》びて九条の里《さと》を紛《まぎ》れ出《い》で、行方《ゆくへ》も知《し》れず落行《おちゆ》きぬ。

蚰《げぢ》〳〵の虫《むし》九郎が手下《てした》の男伊達《だて》、薄雲姫《うすぐもひめ》を奪取《うばひと》らんと此所へ来《きた》りて妨《さまた》げなし、彼《かれ》が千鳥之介《ちどりの》、下手人《げしゆにん》一人《ひとり》出《だ》したれば、幾人殺《いくたりころ》すも同《おな》じ事《こと》と、足下《そつか》に踏《ふ》まへ「ぎやつ」と言《い》はせて立去《さ》りぬ。

山東京伝作㊞
柳烟楼国直画㊞

山東京山製　十三味薬洗粉《あらひこ》
○水晶粉《すいしやうふん》一包《つゝみ》一匁二分
きめを細《こま》かにし艶《つや》を出《いだ》し、色《いろ》を白《しろ》くす。油垢《あぶらあか》の落《お》ちる事《こと》最《もつと》も妙なり。皹《ひゞ》・霜焼《しもやけ》・疥《はたけ》・雀斑《そばかす》の類《るい》、又は顔《かほ》の荒《あ》れたるに良《よ》し。効能数多《こうのふあまた》あり。

売所　京伝店

○京山篆刻《てんこく》　蠟《らう》石　白文字一字五分朱字七分
古体《てい》近体《てい》望《のぞ》みに応《おう》ず。

後編見返し

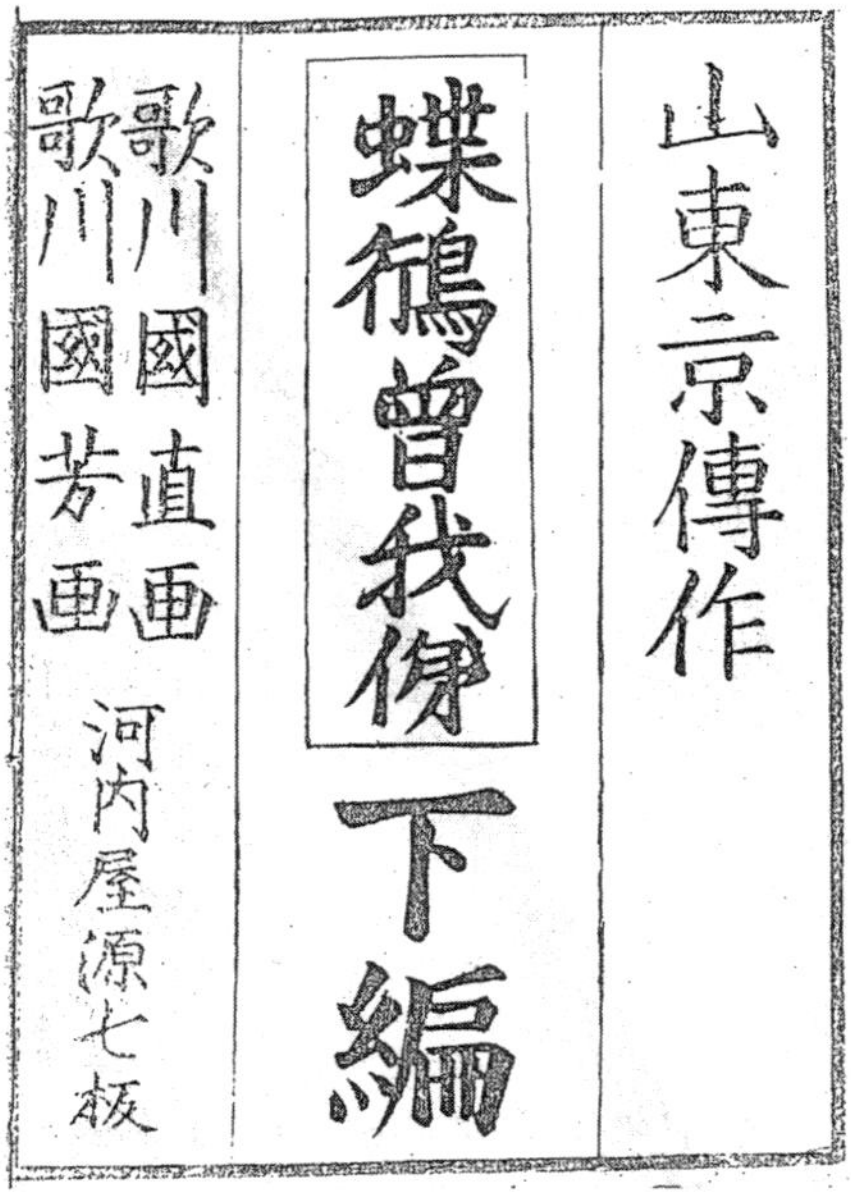
山東京傳作
蝶鵆曾我俤　下編
歌川國直画
歌川國芳画
河内屋源七板

［後編見返し］

山東京伝作
蝶衝曾我俤　下編
歌川国直画
歌川国芳画
河内屋源七板

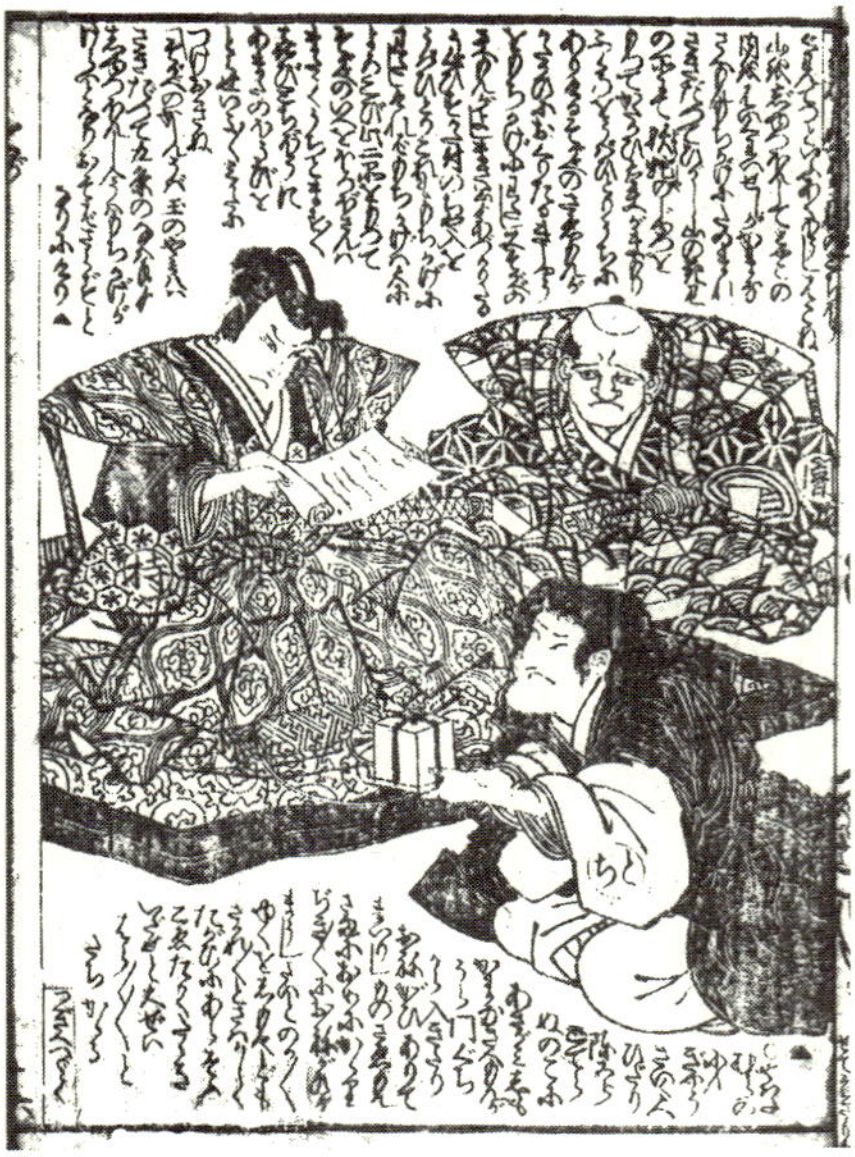

(19)十六オ

【後編】

【上】

(19) 読《よ》み始《はじ》め 箱根《はこね》の栃坊巌鉄《とちぼうぐわんてつ》といふ悪法師《あくほうし》、箱根《はこね》山を出奔《じゆつぽん》して都《みやこ》の内を徘徊《はいくわい》せしが、鎌名左衛門持景《かまなさへもんもちかげ》に頼《たの》まれ、先だつて東《ひがし》山の花見の所にて、妖蛇《ようじや》の術《じゆつ》をもつて片《かた》貝《かひ》太夫が守袋《まもりぶくろ》を奪取《うばひと》り、中《うち》にありける曾我部左衛門《そがべのさゑもん》が片《かた》貝《かひ》に贈《おく》りたる起請《きしやう》を持景《もちかげ》に渡《わた》し、又、曾我部左衛門《そがべのさへもん》が義《よし》政《まさ》公より預《あづ》かりたる鶯肩《うぐひすかた》付の茶《ちや》入を奪取《うばひと》り、これも持景《もちかげ》に渡《わた》しければ、持景《もちかげ》は大に喜《よろこ》び、此二品をもつて曾我部《そがべ》の家《いへ》を滅《ほろ》ぼさんは瞬《また、》くうちと益々《ますく》喜び、栃坊《とちぼう》に数多《あまた》の褒美《ほうび》を取《と》らせ、いよく味方《みかた》に付置《つけお》きぬ。曾我部《そがべ》の家臣姥《かしんうば》玉の闇《やみ》八は先《さき》だつて九条の縄《なは》手より出奔《しゆつぽん》し、今は持景《もちかげ》が家来《けらい》となり、御側去《おそばさ》らずとなりにけり。

○八幡村《やはたむら》の人形細工《にんぎやうさいく》人左《ひだり》陳五郎、褞袍布子《どてらぬのこ》に麻上下《あさがみしも》、鎌《かま》名左衛門《なさへもん》が裏《うら》門口《ぐち》から入来《きた》り、御願《おねが》ひありて参《まい》りし者《もの》、左《さ》衛門様《ゑもんさま》に御目《おめ》に掛《か》かり、直々《ぢきく》に御願《おねが》ひが申《まう》したいと、のかく行《ゆ》くを下部《しもべ》共下《ども》が《さ》れくと騒《さは》がしく、互《たが》ひに争《あらそ》ふ声高《こゑたか》く、叩出《たゝきいだ》せと大勢《ぜい》はらくくと立掛《たちか》かる。 次《つぎ》へ続《つゞ》く

(20)十六ウ

十七オ

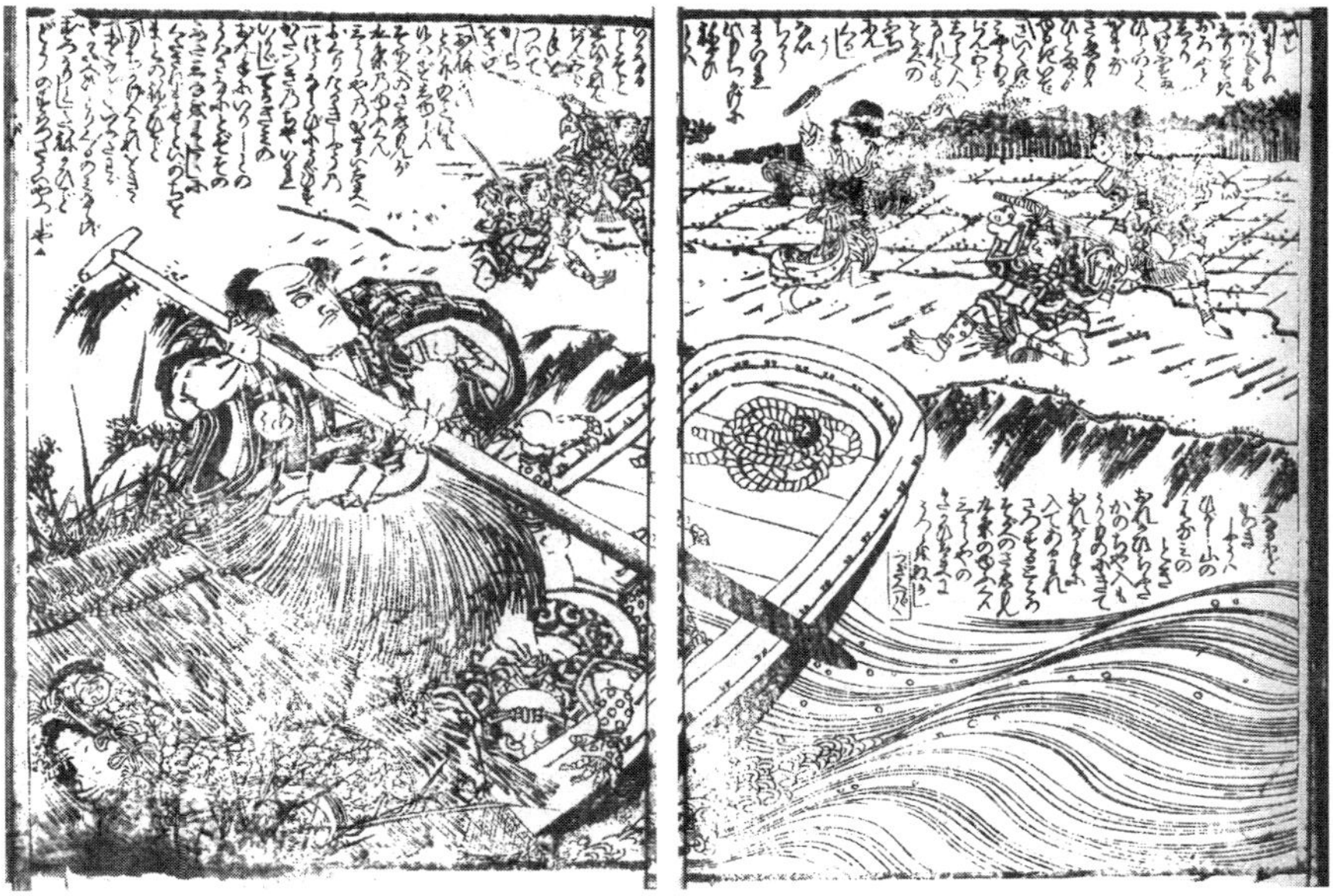

(20)ヤレ姦《かしま》しい、下部《しもべ》共《ども》退《しりぞ》きおろふと叱《しか》り付《つ》け、襖《ふすま》開《ひら》いて鎌名左衛門《かまなさゑもん》、一間《ひとま》より揺《ゆ》るぎ出《い》で、「細工《さいく》に妙《みやう》ある陳《ぢん》五郎、職《しよく》人なれども曾我部《そがべ》の扶持人《ふちにん》、苦《くる》しうない近《ちか》う参《まい》れ。此持景《もちかげ》に願《ねが》ひとは如何《いか》なる事《こと》ぞ」と問《と》ひ掛《か》くれば、陳《ぢん》五郎手を付《つ》いて頭《かしら》を下《さ》げ、御願《おねが》ひとは外の事《こと》にも候はず。主人《しゆじん》曾我部左衛門《そがべのさゑもん》が九条の遊君《ゆふくん》三浦屋《うらや》の片貝《かたかい》太夫へ送《おく》りたる起《き》請《しやう》の一通《つう》、並《なら》びに鶯肩衝《うぐひすかたつき》の茶入《ちやいれ》、如何《いかゞ》してか君《きみ》の御《おん》手に入《い》りしとの噂《うはさ》、何卒《なにとぞ》その二品《ふたしな》を私《わたくし》に下《くだ》されませと、命《いのち》を的《まと》の願《ねが》ひ事《ごと》。持景《もちかげ》はこれを聞《き》き、「ホ、ウよく言《い》ふた。我《わ》が館《やかた》へ一人《ひとり》来《く》るのみならず、すつかりとした願《ねが》ひ事《ごと》、胴《どう》の据《す》はつたうい奴《やつ》じや。なるほど、かの起請《きしやう》は東《ひがし》山の花見《はなみ》の時《とき》、俺《おれ》が拾《ひら》ふた。かの茶《ちや》入も売物《うりもの》に来《き》て俺《おれ》が手に入てある。我《われ》、察《さつ》するところ、曾我部左衛門《そがべのさゑもん》、九条の遊君《ゆふくん》三浦屋《うらや》の片貝《かたかひ》太夫に現《うつゝ》を抜《ぬ》かし、

次《つぎ》へ続《つゞ》く

（21）十七ウ

十八オ

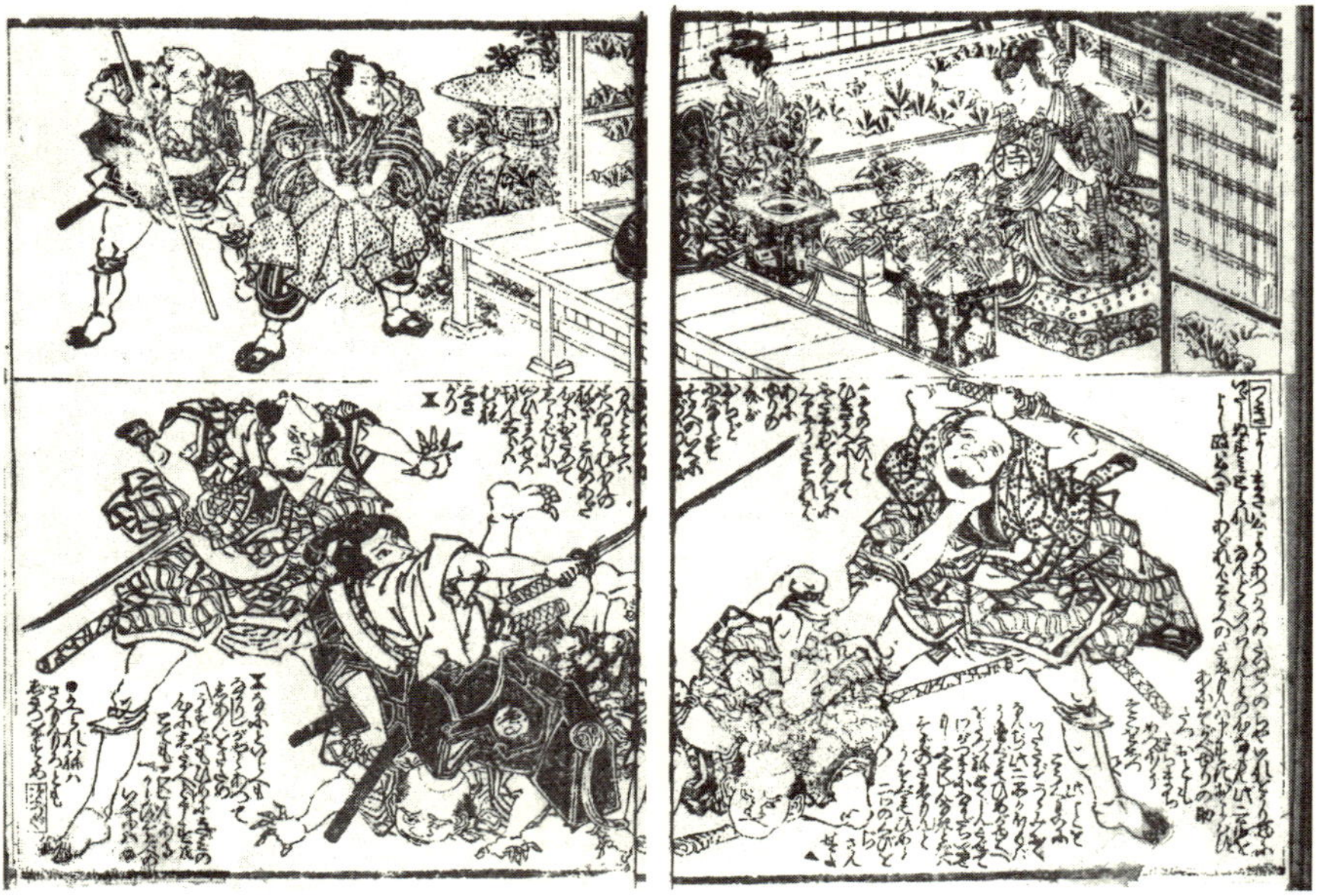

（21）［続き《つゞ》］義政公《よしまさ》より預《あづ》かりの大切《たいせつ》の茶入《ちやいれ》を売物《うり》に出《いだ》し、盗取《ぬすみと》られしなんど、偽らんとの心ならん。此二品を義政《よし》公へ差上《さしあ》ぐれば、曾我部左衛門《そがべのさゑもん》は申すに及《およ》ばず、兄曾我部《あにそがべ》由利之助竜音《ゆりのたつおと》も忽《たちま》ち滅亡《めつぼう》。そこを思つて、此事《こと》を高会《こうくわい》に出《いだ》さず包《つゝ》み置《お》く。汝《なんぢ》、此二品が欲《ほ》しくば、薄雲姫《うすぐもひめ》が行方《ゆくへ》を尋《たづ》ね、得心《とくしん》させて我《わ》が妻《つま》に仲立《なかだ》ち致《いた》せ。もし又、得心《とくしん》なき時《とき》は曾我部左衛門《そがべのさゑもん》と薄雲姫《うすぐもひめ》と二つの首《くび》を持参《ぢさん》せよ。その首《くび》と引換《ひきか》へにして二品《ふたしな》を汝《なんぢ》にくりやう。さすれば兄由利之介《あにゆりの》が落度《おちど》にはならず、曾我部《そがべ》の家《いへ》に傷《きづ》は付《つ》かぬ。何《なん》とそふは思はぬか」と、謀叛《むほん》の根《ね》ざし、恋《こひ》の徒《あだ》心に納《おさ》めて、しらばけに言《い》ひ回《まは》せば、陳《ぢん》五郎は胸塞《むねふた》がり何《なに》と答《いら》へもなかりしが、やゝあつて思案《しあん》を定《さだ》め、薄雲姫《うすぐもひめ》に君《きみ》の心に従《したが》へと申す共、とても得心《とくしん》あるべからず。曾我部《そがべ》の家《いへ》には帰《かへ》られねば、左衛門《さへもん》もろとも自殺《じさつ》を勧《すゝ》め、［次へ続く《つゞ》］

（22）［前《まへ》の続き《つゞ》］二人《ふたり》の首打《くびう》つて差《さし》上ましやう。其時はかの二品《ふたしな》をどふぞ拙者《せつしや》に。ヲ、合点《がつてん》、引換《ひきか》へにして汝《なんぢ》にくりやう。「ヲ、有難《がた》い。然《しか》らば御暇《おいとま》仕《つかまつ》る」と言葉《ことば》を番《つが》へて

(22)十八ウ

十九オ

陳《ぢん》五郎は八幡《やはた》村へと出帰《いでかへ》りぬ。
○それはさて置《お》き、こゝに又、国上《くがみ》千鳥之《ちどりの》介は曾我部左衛《そがべのさへ》門《もん》を知辺《しるべ》の方《かた》に忍《しの》ばせ置《お》き、茶《ちや》入の行方《ゆくへ》を尋《たづ》ぬるがため、此処《こゝ》彼処《かしこ》を徘徊《はいくわい》し、淀《よど》川堤《づゝみ》の此方《こなた》に休《やす》らひ居《ゐ》たるが、かねて鎌名左衛門《かまなさへもん》に頼《たの》まれゐたる男伊達《だて》の悪者共《わるものども》、千鳥之《ちどりの》介を押取巻《おつとりま》き、物《もの》をも言《い》はず斬《き》つて掛《か》かる。千鳥之《ちどりの》助は我《わ》が身大事《だいじ》の折節《をりふし》なれば、過《あやま》ちせじとあしらひしに、男《おとこ》伊達《だて》共《ども》や、大勢《ぜい》集《あつ》まりければ、已《や》む事《こと》を得《ゑ》ず一腰《ひとこし》を抜放《ぬきはな》し、大勢《ぜい》を相手《あいて》に斬合《きりあ》ひ、追《お》ひつ捲《まく》りつ戦《たゝか》ひければ、皆々《みな〳〵》敵《てき》しかねて逃《にげ》行《ゆ》きしが、その身も数多《あまた》深《ふか》手を負《お》ひ、刀《かたな》を杖《つゑ》に蹌踉《よろぼ》ひつゝ、「無念《むねん》々々」と言《い》ふ声《こゑ》も日陰《かげ》と共《とも》に消《き》へにけり。
斯《か》くとは知《し》らず陳《ぢん》五郎、鎌名左衛門《かまなさへもん》が館《やかた》より帰《かへ》りがけ、思はず道《みち》に日を暮《く》らし、足元《あしもと》照らす小提灯《ぢやうちん》、伏《ふ》したる死骸《がい》にハツトびつくり飛退《とびの》きしが、提灯《ちやうちん》の火でよく〳〵見れば数《す》か所《しよ》の手傷《きず》。「ヤア〳〵こりや紛《まぎ》れもない千鳥《ちどり》之《の》介、何者《なにもの》の業《わざ》、どうして」と抱抱《だきかゝ》へて呼《よ》びいければ、息《いき》吹返《ふきかへ》し目を開《ひら》き、ヲ、陳《ぢん》五郎殿《どの》か、ようぞ来《き》て下《くだ》さつた。詳《くわ》しき訳《わけ》は言《い》はずとも、定《さだ》めて御聞《おんきゝ》及《およ》びもあらん。茶入《ちやいれ》の詮議《せんぎ》に心《こゝろ》を砕《くだ》き、此辺《へん》に休《やす》らふ折節《おりふし》、鎌名左衛門《かまなさゑもん》に頼《たの》まれしと思《おぼ》しくて、悪者共《わるものども》の大勢《ぜい》に取巻《とりま》かれ、薙散《なぎち》らし押返《おつかへ》せしが多勢《たぜい》に無勢《ぶぜい》、斯《か》くの通《とを》りに深手《ふかで》を負《お》ひ、虫同然《むしどうぜん》の奴原《やつばら》が刃《やいば》にかゝり、むざ〳〵と何《なに》功もなき犬死《いぬじに》は、よくも武運《ぶうん》に尽果《つきは》てし残念《ざんねん》さよと歯噛《はが》みをなし、痛手《いたで》の上《うへ》に身を揉《も》めば、陳《ぢん》五郎はなほ介抱《かいほう》し、「ヲ、尤《もつと》もじやが、コレ気遣《きづか》ひさつしやるな。犬死《いぬじに》はさせぬぞや。

次《つぎ》へ続《つゞ》く

[左]

[陳]

(23) 前《まへ》の続《つゞ》き その仔細《しさい》はこれ斯《か》う〳〵」と囁《さゝや》けば、フウさては拙者《せつしや》を主人《しゆじん》曾我部左衛門様《そがべのさゑもんさま》の。ヲ、サ、とても敵《かな》はぬ此方《こなた》の深手《ふかで》、御身代《おんがは》りにして茶《ちや》入と起請《きしやう》を取戻《とりもど》せば、曾我部《そがべ》の御家《おいへ》に傷《きづ》は付《つ》かぬ。此上《うへ》の功があらふか。迷《まよ》はずとも成仏《じやうぶつ》して未来《みらい》で娘お露《つゆ》と夫婦《ふうふ》になつてやつて下《くだ》されれ。サ、人の見ぬうち、死を急《いそ》ぐも主人《しゆじん》の御為《おため》、南無阿弥《なむあみ》陀仏《だぶつ》と勧《すゝ》めの唱名《しやうみやう》、今際《いまは》の手負《ておひ》は手を合《あ》はせ、「陳《ぢん》五郎殿《どの》、舅殿《しゆうとどの》、ヱ、忝《かたじけな》い。御主君《しゆくん》の御隠家《おんかくれが》は、コレ斯《か》う〳〵」と言《い》ひ置《お》きて、遂《つい》に儚《はかな》くなりにけり。婿《むこ》は、我《わ》が子と陳《ぢん》五郎、涙《なみだ》に咽《むせ》ぶ折《をり》こそあれ、彼処《かしこ》に人音《おと》、南無三《なむさん》と辺《あた》りを見回《まは》し、落《お》ちたる刀《かたな》を拾上《ひろひあ》げて、死骸《しがい》の首《くび》を片手打《かたてう》

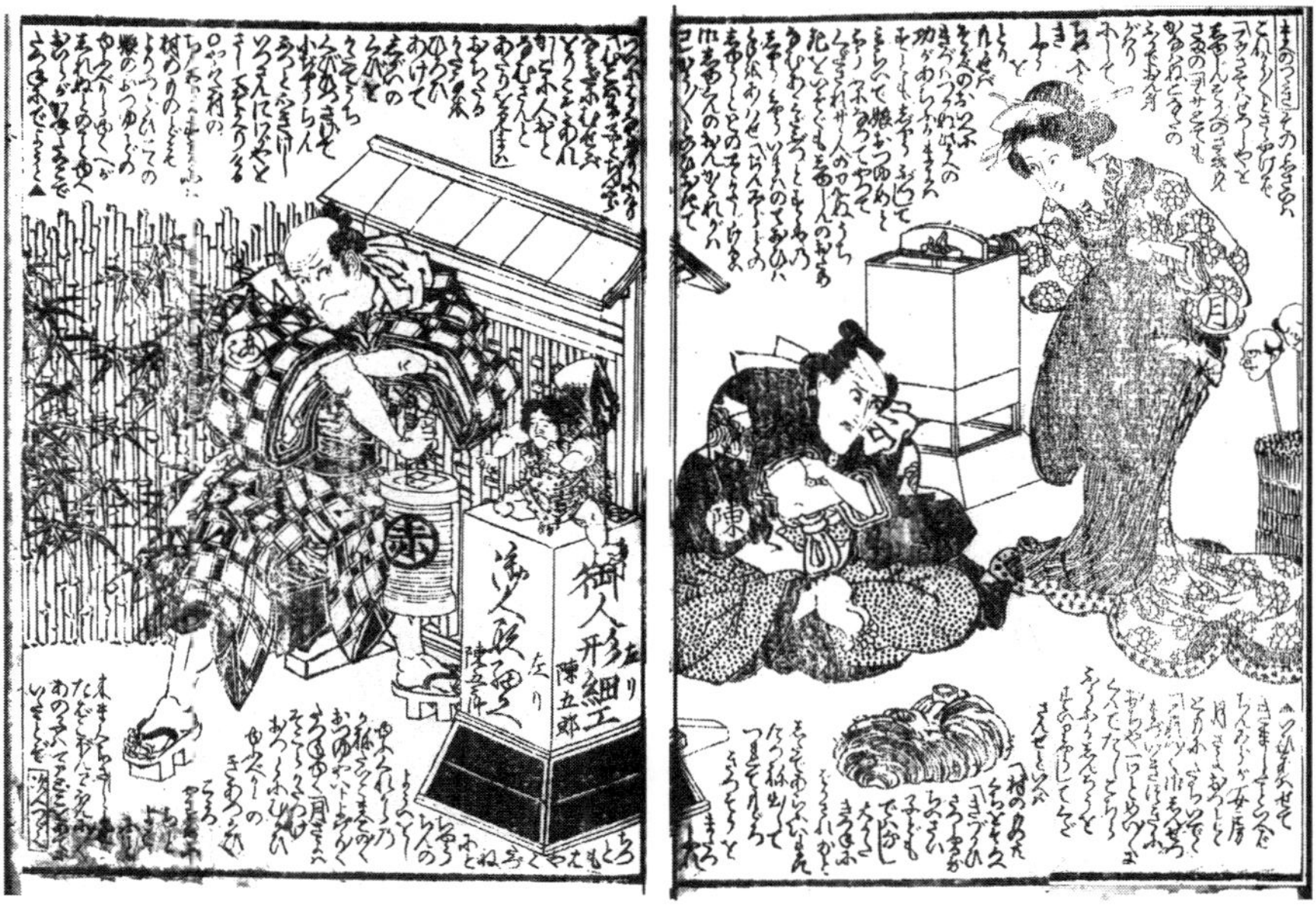

ち、首引提《くびひつさ》げて小提灯《ぢやうちん》、ふつと吹消《ふきけ》し、一散《いつさん》に我《わ》が家《や》をさしてぞ帰《かへ》りける。

○八幡《やはた》村の陳《ぢん》五郎が住処《すみか》には、村の者《もの》ども寄集《よりつど》ひ、「こ、の娘のお露殿《つゆどの》、夕《ゆふ》べから行方《ゆくへ》が知《し》れぬとの事《こと》ゆへ、おいらが鉦太鼓《かねたいこ》で尋《たづ》ねに出《で》ようと言《い》ひ合《あ》はせて来《き》ました」と言《い》へば、陳《ぢん》五郎が女房月小夜《さよ》、夫《おつと》と共《とも》に立出《たちいで》て、これは〳〵御深切《しんせつ》、先《ま》づ息付《いきつ》きに御茶《おちや》一つと、銘々《めい〳〵》に汲《く》んで出《だ》し、「こちら夫婦《ふうふ》が心労《しんらう》を推量《すいりやう》して下《くだ》さんせ」と言《い》へば、村の者《もの》共、口《くち》を揃《そろ》へ、気遣《きづか》ひさつしやるな、小《ちい》さい子供《ども》ではなし、大方狐《かたきつね》に騙《ばか》されなどしたであらふ。今《いま》に尋出《たづね》して連《つ》れて戻《もど》ろ。吉相《きつそう》を待《ま》たつしやれ。ちつとも早《はや》く尋《たづ》ねにと、提灯《ちやうちん》の用意《ようい》をし、夕暮《ゆふぐ》れからの鉦太鼓《かねたいこ》、「迷子《まへご》の〳〵お露《つゆ》やい」と呼《よ》ばゝり〳〵尋行《たづねゆ》く。

月小夜《さよ》は、そこら片付《かたづ》け夫《おつと》に向《む》かひ、夕《ゆふ》べからの気扱《きあつか》ひ、心休《こころやす》めにちと横《よこ》にと、木枕差寄《まくらさしよ》せ煙草盆《たばこぼん》。ア、ほんに〳〵あの子はマア、何処《どこ》を当《あ》てに行《い》た事《こと》ぞ、

次へ続《つゞ》く

[御人形細工　左リ陳五郎／御人形細工　左リ陳五郎]

[赤]

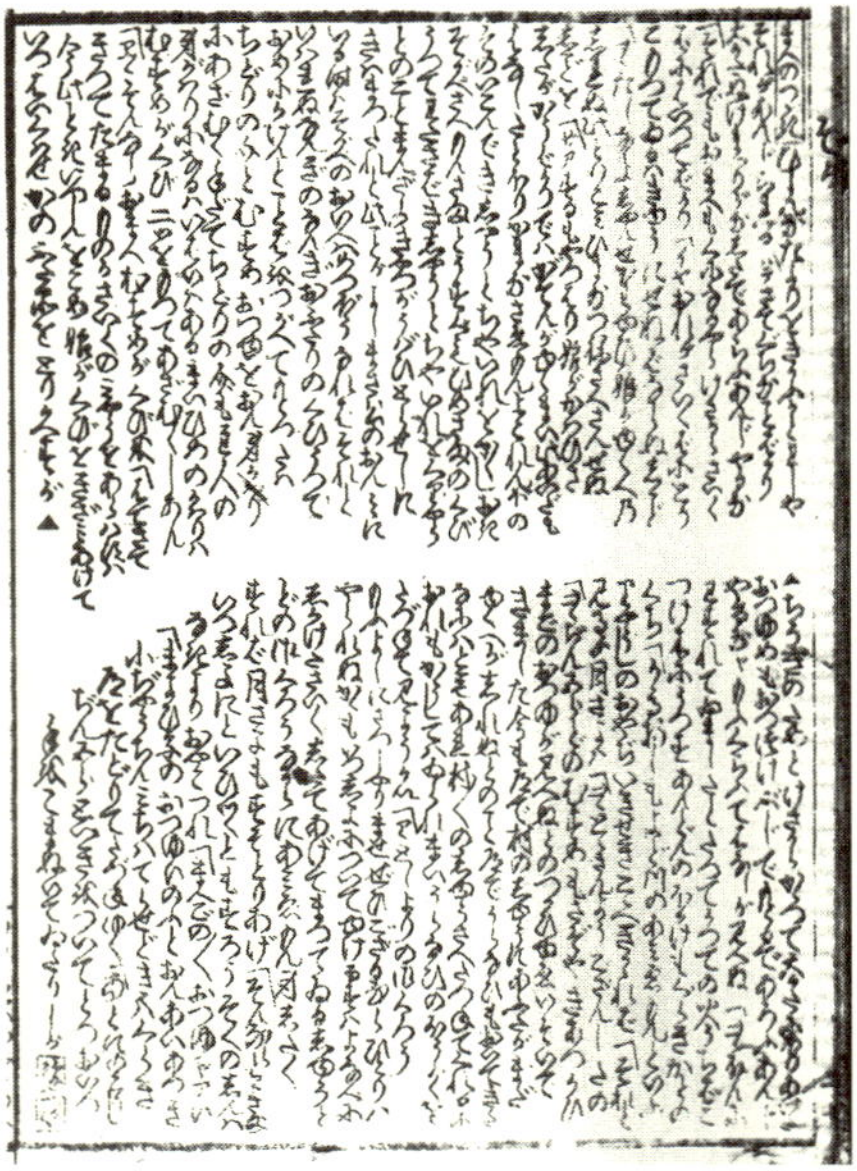

(24) 二十ウ

(24) 前《まへ》の続《つゞ》き ひよんな便《たよ》りを聞《き》かふかと、わしや、それが案《あん》じられる。ハテさて愚痴《ぐち》な事《こと》ばかり、大方抜参《かたぬけまい》りがなしたであらふ。案《あん》じやるな。それでも御前《おまへ》も苦《く》になるやら、今朝《けさ》から細工場《さいくば》に入《はい》つてばかり。イヤ俺《おれ》が細工場《さいくば》に取《とり》籠《こも》つて居《ゐ》るは、急《きゆう》にせねばならぬ仕事《しごと》。ヲ、嗜《たしな》ましやんせ。可愛《かわゆ》ひ娘が行方《ゆくへ》の知《し》れぬ此取込《とりこ》み、暇《ひま》な常《つね》さへさんせぬ仕事《しごと》を。サアするも、やつぱり娘が可愛《かはひ》さ。したが斯《か》うばかりでは合点《がてん》が行《ゆ》くまい。此間《あいだ》も話《はな》した通《とほ》り、鎌名左《かまなさ》衛門《ゑもん》、横恋慕《よこれんぼ》のその遺恨《いこん》で、起請《きしやう》と茶入《ちやいれ》を隠置《かくしお》き、曾我《そが》部《べ》左衛門様《さへもんさま》と薄雲姫様《うすぐもひめさま》の首打《くびう》つて渡《わた》さば、起請《きしやう》と茶入《ちやいれ》をくりやうとの事《こと》、まんざら彼奴《きやつ》が奪取《うばひと》らせしに極《きは》まつたれど、此事《こと》が義政《よしまさ》公の御耳《おんみゝ》に入《い》る時は、曾我部《そがべ》の御家《おいへ》は滅《めつ》亡《ぼう》なれば、それと言《い》はれぬ難義《なんぎ》の難義《なんぎ》。御二人《おふたり》の首打《くびう》つて御目《おめ》に掛《か》けんと言葉《ことば》を番《つが》へて戻《もど》つたは、千鳥之《ちどりの》介と娘《むすめ》お露《つゆ》を御身代《おんがは》りに欺《あざむ》く手立《だ》て、千鳥之《ちどりの》介も主人の身代《がは》りになるは違背《いはい》はあるまい。姫《ひめ》の代《かは》りは娘《むすめ》が首《くび》、二つをもつて欺《あざむ》く思案《しあん》。ヱ、そんなら御前《おまへ》、娘《むすめ》が首《くび》を。はてさて斬《き》つてたまるものか。細工《さいく》の妙《みやう》を表《あら》はすは今此時《とき》、一心《いつしん》を込《こ》め、娘が首《くび》を刻《きざ》み上《あ》げて一杯食《いつぱいく》はせ、かの二《ふた》品を取返《とりかへ》すが忠義《ちうぎ》の為《ため》と、今朝《けさ》から掛《か》かつて、大方《かた》に彫上《ほりあ》げた。お露《つゆ》めもおつつけ無事《ぶじ》で戻《もど》るであろふ、案《あん》じ遣《や》るな。ヤもふ暗《くら》ふて話《はなし》が見へぬ。ヲ、ほんに忘《わす》れてゐましたと、立《た》つて勝手《かつて》の火打《うち》箱《ばこ》、付《つけ》木に移《うつ》す行灯《あんどん》の火影《ほかげ》も暗《くら》き門《かど》の口《くち》。

斯《か》かる折しも、淀《よど》川の網衛門《あみゑもん》といふ漁師《りやうし》の親父《おやぢ》、息急《いきせ》き此処《こゝ》へ来掛《きか》かれば、それと見るより月小夜《さよ》は、ヲ、父《とゝ》さんようござんしたの。ヲ、陳《ぢん》五郎殿《どの》、娘《むすめ》もさぞや気扱《きあつか》ひ、孫《まご》のお露《つゆ》が見へぬとの使《つか》ひゆゑ、急《いそ》いで来《き》ました。今も道で村の衆《しゆう》に会《あ》ふたが、まだ行方《ゆくへ》が知《し》れぬとの事《こと》、道で占《うらな》ひも置《お》いて来《き》た。何《なに》はともあれ、村々《く》の衆《しゆう》さへ尋《たづ》ねてくれるに、俺《おれ》も斯《か》うしては居《ゐ》られまい、占《うらな》ひの方角《ほうがく》を尋《たづ》ねて見ようかい。ア、年寄《としより》の御苦労《くろう》、もふよしにさつしやりませ。是非御座《ぜひござ》るなら一人《ひとり》は遣《や》られぬ、嚊《かゝ》も一緒《いつしよ》に付《つ》いて行《ゆ》け。留守《るす》は夜《よ》なべに仕掛《しか》けた細工《さいく》、仕立《した》て上《あ》げて待《ま》つてゐる、舅殿《しゆうとどの》。御苦労《くろう》ながらに網衛門《あみゑもん》、身支度《じたく》すれば、月小夜《さよ》も裾取上《すそとりあ》げ、「そんなら父様一緒《とゝさまいつしよ》に」と言《い》ひつゝ、灯《とも》す蠟燭《ろうそく》の芯《しん》は泣寄《なきよ》り親子連《おやこづ》れ。迷子《まへご》の〳〵お露《つゆ》ヤアい。迷《まよ》ひ子のお露《つゆ》いのふと、御愛篤《おんあいあつ》き小提灯《ぢやうちん》、道《みち》は照《て》らせど気《き》は暗《くら》き、道を辿《たど》りて尋行《たづねゆ》く。後《あと》に残《のこ》りし陳《ぢん》五郎、吐息《といき》を吐《つ》いてとつおいつ、手をこまぬいて居《ゐ》たりしが、

次へ続《つゞ》く

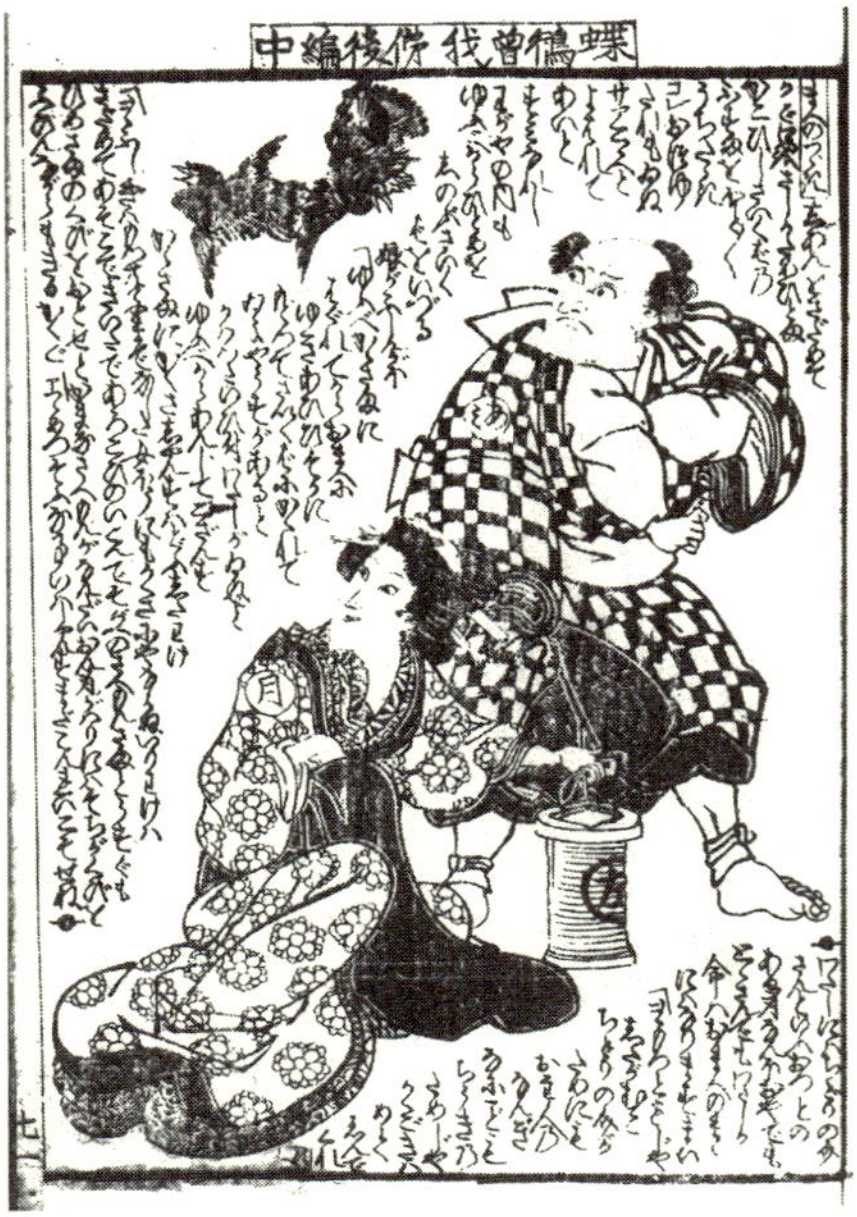

(25)二十一オ

［中］

(25) 蝶衛曾我俤後編中

前の続《つゞ》き 思案《しあん》を定《さだ》めて門口《かど》を閉固《さしかた》め、一間囲《ひとまかこ》ひし細工場《さいくば》の襖《ふすま》をほと〱打叩《うちた、》き、「コレお露《つゆ》、誰《たれ》も居《ゐ》ぬ。サア此処《こゝ》へ」と呼《よ》ばれて、あいと住慣《すみな》れし我《わ》が家《や》の内も、夕《ゆふ》べから人目《ひとめ》を忍《しの》ぶ細工場《さいくば》を、出《いづ》る娘が不審顔《ふしんがほ》。夕《ゆふ》べ母様《かゝさま》に逸《はぐ》れてから御前《おまへ》に行会《ゆきあ》ひ、密《ひそ》かに戻《もど》つて細工場《さいくば》に隠《かく》れてゐよ。様《やう》子《す》があると変《か》はつた言付《いひ》、私《わたし》が居《ゐ》ぬ事《こと》、夕《ゆふ》べから案《あん》じてござんす母様《かゝさま》に隠《かく》さしやんすはどふした訳《わけ》。ヲ、不思議《ふしぎ》は持《も》つ共、子まで為《な》した女房《ぼう》にも、隠《かく》さにやならぬ入《い》り訳《わけ》は、定《さだ》めて彼処《あそこ》で聞《き》いたであろ。恋《こひ》の遺恨《いこん》で曾我部左衛門様《そがべのさへもんさま》と薄雲姫様《うすぐもひめさま》の首《くび》を落《お》とせと鎌名左衛門《かまなさへもん》が難題《なんだい》、御身代《おんがは》りには、そちが首《くび》を不憫《ふびん》ながらも切《き》る覚悟《かくご》。ヱ、滅相《めつそふ》な事言《い》はしやんす。まだ婚礼《こんれい》こそせね私《わたし》には、千鳥之《ちどりの》介さんといふ夫《おつと》のある身。なんぼ親《おや》でも父《と、》さんでも、私《わたし》が命は御前《おまへ》のまゝにはなりますまい。ヲ、尤《もつと》もじや。したが婿千鳥之《むこちどりの》介がためにも御《お》主人の難義《なんぎ》、何事《なにごと》も忠義《ちうぎ》の為《ため》じや、覚悟極《かくごきは》めて死《し》んでくれ。 次へ

〔左〕

(26)二十一ウ

二十二オ

(26) 続《つゞ》き 忠義《ちうぎ》の為《ため》なら此命《いのち》、さら〳〵惜《お》しみはしませぬが、今一度《いまいちど》、千鳥之《ちどりの》介さんに会《あ》ひ、暇乞《いとまごひ》して死《し》にたうござんす。それまでどうぞ私《わたし》が命《いのち》、私《わたし》に預《あづ》けて下《くだ》さんせ。ヲ、そふ思ふは至極尤《しごくもつと》も、そふあろふと思ふて、その人の行方《ゆくへ》を尋《たづ》ね、連《つ》れて戻《もど》つて此処《こゝ》の内に隠《かく》して置《お》いた。ヱ、イ、アノ千鳥之《ちどりの》介様《さま》もこちの内《うち》に。ヲイヤイ今此処《いまこゝ》へ呼《よ》んで来《き》て、そちが望《のぞ》みを叶《かな》えふほどに、その上《うへ》では覚悟《かくご》極《きは》め。サア潔《いさぎよ》う死《し》にましやう。ヲ、よう得心《とくしん》してくれた。ドリヤ焦《こ》がるゝ夫《おつと》に会《あ》はそふと、しほ〳〵立《た》つて仏壇《ぶつだん》の戸を、こて〳〵と取出《とりいだ》す風呂敷包《ふろしきづゝみ》を娘が側《そば》。ソレ恋《こひ》しい人に早《はや》く会《あ》へ。ヱ、此包《つゝみ》を千鳥之《ちどりの》介さんとは。サア開《あ》けて見《み》れば様子《やうす》が知《し》れる。ちやつと〳〵に胸騒《むねさわ》ぎ、包《つゝみ》を解《と》けば血潮《しほ》の生首《なまくび》、怖々擦寄《こはぐずりよ》りとくと見て、ヤア〳〵〳〵こりや千鳥之《ちどりの》助様《さま》の敢《あ》へない御首《おくび》、誰《た》が切《き》つた、誰《た》が殺《ころ》した。様《やう》子《す》聞《き》かせて〳〵と立たり居《ゐ》たり、気《き》は狂乱《きやうらん》。ヲ、悲《かな》しかろ、道理《どうり》じや〳〵。詳《くは》しい様子《やうす》は、これ斯《か》う〳〵。遂《つい》に落《らく》命《めい》したるゆゑ、首打《くびう》つて戻《もど》りしは曾我部左衛門様《そがべのさへもんさま》の御身代《がは》り、二つの首《くび》で起請《きしやう》と茶入《ちやいれ》を取戻《とりもど》せば、曾我部《そがべ》の御家《おいへ》に

傷《きづ》付ず、二人《ふたり》が大忠此上《うへ》なし。こゝの所を聞分《きゝわ》けて、千鳥《ちどり》之《の》介と三途《さんづ》の道連《づ》れ、冥土《めいど》で夫婦《ふうふ》になる証拠《せうこ》、御持仏様《おぢぶつさま》の蠟燭立《らうそくたて》の鶴亀《つるかめ》に、花瓶《くわびん》に立《た》てし松竹梅は婚礼《こんれい》の島台《しまだい》、祝儀《しうぎ》の謡《うた》ひは御念仏《おねんぶつ》、手向《たむけ》の水の三三九度《ど》、これで堪能《たんのふ》してくれと、初《はじ》めてわつと男泣《な》き。娘は涙《なみだ》を押拭《おしのご》ひ、モウ何《なん》にも言《い》ふて下さんすな。よう合点《がてん》が行《ゆ》きました。早《はや》う殺《ころ》して下さんせ。すりや得心《とくしん》して死《し》んでくれるか。アイ。ヲ、合点《がてん》がいたら御持仏様《おぢぶつさま》に御灯《みあかし》上《あ》げて御頼《おたの》み申《もふ》そふ。そんなら私《わたし》は御焼香《おしやうかう》。「でかした〳〵、早速《さつそく》に合点《がてん》のゐたも仏《ほとけ》の御陰《おかげ》、狼狽《うろた》へまいぞ。然《さ》らば看経《かんきん》しませふ」と、言《い》ひつゝ、掛《か》ける肩衣《かたぎぬ》の薄《うす》き一世《いつせ》の縁《えん》ならば、会《あ》ふ事難《ことかた》き石《いし》の碑《ひ》に、胸《むね》を燻《くゆ》らす香炉《かうろ》の煙《けふり》、我《われ》は来世《らいせ》の契《ちぎ》りをと、手向《たむけ》の水を盃《さかづき》と頼《たの》むも哀《あは》れ、添臥《そひぶ》しもなき面影《おもかげ》の仏顔《ほとけがほ》。モウシ千鳥《ちどり》之《の》介様《さま》、儚《はかな》い姿《すがた》にならしやんしたナア。私《わたし》も早《はや》う追付《おつつ》いて、蓮華《れんげ》の上《うへ》で本本《ほんぼ》の夫婦《めをと》、必《かなら》ず〳〵待《ま》つて居《ゐ》て下さんせへ。斯《か》うならふとは露知《つゆし》らず、父様《とゝさま》や母様《かゝさま》にお願《ねが》ひ申して早《はや》う夫婦《めをと》にならふぞと、思ひ暮《く》らした甲斐《かひ》もなう、御首《おくび》になつて父《とゝ》さんが、前髪《まへがみ》を剃落《すりお》とさしやんしたも御《お》身代《がは》りの心《こゝろ》支度《じたく》、世が世の時なら

次へ続《つゞ》く

(27)二十二ウ

二十三オ

(27) 続き《つゞ》 御元服《げんぷく》と、さぞかし祝《いは》ひ給《たま》はんに、此盃《さかづき》が末期《まつご》の水、こんな悲《かな》しい祝言《しうげん》が又と世界《せかい》にあらふかと、託《かこ》ち嘆《なげ》くぞ哀《あは》れなる。

襖隔《ふすまへだ》て、陳《ぢん》五郎、持仏《ぢぶつ》に向《む》かふ看経《かんきん》の、耳《み、》に娘が繰言《くりごと》を聞《き》くに不憫《ふびん》さ。せぐり来《く》る涙紛《なみだまぎ》らす鈴《りん》の音《おと》、南無阿弥《なむあみ》陀仏《だぶつ》〳〵。アレあの音《おと》は娘を尋《たづ》ぬる鉦太鼓《かねたいこ》、留守《るす》の間《あいだ》に死《し》ぬと知《し》らず、舅《しうと》や女房《ぼう》が此暗《くら》いのに、方々《ほうぐ》と尋回《たづねまは》つてゐるであらふと、妻《つま》の心《こゝろ》も思《おも》ひ遣《や》り、●願以《ぐわんい》●此功《しく》徳《どく》●平等《びやうどう》世《せ》●発菩提《ほつぼだい》の道を急《せ》かす後夜《ごや》の鐘《かね》、胸《むね》は早鐘《はやかね》、門《かど》の口、息急《いきせ》き戻《もど》る女房《ぼう》が、開《あ》けて〳〵と叩《たゝ》く音《おと》。南無三《なむさん》宝《ぼう》と首引抱《くびひつか》へ、娘《むすめ》を引立《ひつた》て細工場《さいくば》へ、思ひ切《き》つてぞ駆入《かけい》たり。

外《そと》には頻《しき》りに打叩《うちたゝ》く弾《はづ》みに転込《こけこ》む表《おもて》の戸。途端《とたん》にばつたり剣《つるぎ》の音《おと》。胸《むね》に堪《こた》へて女房《ぼう》は、「どふやら今《いま》の物音《ものおと》は、心《こゝろ》の済《す》まぬ合点《がてん》が行《ゆ》かぬ。こちの人、陳《ぢん》五郎殿《どの》」と言《い》ひつゝ、開《あ》くる細工場《さいくば》の板間《いたま》に直《なを》せし娘《むすめ》の首《くび》。ヤアその首《くび》はと、駆《かけ》寄《よ》るを、立塞《ふさ》がつて、嗅戻《かゝもど》つたか、早《はや》かつた。俺《おれ》が細工《さいく》に仕上《しあ》げた斬首《きりくび》、何《なん》と良《よ》う出来《でき》たであらふがの。フウ、そんならそれはこなさんが。ハテ先《さき》に言《い》ふて聞《き》かした通《とを》り、漸々《やう〳〵》今《いま》出来《でき》上《あ》がつた。ホ、ウ嬉《うれ》しや、わしや又、本《ほん》の首《くび》かとびつくりした。現在《げんざい》の母でさへ娘《むすめ》と見紛《まが》ふ御前《おまへ》の手際《てぎは》、世上の人が褒《ほ》める筈《はづ》、したが今一度《いまいちど》とつくりと。ア、よしにしや〳〵、もふ此首《くび》に涙掛《なみだか》けては。ヱ何《なに》と。さいのふ鎌名左衛門《かまなさへもん》へ渡《わた》すまでは大事《だいじ》の細工《さいく》、塗《ぬり》でも剝《は》げては悪《わる》いはさと、涙隠《なみだかく》すも知《し》らぬ妻《つま》、心変《こゝろか》はれど子を思ふ迷《まよ》ひは同《おな》じ迷《まよ》ひなり。迷《まよ》はぬ道筋《すぢ》、網衛門《あみゑもん》、息《いき》もすた〳〵蠟燭《らうそく》の流《なが》るゝばかり汗雫《あせしづく》。こりや〳〵月小夜《さよ》、道でそちに別《わか》れてから、一遍尋《いつぺんたづ》ねた堤《つゝみ》の通《とほ》り、孫《まご》お露《つゆ》めに会《あ》ふて連《つ》れて戻《もど》つた。ヱ、そりや本《ほん》かいな。嬉《うれ》しや〳〵こちの人、お露《つゆ》が戻《もど》つて来《き》たといな。「ヲ、二人《ふたり》ながら嬉《うれ》しかろ。早《はや》く知《し》らせて落着《おちつ》かさふと、駕籠《かご》に乗《の》せて、もふ此処《こゝ》へ」と言《い》ふに不審《ふしん》の陳《ぢん》五郎、さては迷《まよ》ふて来《き》た事《こと》かと、不憫弥増《ふびんいやま》す心の闇《やみ》、道を早《はや》めて舁《か》いて来《く》る駕籠《かご》をどつかり門《かど》の口、親父《おやぢ》様《さま》、渡《わた》しましたと立帰《たちかへ》る。サア〳〵お露《つゆ》が戻《もど》つて来《き》たぞ。「ヤレ戻《もど》りやつたか」と母親《おや》が言《い》へるを網衛門《あみゑもん》、引止《ひきとゞ》め、コレ婿殿《むこどの》、連《つ》れて戻《もど》りは戻《もど》つたが、夕《ゆふ》べから隠《かく》してある孫《まご》のお露《つゆ》はどうさしやつた。フウ何《なに》が何《なん》と。ヱ、どぎまぎと父《とゝ》さん、話《はなし》は後《あと》でと門《かど》の口、疾《と》しや遅《おそ》しと駆出《かけいで》て駕籠《かご》の簾《すだれ》を引開《あ》くれば、こは如何《いか》に、薄雲姫《うすぐもひめ》ぞ御座《おは》しける。網《あみ》衛門《へもん》は姫《ひめ》の御手を取《と》りて上座に敬《うやま》ひ、

次へ続《つゞ》く

(28)二十三ウ

二十四オ

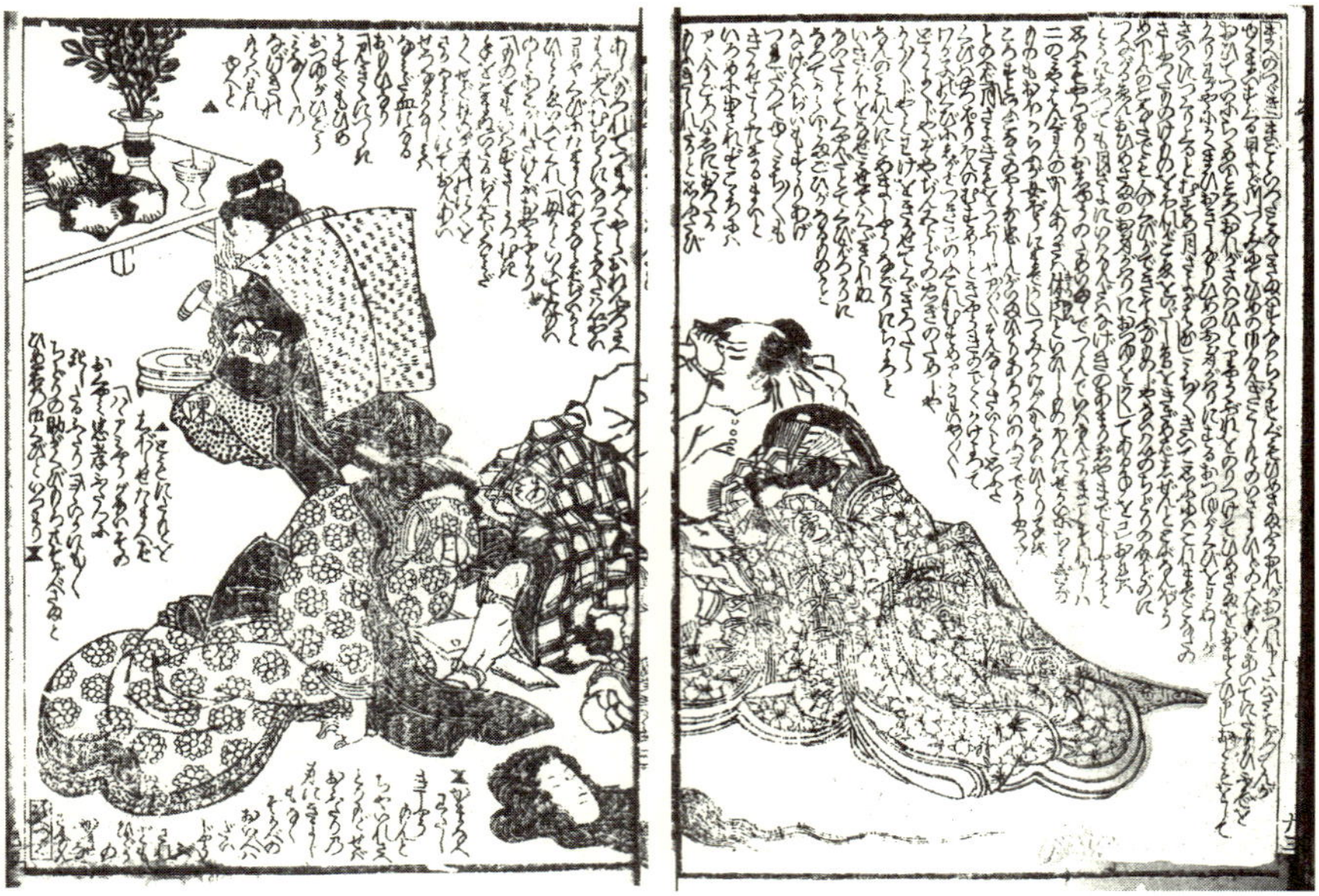

(28) 前《まへ》の続《つゞ》き

「孫《まご》と言《い》つた此方様《こなたさま》は、すなはち薄雲姫《うすぐもひめ》様《さま》、今、俺《おれ》が御連《おつ》れ申たは、さて合点《がつてん》がゆくまい。過《す》ぐる日、淀川堤《よどつゝみ》にて姫《ひめ》の御難義《なんぎ》、腰元《こしもと》の十六夜殿《いざよひどの》、大勢《ぜい》を相《あい》手《て》に戦《たゝか》ひ深手《ふかで》を負《お》ひて遂《つい》に落命《らくめい》、ところへ俺《おれ》が幸《さいは》ひと漁《りやう》船《ぶね》を乗付《のりつ》けて姫様《ひめさま》を御救《おすく》ひ申し、御供《おとも》をして帰《かへ》り、我《わ》が家《や》に匿《かくま》ひ置《お》きしなり。姫《ひめ》の御身代《おみがは》りにするお露《つゆ》が首《くび》を、我主《わぬし》が細工《さいく》に作《つく》り上ると娘《むすめ》月小夜《さよ》が話《はなし》、道々《みち〳〵》聞《き》いて思ふには、これまで此方《こなた》のさしやつた物《もの》、獣《けもの》を彫《ほ》れば声《こゑ》を出《いだ》し、鳥を刻《きざ》めば自然《しぜん》と飛《と》ぶ。なんぼう名人《めいじん》の此方《こなた》でも、人の首《くび》が出《で》来《き》そふなものじやないはいの。千鳥之介殿《ちどりのすけどの》に繋《つな》がる縁《ゑん》、御《お》姫様《ひめさま》の御身代《おみがは》りにお露《つゆ》を隠《かく》してある事を、コレ俺《おれ》は疾《と》うに知《し》つても月小夜《さよ》に言《い》はなんだは、嘆《なげ》きの余《あま》り邪魔《じやま》でもしやうかと思ふも、やつぱり御主《おしゆう》の為《ため》、今《いま》まで包《つゝ》んで言《い》はなんだが、まこと某《それがし》は二の宮判官《みやはんぐわん》の家臣赤沢休内《かしんあかざはきうない》といひし者《もの》。ほんに世界《せかい》に忠義《ちうぎ》な者《もの》も多《おほ》からふが、女房《ぼう》にまで隠《かくし》包《つゝ》み、かけがへもない一人《ひとり》子を殺《ころ》すといふ此方《こなた》の様《やう》な忠臣《しん》が今《いま》、一人《ひとり》あろかいのふ。ヲ、でかしやつた〳〵」と言《い》へば、月小夜《さよ》、肝《きも》を潰《つぶ》し、ヤア〳〵〳〵そんなら細工《さいく》と思ふた首《くび》は、やつぱり本《ほん》の娘《むすめ》かと、狂気《きやうき》の如《ごと》く駆寄《かけよ》つて、我《わ》が子の首《くび》にしがみ付《つ》き、コレのふこれ娘《むすめ》、ア、可哀《かわい》や〳〵、胴欲《どうよく》じやぞや陳《ぢん》五郎殿《どの》、忠義《ぎ》の為《ため》じや斯《か》う〳〵じやと、訳《わけ》を聞《き》かせて下《くだ》さつたら、何《なん》の未練《みれん》に止《と》めましやう。泣《な》いたと名残《なごり》にちよつと生顔《いきがほ》を何故《なぜ》、見《み》せては下《くだ》されぬ。泣《な》いたとて悔《く》やんだとて、首《くび》ばつかりになつてから暇乞《いとまごひ》がなるもののかと嘆《なげ》けば、爺《ぢい》も啜上《すゝりあ》げ、「連立《つれだ》つて行《ゆ》く道々《みちく》も聞《き》かせたら堪《たま》るまいと色目《いろめ》に出されず、心《こゝろ》には、ア、今頃《ごろ》は死《し》におつたか、もふ切《き》られたかと思ふたび、足《あし》はもつれて躓《つまづ》く〳〵やら、御念仏《おねんぶつ》さへ半分《はんぶん》は夢中《むちう》になつて唱《とな》へたはいやい。コリヤ首《くび》に魂《たましい》あるならば、爺《ぢい》かと一声《ひとこゑ》言《い》ふてくれ」。「母かと言《い》ふて給《たも》いの」とあこがれ叫《さけ》ぶ親子《おや》より、物《もの》をも言《い》はずさし俯《うつむ》き、手をこまぬいたる陳《ぢん》五郎、涙隠《なみだかく》せど己《おの》が身の肉《にく》を裂《さ》かるゝ如《ごと》くにて、御愛切《おんあいせつ》なる悲《かな》しみは涙《なみだ》血になる思《おも》ひなり。見聞《き》くに辛《つら》き薄雲姫《うすぐもひめ》、お露《つゆ》が非業《ひごう》、皆々《みなく》の嘆《なげ》きの元《もと》は我故《われゆへ》と、共《とも》に袂《たもと》を絞《しぼ》らせ給《たま》へば、ハ、ア冥加《みやうが》ない、その御悔《おく》やみ、忠孝二《ふた》つに死したる二人《ふたり》。ヲ、如何《いか》にも〳〵千鳥之《ちどりの》助が首《くび》もろ共、曾我部《そがべ》様《さま》と姫《ひめ》君の御首《くび》と偽《いつわ》り鎌《かま》名《な》へ渡《わた》し、起《き》請文《しやうもん》と茶入《ちやいれ》さへ取戻《とりもど》せば、御二人《おふたり》の身に凶《きよ》事《じ》もなく、曾我部《そがべ》の御家《おいへ》は大丈夫《だいじやうぶ》。然《さ》れども非道《ひどう》の鎌名《かまな》左衛門《さへもん》、

次へ続《つゞ》く

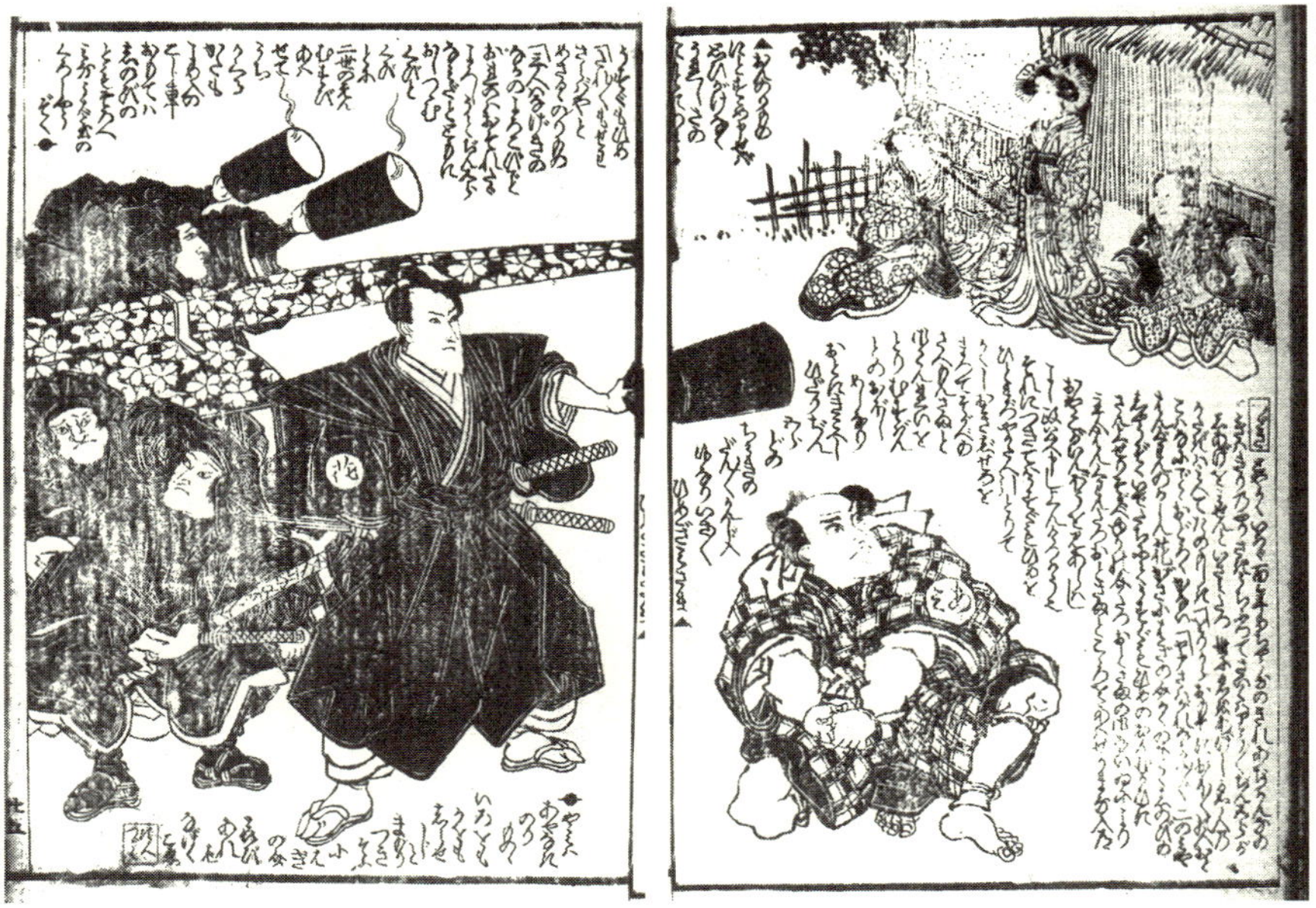

(29)二十四ウ

二十五オ

(29) 続《つゞ》き とやかく言《い》はゞ百年目《め》、手斧《ちやうな》の切味《きれあぢ》、鉋《かんな》の手《て》際《ぎは》、錐《きり》の槍先打振《やりさきうちふ》つて、細工《さいく》は流々《りう〳〵》、陳《ぢん》五郎が仕上《しあ》げを見《み》せんと勇《いさ》み立《た》つ、世に名を上《あ》げし名人の気質《かたぎ》は見《み》へて頼《たの》もしき。

折《をり》から表《おもて》に多《おほ》くの人音《おと》、こは何事《なにごと》と驚《おどろ》く家内《かない》。ヤア騒《さは》がれな、かた〴〵二の宮判官《みやはんぐわん》の家臣《かしん》花笠《がさ》小萩《はぎ》之《の》介、斯《か》くの如《ごと》く忍《しの》びの装束出立《しやうぞくいでた》ちにて、薄雲姫《うすぐもひめ》の御迎《おんむか》ひに参上《さん》せり。曾我部由利之介竜音《そがべゆりのすけたつおと》様《さま》の御内意《ないゐ》により、主人判官《はんぐわん》、竜音《たつおと》様《さま》と心《こゝろ》を合《あ》はせ、鎌名《かまな》入道親子《おやこ》が陰謀《いんぼう》を見顕《あらは》し、義政《よし》公へ申し上ん結構《けつかう》也。それに付《つ》きては、薄雲姫《うすぐもひめ》をひとまづ館《やかた》へ引取《と》りて隠置《かくしお》き、時節《じせつ》を待《ま》つて曾我部左衛門《そがべのさへもん》様と御婚礼《こんれい》を取結《とりむす》ばんとの思召《おぼしめ》しなり。音《おと》に聞《き》こへし左陳《ひだりぢん》五郎殿《どの》、忠義《ちうぎ》の段々《だん〴〵》、感《かん》じ入候なり。いざ〳〵姫君様《ひめぎみさま》、御乗物《おんのりもの》にと勧《すゝ》め申せば、思ひ掛《が》けなく嬉《うれ》しさの袂《たもと》に余《あま》る薄雲姫《うすぐもひめ》。誰々《たれ〴〵》も世話《せわ》、さらばやと召《め》さるゝ乗物《のりもの》。三人は嘆《なげ》きの中《なか》に喜《よろこ》び事《ごと》、御礼《おれい》は恐《おそ》れ、たゞ宜《よろ》しうと陳《ぢん》五郎、涙《なみだ》と共《とも》に押《おし》包《つゝ》む、首《くび》と首とに二世の縁《えん》、結《むす》び合《あ》はせて打掛《うちか》くる方《かた》も嫁《よめ》入の輿《こし》車、表《おもて》は忍《しの》びの供揃《ともぞろ》へ、皆《みな》、姥《うば》玉の黒装束《くろしやうぞく》、闇《やみ》は

彩《あや》なす乗物《のりもの》の色《いろ》をも香《か》をも知《し》らせじと、護《まも》り付添《つきそ》ふ小萩之《はぎの》介、喜びあれば嘆《なげ》く声《こゑ》、

次へ続《つゞ》く

(30)二十五ウ

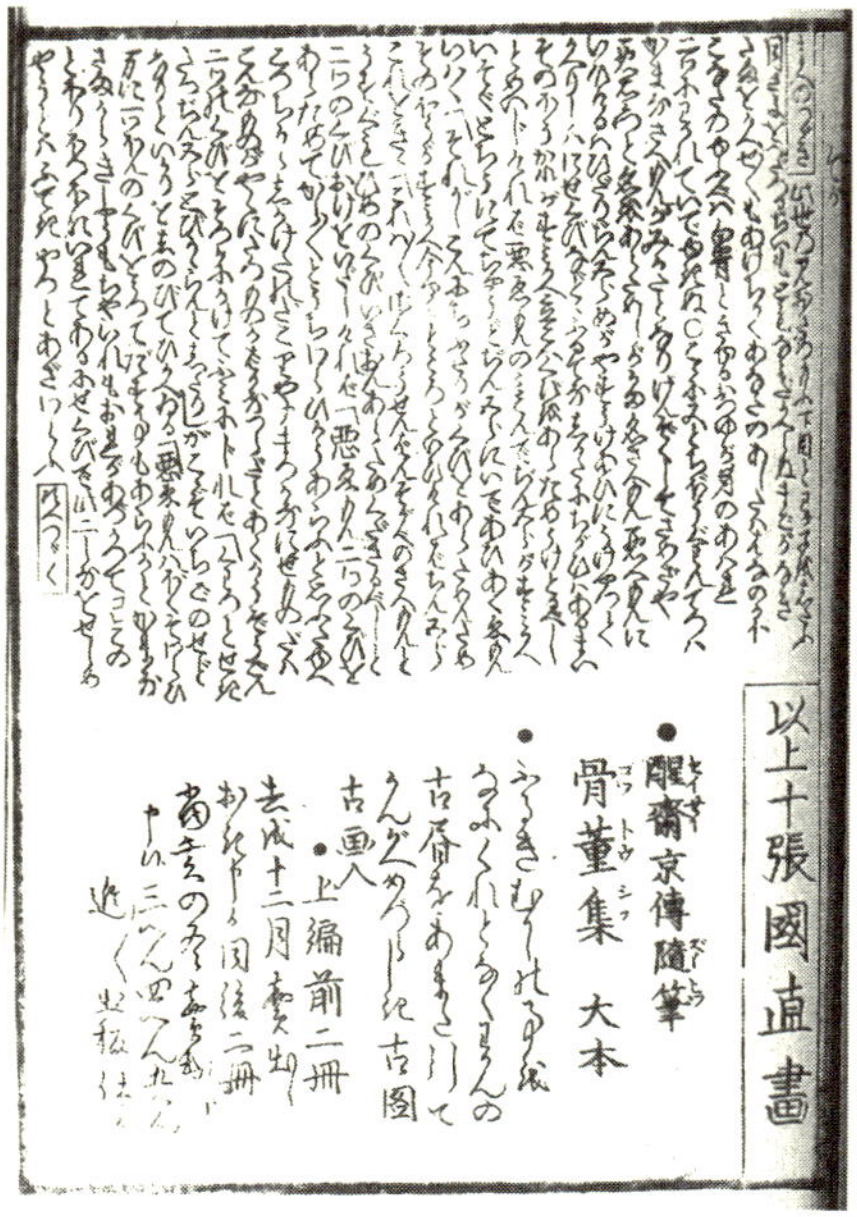
以上十張國直畫
醒斎《さむさい》京傳随筆《ずゐひつ》
骨董集《コツトウシフ》　大本
上編前二冊

(30) 前《まへ》の続《つゞ》き　此世の見納《おさ》め、もふ一ト目と、我《わ》が子を慕《した》ふ月小夜《さよ》を、隔《へだ》つる爺《ぢい》も共涙《ともなみだ》、帰《かへ》らぬ孫《まご》が亡《な》き魂《たま》を返《かへ》せ〳〵も明《あ》け近《ちか》く、彼方《あなた》の朝《あした》は花《はな》の顔《かほ》、此方《こなた》の夕《ゆふ》べは白骨と消《き》ゆるお露《つゆ》が身の哀《あは》れ、二つに別《わか》れて出行《いでゆ》きぬ。

○こゝに又、栃坊巌鉄《とちぼうぐわんてつ》は鎌名左衛門《かまなさへもん》が味方《みかた》となり、還俗《げんぞく》して鮫鞘《さめざや》悪右衛門と名を改《あらた》めしが、鎌名左衛門《かまなさへもん》、悪右衛門《へもん》に言《い》ひけるは、「左陣《ひだりぢん》五郎めが安請合《やすうけあひ》に請合《うけや》つて帰《かへ》りしは、偽首《にせくび》など、古手《ふるて》な仕方《しかた》に違《ちが》ひはあるまい。その方《ほう》、彼《かれ》が住《すみ》処《か》へ立越《こ》へ、首《くび》を改《あらた》め受取《うけと》るべし」と命《めい》じければ、悪右衛《ゑ》門飲込《もんのみこ》んで、陣《ぢん》五郎が住処《すみか》へ急《いそ》ぐ途中《とちう》にて、ちやうど陣《ぢん》五郎に出会《いであ》ひ、悪右衛門曰《あくゑもんいは》く、「某《それがし》、今日《こんにち》、二人《ふたり》が首《くび》を改《あらた》めんため、その方《ほう》が住処《すみか》へ今行《ゆ》くところ」と言《い》ひければ、陣《ぢん》五郎これを聞《き》き、これは〳〵御苦労千万《くろうせんばん》、曾我部左衛門《そがべのさへもん》と薄雲姫《うすぐもひめ》の首《くび》、いざ御改《おんあらた》め下《くだ》さるべしと、二つの首桶《くびおけ》を出《いだ》しければ、悪右衛門《ゑもん》、二つの首《くび》を改《あらた》めて、から〳〵と打笑《うちわら》ひ、斯《か》うあらふと思ふたゆへ、こつちから仕掛《しか》けたのだ。こりやァ真赤《まつか》な偽物《にせもの》だは。こんな物《もの》が役《やく》に立《た》つものか、馬《ば》鹿《か》な面《つら》だと悪口雑言《あくかうぞうごん》。二つの首《くび》を足下《そつか》に掛《か》けて踏《ふ》みにじれば、くわつと急《せ》き立《た》つ陳《ちん》五郎、飛掛《とびか》からんとしたりしが、こゝぞ一期《いちご》の瀬戸《せど》なりと、怒《いか》りを忍《しの》びて控《ひか》へ居《ゐ》る。悪右衛門《もん》はほくそ笑《わら》ひ、万に一つ、本《ほん》の首《くび》を打《う》つて出《だ》す事もあらふかと、鎌名様《かまなさま》から起請《きしやう》も茶入《ちやいれ》も俺《おれ》が預《あづ》かつて、コレこの通《とほ》り懐中《ぼつぽ》に入《い》れてある。偽首《にせくび》で此二品《しな》を、せしめやうとは不敵奴《ふてきやつ》と嘲笑《あざわら》ふ。

次へ続《つゞ》く

以上十張国直画

●醒斎《セイサイ》京伝随筆《ズイヒツ》

骨董集《コツトウシフ》　大本

●古《ふる》き昔《むかし》の事を、何《なに》くれとなく和漢《わかん》の古書を数多《あまた》引て考《かんが》へ、珍《めづら》しき古図、古画入。

●上編前二冊

去戌十二月売出し置《お》き申候。同後二冊、当亥の冬売出し申候。三編《へん》、四編《へん》、五編《へん》、近々出板仕候。

(31)二十六オ

【下】

(31) 蝶鵆曾我俤後編下冊

前《まへ》の続《つゞ》き 陳《ぢん》五郎は為損《しそん》じたりと当惑《とうわく》し、無念《むねん》を堪《こら》へて言《こと》葉《ば》もなく、悔《くや》し涙《なみだ》に暮《く》れ居《ゐ》たり。悪《あく》右衛《ゑ》門《もん》は懐《ふところ》より茶《ちや》入と起請《きしやう》を取出《とりいだ》し、「これが欲《ほ》しからふなァ、これが欲《ほ》しかァ、俺《おれ》が存分《ぞんぶん》になれ。その辛抱《しんぼう》を見届《とゞ》けて此二品をくれてやらふ」なんど〳〵と言《い》ひければ、陳《ぢん》五郎頭《かしら》を下《さ》げ、身代《がは》りで欺《あざむ》きましたは悪《わる》けれど、どうぞお前様《まへさま》のお慈悲《じひ》で、その二品を拙者《せつしや》めに下《くだ》さりませ。拙者《せつしや》が身は粉《こ》になつても厭《いと》ひませぬ。存分《ぞんぶん》になされませ。ヲ、そりやァ良《い》い了簡《りやうけん》だ。存分《ぞんぶん》にした上《うへ》では此二品をくれてやらふ。それ家来共《けらいども》、こいつを存分《ぞんぶん》に叩《たゝ》きのめせと下知《げぢ》すれば、かしこまつたと二人《ふたり》の下部《しもべ》、割《わり》木を持《も》つて立向《むか》ひ、容赦《やうしや》もなく打《う》ちければ、髪《かみ》も乱《みだ》れ衣服《いふく》も破《やぶ》れ、身骨《みほね》も痛《いた》む無念《むねん》さを、じつと堪《こら》へる辛抱《しんぼう》は、忠義一途《ちうぎいちづ》と見へにけり。悪右衛《ゑ》門《もん》は陳《ぢん》五郎が肩《かた》へ足《あし》を踏掛《ふみか》けて散々《さん〴〵》に踏《ふ》みにじり、貧乏揺《びんぼうゆ》るぎもするのじやねへと、ハタと睨《にら》みし眼《まなこ》の光《ひかり》、恐《おそ》ろしくぞ見へにける。ヱ、面倒《めんどう》な野郎《やらふ》め、畳《たゝ》んでしまへと下部共《しもべども》に目《め》配《くば》せして、三人一度《いちど》に抜《ぬき》つれて斬《き》つて掛《か》かれば、陳《ぢん》五郎はモウ百年目《ねんめ》と堪《こら》へかね、下部《しもべ》を捕《とら》へて大地へ投付《なげつ》け、落《お》ちたる刀《かたな》を拾《ひろひ》取《と》り、悪右衛門《へもん》と渡合《わたりあ》ひ、受《う》けつ流《なが》しつ傍《かたは》らの土橋《つちばし》の上《うへ》にて戦《たゝか》ひしが、かねて用意《ようい》やしたりけん、鎌名《かまな》左《さ》衛門《へもん》が下部《しもべ》共《ども》、

次へ続《つゞ》く

(32)二十六ウ　二十七オ

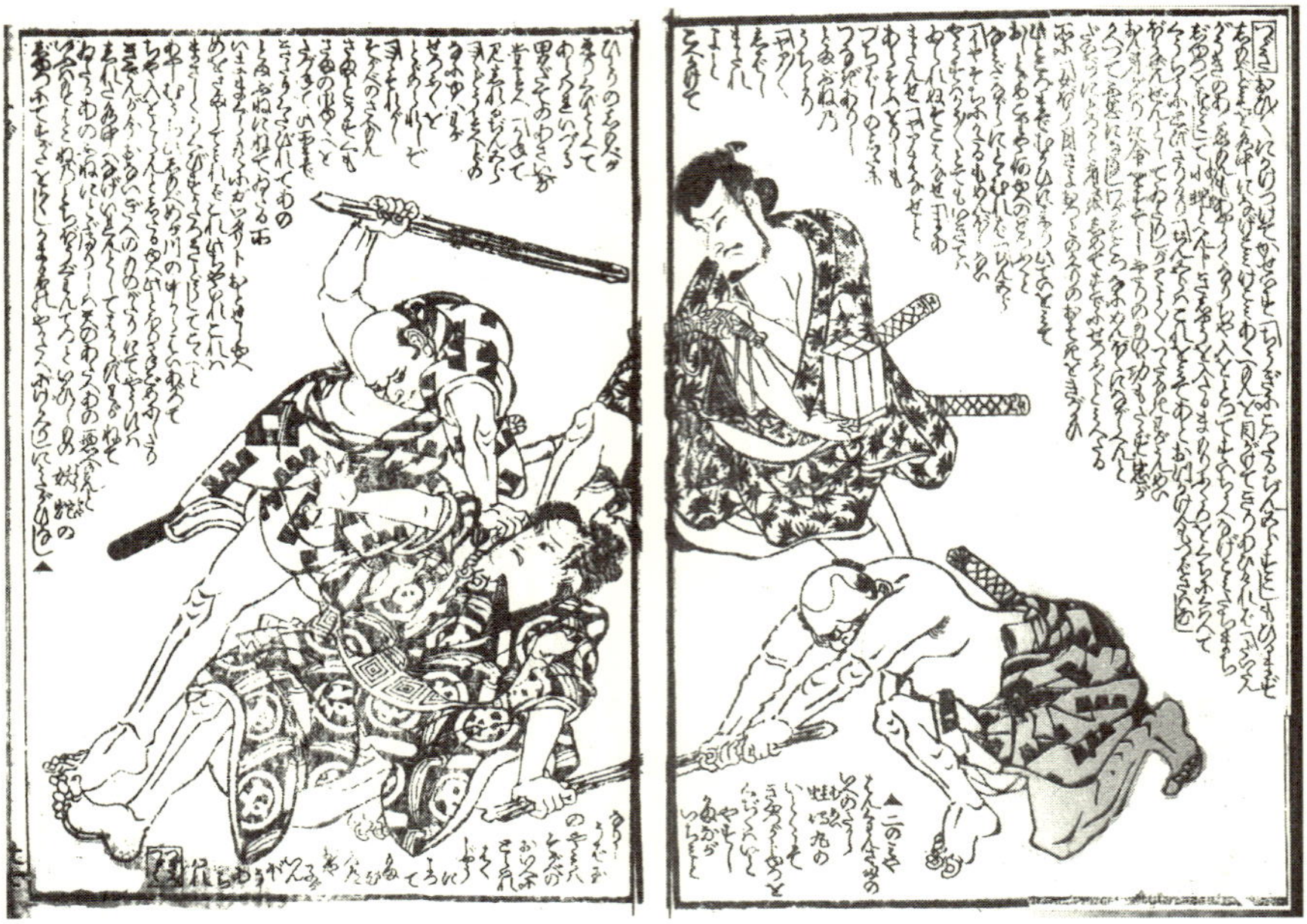

(32)[続《つゞ》き] 追々《おひ〳〵》に駆付《かけつ》けて加勢《かせい》す。忠義《ちうぎ》に凝《こ》つたる陳《ちん》五郎、少《すこ》しも怯《ひる》まず下部共《しもべども》を水中に投込《なげこ》み蹴込《けこ》み、悪《あく》右衛《へ》門《もん》を目掛《が》けて斬合《きりあ》ひければ、大胆豪気《だいたんがうき》の悪《あく》右衛《ゑ》門《もん》も危《あや》うくなり、茶《ちや》入を取《と》つて水中《すいちう》へ投込《なげこ》み、たちまち術《じゆつ》を施《ほどこ》して小《しやう》蛇《じや》と変《へん》じ、起請《きしやう》を入たる守袋《まもりぶくろ》を口《くち》に銜《くは》へて空中《くうちう》に飛去《とびさ》りけり。陳《ちん》五郎はこれを見《み》て、後追掛《あとおつか》けんも翼《つばさ》はなし。茫然《ばうぜん》として居《ゐ》たりしが、ア、よく〳〵拙《つたな》き我《わ》が運命《うんめい》、御《おん》身代《がは》りに命を捨《す》てし二人《ふたり》の者《もの》の功も立《た》たず、忠がかへつて不忠になりし我《わ》が粗忽《そこつ》、何面目《なにめんぼく》に永《なが》らへんと、大地《だいぢ》にどつかと座を占《し》めて、すでに切腹《せつぷく》と見《み》へたる所に、女房《ぼう》月小《さ》夜《よ》、夫《おつと》の帰《かへ》りの遅《おそ》きを気遣《きづか》ひ、此所《ところ》まで迎《むか》ひに来り。此体《てい》を見《み》て押止《おしとゞ》め、こりや何故《ゆへ》の切腹《せつぷく》と、涙《なみだ》ながらに止《とゞ》むれば、陳《ちん》五郎、イヤそちに語《かた》るも面目《めんぼく》ない。様子《やうす》は斯《か》う〳〵、とても生《い》きては居《ゐ》られぬ。そこ離《はな》せ。まあ待《ま》たんせ。ヤア離《はな》せと争《あらそ》ふ折《をり》しも、土橋《つちばし》の下《した》に繋《つな》ぎありし苫船《とまぶね》の中《うち》より、「ヤア〳〵暫《しば》し待《ま》たれよ」と声掛《こへか》けて、一人《ひとり》の下部《しもべ》が襟首《ゑりくび》捕《と》らへて現《あらは》れ出《いづ》る男伊達《だて》の朝比奈《あさいな》堂兵衛《へ》、かねて見知《し》れる陳《ちん》五郎。ヲ、堂《どう》兵衛殿《へどの》、何故《なにゆへ》、我《わ》が切腹《せつぷく》を止《とゞ》められしぞ。

ヲ、某《それがし》、曾我部左衛門様《そがべのさへもんさま》と薄雲様《うすぐもさま》の御行方《ゆくへ》を尋《たづ》ねて此所まで来《きた》り。草臥《くたび》れて、あの苫舟《とまぶね》に寝《ね》て居《ゐ》たる所、今《いま》、枕《まくら》元《もと》にガツタリと音《おと》せしゆへ、目《め》を覚《さ》まして見《み》れば、これ此茶入《ちやいれ》、これは正《まさ》しく鶯肩衝《うぐひすかたつき》、どうして此処《こゝ》へと怪《あや》しむうち、「此下部《しもべ》めが川の中から這上《はいあ》がつて茶《ちや》入を取《と》らんとしたるゆへ、此通《とほ》り手籠《ごめ》にしたり。貴殿《きでん》が今、お内儀《ないぎ》への物《もの》語《がたり》にて様子《やうす》は知《し》れた。水中へ投入《なげい》れんとして、図《はか》らず我《わ》が寝《ね》て居《ゐ》たるあの舟《ふね》に止《とゞ》まりしは天の与《あた》へ。あの悪右衛門《へもん》といふは元《もと》、箱根《はこね》の栃坊巌鉄《とちぼうぐわんてつ》といひし者《もの》。妖蛇《ようじや》の術《じゆつ》にて姿《すがた》を隠《かく》し、鎌《かま》名の館《やかた》へ逃帰《にげかへ》りしに疑《うたが》ひなし。二の宮判官《みやはんぐわん》様《さま》の家《いへ》の宝《たから》、蛙鳴《あめい》丸の威徳《いとく》にて、彼奴《きやつ》が術《じゆつ》を挫《くじ》くはいと易《やす》し。鎌《かま》名が一味《いちみ》となりし姥《うば》玉の闇《やみ》八、曾我部《そがべ》の御家《おいへ》に囚《とら》はれ白状《はくじやう》によつて、鎌名《かまな》入道親《おや》子が陰謀《いんぼう》顕《あらは》れ、

次《つぎ》へ続《つゞ》く

二十八オ

(33)二十七ウ

(33)

[左]

(34) 続《つゞ》き 由利之《ゆりの》介竜音様《たつおとさま》から内命《ないめい》あり、此上《うへ》は曾我部《そがべの》左衛門様《さへもんさま》に付添《つきそ》ひ、鎌名《かまな》が館《やかた》へ押寄《おしよ》せて、鎌名左衛門《かまなさへもん》、悪右衛門《へもん》諸《もろ》共に討取《うちと》るべし。千鳥之《ちどりの》介、お露二人《つゆふたり》が御身代《おがは》りに立《た》つたゆへ、悪右衛門《へもん》が茶入《ちや》を持《も》つて此処《こゝ》へ来り。然《さ》すれば二人《ふたり》も犬死ならず」と言《い》ひ終《お》はりて、捕《と》らへた下部《しもべ》を踏殺《ふみころ》せば、陳《ぢん》五郎は委細《いさい》を聞《き》いて切腹《せつぷく》を止《とゞ》まり、茶入《ちや》を抱《いだ》き喜《よろこ》びぬ。月小夜《さよ》も溜息吐《ためいきつ》いてぞ喜《よろこ》びける。

○さる程《ほど》に曾我部左衛門《そがべのさへもん》、左陳《ぢん》五郎、朝比奈《あさいな》堂兵衛《へ》、赤沢《ざは》休内もろともに鎌名《かまな》が館《やかた》に押寄《おしよ》せ、大勢《ぜい》の荒《あ》らし子共《こども》に下知《げぢ》をして取巻《とりま》かせければ、鎌名左衛門《かまなさへもん》は死物狂《しにものぐる》ひに働《はたら》きけるが、遂《つい》に敵《てき》し難《がた》くして切腹《せつぷく》す。

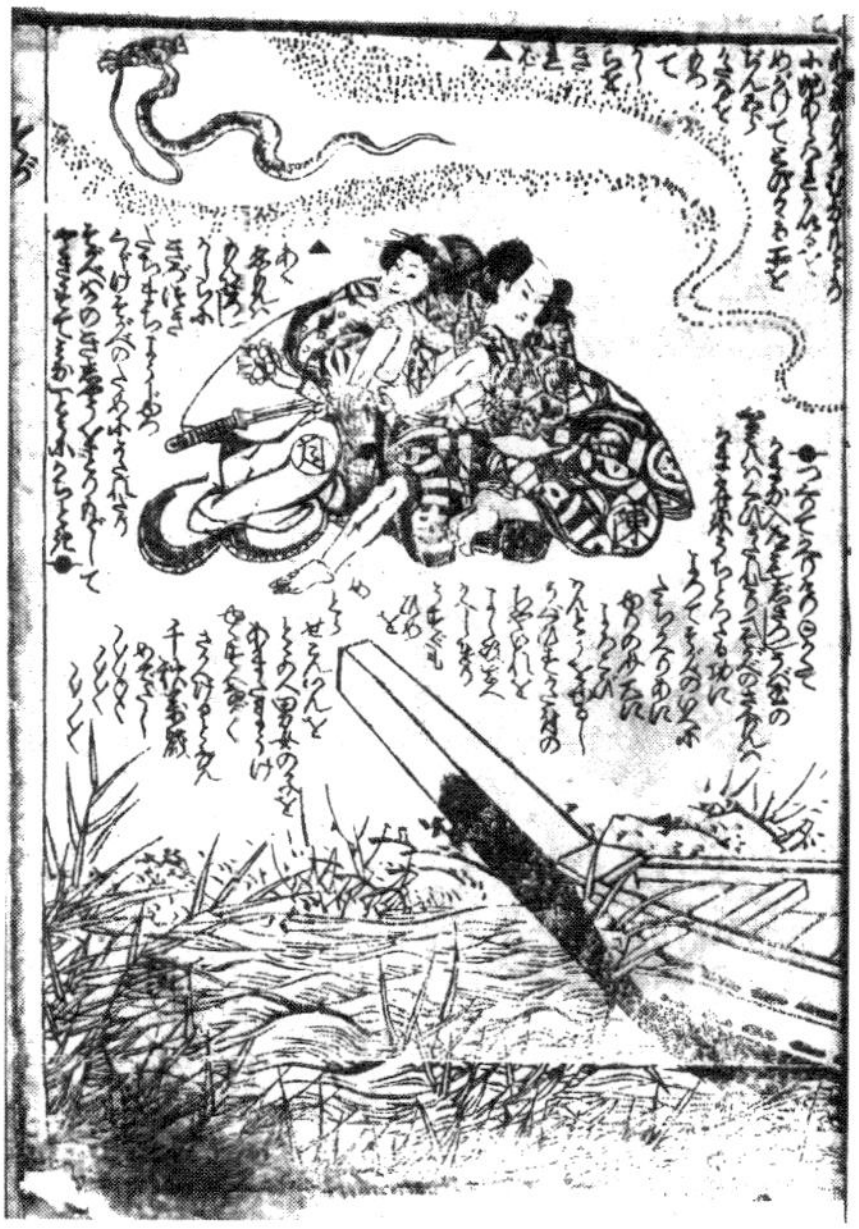

悪右衛門《あくゑもん》は妖蛇《ようじや》の術《じゆつ》を施《ほどこ》してこれを防《ふせ》ぎ、見《み》へつ隠《かく》れつ戦《たゝか》ひければ、討取《うちと》りかねて見《み》へたる所に、二の宮判官《みやはんぐわん》の家臣《かしん》花笠《がさ》小萩之介《はぎの》、蛙鳴丸《あめい》の刀《かたな》を持来《もちきた》つて、曾我部左衛門《そがべのさへもん》に渡《わた》しければ、曾我部左衛門《そがべのさへもん》、これを抜《ぬ》いて悪右衛門《ゑもん》に差《さし》付《つ》けたる。折《をり》しも、鎌名《かまな》が血潮《ちしほ》二階《かい》より滴《した》りて剣《つるぎ》にかゝるとひとしく、剣《つるぎ》より光《ひかり》を発《はつ》し、数多《あまた》の蛙鳴《かいるなき》立《た》ちて、悪《あく》右衛門《ゑもん》が胸元《むなもと》より小蛇現《あらは》れ、蛙《かいる》を目掛《めが》けて飛掛《とびか》かる所を、陣五郎《ぢん》、刀《かたな》をもつて頭《かしら》を斬《き》れば、悪右衛門《あくゑもん》は悶絶《もんぜつ》し頭《かしら》に傷《きづ》付《つ》き、たちまち妖術《ようじゆつ》挫《くじ》け、曾我部《そがべ》のために討《う》たれたり。曾我部《そがべ》は、かの起請《きしやう》を取戻《とりもど》して焼捨《やきす》て、皆《みな》一同《どう》に勝鬨《かちどき》つくりて帰《かへ》りけり。

○斯《か》くて鎌名《かまな》入道も自殺《じさつ》し、姥玉《うば》の闇八《やみ》は首《くび》打《う》たれたり。曾我部左衛門《そがべのさへもん》は、鎌名《かまな》を討取《うちと》つたる功によつて曾我部《そがべ》の家《いへ》に立帰《たちかへ》り、兄由利之介《ゆりの》、大に喜《よろこ》び、勘当《かんどう》を許《ゆる》し、鶯肩《うぐひすかた》付の茶入《ちやいれ》を義政《よし》公へ返《かへ》し奉り、薄雲姫《うすぐもひめ》を娶《めと》らせ婚姻《こんいん》を調《とゝの》へ、男女の子を数多《あまた》もうけ、行《ゆ》く末永《すへなが》く栄《さか》へけるとなん。千秋万歳、めでたし〱〱〱〱〱〱〱〱〱〱〱。

(35)二十九ウ

三十オ

(35)

(36)斯《か》くて左陳《ひだりぢん》五郎、朝比奈《あさいな》堂兵衛《へ》、赤沢《ざは》休内らは曾我《そが》部《べ》の家臣《かしん》となり、益々《ます〱》忠勤《きん》を励《はげ》みけるとぞ。これ吉例《れい》の曾《そ》

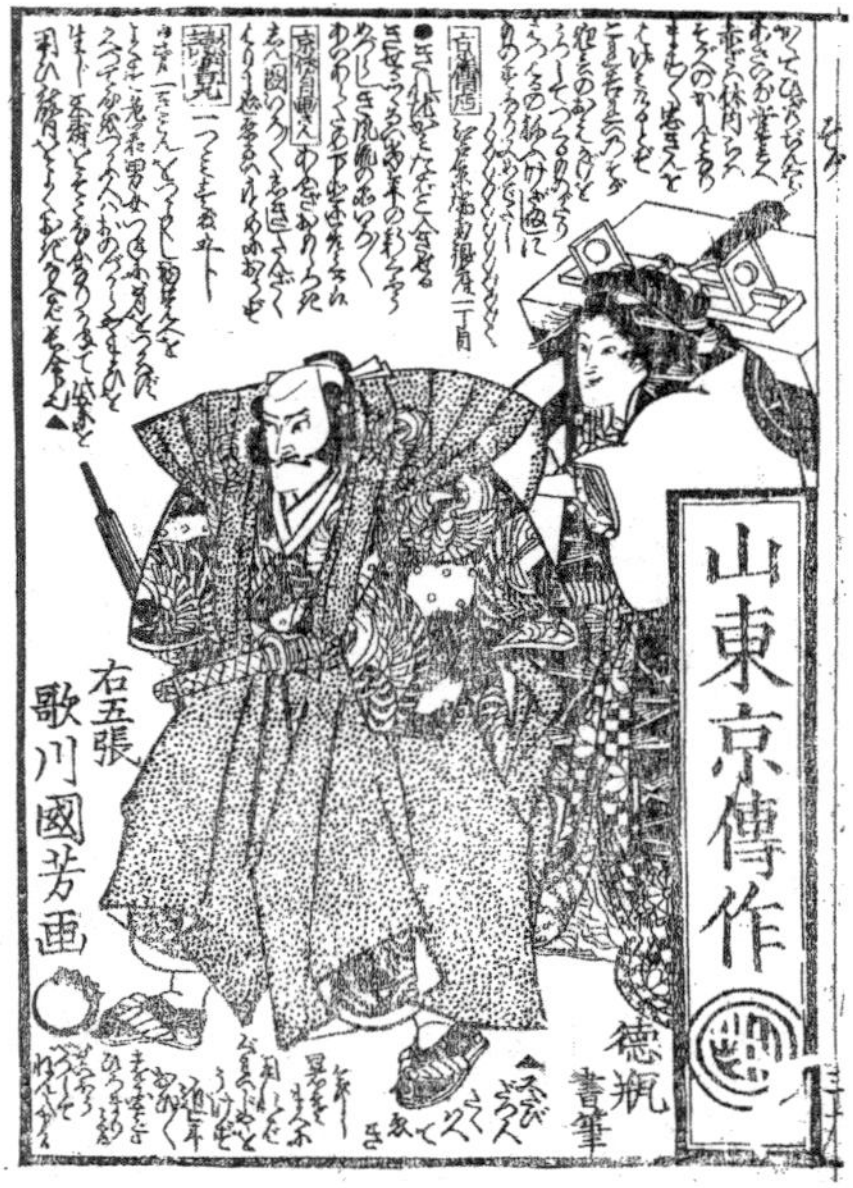

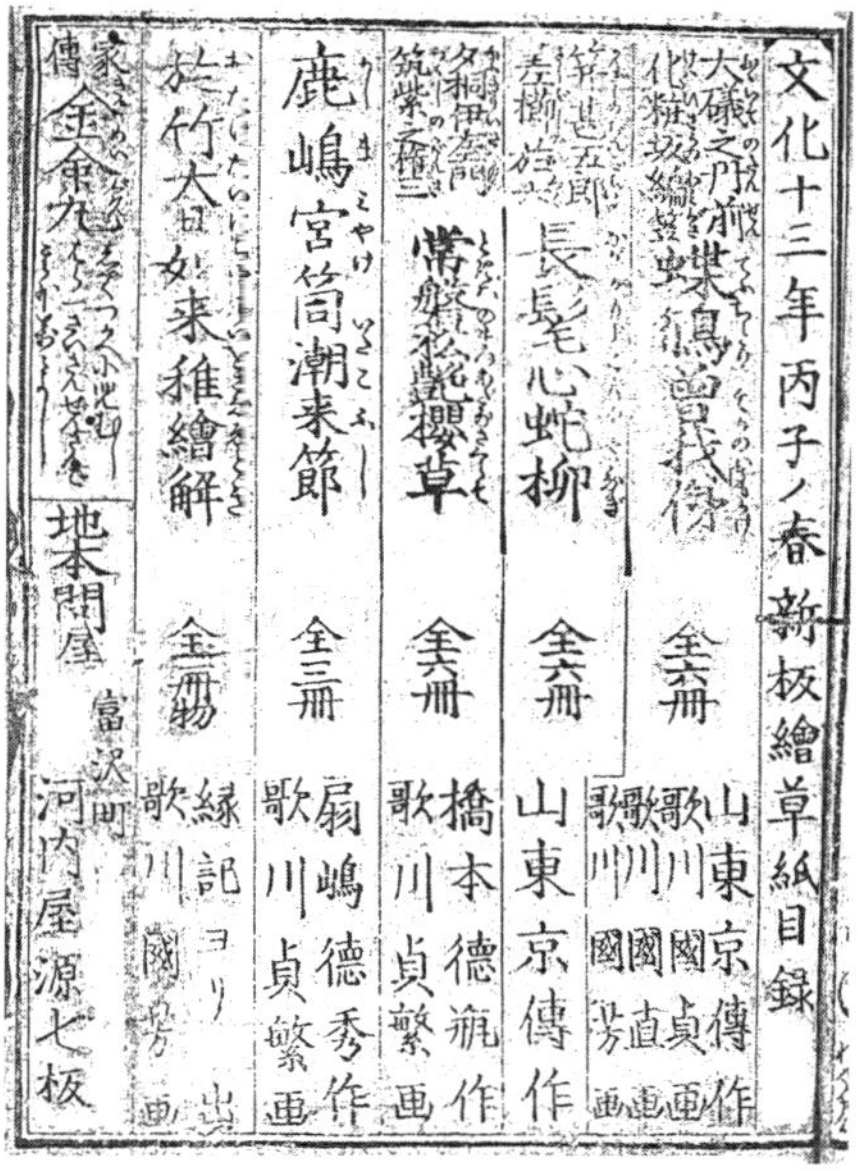

我《が》狂言の俤《おもかげ》を映《うつ》して作《つく》る物語《ものがたり》。初春《はつはる》の眠気覚《ねふけざ》ましにものすなり。又、めでたし〳〵〳〵〳〵〳〵〳〵〳〵〳〵〳〵〳〵。

山東京伝作㊞

右五張歌川国芳画㊞

徳瓶書筆

京伝店 江戸京橋南銀座一丁目

●裂《きれ》地、紙煙草《かみたばこ》入・煙管《きせる》・煙管筒《きせるつゝ》類《るい》、当年の新工夫《くふう》、珍《めづら》しき風流の品色々《いろ〳〵》、相改《あいあらた》め下直に差上可候。

京伝自画賛 扇《あふぎ》、面白《おもしろ》き新《しん》図色々《いろ〳〵》、色紙《しきし》・短冊《たんざく》・貼混画《はりまぜゑ》類《るい》、求《もと》めに応《おう》ず。

読書丸《とくしよ》 一包《つゝみ》壱匁五分

●第一気根《きこん》を強《つよ》くし物覚へを良《よ》くす。老若男女常《つね》に身を使《つか》はず、かへつて心を使《つか》ふ人はおのづから病《やまひ》を生じ、天寿を損《そこ》なふなり。かねて此薬を用ひ、心腎を良《よ》く補《おぎな》へば長命也。又、旅立《たびだ》つ人蓄《たくは》へて益《ゑき》多し。暑寒前《まへ》に用れば、害邪《ぐわいじや》を受《う》けず。近年追々《おひ〳〵》遠国迄も弘《ひろ》まり候間、製法別《せいほうべつ》して念《ねん》入申候。

小歌蜂兵衛《こうたはちべゑ》
濡髪《ぬれがみ》の小静《こしづか》

袖之梅月土手節《そでのむめつきのどてぶし》

東山義政の時代（応仁の頃）

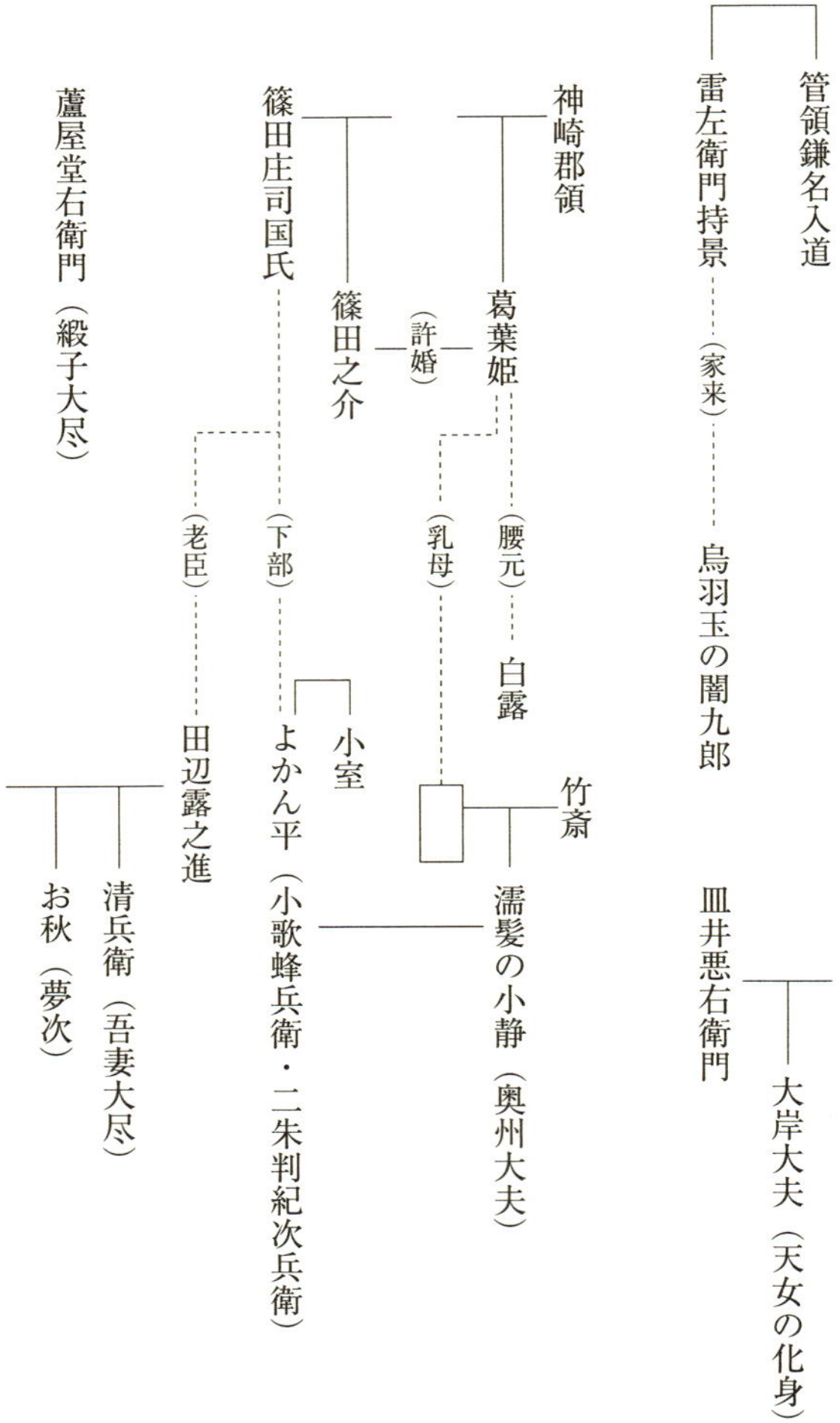

前編見返し

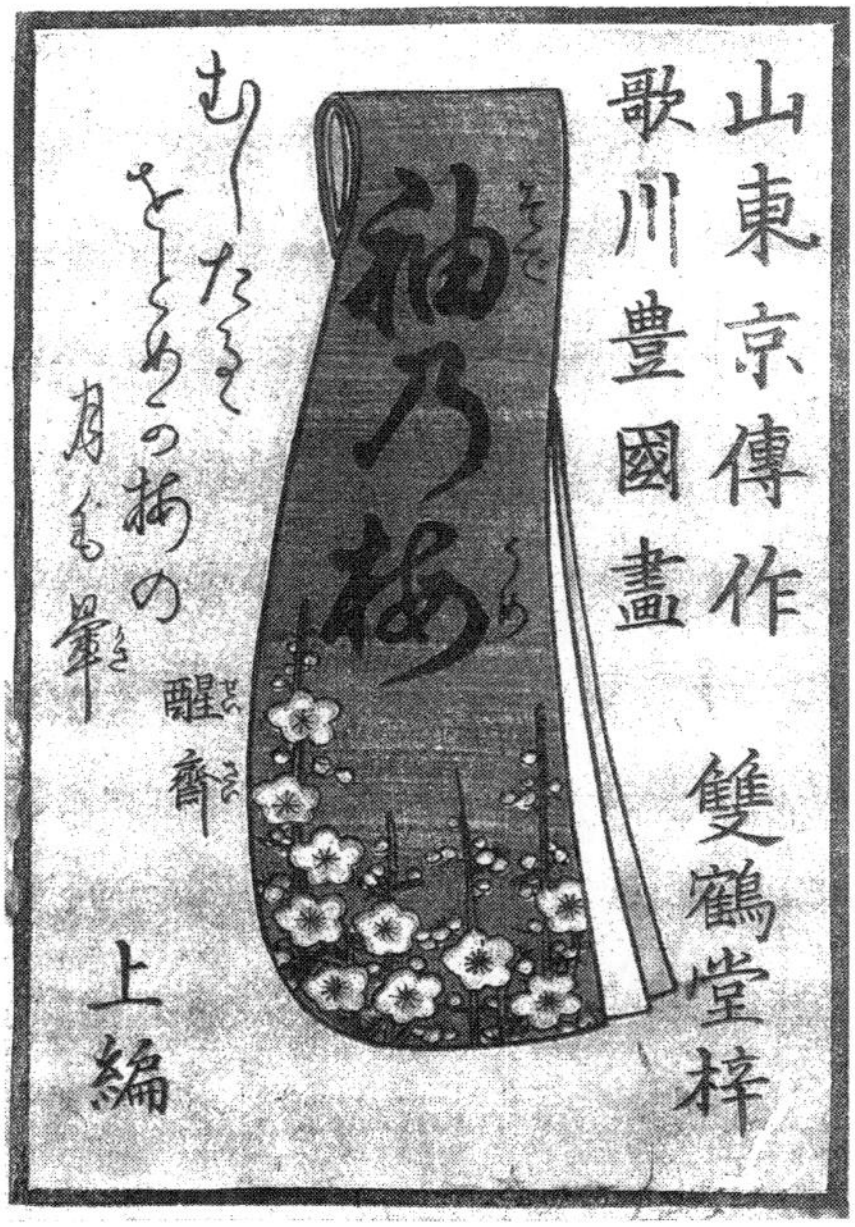

【前編見返し】

山東京伝作　双鶴堂梓

歌川豊国画

袖《そで》之《の》梅《うめ》

むしたるゝをとめか梅の月も暈《かさ》　醒齋《せいさい》　上編

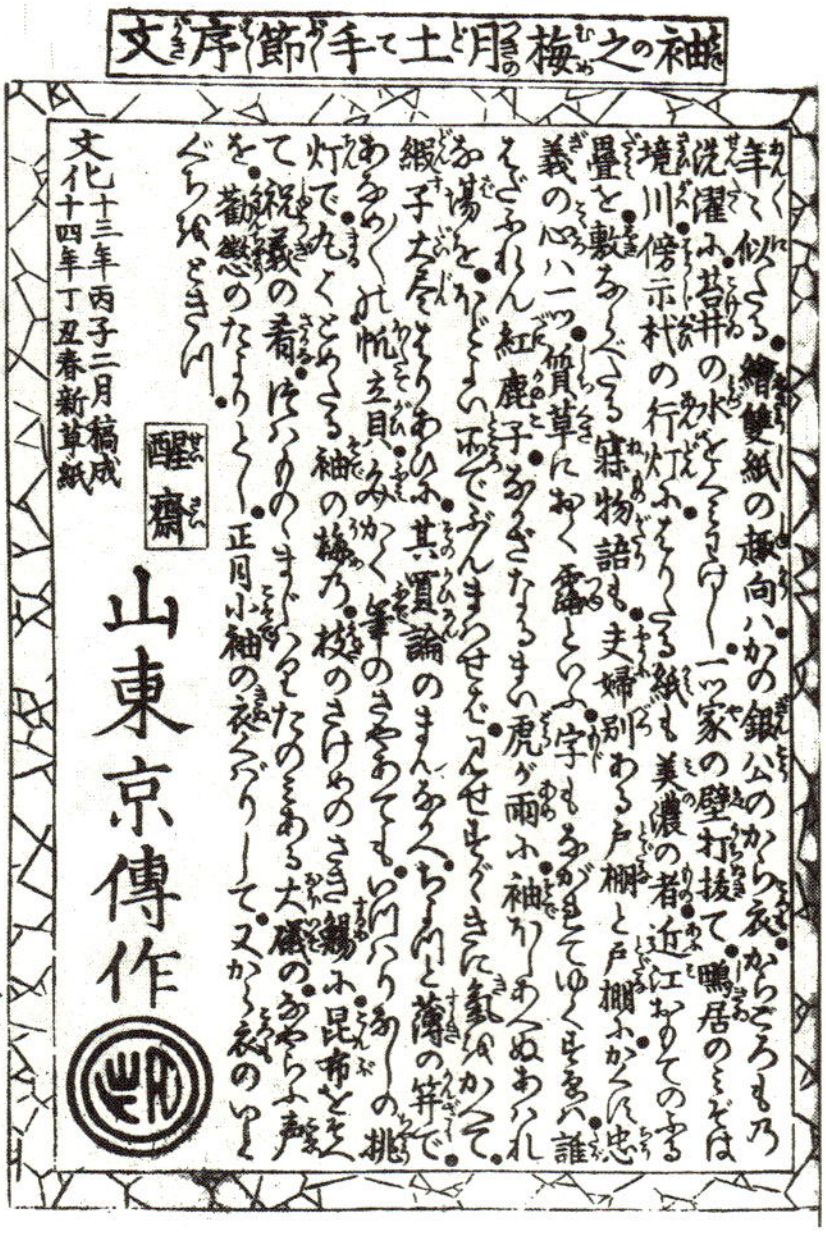
袖之梅月土手節序文
文化十三年丙子二月稿成
文化十四年丁丑春新草紙
醒斎 山東京傳作

(1)一オ

【前編】

【上】

(1) 袖《そで》之《の》梅《むめ》月《つきの》土《ど》手《て》節《ぶし》序文《はしがき》

年々《ねん〱》似《に》たる。絵双紙《ゑさうし》の趣向《しゆかう》は。かの銀公《ぎんこう》のから衣《ころも》。からころもの洗濯《せんたく》に。苔井《こけゐ》の水《みづ》をくみわけし。一つ家《や》の壁《かべ》打抜《うちぬき》て。鴫居《しきゐ》のみぞは境川《さかいがは》。傍示杙《はうじぐひ》の行灯《あんどん》に。はりたる紙《かみ》も美濃《みの》の者《もの》。近江《あふみ》おもてのふる畳《だゝみ》を。敷《しき》ならべたる寐物語《ねものがたり》も。夫婦別《ふうふべつ》ある戸棚《とだな》と戸棚《とだな》に。かくす忠義《ちうぎ》の心《こゝろ》は一つ。質《しち》草《くさ》におく露《つゆ》といふ。字《もじ》もながれてゆくすゑは。誰《たが》はだふれん紅鹿子《べにかのこ》。なかざなるまい虎《とら》が雨《あめ》に。袖《そで》ほしあへぬあはれな場《ば》を。ほどよい所《ところ》でぶんまはせば。見せすがゝきに気《き》をかへて。緞子大尽《どんすだいじん》はりあひに。其買論《そのかひろん》のまんなかへ。ちよつと薄《すゝき》の笄《かんざし》で。あなめ〱の帆立貝《ほたてがひ》。文《ふみ》かく筆《ふで》のさやあても。いつはりなしの挑灯《ちやうちん》で。丸《まる》くとめたる袖《そで》の梅《うめ》の。枝《えだ》のさけめのさき鯣《するめ》に。昆布《こんぶ》をそへて祝儀《しゆうぎ》の肴《さかな》。つはもの、まじはりたのみある大礒《おほいそ》の。なやらふ声《こゑ》を。勧懲《くわんちやう》のたよりとし。正月小袖《こそで》の衣《きぬ》くばりして。又から衣《ころも》のいとぐちをときつ。

（2）一ウ

二オ

文化十三年丙子二月稿成
　　十四年丁丑春新草紙　醒斎《せいさい》　山東京伝作㊞

（2）

三冬不レ改孤松ノ操。万苦難シレ移烈女ノ心。

傾城《けいせい》の賢《けん》なるは此柳哉《このやなぎかな》　晋子

藻《も》のはなやけさはむかふのきしに咲《さく》　乙由

おいらがのいつちよく咲さくらかな　かしこ

なつかしき枝のさけめや梅の花　其角

きぬ〳〵にあかつき傘をかを〳〵と
　からすの羽おりかぶれるもあり　関亭伝笑

買手衆《かいてしゆ》

むしたるゝをとめか花に夕霞　京伝

［大入］

三オ

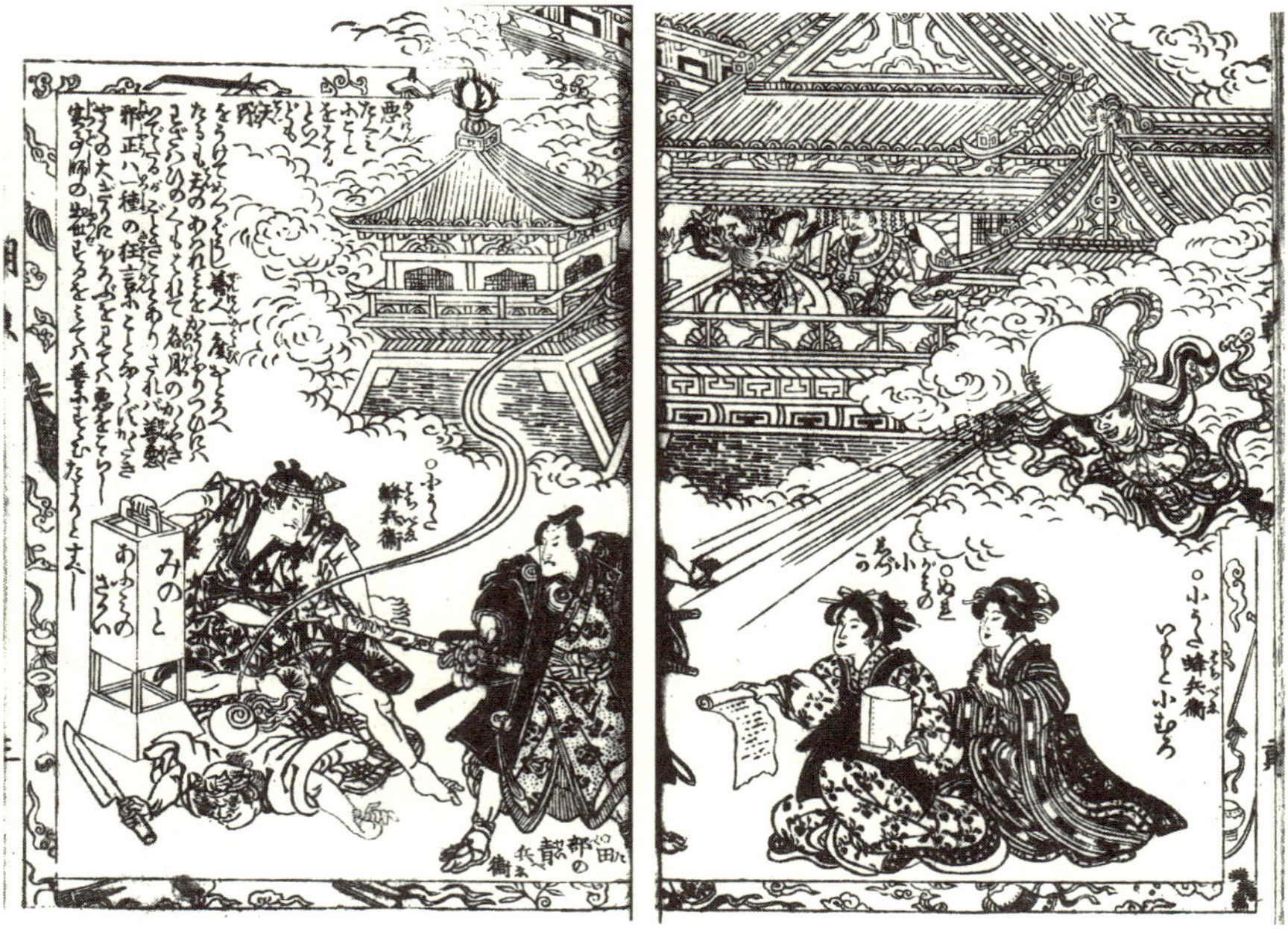

(3)二ウ

(3)

○小歌蜂兵衛《うたはちべゑ》、妹《いもと》小室《むろ》

○濡髪《ぬれがみ》の小静《しづか》

○田部《たべ》の青兵衛《せいべゑ》

○小歌蜂兵衛《うたはちべゑ》

　悪人企《あくにんたく》みに事《こと》を謀《はか》るといへども、天罰《てんばつ》を受《う》けて滅亡《めつばう》し、善人一度衰《ぜんにんひとたびおとろ》へたるも、天《てん》の憐《あはれ》みを被《かうふ》り、遂《つひ》には災《わざは》ひの雲《くも》晴《は》れて名月《めいげつ》の輝《かゞや》き出《いで》たるが如《ごと》き事《こと》あり。されば善悪邪正《ぜんあくじやしやう》は一種《いつしゆ》の狂言《きやうげん》に異《こと》ならず。敵役《かたきやく》の大切《ぎり》に滅《ほろ》ぶを見ては悪を懲《こ》らし、実事師《じつごとし》の出世《しゆつせ》するを見《み》ては善に勧《すゝ》む頼《たよ》りとすべし。

[美濃《みの》と／近江《あふみ》の境《さかい》]

（4）三ウ

四オ

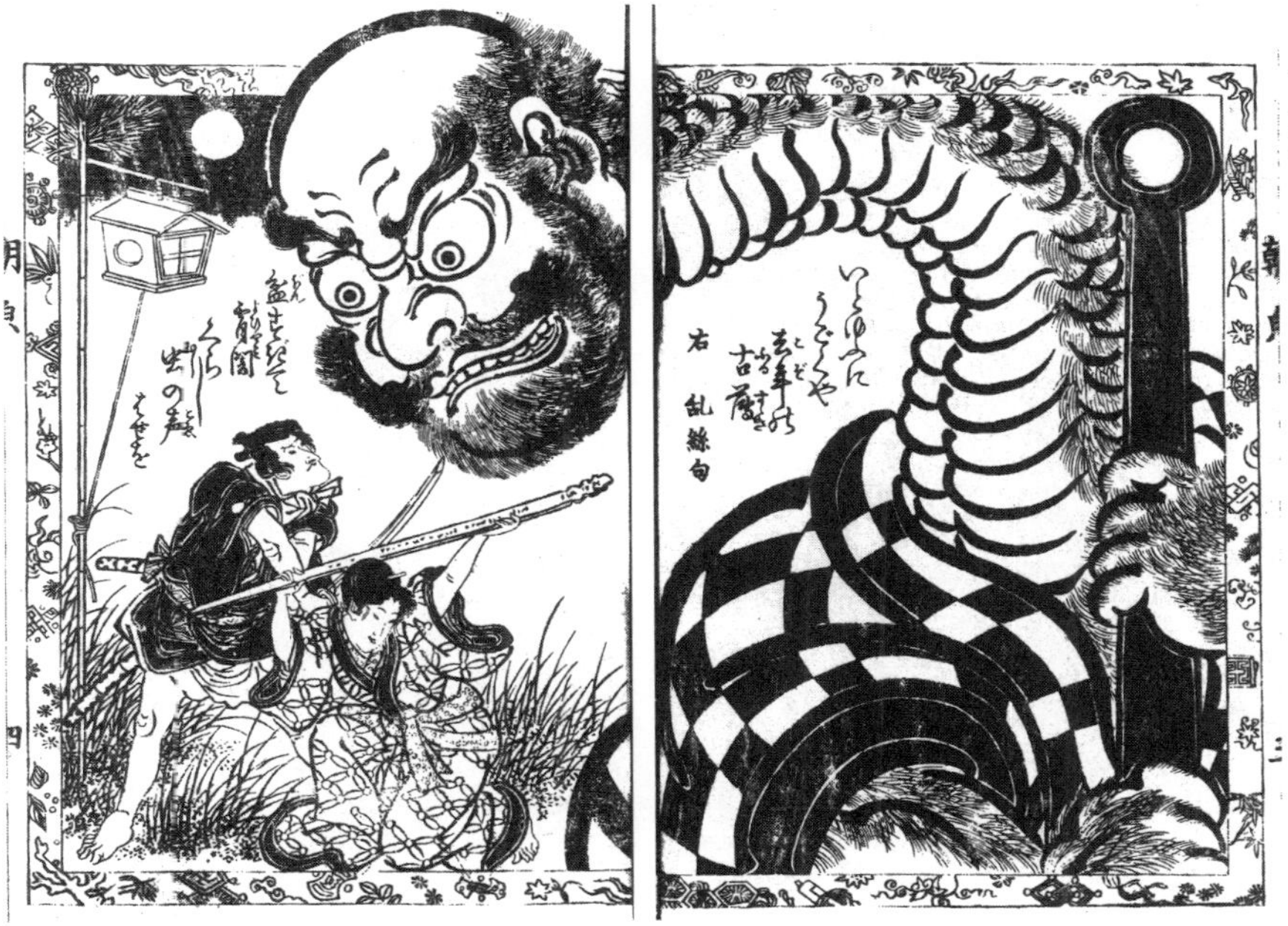

（4）

いとゆふにうごくや去年《こぞ》の古薄《ふるすゝき》　右　乱絲句

盆《ぼん》すぎて宵闇《よひやみ》くらし虫《むし》の声《こゑ》　はせを

五オ

(5)四ウ

(5)

豆《まめ》をうつ声《こゑ》の中《なか》なる笑《わら》ひかな

月花の果《はて》や柊《ひらぎ》に赤《あか》いわし

二朱判《にしゆばん》やとるがうへにも年男《としをとこ》

浪花入江《なにはいりえ》の緞子大尽《どんすだいじん》

相州大礒《さうしうおほいそ》の遊君《いうくん》、茗荷屋《みやうがや》の大岸太夫《おほぎしたいふ》

鎌倉比企谷《かまくらひきがやつ》の吾妻大尽《あづまだいじん》

[手練偽《てれんいつは》りなし]

（6）五ウ

（6）
篠田《しのだ》之助森景《のすけもりかげ》
雷《いかづち》左衛門が下部《しもべ》、烏羽玉《うばたま》の闇《やみ》九郎

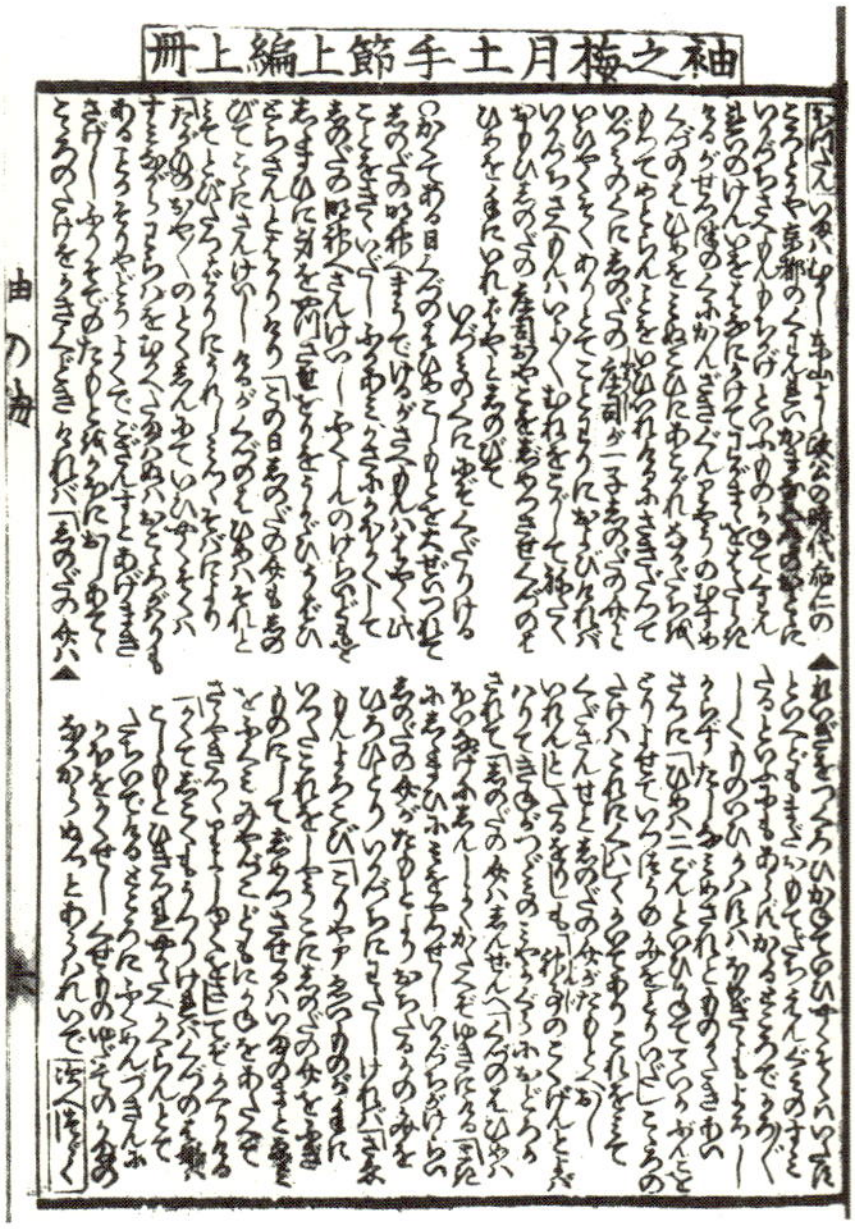

(7)六オ

【上編】

【上】

(7) 袖之梅月土手節上編上冊

発端《ほつたん》 今《いま》は昔《むかし》、東山義《よし》政公の時代、応仁の頃《ころ》とかや。京都の管領鎌名《くわんれいかまな》入道の弟《おと》に雷《いかづち》左衛門持景《さへもんもちかげ》といふ者《もの》、かねて管領《くわんれい》の権威《けんい》を鼻《はな》に掛《か》けて、わがまゝを働《はたら》きけるが、摂津《せつつ》の国《くに》、神崎郡領《かんざきぐんりやう》の娘《むすめ》、葛葉姫《くづのはひめ》を見《み》ぬ恋《こひ》に憧《あこが》れ、仲立《なかだち》をもつて娶《めと》らん事《こと》を言《い》ひ入《い》れけるに、先《さき》だつて和泉《いづみ》の国《くに》、篠田《しのだの》庄司《しやうじ》が一子、篠田之《しのだの》介と言《い》ひ約束《やくそく》ありとて断《ことわ》りに及《およ》びければ、雷左衛門《いかづちさへもん》はいよ〳〵胸《むね》を焦《こ》がして妬《ねた》く思《おも》ひ、篠田《しのだの》庄司親子《おやこ》を自滅《じめつ》させ、葛葉姫《くづのはひめ》を手《て》に入《い》ればやと、忍《しの》びて和泉《いづみ》の国《くに》にぞ下《くだ》りける。

○斯《か》くてある日、葛葉姫《くづのはひめ》、腰元《こしもと》を大勢連《ぜいつ》れて信太《しのだ》の明神へ詣《まう》でけるが、左衛門《さへもん》は早《はや》く此事《こと》を聞出《きゝいだ》し、深編笠《ふかあみがさ》に顔隠《かほかく》して信太《しのだ》の明神へ参詣《さんけい》し、腹心《ふくしん》の家来共《けらいども》を獅子舞《しゝまひ》に身を窶《やつ》させ、折《をり》を窺《うかゞ》ひ奪取《うばひと》らさんと謀《はか》りけり。

この日、篠田之《しのだの》介も忍《しの》びて此処《こゝ》に参詣《さんけい》しけるが、葛葉《くづのは》姫《ひめ》はそれと見《み》て、飛立《とびた》つばかりに嬉《うれ》しみつゝ、側《そば》に寄《よ》り、

「互《たが》ひの親々《おやおや》の得心《とくしん》にて、言《い》ひ約束《やくそく》は済《す》みながら、妾《わらは》を迎《むか》へ給《たま》はぬは御心《おこゝろ》変《が》はりもある事《こと》か、そりや胴欲《どうよく》でござんす」と、揚巻《あげまき》提《さ》げし振袖《ふりそで》の袂《たもと》を顔《かほ》に押当《おしあ》てゝ心《こゝろ》の丈《たけ》を掻《か》き口説《くど》きければ、篠田之《しのだの》介は礼儀《れいぎ》を繕《つくろ》ひ、かねて言《い》ひ約束《やくそく》は致《いた》すといへども、まだ表立《おもてだ》ち縁組《えんぐみ》の済《す》みたるといふにもあらず。斯《か》かる所《ところ》で軽々《かろがろ》しく物言《ものい》ひ交《か》はすは外聞《ほかぎ》きもよろしからず。嗜《たしな》み召《め》されと物堅《ものがた》き挨拶《あいさつ》に、姫《ひめ》は二言《ごん》と言《い》ひかねて、定家文庫《ていかぶんこ》を取寄《とりよ》せて一通《いつつう》の文を取出《とりいだ》し、心《こゝろ》の丈《たけ》はこれに詳《くは》しく書《か》いてあり、これを見《み》て下《くだ》さんせと、篠田之《しのだの》介が袂《たもと》へ押入《おしい》れんとしたる折《をり》しも、「神事《しんじ》の刻限《こくげん》」と呼《よ》ばはりて、巫覡《きね》が鼓《つゞみ》の宮神楽《みやかぐら》に驚《おどろ》かされて、篠田之《しのだの》介は神前《しんぜん》へ、葛葉姫《くづのはひめ》は本意《ほい》なげに神職方《しんしよくかた》へぞ行《ゆ》きにける。

時《とき》に、獅子舞《しゝまひ》に身《み》を窶《やつ》せし雷《いかづち》が家来《けらい》、篠田之《しのだの》介が袂《たもと》より落《お》ちたる、かの文を拾取《ひろひと》り、雷《いかづち》に渡《わた》しければ、左衛門《さゑもん》喜《よろこ》び、こりやア良《ゑ》い物《もの》が手に入《い》つた。これを証拠《しやうこ》に篠田《しのだ》之《の》介を不義者《ふぎもの》にして自滅《じめつ》させるは今《いま》の間《ま》と、笑《ゑ》みを含《ふく》み、宮子共《みやづこども》に金《かね》を与《あた》へて、囁《さゝや》きつゝ、旅宿《りよしゆく》を指《さ》してぞ帰《かへ》りける。

斯《か》くて時刻《じこく》も移《うつ》りければ、葛葉《くづのは》姫は腰元引連《こしもとひきつ》れ、館《やかた》へ帰《かへ》らんとて立出《たちいで》けるところに、覆面頭巾《ふくめんづきん》に顔《かほ》を隠《かく》せし曲《くせ》者《もの》、湯立《ゆだて》の釜《かま》の中《なか》からぬつと現《あらは》れ出《い》で、

次へ続《つゞ》く

七オ

(8)六ウ

(8) 前《まへ》の続《つゞ》き 刀《かたな》を抜《ぬ》いて振回《ふりまは》し、腰元《こしもと》どもを脅《おど》して姫《ひめ》を奪《うば》ひ、小脇《わき》に抱《いだ》いて逃行《にげゆ》かんとしたる折《をり》しも、篠田之《しのだの》介、神前《しんぜん》より立出《たちいで》て、斯《か》くと見《み》るより、かの曲者《くせもの》を取《と》つて投退《なげの》け、姫《ひめ》を助《たす》けて腰元頭《こしもとがしら》の白露《しらつゆ》に渡《わた》し、此処《こゝ》構《かま》はずと早《はや》く〳〵と落《お》としやれば、かの曲者《くせもの》は後《あと》をも見《み》ずして逃帰《にげかへ》る。

斯《か》かる所へ、宮子共《みやづこども》大勢《ぜい》出《いで》て、篠田之《しのだの》介を押取巻《おつとりま》き、「社地《しやぢ》を騒《さは》がす狼藉者《らうぜきもの》、そこ動《うご》くな」と呼《よ》ばはれば、篠田《しのだ》之《の》介はから〳〵と打笑《うちわら》ひ、「汝等《うぬら》も曲者《くせもの》の肩持《かたも》つからは仔《し》細《さい》ぞあらん。ならば手柄《がら》に搦《から》めてみよ」と

次へ続《つゞ》く

(9) 前《まへ》の続《つゞ》き 呼《よ》ばはりて、巫覡《きね》が神楽《かぐら》の太鼓《たいこ》の音《おと》、笛《ふゑ》の拉《ひし》ぎの声《こゑ》につれ、湯立《ゆだて》の釜《かま》の二《ふた》つ文字《もじ》、牛《うし》の角文字《つのもじ》、牛《うし》の絵馬《ゑま》、鶏《にはとり》の絵馬《ゑま》、大根注連《だいこじめ》、微塵《みぢん》になれと踏立《ふみた》てゝ、御幣《ごへい》の如《ごと》くに振回《ふりまは》し、御輿《みこし》を据《す》ゑて、賽銭《さいせん》を撒《ま》くやうにパラリ〳〵と投散《なげち》らせば、敵《かな》はぬ許《ゆる》せと宮子共《みやづこども》、振《ふ》るお祓《はら》

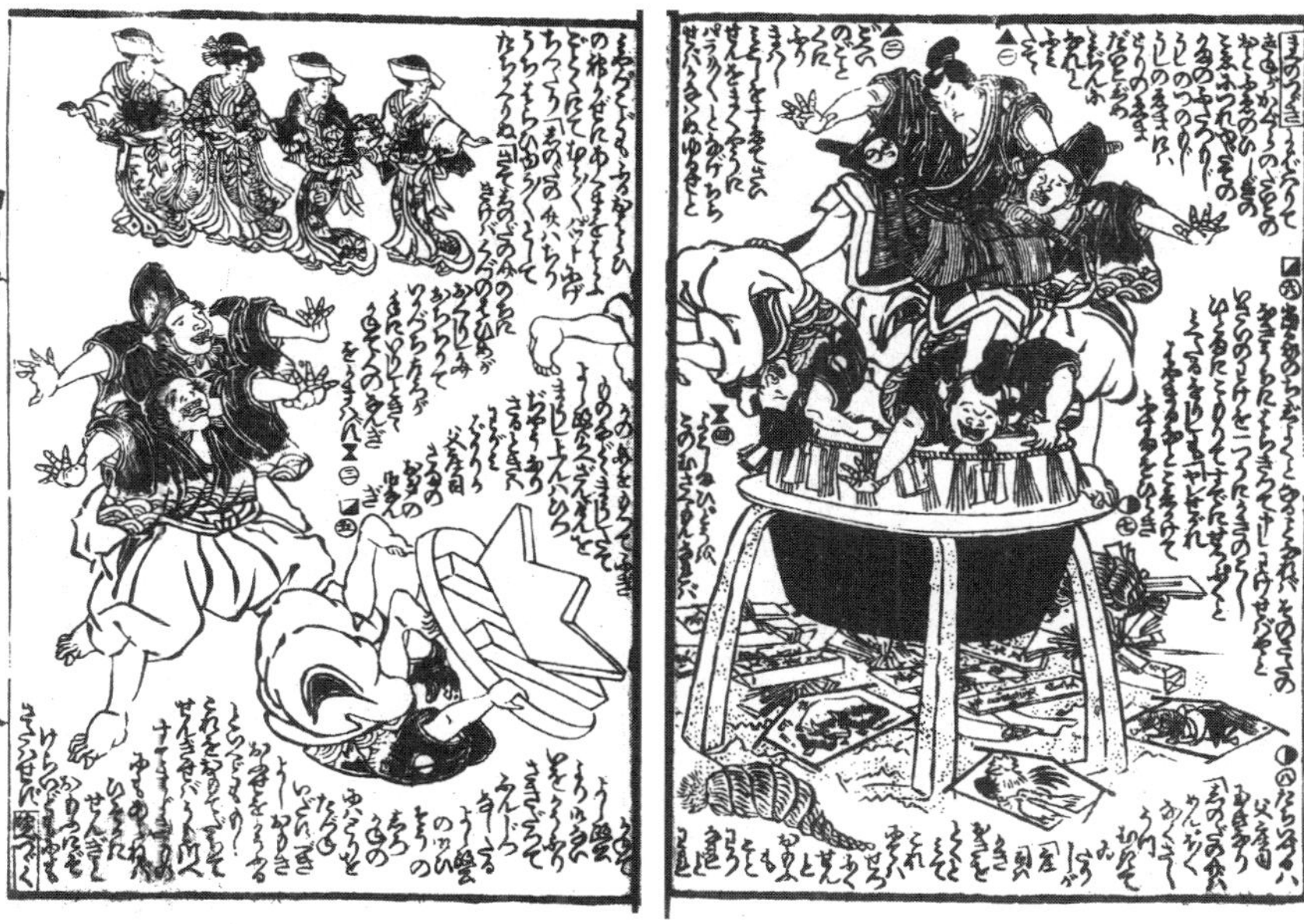

ひの神風《かぜ》に悪魔《あくま》を祓《はら》ふ如《ごと》くにて、むら〳〵パット逃散《にげち》つたり。篠田《しのだ》之《の》介は塵打払《ちりうちはら》ひ悠々《ゆう〳〵》として立帰《たちかへ》りぬ。

さて、篠田《しのだ》之《の》介、後《のち》に聞《き》けば、葛葉姫《くづのはひめ》が送《おく》りし文、落《おち》散《ち》りて雷《いかづち》左衛門が手に入《い》りしと聞《き》き、かねて人の難儀《なんぎ》をかまはず、邪非道《よこしまひどう》を好《この》む左衛門《さへもん》なれば、かの文を持《も》つて不義者《ふぎもの》など丶申《まう》し立《た》て、義《よし》政公へ讒言《ざんげん》を申《まう》し上んは必定《ひつぢやう》なり。然《さ》る時《とき》は、我《わ》が身《み》ばかりか、父庄司様《さま》の御《お》身の御難《なん》儀《ぎ》。当家の恥辱《ちじよく》となる事《こと》なれば、その沙汰《さた》のなきうちに腹切《はらき》つて申し訳《わけ》せばやと、委細《いさい》の訳《わけ》を一通《つう》に書残《かきのこ》し、一間《ひとま》に籠《こも》りて、すでに切腹《せつぷく》と見《み》へたる折《をり》しも、「ヤレ倅《せがれ》、早《はや》まるな」と声《こゑ》掛《か》けて、襖《ふすま》を開《ひら》き立出《たちいづ》るは、父庄司国氏なり。篠田《しのだ》之《の》介は面目《めんぼく》なく、差俯《さしうつむ》きて居《ゐ》たりしが、庄司は書置《かきおき》を篤《とく》と見《み》て、「これにては切腹《せつぷく》せんと思《おも》ふも理《ことわり》なれど、我《われ》、かねて義《よし》政公より御内意《ないい》を被《かうふ》り、先《さき》だつて紛失《ふんじつ》なしたる義《よし》政公の御秘蔵《ひぞう》の銀《しろかね》の鶏《にはとり》を尋出《たづねいだ》すべき由《よし》、重《おも》き仰《おふ》せを被《かうふ》るといへども、もし、これを表立《おもてだ》つて詮議《せんぎ》さば、海《うみ》川へ捨《す》てまじきものにもあらねば、密《ひそ》かに詮議《せんぎ》と思《おも》ふにぞ、家来《けらい》どもにも沙汰《さた》はせず、

次へ続《つゞ》く

(10)八ウ

九オ

(10) 前《まへ》の続《つゞ》き 今日《けふ》までは虚《むな》しく過《す》ぎたり。汝《なんぢ》、誠《まこと》の心《こゝろ》あらば、今死《いましぬ》る命《いのち》を保《たも》ち、千万《せんばん》の辛苦《しんく》を厭《いと》はず、かの鶏《にはとり》を尋出《たづねいだ》さば、忠も立《た》ち孝も立《た》ち、汝《なんぢ》が大功此上《うへ》なし。されば、今《いま》の切腹《せつぷく》を止《とゞ》まり、家来《けらい》どもにも沙汰《さた》なしに、今宵《よひ》、此屋敷《やしき》を立退《たちの》き、身を窶《やつ》して鶏《にはとり》の詮議《せんぎ》せよ。たとへ雷《いかづち》左衛門《さへもん》、かの文をもつて讒言《ざんげん》するとも、出奔《しゆつぽん》と申《まう》し立《た》つれば後《あと》に気遣《きづか》ひもなし。鶏《にはとり》さへ尋出《たづねいだ》せば、その申《まう》し訳《わけ》は後《あと》で出来《でき》る。合点《がてん》がいたか」と言《い》ひければ、篠田之《しのだの》介、ハ、ハツト頭《かしら》を下《さ》げ、拙者《せつしや》が忠孝立《た》つ上《うへ》に、かの文《ふみ》の申《まう》し訳《わけ》さへ立《た》つならば、たとへ此身を粉《こ》に砕《くだ》いても、鶏《にはとり》を尋出《たづねいだ》してお目《め》に掛《か》けませう。必《かなら》ずお気遣《きづか》ひなされますな。「ホ、早速《さつそく》の得心《とくしん》、満足《まんぞく》々々」と言《い》ひつゝ、立《た》ちて一袋《ひとふくろ》の金《かね》を出《いだ》し、これは路銀《ろぎん》に持行《もちゆ》けとて渡《わた》しければ、篠田之《しのだの》介は押頂《おしいたゞ》きて取納《とりおさ》め、急《いそ》ぎて旅《たび》の装《よそほ》ひを整《とゝの》へたり。「ホ、身軽《がる》の出立《いでだ》ち、至極《しごく》々々。家来《けらい》どもも知《し》らぬやうに、庭伝《にはづた》ひに裏門《うらもん》から早《はや》く〳〵」と言《い》へば、篠田之《しのだの》介、畏《かしこ》まり候とて庭《には》に降立《をりた》つ折《をり》こそあれ、まだ宵《よひ》なるに不思議《ふしぎ》なるかな、塒《ねぐら》の鶏《にはとり》飛下《とびくだ》りて戦《たゝか》ひけるが、白鶏《しろにはとり》勝《か》ちければ、親子《おやこ》は

（11）九ウ

十オ

これをきつと見《み》て、銀《しろかね》の鶏《にはとり》を尋出《たづねいづ》る門出《かどいで》に、白鶏《にはとり》の勝《か》つたは吉瑞《ずい》、目出度《めでた》しと父庄司喜《よろこ》べば、篠田之介《しのだのすけ》も喜《よろこ》びつゝ、行方《ゆくへ》も知《し》れず出行《いでゆ》きぬ。

葛葉姫《くづのはひめ》は、篠田之介《しのだのすけ》、何時《いつ》ぞやの文《ふみ》の事《こと》につき言訳《いひわけ》なしとて館《やかた》を立退《たちの》きしと聞《き》きて、あるにもあられず、何処《いづく》の山の奥《おく》までも跡《あと》を慕《した》ひて行《ゆ》かばやと、腰元《こしもと》の白露《しらつゆ》を連《つ》れて館《やかた》を忍出《しのびいで》、篠田之介《しのだのすけ》が跡《あと》を慕《した》ひ、伊賀《いが》の国まで来《きた》りしが、行暮《ゆきく》れて国見山の麓《ふもと》の辻堂《つじどう》に一夜《いちや》を明《あ》かしけるに、夜半の頃《ころ》、凄《すさ》まじき大入道、ぬつと顔《かほ》を出《いだ》して睨《にら》みけり。腰元《こしもと》の白露《しらつゆ》は女ながらも剣術《けんじゆつ》に達《たつ》し、男勝《まさ》りの者《もの》なれば、一腰《ひとこし》を抜《ぬ》いて斬付《きりつ》けたるに、大入道はから〳〵と笑《わら》つて、掻消《かきけ》すやうに失《う》せにけり。これは此国見《くにみ》山に年経《へ》たる狸《たぬき》にぞありける。

（11）

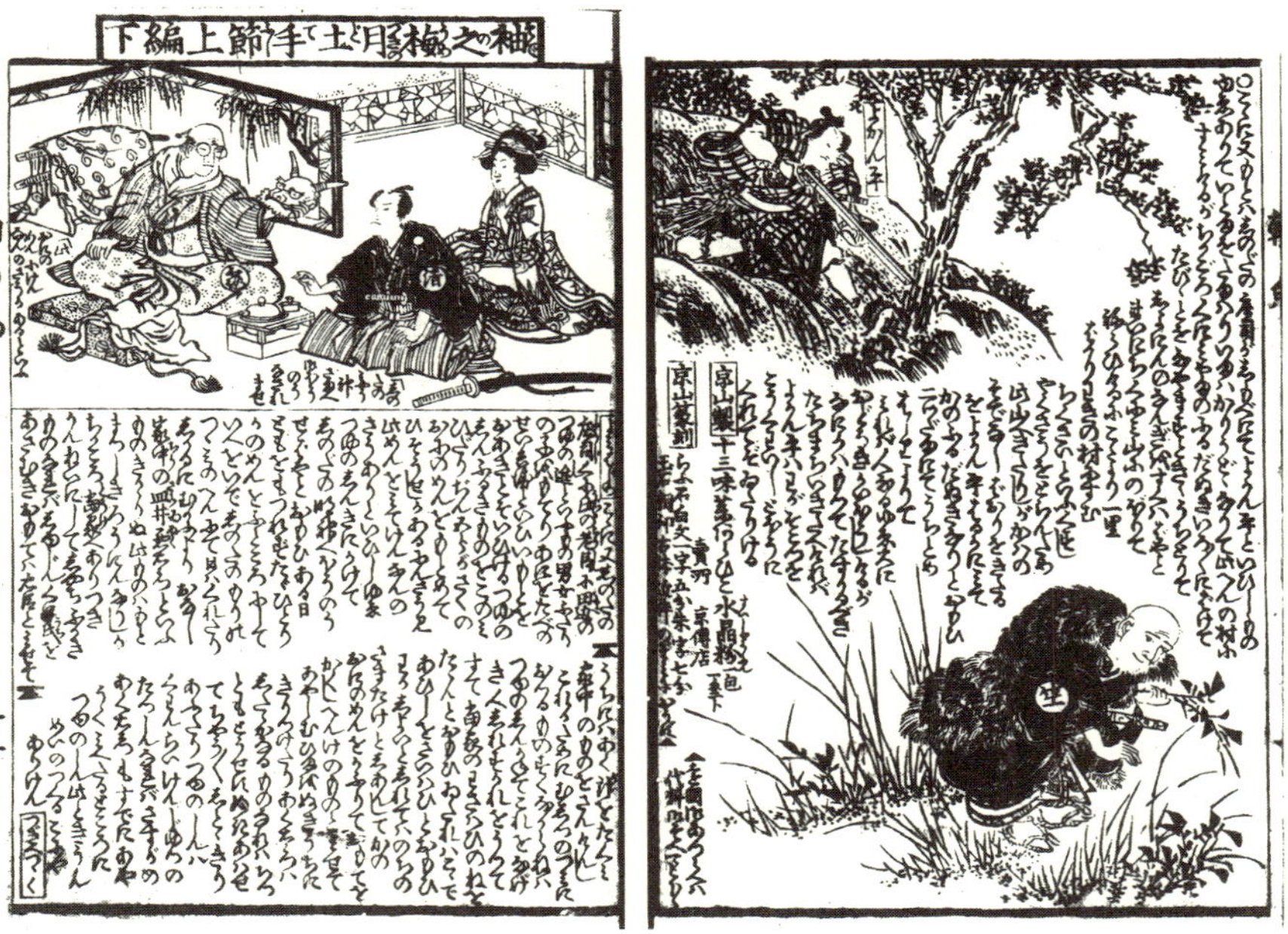

(13)十一オ　(12)十ウ

(12)
○此処《こゝ》に又、元《もと》は篠田《しのだの》庄司が下部《しもべ》にて、よかん平といひし者《もの》、故《ゆゑ》ありて暇《いとま》を賜《たまは》り、今《いま》は狩人《かりうど》となりて、此辺《へん》の村に住《す》みけるが、近頃《ちかごろ》、国見山《くにみやま》の古狸《ふるだぬき》、色々《いろ〳〵》に化《ば》けて旅人《たびゞと》を悩《なや》ますと聞《き》き、討取《うちと》りて諸人《しよにん》の難儀《なんぎ》を救《すく》はばやと、毎日《まいにち》、国《くに》見《み》山に登《のぼ》りて狙《ねら》ひけるに、此処《こゝ》より一里ばかり脇《わき》の村に住《す》む竹斎《ちくさい》といふ薬師《くすし》、薬草《やくさう》を採《と》らんため此山へ来《きた》りしが、皮《かは》の袖《そで》なし羽織《ばおり》を着《き》たるを、よかん平遥《はる》かに見《み》て、かの古《ふる》狸《だぬき》なりと思《おも》ひ、二つ玉《だま》にて撃止《うちと》め、走寄《はしりよ》りて見《み》れば、人なるゆゑ、大に驚《おどろ》き介抱《かいほう》しけるが、何《なに》かはもつて助《たす》かるべき、忽《たちま》ち息絶《いきた》へければ、よかん平は我《わ》が粗忽《そこつ》を後悔《こうくわい》し、途方《とほう》に暮《く》れてぞ居《ゐ》たりける。

よかん平

京山製　十三味薬　洗粉《あらひこ》・水晶粉《すいしやうふん》　一包一匁二分
売所京伝店

京山篆刻　蠟《らふ》石白文一字五分、朱字七分
玉石銅印、古体近体望《のぞ》みに応《おう》ず。遠国御誂《あつら》へは代料御添《そ》へ可被下候。

【下】

(13) 袖之梅月土手節《そでのうめつきのどてぶし》上編下

読《よ》み始《はじ》め　此処《こゝ》に又、篠田庄司《しのだのしやうじ》国氏《くにうぢ》の老臣《らうしん》に田辺露之進《たべのつゆのしん》といふ者《もの》、男女二人《ふたり》の子を持《も》てり。兄《あに》を田辺清兵衛《たべのせい》といひ、妹《いもと》をお秋《あき》とぞいひける。露之進《つゆのしん》、古《ふる》き物《もの》を好《この》み、左《ひだり》甚五郎《ぢん》が作《さく》の鬼《おに》の面《めん》を求《もと》めて秘蔵《ひぞう》せしが、ある人相見《にんさう》、此面《めん》を見《み》て「剣難《けんなん》の相《さう》あり」と言《い》ひしゆゑ、露之進《つゆのしん》、気《き》に掛《か》けて信太《しのだ》の明神へ奉納《ほうのう》せばやと思《おも》ひ、ある日、供《とも》をも連《つ》れず只一人《たゞひとり》、かの面《めん》を懐《ふところ》にして家《いへ》を出《い》で、信太《しのだ》の森《もり》の堤《つゝみ》の辺《へん》にて日は暮《く》れたり。然《しか》るに向《むか》ふより、同《おな》じ家中《ちう》の皿井《さらゐ》悪《あく》右衛門といふ者来掛《ものきか》かりぬ。此者《もの》は元貧《もとまづし》き浪人《ろうにん》なりしが、近頃《ちかごろ》、当家《とうけ》へ有付《ありつ》き、奸佞《かんねい》にして邪知深《じやちふか》き者《もの》なれば、主人《しゆじん》国氏《くにうぢ》を欺《あざむ》き、表《おもて》は忠臣と見《み》せて内《うち》には悪計《あくけい》を企《たく》み、家中の者《もの》を讒言《ざんげん》し、これが為《ため》に無実《むじつ》の罪《つみ》に落《お》つる者少《ものすく》なからねば、露之進《つゆのしん》、かねてこれを嘆《なげ》き、人知《し》れず彼《かれ》を討《う》つて捨《す》て、当家の災《わざは》ひの根《ね》を絶《た》たんと思《おも》ひ居《ゐ》たれば、此処《こゝ》で会《あ》ひしを幸《さいは》ひと思《おも》ひ、我《わ》が所為《しよい》と知《し》れては後《のち》の妨《さまた》げと思案《しあん》して、かの鬼《おに》の面《めん》を被《かぶ》りて面《おもて》を隠《かく》し、変化《へんげ》の者《もの》と見《み》せて、怪《あや》しむ隙《ひま》を抜打《ぬきう》ちに斬付《きりつ》けたり。悪《あく》右衛門はしたゝかなる者《もの》なれば、ちつとも動《どう》せず、抜合《ぬきあ》はせて丁々《ちやうちやう》しとゝ斬合《きりあ》ふたり。露之進《つゆのしん》は元来剣術《ぐわんらいけんじゆつ》の達人《たつじん》なれば、さすがの悪《あく》右衛門もすでに危《あやう》く見《み》へたるところに、露之進《つゆのしん》、此時《とき》、運命《うんめい》の尽《つ》くるとにやありけん。

次《つぎ》へ続《つゞ》く

「此鬼《おに》の面《めん》に剣難《けんなん》の相《さう》がある」と言《い》ふ。

(清)「信太《しのだ》の明《みやう》神様《さま》へ御奉納《ほうのう》なされませ」

（14）十一ウ

十二オ

（14） 前《まへ》の続《つゞ》き 後《うしろ》なる流灌頂《ながれくわんちやう》に足絡《あしから》まり溝《みぞ》へ片足踏込《かたあしふみこ》みて、よろめくところを、悪《あく》右衛門得《え》たりと踏込《ふみこ》んで、袈《け》裟懸《さがけ》に斬伏《きりふ》せたり。斯《か》かる折節《をりふし》、月に雲《くも》かゝりて四方真暗《ほうまつくら》となり、小田の蛙《かいる》の鳴立《なきた》ちて、いとゞ哀《あは》れを添《そ》へにける。

時《とき》に狐塚《きつねづか》といふ所の有徳《うとく》なる郷士、蘆屋堂《あしやのどう》右衛門といふ者《もの》、此所へ来掛《きか》かりければ、悪《あく》右衛門は見《み》つけられじと稲《いな》村の陰《かげ》に隠《かく》れたり。露之進《つゆのしん》は深手《ふかで》に弱《よは》り地《ち》上に倒《たふ》れて居《ゐ》たりけり。堂右衛門は野風《のかぜ》に小提灯《ちやうちん》を吹消《ふきけ》され、探足《さぐりあし》にて来《きた》りしが、此時《とき》、露之進《つゆのしん》はやう／＼と起上《おきあ》がり、暗《くら》がりにて堂右衛門を悪《あく》右衛門なりと思《おも》ひ、斬《き》つて掛《か》かりければ、堂右衛門は露之進《つゆのしん》を盗賊《とうぞく》なりと思《おも》ひ、刀《かたな》を抜《ぬ》きて斬結《きりむす》ぶ拍子《ひやうし》に、露之進《つゆのしん》が被《かふ》りたる鬼《おに》の面《めん》の片《かた》／＼の角《つの》を一つ斬《きり》落《お》とし、面《めん》はそのまゝ地に落《お》ちたり。此時《とき》、月の雲晴《くもは》れて又、明《あき》らかになりければ、堂右衛門、露之進《つゆのしん》が様子《やうす》を見《み》るに、歴々《れき／＼》の武士《ぶし》と見へて盗賊《とうぞく》の体《てい》ならず、 次《つぎ》へ続《つゞ》く

清《せい》兵衛《へ》

あかん平

[堂]

(15)十二ウ　十三オ

(15) 前《まへ》の続《つゞ》き 袈裟懸《けさがけ》に斬《き》られたるは、我《わ》が今《いま》の刀《かたな》の下《した》に斬《き》りしと思《おも》ひ、他《ほか》に斬手《きりて》ありとは夢《ゆめ》にも知《し》らず、我《わ》が刀《かたな》にも血潮《ちしほ》付《つ》きてあれば、いよ〳〵それと思《おも》ひ、さて〳〵粗忽《そこつ》なる事《こと》せしと大きに後悔《こうくわい》し、印籠《いんろう》の気付《きつけ》など与《あた》へて介抱《かいほう》せしが、その甲斐《かひ》もなく、露之進《つゆのしん》は信太《しのだ》の葛《くず》の下《した》露《つゆ》と消《き》へて儚《はかな》くなりにけり。堂右衛門、思《おも》ひけるは、人を殺《ころ》して生永《いきなが》らふべき謂《いは》れなし。此所に在《あ》りて、此人の家内《かない》の者《もの》の尋来《たづねこ》んを待《ま》ち、委細《いさい》を語《かた》り討《う》たるべしと覚悟《かくご》を極《きは》めしが、又思返《おもひかへ》しけるは、いや〳〵我《われ》、今宵《こよひ》、信太《しのだ》の明神へ参詣《さんけい》せしは母の大病《びやう》の立願《りうぐわん》の為《ため》なるに、我《われ》、斯《か》かる過《あやま》ちして討《う》たれしと聞《き》き給はゞ病気《びやうき》重《おも》りて、そのまゝ儚《はかな》くなり給《たま》はんは必定《ひつぢやう》なり。これも又、忍《しの》び難《がた》き事《こと》なれば、今《いま》は此場《ば》を此まゝ立退《の》き、後日《ご》に此人の身寄《みより》を尋《たづ》ね、名乗《なの》つて出《いで》て潔《いさぎよ》く討《う》たるべしと思案《しあん》を定《さだ》め、後《のち》に名乗《なの》らん証《しやう》拠《こ》にと、かの鬼《おに》の面《めん》を取《と》りて懐中《くわいちう》し、我《わ》が帯《お》びたる二枚《まい》五両といふ銘《めい》のある小脇差《わきざし》を死骸《しがい》の側《そば》に残《のこ》し置《お》き、盗賊《とうぞく》の所為《しよい》にあらぬといふ証拠《しやうこ》となし、死骸《しがい》に念仏《ねんぶつ》数遍《すへん》手向《たむ》けて、ついに此場《ば》を立帰《たちかへ》りぬ。

(16)十三ウ

十四オ

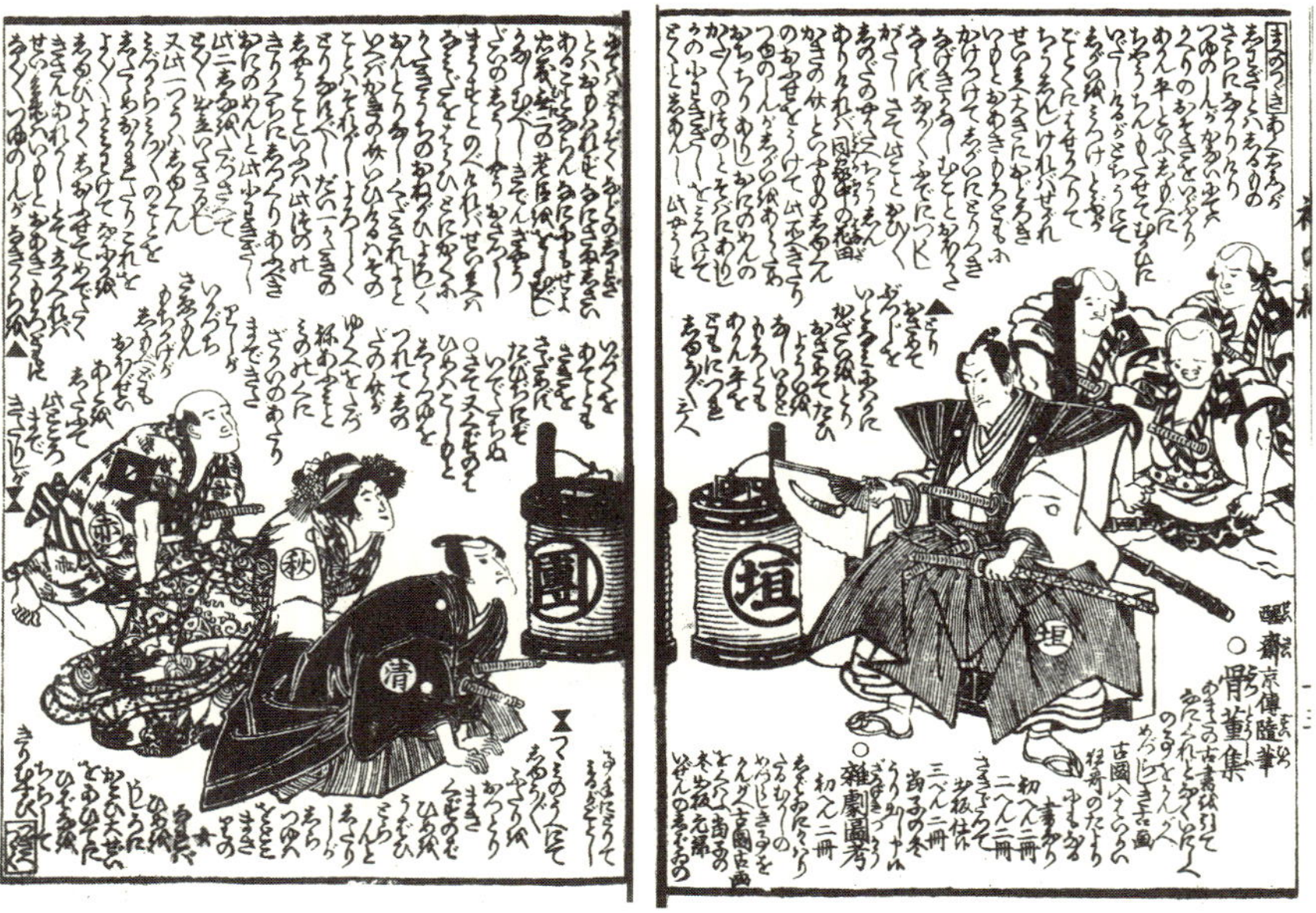

悪《あく》右衛門は始終《しゞう》の様子《やうす》を稲村《いなむら》の陰《かげ》にてとつくと見届《とゞ》け、安堵《あんど》の思《おも》ひをなして我《わ》が家《や》へ帰《かへ》り、知《し》らぬ顔《かほ》して居《ゐ》たりければ、

次《つぎ》へ続《つゞ》く

鬼《おに》の面《めん》の片方《かた〳〵》の角《つの》落《お》ちてある

(16) 前《まへ》の続《つゞ》き 悪《あく》右衛門が仕業《しわざ》とは知《し》る者《もの》さらになかりけり。露之進《つゆのしん》が家内《かない》にては、帰《かへ》りの遅《おそ》きを訝《いぶか》り、あかん平といふ下部《しもべ》に提灯《ちやうちん》持《も》たせて迎《むか》ひに出《いだ》しけるが、途中《とちう》にて死骸《しがい》を見付《みつ》け、飛《と》ぶが如《ごと》くに馳帰《はせかへ》りて注進《ちうしん》しければ、倅《せがれ》清兵衛《せいへ》大きに驚《おどろ》き、妹《いもと》お秋《あき》もろともに駆付《かけつ》けて死骸《しがい》に取付《とりつ》き、嘆《なげ》き悲《かな》しむこと大方《おほかた》ならず。なか〳〵筆《ふで》に尽《つ》くし難《がた》し。

さて、此事《こと》、追々《おひ〳〵》篠田《しのだ》の館《やかた》へ注進《ちうしん》ありければ、同家中《どうかちう》の花田垣之介《はなだかきの》といふ者《もの》、主君《しゆくん》の仰《おふ》せを受《う》けて此所へ来《きた》り。露《つゆ》之進《のしん》が死骸《しがい》を検《あらた》め、落散《おちち》りありし鬼《おに》の面《めん》の片方《かた〳〵》の角《つの》と、側《そば》にありしかの小脇差《わきざし》を見付《みつ》けて篤《とく》と思案《しあん》し、「此様子《やうす》にては盗賊《とうぞく》などの仕業《しわざ》とは思《おも》はれず、何《なに》さま仔細《しさい》ある事《こと》ならん。何《なに》にもせよ、忠義無二《むに》の老臣《をしむ》を惜《を》しむべし、悲《かな》しむべし。貴殿兄妹《きでんきやうだい》の愁傷《しうしやう》お察《さつ》し申《まう》す」と述《の》べければ、清《せい》兵衛《へ》は涙《なみだ》を払《はら》ひ、「兎《と》に角《かく》に、敵討《かたきうち》の御願《おねが》ひよろしく御執成《おんとりな》し下《くだ》されよ」と言《い》へば、垣之《かきの》介言《い》ひけるは、「その事《こと》は某《それがし》よろしく執成《とりな》すべし。第《だい》一、敵《かたき》の証拠《しやうこ》と言《い》ふは、此角《つの》の切《きり》口《くち》にしつくり合《あ》ふべき鬼《おに》の面《めん》と此小脇差《わきざし》。此二品《しな》を携《たづさ》へて疾《と》く〳〵出立致《いた》さるべし。又、此一通《つう》は主君《しゆくん》自《みづか》ら密々《みつ〳〵》の事《こと》を認《した》め置《お》かれたり。これをよく〳〵読分《よみわ》けて、何《なに》かを首《しゆ》尾《び》よく為果《しおふ》せて、目出度《めでた》く帰参《きさん》あれかし」とて立帰《かへ》れば、清《せい》兵衛は妹《いもと》お秋《あき》もろともに、泣《な》く〳〵露之進《つゆのしん》が亡骸《なきがら》を取納《とりおさ》めて仏事《ぶつじ》を営《いとな》み、俄《には》かに家財《かざい》を取納《とりおさ》めて旅用意《たびようい》をなし、妹《いもと》もろとも、あかん平を供《とも》に連《つ》れ、主従《しゆう〴〵》三人、何処《いづく》を当《あ》てとも、先《さき》を定《さだ》めず旅路《たびぢ》にぞ出立《いでたち》ぬ。

○さて又、葛葉姫《くずのはひめ》は腰元白露《こしもとしらつゆ》を連《つ》れて篠田之《しのだの》介が行方《ゆくへ》を尋《たづ》ね、近江《あふみ》と美濃《みの》の国境《くにざかい》の辺《あた》りまで来《きた》りしが、雷《いかづち》左衛門《さゑもん》持景《もちかげ》が下部共《しもべども》、大勢跡《おほぜいあと》を慕《した》ふて此所《ところ》まで来《きた》りしが、堤《つゝみ》の上《うへ》にて主従二人《しゆう〴〵ふたり》を押取巻《おつとりま》き、葛葉姫《くずのはひめ》を奪取《うばひと》らんとしたりしが、白露《しらつゆ》は男勝《をとこまさ》りの女なれば、姫《ひめ》を後《うしろ》に囲《かこ》ひ、大勢《ぜい》を相手《あひて》に火花《ひばな》を散《ち》らして斬結《きりむす》び、

次《つぎ》へ続《つゞ》く

醒斎《せいさい》京伝随筆《ずいひつ》

○骨董集《こつとうしふ》

数多《あまた》の古書を引て、何《なに》くれとなく古《いにしへ》の事を考《かんが》へ、珍《めづら》しき古画・古図入、俳諧《はいかい》、狂歌の頼《たよ》りにもなる書なり。初編《へん》二冊、二編《へん》二冊、先《さき》だつて出板仕候。三編《べん》二冊、当子の冬売《うり》出し申候。

○雑劇図考《ざつげきづかう》　初編《へん》二冊　芝居《しばゐ》に関《かゝ》はりたる昔《むかし》の珍《めづら》しき事を考《かんが》へ、古図・古画を加《くは》ふ。当子の冬出板。元禄以前《いぜん》の芝《しば》居《ゐ》の事、手に取《と》りて見《み》るが如《ごと》し。

[垣]

[団]

(17)十四ウ

十五オ

(17) 前《まへ》の続《つゞ》き ついに大勢《ぜい》を追散《おつち》らしけるが、その身《み》も数多深手《あまたふかで》を負《お》ひ、身内朱《みうちあけ》に染《そ》まりて息《いき》も絶《た》へぐ〳〵なれば、葛葉姫《くずのはひめ》は取縋《とりすが》り、「そなたが此処《こゝ》で儚《はかな》くならば、我《わ》が身《み》は何《なに》となるべき」と涙《なみだ》ながらに宣《のたま》へば、白露《しらつゆ》は苦《くる》しき息《いき》をホツト吐《つ》き、「此深手《ふかで》では敵《かな》ひ難《がた》し。然《さ》りながら、たとへ此身《み》は死《し》するとも、魂魄《こんぱく》は御前様《おまへさま》に付添《つきそ》ひ守護《しゆご》致《いた》し申すべし。御気遣《おんきづか》ひあそばすな」と言《い》ふ折《をり》しも、雷《いかづち》が下部《しもべ》一人後《うしろ》の方《かた》より狙寄《ねらひよ》り、白露《しらつゆ》に組付《くみつ》くを素首捕《そつくびとら》へて下《した》に敷《し》き、喉《のんど》へぐつと一刀《ひとかたな》、その身《み》もがつくり息絶《いきた》へたり。又、物《もの》陰《かげ》より下部《しもべ》一人ぬつと出《い》で、姫《ひめ》を捕《とら》へて駈行《かけゆ》きしが、野上《のがみ》の里《さと》へ通《かよ》ひ終《お》はりの濡髪《ぬれがみ》の小静《しづか》といふ若女房《わかにようぼう》、向《むか》ふより来掛《きか》かりて、提灯《ちやうちん》にて辺《あた》りを照《て》らし、それと見《み》るより下《しも》部《べ》を捕《とら》へ、辺《あた》りの深《ふか》田へ投込《なげこ》んで、 次《つぎ》へ続《つゞ》く

[濡髪《ぬれがみ》]

(18)十五ウ

(18) 【前《まへ》の続《つゞ》き】 葛葉姫《くずのはひめ》の御手《おんて》を取《と》り、堤《つゝみ》の上《うへ》に折節《をりふし》、有《あり》合《あ》ふ戸無駕籠《なしかご》に乗《の》せ参《まゐ》らせ、垂《たれ》をバツタリ。「これ、駕籠《かご》の衆《しゆ》」と呼寄《よびよ》せて、「コリヤ、わしが大事《だいじ》のお客《きやく》、わしが家《うち》まで急《いそ》いでやつて」と言《い》ひければ、駕籠舁二人《かごかきふたり》は、飲込《のみこ》みましたと肩《かた》を入《い》れ、ヤツサコリヤサと急《いそ》ぐ駕籠《かご》、後《あと》に付《つき》添《そ》ふ駕籠《かご》の上《うへ》に白露《しらつゆ》が心火《しんくわ》、姫《ひめ》を守護《しゆご》してついて行《ゆ》く。哀《あは》れは後《のち》に知《し》られけり。

【豊国画㊞】【山東京伝作㊞】

【京伝店】 色《いろ》の白くなる薬白粉《おしろい》
▲白牡丹《はくぼたん》　一包代百廿四文 【下へ続《つゞ》く】

【上より】 此薬《くすり》を顔《かほ》の下地《したぢ》に塗《ぬ》りて、その後《あと》へ常《つね》の白粉《おしろい》を塗《ぬ》れば、きめを細《こま》かにしてよく白粉《おしろい》をのせ、生際綺麗《はへぎはきれい》になり、地体《じたい》の色《いろ》を白《しろ》くし、格別器量《かくべつきりやう》をよくみせるなり。疥《はたけ》・雀斑《そばかす》・瘡《くさ》の跡《あと》、面皰《にきび》・汗疹《あせも》・霜焼《しもやけ》の類《るい》、顔《かほ》いつさいの妙《みやう》薬《やく》、顔《かほ》に艶《つや》を出《いだ》し、きめを細《こま》かにすること奇妙《きみやう》也。その他《ほか》、効能数多能書《こうのうあまたのうがき》に詳《くは》し。
[濡髪《ぬれがみ》]

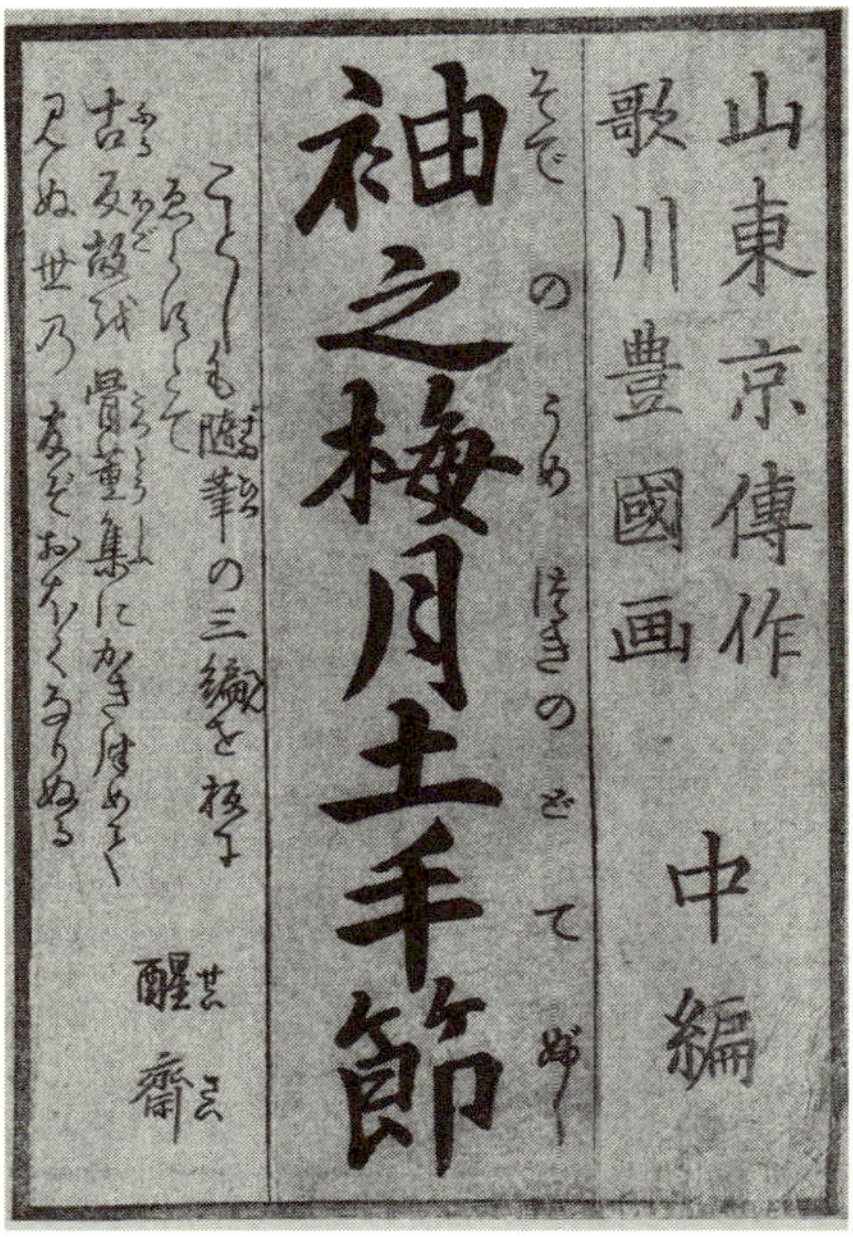
中編見返し

［中編見返し］

山東京伝作
歌川豊国画
袖《そで》之《の》梅《うめ》月《つきの》土《ど》手《て》節《ぶし》　中編

ことしも随筆《ずゐひつ》の三編《へん》を板に彫《ゑ》らすとて
古《ふる》反《ほ》故《ご》を骨董集《こつとうしふ》にかきつめて
見ぬ世の友ぞおほくなりぬる
醒斎《せいさい》

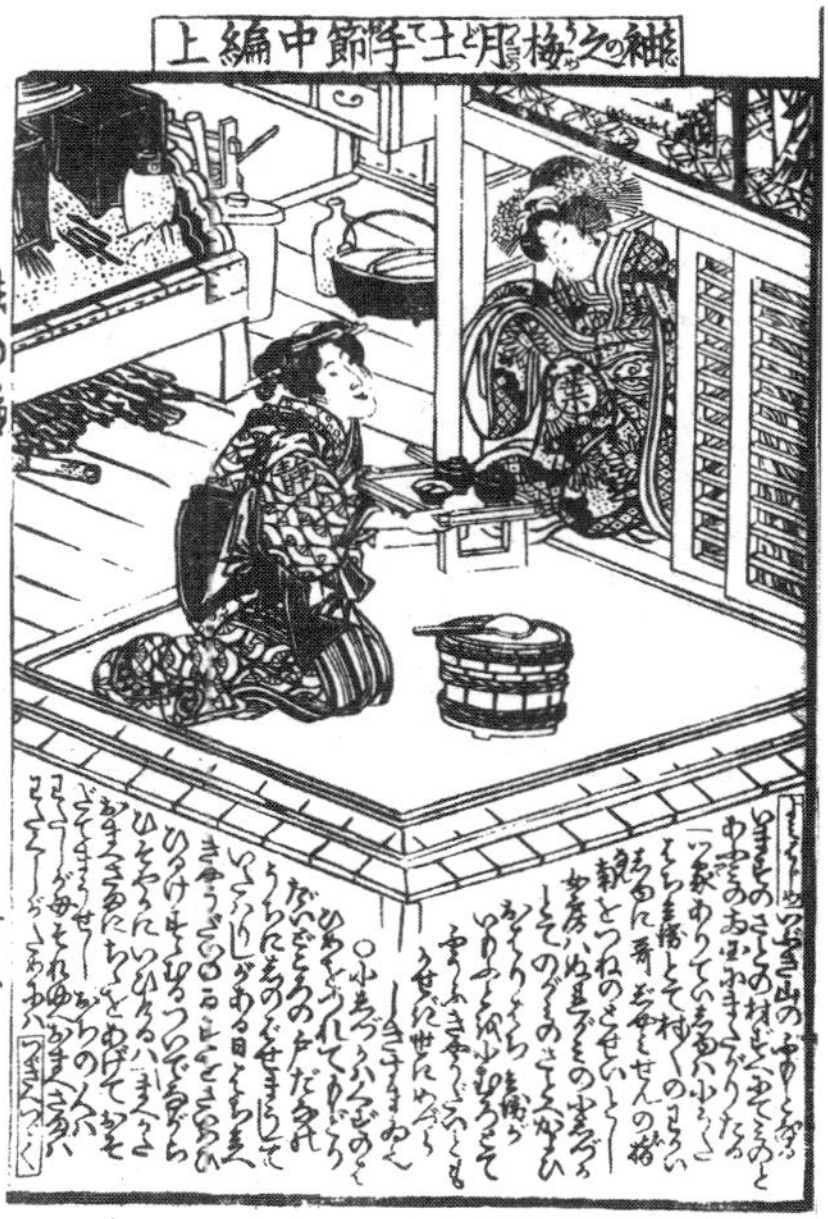

(19) 十六オ

【上】

(19) 袖之梅月土手節《そでのうめつきのどてぶし》中編上

読《よ》み始《はじ》め 伊吹《いぶき》山の麓《ふもと》なる今津《いまづ》の里《さと》の村末《ずへ》にて、美濃《みの》と近《あふ》江《み》の両国にまたがりたる一つ家《や》あり。亭主《ていしゆ》は小歌《うた》蜂《はち》兵衛とて、村々の若《わか》い衆《しゆ》に歌三味線《じやみせん》の指南《しなん》を常《つね》の渡世《とせい》とし、女房は濡髪《ぬれがみ》の小静《しづか》とて、野上《のがみ》の里《さと》へ通《かよ》ひ終《お》はり、蜂《はち》兵衛が妹《いもふと》を小室《むろ》とて、夫婦《ふうふ》兄妹《きやうだい》とも稼《かせ》ぎ、世に珍《めづら》しき住《す》まゐ也。

○小静《しづか》は葛葉姫《くずのはひめ》を連《つ》れて戻《もど》り、台所《だいどころ》の戸棚《だな》の内《うち》に忍《しの》ばせ申《まう》して労《いた》はりしが、ある日、蜂《はち》兵衛《へ》兄妹《きやうだい》の留守《るす》を幸《さいは》ひ、昼餉《ひるげ》勧《す》むるついでながら、密《ひそ》やかに言《い》ひけるは、「前方《まへかた》、御前様《おまへさま》に乳《ち》を上《あ》げて御育《おそだ》て申《まう》せし御乳《おち》の人は私《わたし》が母、それ故《ゆへ》、お前様《まへさま》は私《わたくし》がためには 次《つぎ》へ続《つゞ》く

十七オ

(20)十六ウ

(20) 前《まへ》の続《つゞ》き 大事《だいじ》の〳〵御主人様《しゆじんさま》。七年以前《いぜん》、私《わたくし》が十五の時《とき》、御前様《おまへさま》はまだお八つ。母の縁《ゑん》にて神崎《かんざき》の御館《おやかた》へ上《あ》がり、御前様《おまへさま》の幼《おさな》き御顔《おかほ》を見知《みし》つたと御名《おな》を知《し》つたが、今度《こんど》の幸《さいは》ひ。夕《ゆふ》べ、ちよつとお話《はな》しの篠田《しのだ》之《の》介様《さま》の御《お》行方《ゆくへ》も、私《わたし》が尋上《たづねあ》げませう」。「それは嬉《うれ》しい。白露《しらつゆ》が亡《なき》骸《がら》まで密《ひそ》かに葬《はうむ》りくれたとの事《こと》、何《なに》から何《なに》まで心尽《こゝろづ》くし、礼《れい》は言葉《ことば》に述《の》べられず」と宣《のたま》ふ折《をり》しも、夫《をつと》蜂《はち》兵衛、妹《いもと》もろとも帰《かへ》りければ、小静《しづか》は慌《あは》て、戸棚《だな》の戸をぴつしやり、素《そ》知らぬ顔《かほ》で挨拶《あいさつ》し、お二人《ふたり》のお帰《かへ》りを待《ま》つて居《ゐ》ました。野上《のがみ》の里《さと》も物《もの》日前《まへ》、禿《かぶろ》の着物《きもの》を急《いそ》ぐであらふに、ドリヤ行《ゆ》かざなるまいと、次《つぎ》へ続《つゞ》く

[此一つ家の敷居《しきゐ》／美濃《みの》と近江《あふみ》の境《さかい》]

[濡髪《ぬれがみ》]

[小歌《うた》蜂《はち》兵衛]

[蜂]

(21) 前《まへ》の続《つゞ》き 折《をり》から降《ふ》りくる初時雨《はつしぐれ》、色付《いろづ》く里《さと》の紅葉《もみぢ》傘《がさ》、提灯《ちやうちん》提《さ》げて夜仕事《よしごと》に、野上《のがみ》の里《さと》へ急行《いそぎゆ》く。蜂《はち》兵衛《へ》は

(21)十七ウ　十八オ

門《かど》の戸を差固《さしかた》め、妹《いもふと》に目配《めくば》せして、上《かみ》の一間《ひとま》の戸棚《だな》の戸を押開《おしあ》くれば、内《うち》より出《いづ》るは篠田之《しのだの》介。この頃《ごろ》、此処《こゝ》に匿《かくま》はれ、世を忍《しの》ぶこそ労《いたは》しき。一《ひと》つ家《や》なれど戸棚《だな》は二つ、彼処《かしこ》と此処《こゝ》に匿《かくま》はれ、忍《しの》ぶ二人《ふたり》も互《たが》ひに知《し》らず、匿《かくま》ふ夫婦《ふうふ》も斯《か》くぞとは、互《たが》ひに知《し》らぬと見《み》えにけり。

○その明《あ》くる日は、蜂《はち》兵衛《へ》・小室兄妹二人《むろきやうだいふたり》、寺参《てらまゐ》りとて朝早《あさはや》く宿《やど》を出《い》で、小静一人《しづかひとり》、留守《るす》をして居《ゐ》たりしが、夕方《ゆふがた》に蜂兵衛《はちへ》、一人《ひとり》ほろ酔機嫌《ゑひきげん》、風呂敷包《ふろしきづゝみ》を小脇《わき》に抱《かゝ》へ、千《ち》鳥足《どりあし》にて立帰《たちかへ》れば、小静《しづか》は出向《いでむ》かひ、「小室殿《むろどの》はどうしたへ」と言《い》へば、蜂《はち》兵衛、「ヲ、小室《むろ》は近江《あふみ》の菅笠《すげ》屋《や》に祝事《いはひごと》があるゆへ、歌唄《うたうた》ひ三味線弾《しやみせんひ》いてくれと、途中《とちう》から雇《やと》はれて行《い》つたゆへ、もう今夜《こんや》は戻《もど》るまい」と言《い》へば、ソリヤようござんす。祝儀《しゆうぎ》、たんと貰《もら》ふて帰《かへ》るであろ。そう斯《か》うするうち、もふ日が暮《く》れたそうな。どりや行灯《あんどん》と、取出《とりいだ》し明《あ》かり灯《とも》せば、蜂兵衛《はちへ》は上《かみ》の間《ま》に大胡坐《あぐら》。コレ嬶《かゝア》、昨日貰《きのふもら》つた酒《さけ》はまだあるか。「そんなに何時《いつ》まであるものかいなア。見《み》れば大分下地《だいぶんしたぢ》がござんすの、後引《あとひ》きは久《ひさ》しいものサ。そんな事《こと》もあらふかと一升取《と》つて待《ま》つてゐたはいな」と言《い》ひ

つゝ、立《た》つて燗《かん》をつけ、袴《はかま》も持《も》たぬ白衣《びやくゑ》な銚釐《ちろり》を

次《つぎ》へ続《つゞ》く

［岩井］

［美濃《みの》と／近江《あふみ》の境《さかい》］

（22）

前《まへ》の続《つゞ》き

煙管《きせる》の先《さき》に引掛《ひつか》けて、美濃《みの》から近江《あふみ》へ敷《しき》

(22)十八ウ　十九オ

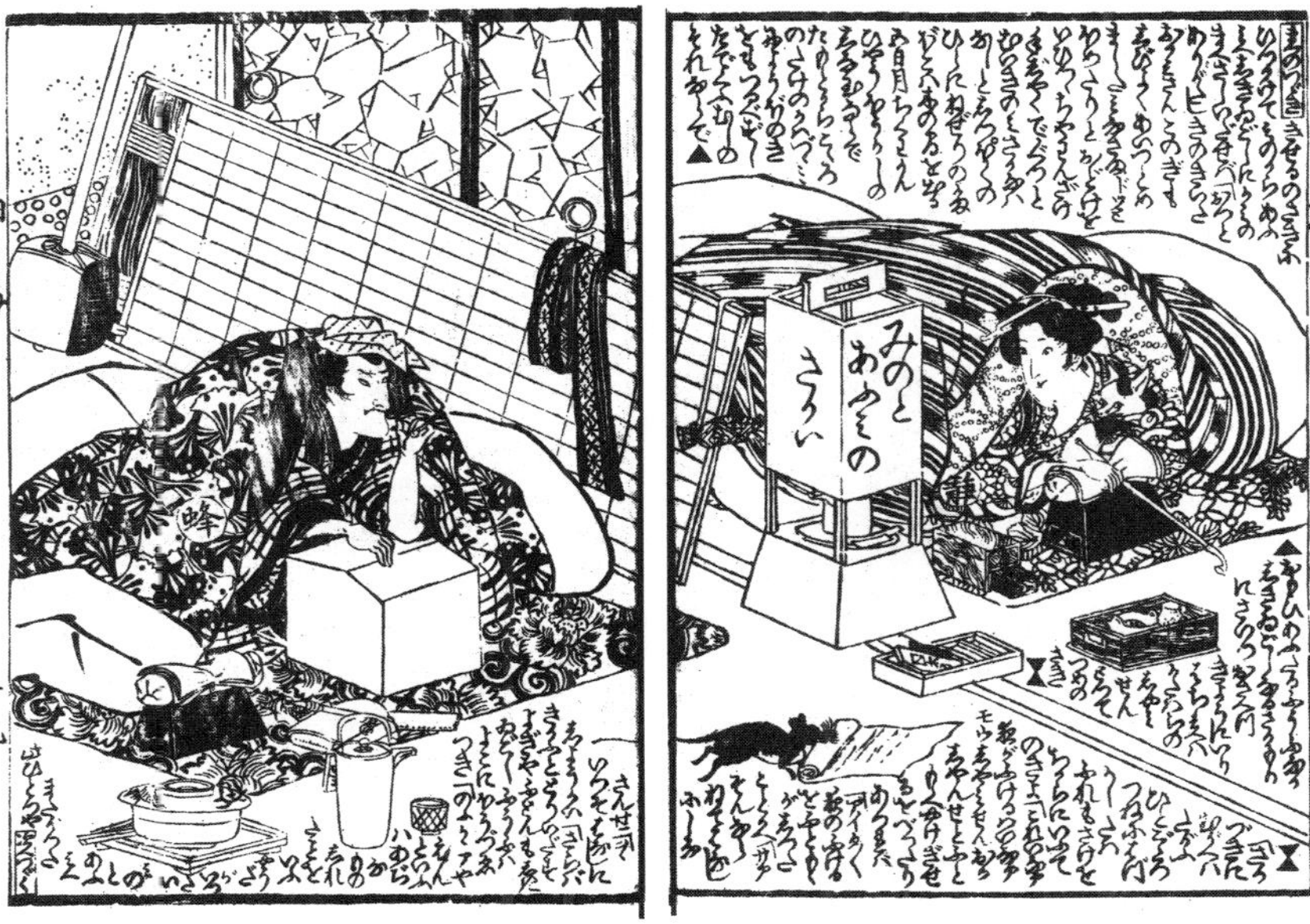

居越《ゐご》しに上《かみ》の間《ま》へ差出《さしいだ》せば、「おつと有難《ありがた》し、気《き》の効《き》いたおかみさん。この儀《ぎ》も首尾《しび》よく相勤《あいつと》めました、皆様《みなさま》ドツと褒《ほ》めたり」とおどけを言《い》ひつゝ、茶碗酒《ちやわんざけ》、手酌《じやく》でぐつと無意気飲《むいきの》み、肴《さかな》はなしと卓袱《しつぽく》の平《ひら》に根芹《ねぜり》の蒲鉾《かまぼこ》は木の間を出る五日月、竹輪《ちくわ》、干瓢《かんぴやう》、放下師《ほうかし》の品《しな》玉ならで、袂《たもと》から心《こゝろ》の丈《たけ》の皮包《かはづゝみ》、女房《にようぼ》の気《き》をも釣瓶鮨《つるべずし》、蓼食虫《たでくふむし》のそれならで、想《おも》ひ合《あ》ふたる夫婦仲《ふうふなか》、敷居越《しきゐご》しなる酒盛《さかもり》に、差《さ》いつ押《お》さへつ興《きよう》に入《い》り、蜂兵衛《はちへ》は傍《かたは》らの三味線《しやみせん》取《と》つて爪《つめ》の先《さき》、盃《さかづき》に無雅《むが》へは違《たが》ふ人心《ひとごゝろ》、常《つね》に恥《は》づかし戯《たはふ》れも、酒《さけ》を力《ちから》に言《い》ふてのきよ。これいなア、夜が更《ふ》けるはいなア。モウ三《しや》味線《みせん》置《お》かしやんせと、太股《ふとも》へ焼《や》け煙管《ぎせる》をべつたり当《あ》つれば、アイタ〳〵、夜の更《ふ》けるを太股《ふとも》が知《し》つたことかへ。サア、そんなら寝《ね》て話《はな》しにしなさんせ。ヲ、いつそ話《はな》しにしようかい。さらば聞《き》かふと取出《とりいだ》す夜着《よぎ》や蒲団《ふとん》も敷居越《しきゐご》し、夫婦《ふうふ》は横《よこ》に頬杖《ほうづゑ》つき、「のふ嬶《かゝア》や、縁《えん》といふは味《あぢ》なもの。知《し》れた事《こと》を言《い》ふやうだが、いつたい美濃《みの》と近江《あふみ》へまたがつた此《ひと》一つ家《や》、[次へ続《つゞ》く]

[美濃《みの》と近江《あふみ》の／境《さかい》]

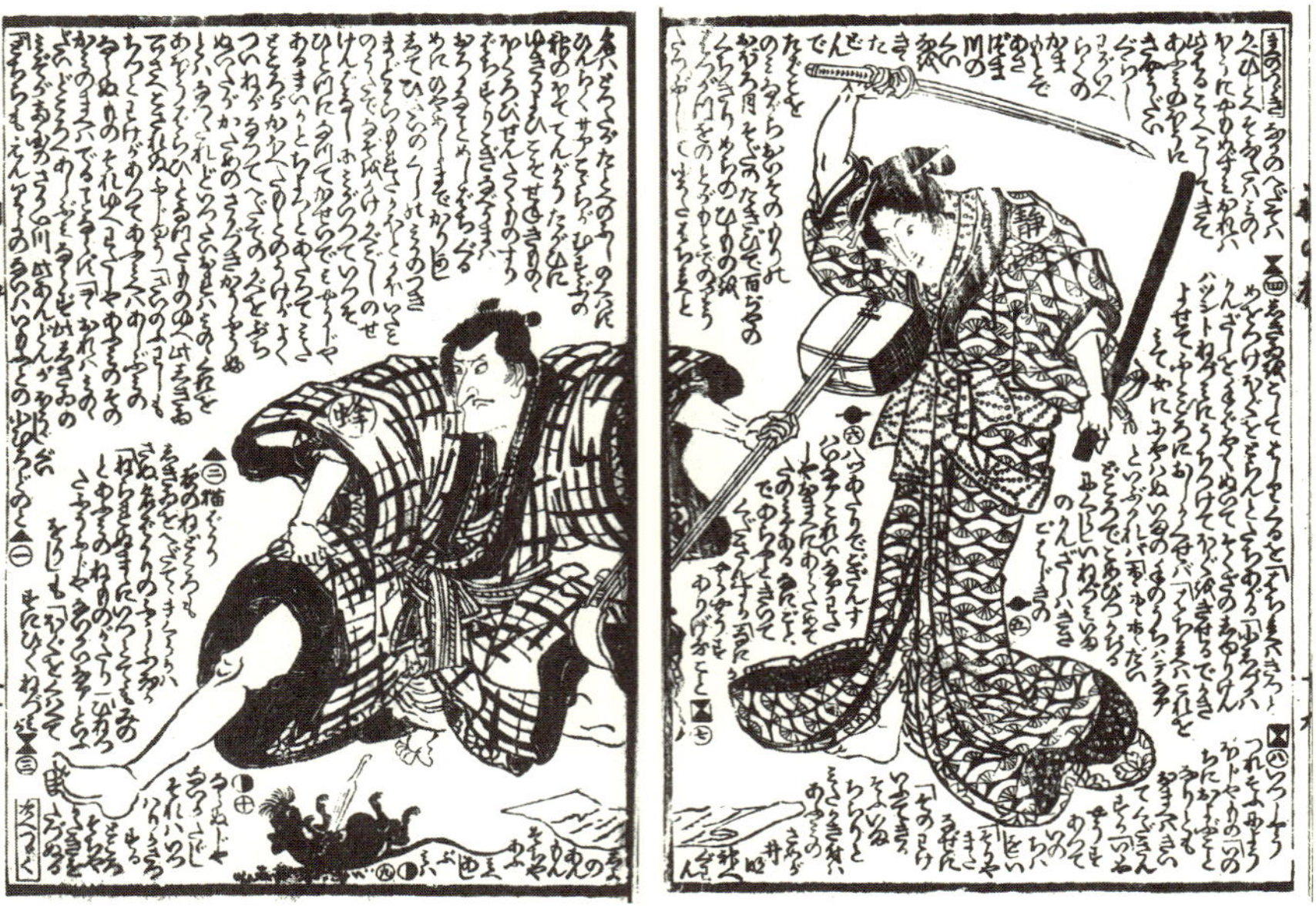

（23）十九ウ

二十オ

（23）前《まへ》の続《つゞ》き　中《なか》の隔《へだ》ては壁一重《かべひとへ》、そなたは美濃《みの》の方《ほう》に寡《やもめ》住《ず》み、俺《おれ》は此春《はる》、此処《こゝ》へ越《こ》して来《き》て、近江《あふみ》の方《ほう》に兄妹《きやうだい》暮《ぐ》らし。我《わ》が家楽《いへらく》の窯元《かまもと》で、朝妻《あさづま》川の水鶏《くいな》を聞《き》き、炭団《たどん》で煙草《たばこ》を呑《の》みながら、老蘇森《おいそのもり》の朧《おぼろ》月、粗朶《そだ》の焚火《たきび》で百邪《ぢや》の口切《くちき》り、めらの干物《ひもの》を初鰹《はつがつを》の咎《とが》、元手《もとで》の隆達節《りうたつぶし》で小歌蜂《うたはち》兵衛《へ》と名は取《と》つたが、たとへ野伏《のぶし》の食《く》はず貧楽《ひんらく》、サア此処《こゝ》らが結《むす》ぶの神のほててんがう。互《たが》ひに行通《ゆきかよ》ひこそせね着物《きもの》の綻《ほくろ》び、洗濯物《せんたくもの》、擂鉢《すりばち》、擂粉木《すりこぎ》、鍋《なべ》、釜《かま》は愚《おろ》かな事《こと》、飯鉢《めしばち》ぐるめに冷飯《ひやめし》まで借貸《かりか》しして、額《ひたい》の櫛《くし》の三日《みか》の月《つき》、窓《まど》からもれた顔《かほ》と顔《かほ》、潮来《いたこ》の歌《うた》で謎《なぞ》を掛《か》け、壁越《かべご》しの世間話《せけんばなし》に身《み》が入《い》つて、いつそ一《ひと》つになつて稼《かせ》いでみやうじやあるまいかと、ちよつと当《あ》たつてみたところが、顔《かほ》へ袂《たもと》の受《う》けがよく、つい値《ね》がなつて、隔《へだ》ての壁《かべ》を打抜《ぶちぬ》いたが固《かた》めの盃《さかづき》、斯《か》う夫婦《ふうふ》とはなつたれど、いつたい俺《おれ》は美濃《みの》の国《くに》を阿呆払《あほうばら》ひとなつた者《もの》ゆへ、此敷居《しきゐ》一つさへ越《こ》されぬ不自由《ふじゆう》」。「さいのふ、わしもちつと訳《わけ》があつて、近江《あふみ》へは足踏《あしぶ》みのならぬ者《もの》、それ故《ゆへ》、私《わたし》や近江《あふみ》のその上《かみ》の間《ま》へは出《で》ることならず」。「ヲ、俺《おれ》は美濃《みの》の台所《だいどころ》へ足踏《あしぶ》みならず。此敷居《しきゐ》の溝《みぞ》が両国の境川《さかい》、此行灯《あんどん》が傍示杭《ほうじぐい》」。「どちらも遠慮《えんりよ》のない は妹《いもふと》の小室殿《むろどの》と猫ばかり。夜の寝所《ねどころ》も敷居《しきゐ》を隔《へだ》て、枕交《まくらか》はさぬ名ばかりの夫婦仲《ふうふなか》」。「寝《ね》られぬまゝに何時《いつ》とても、美濃《みの》と近江《あふみ》の寝物語《ねものがたり》」。「ひねつた夫婦《ふうふ》じやないかいなア」と言《い》ふ折《をり》しも、反故《ほぐ》を咥《くは》へて巣《す》に引《ひ》く鼠《ねづみ》が敷居《しきゐ》を越《こ》して走《はし》り来《く》るを、蜂兵衛《はちへ》はきつと目《め》をつけ、反故《ほぐ》を取《と》らんと立上《たちあ》がる。小静《しづか》は簪《かんざし》を手早《ばや》く抜《ぬ》いて、即座《そくざ》の手裏剣《しゆりけん》、ハッシト鼠《ねづみ》に打付《うちつ》けて、反故《ほぐ》を煙管《きせる》で掻寄《かきよ》せて懐《ふところ》に押隠《おしかく》せば、蜂兵衛《はちへ》はこれを見《み》て、女に似合《にやは》ぬ今《いま》の手の内《うち》、ハテなアと訝《いぶか》れば、ホ、ホ、ホ、、台所《だいどころ》で米櫃《こめびつ》かぢる憎《にく》らしい鼠《ねづみ》、今《いま》の簪《かんざし》は細螺弾《きさごはじき》の八つ当《あた》りでござんすはいなア。これいなア、私《わたし》やお前《まへ》に改《あらた》めて頼《たの》みがある。何事《なにごと》であらふと聞《き》いて下《くだ》さんすか。何《なに》かやら様子《やうす》ありげな事《こと》、一生連添《いつしやうつれそ》ふ女房《にようぼ》じやもの。命《いのち》に及《およ》ぶ事《こと》なりとも、お前《まへ》は聞《き》いて下《くだ》さんすか。いゝや、様子《やうす》あつて命《いのち》は惜《を》しい。そりやまた何故《なぜ》に。その訳言《わけい》ふて聞《き》かそふ。今《いま》ちらりと見《み》た書付《かき》は、近江《あふみ》の醒《さめが》井明神へ願書《ぐわんしよ》の案文《あんもん》。そちや近江《あふみ》へ足踏《あしぶ》みはならぬじやないか。たゞし、それは偽《いつは》りか。察《さつ》するところ、そちや

敵《かたき》を尋《たづ》ぬる　次へ続《つゞ》く

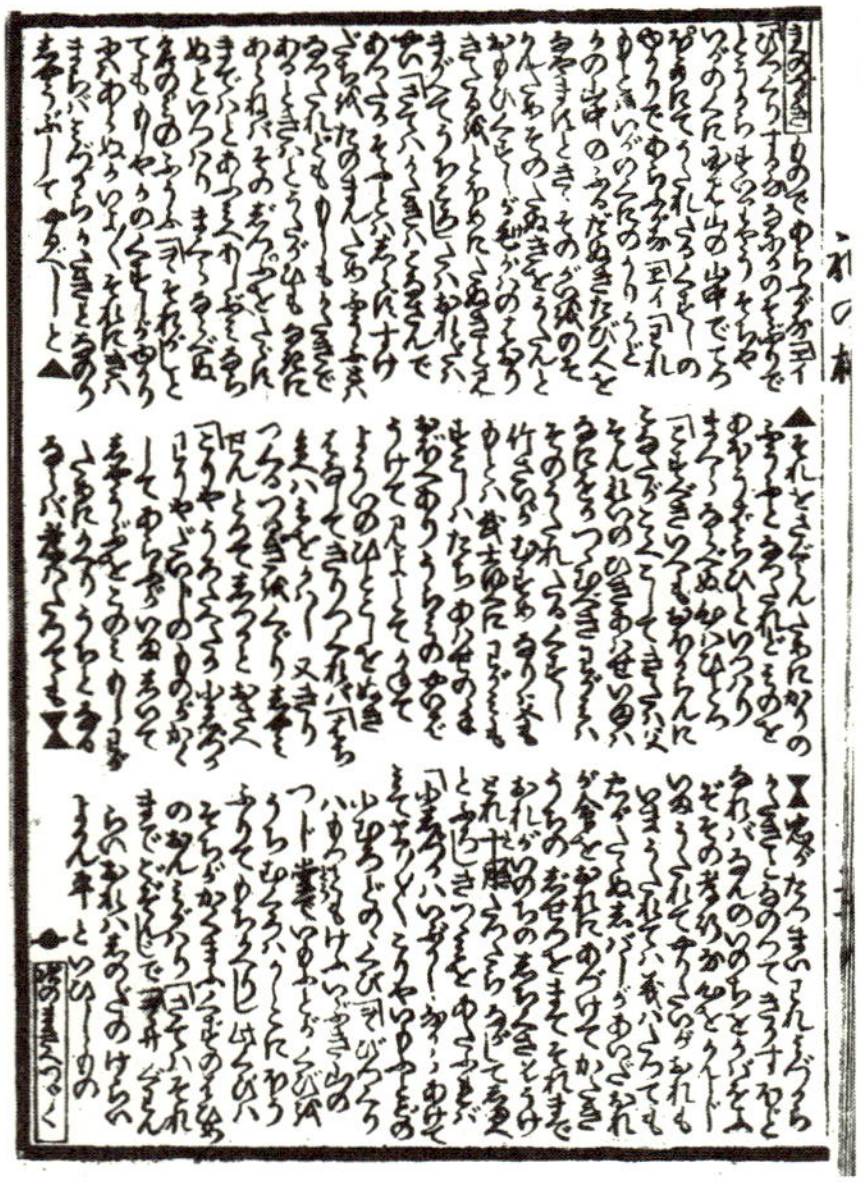

（24）二十ウ

（24）前《まへ》の続《つゞ》き 者《もの》であらふがな。ゑイ。びつくりするな。何《なに》かの素振《そぶり》でとうから推量《すいりやう》。そちや伊賀《いが》の国《くに》、国見山の山中で鉄砲《てつぽう》にて撃《う》たれたる薬師《くすし》の縁《ゆかり》であらふがな。ゑイ。我《われ》、元《もと》は伊賀《いが》の国《くに》の狩人《かりうど》、かの山中の古狸《ふるだぬき》、旅《たび》人を悩《なや》ますと聞《き》き、その害《がい》を除《のぞ》かんため、その狸《たぬき》を討《う》たんと思《おも》ひ、薬師《くすし》が毛皮《けがは》の羽織《はおり》着《き》たるを、遠目《とほめ》に狸《たぬき》と見紛《まが》へて撃殺《うちころ》したは俺《おれ》だはやい。さては敵《かたき》はこなさんであつたか。そふとは知《し》らず、助太刀《すけだち》を頼《たの》まんため夫婦《ふうふ》とはなつたれども、もしも敵《かたき》である時《とき》はと疑《うたが》ひもなきにあらねば、その実否《じつぷ》を糺《たゞ》すまではと近江《あふみ》へ足踏《あしぶ》みならぬと偽《いつは》り、枕並《まくらなら》べぬ名のみの夫婦《ふうふ》。ヲ、某《それがし》とても、もしや、かの薬師《くすし》が縁《ゆかり》にはあらぬか、いよ〳〵それに極《きは》まらば、みづから敵《かたき》と名乗《なの》り、勝《しやう》負《ぶ》してやるべしと、それを探《さぐ》らんために仮《かり》の夫婦《ふうふ》となつたれど、美濃《みの》を阿呆払《あほうばら》ひと偽《いつは》り、枕並《まくらなら》べぬ心は一《ひと》つ。越《こ》すべき家《いへ》も多《おほ》からんに、こなたが此処《こゝ》へ越《こ》して来《き》たは、父尊《そん》霊《れい》の引合《ひきあは》せ、今《いま》は何《なに》をか包《つゝ》むべき、我《わ》が身《み》は、その討《う》たれたる薬師《くすし》竹斎《さい》が娘《むすめ》なり。父も元《もと》は武士故《ゆへ》に、我《わ》が身《み》も少《すこ》しは太刀合《たちあは》せの手覚《おぼ》へあり。恨《うら》みの刃《やいば》受《う》けて見よとて、かねて用意《ようい》の一腰《ひとこし》を抜放《ぬきはな》して斬付《きりつ》くれば、蜂《はち》兵衛《へ》は身《み》をかはし、又斬付《きりつ》くる剣《つるぎ》をくゞり、三味線《しやみせん》取《と》つてしつかと押《お》さへ、「こりや狼狽《うろた》へたか小静《しづか》、わりや大事《だいじ》の物《もの》が隠《かく》してあらふが。今強《いまし》いて勝負《しやうぶ》を好《この》み、もし我《わ》がために返討《かへりうち》となるならば、孝は立《た》つても忠が立《た》つまい。我《われ》、みづから敵《かたき》と名乗《なの》つて聞《き》かすほどなれば、何《なん》の命《いのち》をかばをふぞ。その孝行な心を感《かん》じ、今討《いまう》たれてやりたいが、俺《おれ》も今討《いまう》たれては義は立《た》つても忠が立《た》たぬ。暫《しば》しが間《あいだ》、俺《おれ》が命を俺《おれ》に預《あづ》けて敵討《かたきうち》の時節《じせつ》を待《ま》て。それまで俺《おれ》が命《いのち》の質草《しちぐさ》、ソレ受取《うけと》れ。十月《とつき》経《た》つたら流《なが》してしまへと風呂敷包《ふろしきつゝみ》を与《あた》ふれば、小静《しづか》は訝《いぶか》しなから開《あ》けてみて、「ヤア〳〵こりや妹御《いもふとご》の小室殿《むろどの》の首《くび》」。「ヲ、びつくりは尤《もつと》も。今日《けふ》、伊吹《いぶき》山の辻堂《つじどう》で妹《いもふと》が首《くび》を打《う》ち、骸《むくろ》は彼処《かしこ》に葬《ほうふ》りて、持帰《もちかへ》りし此首《くび》は、そちが匿《かくま》ふ葛葉姫《くずのはひめ》の御身代《おんみがは》り」。「さてはそれまでご存知《ぞんじ》で。ヲ、サ、元来《ぐわんらい》、俺《おれ》は篠田《しのだ》の家来《けらい》よかん平といひし者《もの》、

次の巻《まき》へ続《つゞ》く

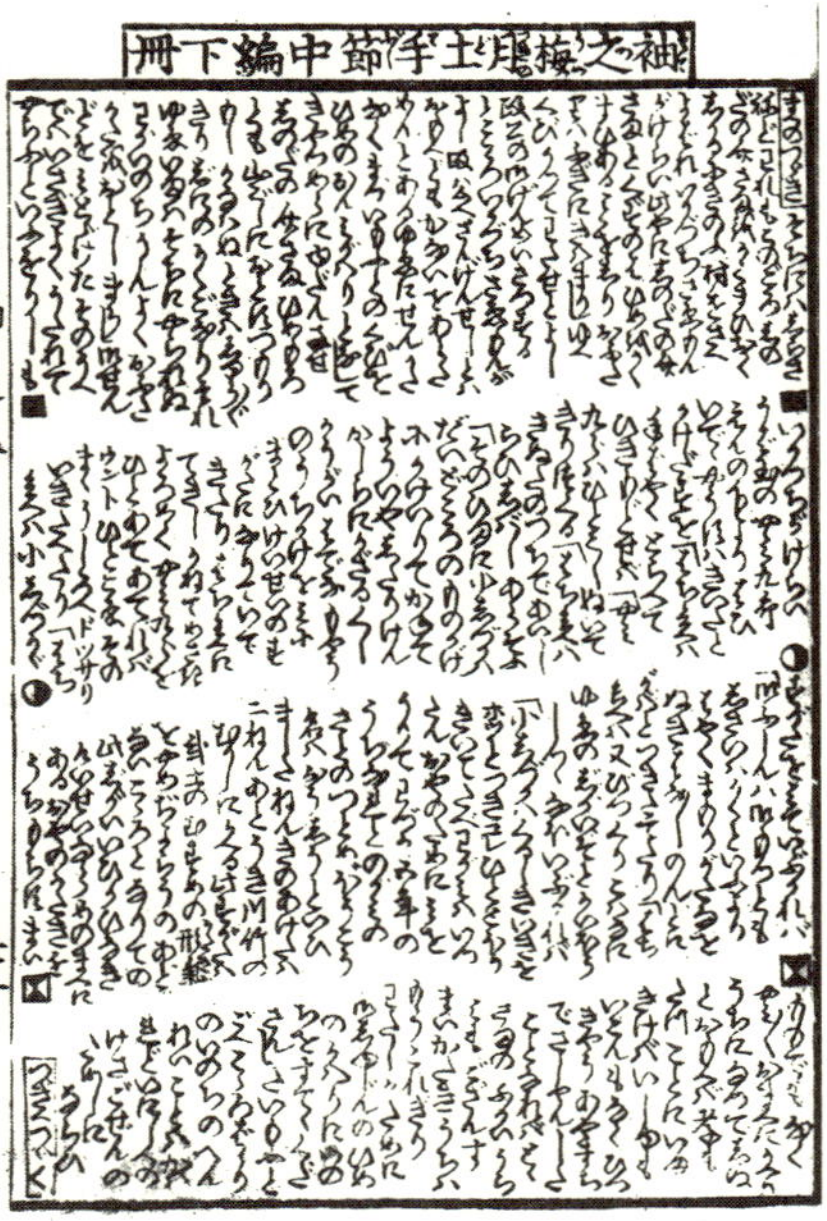

(25)二十一オ

【下】

(25) 袖之梅月《そでのうめつきの》土《ど》手《て》節《ぶし》中編下冊

前《まへ》の続《つゞ》き そちには知《し》らさねど、我《われ》もこの頃《ごろ》、篠田之《しのだの》介様《さま》を匿《かくま》ひ置《お》く。然《しか》るに昨日《きのふ》、村長《をさ》へ呼《よ》ばれ、雷《いかづち》左衛門《さゑもん》が家《け》来《らい》、此家《や》に篠田之《しのだの》介様《さま》と葛葉姫《くずのはひめ》を匿《かくま》ひある事《こと》を知《し》り、御《お》二人《ふたり》は不義《ふぎ》に極《きは》まりしゆへ、首《くび》打《う》つて渡《わた》せと義《よし》政公の御厳《げん》命《めい》。察《さつ》するところ、雷《いかづち》左衛門《さゑもん》が義《よし》政公へ讒言《ざんげん》せしとは思《おも》へども、家内《かない》を改《あらた》めんとある故《ゆゑ》に詮方《せんかた》なく、まづ妹《いもと》の首《くび》を姫《ひめ》の御身代《おんみがは》りとなして、彼奴《きやつ》め等《ら》に油断《ゆだん》させ、篠田之《しのだの》介様《さま》、姫《ひめ》もろとも山越《ご》しに落《お》とすつもり。もし叶《かな》はぬ時《とき》は主従《しゆうぐ》、斬死《きりじに》の覚悟《かくご》なり。それ故《ゆゑ》、今《いま》はそちにやられぬ我《わ》が命《いのち》、運《うん》よく御二方《おふたかた》を落《お》とし申《まう》し、御先途《せんど》を見届《みとゞ》けたその上《うへ》では、潔《いさぎよ》く討《う》たれてやらふ」と言《い》ふ折《をり》しも、雷《いかづち》が家《け》来《らい》、烏羽《うば》玉の闇《やみ》九郎、縁《えん》の下より這出《はひいで》て、様子《やうす》は聞《き》いたと駆出《かけだ》すを、蜂《はち》兵衛《へ》は手早《ばや》く捕《とら》へて引戻《ひきもど》せば、闇《やみ》九郎は一腰《ひとこし》抜《ぬ》いて斬付《きりつ》くる。蜂《はち》兵衛《へ》は砧《きぬた》の槌《つち》であいしらひ、暫《しば》し争《あらそ》ふ。

その隙《ひま》に、小静《しづか》は台所《だいどころ》の物陰《ものかげ》に駆入《かけい》りて、かねて用意《ようい》やしたりけん、頭《かしら》に飾《かざ》る櫛笄《くしかうがい》、派手《はで》な模様《もやう》の打掛《うちかけ》を身《み》に纏《まと》ひ、傾城《けいせい》の姿《すがた》になりて出来《いでき》たり。蜂《はち》兵衛《へ》に敵《てき》しかねて目先《めさき》へよろめく闇《やみ》九郎を一当《ひとあ》て当《あ》てれば、ウント一声《ひとこゑ》、そのまゝ後《うしろ》へドツサリ息絶《いきたへ》たり。蜂《はち》兵衛《へ》は小静《しづか》が姿《すがた》を見《み》て訝《いぶか》れば、「御不審《ふしん》は御尤《もつと》も、仔細《しさい》は斯《か》く」と言《い》ふより早《はや》く、守刀《まもりがたな》を抜放《ぬきはな》し、喉《のんど》にがばと突立《つきた》てたり。蜂《はち》兵衛《へ》は又びつくり。こは何故《なにゆゑ》の自害《じがい》ぞと介抱《かいほう》しつゝなほ訝《いぶか》れば、小静《しづか》は苦《くる》しき息《いき》をホツと吐《つ》き、「コレ一通《ひととほ》り聞《き》いて給《た》べ。我《わ》が身《み》はいつたん親《おや》のために身《み》を売《う》りて、僅《わづ》か五年のうちなれど、野上《のがみ》の里《さと》の勤奉公《つとめぼうこう》、名は奥州《おうしう》と言《い》ひました。年季《ねんき》の明《あ》けたは二年後《ねんあと》、浮《う》き川竹の昔《むかし》に帰《かへ》る此姿《すがた》は、武士の娘《むすめ》の形気《かたぎ》を辞《や》め、女郎《ぢよらう》のあどない心《こゝろ》となりての此自害《じがい》。言《い》ひ甲斐《かひ》なき傾城《けいせい》なら、目《め》の前《まへ》にある親《おや》の敵《かたき》を討漏《うちも》らすまいものでもなく、やみ〳〵お前《まへ》に返討《かへりうち》になつて死《し》ぬと思《おも》へば孝も立《た》つ事《こと》に、今聞《いまき》けば意趣《いしゆ》も遺恨《いこん》もなく、畢竟《ひつきやう》、過《あやま》ちでさしやんした事《こと》なれば、父様《とゝさま》の深《ふか》い悵《うら》みもござんすまい。敵討《かたきうち》はもうこれぎり。私《わたし》がために御主人《しゆじん》の姫《ひめ》の代《かは》りに命《いのち》を捨《す》てゝ下《くだ》さんした、妹御《いもふとご》へ心《こゝろ》ばかりの命《いのち》の返礼《へんれい》。

事《こと》は変《か》はれど古《いにしへ》の袈裟《けさ》御前《ごぜん》の例《ためし》に倣《なら》ひ、

次《つぎ》へ続《つゞ》く

(26)二十一ウ

二十二オ

（26）前《まへ》の続《つゞ》き　私《わたし》が首打《くびう》ち、髪《かみ》を切《き》り中剃《なかぞ》りして、変《へん》成《じやう》男子の姿《すがた》となし、篠田之《しのだの》介様《さま》のお身代《みがは》りにして下《くだ》さんせ。その代《かは》りには、葛葉姫様《くずのはひめさま》の事《こと》、末々《すへ〴〵》までも頼《たの》みます。可哀想《かわゆさふ》に小室殿《むろどの》、娘盛《むすめざか》りの初花《はつはな》を太刀風に散《ち》らさんしたは、ほんに〳〵惨《むご》らしい。せめて私《わたし》が冥土《めいど》の旅《たび》の連《つ》れとなり、死出《しで》の山、三途《さんづ》の川を二人連《ふたりつ》れて越《こ》さふはいな」ト言《い》ふも苦《くる》しき息遣《いきづか》ひ、血潮流《ちしほなが》れて涙《なみだ》川に紅葉《もみぢ》しがらむ風情《ふぜい》なり。蜂兵衛《はちへ》は介抱《かいほう》しつゝ、涙《なみだ》を流《なが》し、「忠といひ孝といひ、類《たぐひ》まれなるそなたの心《こゝろ》、篠田之《しのだの》介様《さま》と許婚《いひなづけ》の姫《ひめ》なれば、我々《われ〳〵》がためにもやつぱり御主人《しゆじん》の葛葉様《くずのはさま》に、妹《いもふと》が命上《いのちあ》げたればとて、何《なん》の恩《おん》に着《き》せふぞや。さりながら、今日《けふ》、伊《い》吹《ぶき》山の山中で妹《いもふと》を手に掛《か》けた時《とき》は五臓《ぞう》六腑《ぷ》も悩乱《のうらん》して、此身《み》を締木《しめ》に掛《か》けたる思《おも》ひ。酒《さけ》を飲《の》んでも酔《ゑ》ひもせず、目《め》先《さき》にちらつくあの子《こ》が面影《おもかげ》、忘《わす》れ難《がた》きその上《うへ》に、思《おも》ひがけなきそなたの自害《じがい》。世間《せけん》の因果《いんぐわ》が集《あつ》まりて夫婦《ふうふ》となり、兄《きやう》妹《だい》と生《う》まれ来《き》つるか情《なさ》けなや。コレ、これを見《み》よ。此守《まもり》袋《ぶくろ》に入《い》れて常《つね》に肌身《はだみ》を離《はな》さぬは、我《わ》が手に掛《か》けた、そなたの父《ち》の戒名位牌《かいみやうゐはい》。縁《ゆかり》の者《もの》に会《あ》ふならば、みづから名乗《なの》つて討《う》たるべしと、かねて此位牌《ゐはい》に誓《ちか》ひを立《た》て、月々の命日《めいにち》にも隠《かく》して手向《たむ》くる香《かう》や花《はな》。娘《むすめ》のそなたに今会《いまあ》ふても、討《う》たれ難《がた》きは忠義《ちうぎ》ゆゑ、誓《ちか》ひに違《たが》ふも是非《ぜひ》なき事《こと》。討《う》たれんと思《おも》ひし我《われ》は生残《いきのこ》り、討《う》つべきそなたは先《さき》へ死《し》ぬ。如何《いか》なる過去《くわこ》の因果《いんぐわ》ぞや。然《さ》りながら、御二人《おふたり》の御先途《せんど》を見届《みとゞ》けたるその上《うへ》では、此位牌《ゐはい》の前《まへ》にて腹掻切《はらかききき》つて言訳《いひわけ》せん。冥《めい》土《ど》で父《ちゝ》に会《あ》ふたなら、此通《とほ》り伝《つた》へてくれ」と言《い》ひければ、

次へ続《つゞ》く

[美濃《みの》と近江《あふみ》の／境《さかい》]

(27)二十二ウ

二十三オ

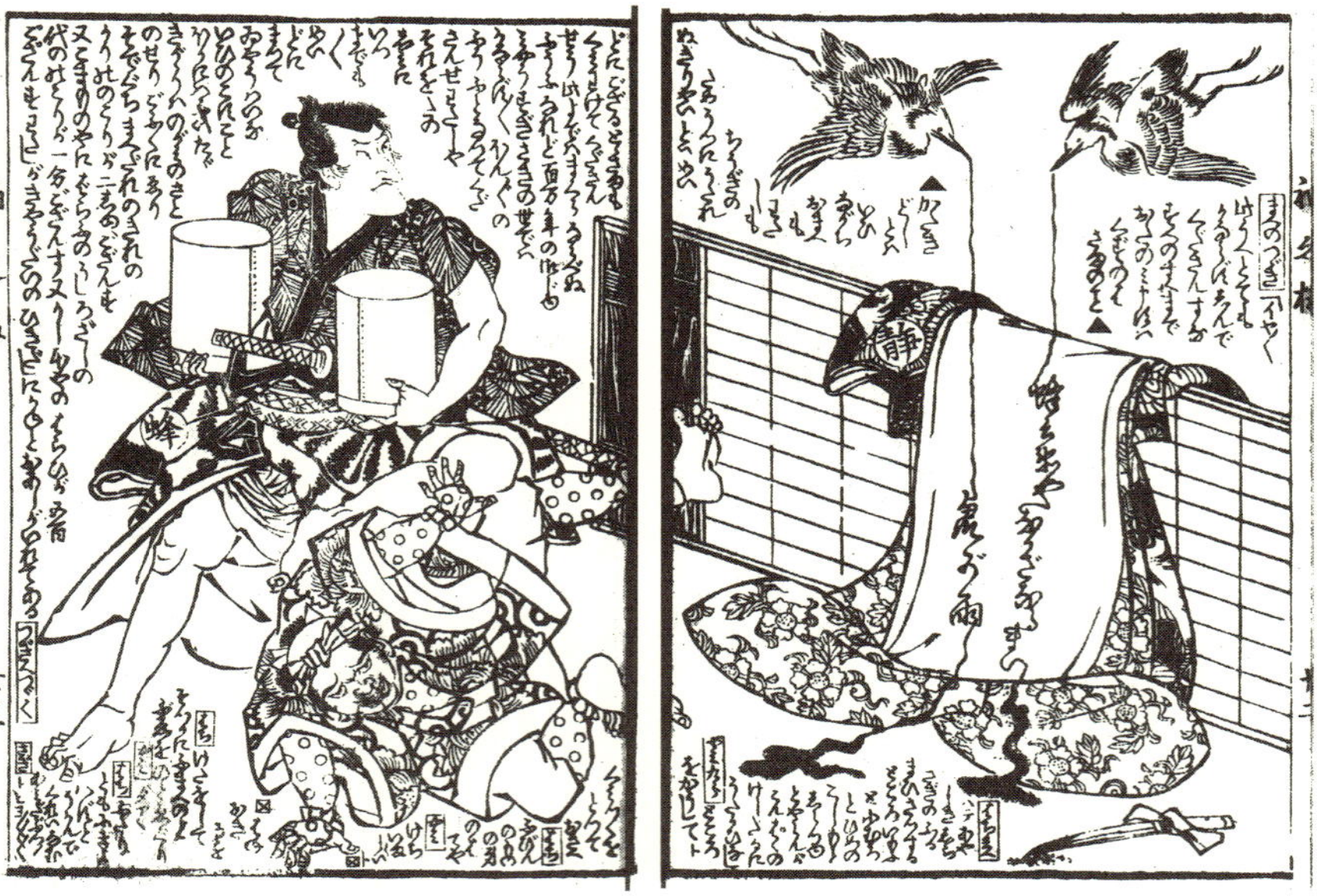

(27) 前《まへ》の続《つゞ》き 「イヤ〳〵、此上《うへ》とても、必《かなら》ず死《し》んで下《くだ》さんすな。末《すへ》の末《すへ》までお頼《たの》み申すは葛葉様《くずのはさま》の事《こと》。敵同士《かたきどし》とはいひながら、お前《まへ》も私《わたし》も忠義《ちうぎ》のため、討《う》つに討《う》たれぬ斬合《きりやい》とは、冥土《めいど》にござる父様《とゝさま》も酌分《くみわ》けて下《くだ》さんせう。此世《よ》では枕並《まくらなら》べぬ夫婦《ふうふ》なれど、百万年の御寿命《じゆみやう》過《す》ぎ、先《さき》の世では必《かなら》ず〳〵本々《ほんぐ》の夫婦《ふうふ》となつて下《くだ》さんせ。私《わたし》やそれを楽《たの》しみに、何時《いつ》までも〳〵冥土《めいど》に待《ま》つて居《ゐ》やうはいな。言《い》ひ残《のこ》すこと他《ほか》にはない。たゞ気掛《きが》かりは、野上《のがみ》の里《さと》の驪呉服《せりごふく》に、衿《ゑり》、袖口《そでぐち》、前垂《まへだれ》の布《きれ》の借《か》りの残《のこ》りが二朱《しゆ》ござんす。又、小間物屋《こまものや》に散斑《ばらふ》の後挿《うしろざし》の代の残《のこ》りが一分ござんす。又、貸本屋《かしほんや》の払《はら》ひが五百ござんす。私《わたし》が鏡台《きやうだい》の引出《ひきだし》に金《かね》とお足《あし》が入《い》れてある。 次《つぎ》へ続《つゞ》く

蜂兵衛《はちへ》「ハテ、怪《あや》しき白鷺《しらさぎ》の振舞《ふるまひ》。察《さつ》するところ、妹《いもふと》小室《むろ》と、姫《ひめ》の腰元白露《こしもとしらつゆ》とやらんが魂魄《こんぱく》の化《け》したるに疑《うたが》ひなし」。

闇九郎《やみ》「ところを斯《か》うして」ト組付《くみつ》くを取《と》つて押《お》さへ。

蜂《はち》「不憫《ふびん》の者《もの》の身《み》の果《は》てや」

闇《やみ》「けちいま〳〵しい」ト跳起《はねお》きるを。

蜂《はち》 蹴倒《けたを》して、足下《そつか》に踏《ふ》まへ喉笛《のどぶゑ》を一抉《ひとゑぐ》り。

闇《やみ》 「ダア、」

蜂《はち》 「二人《ふたり》ともに迷《まよ》はずと浮《う》かんでくれい、南無阿弥陀仏《なむあみだぶつ》〳〵」。

鷺《さぎ》 「トヒヨ〳〵〳〵」

〔蜂兵衛や泣《な》かざるまい虎が雨〕

(28)二十三ウ

二十四オ

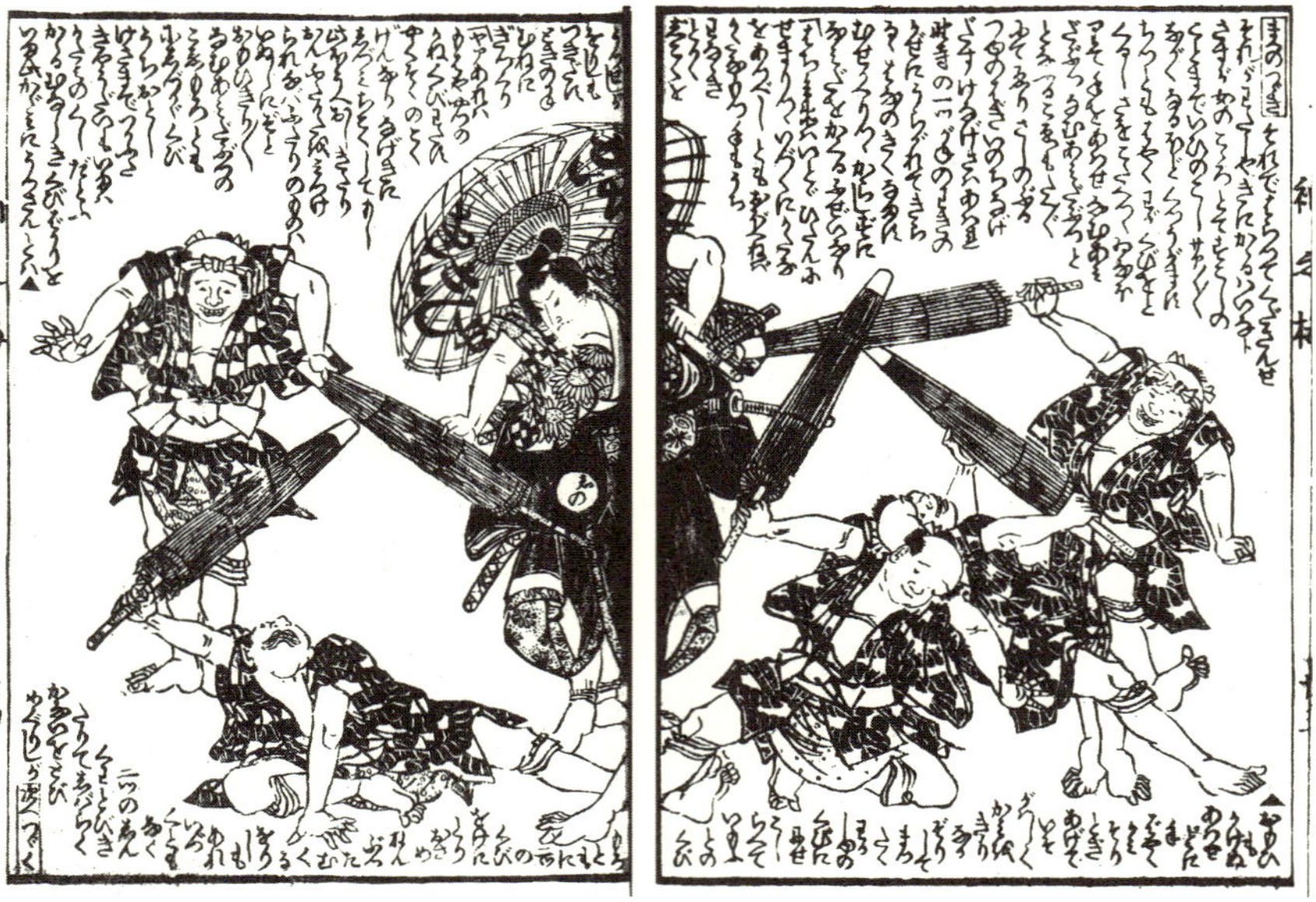

(28) 前《まへ》の続《つゞ》き　それで払《はら》つて下《くだ》さんせ。それが私《わたし》や気《き》に掛《か》かるはいな」トさすが女の心《こゝろ》とて、少《すこ》しの事《こと》まで言《い》ひ残《のこ》し、サア〳〵長《なが》くなるほど苦痛《くつう》が増《ま》す、ちつとも早《はや》く我《わ》が首《くび》をと、苦《くる》しさを堪《こた》へつゝ、居直《ゐなほ》りて手を合《あ》はせ、「南《な》無阿弥陀仏《むあみだぶつ》、南無阿弥陀仏《なむあみだぶつ》」と唱《とな》ふる声《こゑ》も絶《た》へぐ〳〵にて、衿差《ゑりさし》伸《の》ぶる露《つゆ》の萩《はぎ》、命投出《いのちなげだ》す健気《けなげ》さは、哀《あは》れ野寺の一つ鐘《がね》、野分《のわき》の風《かぜ》に末枯《うらが》れて、切《き》らるゝ花《はな》の菊膾《きくなます》、咽返《むせかへ》りつゝ、芥子酢《からしず》に涙《なみだ》を掛《か》くる風情《ふぜい》なり。

蜂《はち》兵衛は、いとゞ悲嘆《ひたん》に迫《せま》りつゝ、何処《いづく》に刀《かたな》を当《あ》つべしとも覚《おぼ》へねば、刀持《かたなも》つ手も打戦慄《うちわなゝ》き、とかく時刻《じこく》を移《うつ》せしが、折《をり》しも撞出《つきだ》す時《とき》の鐘《かね》、胸《むね》にぎつくり、ヤア、あれは最早八《もはやや》つの鐘《かね》、首渡《くびわた》す約束《やくそく》の刻限《こくげん》なり。嘆《なげ》きに沈《しづ》み遅刻《ちこく》して、もし此方《ほう》へ押来《おしきた》り、御二方《おんふたかた》を見付《みつ》けられなば、二人《ふたり》の者《もの》は犬死《いぬじに》ぞと思《おも》ひ切《き》り〳〵、「南無阿弥陀仏《なむあみだぶつ》」の声《こゑ》もろとも小静《しづか》が首打落《くびうちお》とし、今朝《けさ》まで使《つか》ふた鏡台《きやうだい》も、今《いま》は形見《かたみ》の櫛《くし》だとふ、斯《か》かる虚《むな》しき首《くび》ばかりを、今《いま》此鏡《かゞみ》に映《うつ》さんとは、思《おも》ひも掛《か》けぬ合砥《あはせど》に、手早《ばや》く剃刀研上《かみそりとぎあ》げて、急《いそ》がはしく髪《かみ》を切《き》り中剃《なかぞ》りして、まつたく若衆《わかしゆ》の首《くび》に似《に》せ拵《こしら》へて、妹《いもふと》の首《くび》もろともに二つの首桶《くびをけ》に取納《とりおさ》め、念仏手向《ねんぶつたむ》くる折《をり》しもあれ、何処《いづく》ともなく二つの心火飛来《しんくわとびきた》りて、しばらく家内《かない》を飛廻《とびめぐ》りしが、次へ続《つゞ》く

［暁傘《あかつきかさ》］

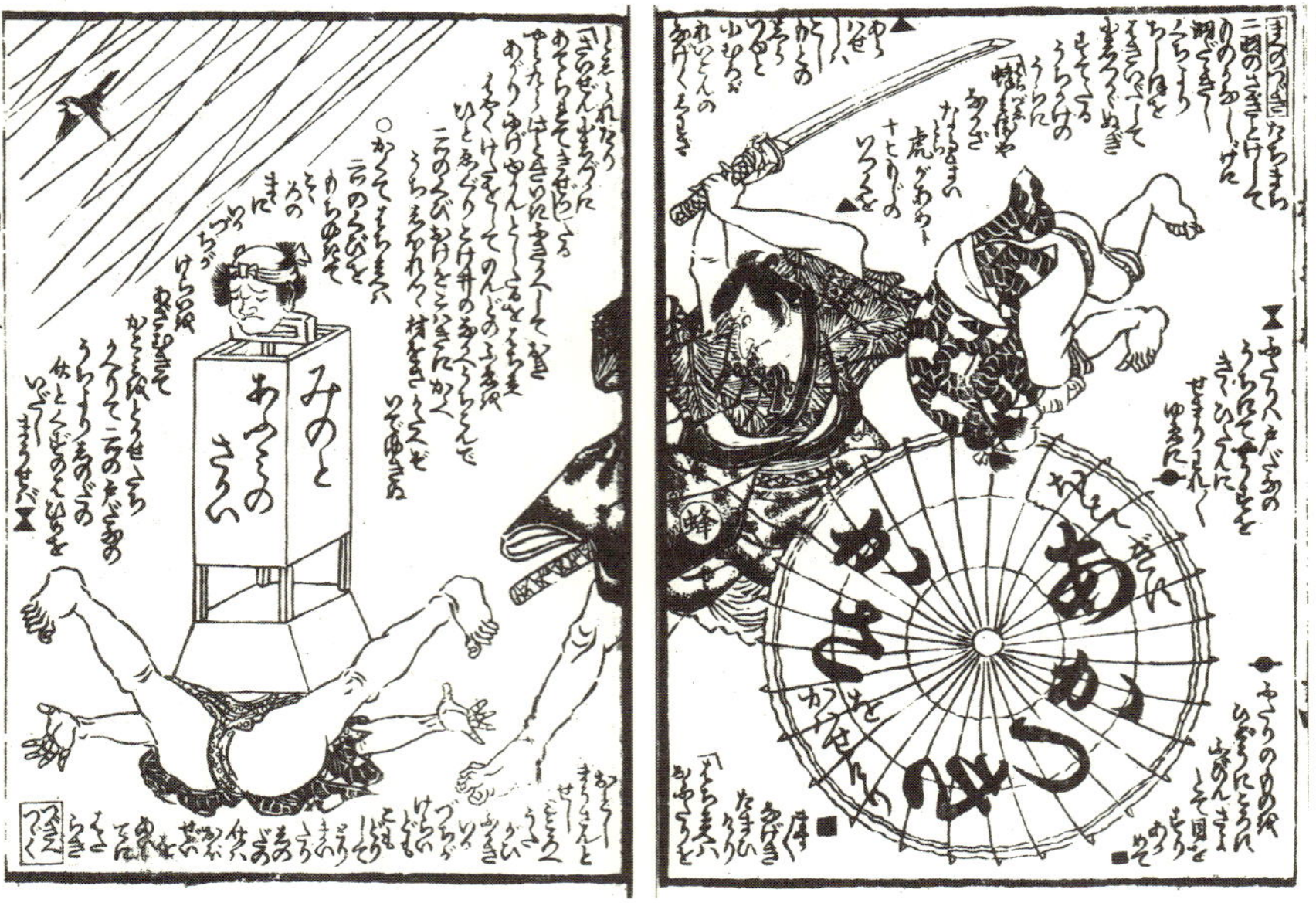

(29) 前《まへ》の続《つゞ》き　忽《たちま》ち二羽の鷺《さぎ》と化《け》して、物悲《ものかな》しげに羽だゝきし口《くち》より血潮《ちしほ》を吐出《はきいだ》して、小静《しづか》が脱捨《ぬぎすて》たる打掛《うちかけ》の裏《うら》に、蜂兵衛《はちべゑ》や泣《な》かざなるまい虎《とら》が雨《あめ》、と十七文字《もじ》の一句《いつく》を現《あらは》せしは、腰元《こしもと》の白露《しらつゆ》と小室《むろ》が霊魂《れいこん》の嘆《なげ》く仕業《しわざ》と知《し》られたり。

最前《さいぜん》、小静《しづか》に当《あ》てられて気絶《きぜつ》したる闇《やみ》九郎、此時《とき》、息《いき》吹返《ふきかへ》して起上《おきあ》がり、逃行《にげゆ》かんとしたるを蜂兵衛《はちへ》、早《はや》く蹴倒《けたを》して、喉《のんど》の笛《ふゑ》を一抉《ひとゑぐ》り、苔《こけ》井の中《なか》へ打込《うちこ》んで、二つの首桶《くびおけ》を小脇《こはき》に抱《かゝ》へ、打萎《うちしほ》れつゝ、村長方《をさかた》へぞ出行《いでゆ》きぬ。

○斯《か》くて蜂《はち》兵衛《へ》は、二つの首《くび》を持行《もちゆ》きて、心《こゝろ》のまゝに雷《いかづち》が家来《けらい》を欺《あざむ》きて、囲《かこ》みを解《と》かせ立帰《たちかへ》りて、二つの戸棚《だな》の内《うち》より篠田《しのだ》之介《の》と葛葉姫《くずのはひめ》を出《いだ》し申《まう》せば、二人《ふたり》は戸棚《だな》の内《うち》にて様子《やうす》を聞《き》き、悲嘆《ひたん》に迫《せま》り、我々《われ〳〵》故《ゆゑ》に二人《ふたり》の者《もの》を非業《ひごう》に殺《ころ》す不憫《ふびん》さよとて、目《め》を擦《す》り赤《あか》めて、ます〳〵嘆《なげ》き給《たま》ひけり。蜂《はち》兵衛《へ》は御二人《おふたり》を落《お》とし申《まう》さんとせしところへ、疑《うたが》ひ深《ふか》き雷《いかづち》が家来共《けらいども》、小戻《こもど》りして取巻《とりま》いたり。篠田《しのだ》之介《の》は大《おほ》勢《ぜい》を相手《あいて》に働《はたら》き、次《つぎ》へ続《つゞ》く

[ほとゝぎす　暁傘《あかつきかさ》をかはせけり]

(30)二十五ウ

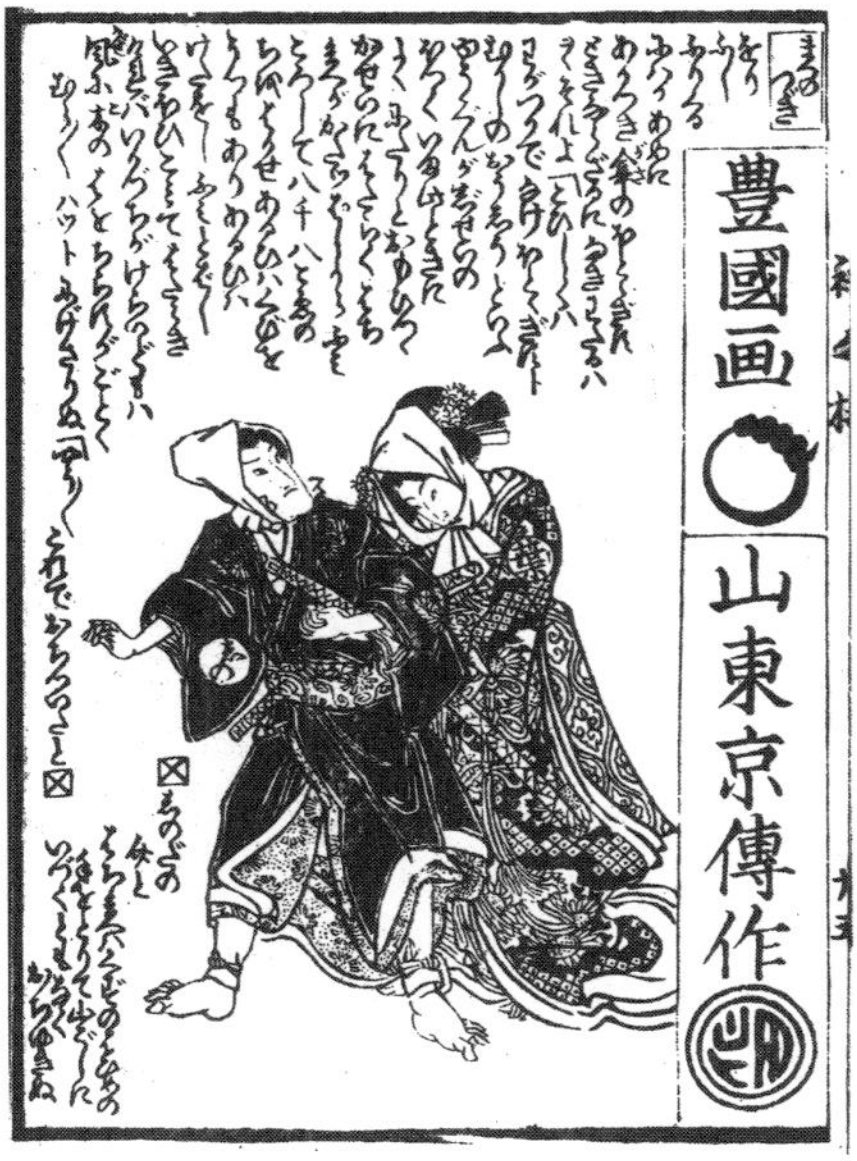

［美濃《みの》と／近江《あふみ》の境《さかい》］

（30）前《まへ》の続《つゞ》き　折節《をりふし》、降来《ふりく》る俄雨《にはかあめ》に暁傘《あかつきがさ》の時鳥《ほとゝぎす》、時《とき》ならざるに鳴渡《なきわた》るは、ヲ、それよ。恋《こひ》しくは我《わ》が塚《つか》で鳴《な》けほとゝぎす、ト昔《むかし》の奥州《おうしう》といふ遊君《ゆうくん》が辞世《じせい》の発句《ほつく》、今《いま》此時《とき》によく似《に》たりと思《おも》ひつゝ、加勢《かせい》に働《はたら》く蜂《はち》兵衛《へ》が片《かた》つ端《ぱし》から踏《ふみ》殺《ころ》して、八千八声《こゑ》の血《ち》を吐《は》かせ、あるひは首《くび》を討《う》つもあり、あるひは蹴倒《けたを》し踏飛《ふみと》ばし、勢《いきほ》ひ込《こ》みて働《はたら》きければ、雷《いかづち》が家来共《けらいども》は風《かぜ》に木《こ》の葉《は》を散《ち》らすが如《ごと》く、むら〳〵ハット逃去《にげさ》りぬ。やう〳〵これで落着《おちつ》いたと、篠田之《しのだの》介と蜂《はち》兵衛《へ》は葛《くずの》葉《は》姫《ひめ》の手を取《と》りて、山越《ご》しに何処《いづく》ともなく落行《おちゆ》きぬ。

豊国画㊞　山東京伝作㊞

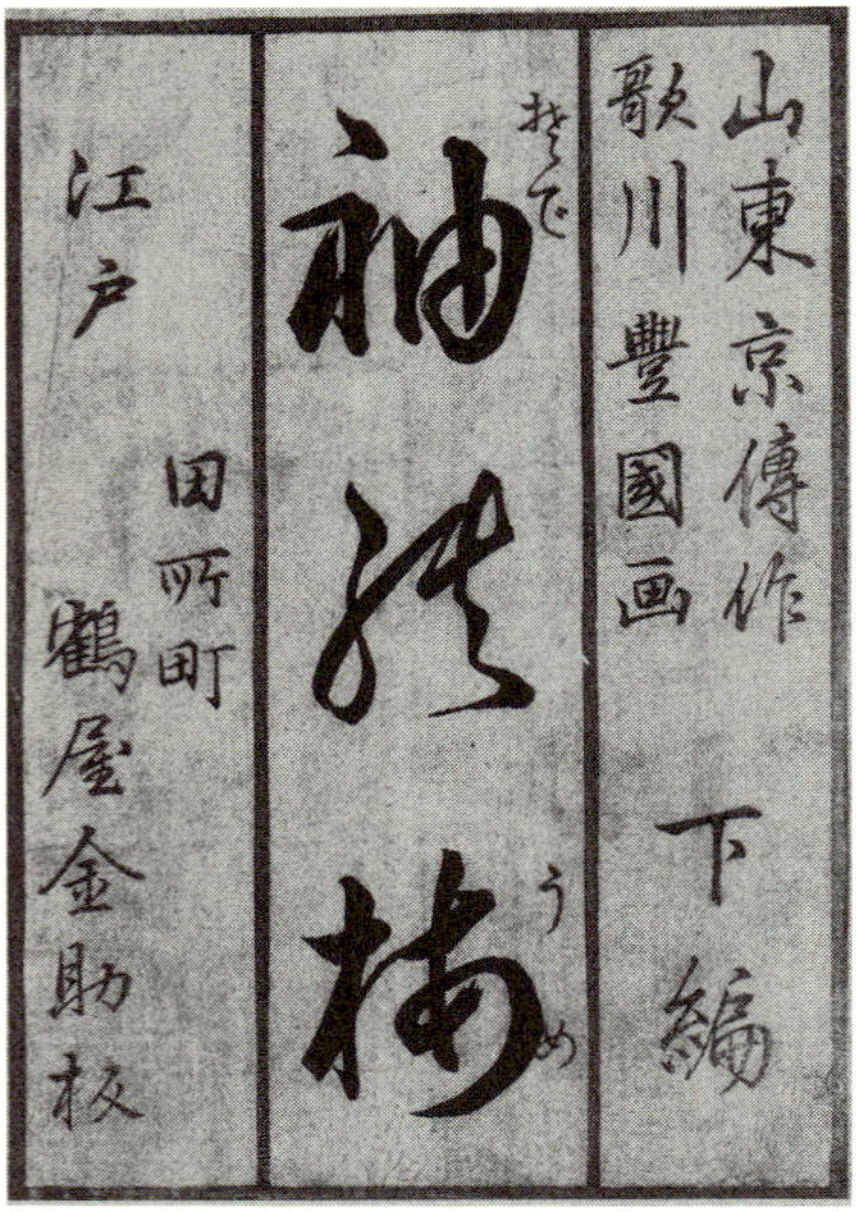

下編見返し

［下編見返し］

山東京伝作
歌川豊国画　　下編
袖《そで》の梅《うめ》

江戸　田所町　鶴屋金助板

［下編］

［上］

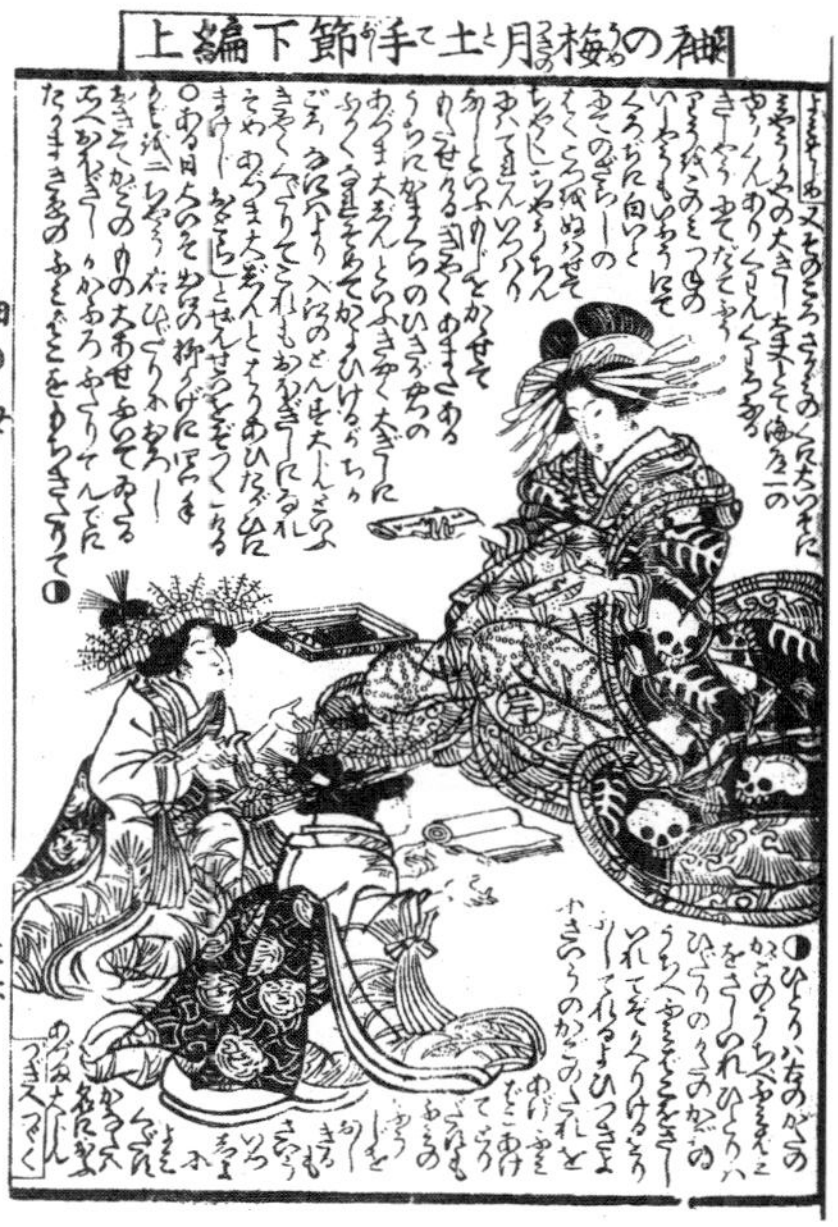

(31) 二十六オ

(31) 袖《そで》の梅月《うめつきの》土手節《どてぶし》下編上

読《よ》み始《はじ》め　又その頃《ころ》、相模《さがみ》の国《くに》、大磯《いそ》に茗荷屋《みやうがや》の大岸《きし》大夫とて海道一の遊君《ゆうくん》あり。寛闊《くわんくわつ》なる気性《きしやう》にて伊達風流《だてふうりう》を好《この》み、常《つね》の衣装《いしやう》も異風《いふう》にて、黒地《くろぢ》に白糸《いと》にて野晒《のざらし》の白骨《はくこつ》を縫《ぬ》はせて着《ちやく》し、提灯《ちやうちん》には手練偽《てれんいつは》りなしといふ文字《もじ》を書《か》かせて持《も》たせける。

客《きやく》数多《あまた》あるうちに、鎌倉《かまくら》の比企谷《ひきがやつ》の吾妻《あづま》大尽《じん》といふ客《きやく》、大岸《ぎし》に深《ふか》く馴染《なれそ》めて通《かよ》ひけるが、近頃《ちかごろ》、浪花《なには》より入江の緞《どん》子《す》大尽《じん》といふ客下《きやくくだ》りて、これも大岸《おほぎし》に馴初《なれそ》め、吾妻《あづま》大尽《じん》と張合《はりあ》ひ、互《たが》ひに負《ま》けじ劣《おと》らじと全盛《ぜんせい》をぞ尽《つ》くしける。

○ある日、大磯《いそ》出口の柳陰《かげ》に四つ手駕籠《かご》を二挺《ちやう》、右左《ひだり》に降《お》ろし置《お》きて、駕籠《かご》の者《もの》、大汗《あせ》拭《ふ》いて居《ゐ》たる所へ、大岸《おほぎし》が禿二人《かふろふたり》、てんでに高蒔絵《たかまきゑ》の文箱《ふみばこ》を持来《もちきた》りて、一人《ひとり》は右の方《かた》の駕籠《かご》の内《うち》へ文箱《ふみばこ》を差入《さしい》れ、一人《ひとり》は左《ひだり》の方《かた》の駕籠《かご》の内《うち》へ文箱《ふみばこ》を差入《さしい》れてぞ帰《かへ》りける。折節《をりふし》、照《て》れる宵《よひ》、月夜《つきよ》に左右《さいう》の駕籠《かご》の垂《たれ》を上《あ》げ、文箱開《ふみばこあ》けて取出《とりだ》すも、文《ふみ》の封《ふう》じを押切《おしき》るも、左右一緒《さいういつしよ》に読下《よみくだ》す。彼方《かなた》は名に負《お》ふ吾妻《あづま》大尽《じん》、

次《つぎ》へ続《つゞ》く

（32）二十六ウ

二十七オ

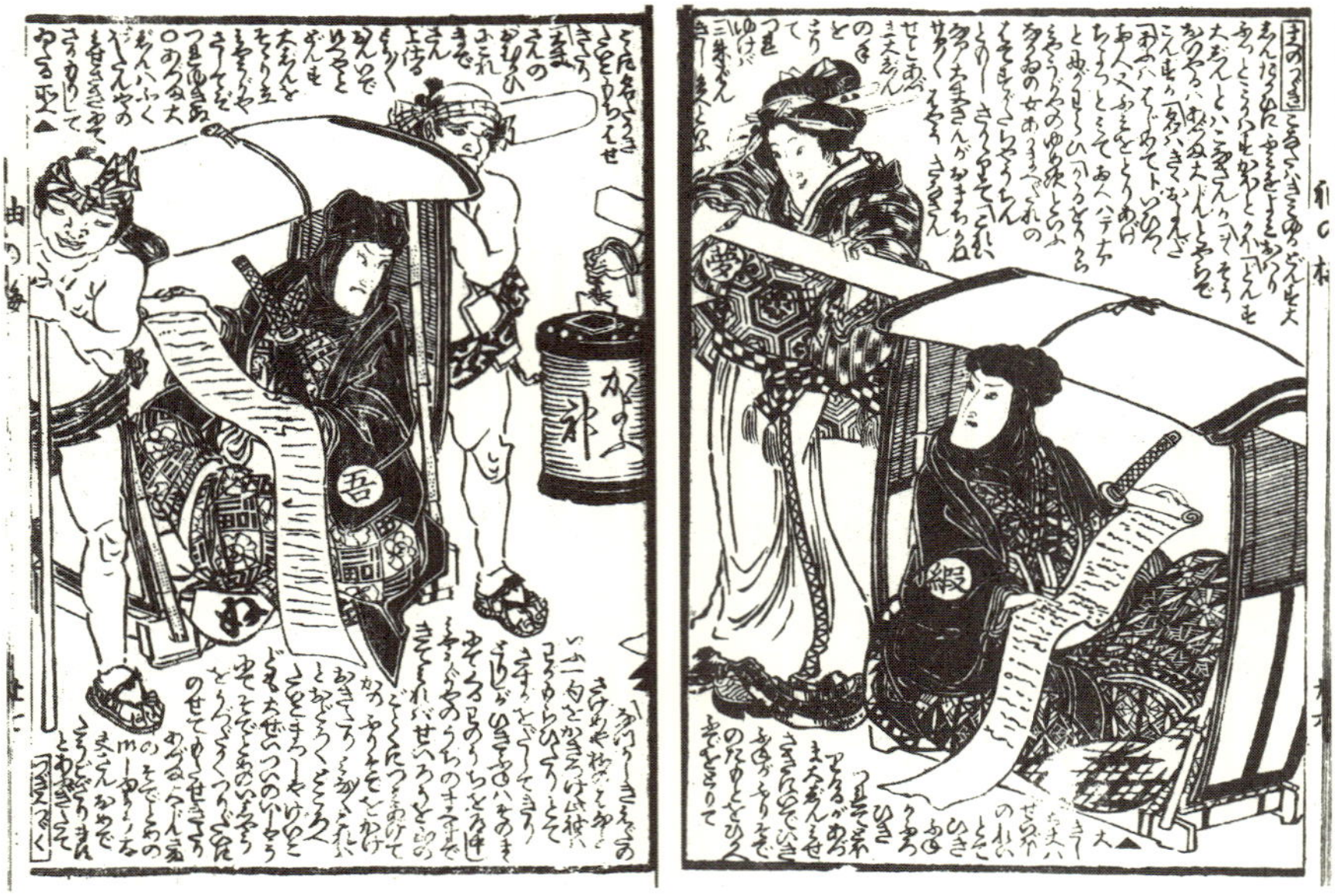

（32）**前《まへ》の続《つゞ》き** 此方《こなた》は聞《き》こゆる緞子《どんす》大尽《じん》。互《たが》ひに文《ふみ》を読《よみ》終《お》はり、ふつと見交《みかは》す顔《かほ》と顔《かほ》。「緞子《どんす》大尽《じん》とは、こなさんか」。「ヲヽ、そうお言《い》やるは吾妻《あづま》大尽《じん》とやらでごんすか」。「名は聞及《きゝおよ》んだ」。「会《あ》ふは初《はじ》めて」ト言《い》ひつゝ、両人又、文《ふみ》を取上《とりあ》げ、ちよつと見《み》て、両人ハテナアと苦笑《にがわら》ひ。

斯《か》かる折《をり》から、茗荷屋《みやうがや》の夢《ゆめ》次といふ仲居《なかゐ》の女、赤前垂《あかまへだれ》の派手姿《はですがた》、提灯灯《ちやうちんとも》し来掛《きか》かりて、これいなア、大夫さんがお待《ま》ちかね。サア〳〵早《はや》う来《き》なさんせと、吾妻《あづま》大尽《じん》の手を取《と》りて連行《つれゆ》けば、二朱判紀次兵衛《ばんきじへ》といふ、此処《こゝ》に名高《たか》き太鼓持《たいこもち》、馳来《はせきた》り、大夫さんのお迎《むか》ひにこれまで参上《さん》仕る。疾《と》う〳〵御出《おんいで》候へやと、緞子《どんす》大尽《じん》をそゝり立、茗荷屋《みやうがや》指《さ》してぞ連行《つれゆ》きぬ。

○吾妻《あづま》大尽《じん》は福牡丹屋《ふくぼたんや》の店先《みせさき》にて酒盛《さかもり》して居《ゐ》たる所へ、大岸《ぎし》大夫は歳暮《せいぼ》の礼《れい》とて、引船《ひきふね》、禿《かふろ》、引連《ひきつ》れて通《とほ》りけるが、吾妻《あづま》大尽《じん》店先《みせさき》に出《い》で、引船《ひきふね》が振袖《ふりそで》の袂《たもと》を控《ひか》へ筆《ふで》を執《と》りて、懐《なつ》かしき枝《えだ》のさけめや梅の花《はな》、といふ一句を書付《かきつ》け、此袖は我《わ》が貰《もら》ひたりとて、刺刀《さすが》を出《だ》して切取《きりと》りしが、引船《ひきふね》はそのまゝにて廓《くるわ》の内《うち》を道中し、茗荷屋《みやうがや》の内《うち》の前《まへ》まで来《き》てみれば、蒸籠《せいろう》を山の如《ごと》くに積上《つみあ》げて、かの振袖《ふりそで》を掛置《かけお》きたり。皆々《みな〳〵》これはと驚《おどろ》くところへ、太鼓末社《たいこまつしや》、芸妓《げいこ》ども大勢《ぜい》、対《つい》の衣装《いしやう》にて、袖留《そでとめ》の衣装《いしやう》を堆《うづだか》く釣台《つりだい》に乗《の》せて持《も》たせ来《きた》り。吾妻《あづま》大尽様《じんさま》の袖留《そでとめ》の御趣向《しゆかう》、太夫さん、御目出度《おめでた》うござりますと煽立《あふぎた》て、

次《つぎ》へ続《つゞ》く

「通《かよ》ふ神」

(33)二十七ウ

二十八オ

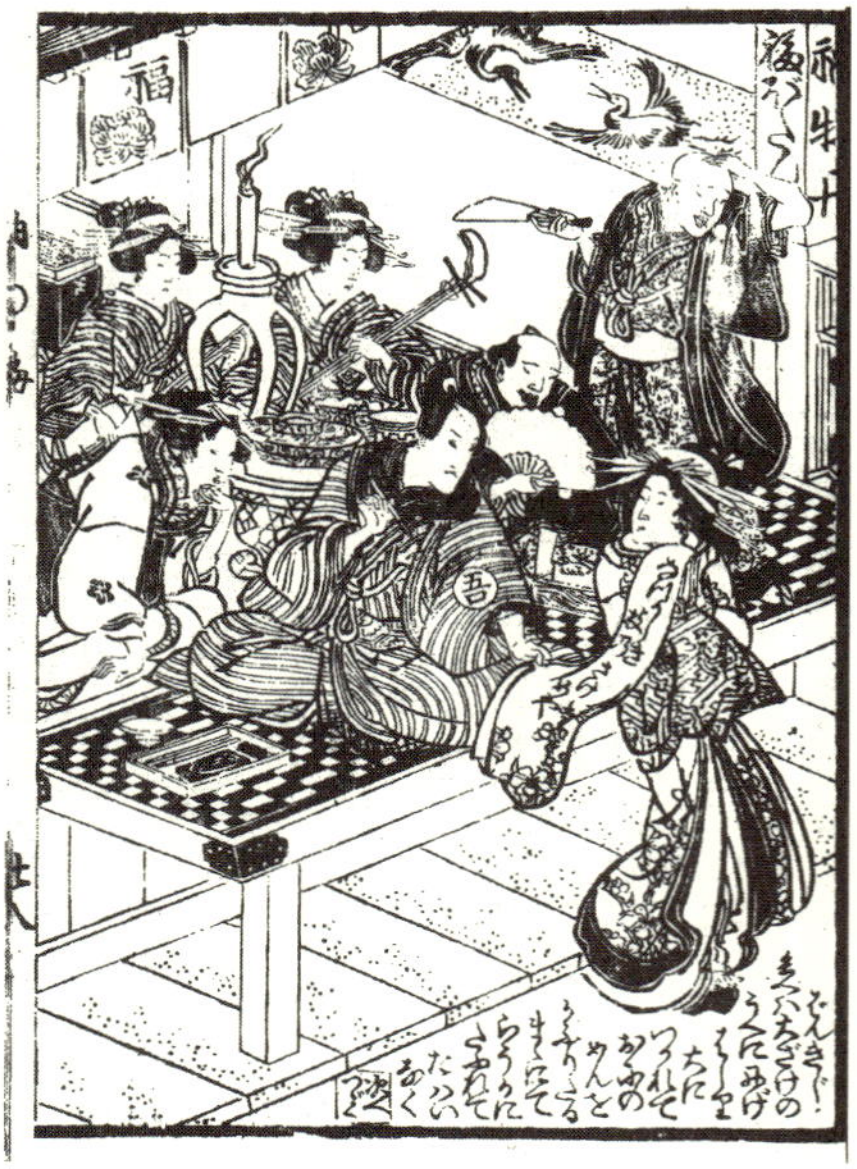

(33) 前《まへ》の続《つゞ》き さんざめかして茗荷屋《みやうがや》の奥座敷《おくざしき》へぞ集《あつ》まりぬ。

○緞子《どんす》大尽《じん》は吾妻《あづま》大尽《じん》が袖留《そでとめ》の趣向《しゆかう》を聞《き》きて嘲笑《あざわら》ひ、我《われ》も又めざましき趣向《しゆかう》をなして、吾妻《あづま》めが鼻《はな》を拉《ひし》ぐべしとて、折節《をりふし》、年越《としこし》の夜なりければ、太鼓《たいこ》の二朱判紀次兵衛《しゆばんきじへ》に鬼《おに》の面《めん》を被《かぶ》らせ、小判《ばん》小粒《つぶ》を枡《ます》に入《い》れて、鬼《おに》は外《そと》、福《ふく》は内《うち》と撒《まき》散《ち》らしければ、家内《かない》の者《もの》、我劣《われおと》らじと欲《よく》をかはき、踏《ふ》んだり蹴《け》たり、転《ころ》びつ起《お》きつ拾《ひろ》ふ可笑《おか》しさ、二朱判《しゆばん》は右へ倒《たふ》れ左《ひだり》へ転《ころ》び、捩《すぢ》り捩《もぢ》りて逃回《にげまは》る。可笑《おか》しさ笑《わら》ひの声《こゑ》の喧《かまびす》く類《たぐひ》まれなる大奥也。二朱判紀次兵衛《しゆばんきじへ》は大酒《ざけ》の上《うへ》に逃走《にげはし》り、大に疲《つか》れて鬼《おに》の面《めん》を被《かふ》りたるまゝにて廊下《らうか》に倒《たふ》れて、たはいなく 次へ続《つゞ》く

[手練偽《てれんいつは》りなし]

[大礒]

[大礒]

[福牡丹／福牡丹《ぼたん》]

[懐《なつ》かしき枝のさけめや]

二十九オ

（34）二十八ウ

（34）
「のし進《しん》上　一蒸籠《せいろう》　大岸《ぎし》太夫様」
「鳴立沢／月村見勢／鳴立沢／月村見勢」
「鳴立沢／月村見勢／鳴立／月村見」
「手《て》練《れん》偽《いつは》りなし」
「のし進《しん》上　一蒸籠《せいろう》　茗《みやう》荷《が》屋《や》内大岸《ぎし》様」
「鳴立沢／月村見勢／なつかしき枝のさけめや梅《うめ》の花／鳴立沢／月村見勢」
「鳴立沢／勢／鳴立沢／月村見勢」
「鳴立沢／月村見勢」

(35)二十九ウ
三十オ

(35)前《まへ》の続《つゞ》き　鼾《いびき》をかいて居《ゐ》たるに、吾妻《あづま》大尽《じん》、仲居《なかゐ》の夢次《ゆめ》を連《つ》れて一間《ひとま》を立出《たちい》で、二朱判《しゆばん》が様子《やうす》を見《み》て、此鬼《おに》の面《めん》の片方《かた〳〵》の角《つの》のなきこそ不審《ふしん》なれと、辺《あた》りに気《き》を付《つ》け、懐《ふところ》の紙入《かみ》より角《つの》の片《かた》しを取出《とりいだ》し、面《めん》を取上《とりあ》げ合《あ》はせてみれば、しつくり合《あ》ふたる片《かた》しの角《つの》、さてはと驚《おどろ》き、此面《めん》の出所《いでどころ》は何者《なにもの》ぞと訝《いぶか》るところに、二朱判紀次兵衛《しゆばんきじへ》むつくと起《お》き、此面《めん》は、あの緞子大尽《どんすじん》が所持《しよぢ》の物《もの》でござります。フウさては、父露之進様《つゆのしんさま》を闇討《やみうち》にせし敵《かたき》は、あの緞子大尽《どんすじん》であつたか。ハテ、思《おも》ひがけない忝《かたじけな》いと天地《てんち》を拝《はい》して勇《いさ》み立《た》ち、一腰《ひとこし》を打込《ぼつこ》んで緞子大尽《どんすじん》が居《ゐ》たる一間《ひとま》に走入《はしりい》り、ヤア〳〵緞子大尽《どんすじん》、耳《みゝ》をほぢつてよつく聞《き》け。我《われ》、実《まこと》は先《せん》年《ねん》、和泉《いづみ》の国《くに》、信太《しのだ》の森《もり》の堤《つゝみ》にて討《う》たれたる田辺露之進《たべのつゆのしん》が一子、田辺清兵衛《たべのせいへ》といふ者《もの》なり。父の敵《かたき》を討《う》たんため、主君篠田《しのだの》庄司国《くに》氏様《さま》に暇《いとま》を願《ねが》ひ、斯《か》く遊里《ゆうり》に入込《こ》むも、敵《かたき》を尋《たづ》ねんそのためなり。然《しか》るに汝《なんぢ》が、二朱判紀次兵衛《しゆばんきじへ》に被《かぶ》せたる片方《かた〳〵》の角《つの》なき此鬼《おに》の面《めん》は、父露之進《つゆのしん》が所持《しよぢ》の物《もの》、

次《つぎ》へ続《つゞ》く

(36)三十ウ

(36) [前《まへ》の続《つゞ》き] その場《ば》にて切落《きりお》とされし片方《かたく》の此角《つの》と、しつくり合《あ》ひしは確《たし》かな証拠《しやうこ》。それのみならず、狼狽《うろた》へてか、その場《ば》に取落《とりお》としたる一腰《ひとこし》は、これ此通《とほ》りと抜放《ぬきはな》して、緞子《どんす》大尽《じん》が目先《めさき》へ突付《つきつ》け、「まづ此如《ごと》く、二枚《まい》五両と銘《めい》のある小脇差《わきざし》に覚《おぼ》へあらん。斯《か》かる証拠《しやうこ》の出《で》るからは、父の敵《かたき》は汝《なんぢ》なること分明《ふんみやう》なり。敵《かたき》と名乗《なの》つて尋常《じんじやう》に勝負《しやうぶ》をせよ」と呼《よ》ばはつたり。後《うしろ》に控《ひか》へし仲居《なかゐ》の夢《ゆめ》次も隠《かく》し持《も》つたる一腰《ひとこし》を脇挟《わきはさ》み、「妾《わらは》も実《まこと》は、此清《せい》兵《へ》衛が妹《いもと》お秋《あき》といふ者《もの》。斯《か》く身《み》を窶《やつ》すも、父《と》さんの敵《かたき》を討《う》つて手向《たむ》けたいばつかり、早《はや》く名乗《なの》つて勝負《しやうぶ》あれ」と言《い》へば、二朱判《しゆばん》紀次《きじ》兵《へ》衛も三味線箱《しやみせんばこ》から一ト腰《こし》を取出《とりいだ》し、我《われ》も実《まこと》は、露之進様《つゆのしんさま》の下部《しもべ》あかん平といひし者《もの》。父《ち》の敵《かたき》。主人《しゆじん》の敵《かたき》。[三人] 勝負《しやうぶ》々々《く》と詰寄《つめよ》せたり。

緞子《どんす》大尽《じん》は少《すこ》しも騒《さわ》がず、ハヽア孝なるかな忠なるかな、潔《いさぎよ》し頼《たの》もしし。我《われ》、実《まこと》は和泉《いづみ》の国《くに》、狐塚《きつねづか》の郷士《がうし》蘆屋《あしや》堂《どう》右衛門といふ者也《もの》。[次へ続《つゞ》く]

[通《かよ》ふ神]

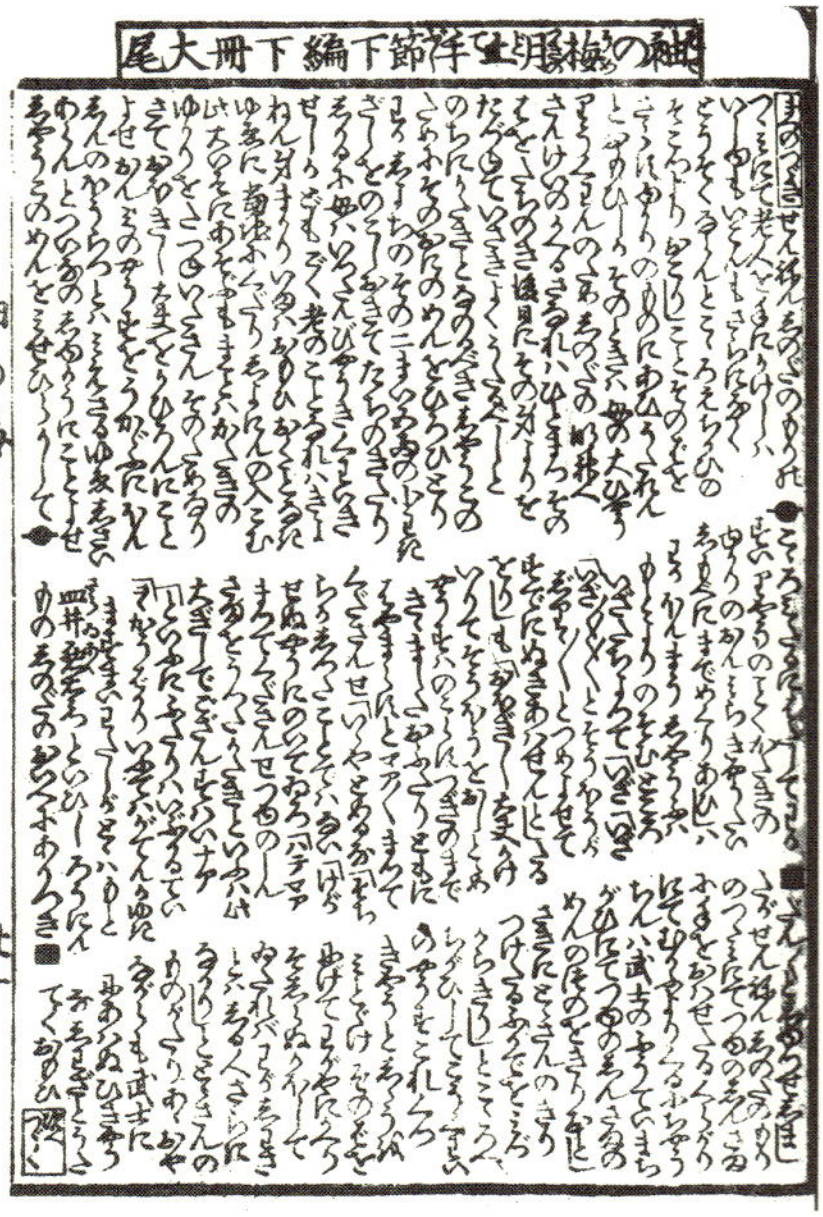

(37)三十一オ

【下】

袖《そで》の梅月《うめつきの》土手節《どてぶし》下編下冊大尾

(37) 前《まへ》の続《つゞ》き 先年《せんねん》、信太《しのだ》の森《もり》の堤《つゝみ》にて、老人を手に掛《か》けしは意趣《いしゆ》も遺恨《いこん》もさらになく、盗賊《とうぞく》ならんと心得違《こゝろえちが》ひの粗忽《そこつ》より起《お》こりし事《こと》、その場《ば》を去《さ》らず縁《ゆかり》の者《もの》に会《あ》ひ、討《う》たれんと思《おも》ひしが、その時《とき》は母の大病立願《びやうりうぐわん》のため、信太《しのだ》の明神へ参詣《さんけい》の帰《かへ》るさなれば、ひとまづその場《ば》を立退《たちの》き、後日に、その身寄《より》を尋《たづ》ねて潔《いさぎよ》く討《う》たるべしと、後《のち》に敵《かたき》と名《な》乗《の》るべき証拠《しやうこ》のために、その鬼《おに》の面《めん》を拾取《ひろひと》り、我《わ》が所持《しよぢ》の、その二枚《まい》五両の小脇差《わきざし》を残《のこ》し置《お》きて立退《たちの》きたり。然《しか》るに母は、いつたん病気快気《びやうきくわいき》せしかども、極《ごく》老のことなれば去年《きよねん》身罷《まか》り、今《いま》は思《おも》ひ置《お》くことなき故《ゆゑ》に当地に下《くだ》り、諸人《しよにん》の入込《こ》む此大礒《いそ》に遊《あそ》ぶも、実《まこと》は敵《かたき》の縁《ゆかり》を尋出《たづねいだ》さんその為《ため》なり。さて、大岸《おほぎし》大夫を買論《かひろん》に事寄《ことよ》せ、御身《おんみ》の様子《やうす》を窺《うかゞ》ふに、本心《ほんしん》の放埒《ほうらつ》とは見《み》えざるゆゑ、仔細《しさい》あらんと追儺《ついな》の趣《しゆ》向《かう》に事寄《ことよ》せ、証拠《しやうこ》の面《めん》を見《み》せびらかして試《こゝろ》みたるに、果《は》たして我《わ》が推量《すいりやう》の如《ごと》く、敵《かたき》の縁《ゆかり》の御身《おんみ》ら兄妹《きやうだい》、下部《しもべ》にまで巡会《めぐりあ》ひしは我《わ》が本望《ほんまう》、勝負《しやうぶ》は元《もと》より望《のぞ》むところ、いざ立寄《たちよ》つて、いざ、いざ、いざ〳〵〳〵と双方《さうはう》が、じり〳〵と詰寄《つめよ》せて、すでに抜合《ぬきあ》はせんとしたる折《をり》しも、大岸《おほぎし》大夫駆入《かけい》りて、双方《さうはう》を押止《おしとゞ》め、「様子《やうす》は残《のこ》らず次《つぎ》の間《ま》で聞《き》きました。お二人《ふたり》ともに早《はや》まらずと、マア〳〵待《ま》つて下《くだ》さんせ」。「いゝや止《と》めるな」。「そちらが知《し》つた事《こと》ではない」。「怪我《けが》せぬやうに退《の》いてゐろ」。「ハテマア待《ま》つて下《くだ》さんせ。露之進様《つゆのしんさま》を討《う》つた敵《かたき》といふは此大岸《ぎし》でござんすはいナア」と言《い》ふに、二人《ふたり》は訝《いぶか》る体《てい》。「ヲ、斯《か》うばかり言《い》ふては合点《がてん》がゆきますまい。私《わたし》が父《とゝ》は元皿《もとさら》井《ゐ》悪《あく》右衛門と言《い》ひし浪人者《らうにんもの》、篠田《しのだ》の御家《おいへ》にありつき、段々《だん〳〵》と出世《しゆつせ》しましたが、先年《せんねん》、信太《しのだ》の森《もり》の堤《つゝみ》にて、露之進様《つゆのしんさま》に手を負《お》はせたる暗《くら》がりにて、向《むか》ふより来《く》る小提灯《ちやうちん》は武士の風体《ふうてい》、間違《まちが》ひにて露之進様《つゆのしんさま》の面《めん》の角《つの》を切落《きりお》とし、先《さき》に父《とゝ》さんの斬付《きりつ》けたる深《ふか》手《で》を、みづから斬《き》りしと心得違《こゝろえちが》ひして後悔《こうくわい》の様子《やうす》、これ究竟《くつきやう》と始終《しじう》を見届《みとゞ》け、その場《ば》を逃《に》げて我《わ》が家《や》に帰《かへ》り、素《そ》知《し》らぬ顔《かほ》して居《ゐ》たれば、我《わ》が仕業《しわざ》とは知《し》る人さらになかりしと父《とゝ》さんの物語《ものがた》り、あゝ親《おや》ながらも武士に似合《にあ》はぬ卑《ひ》怯《きやう》な仕業《しわざ》と、うたてく思《おも》ひ、

次へ続《つゞ》く

(38)三十一ウ

三十二オ

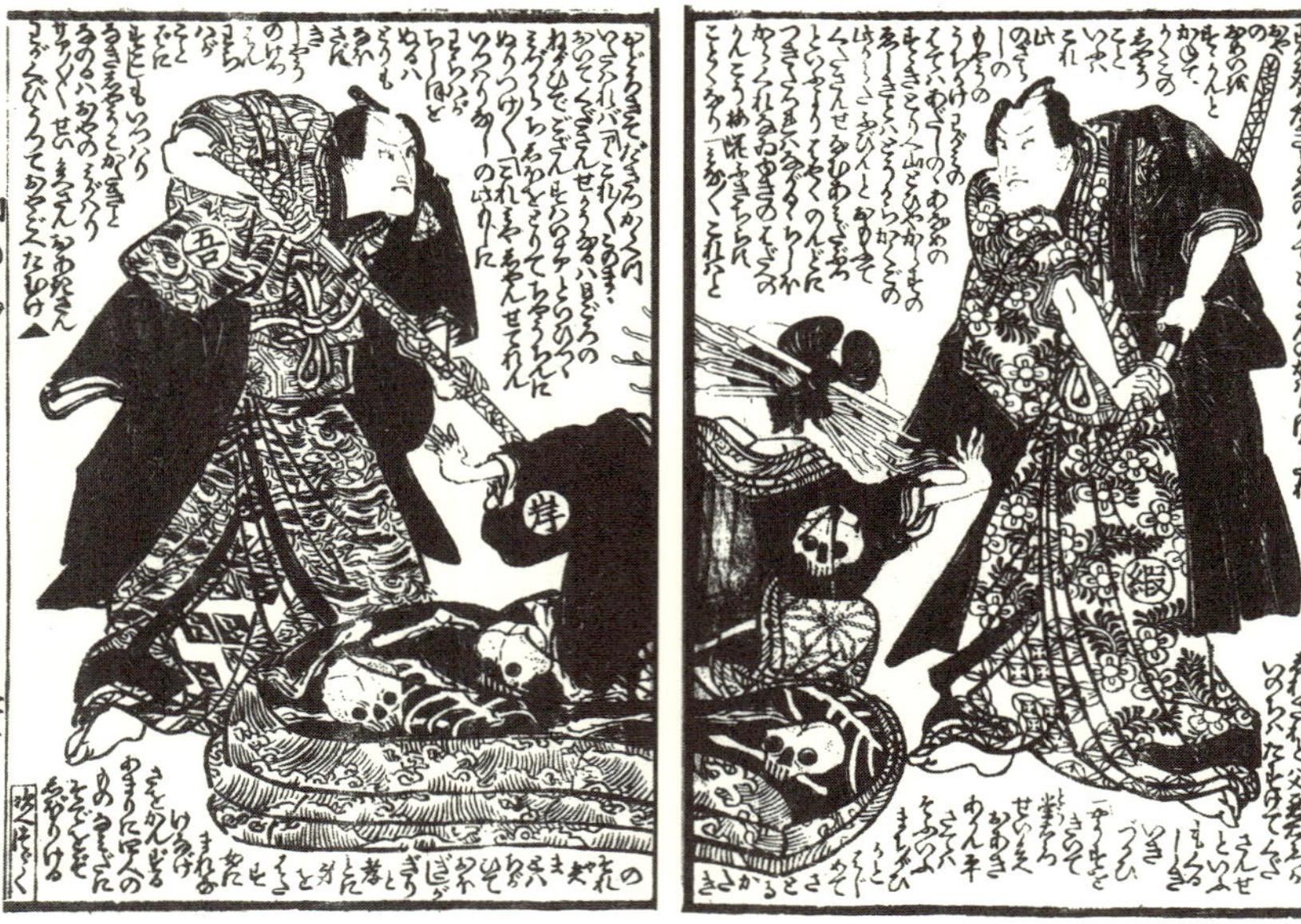

（38）前《まへ》の続《つゞ》き

露之進様《つゆのしんさま》の身寄《より》のお方《かた》に出会《いであ》はゞ、我《わ》が身敵《かたき》と名乗《なの》りて、父《とゝ》さんの代《かは》りに討《う》たれ、親《おや》の汚名《おめい》を雪《すゝ》がんと、かねて覚悟《かくご》の証拠《しやうこ》と言《い》ふはこれ、此野晒《のざらし》の模様《もやう》の打掛《うちかけ》、我《わ》が身《み》の果《は》てはあだし野《の》のあなめの薄《すゝき》、鳥辺山《とりべ》、鳶《とび》や烏《からす》の餌食《ゑじき》とは疾《と》うから覚悟《かくご》の此体《からだ》、不憫《ふびん》と思《おも》ふて下《くだ》さんせ、南無阿弥陀仏《なむあみだぶつ》」と言《い》ふより早《はや》く喉《のんど》に突立《つきた》つれば、流《なが》るゝ血潮《ちしほ》、唐紅《からくれなゐ》、雪《ゆき》の肌《はだへ》の寒紅梅《かんこう》、花吹散《ふきち》らす如《ごと》くなり。皆々《みなく》これはと驚《おどろ》きて、抱《だ》きつ抱《かゝ》へつ労《いたは》れば、「ア、これ〳〵このまゝおいて下《くだ》さんせ。斯《か》うなるは日頃《ごろ》の願《ねが》ひでござんすはいナア」と言《い》ひつゝ、みづから血潮《ちしほ》を取《と》りて提灯《ちやうちん》に塗付《ぬりつ》け〳〵、「これ見《み》やしやんせ、手練偽《てれんいつは》りなしの此文字《もじ》に妾《わらは》が血潮《ちしほ》を塗《ぬ》るは、取《と》りも直《なほ》さず起請《きしやう》の血判《けつぱん》、妾《わらは》が言葉《ことば》に少《すこ》しも偽《いつは》りなき証拠《しやうこ》。敵《かたき》と名乗《なの》るは親《おや》の身代《みがは》り、サア〳〵〳〵、清兵衛《せいへ》さん、お秋《あき》さん、我《わ》が首討《くびう》つて親御《おやご》へ手向《たむ》け、その代《かは》りには、今《いま》は行方知《ゆくへし》れざれど、父悪右衛門が命《いのち》は助《たす》けて下《くだ》さんせ」と言《い》ふも苦《くる》しき息遣《いきづか》ひ。様《やう》子《す》を聞《き》いて堂《どう》右衛門、清兵衛《せいへ》、お秋《あき》、あかん平、さてはそふいふ間違《まちが》ひかと、はじめて悟《さと》る敵《かたき》の逸矢《それや》、的《まと》は違《ちが》ひて大《おほ》岸《ぎし》が義理《ぎり》と孝とに身を果《は》たす、女に稀《まれ》な健気《けなげ》さを感《かん》ずるあまりに四人の者《もの》、涙《なみだ》に袖《そで》をぞ絞《しぼ》りける。

次へ続《つゞ》く

(39)三十二ウ

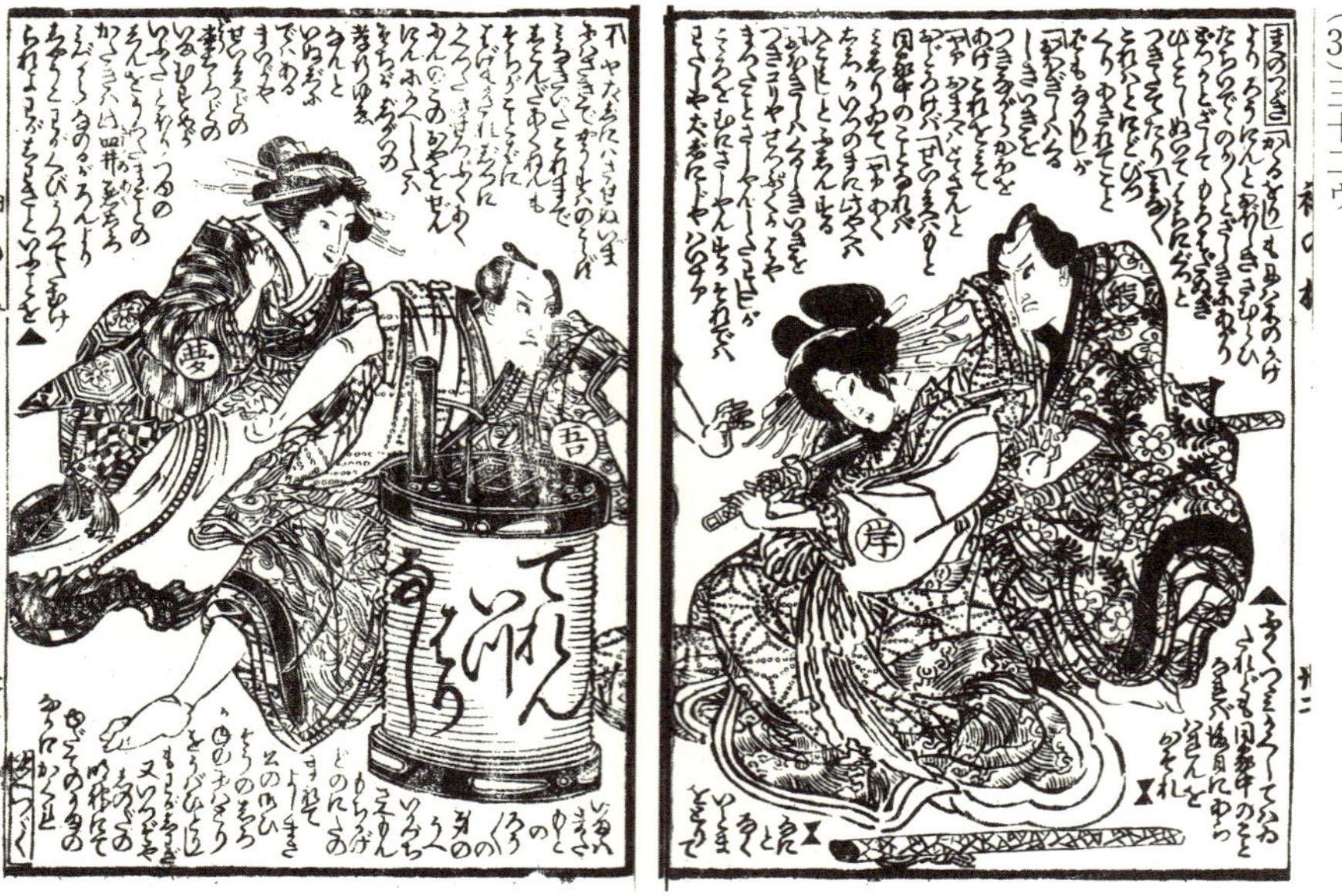

三十三オ

(39) 前《まへ》の続《つゞ》き 斯《か》かる折《をり》しも、庭木《には》の陰《かげ》より浪人《ろうにん》と思《おぼ》しき侍《さむらひ》立出《たちいで》て、のか〳〵と座敷《ざしき》に上《あ》がり、どつかと座《ざ》して諸肌脱《もろはだぬ》ぎ、一腰抜《ひとこしぬ》いて腹《はら》にぐつと突立《つきた》てたり。皆々《みな〳〵》これはと二度《にど》びつくり、呆《あき》れて言葉《ことば》もなかりしが、大岸《おほぎし》は苦《くる》しき息《いき》を吐《つ》きながら顔《かほ》を上《あ》げ、これを見《み》て、ヤアお前《まへ》は父《とゝ》さんと驚《おどろ》けば、清《せい》兵《へ》衛は元《もと》同家中のことなれば見知《みし》りゐて、ヤア悪《あく》右衛門か、何時《いつ》の間《ま》に此家《や》へは入込《こ》みしと不審《ふしん》する。大岸《おほぎし》は苦《くる》しき息《いき》を吐《つ》き、コリヤ切腹《せつぷく》か、早《はや》まつた事《こと》さしやんした。私《わたし》が心《こゝろ》を無《む》にさしやんすか。それでは私《わたし》や犬死《じに》じやはいなナア。イヤ犬死《じに》はさせぬ。今《いま》、庭先《にはさき》で様子《やうす》は残《のこ》らず皆聞《みなき》いた。これまで仕込《しこ》んだ悪念《あくねん》も、そちが言葉《ことば》に励《はげ》まされ、実《じつ》に帰《かへ》つた此切腹《せつぷく》。悪人《あくにん》の子《こ》の親《おや》を善人《ぜんにん》に帰《かへ》したは、そちが自害《じがい》の孝行ゆゑ、何《なん》と犬死《いぬじに》ではあるまいがや。清《せい》兵《へ》衛殿《どの》、堂《どう》右衛門殿《どの》、今娘《いまむすめ》が言《い》ふた通《とほ》り、露之進《つゆのしん》を討《う》つた実《まこと》の敵《かたき》は此皿井《さらゐ》悪《あく》右衛門。みづから名乗《なの》るが論《ろん》より証拠《しやうこ》、我《わ》が首討《くびう》つて手向《たむ》けられよ。我《わ》が仕業《しわざ》といふ事《こと》を深《ふか》く包隠《つゝみかく》しては居《ゐ》たれども、同家中の事《こと》なれば、後日に顕《あらは》れんを恐《おそ》れ、何《なに》となく暇《いとま》を取《と》りて、今《いま》はまた元《もと》の浪々《ろう〳〵》

の身の上《うへ》、雷《いかづち》左衛門《さへもん》持景殿《もちかげどの》に頼《たの》まれて、義政《よしまさ》公の御秘蔵《ひぞう》の白銀《しろかね》の鶏《にはとり》を奪取《うばひと》りしも我《わ》が仕業《しわざ》。又、何時《いつ》ぞや信太《しのだ》の明神にて湯立《ゆだて》の釜《かま》の中《なか》に隠《かく》れ、

「手練《てれん》偽《いつは》りなし」

次へ続《つゞ》く

(40)三十三ウ

三十四オ

(40) 前《まへ》の続《つゞ》き 葛葉姫《くずのはひめ》を奪取《うばひと》らんとしたるも某《それがし》が仕業《しわざ》なり。今夜《こんや》、此茗荷屋《みやうがや》へ入込《こ》みしも、雷《いかづち》左衛門殿《どの》に一《いち》味《み》の輩《ともがら》と出会《しゆつくわい》し、斯《か》の鶏《にはとり》を手渡《わた》しにせんためなり。暫《しば》し隠《かく》せしところは此処《こゝ》と、腸擱《はらわたつか》んで庭先《にはさき》の井の内《うち》へ投《なげ》入るれば、穢《けがれ》を祓《はら》ふ噴水《ふき》の迸《ほとばし》るに従《したが》ひて、現《あらは》れ出《いで》し銀の庭《には》鳥。清兵衛《せいへ》は立寄《よ》つて鶏《にはとり》を手に取上《とりあ》げ、ア、有難《ありがた》や忝《かたじけな》や、此御宝《たから》を篠田《しのだの》之介様《さま》に差上《さしあ》ぐれば、御帰参《きさん》は心《こゝろ》の儘《まゝ》。先《さき》だつて敵討願《かたきうちねが》ひの時《とき》、主君《しゆくん》より密書《みつしよ》をもつて命《めい》ぜられしは此宝《たから》の詮議《せんぎ》の事《こと》。遊里《ゆうり》に費《つい》やす金銀《きんぐ》も、御主人《しゆじん》より下《くだ》されしは敵《かたき》を尋《たづ》ぬるのみならず、此宝《たから》の詮議《せんぎ》が第一《だい》故《ゆゑ》。今《いま》手に入しは篠田《しのだの》之介様《さま》の御運開《うんひら》くる瑞相《ずいさう》也。これによりてつら〳〵思《おも》ふに、此井《このゐ》より宝《たから》の出《いで》しは、すなはち宝井《たからゐ》なれば、我《われ》、今《いま》、四海《しかい》にその名高《なたか》く聞《き》こへて誉《ほま》れある其角《きかく》宗匠《そうしやう》の門人《もんじん》となり、此鬼《おに》の面《めん》の角《つの》の縁《えん》により、鬼角《きかく》と名《な》を改《あらた》め、俳諧《はいかい》をもつて大岸《おほぎし》大夫が菩提《ぼだい》を永《なが》く弔《と》ふべしとて、髻《もとゞり》を切払《きりはら》ひ、大岸《おほぎし》が手慣《てな》れし琴《こと》の糸《いと》を断《た》ちて、傾城《けいせい》の賢《けん》なるは此柳かな、と其角《きかく》が名句《めいく》を書付《かきつ》けて手向《たむ》けとすれば、堂右衛門《どう》も同《おな》じく髻《もとゞり》を切捨《きりす》て、我《われ》も伊丹《いたみ》にその名

高き鬼貫宗匠《おにつらそうしやう》の弟子《でし》となり、その鬼《おに》の面《めん》の縁《えん》により鬼面《おにつら》と名を改《あらた》め、神祇《じんぎ》釈 教《しやつきやう》恋《こひ》無常《むじやう》の俳諧《はいかい》をもつて、大岸《おほぎし》が菩提《ぼだい》を永《なが》く弔《と》ふべしとて、かの野晒《のざらし》の片袖《かたそで》に卒塔婆《そとば》を添《そ》へ、骸骨《がいこつ》の上《うへ》を粧《よそ》ふて花見かな、と名句《めいく》を書付《かきつ》け、たちまち悟道発明《ごどうはつめい》し、四人もろとも、数遍《すへん》の念仏《ねんぶつ》を手向《たむ》くれば、大岸《おほぎし》は手を合《あ》はせ、いと嬉《うれ》しげに笑《ゑ》みを含《ふく》み、眠《ねふ》るが如《ごと》く息絶《いきた》へしが、

次へ

(41)三十四ウ

三十五オ

(41) 前《まへ》の続《つゞ》き 屋《や》の棟《むね》に紫雲《しうん》たなびき花降下《ふりくだ》り、金龍に乗《の》りたる天女《てんによ》現《あらは》れて、琴《きん》を暫《しばら》く弾《たん》ぜしが、光《ひかり》を放《はな》ちて消《きへ》失《う》せたり。大岸《おほぎし》は元《もと》此天女の化身《けしん》とは、此奇特《きどく》にて知《し》られたり。

さて、悪《あく》右衛門はます〳〵先非《せんぴ》を悔《く》い、善心《ぜんしん》に立返《たちかへ》りて念仏《ねんぶつ》数遍唱《すへんとな》へつゝ、みづから喉笛《のどぶゑ》を掻切《かきき》つて死しにけり。鬼角《きかく》、鬼面《おにつら》、両門人《りやうもんじん》の文字《もんじ》の謂《いは》れ、斯《か》かる故《ゆゑ》とぞ知《し》られける。

斯《か》くて清《せい》兵衛《へ》は、白銀《かね》の鶏《にはとり》を同家中花田垣之《かきの》介に渡《わた》し、垣之《かきの》介より篠田《しのだ》之《の》介に渡《わた》し、篠田之《しのだの》介、葛葉姫《くずのはひめ》を連《つ》れ、小歌蜂《うたはち》兵衛《へ》もろとも和泉《いづみ》の国《くに》へ帰《かへ》りければ、篠田《しのだの》庄司 喜《よろこ》ぶこと限《かぎ》りなく、かの宝《たから》を義《よし》政公へ差《さし》上げるに、御感《かん》なのめならず。それより摂津《せつつ》の国《くに》の神崎郡領《かんざきぐんりやう》の方《かた》へ言《い》ひ通《つう》じ、吉日を選《ゑら》みて篠田《しのだ》之《の》介と葛葉姫《くずのはひめ》と改《あらた》めて婚礼《こんれい》を調《とゝの》へ、小歌蜂《うたはち》兵衛《へ》が忠義抜群《ちうぎばつぐん》なりとて、武士に取立《とりた》て新地《しんち》を賜《たまは》り、義《よし》政公の厳命《げんめい》によりて篠田《しのだ》之《の》介、雷《いかづち》左衛門《さへもん》を打滅《うちほろぼ》し、こと〴〵く悪人の根《ね》を断《た》ちて万々歳とぞ栄《さか》ゑける。

(垣)「此宝《たから》、御手《おん》に入《い》るからは早《はや》く御帰国《きこく》なされませ」

（篠）「嬉《うれ》しや喜《よろこ》ばしや。帰国《きこく》の用意《ようい》、早《はや》う〳〵」

（緞）「此野晒《のざらし》の片袖《かたそで》は小町《まち》が歌《うた》のあなめ〳〵、一休《いっきう》和尚《おしやう》の御用心〳〵、悟《さと》りを開《ひら》く一助《いちじよ》となさん」

（吾）「此片袖《かたそで》を看板《かんばん》とし、袖之《そでの》梅といふ妙薬《みやうやく》を製《せい》して、世の人の無明《むみやう》の酒《さけ》の酔《ゑひ》を覚《さ》ます薬《くすり》となさん」

「骸骨《がいこつ》の上《うへ》を粧《よそ》ふて花見哉《かな》」

「袖の梅」

「半面美人／傾城《けいせい》の賢《けん》なるは此柳哉《かな》」

「手練《てれん》偽《いつは》りなし」

（42）安倍清兵衛《あべのせいへ》が妹《いもと》も其角宗匠《きかくそうしやう》の弟子《でし》となり俳諧《はいかい》を学《まな》びけるに、類《たぐひ》まれなる才女なれば、秀逸《しういつ》の名句多《おほ》く、その名世に高く〳〵ぞ聞《き》こえける。下部《しもべ》あかん平も二朱判紀次《ばんきじ》兵衛《へ》一《いっ》基《き》と名乗《なの》りて俳諧《はいかい》に遊《あそ》び、一生を楽々《らく〳〵》と過《すご》しけるとかや。目出度《めでた》し〳〵〳〵〳〵〳〵〳〵。

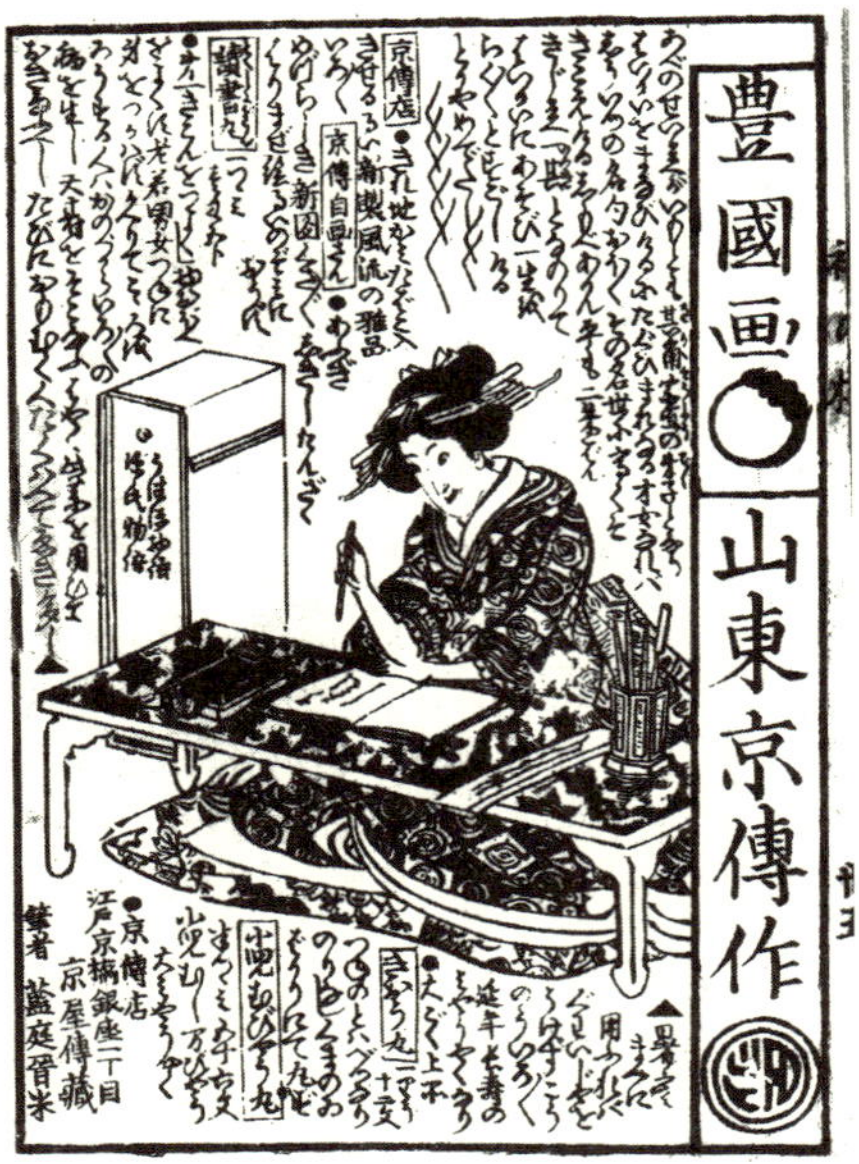

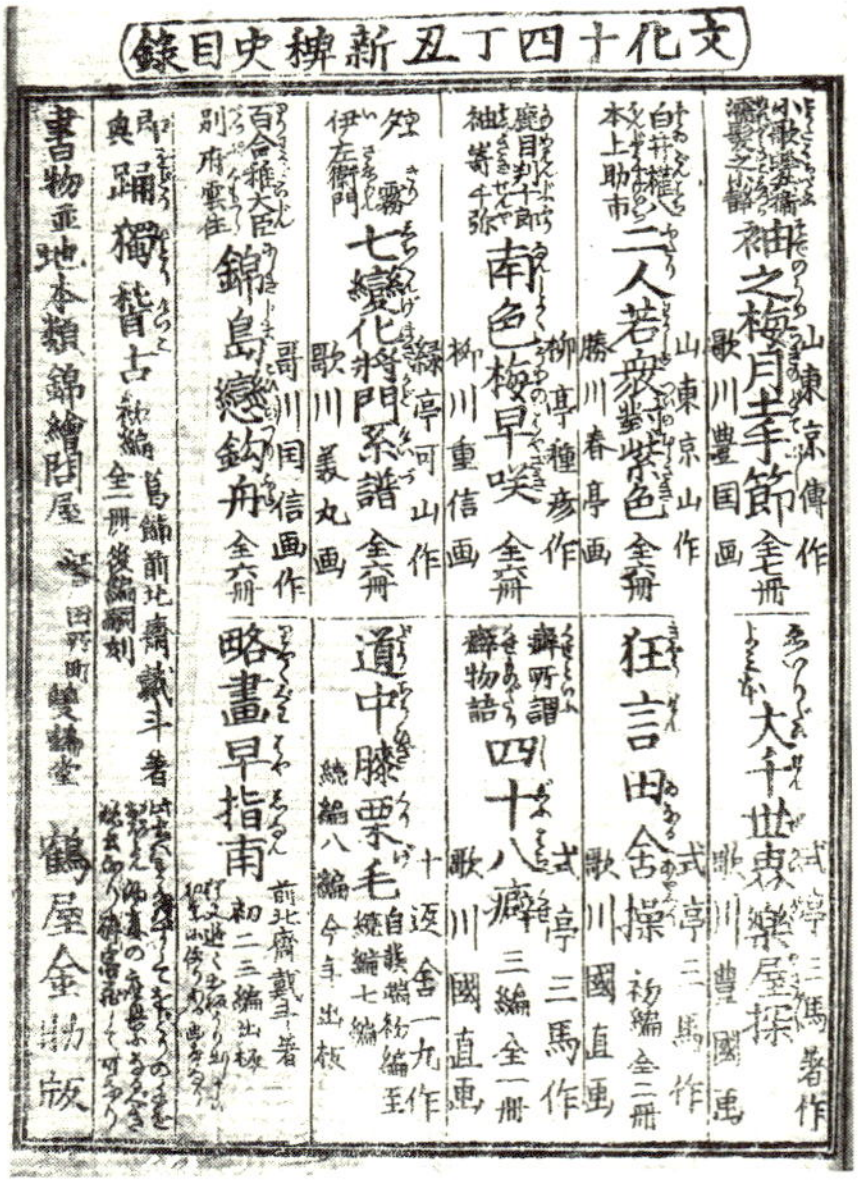
文化十四丁丑新板稗史目録

袖之梅月季節

二人若衆紫色

豊国画㊞　山東京伝作㊞

筆者　藍庭晋米

京伝店

●裂地《きれ》・紙煙草《かみたばこ》入・煙管《きせる》類《るい》、新製風流の雅品色々《いろ〳〵》。

京伝自画賛《さん》

●扇珍《あふぎめづら》しき新図種々《くさ〴〵》、色紙《しきし》・短冊《たんざく》・張交絵《はりまぜ》類《るい》、望《のぞ》みに応《おう》ず。

読書丸《とくしよぐわん》　一包《つゝみ》壱匁五分

●第一気根《きこん》を強《つよ》くし物覚《おぼ》へをよくす。老若男女常《つね》に身を使《つか》はず、かへりて心《こゝろ》を労《ろう》する人は、おのづから色々《いろ〳〵》の病を生じ天寿を損《そこ》なふ。早《はや》く此薬を用ひて補《おぎな》ふべし。旅《たび》に赴《おもむ》く人蓄《たくは》へて益《えき》多し。暑寒前《まへ》に用ふれば、外邪《ぐわいじや》を受《う》けず効能《こうのう》色々《いろ〳〵》、延年長寿の妙薬《みやうやく》なり。

●大極《ごく》上品　奇応《きおう》丸　一粒《りう》十二文

常《つね》のとは別《べつ》なり。糊《のり》なし熊《くま》の胆《ゐ》ばかりにて丸ず。

小児無病《むびやう》丸　半包《つゝみ》五十六文

小児虫《むし》、万病《びやう》大妙薬《みやうやく》。

●京伝店　江戸京橋銀座一丁目　京屋伝蔵

［宇津保物語／源氏物語］

気替《きをかへ》而《て》戯《け》作《さく》問答《もんどう》

前編見返し

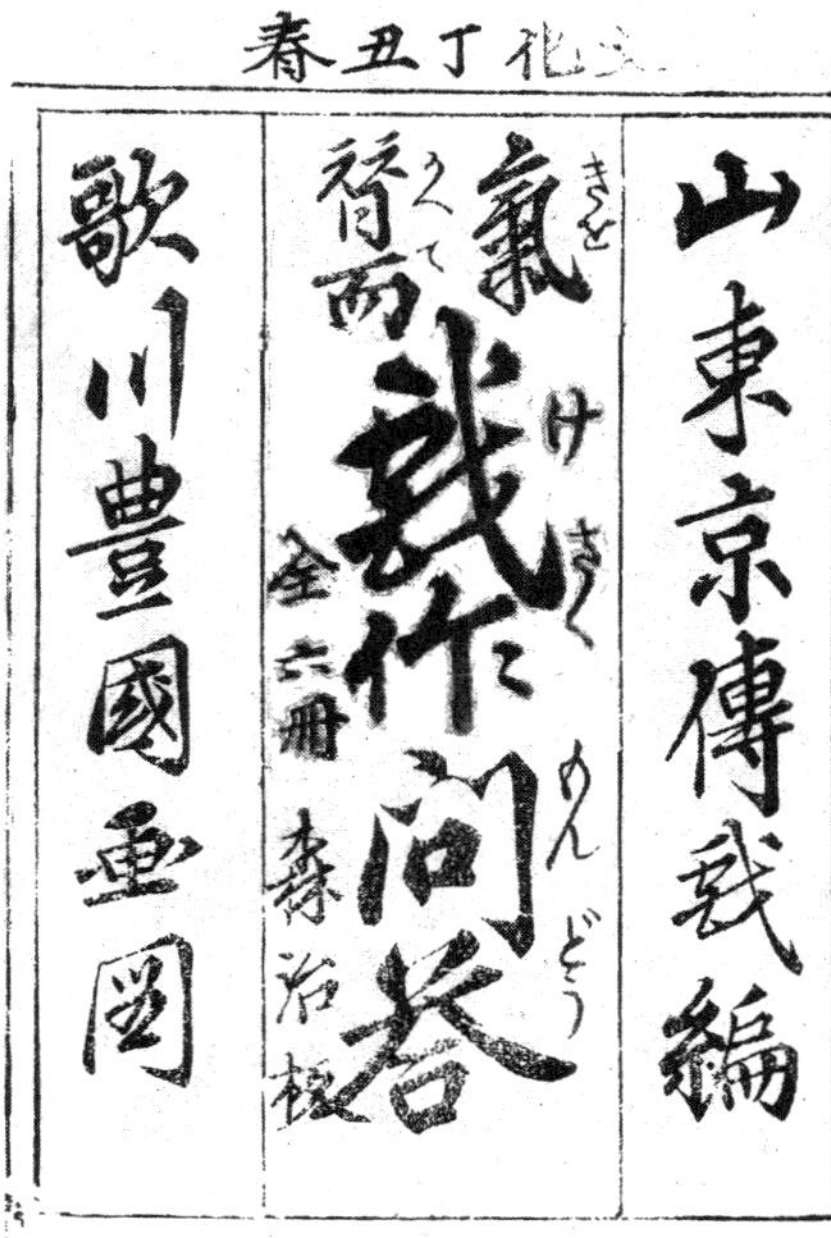

［前編見返し］

春丑丁化文

山東京伝戯編

気《きを》替而《かへて》戯《け》作《さく》問《もん》答《どう》

全六冊　森治板

歌川豊国画図

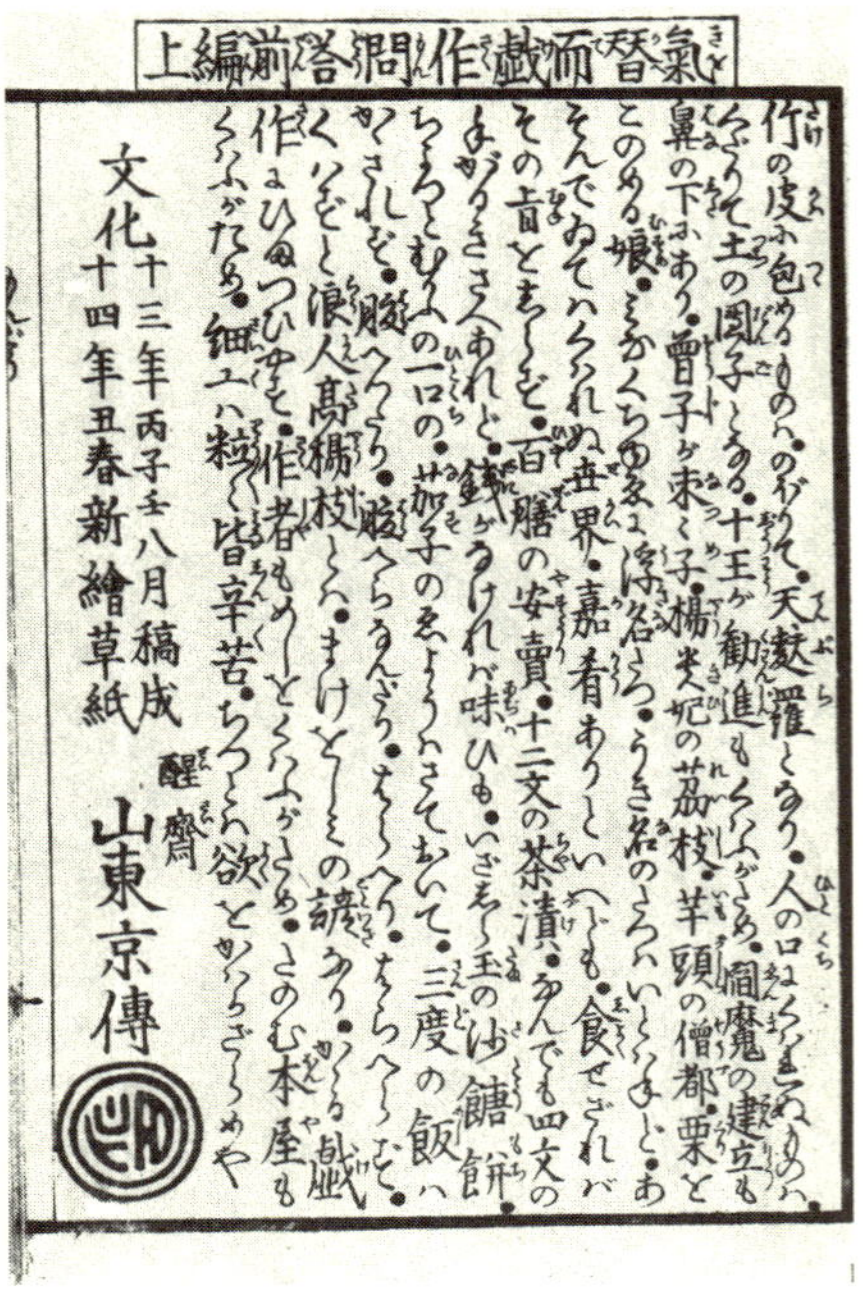

（1）一オ

［前編］

［上］

（1）気替《きをかへ》而《て》戯《け》作《さく》問《もん》答《どう》前《ぜん》編《へん》上

竹《たけ》の皮《かは》に包《つゝ》めるものは。のぼりて。天麩羅《てんぷら》となり。人《ひと》の口《くち》にくはれぬものは。くだりて土《つち》の団子《だんご》となる。十王《じうわう》が勧《くわん》進《じん》もくはふがため。閻魔《ゑんま》の建立《こんりう》も鼻《はな》の下《した》にあり。曽子《そうじ》が束々子《なつめ》。楊貴妃《やうきひ》の茘枝《れいし》。芋頭《いもがしら》の僧都《そうづ》。栗《くり》をこのめる娘《むすめ》。あみなくちゆゑに浮名《うきな》たつ。うき名《な》のたつはいとはねど。あそんでゐてはくはれぬ世界《せかい》。嘉肴《かかう》ありといへども。食《しよく》せざればその旨《むね》をしらず。百膳《ひやくぜん》の安売《やすうり》。十二文の茶漬《ちやづけ》。なんでも四文の手がるきさへあれど。銭《ぜに》がなければ味《あぢは》ひも。いざしら玉《たま》の沙糖餅《さとうもち》。ちよつとむかふの一口《ひとくち》の。茄子《なす》のゑようはさておいて。三度《さんど》の飯《めし》はかゝされず。腹《はら》へつたり。腹《はら》へらなんだり。はらへり。はらへらず。くはずと浪人高楊《らうにんたかやう》枝《じ》とは。まけをしみの諺《ことわざ》なり。かゝる戯作《けさく》にひまつひやす。作者《さくしや》もめしをくはふがため。たのむ本屋《ほんや》もくはふがため。細工《さいく》は粒々皆辛苦《りうくみなしんく》。ちつとは欲《よく》をかはかざらめや

文化十三年丙子壬八月稿成
十四年丑春新絵草紙

醒齊《せいさい》　山東京伝㊞

（2）一ウ

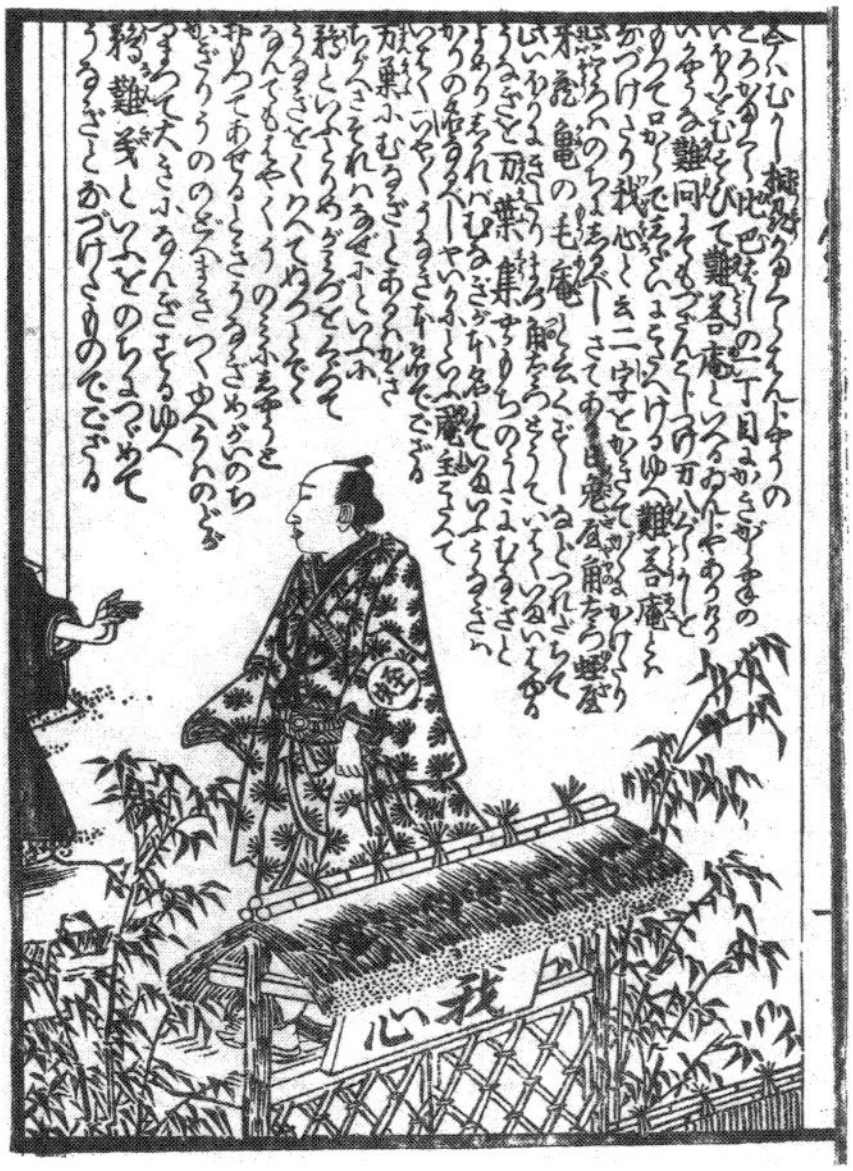

二オ

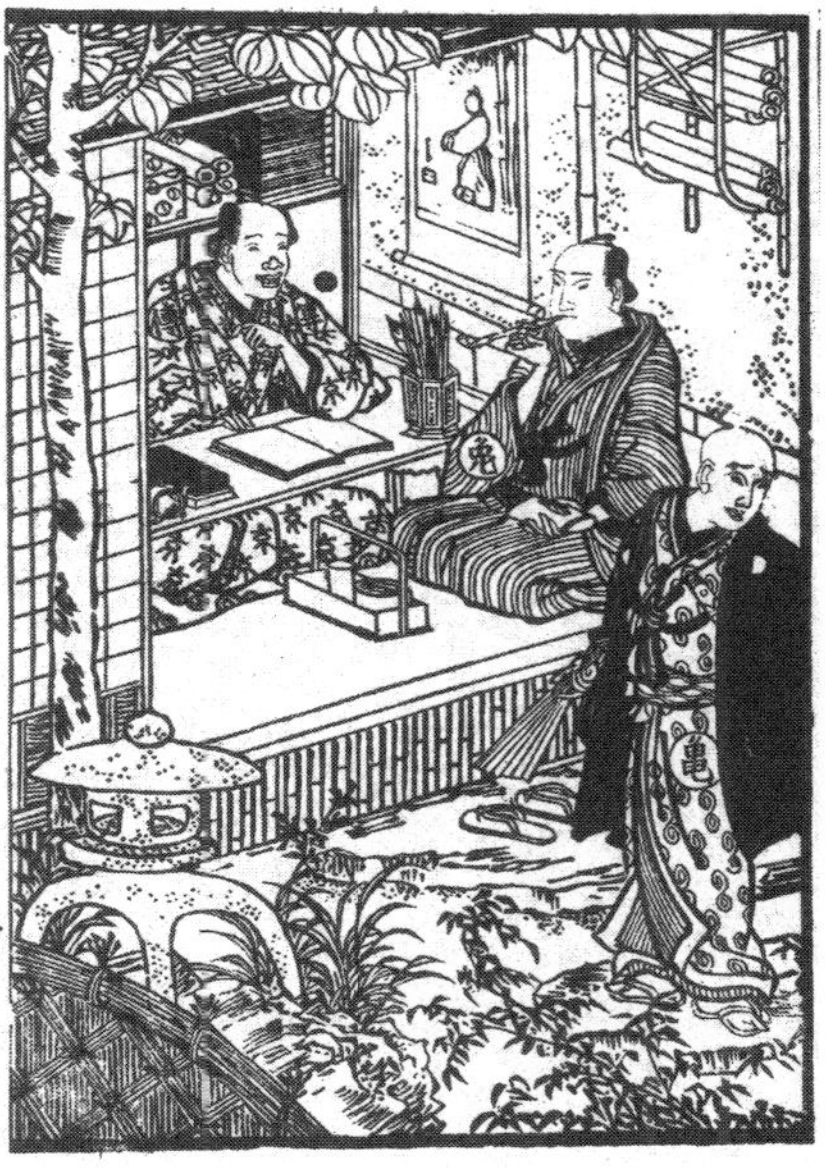

（2）

今は昔《むかし》、相刕鎌倉繁盛《さうしうかまくらはんじやう》の頃《ころ》、鎌倉比巴橋《かまくらびはばし》の一丁目に牡蠣《かき》殻屋根《がらやね》の庵《いほり》を結《むす》びて、難答庵《なんどうあん》といへる隠者《ゐんじや》ありけり。如何《いか》様《やう》な難問《なんもん》にても、杜撰《づさん》、こじつけ、万八、ぐらかしをもつて、口から出次第《でしだい》に答《こた》へけるゆへ、難答庵《なんどうあん》とは名付《なづ》けたり。我心《わがこゝろ》と云二字《じ》を書《か》きて額《がく》に掛《か》けたり。此心《こゝろ》は後《のち》に知《し》るべし。

さて、ある日、兎屋角右衛門《うさぎやつの》、蛭屋牙蔵《ひるやきばぞう》、亀《かめ》の毛庵《もうあん》と云薬師《くずし》など連立《つれだ》ちて、此庵《いほり》に来《きた》り。まづ角《つの》右衛門、問《と》うて曰《いは》く、「今《いま》、所謂《いはゆる》、鰻《うなぎ》を万葉集家持《まんえふしうやかもち》の歌《うた》に、むなぎと詠《よ》めり。然《し》かれば、むなぎが本名にて、今言《いまい》ふ鰻《うなぎ》は仮《かり》の名なるべしや如何《いか》に」と言《い》ふ。

庵主答《あんしゆこた》へて曰《いは》く、「いや〱、鰻《うなぎ》、本名でござる。万葉《まんえふ》に、むなぎとあるは書違《かきちが》へさ。それは何故《なぜ》にといふに、鵜《う》といふ鳥《とり》めが水《みづ》を潜《くゞ》つて鰻《うなぎ》を咥《くは》へてぬつと出《で》て、何《なん》でも早《はや》く鵜呑《うのみ》にしやうと思《おも》つて焦《あせ》る時《とき》、鰻《うなぎ》めが命限《いのちかぎ》に、鵜《う》の喉《のど》へ巻付《まきつ》くゆへ、鵜《う》は喉《のど》が詰《つま》つて大きに難儀《なんぎ》するゆへ、鵜難《うなん》義《ぎ》といふを後《のち》に縮《つゞ》めて、鰻《うなぎ》と名付《なづ》けたものでござる」。

(3)二ウ

二オ

［我心］

(3)

○次《つぎ》に牙蔵《きばぞう》、問《と》うて曰《いは》く、「さて又、蒲焼《かばやき》といふ名義《めいぎ》はどうした訳《わけ》でござるな」。

庵主《あんしゆ》、答《こた》へて曰《いは》く、「蒲焼《かばやき》といふは樺《かば》といふ木の皮《かは》の色《いろ》に似《に》たる故《ゆへ》に、然言《しかい》ふなど、は、大きな僻事《ひがこと》でござる。鰻《うなぎ》の蒲焼《かばやき》は冷《さ》めてはいかぬ物《もの》じや。そこで焼置《やきお》きにはならぬ物《もの》ゆへ、買《かは》ば焼《や》かんといふ心《こころ》で、それを略《りやく》して蒲焼《かばやき》といひます」。

○次《つぎ》に毛庵《もうあん》といふ薬師《くずし》、問《と》うて曰《いは》く、「我《わ》が国《くに》には蠅《はい》といふ虫《むし》が沢山《たくさん》で、古事記《こじき》に狭蠅《さはへ》、和名抄《わみやうしやう》に波閉《はへ》、新撰字《せんじ》鏡《きやう》に波へなど、見へ、昼寝《ひるね》などには邪魔《じやま》な奴《やつ》じやゆへ、諺《ことはざ》にもてんぐ〜の頭《あたま》の蠅《はい》を追《お》への、顎《あご》で蠅《はい》を追《お》ふの、青《あを》蠅《ばい》がたかるのといひ、唐《から》の書物《しよもつ》にも多《おほ》く見へて、王思《わうし》といふ癇癪持《かんしやくもち》は、剣《けん》を抜《ぬ》いて蠅《はい》を斬《き》らんと追駆《おつか》けた馬鹿者《ばかもの》もござつたが、蕃国《ばんこく》にも蠅《はい》はありますかな」。

庵主《あんしゆ》、答《こた》ふ。「あるとも〜。蕃国《ばんこく》に蠅《はい》のある証拠《しやうこ》は、蠅《はい》を打《う》つ具《ぐ》がござる。中形《かたち》は斯様《かやう》なものじや。この蕃《ばん》名《みやう》をウツトハイトルと言《い》ひます」。

○又、角《つの》右衛門、問《と》うて曰《いは》く、「近頃《ちかごろ》の木琴《もくきん》の歌《うた》に、口説《くど》き上手《じやうず》につい乗《の》せられて騙《だま》されて咲《さ》く室《むろ》の梅といふは、どうした心《こゝろ》でござるな」。

庵主《あんしゆ》、答《こた》へて曰《いは》く、「その歌《うた》の元《もと》は播磨《はりま》の国《くに》、室《むろ》の遊君《ゆうくん》の棹《さほ》の歌《うた》でござる。至《いた》つて難《むづか》しい伝授事《でんじゆごと》でござる。まづ口《く》説《ど》き上手《じやうず》といふは、苦《く》のたんとある時《とき》は胸《むね》で動悸《どうき》の打《う》つものでござる。そこで苦動気《くどうき》といひます。それを上手《じやうず》に鎮《しづ》める事《こと》でござる。つい乗《の》せられてといふは、船《ふね》に乗《の》せられる事《こと》でござる。騙《だま》されて咲《さ》くといふは、無心《むしん》の文《ふみ》を癇《かん》癪《しやく》で引裂《ひきさ》く事《こと》でござる。室《むろ》の梅とは、播州《ばんしう》、室《むろ》の梅といふ遊君《ゆうくん》の名でござる。昔《むかし》、室《むろ》の遊君《ゆうくん》は小舟《ぶね》に棹《さほ》さして客《きやく》を迎《むか》へしゆへ、今《いま》も流《なが》れの身など、言《い》ひます。そこで、つい乗《の》せられてと言《い》ふたものでござる。此歌《うた》は古人三朝《こじんさんちやう》の伝《でん》でござる。別《べつ》に詳《くは》しく、おのれ松緑《せうろく》しておきました」。

(4)

○牙蔵《きばぞう》、問《と》うて曰《いは》く、「唐鳥《からとり》のなかに猩々鸚哥《しやうぐいんこ》といふ鳥《とり》がござる。この名義《めいぎ》が承《うけたまは》りたい」。

庵主《あんしゆ》、答《こた》へて曰《いは》く、「猩々鸚哥《しやうぐいんこ》といふは僻事《ひがこと》、本名は猩々隠居《しやうぐゐんきよ》でござる。顔《かほ》は雉子《きじ》の如《ごと》く赤《あか》く、足《あし》は千鳥《ちどり》の様《やう》にひよろつき、舌《した》の回《まは》らぬ鳥《とり》にて、何《なん》ぞといふと、息子《むすこ》の稼《かせ》ぐ銭金《ぜにかね》を取《と》つて孝行《かうく》と鳴《な》く鳥《とり》でござる。

又、花魁《おいらん》だ渡《わた》り金傾鳥《きんけいちやう》といふ鳥《とり》は、金《かね》を傾《かたむ》くる鳥と書《か》きて、一度鳴《ひとたびな》く時《とき》は忽《たちま》ち金財布《かねざいふ》を傾《かたむ》けます。至《いた》つて毛色《けいろ》美《うつく》しく、頭《かしら》に鼈甲《べつかう》の様《やう》な鶏冠《とさか》が何本《なんぼん》もあります。胸《むね》には鴛鴦《おし》の剣羽《つるぎば》を隠《かく》し、晦日《みそか》に月の出《で》る時《とき》、四角《かく》な玉子を産《う》みます。恐《おそ》れ慎《つゝし》みて近寄《ちかよ》るまじき鳥《とり》でござる。

又、怠隠居《なまけゐんきよ》といふ鳥《とり》がござる。後生心《ごしやうごゝろ》は少《すこ》しもなく、経《きやう》読《よ》む鳥《とり》や数珠掛鳩《じゆずかけばと》を嘲笑《あざわら》ひ、たゞ栄耀食《ゑようぐひ》に律儀《りちぎ》な息子《むすこ》の銭金《ぜにかね》を減《へ》らし、小言《ごと》ばかり言《い》ふ鳥《とり》なれば、怠隠居《なまけゐんきよ》といひます。

又、日待夜鳥《ひまちよとり》といふ鳥は鸚鵡《あふむ》の如《ごと》く、よく人の声色《こはいろ》を真《ま》似《ね》、あるいは三味線《しやみせん》、歌《うた》、浄瑠璃《じやうるり》を囀《さへづ》れど、全体《ぜんたい》の毛《け》は素人《しろと》にて、胸《むね》の毛《け》ばかり玄人《くろうと》でござる。

又、手雀《じやく》といふ鳥《とり》は、一名を新造《しんぞう》鳥といひ、青《あを》つ切《きり》、やけ酒《ざけ》、ぐひ呑《のみ》など、様々《さまぐ》の異名《いみやう》がござる。遂《つひ》には酒《さけ》のために癪《しやく》を起《お》こして人《ひと》の厄介《やつかい》となり、一生羽《いつしやうはね》を伸《の》して高《たか》飛《とび》のならぬ鳥《とり》でござる。そこで昔《むかし》も、手酌《じやく》ご覧《らふ》じてお茶《ちや》をあがれとは言《い》ひましたが、酒《さけ》をあがれとはついぞ言《い》ひませぬ。聞《き》こへましたか」。

(芸者)「雨《あめ》の降《ふ》る夜《よ》はナア、一入《ひとしほ》ゆかし」

(隠居)「あゝ、誰《だれ》ぞ碁《ご》でも打《う》ちに来《く》ればいゝ。寂《さみ》しく愚痴《ぐち》に水仙花《すいせんくわ》、冬《ふゆ》ごもりは河豚《ふぐ》か鮟鱇《あんかう》のことだ」

(客)「もつと燗《かん》を熱《あつ》くして貰《もら》ひたい」

(5)四ウ

五オ

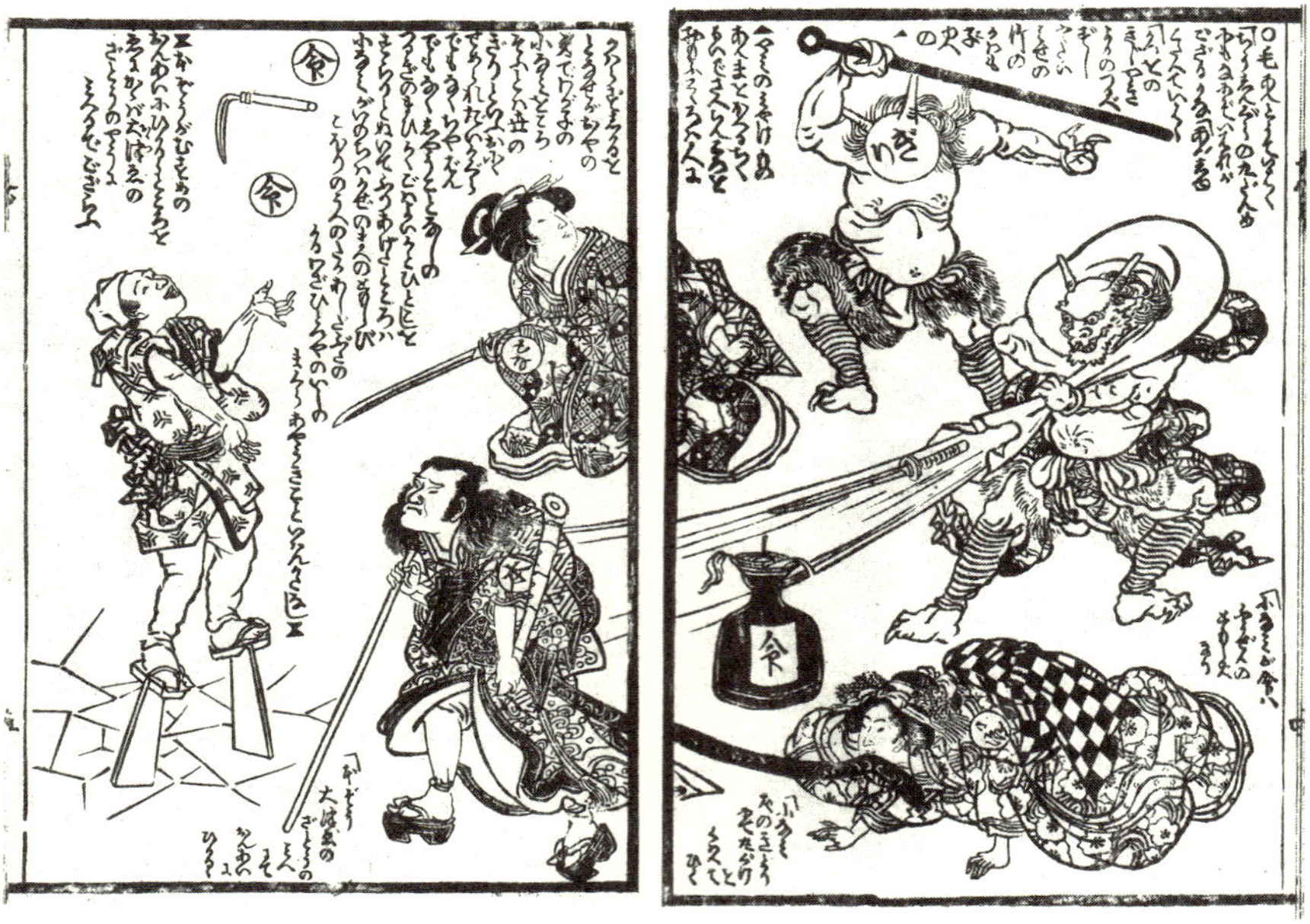

(5)

○毛庵《あん》、問《と》うて曰《いは》く、「忠臣蔵《ちうしんぐら》の九段目《だんめ》にも何《なに》ぞ謂《いは》れがござるかな」。

庵主《あんしゅ》、答《こた》へて曰《いは》く、「鰹《かつを》の雉子焼《きじやき》、夜《よる》の釣瓶鮨《つるべずし》、屋台店《やたいみせ》の竹の皮《かは》も、子故《こゆへ》の闇《やみ》の土産物《みやげもの》、按摩《あんま》を吠《ほ》へる畜類《ちくるい》でさへ、ちんころを思《おも》ふ心《こゝろ》は人に変《か》はらず。然《しか》るを、戸無瀬《となせ》が親《おや》の身で、我《わ》が子の小浪《なみ》を殺《ころ》そふとは、世の義理《ぎり》といふ鬼《おに》に責《せ》められ、太神楽《だいかぐら》でもなく茶番《ちやばん》でもなく、しやう事《こと》なしの剣《つるぎ》の舞《まひ》。覚悟《かくご》はよいかと一腰《ひとこし》を、すらりと抜《ぬ》いて振上《ふりあ》げたところは、小浪《なみ》が命《いのち》は風《かぜ》の前《まへ》の灯《ともしび》、氷《こほり》の上《うへ》の高足駄《たかあしだ》、豚《ぶた》の軽業《かるわざ》、一《ひと》つ家《や》の石《いし》の枕《まくら》、危《あやう》き事《こと》いはん方《かた》なし。本蔵《ぞう》が娘《むすめ》の恩愛《おんあい》に惹《ひ》かるゝところを絵《ゑ》に描《か》かば、大津絵《おゝつゑ》の座頭《ざとう》の様《やう》に見《み》へるでござらふ」。

小浪《なみ》が命は風前《ふうぜん》の灯火《ともし》なり。

小浪《なみ》、犬の気取《きどり》にて、丸ぐけを咥《くは》へて引《ひ》く。

本蔵《ぞう》、大津絵《ゑ》の座頭《ざとう》の見得《みへ》にて恩愛《おんあい》に惹《ひ》かるゝ。

[義理《ぎり》][命]

[命][命]

(6)五ウ

(6)

○角《つの》右衛門、問《と》うて曰《いは》く、「質《しち》の怨霊《おんりやう》とは如何様《いかやう》な事《こと》でござるな」。

庵主《あんしゆ》、答《こた》へて曰《いは》く、「それには恐《おそ》ろしき怪談《くわいだん》がござる。昔《むかし》、一人《ひとり》の能楽息子《のうらくむすこ》がござつた。金銀《きん〴〵》に邪険《じやけん》に当《あ》たつて常《つね》に金《かね》を殺《ころ》して使《つか》ひ、その上《うへ》、掛替《かけが》へのない夜着蒲団《よぎふとん》を、不憫《ふびん》や一両《いちりやう》に打殺《ぶちころ》して、質屋《しちや》の蔵《くら》へ埋《うづ》めたり。その質《しち》の怨霊《おんりやう》が浮《う》かみ上《あ》がらず、十月目《とつきめ》〳〵に現《あらは》れ出《いで》て、利上《あ》げ〳〵と責《せ》めはたり、さも湿気《しつけ》くさき声音《こはね》にて、あゝら恨《うら》めしゝに牡丹《ぼたん》、唐草《からくさ》の夜着蒲団《よぎふとん》、質屋《しちや》の蔵《くら》に沈《しづ》められ、今《いま》に浮《う》かまずゐるはいなァ。思《おも》ひ質《しち》たか〳〵と言《い》ひしとかや。これ、その一両が憑付《とりつ》きたるにて、見《み》る人二分《にぶ》るいをして、恐《おそ》れざるはなし。此怨霊《おんりやう》のためには流勘定《ながれくわんぢやう》を拵《こしら》へ、入替《か》へするとも、利上《あ》げするともして後《あと》を弔《とむら》へば、祟《たゝり》なしと言《い》ひ伝《つた》ふ。南鐐恐《なんりやうおそ》ろしき物語《ものがたり》にて候」。

(女)「この化物《ばけもの》、毎《まい》月、百で四文《もん》の利《り》を取食《とりく》らふ、怖《こは》や恐《おそ》ろしや。とかく十の字《じ》の尻《しり》の曲《ま》がつた心《こゝろ》を持《も》たぬが、やうござる」

［質通］

【中】

（7）戯作問答前編中《けさくもんどうぜんへん》

○牙蔵《きば》、問《と》うて曰《いは》く、「達磨《だるま》大師は九年面壁《めんぺき》して悟《さと》りを開《ひら》いたといひますが、悟《さと》りといふものは、その様《やう》に難《むづか》しいものでござるかな」。

庵主《あんしゆ》、答《こた》へ曰《いは》く、「百年面壁《めんぺき》しても悟《さと》らぬ人は悟《さと》らず、半時面壁《ときめんぺき》しても悟《さと》る人は悟《さと》ります。まづ烏《からす》が、がァと鳴《な》いたら夜が明《あ》けたと悟《さと》るがよし。雪隠《せつちん》で咳払《せきばら》いをしたら、人が居《ゐ》ると悟《さと》るがよし。女房《ぼう》の器量《きりやう》が良《よ》くば、亭主《ていしゆ》は鈍《のろ》ひと悟《さと》るがよし。嫁《よめ》の器量《きりやう》が悪《わる》くは、持参金《ぢさんきん》と悟《さと》るがよし。これらは本《ほん》の事《こと》だと言《い》はゞ、嘘《うそ》だと悟《さと》るがよし。人が無《む》性《しやう》に褒《ほ》めらば、陰《かげ》で舌《した》を出《だ》すと悟《さと》るがよし。お手が鳴《な》つたら銚子《ちやうし》と悟《さと》るがいひのさ。これが悟《さと》りの近道《ちかみち》でござる」。

（達磨大師）「坊主《ほうづ》、門《もん》を出《いで》ず、欠伸《あくび》、疝気《せんき》を起《お》こすとは俺《をれ》がことだ」

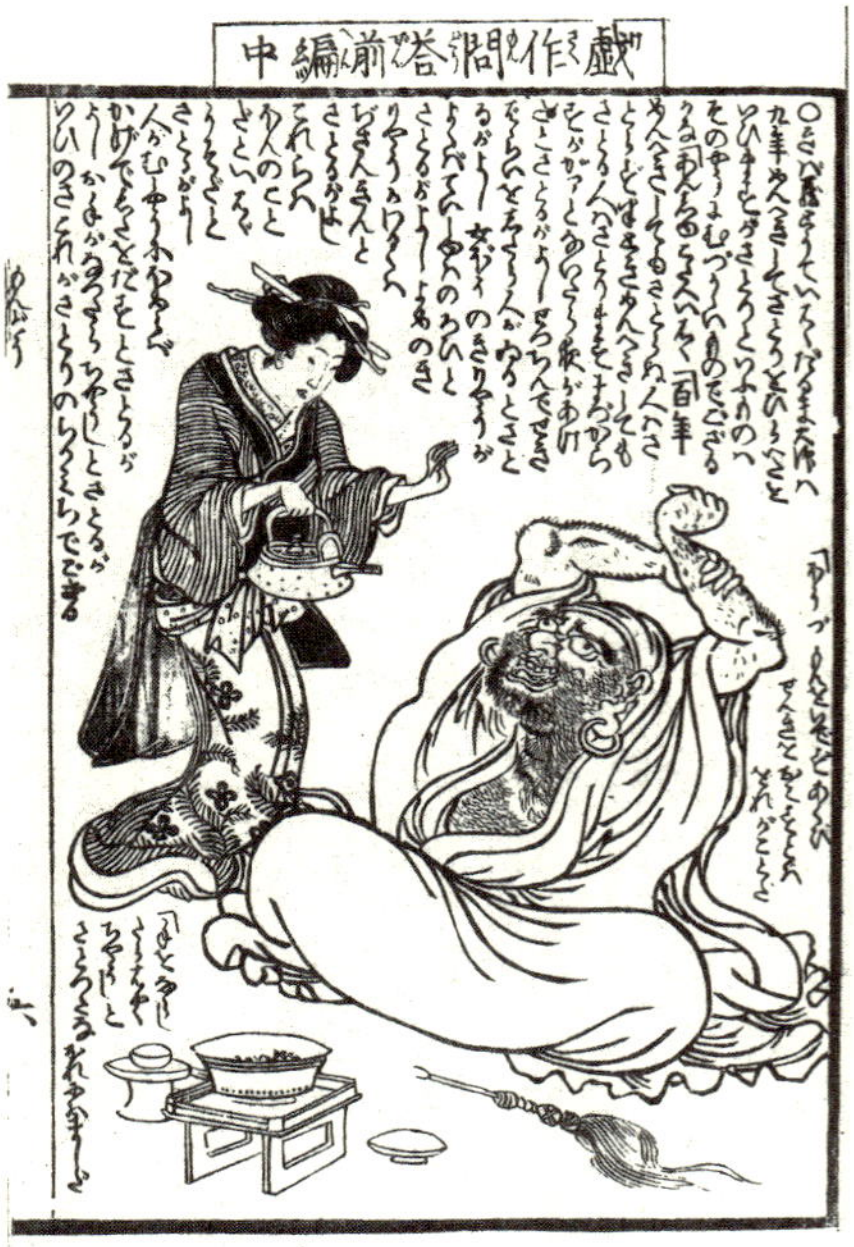

（7）六オ

（8）六ウ

七オ

（達磨大師）「手を鳴《な》らしたら早《はや》く銚子《ちやうし》と悟《さと》つたな、俺《おれ》にはましだ」

（8）

○毛庵《もうあん》、問《と》うて曰《いは》く、「因果《いんぐわ》の道理《どうり》はどうした訳《わけ》でござるな」。

庵主《あんしゆ》、答《こた》へて曰《いは》く、「因果《いんぐわ》の道理《どうり》は、因果地蔵《いんぐわぢざう》の前《まへ》にある手水車《ちやうづぐるま》の廻《めぐ》るが如《ごと》く、争《あらそ》はれぬものでござる。前《まへ》の世《よ》の柏餅《かしはもち》は賓頭盧尊者《びんづるそんじや》と生《うま》れ変《か》はりて、人に体《からだ》を撫《な》でられ、前《まへ》の世の蹴鞠《けまり》は此世《よ》にて夕霧《ぎり》と生《うま》れ変《か》はりて、伊左衛門に蹴《け》られ、前《まへ》の世《よ》の神道者《しんとうじや》は、此世《よ》にて銚釐《ちろり》と生《うま》れ変《か》はりて、夏冬一重《なつふゆひとへ》の袴《はかま》を着《き》る。前《まへ》の世《よ》にて溝《どぶ》が座頭《ざとう》へはまつたゆへ、此世《よ》にて座頭《ざとう》が溝《どぶ》へはまる。前《まへ》の世《よ》の狸《たぬき》の金玉《きんたま》は、此世《よ》にて八畳敷《じやうじき》と生《うま》れ変《か》はりて、五月雨《さみだれ》の時分《じぶん》、畳《たゝみ》に毛《け》が生《は》へる。女の手から物取《ものと》れば、五百生がその間《あひだ》、手の無《な》き者《もの》と生《うま》れ変《か》はるといへり。手の無《な》き者《もの》とは操人形《あやつりにんぎやう》のとつたりや紙雛《かみひいな》の類《たぐひ》なり。主人塩冶判官《しゆじんゑんやはんぐわん》が蛸《たこ》になられたといふ沙汰《さた》はなけれど、先《さき》の世《よ》の定《さだ》九郎が、此世《よ》で手のある

(9)七ウ

八オ

新造《しんぞう》と生《うま》れ変《か》はつて、よく親父《おやぢ》を殺《ころ》すは、皆《みな》これ、因果《いんぐわ》の道理《どうり》てござる」。

[奉納　因果地蔵尊　宝前]

[哥浄瑠璃《るり》／□本類／錦絵草紙□]

[錦絵草紙品□]

(9)

○角《つの》右衛門、問《と》うて曰《いは》く、「もの〻報《むく》ひはどうした訳《わけ》でござるな」。

庵主《あんしゆ》、答《こた》へて曰《いは》く、「先《さき》の世で借《か》りたを済《な》すか今貸《いまか》すかとかく浮世《うきよ》に報《むく》はぬはなし、といふ歌の如《ごと》く、もの〻報《むく》ひほど恐《おそ》ろしきものはござらぬ。先《さき》の世にて、時鳥《ほとゝぎす》は草鞋《わらぢ》売《うり》、百舌《もず》は塩売《しほうり》にてありしが、時鳥《ほとゝぎす》の草鞋《わらぢ》を買《か》ひ、その銭《ぜに》をやらず、その代《か》はり時鳥《ほとゝぎす》の来《く》る時分《じぶん》、蛙《かいる》などを草《くさ》の茎《くき》に差置《さしお》きて時鳥《ほとゝぎす》に与《あた》ふ。これを百舌《もず》の草茎《くさぐき》といふ。これ皆《みな》、先《さき》の世《よ》の報《むく》ひでござる。又、燕《つばくら》と雀《すゞめ》は先《さき》の世《よ》で姉妹《きやうだい》の娘でござつたが、母《はゝ》の病気《びやうき》の時《とき》、雀《すゞめ》は柿色《かきいろ》の着物《きもの》を着《き》たま〻にて直《す》ぐさま駆付《かけつ》けたり。燕《つばめ》は紅《べに》、白粉《おしろい》を粧《よそほ》ひて行《ゆ》きしゆへ、母《は、》の死目《しにめ》に会《あ》はず。これ又、後《のち》の世《よ》に報《むく》ひて、雀《すゞめ》は米《こめ》を食《く》へども、燕《つばめ》は土を餌《ゑ》とす。これ皆《みな》、もの、報《むく》ひの道理《どうり》でござる」。

牙《きば》蔵、問《と》うて曰《いは》く、「塵劫記《ぢんかうき》にも何《なに》ぞ謂《いは》れがござるかな」。

庵主《あんしゆ》、答《こた》へて曰《いは》く、「塵劫記《ぢんかうき》の謂《いは》れは、図でなければ分《わ》からぬ。これを御覧《ごらふ》じろ」とて取出《とりいだ》すを牙《きば》蔵、開《ひら》き見《み》れば左の如《ごと》し。

「柳屋《や》の御色《おいろ》でなくては私《わたし》や使《つか》ふたことがないわいナ」

など、燕《つばくら》、栄耀《ゑよう》なことを言《い》ふ。

「燕《つばめ》さんは埒《らち》の明《あ》かぬ。ざつと柳屋《やなぎや》にしなさればい、。アイ〳〵今参《いままい》ります。何《なん》じやいな。雀々《すゞめ〳〵》と沢山《たくさん》そふに」

と飛《と》んで行。

（時鳥）「何《なん》ぼ、わしが売物《うりもの》じやとて、てつぺんからかけとは情《なさ》けない。然《さ》りとは不届《ふとゞ》ぎすだ。

借《か》りる時《とき》の地蔵顔《ぢぞうがほ》で、くつ〳〵笑《わら》ひ召《め》されても、返《かへ》す時《とき》は、もず〳〵して埒《らち》が明《あ》くまい」

（百舌）「わしが塩屋《しほや》を言《い》ふではないが、百舌《もず》といつては

四十八鷹《たか》の内だ、なか〳〵踏《ふ》むことじやない、気遣《きづか》ひしやんな」

(11)九オ

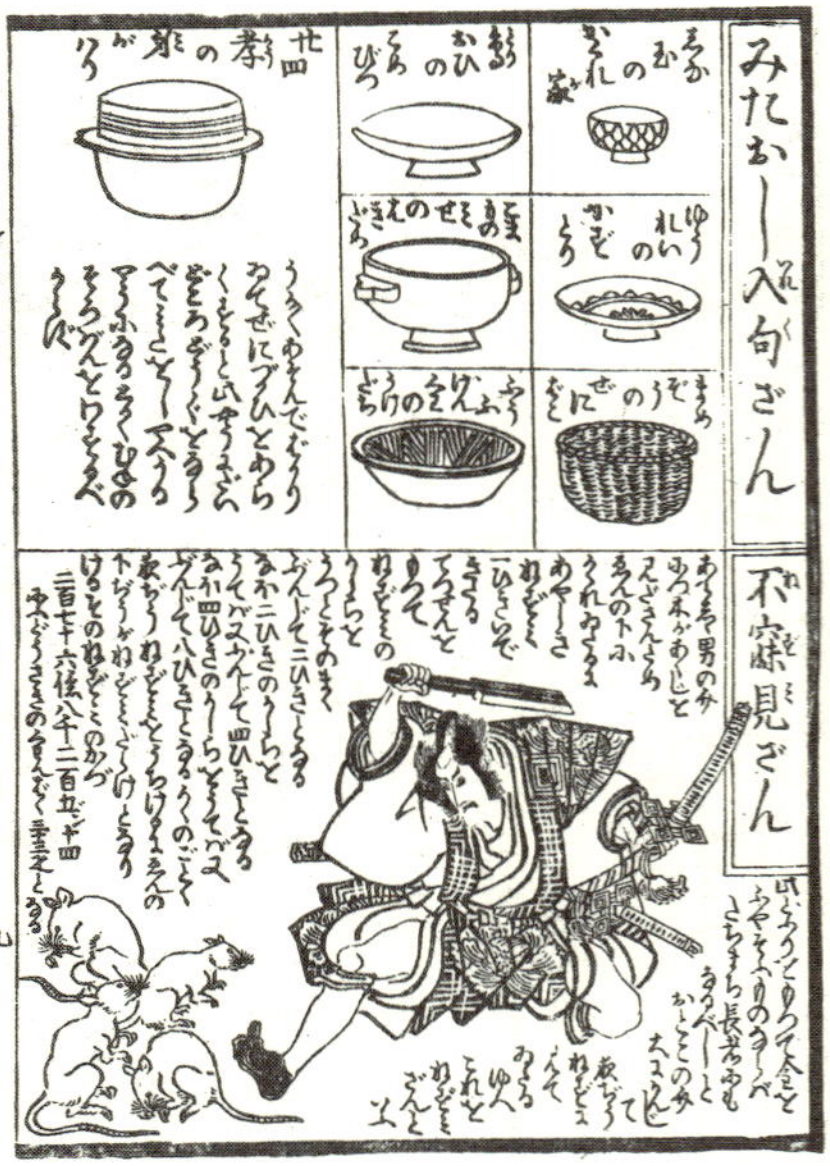

(10)八ウ

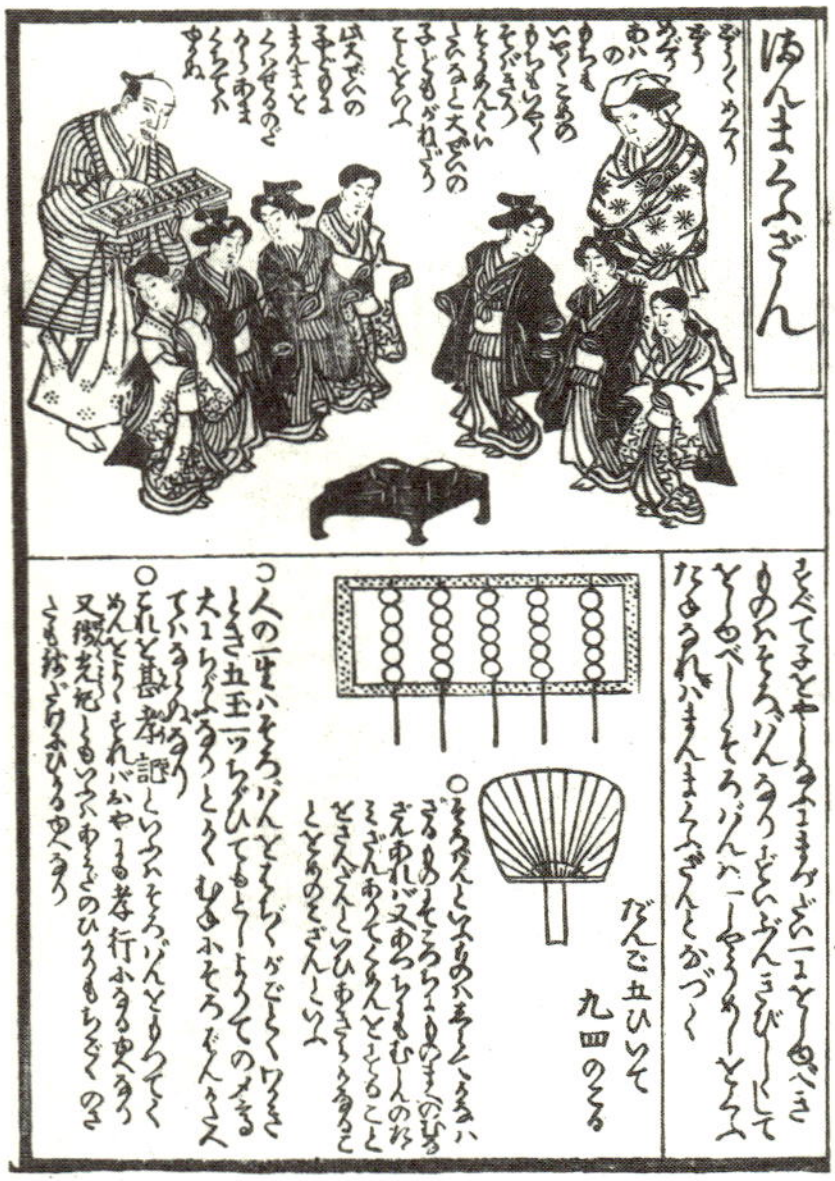

(10) 飯食算《まんまくふざん》

堂々巡《どう〳〵めぐ》り堂巡《どうめぐ》り、粟《あは》の餅《もち》もいや〳〵、米《こめ》の餅《もち》もいや〳〵、蕎麦切《そばきり》、素麺《そうめん》、食《く》いたいなと、大勢《ぜい》の子供《ども》がねだり事《ごと》を言《い》ふ。此大勢《ぜい》の子供《ども》に飯《まんま》を食《く》はせるのだから、甘口《あまくち》ではゆかぬ。

すべて子を養《やしな》ふに、まづ第《だい》一に教《をし》ゆべきものは算盤《そろばん》なり。随分厳《ずいぶんきび》しくして教《をし》ゆべし。算盤《そろばん》は一生飯《しやうめし》を食《く》ふ種《たね》なれば、飯食算《まんまくふざん》と名付《なづ》く。

団子《だんご》五引《ひ》いて九四残《のこ》る。

○算盤《そろばん》といふものは知《し》らで適《かな》はざるものにて、こつちに物《もの》前《まへ》の胸算《むなざん》あれば、又あつちにも無心《むしん》の畳算《たゝみざん》ありて、工面《くめん》をする事《こと》を算段《さんだん》といひ、明《あき》らかなる事《こと》を目《め》の子算《こざん》といふ。

○人の一生は算盤《そろばん》を弾《はぢ》くが如《ごと》く、若《わか》き時《とき》、五玉一つ違《ちが》ひても、年寄《としよ》りての〆高大に違《ちが》ふなり。とかく胸《むね》に算盤《そろばん》かたへてはならぬなり。

○これを甚孝記《ぢんかうき》といふは、算盤《そろばん》をもつて工面《くめん》をよくすれば、親《おや》にも孝行になる故《ゆへ》なり。又、銭光記《せんくわうき》ともいふは、阿弥陀《あみだ》の光《ひかり》も地獄《ぢごく》の沙汰《さた》も銭だけに光《ひか》る故《ゆへ》なり。

(11)

見倒入句算《みたおしいれくざん》

品《しな》玉の隠家《かくれが》　幽霊《ゆうれい》の数取《かずとり》　豆蔵《まめぞう》の銭箱《ぜにばこ》
鳥追《とりおひ》の米櫃《こめびつ》　小間物店《こまものみせ》の吐溜《はきだめ》　夫婦喧嘩《ふうふげんくわ》の受太刀《うけだち》
廿四孝《かう》の身代《みがは》り

うか〳〵遊《あそ》んでばかりゐて、銭使《ぜにづか》ひを荒《あら》くすると、此様《やう》に台所道具《だいどころどうぐ》を並《なら》べて、見倒屋《みたをしや》へ売《う》るやうになる。とかく胸《むね》の算盤《そろばん》を忘《わす》るべからず。

不寝見算《ねずみざん》

荒獅子《あらしゝ》男之《の》介、仁《につ》木が悪事《あくじ》を見出《だ》さんため、縁《ゑん》の下に隠《かく》れゐたるに、怪《あや》しき鼠《ねずみ》一疋出来《ひきいできた》る。鉄扇《てつせん》をもつて鼠《ねずみ》の頭《かしら》を打《う》つと、そのまゝ分《ぶん》じて二疋《ひき》となる。なほ二疋《ひき》の頭《かしら》を打《う》てば又、分《ぶん》じて四疋《ひき》となる。なほ四疋《ひき》の頭《かしら》を打《う》てば又、分《ぶん》じて八疋《ひき》となる。斯《か》くの如《ごと》く、夜中《ぢう》、鼠《ねずみ》を打《う》ちけるに、縁《ゑん》の下中《ぢう》が鼠《ねずみ》だらけとなりける。その鼠《ねずみ》の数《かづ》、二百七十六億八千二百五ン十四、入道前《にふどうさき》の関白《くわんばく》三十三疋となる。此道理《どふり》をもつて金を増《ふ》やそふものならば、忽《たちま》ち長者にもなるべしと、男之《おとこの》介、大に感《かん》じて、夜中《ぢう》、寝《ね》ずに見てゐたるゆへ、これをねずみ算《ざん》といふ。

(12)九ウ

(12)

○毛庵《もうあん》、問《と》うて曰《いは》く、「地口《ぢぐち》にも何《なに》ぞ謂《いは》れがござるかな」。庵主《あんしゆ》、答《こた》へて曰《いは》く、「あるとも〳〵。それ天地いまだ分《わか》れざる時《とき》は、茹《ゆ》でたての玉子《たまご》の如《ごと》し。酒落《しやれ》るものは昇《のぼ》つて天口《てんぐち》となり、地口《ぢぐ》れるものは下《くだ》つて地口《ぢぐち》となり、その後《のち》、祇園《ぎおん》天王の御宇《ぎよう》、行灯元《あんどんぐわん》年二月初《はつ》午に、かの西行と問答《もんどう》せし神崎《かんざき》の江口の君《きみ》の番頭《ばんとう》女郎、地口の君《きみ》といふ遊君《ゆうくん》より、地口《ぢぐち》といふこと始《はじ》まつたり。まづ平右衛門とお軽《かる》が言《こと》葉《ば》を料理《りやうり》尽《づく》しで地口《ぢぐ》らふなら、お軽《かる》『これ兄《あに》さん、滅相《めそふ》な事さしやんすな。今宵《こよい》、寝《ね》しまに楽《たの》しまふと、平《ひら》のあまりの半平《はんぺい》も退《の》けておき、命《いのち》と思《おも》ふ此酒《さけ》を、お前《まへ》に飲《の》まれてたまるものか』。平右衛門『とても逃《のが》れぬ妹《いもうと》、そちが命と思《おも》ふその酒《さけ》、俺《おれ》にくれろ、命をくれろ。精進者《しやうじんもの》の悲《かな》しさは、人に優《すぐ》れて酒塩《さかしほ》を使《つか》はねば旨《うま》く食《く》へぬ。此処《こゝ》を聞分《きゝわ》けて、その酒《さけ》くれい。可愛《かわい》や妹《いもうと》、わりや何《なん》にも知《し》らぬな。コリヤびつくりすな、此処《こゝ》へ出《だ》させて食《く》はふと思《おも》ふ半平《はんぺい》はな、皆《みな》、食《く》つて済《す》んだはやい』。お軽《かる》『ヱ、そりや本《ほん》かいナア。美味《おい》しかつたであらふのに、何故《なぜ》余《あま》しては食《く》はさんせぬ』など、、とかく地口《ぢぐち》はこじつけでなければ、可笑《おか》しくござらぬ」。

(13)
○角右衛門《つの》、問《と》うて曰《いは》く、「台詞《せりふ》といふ名義《めいぎ》が承《うけたまは》りたい」。
庵主《あんしゆ》、答《こた》へて曰《いは》く、「曾我兄弟《そがきやうだい》、芹《せり》と麩《ふ》を三宝《さんぽう》に乗出《のせいで》て曰《いは》く、『身不肖《みふしやう》ながら、我々《われ〳〵》が祐経様《すけつねさま》への摑料理《つかみりやうり》、その献立《こんだて》の数々《かず〳〵》は、赤《あか》貝、山の麓《ふもと》なる椎茸《しいたけ》、山椒《さんしやう》、帆立《ほたて》に鳥《とり》。一のまぶしは近江鮒《あふみぶな》、二のまぶしは八幡牛蒡《わたごぼう》が松茸《まつだけ》、外面《そとも》白葉《しらは》の蕪《かぶら》、ち、が乗《の》つたる馬蛤《まて》貝の、水母《くらげ》の山堅《がた》ゐ削《けづ》りて後《うしろ》へ洲走《すばしり》、石鰈《いしがれい》、梨皮《なしかは》もつて玉子酒《ざけ》、真逆様《まつさかさま》にあちこちの小豆《あづき》も知《し》らぬ山の芋《いも》、今《いま》ぞ鰻《うなぎ》の時《とき》を得《ゑ》て、その鬱憤《うつぷん》を三汁《じふ》七菜《さい》。五つや三つ葉《ば》の頃《ころ》よりも、小海老《ゑび》に小菜《な》を取添《とりそ》へて、心《こゝろ》を尽《つ》くし蒲公英《たんぽゝ》と、内で思《おも》ひを澄《すま》しの吸物《すいもの》、包《ほう》丁の切味《きれあぢ》お目《め》に掛《か》けんと、六、、敬《うやま》つて申《まう》す』と言《い》へり。これが台詞《せりふ》の始《はじ》まりでござる」。

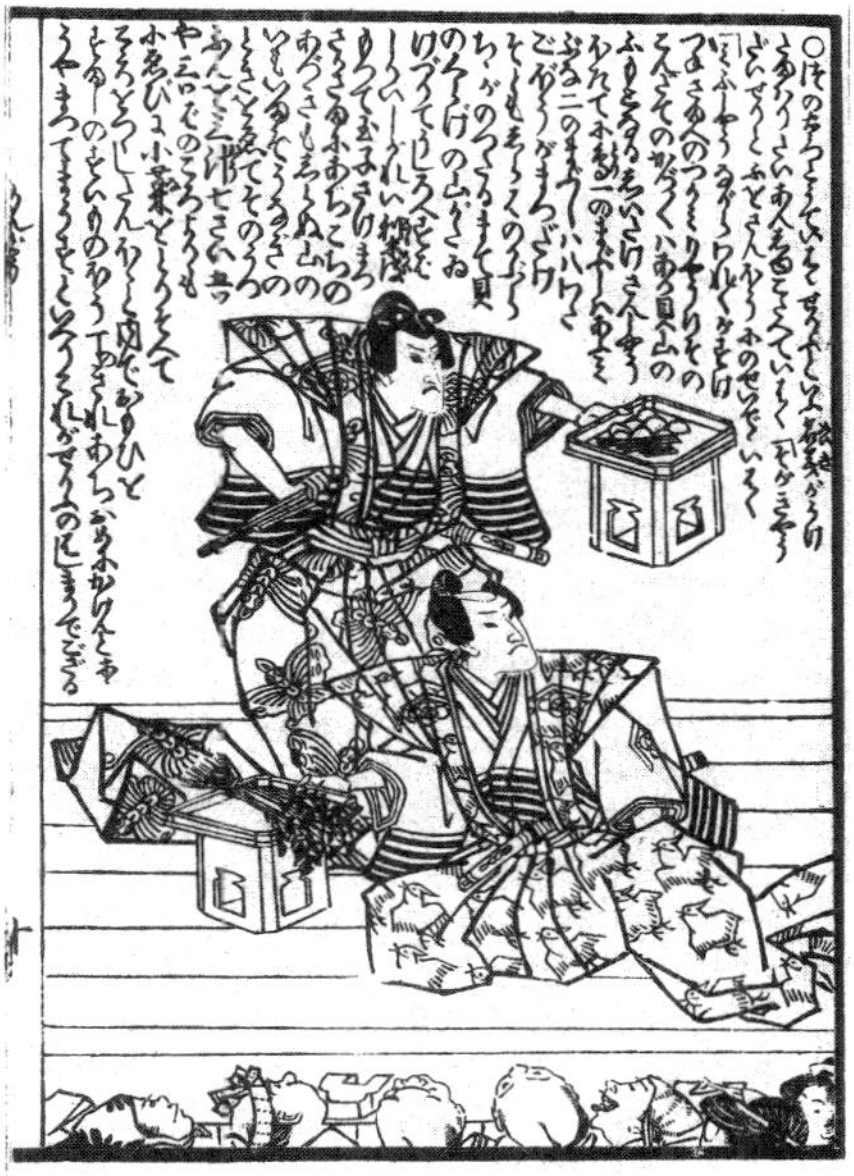
(13)十オ

(14)十ウ

(14)
○角右衛門、問《と》うて曰《いは》く、「湯風呂《ゆぶろ》の入口《くち》を石榴口《じやくろぐち》といふは、どうした謂《いは》れでござるな」。
庵主《あんしゆ》、答《こた》へて曰《いは》く、「それは昔《むかし》、鬼子母神様《きしぼじんさま》が千人の子を鉢《はち》の子《こ》の中《なか》へ隠《かく》し給ひし事《こと》あり。風呂《ふろ》の口《くち》も千人万人の人を隠《かく》し入《い》る、所《ところ》じやによつて、鬼子母神《きしもじん》の縁《えん》により石榴《じやくろ》口《ぐち》と名付《なづ》け、又、諸人《しよにん》の風呂《ふろ》へ入《はい》る姿《すがた》は、蟒蛇《うはばみ》に飲《の》まるゝ様《やう》なりとて蛇喰口《じやくらふぐち》ともいひ、又、正直《じき》なる人は楽《たの》しみ多《おほ》く、邪《じや》なる人と愚痴《ぐち》なる人は苦労《くろう》の多《おほ》きものゆへ、邪苦労《じやくろう》愚痴《ぐち》とも言《い》ふでござらふ」。
[膏薬《かうやく》]
[歯磨《はみがき》]

〔下〕

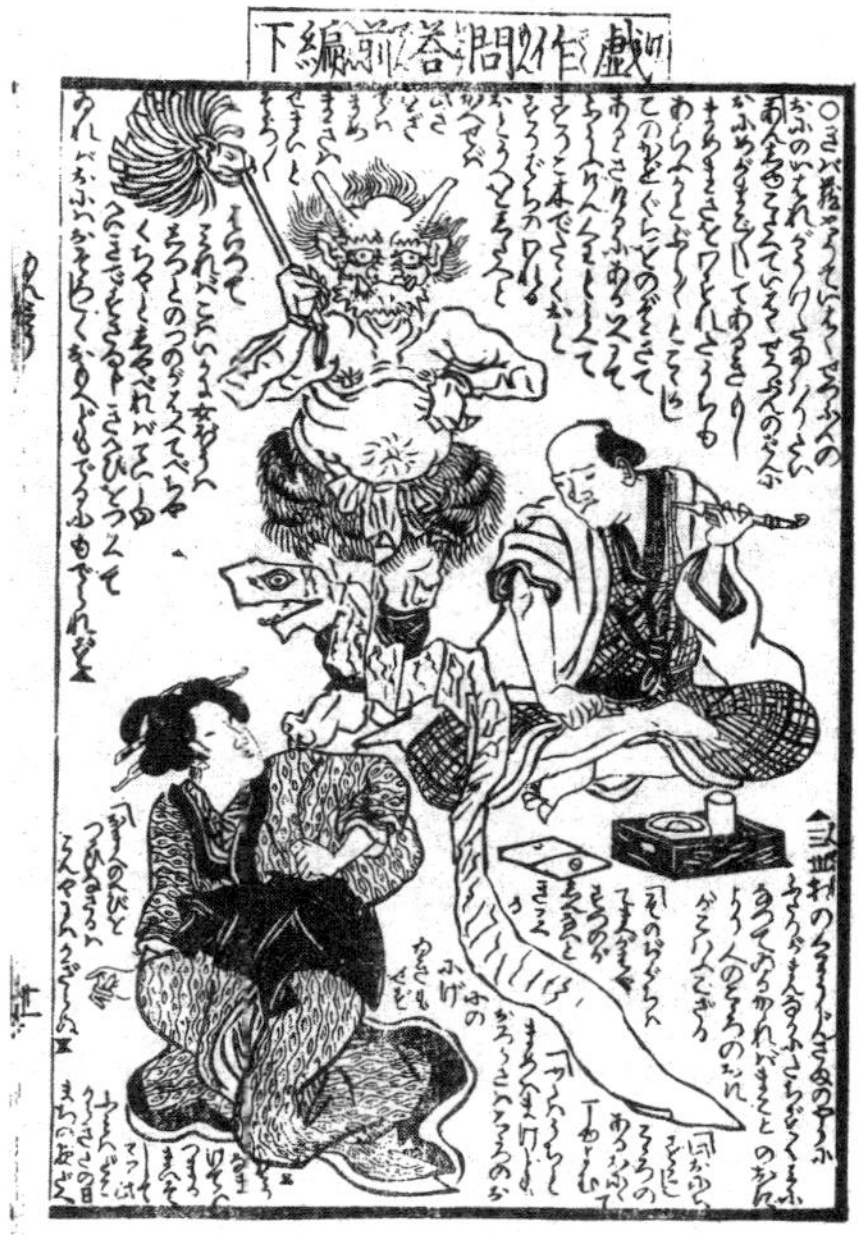

(15)十一オ

(15) 戯作問答前編下《げさくもんどうぜんへん》

○牙蔵《きば》、問《と》うて曰《いは》く、「節分《せつぶん》の鬼《おに》の謂《いは》れが承《うけたまは》りたい」。

庵主《あんしゆ》、答《こた》へて曰《いは》く、「節分《せつぶん》の晩《ばん》に鬼《おに》めがまご〳〵して歩《ある》き、もし豆撒《まめまき》を忘《わす》れた家《うち》もあらふかと、ぶら〳〵と此処彼《こゝかし》処《こ》の門口《かどぐち》を覗《のぞ》きて歩《ある》きけるに、ある家《いへ》にて夫婦喧嘩《ふうふげんくわ》とみへて、擂粉木《すりこ》で叩《たゝ》く音《おと》、擂鉢《すりばち》の割《わ》れる音《おと》、上《うへ》を下《した》へと返《かへ》せば、此騒《さわ》ぎでは豆撒《まめまき》はせまいと、そろ〳〵入《はい》つてみれば、こは如何《いか》に、女房《ぼう》は嫉妬《しつと》の角《つの》が生《は》へて、べちやくちやと喋《しやべ》れば、亭主平気《ていしゆへいき》で凄《すさ》まじき蛇《へび》を使《つか》つてゐれば、鬼《おに》は恐《おそ》ろしく思《おも》へども、出《で》るにも出《で》られず、三世相《さんせそう》の荒神様《くわうじんさま》の様《やう》に、二人《ふたり》が真中《まんなか》に立竦《たちずく》みになつてゐる。斯《か》かれば実《まこと》の鬼《おに》より人の心《こゝろ》の鬼《おに》が怖《こは》ふござる」。

此鬼《おに》は、少《すこ》し心《こゝろ》のある鬼《おに》にて一首詠《しゆよ》む。福《ふく》は内《うち》と豆《まめ》は撒《ま》けども愚《おろ》かさは心《こゝろ》の鬼《おに》の逃行《にげゆ》きもせず。

(亭主)「その地口《ちぐち》は手前《てまへ》が生《は》やす角《つの》が新内《しんない》と聞《き》こへる」

(女房)「お前《まへ》の蛇《へび》を使《つか》ひなさるは今夜《こんや》には限《かぎ》らぬ。そう怠《なま》けては詰《つ》まるまい。そしてマア、此文《ふみ》は何処《どこ》から来《き》たの日待《まち》の夜だへ」

(16)十一ウ

十二オ

(16)

○毛庵《もうあん》、問《と》うて曰《いは》く、「忠臣蔵《ちうしんぐら》の狂言《きやうげん》に七役《やく》といふ事《こと》あるは、何《なに》ぞ謂《いは》れのある事《こと》でござるかな」。

庵主《あんしゆ》、答《こた》へて曰《いは》く、「忠臣蔵《ちうしんぐら》の七役《やく》は、七色《いろ》の薬味《やくみ》といふ事《こと》の略言《りやくげん》にて、元《もと》は七色唐辛子《いろとうがらし》から考出《かんがへだ》したものでござる。

まづ師直《もろなほ》は陳皮《ちんぴ》でござる。塩冶判官《ゑんやはんぐわん》の面《つら》の皮《かは》を剝《む》いた報《むく》ひによつて、後《のち》の世は蜜柑《みかん》と生《うま》れ変《か》はつて人に皮《かは》を剝《む》かれ、遂《つい》に炭俵《すみだわら》の内《うち》に隠《かく》れて、夏《なつ》になると火鉢《ばち》の中《なか》の焦熱《しやうねつ》地獄《ぢごく》に落《お》ちて蚊燻《かいぶし》の煙《けふり》となる。

由良《ゆらの》之介は浅草海苔《あさくさのり》なり。海《うみ》の苔《こけ》と書《か》いて、のりと読《よ》む。大星《ぼし》が胸《むね》は海《うみ》の如《ごと》くに広《ひろ》く、敵《かたき》を討《う》たふ〳〵と思ふ苔《こけ》が、魂《たましい》の粗朶《そだ》にくつ付《つ》いて離《はな》れず、遂《つい》に香《かう》ばしき美名《びめい》を残《のこ》せり。

与一兵衛《へ》は芥子《けし》なり。定《さだ》九郎が激《はげ》しき太刀風《たちかぜ》に遭《あ》ひて、一夜のうちに白《しろ》き頭《かしら》の花《はな》を散《ち》らす脆《もろ》き命は芥子《けし》に似《に》たり。

定《さだ》九郎は黒胡麻《くろごま》なり。故《ゆへ》に黒《くろ》き衣装《いしやう》を着《き》て真暗闇《まつくらやみ》を徘《はい》徊《くわい》し、焙烙《ほうろく》の火宅《くわたく》の家《うち》と知《し》らず、ばち〳〵と跳回《はねまは》り、鉄《てつ》砲《ぽう》のためにその身《み》を焦《こが》して、遂《つい》に灰《はい》となる。盗人《ぬすびと》を護摩《ごま》の灰《はい》といふは、此故《ゆへ》なり。

お軽《かる》が母は榧《かや》なり。初《はじ》めは勘《かん》平を疑《うたが》ひて、渋《しぶ》い顔《かほ》して恨《うら》みを言《い》ひ、後《のち》に疑《うたが》ひ晴《は》れてから、甘《あま》き言葉《ことば》をもつて勘《かん》平が切腹《せつぷく》を悲《かな》しむ。はじめ渋《しぶ》くても、よく〳〵噛締《かみし》めてみれば甘《あま》くなる事《こと》あり。全《すべ》て疑《うたが》はしき事《こと》は、よく噛締《かみし》めてみるにしかず。

天川屋《や》は胡椒《こしやう》の粉《こ》なり。胡椒《こしやう》は小粒《つぶ》でも辛《から》く、義平は町人でも義あり。泥中《でいちう》の蓮《はちす》、冷《ひや》水の中《なか》の胡椒《こしやう》とは義平が事《こと》なり。

本蔵《ぞう》は唐辛子《とうがらし》なり。娘小浪《なみ》のために、力弥が槍《やり》に突《つ》かれ辛《から》き命を捨《す》てるは、唐辛子《とうがらし》の竹の筒《つゝ》の中《なか》にありて、鑿《のみ》で突《つ》かるゝが如《ごと》し。これ、七色唐辛子《いろとうがらし》の謂《いは》れ。忠臣蔵《ちうしんぐら》の七役《やく》の因縁《いんゑん》でござる」。

（17）十二ウ

十三オ

（17）

○角《つの》右衛門、問《と》うて曰《いは》く、「銭金《ぜにかね》は命から二番目《ばんめ》の大切《たいせつ》なものとは誰《たれ》も合点《がてん》していますが、とかく無《な》くなりやすいものでござる。これはどうした事《こと》でござるな」。

庵主《あんしゅ》、答《こた》へて曰《いは》く、「銭金《ぜにかね》のことは知恵才覚《ちゑさいかく》ばかりでもゆかず、一朝一夕《いっちやういっせき》に論《ろん》は出来《でき》ませぬ。此絵《ゑ》と言種《いひぐさ》を読《よ》んで、とくと考《かんが》へて御覧《ごらふ》じろ。

金《かね》を殺《ころ》して使《つか》ふ息子《むすこ》曰《いは》く、『老《お》いぼれの目腐金《めくさりかね》、今切《いまき》つて使《つか》ふぞ』と言《い》ふ時《とき》、小遣銭《づかひぜに》の使《つか》ひ残《のこ》り、仏壇《ぶつだん》の下より転《ころげ》出《い》で、此息子《むすこ》を諌《いさ》めて小判《ばん》の命乞《こひ》をしけるが、なか〳〵聞《き》入《い》れず、百文の銭《ぜに》をお寺《てら》といふゆへ、頭役《あたまやく》と思《おも》つての命乞《こひ》なり。

はてさて、金《かね》を殺《ころ》して使《つか》ふとは悪《わる》い合点《がってん》だ。

千里の道《みち》を行《ゆ》くにも銭金《ぜにかね》があれば、馬《うま》、駕籠《かご》、船《ふね》の自由《じゆう》足《た》りて少《すこ》しもくたびれず、これ銭担《ぜにかつ》いで走《はし》らす故《ゆへ》なり。鯉に乗《の》りて波《なみ》を走《はし》り、鶴《つる》に乗《の》りて空《そら》を飛《と》ぶ仙術《じゅつ》よりも、この銭術《ぜにじゅつ》が早道《はやみち》なり。そこで銭《ぜに》を入《い》れて腰《こし》に提《さ》げる物を早《はや》道《みち》といふ。

どの様《やう》な知恵《ちゑ》のない者《もの》でも、銭《ぜに》さへあれば体中《からだぢう》が知恵《ちゑ》の様《やう》に見《み》へるなり。これ、手足《あし》に銭《ぜに》の重《おも》しが付《つ》けてある故《ゆへ》なり。紙細工《かみざいく》の獅子《しゝ》に蜆《しゞみ》の貝《かい》を付《つ》けたるが如《ごと》し。

鬼《おに》の様《やう》な姑婆《しうとばゞ》、癇癪持《かんしやくもち》の亭主《ていしゆ》も、持参金《ぢさんきん》を鼻《はな》に掛《か》ける嫁《よめ》と知《し》りつゝ、機嫌《きげん》を取《と》るも皆金《みなかね》なり。金《かね》がなければ、なんのいの」。

（男）「待《ま》つたり〳〵、ヒウトロンコ、ヒウ」

（男）「今《いま》に壱両が憑付《とりつ》いて憂目《うきめ》を見《み》せて九両ぞ」

（亭主）「口《くち》に合《あ》ふまいが替《か》へてくりやれ。目先《めさき》に重《おも》ひ財布《さいふ》がふらついては、嬶《かゝ》ァにも上手《じやうず》を使《つか》はねばならぬ」

（女房）「お前《まへ》の様《やう》な気《き》のいゝ亭主《ていしゆ》はない。お前《まへ》には荒神様《くわうじんさま》はないかへ」

(18)十三ウ

十四オ

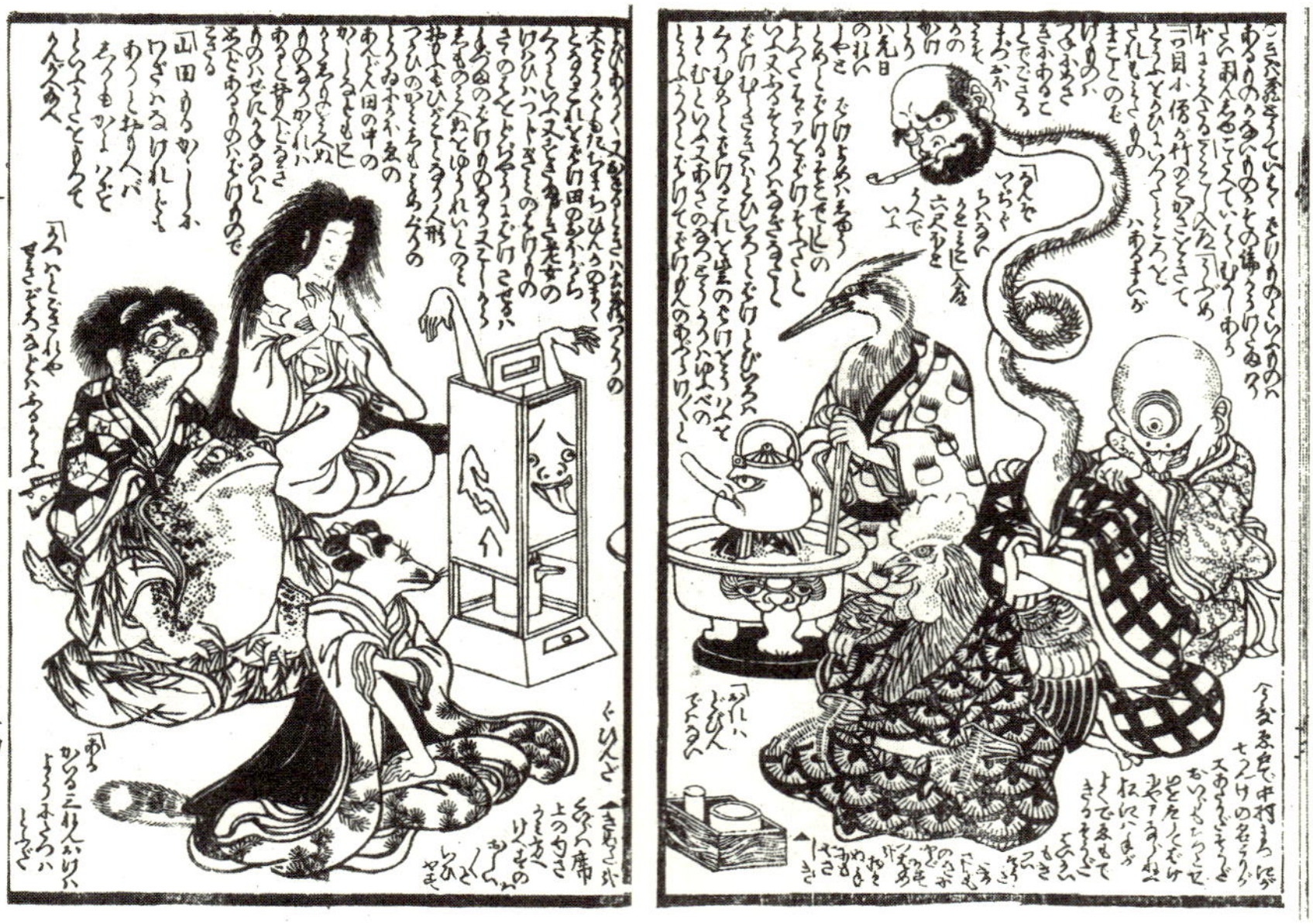

(18)

○牙《きば》蔵、問《と》うて曰《いは》く、「化物《ばけもの》といふものは、あるものか、ないものか。その論が承《うけたまは》りたい」。

庵主《あんしゅ》、答《こた》へて曰《いは》く、「昔《むかし》、赤《あか》本に見《み》へたる見越《みこし》入道、産《うぶ》女《め》、一つ目小僧が竹の子笠《こがさ》を着《き》て豆腐《とうふ》を買《か》ひに行《い》つたところを、誰《たれ》も見《み》た者《もの》はあるまいが、実《まこと》の化物《ばけもの》は常《つね》に目先《めさき》にある事《こと》でござる。まづ大晦日《おほみそか》の掛取《かけとり》は元日の礼者《れいしや》と化《ば》け、嫁《よめ》は姑《しゅうとめ》と化《ば》ける。そこで年《とし》の寄《よ》つた婆《ばゞ》ァを化《ば》けそふだといふ。又、古草履《ふるぞうり》は薙刀《なぎなた》と化《ば》け、紫《むらさき》は鳶色《とびいろ》と化《ば》け、鳶色《とびいろ》は栗梅《くりむめ》と化《ば》ける。これを紫の化《ばけ》を奪《うば》ふを憎《にく》むといふ。又、朝《あさ》の納豆売《なつとううり》は夕《ゆふ》べの豆腐売《とうふうり》と化《ば》けて、化物《ばけもん》の油揚《あぶらげ》〳〵と呼《よび》歩《あり》く。又、驕《おご》る時《とき》は土蔵造《づくり》の大道具《どうぐ》も忽《たちま》ち貧家《ひんか》の幕《まく》となる。これを化《ばけ》田の大機関《おほがらくり》といふ。又、凄《すさ》まじき老女の化粧《けはひ》は辻君《つじぎみ》の化物《ばけもの》、笹《さゝ》の葉《は》を泥鰌《どぢやう》に化《ば》けさせるは手妻《づま》の化物《ばけもの》なり。又、腰《こし》から下《しも》の見《み》へぬを幽霊《ゆうれい》とのみ思《おも》ふも僻事《ひがこと》なり。人形遣《つかひ》の裃《かみしも》、三囲《みめぐり》の鳥居《とりゐ》に顔絵《かほゑ》の行灯《あんどん》、田の中の案山子《かゝし》なども腰《こし》から下《しも》の見《み》へぬものなり。斯《か》かれば、あると思《おも》へど、なきものは銭金《ぜにかね》、ないと思へど、あるものは化物《ばけもの》でござる。

山田守《も》る案山子《かゝし》に業《わざ》はなけれどもありと思《おも》へば鹿《しか》も通《かよ》はず、といふ歌《うた》をもつて考《かんが》へ給へ」。

「何《なん》ぞ、いゝ地口《ぢぐち》はないか」と見越《みこし》入道、六尺ほど上《うへ》で言《い》ふ。

（化物）「今度、江戸《ゑど》で中村松江《まつえ》が七変化《へんげ》の名残《ごり》が大当《あた》りだそうだ。おいらも、ちつと精《せい》を出《だ》して化《ば》けにやァならねへ。松江は手がよくで絵《ゑ》も出来《でき》るそうだ。俳諧《はいかい》もきついそうさ。戸《と》が鎖《さ》すも軒《のき》に宿貸《やどか》す燕《つばめ》哉、物書《か》ゝぬ手にも優《やさ》しき砧《きぬた》哉、こいらは席上の句さ。上方《かみ》へ帰《けへ》すのは惜《お》しい〳〵と言《い》ひやす」。

（土瓶）「俺《おれ》は土瓶《どびん》ではない、狗賓《ぐひん》だ」

（河童）「河童《かつぱ》とごされや、節季候《せきぞろ》などは古《ふる》からふ」

（赤蛙）「赤蛙《あかかいる》三年《ねん》置《お》けば用《よう》に立《た》つ、はどふだ」

(19)十四ウ

十五オ

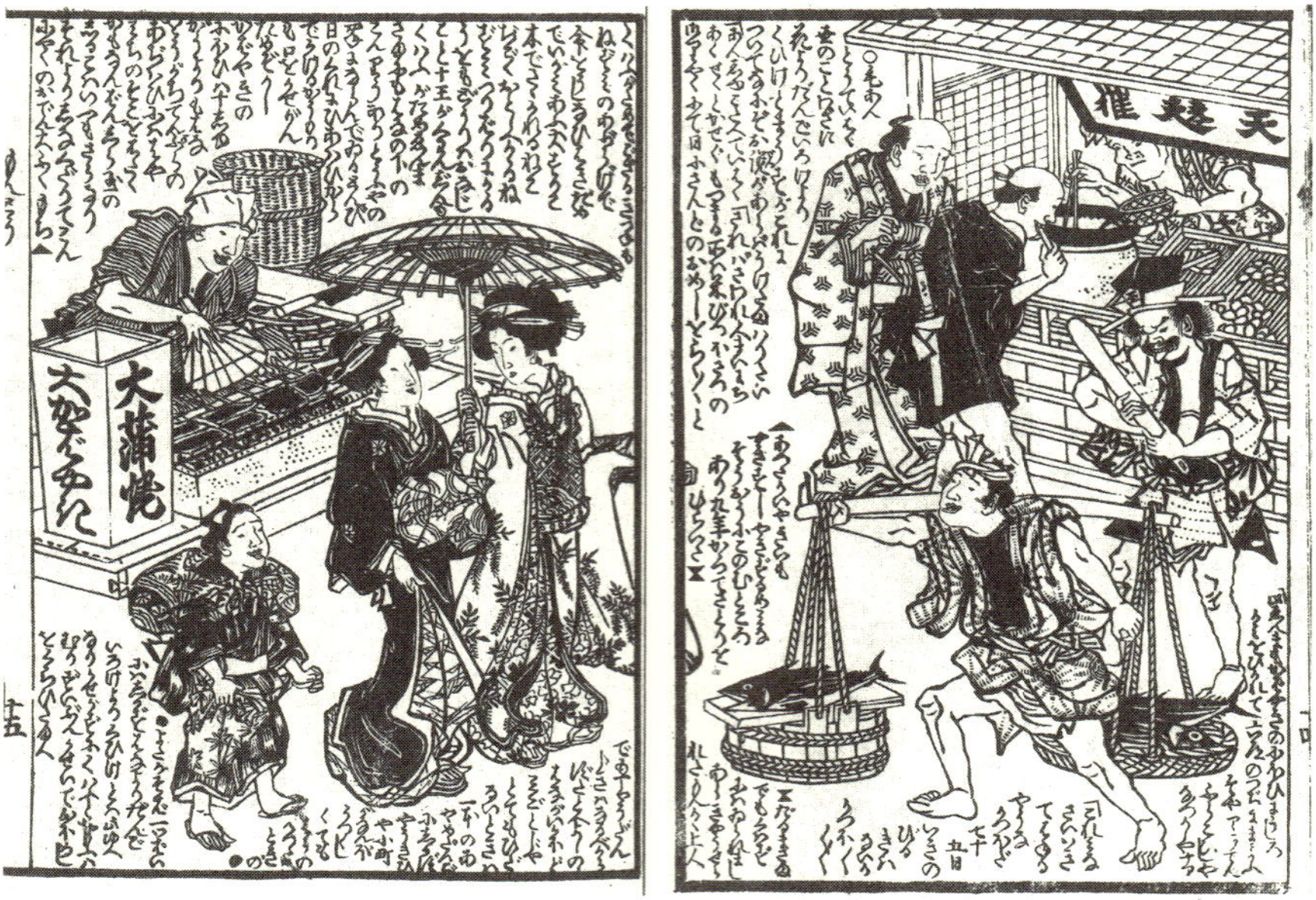

(19)

○毛庵《あん》、問《と》うて曰《いは》く、「世の諺《ことわざ》に、花より団子《だんご》、色気《いろけ》より食気《くひけ》と申《まう》すが、これについて何《なに》ぞ、お説《せつ》があらば承《うけたまは》りたい」。

庵主《あんしゆ》、答《こた》へて曰《いは》く、「さればさ、我人《われ》、毎日《まいにち》あくせくと稼《かせ》ぐも、詰《つ》まる所は米櫃《びつ》、菩薩《ぼさつ》の御利益《りやく》にて、日に三度《さんど》のお飯《めし》を楽々《らくく》と食《く》はふがためでござる。狐《きつね》も鼠《ねずみ》の油揚《あぶらげ》で命を失《うしな》ひ、掃溜《はきだめ》でいがみ合《あ》ふ犬、擂粉木《すりこ》で叩《たゝ》かれる猫《ねこ》、地獄《ぢごく》落《おと》しへ掛《か》かる鼠《ねずみ》、釣針《つりばり》に掛《か》かる魚《うを》も道理《どうり》は同《おな》じこと。十王が勧進《くわんじん》も食《く》はふがため、閻魔様《ゑんまさま》にも鼻《はな》の下の建立《こんりう》あり。豆腐屋《とうふや》の屋根《やね》に並《なら》んでゐる鳶《とんび》、日の暮《く》れに廂間《ひあはひ》から出掛《でか》ける蝙蝠《かうもり》も、口を稼《かせ》がんためぞかし。蒲焼《かばやき》の匂《にほ》ひは十種香《しゆがう》よりも鼻《はな》を穿《うが》ち、天麩羅《てんぷら》の味《あぢ》はひには早道《はやみち》の底《そこ》を叩《はた》く。鴨《かも》南蛮《なんばん》、白玉《しら》の汁粉《しるこ》は言《い》ふも更《さら》なり。それより品下《しなくだ》りて、蒟《こん》蒻《にやく》のおでん、大福餅《ふくもち》、温《あつた》かい焼芋《やきいも》、焼鮨《やきすし》、焼鯣《やきするめ》、皆相応《みなそうおう》に好《この》むところあり。九年かゝつて悟《さと》りを開《ひら》いた達磨様《だるまさま》でも、食《く》はずにはゐられまじ。荒行《あらぎやう》せられた文覚上人《もんがく》でも、一生断食《しやうだんじき》はなるべからず。たとへ吉野《よしの》の花《はな》が如何《いか》ほど美《み》事《ごと》じやとても、饑《ひだる》い時《とき》は一本のあやめ団子《だんご》に如《し》かず。楊貴《やうき》妃《ひ》や小町が何《なん》ぼ美《うつく》しくても、腹《はら》の減《へ》つた時《とき》の夜鷹蕎麦《よたかそば》一つ杯《ばい》には如《し》かず。花《はな》より団子《だんご》、色気《いろけ》より食気《くひけ》とは此故《ゆへ》なり。稼《かせ》がずに食《く》はふと思《おも》ふは無理《むり》。ずいぶん稼《かせ》いで大飯《おほめし》を食《くら》ひ給《たま》へ」。

(閻魔)「此閻魔《ゑんま》も蒲焼《かばやき》の匂《にほ》ひに後髪《うしろがみ》を引《ひ》かれて、六道の辻《つぢ》に迷《まよ》ふぞや。ア、ラ、天麩羅恋《てんぷらこひ》しや懐《なつ》かしやナア」

(魚屋)「これ見《み》なさい、生《い》きて跳《は》ねるやうな鰹《かつほ》だ。七十五日生延《いきの》びる気《き》はないか。鰹《かつほ》〳〵〳〵」

[天麩羅]

[大蒲焼/大蒲焼《かばやき》]

(20)十五ウ

(20)

○角《つの》右衛門、問《と》うて曰《いは》く、「命を延《の》べる理方《りかた》が承《うけたまは》りたい」。

庵主《あんしゅ》、答《こた》へて曰《いは》く、「命といふ字《じ》は誰《た》が書《か》いた、白無《む》垢《く》脱《ぬ》いで見《み》せさんせ。ア、按摩《あんま》、鍼《はり》、痃癖《けんぺき》も、百万両の分限《ぶげん》者《しゃ》も、命といふ字に二つはなし。しんぞ命を揚巻《あげまき》も、助《すけ》六が為《ため》に苦労《くろう》すれば、命《いのち》を縮《ちゞ》む事《こと》あり。命《いのち》あつての物種《ものだね》なれば、金《かね》を伸《の》ばさんよりは命を延《の》ばすに如《し》かじ。人の命は例《たとへ》ば御槍《おやり》の如《ごと》し。随分《ずいぶん》手置《おき》をよくし、柄《え》を長《なが》く伸《の》ばして上手《じやうず》に持《も》つが肝要《かんよう》なり。その命のお槍《やり》に女と酒の恨《うら》みつかぬ様《やう》に御用心《ようじん》〳〵」。

（奴）「御槍《おやり》、御免《ごめん》」

［女］

［命］

豊国画㊞　山東京伝作㊞

京伝店

色《いろ》の白くなる薬　白牡丹《はくぼたん》　一包《つゝみ》百廿四文

此薬を顔《かほ》の下地《したぢ》に塗《ぬ》り、よく拭《ふ》いて常《つね》の白粉《おしろい》をつければ、きめを細《こま》かにしてよく白粉《おしろい》をのせ、生際綺麗《はへぎはきれい》になり、色《いろ》を白くし艶《つや》を出《いだ》し、格別器量《かくべつきりやう》を良《よ》くするなり。疥《はたけ》・雀斑《そばかす》・面皰《にきび》・吹出《ふきで》・汗疹《あせも》の類治《るいなほ》す、顔《かほ》一切の大妙《みやう》薬なり。

後編見返し

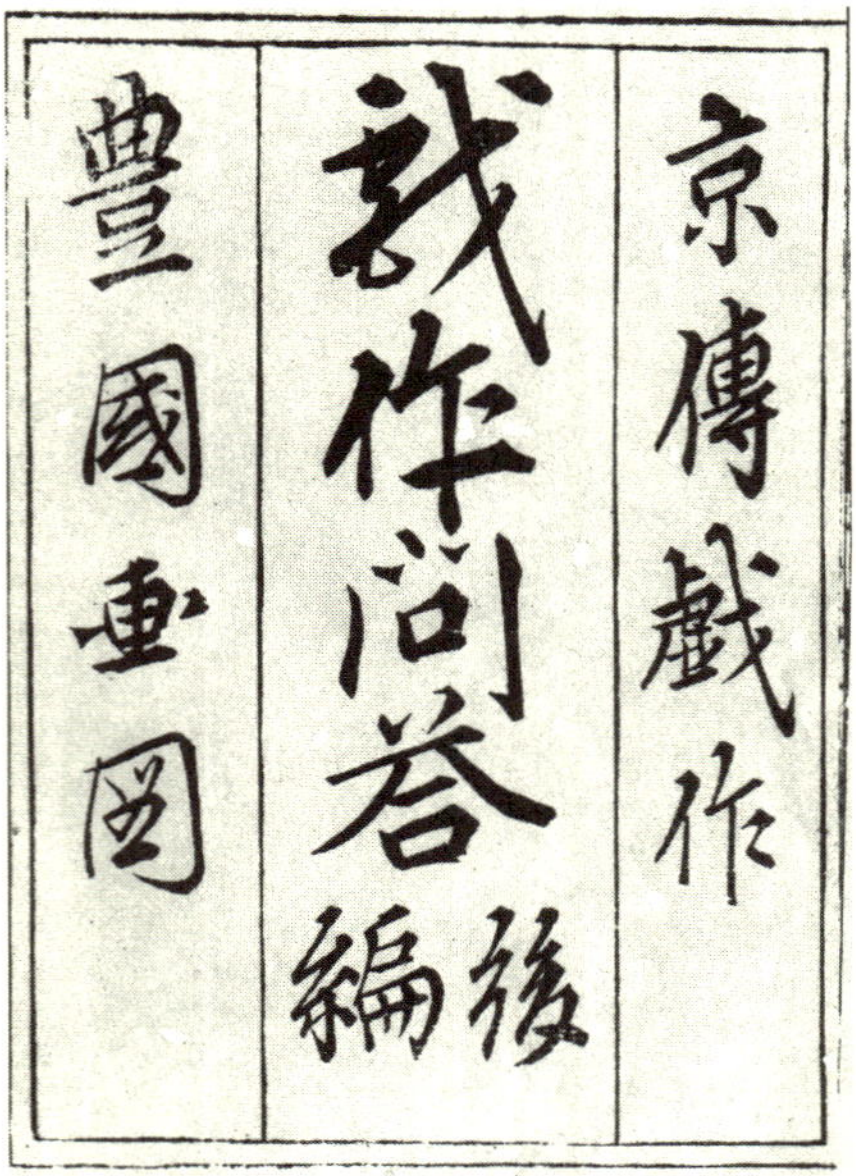
京傳戲作
戲作問答後編
豊國畫圖

【後編見返し】

京伝戯作
戯作問答後編
豊国画図

【後編】

【上】

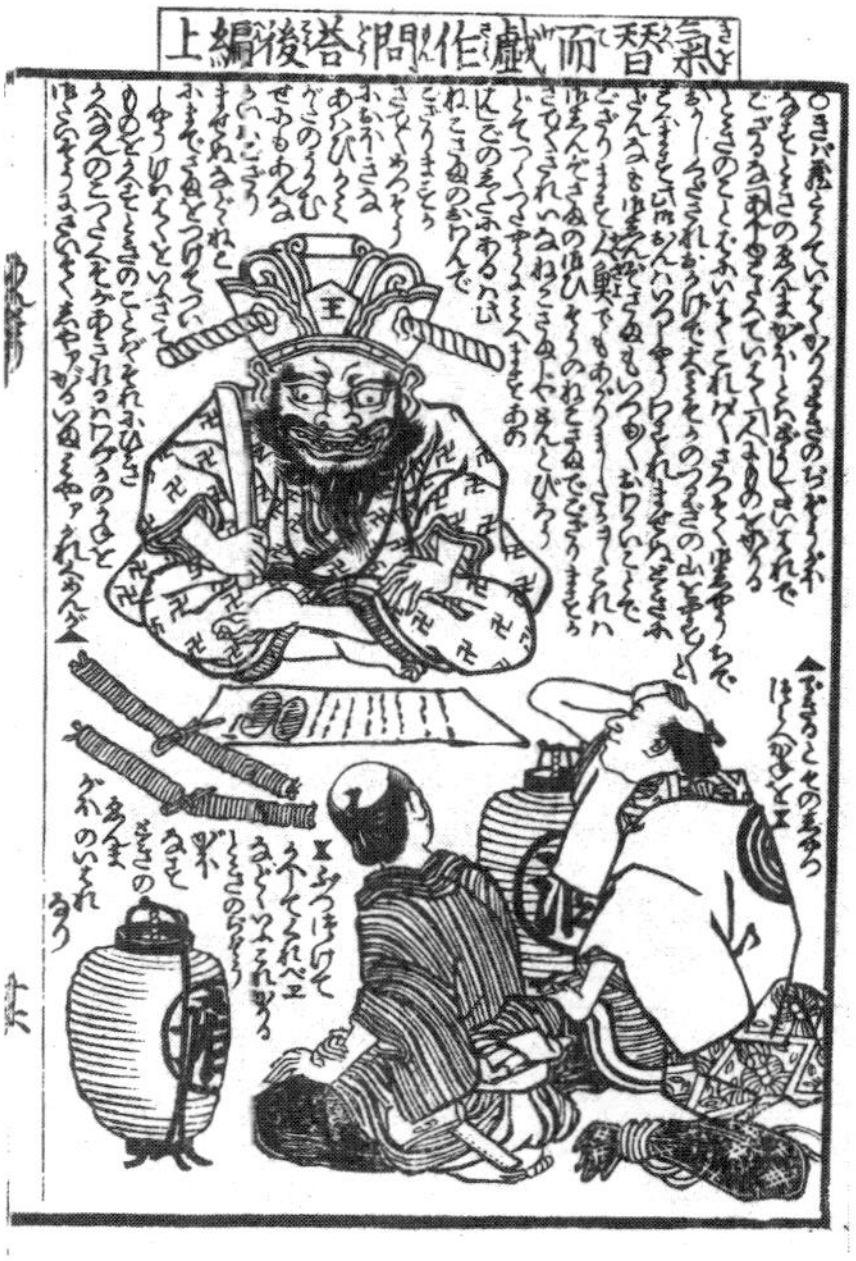

(21) 十六オ

(21) 気替而戯作問答後編《きをかへてけさくもんどうこうへん》上

○牙蔵《きば》、問《と》うて曰《いは》く、「借《か》りる時《とき》の地蔵顔《ぢぞうがほ》、済《な》す時《とき》の閻魔《えんま》顔《がほ》とはどうした謂《いは》れでござるな」。

庵主《あんしゆ》、答《こた》へて曰《いは》く、「人にものを借《か》りる時《とき》の言葉《ことば》に曰《いは》く、『これは〳〵早速御承知《さつそくごしやうち》でお貸《か》し下《くだ》され、お蔭《かげ》で大晦日《みそか》の剣《つるぎ》の山をやす〳〵と越《こ》へます。此御恩《おん》は一生忘《いつしやうわす》れませぬ。時《とき》に旦那《だんな》も御新造様《しんぞさま》も、いつも〳〵お若《わか》いことでござります。人魚《にんぎよ》でも上《あ》がりましたか。ヲ、これは、御新造様《しんぞさま》の御秘蔵《ひそう》の猫様《ねこさま》でござりますか、さて〳〵綺麗《きれい》な猫様《ねこさま》じや。とんと天鵞絨《びろうど》て作《つく》つた様《やう》に見《み》へます。あの梯子《はしご》の下《した》にあるは、此猫様《ねこさま》のお椀《わん》でござりますか。さて〳〵滅相《めつそう》に大《おほ》きな鮑《あはび》、上方《かみがた》の浮瀬《うかむせ》にも、あんな貝《かい》はござりませぬ』などゝ、猫《ねこ》にまで様《さま》を付《つ》けて、追従軽薄《ついしやうけいはく》を言《い》ふ。さて、物《もの》を返《かへ》す時《とき》の言葉《ことば》は、『それに引替《ひきか》へ、何《なん》のこつた、糞《くそ》が呆《あき》れるは、僅《わつ》かの金《かね》を御大層《たいそう》に催促《さいそく》しやァがる。今見《いまみ》やァがれ、工面《くめん》が出来《でき》ると、そのしやつ面《つら》へ金《かね》をぶつつけて返《かへ》してくれべヱ』などゝ言《い》ふ。これ、借《か》りる時《とき》の地蔵顔《ぢぞうがほ》、済《な》す時《とき》の閻魔顔《えんまがほ》の謂《いは》れなり」。

(22)十六ウ

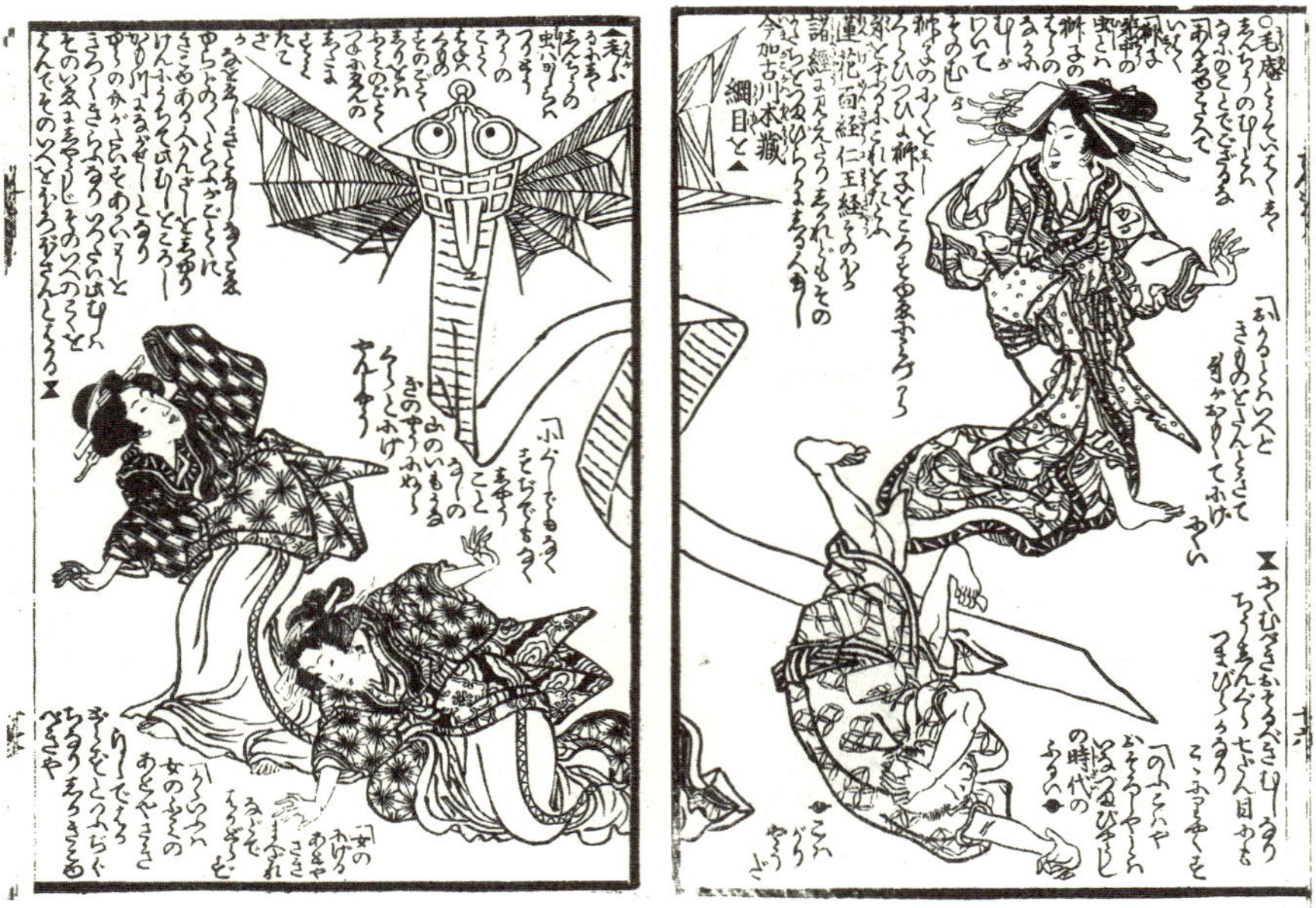

十七オ

(22)

○毛庵《もうあん》、問《と》うて曰《いは》く、「獅子《し》身中《しんちう》の虫《むし》とは何《なに》の事《こと》でござるな」。

庵主《あんしゆ》、答《こた》へて曰《いは》く、「獅子《し》身中《しんちう》の虫《むし》とは、獅子の腹《はら》の中《なか》に虫《むし》が湧《わ》いて、その虫《むし》が獅子の肉《にく》を食《く》らひ、遂《つひ》に獅子《し》を殺《ころ》す故《ゆゑ》に、みづから身《み》を破《やぶ》るに、これを譬《たと》ふ。蓮花面経《れんげめんきやう》、仁王経《にわうきやう》その外《ほか》、諸経《しよきやう》に見《み》えたり。然《しか》れども、その形《かたち》を詳《つまび》らかに知《し》る人なし。今《いま》、加古川本蔵綱目《かこがはほんぞうかうもく》を考《かんが》ふるに、獅子《し》身中《しんちう》の虫《むし》は頭《かしら》は吊灯籠《つりとうろう》の如《ごと》く、羽《はね》は蜘蛛《くも》の巣《す》の如《ごと》く、尻尾《しりを》は文《ふみ》の如《ごと》く、常《つね》に縁《ゑん》の下《した》に住《す》み、蛸肴《たこざかな》を餌食《ゑじき》となし、鳴《な》く声《こゑ》、由良殿《ゆらどの》〳〵と言《い》ふが如《ごと》くに聞《き》こゆ。ある人、簪《かんざし》を手裏剣《しゆりけん》に打《う》ちて此虫《むし》を殺《ころ》し、鴨川《かも》に流《なが》せしとなり、由良之《ゆらの》介《すけ》が帯《たい》す赤鰯《あかいわし》をきつく嫌《きら》ふなり。一体《いつたい》、此虫《むし》はその家《いゑ》に生《しやう》じ、その家《いへ》の穀《こく》を食《は》んで、その家《いへ》を滅《ほろ》ぼさんと謀《はか》る憎《にく》むべき恐《おそ》るべき虫《むし》なり。忠臣蔵《ちうしんぐら》七段《だん》目にも詳《つまび》らかなり。此《こ》処に略《りやく》す」。

のふ怖《こは》や、恐《おそ》ろしやとは、稲妻表紙《いなづまびやうし》の時代《じだい》の古《ふる》い怖《こは》がり様《やう》だ。

お軽《かる》とは言《い》へど、着物《きもの》をたんと着《き》て、身が重《おも》くて逃《に》げにくい。

（女）「女の逃《に》げる後《あと》や先《さき》、前垂《まへだれ》などで捗《はかど》らず。

斯《か》く言《い》ふは、女の文《ふみ》の後《あと》や先《さき》、参らせ候で捗《はかど》らず、といふ地口《ちぐち》なりしが、聞《き》こゆべきや」

（女）「小串《ぐし》でもなく、筋《すぢ》でもなく、しやう事《こと》なしの山の芋《いも》、鰻《うなぎ》の様《やう》にぬらくらと逃《に》げやんしやう」

(23)十七ウ

十八オ

(23)

○角《つの》右衛門、問《と》うて曰《いは》く、「七段目《だんめ》の由良之《ゆらの》介が言葉《ことば》に、嘘《うそ》から出《で》た実《まこと》でなければ根《ね》はとげぬと言《い》ふは、どうした心《こゝろ》でござるな」。

庵主《あんしゆ》、答《こた》へて曰《いは》く、「嘘《うそ》をつく者《もの》は地獄《ぢごく》へ落《お》ちて舌《した》を抜《ぬ》かる、といふも、どうやら嘘《うそ》らしき事《こと》なれど、石の物言《ものい》ふ習《なら》ひといふ諺《ことわざ》もあれば、挽臼《ひきうす》にも舌《した》があるまいものでもなし。極楽《ごくらく》にも嘘《うそ》らしき事《こと》あれど、皆《みな》、仏《ほとけ》の神通《じんつう》でなさるゝ事《こと》なれば、嘘《うそ》から出《で》た実《まこと》があつて、嫁《よめ》をいびる婆様《ばアさま》や、鬼怒《きぬ》川の累《かさね》が様《やう》な怨霊《おんりやう》も成仏《じやうぶつ》するは疑《うたが》ひなし。

又、商《あきな》ひの売買《うりかひ》にも嘘《うそ》あり。五徳《とく》を買《か》ふ人曰《いは》く、『此頃《ごろ》に五徳《とく》の三百人前《まへ》ほど要《い》ることがあるが、まづ、見本《みせほん》に一つ買《か》つて行《ゆ》きます。たんと買《か》ふから、ぐつとまけておかつしやれ』と言《い》へば、売《う》る人曰《いは》く、『いやもふ、それでは元《もと》手《で》が切《き》れます。そしてマア五徳《とく》を三百人前《まへ》とは、何《なに》にマアその様《やう》に入《い》ます』と言《い》へば、買《か》ふ人曰《いは》く、『この頃《ごろ》に丑《うし》の時参《ときまいり》が三百人ほど揃《そろ》つて出《で》るから、その蠟燭立《らうそくたて》に入用さ』。『それならば、此丸《まる》五徳《とく》では脚《あし》の先《さき》が曲《ま》がつて蠟燭《らうそく》が立《た》てられますまい。此四角《かく》な五徳《とく》は脚《あし》が真直《まつすぐ》で理方《りかた》がよい。これになさればい丶』。『いや〳〵、四角《かく》なのは脚《あし》が四本あつて、蠟燭《らうそく》に一本づ丶の費《つい》へがある。一本づ丶と思《おも》つても三百本の費《つい》へだ。丸五徳《とく》の脚《あし》の先《さき》の曲《ま》がつた所を鑢《やすり》で擦落《すりお》として使《つか》ひます』と言《い》ふ。これはまんざらな買手《かひて》の嘘《うそ》なり。又、元値《もとね》が切《き》れると言《い》ふも売手《うりて》の嘘《うそ》なれど、これらは互《たが》ひに合点《がつてん》の嘘《うそ》なれば、害《がい》にならず。

又、隠《かく》す事《こと》に良《よ》き事《こと》はなきものなれど、事《こと》によりては隠《かく》さねばならぬ事《こと》もあり。梅が枝《へ》が、金がほしいナアと言《い》ひしも、浄瑠璃《じやうるり》や狂言《きやうげん》なればこそ聞《き》きにくくもなけれ、誰《たれ》しも金《かね》が欲《ほ》しいナアと思《おも》はぬ者《もの》はなけれど、心《こゝろ》の内《うち》に隠《かく》して口へ出《だ》しては言《い》はぬで、もつたものなり。全《すべ》てものは隠《かく》さぬがよいとて、美《うつく》しい 次《つぎ》へ続《つゞ》く

梅が枝《へ》、心の茶碗《ちやわん》に思《おも》ひの管《くだ》を示《しめ》し、しやぼんの様《やう》に吹《ふ》く。

(梅が枝)「(金)が欲《ほし》いナア」

(娘)「私《わたし》や、お薩《さつ》でなければ夜が明《あ》けねへよ」

十九オ

（24）十八ウ

（24）前《まへ》の続《つゞ》き 娘《むすめ》が人の前《まへ》で薩摩芋《さつまいも》をむしや〳〵食《く》つて見《み》せては、嫁《よめ》に貰《もら》ふ者《もの》もあるまじ。隠《かく》すにも隠《かく》さぬにも臨《りん》機応変《きおうへん》あり。嘘《うそ》らしき嘘《うそ》は許《ゆる》しもすべし。本《ほん》らしき嘘《うそ》は人を惑《まど》はす害《がい》あれば慎《つゝし》むべし」。

○牙《きば》蔵、問《と》うて曰《いは》く、「病《やまひ》は養生《やうじやう》によると申《まう》すが、左様《さやう》かな」。

庵主《あんしゆ》、答《こた》へて曰《いは》く、「老《おひ》の身《み》の養《やしな》ふ事《こと》を人も知《し》れ水無《みな》月欠《か》けて消《き》えぬ氷に、と詠《よ》まれたる古歌もありて、病《やまひ》は養《やう》生《じやう》によるなり。曾我《そが》の鬼王《おにわう》が、四百四病《びやう》の患《わづら》ひより貧《ひん》ほど辛《つら》いものはない、と言《い》ひしは金言《きんげん》なり。諸病《しよびやう》の中《うち》にも貧《ひん》の病《やまひ》が第《だい》一の難病《なんびやう》なり。釣瓶《つるべ》の縄長《なはなが》しといへども、これを絶《た》てば水が汲《く》まれず、草鞋《わらぢ》の紐短《ひもみじか》しといへども、これを継《つ》げば邪魔《じやま》になる。人の身代《しんだい》も此理《り》に等《ひと》し。身代《しんだい》の養《やう》生《じやう》を悪《わる》くして、驕《おご》りに長ずれば、大丈夫《じやうぶ》な土蔵造《どぞうづくり》も忽《たちま》ち屋根《やね》に草《くさ》が生《は》へ、壁《かべ》の土《つち》が落《お》ちて骨絡《ほねがら》みとなり、横《よこ》に歪《ゆが》んでよい〳〵となる。

又、倹約《けんやく》をもち病状《びやうじやう》をよくして、初鰹《はつがつほ》といふ所を塩《しほ》鮪《まぐろ》で間《ま》に合《あ》はせ、鰻《うなぎ》の蒲焼《かばやき》といふ所を秋刀魚《さんま》の干物《ひもの》とでかけ、鮟鱇汁《あんかうじる》といふ所を南瓜《かぼちや》の胡麻汁《ごまじる》で堪忍《かんにん》し、鮎《あゆ》の塩焼《しほやき》といふ所を鰶《このしろ》の田楽《でんがく》で済《す》ませ、衣服《いふく》も絹《きぬ》を紬《つむぎ》、紬《つむぎ》を木綿《もめん》、鼻紙《はながみ》も小菊《ぎく》を小半紙《ばんし》、小半紙《ばんし》を塵紙《ちりがみ》と、だん〳〵質素《しつそ》を用《もち》ひ、万事《ばんじ》に心《こゝろ》を付《つ》け、倒《たふれ》かゝつた土蔵造《どぞうづくり》のよい〳〵に根《ね》継《つぎ》をすれば、又、元《もと》の如《ごと》くに建直《たてなほ》す事《こと》あり。

さて又、癪《しやく》といふ病《やまひ》が人を悩《なや》ますやつなり。癇癪《かんしやく》は軽《かる》くて、茶碗重《ちやわんおも》くて、擂鉢《すりばち》など壊《こは》さねば収《おさ》まらず、銭借《せんしやく》は晦日《みそか》々々に苦《くる》しむ。これ貧《ひん》の病《やまひ》の、ぞもとなり。又、只《たゞ》の癪《しやく》は男にもあれど、女に多《おほ》し。これ多《おほ》くは下卑蔵《げびぞう》より起《お》こる病《やまひ》なり。癪《しやく》の虫《むし》の嫌《きら》ふ食物《くひもの》は、かへつて人は好《す》くもの也。癪《しやく》の虫《むし》の形《かたち》、此図《づ》の如《ごと》し」。

癪《しやく》の虫曰《むしいは》く、「俺《おれ》が嫌《きら》ひな揉《もみ》大根《こん》を食《く》つたな。又、差込《さしこ》んでやらずはなるまい。ソリアどふだ、痛《いた》いか〳〵。押《お》したくらいで効《き》くものか。反魂丹《はんごんたん》も久《ひさ》しいものよ。ハ、ア鍼《はり》を立《た》てておるな。どつこい〳〵、鍼《はり》の受身《うけみ》は剣術使《けんじゆつつか》ひより俺《おれ》が上手《じやうず》だ」。

二十オ

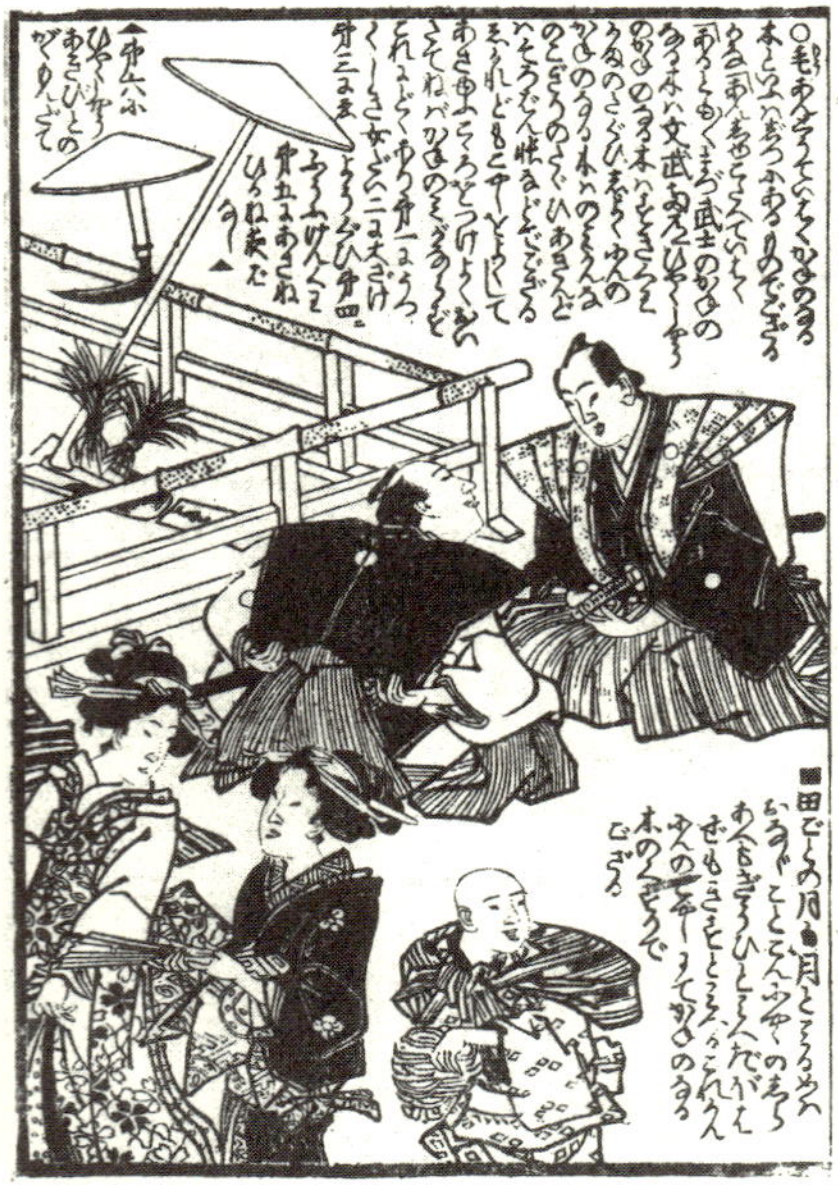

(25)十九ウ

(25)

○毛庵《もうあん》、問《と》うて曰《いは》く、「金《かね》のなる木といふは、実《じつ》にあるものでござるかな」。

庵主《あんしゆ》、答《こた》へて曰《いは》く、「あるとも〳〵。まづ武士の金《かね》のなる木は文武両道。百姓《ひやくしやう》の金《かね》のなる木は、鋤《すき》、鍬《くわ》、鎌《かま》の類《たぐひ》。職人《しよくにん》の金《かね》のなる木は、鑿《のみ》、鉋《かんな》、鋸《のこぎり》の類《たぐひ》。商人《あきんど》は算盤《そろばん》、帳などでござる。然《しか》れども、肥《こや》しをよくして朝夕《あさゆふ》に心《こゝろ》を付《つ》け、よく生立《おいた》てねば金《かね》の実《み》がならず。これに毒《どく》あり。第一に美《うつく》しき女、第《だい》二に大酒《ざけ》、第三に栄耀食《ゑようぐひ》、第四に夫婦《ふうふ》喧《けん》嘩《くわ》、第五に朝寝《あさね》、昼寝《ひるね》、夜話《ばなし》、第六に百姓《ひやくしやう》、商人《あきびと》の学問《がくもん》伊達《だて》。これらは金《かね》のなる木を枯《か》らす敵薬《てきやく》なり。又、金《かね》のなる木の肥《こや》しといふは堪忍《かんにん》なり。よく堪忍《かんにん》した目から見《み》れば、お多福《たふく》も、楊貴妃《やうきひ》、小町《まち》と見《み》へ、擂鉢《すりばち》に植《う》ゑた唐辛子《とうがらし》も竜田《たつた》山の紅葉《もみぢ》と見《み》へ、引窓《ひきまど》から見《み》る四角《かく》な月も、いくつもある田毎《ごと》の月も、月と見《み》る目《め》は同《おな》じこと。蒟蒻《こんにやく》の白和《しらあへ》も求肥《ぎうひ》と見《み》へ、だぼ鯊《はぜ》も鱚《きす》と見《み》へる。これ堪忍《かんにん》の肥《こや》しにて、金《かね》のなる木の薬《くすり》でござる」。

(坊主医者)「ハテ、珍《めづ》らしい活花《いけばな》だ。これが商人《あきんど》の金《かね》のなる木と見《み》へる。なるほど商人《あきんど》の根締《ねじめ》は帳と算盤《そろばん》であらふ。これでは物前《ものまへ》の水際《ぎは》が綺麗《きれい》なはづだ」

［万覚帳］

(26)

○角《つの》右衛門、問《と》うて曰《いは》く、「人には善悪邪正《ぜんあくじやしやう》があれど、見《み》分難《わけがた》いは何故《なぜ》でござるな」。

「さればさ、芝居《しばゐ》の狂言《きやうげん》の様《やう》に、赤《あか》い面《つら》や青《あを》い筋《すぢ》のある面《つら》は悪人《あくにん》、白《しろ》い顔《かほ》は善人《ぜんにん》、赤《あか》い筋《すぢ》のある顔《かほ》は力《ちから》の強《つよ》い忠義《ちうぎ》

(26)二十ウ

な人と、見掛《みか》けで分《わか》らふものならば至極《しごく》よけれど、とかく一皮下《ひとかはした》の心《こゝろ》は見通《みどほ》しの人相見《にんそうみ》にも知《し》れませぬ。又、隠《かく》して置《お》いた宝物《たからもの》の上《うへ》へ雲気《うんき》が立《た》つたり、鳥が舞《ま》つたり、下《した》から水が噴出《ふきだ》したりしやうなら、物《もの》の失《う》せた時《とき》、占《うらな》ひ八掛《はつけ》も要《い》らず至極《しごく》よけれど、さふいかぬが浮世《うきよ》でござる。

息子《むすこ》がくすねておいた紙入《かみいれ》の一分の上《うへ》にも勘気《かんき》が立《た》ちて親父《おやぢ》に見付《みつ》かり、手代の懐《ふところ》に隠《かく》した竹の皮《かは》の天麩羅《てんぷら》から光《ひかり》を発《はつ》し、丁稚《でつち》が店《みせ》の火鉢《ばち》の灰《はい》の中《なか》へ隠《かく》して置《お》いた薩摩《さつま》芋《いも》の上《うへ》にも鳥が舞《ま》つて、番頭《ばんとう》に見付《みつ》かりなどせば、世界《せかい》に物《もの》を隠《かく》す人なくてよかるべし。これらも芝居《しばゐ》の様《やう》にしたきものなり」。

【中】

(27) 戯作問答後編中《けさくもんどうこうへん》

牙蔵《きばぞう》、庵主《あんしゆ》に向《む》かひ、「昔《むかし》、西国《こく》では犬神《いぬ》を使《つか》ふたと申が、今もござる事かな」。

庵主曰《あんしゆいは》く、「なか〳〵もつて、今は左様《さやう》な怪《あや》しい事はござらぬが、蛇《へび》を使《つか》ひ、留守《るす》を使《つか》ふ者《もの》は、まゝ、あるそうでご

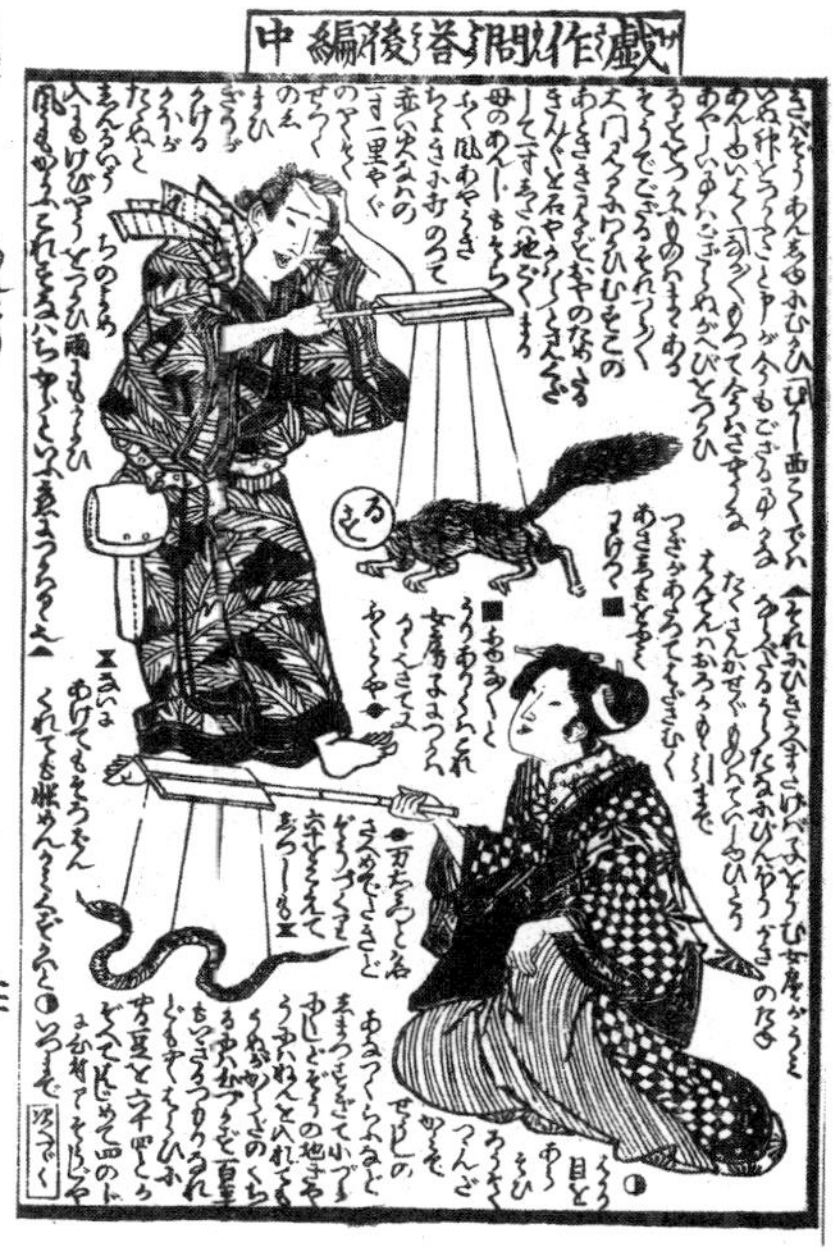

(27)二十一オ

ざる。

それ、つら〳〵大門見るに、若《わか》ひ息子《むすこ》の後先《あとさき》見ず、親《おや》の貯《た》めたる金銀《きんぐ》を石や瓦《かはら》と見下《くだ》して、一寸下《した》は地獄丸《ごくまる》、母の案《あん》じも空吹《そらふ》く風、危《あやう》き猪牙《ちよき》に打乗《の》つて、赤い火縄《なは》の一寸一里、夜具《やぐ》の約束《やくそく》、節句《せつく》の仕舞《しまひ》、義理《ぎり》が欠《か》ける顔《かほ》が立《た》ゝぬと、親類《しんるい》うちの嫁《よめ》入にも仮病《けびやう》を使《つか》ひ、雨にも通《かよ》ひ、風にも通《かよ》ふ。これ即《すなは》ち、女郎といふ恋に使《つか》はるゝ也。それに引《ひき》換《か》へ、跨《また》げば子を産《う》む女房が、産並《うみなら》べたる裏店《うらだな》に貧乏柿《びんぼうがき》の種《たね》、たくさん稼《かせ》ぐ者《もの》は亭主一人《ていしゆひとり》。半纏《はんてん》はおろか、股引《もゝ》まで継《つぎ》が当《あ》たつて肌寒《はださむ》く、朝霜《あさしも》を踏分《ふみわ》けつゝ、冬菜《ふゆな》〳〵と売歩《うりあり》くは、これ女房子に使《つか》はるゝ也。

さて又、福徳屋《ふくとくや》万右衛門と名さへ目出度《めでた》き土蔵造《どぞうづくり》、六十を越《こ》えて実子《じつし》もないに、明《あ》けても算盤《そろばん》、暮《く》れても帳面《めん》、紙屑買《かみくずかい》と計目《はかり》を争《あらそ》ひ、蠟燭包《ろうそくつゝ》んだ紙《かみ》で障子《せうじ》の穴繕《あなつくら》ふなど、始末《しまつ》過《す》ぎて小面憎《づらにく》し。土蔵《どぞう》の地形《ぎやう》には念《ねん》を入れても、己《うぬ》が体《からだ》の朽《く》ちるには心付《づ》かで、百乍も乍《い》きるつもりなれども、厄払《やくはら》ひにやる豆を六十四と数《かぞ》へて、はじめて四の字《じ》に心付、ア、そうじや何時《いつ》まで

次へ続《つゞ》く

（28）二十一ウ

二十二オ

（28）前《まへ》の続《つゞ》き　生《い》きるものかと、少《すこ》し驕《おご》る心が付《つ》き、初《はつ》卯戻《もど》りの蒲焼《かばやき》をまづ二百と誂《あつら》へしが、三本は食残《くひのこ》して竹の皮《かは》に包《つゝ》み、五十八になる女房への土産《みやげ》、あゝくたびれたと欠伸《あくび》に念仏《ねんぶつ》を噛混《かみま》ぜ、仮《かり》にも無常《むじやう》を観《くわん》ぜざるは如何《いか》にぞや。斯《か》かる貪欲《とんよく》の親父《おやぢ》なれば、養子《やうし》も尻《しり》を落着《おちつ》けず、己《おのれ》一人、一生あがき死《じに》に死《し》んだ所が、身に付《つ》くものは帷子《かたびら》一枚《まい》。これ即《すなは》ち、欲《よく》と利のために使《つか》はるゝ也。

此処《こゝ》に又、女房子に使《つか》はるゝほど貧《まづ》しくもあらず、利欲《よく》に使《つか》はるゝほど欲《よく》もかはかず、生《うま》れ付《つ》いたる名聞《みやうもん》、家《か》名を得《う》る事が好物《かうぶつ》にて、その業《わざ》よりは名を先《さき》へ乗出《のりだ》す故《ゆへ》に、みづから京《ぎやう》山と名を付《つ》きしは、すなはち、わしが身内の者《もの》。唐土《もろこし》にては左国史漢《さこくしかん》、吾朝《わがてう》にては六国史《りつこくし》、半分腹《ぶんはら》へ入《はい》るや否《いな》や、大先生《せんせい》と髭《ひげ》を撫《な》で、唐紙半切《とうしはんせつ》に悪詩《し》悪筆《ひつ》を恥《は》ぢず、弓爾波《てには》の合《あ》はぬ短冊《たんざく》を人中《なか》で見せびらかし、人の説《せつ》も己《おのれ》が説《せつ》となし、唐《から》も大和も丸呑《の》みにした顔付《かほつき》して、京《ぎやう》山先生〳〵と上座《かみざ》に置《お》くを、我《わ》が学問《がくもん》に服《ふく》せりと思《おも》ふは、いかい戯《たわ》け、犬神使《いぬがみつか》ひより恐《おそ》ろしきは、名聞使《みやうもんつか》ひ也。

此類《るい》、此処彼処《こゝかしこ》にもありと云ければ、かの京《ぎやう》山、傍《かたは》らより、『ヲ、それまでは話《はなし》もならうが、それから先《さき》が戯作《けさく》の肝文《かんもん》。伸《の》びぬ鼻毛《はなげ》を打伸《の》ばし、せう事《こと》なしの草双紙《くさぞうし》、いゝ加減《かげん》に止《や》め給《たま》へ』と言《い》ふに、千鳥《ちどり》が聞《き》きかねて、おにこさんの高名話《こうめいばなし》、黙《だま》つて聞《き》いていさしやんせ。これを愚智川《ぐちかわ》の文人問答《ぶんじんもんどう》と言《い》へり」。

(息子客)「江戸名物《めいぶつ》の河東節《かとうぶし》、鐘《かね》は上野《うへの》か浅草《あさくさ》の村田の煙管《きせる》を脂下《やにさが》り、これで野暮《やぼ》ならしやう事《こと》がねへ」

(京山)「はて、何《なん》ぞよい説《せつ》を見付て人に誇《ほこ》りたいものじやが」

（29）

角《つの》右衛門、庵主《あんしゅ》に向《む》かひ、「時《とき》に先生《せんせい》、い、見世物《せもの》といふ事はどうした訳《わけ》でござるな」。

庵主曰《あんしゅいは》く、「い、見世物《せもの》と申事は、今を去《さ》る事二百年《ねん》もあとに、嘘付《うそつき》弥二郎、偽《いつわ》りと申た浪人者《らうにんもの》が藪《やぶ》の中で生捕《いけど》つたるを、食言《しよくげん》といふ本草家《ほんぞうか》が見まして、これは珍《めづら》しいと言《い》ひ囃《はや》したを、万八といふ山師《し》が聞《き》付《つ》け、嘘《うそ》八百両で買求《かひもと》め、欲《よく》と得《とく》との両極橋《ばし》で見世物《せもの》に出《だ》しました。その時《とき》、わしは廿五の暁《あかつき》に、わざ〳〵見に行《ゆ》きましたが、木戸銭《せん》は人間《にんげん》一生五十づゝ、後札《あとふだ》の五十文《もん》は養生《ようじやう》次第《しだい》でまけるげにござる。

さて、見ました所が、身代《しんだい》も見へ透《す》く様《やう》な、ふらそこに入たが、帯《おび》と縞《しま》の女、質《しち》に取《と》られた様《やう》に座《すは》つてをる。ひもじい時《とき》には百に四文《もん》の利を食《く》ひます。いつたん亭主《ていしゆ》に打殺《ぶちころ》されたを、利上《あ》げに命を繋止《つなぎと》めたと聞《き》きました。

次は抜《ぬ》けつ毛の亀《かめ》、一名、髪鳥屋《かみどや》といひて、常《つね》に大服《おほぶく》を飲《の》む。悪《わる》くすると鼻《はな》が落《お》ちるそうでござる。

次は利欲《りよく》の鳥。此鳥、高利《かうり》の地獄《ぢごく》に住《す》む。頭《かしら》は銭《ぜに》の如《ごと》く、背中《せなか》に青海波《せいがいなみ》の如《ごと》き毛《け》あり、足《あし》は欲《よく》の熊手《くまで》の如《ごと》く、尻《しり》尾《を》は縞《しま》の財布《さいふ》に似《に》たり。

さてまた、その中《なか》で如何《いか》にも恐《おそ》ろしきは 次へ続《つゞ》く

［珍物《ちんぶつ》い丶見世《せ》物］

「帯《おび》と縞《しま》の女」 利

「抜《ぬ》けつ毛《け》の亀《かめ》」

「利欲《りよく》の鳥《とり》」

［大入］

［大入］

［大入］

［大入］

［身代《しんだい》の抜殻《ぬけがら》］

(30)二十三ウ

二十四オ

（30）前《まへ》の続《つゞ》き　身代《しんだい》の抜殻《ぬけがら》也。その形《かたち》、頭《かしら》は土蔵造《どぞうづくり》の如《ごと》く、売据貸店《うりすへかしだな》といふ。二つの眼《まなこ》を見開《ひら》き、辺《あた》り八軒《けん》をうら山しそふに見回《まは》す体《てい》、ぞっとするほど恐《おそ》ろしし。此大蛇《じや》、元《もと》は然《さ》る所の金蔵《ぐら》に数《す》百年住《す》まいして、小判《ばん》の中《なか》でうん〳〵と唸《うな》りしが、その家《いへ》の息子《むすこ》、総領《そうりやう》の甚六、大磯《いそ》へはまり込《こ》み、番頭《ばんとう》の意見《いけん》も聞《き》かず、金《かね》を湯水《ゆみづ》に使《つか》ひしゆへ、金蔵《かねぐら》も寂《さみ》しくなり、いゝ身代蛇《しんだいじや》も、今は住《す》まがいなり難《がた》く、蔵《くら》の窓《まど》から金《かね》玉と共《とも》に飛去《とびさ》りしを、斯《か》の嘘付《うそつき》弥二郎が生捕《いけど》りました。何《なん》といゝ見世物《みせもの》ではござらぬか」。

●牙蔵曰《きばぞういは》く、「時《とき》に先生《せんせい》、人の一生は旅《たび》の如《ごと》しと申が、足《あし》へ履《は》く足袋《たび》の事でござるかな」。

庵主《あんしゆ》、打笑《わら》ひ、「これはあまり文盲《もんもう》な事を言《い》はるゝ。一休禅師《ぜんじ》の歌《うた》に、門《かど》松は冥土《めいど》の旅《たび》の一里塚《づか》、何《なん》とやらして何《なん》とやらかなと申歌《うた》もござる。人の一生は旅《たび》をする様《やう》なもので、正月の門松《かどまつ》は、これ即《すなは》ち一里塚《づか》也。足《あし》の達者《たつしや》な人は七十里、八十里、百里も歩《ある》く人もござる。とかく身の養生《やうぜう》を良《よ》くして足《あし》さへ丈夫《ぜうぶ》なれば、いくらも長生《いき》して、長《なが》い旅《たび》が出来《でき》ますてや。若《わか》ひうちには、とかく道草《みちくさ》が食《く》ひたく、隙行《ひまゆ》く駒《こま》をべらぼうといふ棒杭《ぼうぐひ》に縛付《しばりつ》け、色里《いろざと》の立場《たてば》で居続《ゐつゞ》けを打食《ぶつく》らわせ、借銭《しやくせん》の淵《ふち》へはまつて後《あと》へも先《さき》へも参《まい》り難《がた》く、うか〳〵して居《ゐ》るうち、四十の坂《さか》を越《こ》え、五十の立場《たてば》へ足《あし》を踏込《ふみこ》み、頭《かしら》へ霜《しも》が降掛《ふりか》かり、花婿《むこ》花嫁《よめ》の花も散《ちり》失《う》せ、此時《とき》はじめて心付《づ》き、後《あと》を振返《ふりかへ》つて見ても若井《わか》村、血気《けつき》の里《さと》へは帰《かへ》り難《がた》し。とかく辛抱《しんぼう》を杖《つえ》に突《つ》いて稼《かせ》ぎさへすりや、老《おひ》の坂《さか》も楽々《らく〳〵》と越《こ》えます。二十四五里から三十里の間《あいだ》で、身の用心さつしやりませう」。

（老爺）「若《わか》い時《とき》、稼《かせ》いだお陰《かげ》には、此坂《さか》が楽々《らく〳〵》じや」

老《おひ》の坂

［一里塚《りつか》］

［一里塚《りつか》］

［一里塚《づか》］

二十五オ

(31)二十四ウ

(31)
毛庵曰《もうあんいは》く、「人の疝気《せんき》を頭痛《づつう》に病《や》むには、何《なん》ぞ良《よ》い薬《くすり》がござるかな」。
庵主曰《あんしゆいは》く、「ござるとも〳〵。お前《まへ》は医者《いしや》だけ、よい所へお気《き》が付《つ》かれた。いつたい此病《やまひ》を患《わづら》ひだした男、ハア、何処《どこ》でか会《あ》つた。ヲ、それ〳〵、いらざる世話《せわ》を焼餅《やきもち》坂《ざか》に、事《こと》がな笛《ふへ》の指南《しなん》をせし口の差出《さしで》た長四郎《てうしらう》といふ者《もの》、女房の名をば大《おふ》きにお世話《せわ》と言《い》ひました。夫婦《ふうふ》もろとも、人の疝気《せんき》を頭痛《づつう》に病《や》むが持病《ぢびやう》にて、寝酒《ねざけ》の小半《こなから》、竹《たけ》の皮《かは》の蛸《たこ》の足《あし》むしや〳〵食《く》ひながら、女房のお世話《せわ》が亭主《ていしゆ》に向《む》かひ、『もしへ、隣《となり》のお染《そめ》さんも今年《ことし》で十六、通弟子《かよひでし》にすればいゝに、三四抱《そうしかゝ》へて御師匠《おつせう》さん、子飼《がい》の久松ともに連《つ》れ、日傘《がさ》の仲《なか》の二人連《ふたりづ》れ、ろくなこたア出来《でき》やすめへ。よしまた、できた所が一人娘《ひとりむすめ》のお染《そめ》さん、はて好《す》いた仲《なか》なら久松を、婿《むこ》にしまいものでもないが、久松には久作《さく》といふ親《おや》もあれば、婿《むこ》にするからは親《おや》も過《す》ぐさにやなるまいが、隣《となり》の身代《しんだい》で、だん〳〵厄介《やつかい》が増《ふ》へたら難《むづ》かしからうと思《おも》ひやす』と言《い》へば、亭主《ていしゆ》、なるほどそうだ。いやまた、それよりは後隣《うしろとなり》の狸《たのき》の角兵衛《べゑ》、昨日湯屋《きのふゆや》でちらと見たが、あいつ確《たし》かに疝気持《せんきも》ち。あれがだん〳〵大きくなると車引《ひき》もなるまい。さすれば、女房はなし子はなし、いつそぽつくり往《い》きァいゝが、長患《ながわづら》いでもしたら困《こま》るだらうと、人の疝気《せんき》を頭痛《づゝう》に病《や》む。此時、大妙薬《やく》あり。一糸瓜《へちま》の皮《かは》●世話《せは》を焼《や》かず生《なま》にて用ゆ。一糞骨《くそぼね》●元《もと》が他人《たにん》身でない所を用ゆべし。一分別《ふんべつ》●少々悪《わる》くてもよし。右の三味、義理《ぎり》一片《へん》を入ざつと煎《せん》じ、つまらぬ

次へ続《つゞ》く

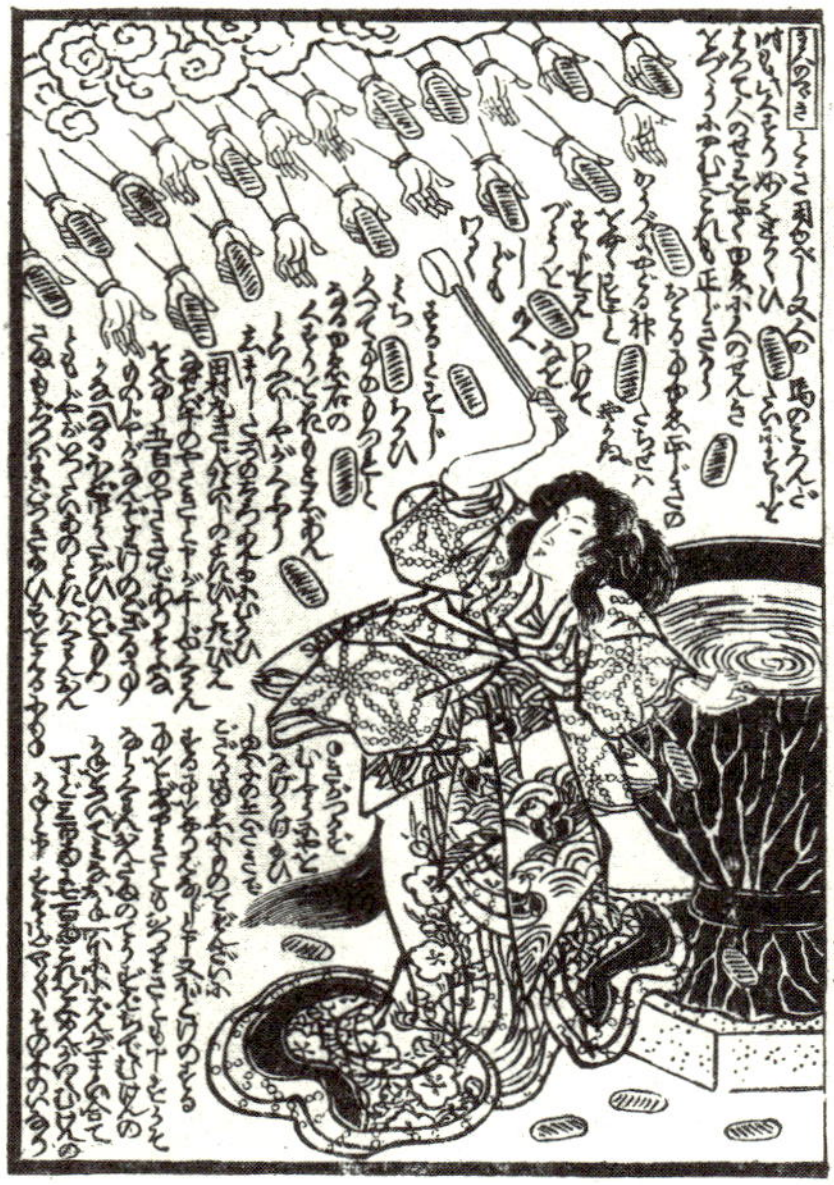

（32）二十五ウ

（32）［前《まへ》の続《つゞ》き］時《とき》、用ゆべし。又、人の馬の転《ころ》んだ時も此薬《くすり》妙也。とかく額《ひたい》に筋《すじ》を張《は》つて人の世話《せわ》を焼《や》く故《ゆゑ》に、人の疝気《せんき》を頭痛《づゝう》に病《や》む也。これも正直《じき》から起《お》こる事ゆゑ、正直《じき》の頭《かうべ》に宿《やど》る神たち、世話《せは》を焼《や》く筋《すじ》と焼《や》かぬ筋《すじ》を見分《わ》けて、頭痛《づゝう》を治《なを》し給へども、悪《わる》くすると筋道違《すじみちが》ひ、かへつて事のもつれとなるゆゑ、右の薬《くすり》を花元《もと》思案《しあん》といふ医者《いしや》が工《く》夫《ふう》しました」。

角《つの》右衛門、庵主《あんしゆ》に向《む》かひ、「田村丸、鬼神退治《きじんたいじ》の時《とき》、一《ひと》度放《たびはな》せば千の矢先《やさき》と申が、千手観音《じゆくわんをん》なら五百の矢先《やさき》でありそふなものじやが、何《なん》ぞ訳《わけ》のござる事かな」。

「成程《なるほど》、御疑《うたが》ひはごもつともじやが、一体《いつたい》あの時《とき》は観音《くわんおん》様《さま》も実《じつ》はまごつき給ひ、弓を張《は》るにも気《き》が付《つ》かず、無性《むしやう》に矢《や》を投掛《なげか》け給ひしゆへ、千の矢先《さき》でござる。此故《ゆゑ》に物《もの》をぞんざいにする事を遣放《やりばな》しと申。又、仏《ほとけ》のする事を仏力《ぶつりき》とも乙《おつ》りきとも申す、嘘《うそ》なら観音様《くわんおんさま》の手水鉢《てうずばち》で無間《むげん》の鐘《かね》を撞《つ》いてみな、お手一本に小判《ばん》が一枚《まい》、合て丁度《ど》、三百両に七百両、これを工面《くめん》がいく無間《むけん》の鐘《かね》と申す。そうじや〳〵〳〵その木のいなり」。

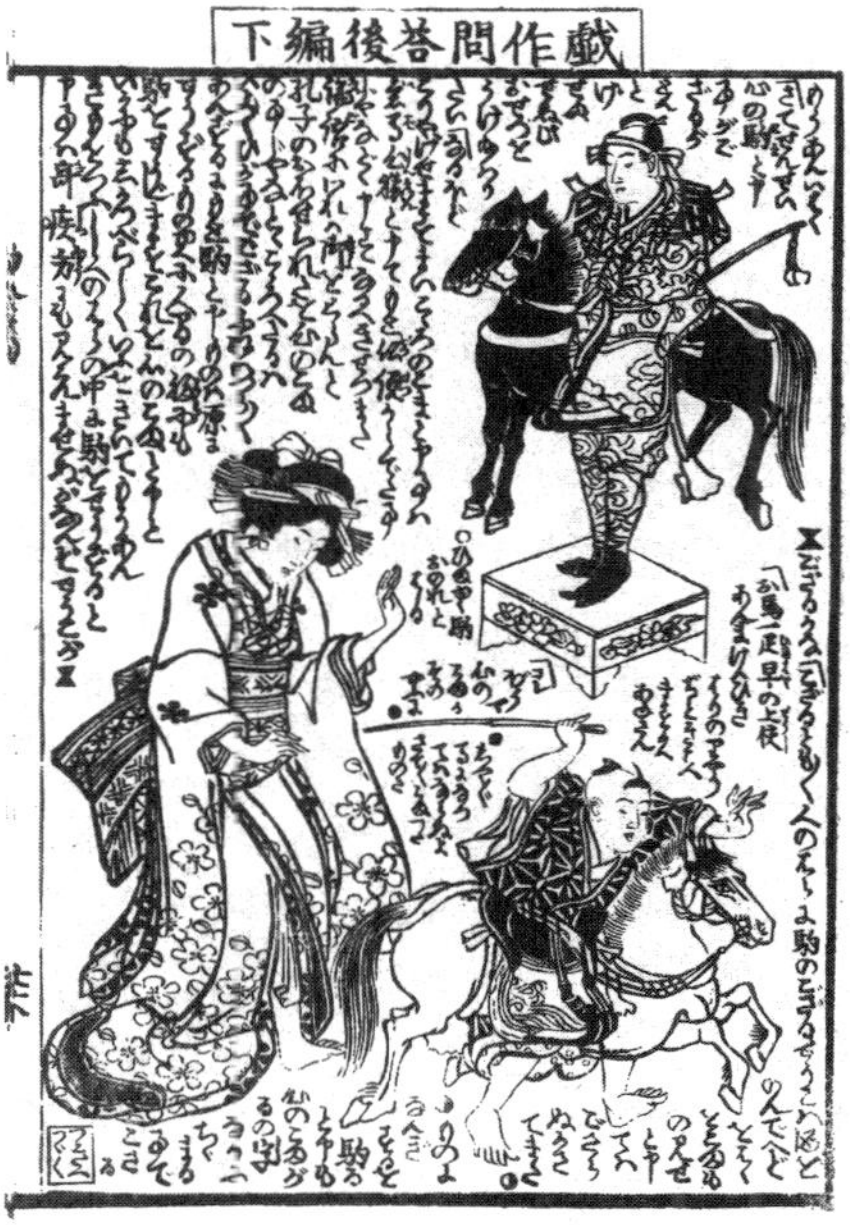

［下］

（33）戯作問答後編下

毛庵曰《もうあんいは》く、「さて先生《せんせい》、心の駒《こま》と申事がござるが、とんと解《げ》せませぬ。此御説《おせつ》を受《う》け給はりたい」。

「なるほど、こりや解《げ》せますまい。心《こころ》の駒《こま》と申事は意馬《いば》心猿《しんえん》と申て、もと仏説《ぶつせつ》から出《で》た事じやなど、申すなる僻《へき》説《せつ》、また論語《ろんご》に、我《われ》は御《ぎよ》を執《と》らんと孔子の仰《おほ》せられたを、心の駒《こま》の事じやなど、心得《こゝろへ》たるは、いよ〳〵僻《ひが》事でござる。不佞《ふねい》つら〳〵案《あん》ずるに、もと駒と申ものは原に生《せう》ずるもの故《ゆへ》に、人間の腹《はら》にも駒を生《せう》じます。これを心の駒《こま》と申」と如何《いか》にもしかつべらしく言《い》ふを聞《き》いて毛庵《もうあん》、肝《きも》を潰《つぶ》し、「人の腹《はら》の中に駒を生《せう》ずると申事は、奇疾方《きしつほう》にも見えませぬが、何《なん》ぞ証拠《せうこ》がござるかな」。「こざるとも〳〵。人の腹《はら》に駒のござる証拠《せうこ》は、酒を飲《の》んでへどを吐《は》くを小間物《こまもの》見世と申ではござらぬか。さて又《また》、ものに難儀《なんぎ》するを駒ると申も、心の駒《こま》が、るの字《じ》なりに縮《ちゞ》まる事でござる。

次《つぎ》へ続《つゞ》く

○隙行《ひまゆ》く駒、おのれと走《はし》る
（男の子）「お馬一疋《ぴき》、早《はや》の上使《ぜうし》、按摩《あんま》、痃癖《けんぴき》、鍼《はり》の療治《りやうぢ》と聞《き》こへますかへ、姉《あね》さん」

（娘）「コレ坊《ぼう》や。心の駒《こま》が、その様《やう》にじや〳〵馬になつてはならぬよ。さて〳〵困《こま》つたものだ」

（34）前《まへ》の続《つゞ》き　ものに驚《おどろ》く事をたまげたと申は、駒げるの転語《でんご》にて、駒といふやつはものに驚《おどろ》くと、とかく蹴《け》るやつでござる。

さて、この心《こゝろ》の駒《こま》、人の腹《はら》の中《なか》にてだん〳〵成《せい》長致《いた》せば、腹一杯《はらいつぱい》に大きくなり、後《のち》には腹《はら》を突破《つきやぶ》りて駈歩《かけあり》くを、心の主《あるじ》がしやんと乗静《のりしづ》めねばなりませぬ。その乗様《のりやう》、または手綱捌《たづなさば》きに種々《しゆじゆ》の伝授《でんじゆ》がござれども、滅多《めつた》に人には許《ゆる》さぬゆへ、心の駒《こま》に手綱《たづな》許すなと、歌《うた》にも詠《よ》まれたものでござる。息子《むすこ》の若駒《わかごま》が向《むか》ふ見《み》ずに駆出《かけいだ》すを、番頭《ばんとう》が口を控《ひか》へて意見《いけん》を言《い》へば、彼奴《あいつ》とは馬《うま》が合《あ》はぬと腹《はら》を立《た》ち、金蔵《かねぐら》を鉤《かぎ》の手《て》に乗回《のりまは》し、親類《しんるい》を後足《あとあし》で蹴散《けちら》かすなど、然《さ》りとは未《み》熟《じゆく》な乗《の》り様《やう》也。または、子飼《がい》から使《つか》ふた手代の心の駒も、お坊《ぼう》さんのお相手《あいて》して、竹馬に乗《の》る頃《ころ》は、如何《いか》にも素直《すなほ》な馬れゆゑ、走馬《はしり》にも算盤《そろばん》の鞭《むち》を加《くわ》へて育《そだ》て上《あ》げしに、天《てん》麩羅《ぷら》は馬い物《もの》と口に驕《おご》りが付《つ》くや否《いな》や、人の尻《しり》馬に乗《の》つたる百膳《ぜん》から、すぐに鍋《なべ》金へ一足飛《そくとび》、馬の目を抜《ぬ》く店《みせ》の帳合、人食《くひ》馬にも合《あい》口の連《つ》れを拵《こしら》へ、馬道《みち》を駕籠《かご》で飛《と》ばせ、

(34)二十六ウ

二十七オ

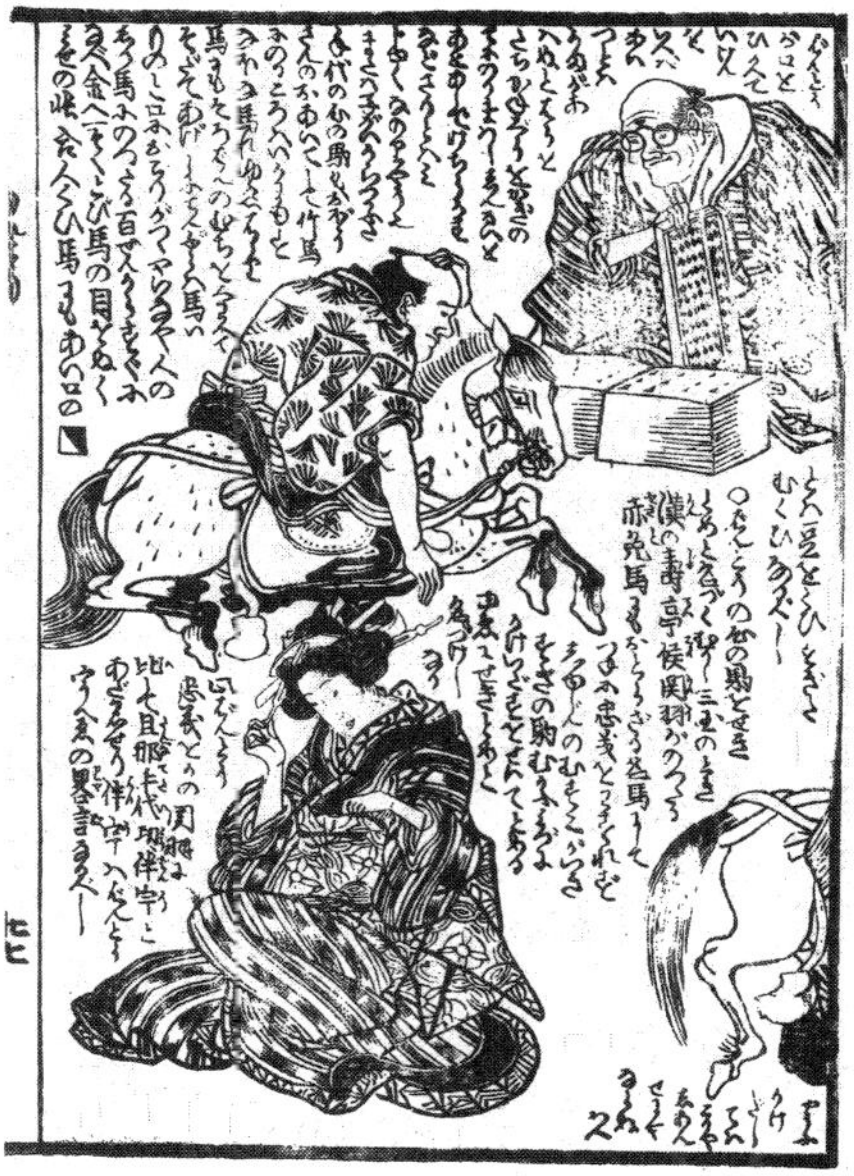

鞍替者《くらがへもの》の悪罵《あくば》と聞《き》いて、そいつ却《かへ》つて面白《おもしろ》しと、金轡《きんぐつわ》で乗《の》りすくめ、狐《きつね》を馬の後先《あとさき》見ず、遂《つい》には棚卸《たなおろし》の壁《かべ》に馬を乗掛《のりか》けて、後《あと》へも先《さき》へも参《まい》り難《がた》く、詮方《せんかた》なく〳〵裸《はだか》馬にて我《わ》が在所《ざいしょ》へ駆落《かけおち》とは、豆を食《く》ひすぎた報《むく》ひなるべし」。

○番頭《ばんとう》の心の駒を堰止《せきとめ》と名付《づ》く。昔《むかし》、三国の時《とき》、漢《かん》の寿亭《じゅてい》侯関羽《こうかんう》が乗《の》つたる赤兎《せきと》馬にも劣《おと》らざる名馬にして、常《つね》に忠義を忘《わす》れず、主人《しゅじん》の息子《むすこ》が行過《いきす》ぎの駒、向《むか》ふ見《み》ずに駆出《かけいだ》すを、堰《せ》いて止《と》める故《ゆゑ》に、堰止《せきとめ》と名付《づ》けしなり。

○息子《むすこ》の心の駒を行過《いきすぎ》と名付《づ》く。これ池月《いけずき》の地口也。桟留《さんとめ》を唐桟《とうざん》と行過《いきす》ぎ、木綿太織《もめんぶとり》を結城紬《ゆふきつむぎ》と行過《いきす》ぎ、小半紙《ばんし》を小菊《ぎく》と行過《いきす》ぎ、薬師様《やくしさま》から深川《ふか》と行過《いきす》ぎ、目黒《ぐろ》から品川と行過《いきす》ぎる故《ゆゑ》の名なり。

○牛《うし》に馬を乗換《のりかへ》た女房曰《いは》く、「せつかく嫁《よめ》入して来《き》たが、こちの人の心《こゝろ》の駒《こま》が、あの様《やう》に駆出《かけだ》しては、こりや思案《しあん》せにやならぬはへ」。

此番頭《ばんとう》、忠義をかの関羽に比《ひ》して、旦那《だんな》、手代《てだい》、功伴宇《こうばんう》と渾名《あだ》せり。伴宇《ばんう》は番頭《ばんとう》宇兵衛《へゑ》の略言《りやくご》なるべし。

[蔵の鍵《かぎ》]

二十八オ

(35)二十七ウ

(35)

牙蔵曰《きばぞういは》く、「何《なん》と先生《せんせい》、心の的《まと》と申は、どの様《よふ》なものでござるな」。

庵主曰《あんしゆいは》く、「心の的《まと》と申は、各々《おの〳〵》の胸《むね》にも皆《みな》一つづゝは必《かなら》ずあるものでござる。全《すべ》てものには是非《ぜひ》、志《こゝろざ》す所の的《まと》があるものじやによつて、毎《まい》日々々光陰《こういん》の矢が的《まと》に当《あ》たつて、その日〳〵の模様《もやう》が変《か》はる。例《たと》へば、明日《あす》は花見と思ふ的《まと》も、俄《には》かに雨が降出《ふりいだ》し、芝居《しばゐ》へ行《ゆ》こうと思ふた的《まと》も拠《よん》所ない用ができ、今夜《こんや》の無尽《むじん》は是非《ぜひ》、俺《おれ》がと思ふた的《まと》も花さへ取《と》らず、金儲《かねもふ》けの的《まと》も運《うん》が悪《わる》くて借銭《しやくせん》の淵《ふち》へはまる。何《なん》でも一番当《いちばんあ》てる気《き》の心の的《まと》も、思ひの外《ほか》な事のあるは、すべてこれ吹矢《ふきや》の如《ごと》し。馴染《なじみ》の女郎からよこした文に、諸《しよ》事《じ》御日文字《もじ》ならでは解《わか》り難《がた》く候まゝ、是非《ぜひ》〳〵今宵《こよひ》御入らせを、くれ〴〵も待《ま》ち入参らせ候といふ矢の使《つかひ》が、焼餅《やきもち》といふ女房の的《まと》へ当《あ》たると、唐辛子《とうがらし》を背負《しよ》つたる奴を出す。これ即《すなは》ち恋の奴《やつこ》に使《つか》われて、夫婦喧嘩《ふうふげんくわ》に辺《あた》りを騒《さわ》がせ、焼《やき》餅《もち》の的《まと》から、八つ当《あた》りに継子《まゝ》をいびるは煩悩《ぼんのう》の犬《いぬ》、迷《まよ》ひの的《まと》に、あの野郎《やらう》といふ矢《や》が当《あ》たる故《ゆゑ》なり。元《もと》より迷《まよ》ひの的《まと》

［美女］

なれば、おのれと心に化物《ばけもの》を出《いだ》し、継子《まゝ》に当《あた》りが悪《わる》いゆゑ、姑《しゆうと》が見かねて去《さり》状書《か》かせ、三間《げんま》間口から裏店《うらだな》の親元《おやもと》へ帰《かへ》され、恋の奴《やつこ》も唐辛子《とうがらし》の辛《から》き憂目《うき》を見る也。

又、闇雲《やみくも》に稼《かせ》ぐ奴《やつ》の矢は、利欲《よく》の的《まと》を狙《ねら》へども、思《おも》ひの外《ほか》に、口も八丁、手も八丁ある蛸《たこ》の味《あじ》する女房の尻《しり》に敷《し》かれて、亭主《ていしゆ》は外《そと》で稼《かせ》げども、女房は内で茶碗酒《ちやわんざけ》、朝飯《あさめし》の膳《ぜん》も洗《あら》はず、長屋《ながや》の二才を相手《あいて》にして、浅草辺《あさくさへん》に囲《かこ》われて、新内《しんない》で洒落《しやれ》るなど、亭主《ていしゆ》が稼《かせ》ぐ利欲《よく》の的《まと》とは裏腹《うらはら》たる事、図《づ》の如《ごと》し。

犬《いぬ》が曰《いは》く、「某《それがし》、つく〴〵わんずるに、焼餅妬《やきもちや》いたる咎《とが》により焼飯地獄《やきめしぢごく》へ落《お》ちると聞《き》く。落《お》ちたら私《わたし》に焼飯《やきめし》を二つ三つおくんなせへよ」。

(女房)「何《なん》でも、今度《こんど》の山は一番当《ばんあ》てねばならぬ」

(男)「あんまり美《うつく》しいお娘《むす》だから、ちよつと当《あ》たつて見るのよ。うまくいけばいゝが」

［迷］

［焼餅］

［利欲］

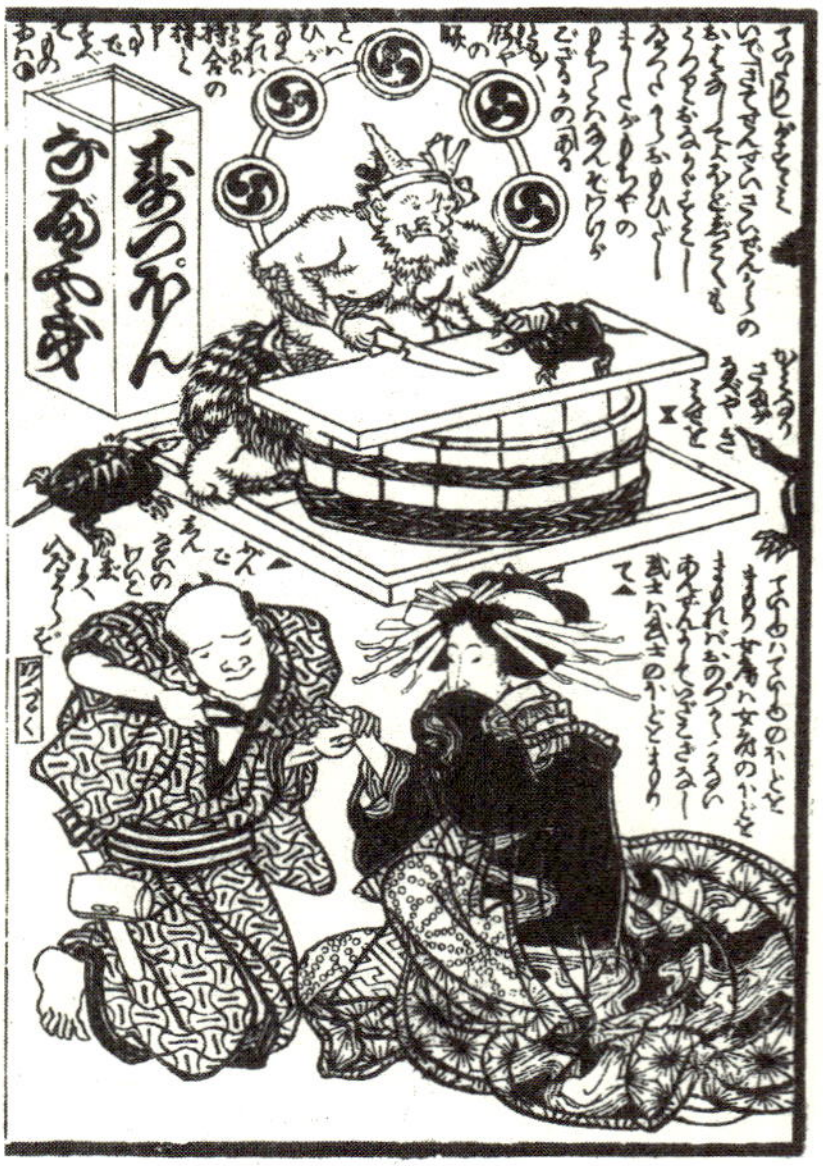

（36）前《まへ》の続《つゞ》き 八百屋のお七は近所《きんじよ》でも評判《ひやうばん》の娘《むすめ》。どうがなしてと思込《おもひこ》んだ矢たけ心《ごゝろ》の矢が娘《むすめ》の的《まと》へ当《あ》たれども、自体《じたい》が醜《ぶ》男ゆゑ、元《もと》より不承知《ふせうち》にて、思《おも》ひの外《ほか》、金平娘《きんぴらむすめ》に赤恥《あかはぢ》をか丶せられ、鉞《まさかり》の下《した》にゐる熊《くま》の様《やう》にへこんでゐる事、全《すべ》て図《づ》の如《ごと》し。

これらは皆《みな》、吹《ふき》矢の筒《つゝ》の心の竹を真直《まつすぐ》に持《も》たぬ故《ゆゑ》也。兎《と》にも角《かく》にも、心の的《まと》は忠と孝との二つより外《ほか》にはなし。仁《じん》も過《す》ぎては馬鹿《ばか》にされ、義《ぎ》も過《す》ぎては愚痴《ぐち》になり、礼《れい》も過《す》ぎては諂《へつら》ひとなり、信《しん》も過《す》ぎては馬鹿律儀《ばかりちぎ》也。牙蔵殿《きばぞうどの》、合《が》点《てん》か〳〵」。

○角《つの》右衛門、最前《さいぜん》より黙《だま》つて聞《き》いていたりしが進出《すゝみい》で、「さて先生《せんせい》、最前《さいぜん》からのお話《はなし》で、よほど時刻《じこく》も移《うつ》り、お腹《なか》が少《すこ》し減《へ》つたから思《おも》ひ出《だ》しましたが、餅屋《もちや》の餅《もち》とは何《なん》ぞ訳《わけ》がござるかの」。

「あるとも〳〵、餅屋《もちや》の餅とは僻《ひが》事也。これは持合《もちあい》の持と申事で、すべてものには持《もち》合のあるもの也。阳《いん》と阴《やう》と、亭主《ていしゆ》と女房と、これ持《もち》合のはじめにして、万物一つとして持《もち》合のなきものはなし。虎《とら》は百獣《じう》の長たれども、鼠《ねづみ》は獲《と》らせ難《がた》し。如何《いかん》となれば、体《からだ》の大小持合《もち》が猫《ねこ》ほどにゆかぬ故《ゆゑ》也。『喜《き》八どん、わつちやア棘《とげ》を立《た》てんした、どうぞ抜《ぬ》いておくれ』と言《い》ふ時《とき》、普請場《ふしんば》から釘抜借《くぎぬきか》りて来《き》て抜《ぬ》いてみても抜《ぬ》けず、［下より続《つゞ》く］棘《とげ》は細《ほそ》く釘抜《くぎぬき》は大也。毛抜《けぬき》と棘《とげ》との持合《もち》にゆかぬ故《ゆゑ》也。お月様《さま》に鼈《すつぽん》といふ譬《たとへ》はあれども、雷 様《かみなりさま》が鍋焼店《なべやきみせ》をお出《だ》しなされた例《ためし》を聞《き》かず。

さて、此持合《もち》を良《よ》くさへすれば、何《なに》事にもいさくさなし。その持合《もち》を良《よ》くするには、その程《ほど》を守《まも》るにあり。亭主《ていしゆ》は亭主《ていしゆ》の程《ほど》を守《まも》り、女房は女房の程《ほど》を守《まも》れば、おのづから家内安全《かないあんぜん》にしていざこざなし。武士は武士の程《ほど》を守《まも》りて、豊後《ぶんご》、新内《しんない》の稽古所《けいこじよ》へ入べからず。

次へ続《つゞ》く

［鼈《すつぽん》／鍋焼《なべやき》］

(37)二十九ウ

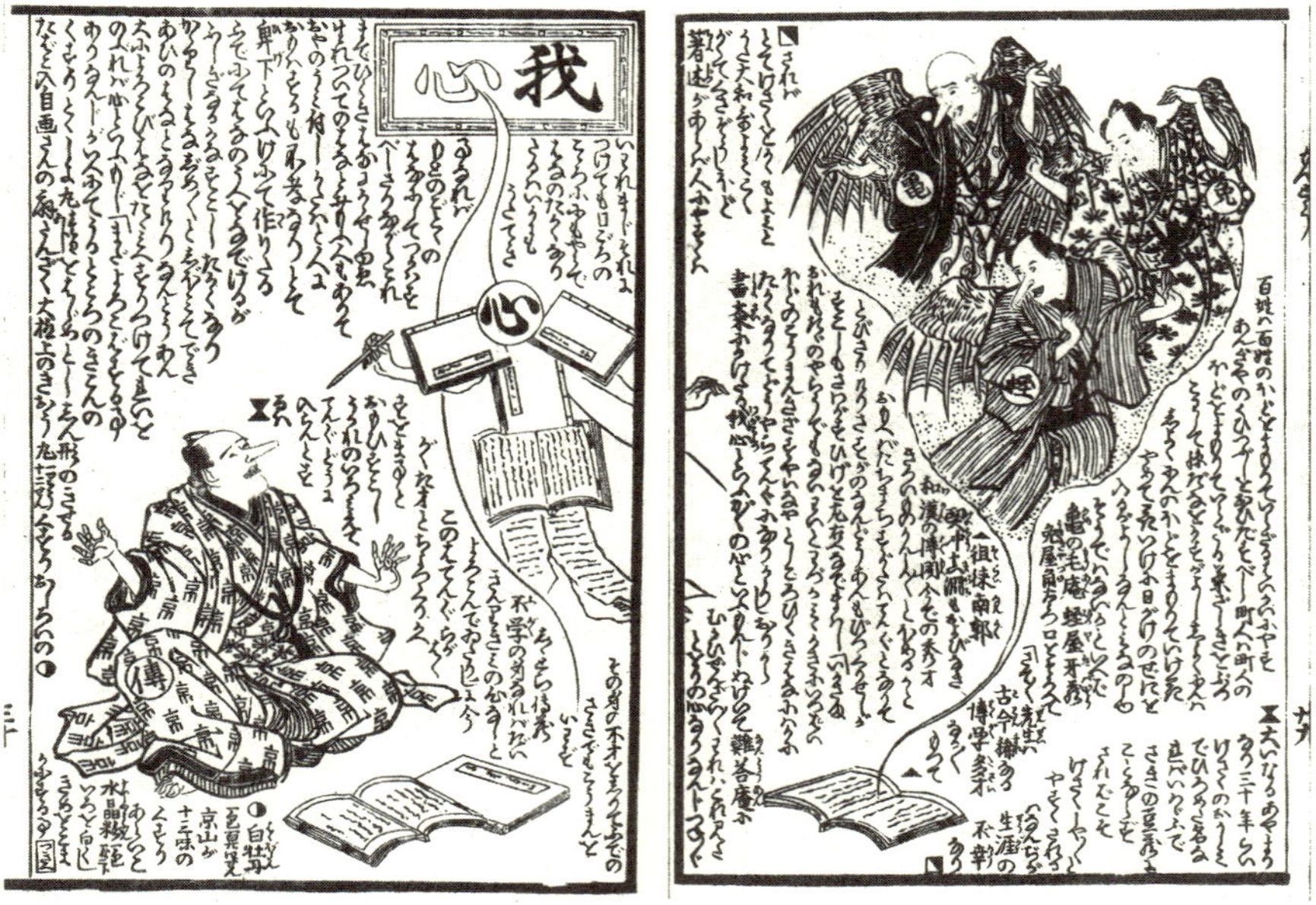

三十オ

（37）

百姓は百姓の程《ほど》を守《まも》りて、いらざる俳諧《はいかい》に安行脚《やすあんぎゃ》の食潰《くひつぶ》しを追出《おひだ》すべし。町人は町人の程《ほど》を守《まも》りて、いらざる茶座《ざ》敷《しき》を打壊《ぶっこわ》して孫店《だな》を貸《か》すがよし。職人《しよくにん》は職人《しよくにん》の程《ほど》を守《まも》りて活《いけ》花やめて、花活《いけ》に日掛《がけ》の銭《ぜに》を入るがよし。何《なん》と皆《みな》の衆《しゅ》、そうではないか」と言《い》へば、亀《かめ》の毛庵《もうあん》、蛭屋牙蔵《ひるやきばぞう》、兎屋角《うさぎやつの》右衛門、口を揃《そろ》へて、「さて〳〵先生《せんせい》は、古今稀《ここんまれ》なる博学多才《はくがくたさい》、なか〳〵もつて徂徠《そらい》、南郭《なんかく》、契沖《けいちう》、真淵《まぶち》も及《およ》びなき和漢《わかん》の博聞《はくもん》、今での秀才きついもの、感心《かんしん》〳〵と褒《ほ》めるかと思《おも》へば、忽《たちま》ち姿《すがた》は天狗《てんぐ》となりて飛去《とびさ》りけり。さすがの難答庵《なんどうあん》もびつくりせしが、少《すこ》しも騒《さわ》がず、髭《ひげ》を左右へ撫回《なでまは》し、如何様《いかさま》、俺《おれ》も只《たゞ》の野郎《やらう》でもないわいと、僅《わづ》か耳掻《みゝかき》に一杯程《いっぱいほど》の高慢《こうまん》、兆《きざ》すや否《いな》や、年頃《としごろ》低《ひく》き鼻《はな》、俄《にはか》に高《たか》くなりて、どうやら天狗《てんぐ》になりかゝりし折《をり》から、書斎《しよさい》に掛《か》けたる我心《わがこゝろ》といふ額《がく》の心といふ文字《もんじ》抜出《ぬけい》で、難答庵《なんとうあん》に向《む》かひ、善哉《ぜんざい》〳〵、我《われ》はこれ、見た通《とほ》りの心なり。汝《なんぢ》、常々《つねぐ》その身の不才を知《し》りて筆《ふで》の先《さき》でも高慢《こうまん》を言《い》わず、獅子虎《しゝとら》伝蔵、不《ふ》学《がく》の身なれば、大筋力《だいきんりき》みの心なしと喜《よろこ》んでゐたりしに、今、木葉天狗《このはてんぐ》らが博学多才《はくがくたた》とちよつくり返《かへ》すを、真《ま》事と思《おも》ひ、少《すこ》し浮《う》かれの色見《いろみ》えて、天狗道《てんぐどう》に入らんとするは、大いなる誤《あやま》りなり。三十年来《らい》、戯作《けさく》の可笑《おか》しみで広《ひろ》めた名なれば、謂《いは》ば筆先《ふでさき》の豆蔵に異《こと》ならず。さればこそ、戯作者《けさくしや》〳〵と安《やす》くされるは汝《なんぢ》が生涯《せうがい》の不幸《ふかう》なり。さればとて、戯《け》作《さく》を書《か》くも読《よ》みと歌《うた》、大和歌詠《よ》み、国学《こくがく》で草双紙《くさぞうし》ほど著述《ちよじつ》があらば、人に安《やす》くは言《い》われまじ。それにつけても、日頃《ごろ》の心《こゝろ》にもやらで鼻《はな》の高《たか》くなりたるは、如何《いか》にも、うたてき事なれば、元《もと》の如《ごと》くの鼻《はな》にして遣《つか》はすべし。さりながら、これまで低《ひく》き鼻《はな》に描《か》かせしゆゑ、生れ付《つ》いての鼻《はな》と思《おも》ふ人もありて、親《おや》の産《うみ》付し片端《かたは》と人に思《おも》はするも不孝なりとて、卑下《ひげ》といふ毛《け》にて作《つく》りたる筆《ふで》にて鼻《はな》の上《うへ》を撫《な》でけるが、不思議《ふしぎ》なるかな、少《すこ》し高《たか》くなりかゝりし鼻《はな》、じめ〳〵と萎《しぼ》みて、出来合《できあ》ひの鼻《はな》となりけり。難答庵《なんとうあん》、大に喜《よろこ》び、鼻《はな》を畳《たゝみ》へ擦付《すりつ》けて礼《れい》を述《の》ぶれば、心といふ文字《もじ》、まだ喜《よろこ》ばする亊あり。汝《なんじ》が家《いへ》にて売《う》るところの気根《きこん》の薬《くすり》、読書丸《とくしよ》壱匁五分をはじめとし、新《しん》形の煙管《きせる》、煙草《たばこ》入、自画賛《さん》の扇・短《たん》冊《ざく》、大極上の奇応《きおう》丸一粒《りう》十二銭《せん》、薬白粉《くすりおしろい》の白牡丹《はくぼたん》一包百廿四銭《せん》、京山が十三味の薬《くすり》洗粉《あらいこ》、水晶粉《すいしやうふん》一包一匁二分、色《いろ》を白くしきめを細《こま》かにする事 次《つぎ》へ

［我心］

奥付広告

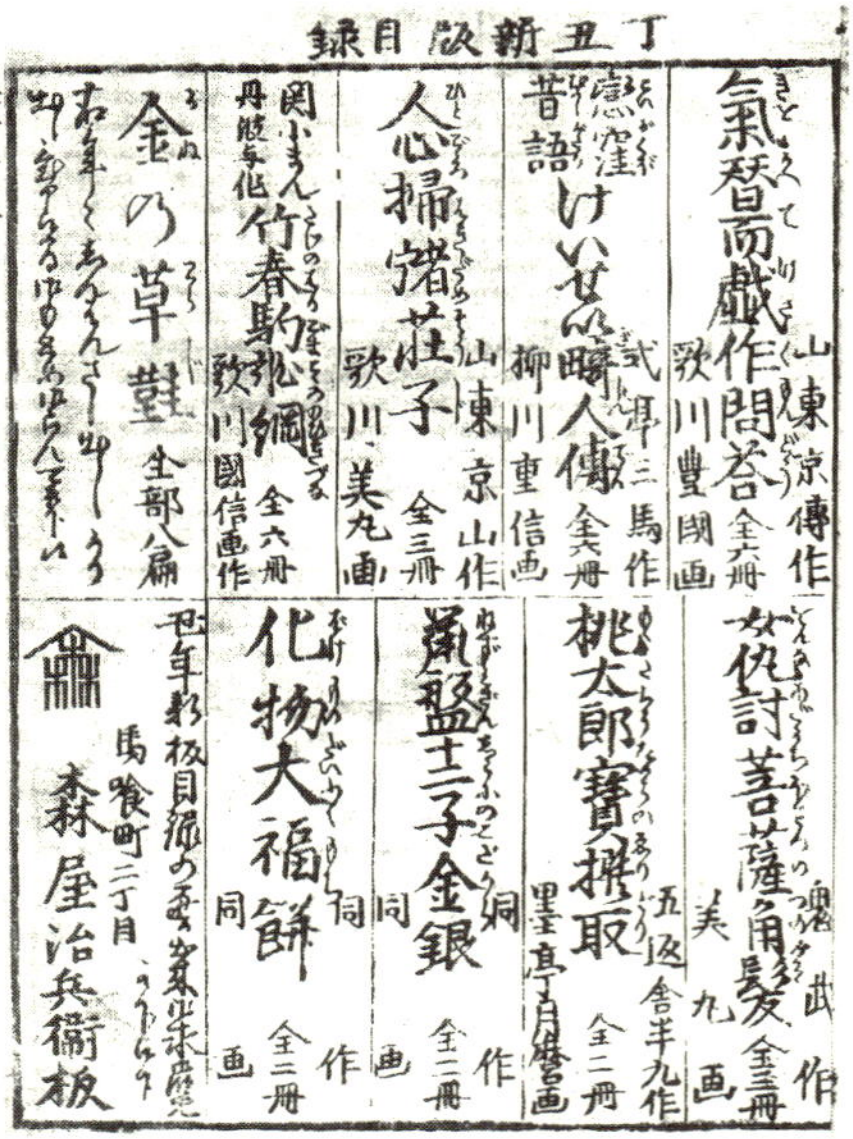

(38)三十ウ

(38)

請《うけ》合なる由《よし》、また京山が虫歯《むしば》一付《つ》け薬《くすり》一包百銭《せん》、珊瑚《さんご》砕《ざい》治せずば代物返《かへ》す由《よし》、能書《のうがき》にもあるげな。此二品は京橋《ばし》立売《たちうり》、京山宅《たく》でも売《う》るとの事、右の品々、沢山《たくさん》に売《う》れる様《やう》に守《まも》るべし。随分《ずいぶん》、製法《せいほう》に念《ねん》を入て、薬種の吟味《ぎんみ》が肝心《かんじん》じやと示《しめ》し給へば、難答庵《なんとうあん》ます〳〵喜《よろこ》び、家内安全、打よつてしやん〳〵とメ飾《かざり》、目出度《めでた》き春《はる》を迎《むか》へけり。目出《めで》度《た》し〳〵〳〵〳〵〳〵。

（伝蔵）「まだ草双紙《くさぞうし》の作をするかと、人様《さま》の思《おぼ》し召《め》しも恥《は》づかしいが、青銭学士の筆《ふで》とかは免《まぬか》れ難《がた》し。ア、まゝならぬ世《よ》の中じやナア」。

豊国画㊞　山東京伝作㊞

△腹中名所図絵《ふくちうめいしよづゑ》 京伝作 豊国画　森治版

右は丑の秋より売出《うりいだ》し申候。此外、京伝戯作《けさく》品々、所々の地本問屋より出板仕候。

○京山篆刻《てんこく》　玉印一字 朱文十匁 白文七匁五分　銅印《どういん》一字 朱文五匁 白文四匁

蠟《ろう》石上刻朱白とも一字一匁　次刻朱七分白五分

○和漢印章考　京山著　近刻

当子の冬、骨董集《こつとうしう》三編出版

京山製《せい》薬 洗粉《あらいこ》、虫歯《ば》一付《つ》け薬《くすり》、正銘《めい》取次所、小伝馬《でんま》町二丁目《め》　伊勢屋《いせや》忠介、常盤橋《ときはばし》御門前《まへ》　長崎屋《さきや》平左衛門、芝神明前《まへ》丸屋《や》甚八、大坂では唐物《からもの》町の河太。

解題

娘《むすめ》清玄《せいげん》振袖《ふりそで》日記《につき》

底本　鈴木重三蔵。他に早稲田大学図書館、明治大学図書館江戸文芸文庫（水野稔旧蔵）、京都大学図書館、東北大学附属図書館狩野文庫、東京都立中央図書館加賀文庫蔵本をも参照した。

中本、前後編六巻二冊三十丁。版心「清げ（け）ん」。歌川豊国画、筆耕石原駒知道。文化十二年（一八一五）

京都大学図書館本表紙

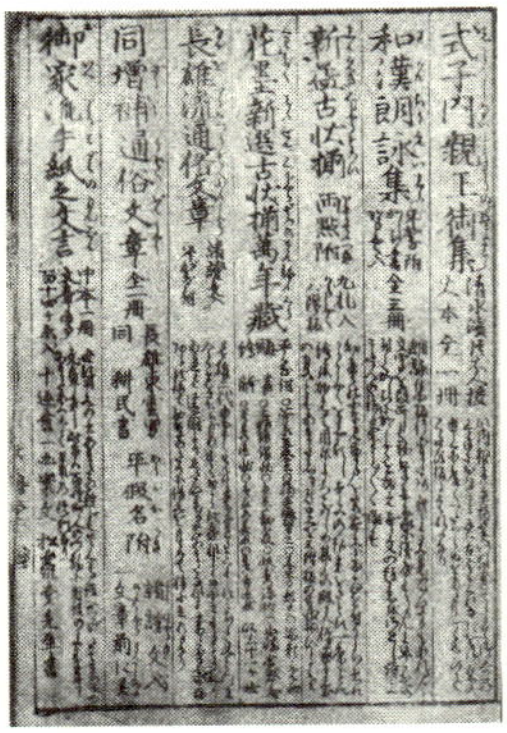
西村屋蔵板目録オモテ

西村屋与八板。中本と同時に半紙本体裁でも板行され（初刷は半紙本であったものか）、所見の叶う半紙本（京都大学本〈大物旧蔵〉。表紙は図版掲載）、これも前後編二冊本であったと考えられる。中本の摺付表紙には五代目岩井半四郎（前編）、七代目市川団十郎（後編）の似顔絵が配されている。口絵以下、本文中にも他に二代目助高屋高助、五代目松本幸四郎、二代目尾上松助、二代目沢村田之助、瀬川多門などの似顔で登場人物が描かれている。題名は前編見返し及び序題に拠り、「娘《むすめ》清玄《せいげん》」は前編摺付表紙に拠った。だが、本年の西村屋の新版目録（巻末）には「女清玄《をんなせいげん》」と見えるも、前者のそれを採った。但し、題名の由来については今ひとつ判然とせず、所期の構想と異なる筋の展開となったこと、あるいは、この題名の混乱は、文化十一年三月に先に成稿していた『石枕春宵抄』（文化十三年和泉屋市兵衛板、歌川豊国画。本巻所収）より本作（文化十一年九月成稿）を先立つ刊行とするために生じた事態があったのかも知れない。いずれにせよ、清水寺などを舞台にした清玄比丘尼（青柳姫）と桜姫の葛藤を「後妻打」を思わせる場面で描くところを急遽挿入し、この題名にしたとも考えられる。なお、中本書型の本には本年西村屋与八の蔵板目録一丁（巻末広告とは別種）が付加されていたと思われるが（早稲田大学本を参考）、管見の限り、そのオモテ半丁のみ瞥見に叶うことから、その半丁だけを参考までに掲出しておく。

本作は文化十一年五月十九日より市村座で興行された夏狂言「復再《またぞろ》松緑刑部話」を念頭に構想された作品である。この狂言について、

『復再松緑刑部話』の大名題のカタリには「夏狂言はいつとても、時代によらぬ天竺徳兵衛」とあるが、少なくとも松助の夏狂言に関する限り、「天徳」から離れることはあっても、「水中の早替り」から開放されることはない。（古井戸秀夫著「天竺徳兵衛」〈『歌舞伎問いかけの文学』〉）

とされるが、作中に尾上松助の似顔の登場人物が見えるものの、早替りなどの趣向は見られない。本作は播州高砂の浦を舞台に、小露が月若丸の身代り犠牲になり、小露の亡霊が網右衛門や藻汐を惑すとき、初代天竺徳兵衛（天竺冠者大日丸、佐上次郎年行）と二代目天竺徳兵衛（追風四郎景村）が争い、初代天竺徳兵衛の蝦蟇の妖術が破れるまでが話の筋の中心で、多門之介清春をめぐる青柳姫と桜姫の話は彩りに過ぎず、名剣蛙鳴丸と名香雲井の紛失、勝利した二代目徳兵衛によって成就することになった清春と桜姫の恋の行方、鳥羽平の娘島寺の衣手と足利直義朝臣との恋の冒頭の話などに添えものといってよかろう。初代・二代の二人天竺徳兵衛とした趣向は京伝自身の合巻『二人虚無僧』（文化九年刊。本全集第十巻所収、解題参照）からの着想だったかも知れないし、桜姫の登場も京伝自身の読本『桜姫全伝曙草紙』（文化二年刊。本全集第十六巻所収、解題参照）が、文化四年九月大坂御

霊境内芝居、同五年五月京都布袋屋座芝居、同年七月大坂小川座芝居と上方において演劇化されたことの再利用焼き直しだったとも考えられる。本文（24）から話は大きく転換し解説調となり、また五大院左衛門宗重の唐突な出現で勧善懲悪をもって大団円に向かわせる筋の展開も本作を陳腐な作柄にとどめさせている。なお、神田明神下の菓子商橋屋の広告（本文（25））は板元西村屋か京伝自身の縁故によるものか、何れにせよ京伝合巻にあって珍しく、合巻が宣伝媒体であったことを物語るところである。

十六《じうろく》利《り》勘《かん》略《りやく》縁起《えんぎ》

底本　東京都立中央図書館特別買上蔵。他に早稲田大学図書館、東北大学附属図書館狩野文庫、名古屋市蓬左文庫（尾崎久弥旧蔵）蔵本も参照した。

中本、袋入三巻一冊十五丁。版心「利勘（十五丁のみ丁付）」。歌川豊国画、筆耕晋米斎玉粒、文化十三年（一八一六）丸屋甚八板。本書は寛政十一年刊『京伝主十六利鑑』（本全集第四巻所収）を滑稽本風に仕立て直した改作本（詳細は後述）である。本年同じく丸屋勘八から出された合巻『琴声美人伝』（本全集所収）の最終丁（二七一頁参照）及び本作の合巻目録に本書の広告があって「袋入一冊出来」と見えるところから（袋入本題簽は図版参照）、先の『京伝主十六利鑑』の解題では滑稽本として所収するとしたが（水野稔『山東京伝年譜稿』も滑稽本とするが）、合巻としてここに収めた。なお、板元丸屋甚八は

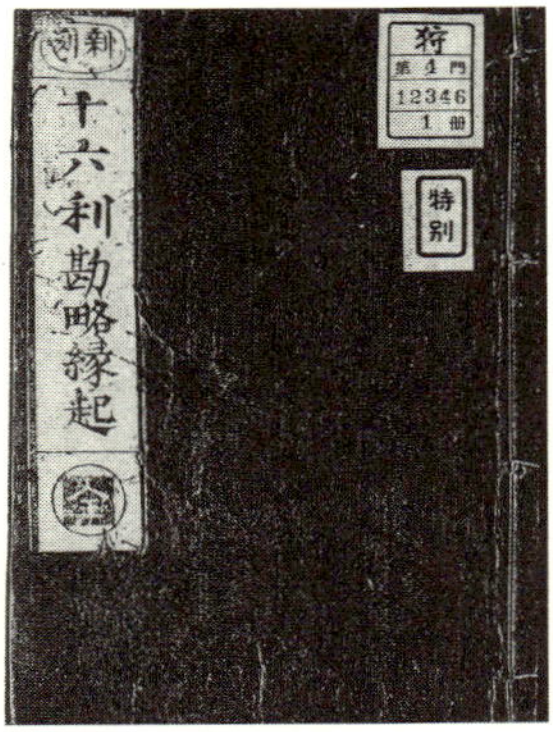

半紙本題簽（東北大本）

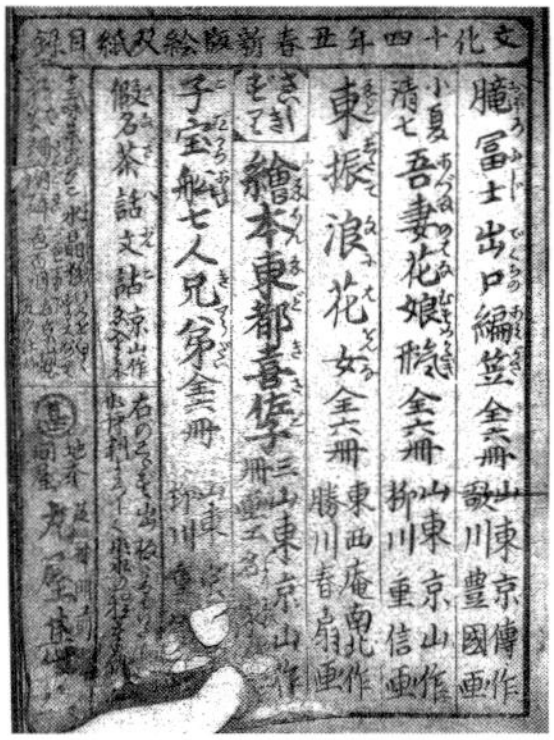

広告

本作に続き文化十四年にも合巻『朧富士出口編笠』（六巻）を京伝と豊国とのコンビで出そうとした如くで、文化十四年の丸屋新板目録（図版参照）から窺えるところである。しかしながら、文化十三年九月七日に京伝は亡くなっており、草稿は存在したかと思われるが、該当する稿本及び刊行本の存在は聞かれず、未見である。合巻の例の如く、袋は遊女姿の五代目岩井半四郎の役者似顔絵となり、本文の「我慢損者」（四ウ・五オ）にも半四郎と、初代尾上松緑（初代尾上松助）の役者似顔絵が見られ、作中には他に二代目沢村田之助の似顔も見られる。

本作は序文に「世話狂言の夏芝居に。故人松緑羅漢に扮し」とあるように、文化六年六月十一日より江戸森田座所演の初代尾上松助（同年十一月に初代尾上松緑と改名）の一世一代とする「阿国御前化粧鏡」（四代目鶴屋南北作）の発端において、大出来であった松緑の羅漢役に因み、かつての自作『京伝主十六利鑑』と撮合させて一作としたものである。京伝は文化六年六月十九日に、画工をつとめた歌川豊国と地本問屋伊賀屋勘右衛門（文亀堂。本作の板元伊賀屋甚八と所縁があろうが別人であろう）、弟の京山と連れ立って「阿国御前化粧鏡」を観劇したことが歌川豊広への京伝の手紙で分かる。『京伝主十六利鑑』と本作の両者の羅漢を比較すると、欲連損者・我慢損者・借越損者・貧須盧損者・奢羅損者・小利大損者・短気損者・煩悩損者・朝寝者損者・多弁損者・迷者損者の十一種が同じであり、本作冒頭の絵は『京伝主十六利鑑』の絵柄を借りて焼き直している。初代松緑は文化十二年十月十六日に没しているが、「阿国御前化粧鏡」上演の際の羅漢姿は先に役者似顔絵で説明した「我慢損者」で、羅漢姿を彷彿とさせるように、舞台そのままに写した似顔絵であった可能性があるかも知れない。『京伝主十六利鑑』と本作の両者を比べると、本作のほうが諧謔性は後退し教訓色が強くなっており、本作の序文年記十二月十三日を見ても怱卒のうちに著作されたのが本作と思われ、十七年の歳月の経過をして晩年の京伝自身もまた教訓色が強くなっていた世代期にさしかかっていたと考えられる。なお、「阿国御前化粧鏡」上演の翌文化七年に、この歌舞伎に取材した合巻『戯場花牡丹燈籠』を著作出版しており、その詳細は本全集第九巻の解題を参照されたい。

姥《うばが》池《いけの》由《ゆ》来《らい》一家昔語《ひとつやのむかしがたり》 石枕春宵抄《いしのまくらしゆんせうしやう》

底本　東京都立中央図書館加賀文庫、早稲田大学図書館、肥田晧三、明治大学図書館江戸文芸文庫（水野稔旧蔵）、福田博蔵。慶應義塾大学図書館、東京大学図書館、東北大学附属図書館狩野文庫、名古屋市蓬左文庫（尾崎久弥旧蔵）蔵本をも参照した。

中本、上中下編七巻三冊三十五丁。版心「石枕」。歌川豊国画、筆耕司馬赤水。文化十三年（一八一六）和泉屋市兵衛板。中本と同時に半紙本（福田本。国会図書館本〈大惣旧蔵〉）でも板行されるが、半紙本は上編（三巻）、下編（四巻）の構成になる二冊本と思われる（図版掲載参照）。なお、中本の場合は上編三巻、中編二巻、下編二巻の構成である。中本摺付表編の上編は五代目松本幸四郎、中編は五代目岩井半四郎、下編は七代目市川団十郎の役者似顔絵となっている。本文中には、この三人の他に五代目坂東三津五郎、四代目瀬川菊之丞、二代目沢村田之助、初代市川鰕十郎（初代市川市蔵）、三代目尾上菊五郎（初代大川橋蔵）等の役者似顔絵が配されている。

書名の「石枕」は一つ家寿し宿の姥（続橋）が宿を借る者を殺すために吊り上げている粂平内の石像（石の枕）の綱を切って八幡太郎義家を殺さんとしたるところ、身代りになった孫娘手児奈姫を殺すことになった手違いに由来する。それはまた角書にもなるわけである。序文に

春《はる》から情《せい》を出しておくも。世《よ》の人《ひと》のすさまじきことにいふなる。師走《しはす》のかけ取《とり》をおそるればなり。清少《せいしやう》納言《なごん》はなどてこれを。すさまじき物《もの》にはかぞへいれざる。あないぶかし。

とあるのは、春から合巻の構想に乗り出し、板元の催促を受けながら年の暮れまでかかって作品を作り出す戯作者の苦労を寓するところであったものだろう。本作の作柄については、七巻物の長編だけに登場人物についてはやや錯綜しており、ストーリーも複雑になっている観がある。序文にまた、「夜明烏はなにはがたとは。高麗屋がせりふに伝へり」とは、五代目松本幸四郎の当り役「鈴ケ森」の幡随長兵衛のセリフ「阿波座烏は浪花潟」のもじりである。「鈴ケ森」は長兵衛が貫禄たっぷりに言う壮快なセリフが売り物である。とすれば、浄瑠璃「驪山比翼塚」（安永八年〈一七七四〉七月、江戸肥前座初演。源平藤橘〈二世風来山人〉・吉田鬼眼・海一沫・達田弁二等合作）に初めて劇中に鈴ケ森の場が持ち込まれ、歌舞伎では文化六年四月四日より江戸市村座で初演の「霊験曾我籬」（四世鶴屋南北作）の三幕で白井権八と幡随長兵衛の出会いの場があり、長兵衛の幸四郎と権八の五代目岩井半四郎は好評であったことを京伝が考えていたことは間違いない。このコンビで文化八年十月

半紙本表紙　下編／上編（ともに福田博氏所蔵）

七日より森田座「江戸紫流石男気」（二世瀬川如皐作）でも演じており、文化十年九月十一日、森田座「男一疋達引安売」では三度目の競演となっており、本作はこの三度目の競演を念頭にしたものであろうが、京伝の読本『昔話稲妻表紙』（文化三年刊。本全集第十六巻所収。この作と演劇に関することは解題参照）を原拠とする「浮世柄比翼稲妻」（文政六年〈一八二三〉三月江戸市村座初演。四世鶴屋南北作）にも「鈴ケ森」があれば、本作中に松本幸四郎の似顔絵を多数使っていることなどと併せ、『昔話稲妻表紙』を受けて歌舞伎との融合を図ったのが本作でもあろうかと考えられるが、詳細については未勘、後考に委ねたい。ところで話の筋が長編化したことによって錯綜していることは先にも述べたが、畑太夫・玉ゆら夫婦を両親とした娘緒絶と夫の隅田四郎の出自が複雑で、畑太夫の孫娘小雨が生まれた壬辰年の血筋をめぐる葛藤は、安倍貞任・八幡太郎義家の家臣をめぐる話と重なり複雑化して分かりにくく、本文(21)と(29)とを読み合わせなければ話の展開が読めない。また、畑太夫の先の名、勝田庄司成信（ナリノブ）は途中から「ナハノブ」となるなど杜撰さも目に付き、手児奈姫と八幡太郎の悲恋も描写不足の印象が拭えず、作品全体に至らないきらいが見えるのは、やはり「あなこゝろえね 骨董集 の著述のいとま」（序文）とする故か、京伝の著作意欲の減退があったと見做し得よう。なお、本文(25)に、「猫《ねこ》に追《お》はれし溝鼠《どぶねづみ》、チイさくなつて大勢《ぜい》が」との描写がある。鼠の鳴き声「ちい」をそのままに「チイ」とした諧謔であり、合巻にしては珍しい言葉遊びといえる。

濡髪《ぬれがみの》茶《ちゃ》入《いれ》 放駒掛物《はなれごまのかけもの》 黄金花万宝善書《こがねのはなまんぼうぜんしょ》

底本　東京都立中央図書館加賀文庫蔵。国立国会図書館、東洋文庫岩崎文庫、慶応義塾大学図書館、東京

大学図書館、東北大学附属図書館狩野文庫蔵本も参照した。

中本、前後編六巻二冊三十丁。版心「万宝」。柳川重信、柳川重政画、筆耕藍庭晋米。文化十三年（一八一六）岩戸屋喜三郎板。中本書型と同時に半紙本書型でも板行される（題簽は図版掲載。前編か後編か不明）。摺付表紙は長唄正本の表紙を模したもので五代目岩井半四郎の役者似顔絵となる。口絵から本文にかけて、登場人物はそれぞれ役者似顔絵で描かれており、引窓戸平は五代目松本幸四郎、お関・於伊呂は半四郎、山咲屋与五郎は七代目市川団十郎、於露は二代目沢村田之助、南方十字兵衛・雷婆は三代目中村歌右衛門、駕籠の甚兵衛・実四郎は三代目坂東三津五郎、銭九郎は初代市川市蔵である。画工をつとめる柳川重信は京伝合巻には初筆であり、もちろん門人重政も初筆である。

本作の書名は骨董美術書『万宝全書』（享保三年〈一七一八〉刊。図版参照）による。話の筋の中で重宝として出てくる茶入や掛軸は『万宝全書』にちなむもので、それがそのまま角書となっている。本作はピカレスク小説と称してもよく、引窓戸平（田草悪五郎）が終始一貫して悪役として跳梁している。この悪役戸平が絡む、町家山咲屋のお家騒動が前半の主筋となっているわけだが、そのお家騒動のプロットは合巻としてはやや異例な作柄となっている。序文でも述べているように世話狂言の舞台を映したような前半の筋や描写は敵討物の合巻としては興趣を些か異にしている。例えば文化九年刊行の『二人虚無僧』（本全集第十巻所収）が浄瑠璃「けいせい恋飛脚」（菅専助・若竹笛躬合作。安永二年〈一七七三〉大坂豊竹此吉座初演）を下敷きに商家の家督相続騒動を描いている。十返舎一九の人情本『清談峯初花』（文政三年〈一八二〇〉、四年刊）やその粉本であ

半紙本表紙（国会本）

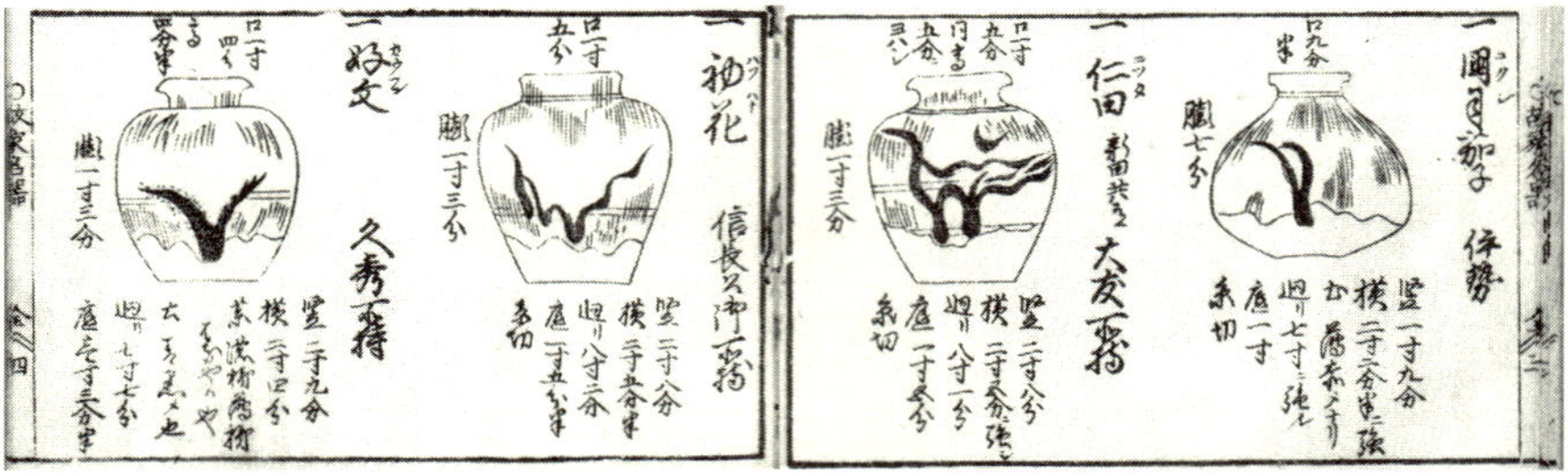

図版『万宝全書』部分

る写本『江戸紫』との関連も考えさせられ、後の為永春水などが得意とした人情本的展開が既に早くここに見られるように、また同じ年の刊行になる『籠釣瓶丹前八橋』（同前巻所収）に見られる情緒的な描写スタイルは歌舞伎の「余所事浄瑠璃」を思わせ、ただちに人情本の世界に通じる手法でもあるように、さらに商家山吹屋のお家騒動と陰謀譚とする『春相撲花之錦絵』（文化十年刊。本全集第十一巻所収）や、近松門左衛門の「嫗山姥」（正徳二年〈一七一二〉十月大坂竹本座初演）に構想を仰ぎ人情本的描写の先駆となるように書き綴られた『絵看版子持山姥』（文化十二年刊。本全集第十二巻所収）があるように、それ等と軌を一にした作柄であるといえよう。これを前半に、後半部分は付け足しと称してもよい内容作柄であることは、京伝自身の先行作品から剽窃している安易さからも明らかである。水野稔は、

> 『黄金花万宝善書』は全篇世話がかった舞台面の連続によって構成される。人物と背景描写における、遠近上下あらゆる角度より描写した、変化にみちた絵画面の連続による合巻独自の構成はもはや失われて、むしろ似顔絵や舞台の動きを瞬間的に捉えて示そうとする近接大写しの手法が主となっている。また一般に、全体の構成の均斉、筋の変化等に見るべき新鮮さがない。甚だしきに至っては『万宝善書』の如き、その構想の一半を旧作『敵討両輌車』後編を再び持ち出すことによって埋め、文章すら一致させているのであ

る。作者の想の涸渇はここに至ってもはや掩うべくもなかった。

（「京伝合巻の研究序説」、『江戸小説論叢』）

と本作の一半は『敵討両輌車』（文化三年刊。本全集第五巻所収）に拠っているとされるとおり、本作（32）の水車の場面はそっくり『敵討両輌車』の場面（本文（32））の焼き直しであるなど、さらに一例を挙げると本作の引窓戸平の出目と松木幸内（『敵討両輌車』）の出目からしてほぼ同様で、本作の本文（4）・（5）と『敵討両輌車』の本文（3）を比較されたく『敵討両輌車』の該当部分を掲げて参考の資とする。

（3）こゝに又、河内《かはち》の国《くに》、鞍作《くらつくり》村に松木幸内といふ者《もの》あり。先祖《せんぞ》は郷士《がうし》なりしが、段々零落《だん〴〵れいらく》して、今、幸内が時《とき》に至《いた》りてます〳〵衰《おとろ》へ、殊《こと》に身持悪《もちあ》しく、大酒を好み、女色《しよく》を貪《むさぼ》り、借金多《しやくきんおほ》く出《いで》きたる上《うへ》に、代々軍学《ぐんがく》の家《いへ》にて、その技《わざ》には余程達《よほどたつ》したれど、身持悪《もちあ》しきを疎《うと》みて、弟子《でし》も段々《だん〴〵》なくなりければ、今は詮方《せんかた》なく、一人の老母と懐妊《くわいにん》してゐる女房《ばう》とを捨置《すてお》きて駆落《かけお》ちし、まづ京へ志《こゝろざ》しけるが、良《よ》き世話《せわ》あつて、軍学《ぐんがく》を言《い》ひ立《た》てにして若狭《わかさ》の国《くに》望月《もちづき》左衛門の家中にありつきけり。

幸内が妻《つま》、懐妊《くわいにん》のうち夫《をつと》に捨《す》てられ、書置《かきおき》を見《み》て悲《かな》しむ。母は志《こゝろざし》の悪《あ》しき者《もの》なれども、さすが子に捨《す》てられて、これも共《とも》に憂《うれ》ひけり。

こればかりでなく後半になると再利用は甚だしくなり、本作の本文（29）とは登場人物名こそ違え文章の殆どはそのまま再利用されている。その比較のために『敵討両輌車』の本文（27）と比較されたい。

（27）河内《かはち》の国鞍作《くにくらつくり》村、幸内が女房《ばう》おはまは、先立《さきだ》つて懐妊《くわいにん》の折節《をりふし》、幸内出奔《しゆつぽん》し、その後《あと》にて女子を産《う》みしが、早《はや》七年になれども行方《ゆくへ》知《し》れぬを悲《かな》しみ、堅《かた》く操《みさほ》を守《まも》りけるが、次第《しだひ》に貧《まづ》しくなりて、かの所を立《たち》退《の》き、同国河内郡《かはちごほり》生駒《いこま》山の麓《ふもと》、池島《いけのしま》村といふ所へ移《うつ》り、当地は河内木綿《かはちもめん》とて名物なれば、昼《ひる》は雇《やと》はれて木綿《もめん》を織《お》り、夜《よる》は猪小屋《しゝごや》、西瓜小屋《すいくわごや》などの番《ばん》に雇《やと》はれ、夜昼《よるひる》分《わ》かず稼《かせ》ぎて、身《み》も痩衰《やせおとろ》へ、様々《さまぐ》艱難《かんなん》して姑《しうとめ》と娘《むすめ》を養《やしな》ふ。姑《しうとめ》は元来《ぐわんらい》、慳貪邪慳《けんどんじやけん》の者《もの》にて、殊《こと》に大酒を好《この》み、やゝもすれば、おはまを打擲《ちやうちやく》して、常《つね》に生傷《なまきづ》を絶《た》やさず、あくまで辛《つら》くあたりけれども、少《すこ》しも厭《いと》はず孝行《かうぐ》を尽《つ》くしける。真《まこと》に類《たぐひ》まれなる孝《かう》女なり。

また、『敵討両輛車』の角書に「河内老媼火」とあるように、戸平（幸内）の堅貪婆が神社の灯油を盗むところ（本作（31）、『両輛車』（31））もほぼ同文となる。

（31）源之丞は、思《おも》はず茶入の手《て》に入《い》りたる事《こと》、まつたく神の御陰《おんかげ》と有難《ありがた》く、すぐに平岡《おか》の社《やしろ》へ参《まい》りけるに、先達《さきだつ》て、お佐野親子《さのおやこ》参《まい》り居《ゐ》ければ、そのことを語《かた》りて、共《とも》に喜《よろこ》び、なほ敵《かたき》に会《あ》わせ給《たま》はれと、百灯に油《あぶら》を増《ま》して祈《いの》り、三人打連《うちつ》れてぞ帰《かへ》りける。こゝに又、幸内が母は慳貪邪慳《けんどんじやけん》の心より、神罰《ばつ》をも恐《おそ》れず、毎《まい》夜、此平岡《おか》の明神に忍来《しのびきた》り、神灯の油《あぶら》を盗《ぬす》みて売代《うりしろ》なし、残《のこ》らず酒《さけ》に代《か》へなしけるが、此夜《よ》も例《れい》の如《ごと》く忍来《しのびきた》り、見る人あらじと立寄《たちよ》りて、源之丞が捧《さゝ》げたる百灯の油《あぶら》を盗《ぬす》むところを宮《みや》づ子《こ》どもに捕《とら》はれ、諸人《しよにん》の見《み》せしめのためにすべしとて、高手小手《たかてこて》に括《くゝ》りて引《ひき》ずり行《ゆ》きぬ。

『敵討両輛車』では序文で「姥《うば》が火《ひ》の支跡《じせき》は、人口《じんこう》に伝《つた》ふるところに似《に》たり」として人口に膾炙している説話としている。それは『河内名所図会』（享和元年〈一八〇一〉刊。秋里籬島作）で知られているということで、枚岡大明神も姥か火と並んで載っている。その『河内名所図会』から「姥か火」を引くと左の如くである。

○姥か火　此因縁を尋に夜る〳〵平岡の明神の灯明の油を盗侍る姥有しに、明神の冥罰《めうばつ》にやあたるらし彼《かの》姥なくなりて後山のこしをとびありく光り物いてきて折〳〵人の目をおとろかしけるに彼火炎《くわゑん》の躰は死しける姥か首よりしてふきいたせる火のことく見え侍る故ニかの姥か妄執《もうしう》の火にやとて則世俗《ぞく》に姥か火とこ

そつたへけれ。高安恩知迄も飛行雨けなとに八今も出ると也　（巻之五）

しかし、『敵討両輌車』から本作まで十年の歳月が流れている。この間、京伝は考証随筆をライフワークにしたいと考えるに至っている。「姥か火」は『河内名所図会』に載るところでもあるけれど、その基となる『河内鑑名所記』（延宝七年〈一六七九〉刊。三田浄久著）より本作の場合は遡って京伝が引くところであったのではないかと考えたい。ここで『河内鑑名所記』の「姥か火」を引いて掲げておく。

姥ケ火《うばがひ》　土人《とじん》の諺《ことはざ》云《に》むかし枚岡《ひらおか》の神燈《しんとう》の油《あぶら》を盗取《ぬすみ》し姥《うば》有しに明神の冥罰《みやうばつ》にやありけんかの姥見る沢《さは》の池《いけ》に身《み》を投空《なげむな》しくなるそれより此池の名《な》を姥《うば》が池といふ雨夜《あまよ》には此ほとりより光《ひかり》もの出てゆきゝの人を悩《なやま》す其火炎《くはゑん》は姥が首《くび》より吹《ふき》出せる火のやうに見へ侍るにより妄執《もうしう》の火なりとて世俗に姥か火といひ囃《はや》しける高安恩知《たかやすおんち》までも飛行《とびゆき》雨夜などには今も出るとなりこれは地火といふものなり粗霖雨《ほゞりんう》の後暑熱地気《しよねつちき》に籠《こも》りて陰気《いんき》に刻《こく》し自然《しぜん》と火を生し地を去《さ》る事遠《とを》からず往来《ゆきゝ》の人を送《おく》りあるひは人に先立て飛行ありこれ地中の湿気《しつき》の発《はつ》するなり恐るゝに足《た》らずくはしきは馬場信武《ばばのぶたけ》の本朝天文志に見へたり　（巻之六）

ところで、『敵討両輌車』の序文では「此書《このしよ》は、友人拝田泥牛子《ともびとはいだでいぎうし》の、秘篋《ひけう》より出《いで》たり……復讐《ふくしう》の奇談《きだん》なり」に取材したという。拝田泥牛子は京伝の実弟京山だとされ（『敵討両輌車』解題参照）、京山から得た写本を本作においても、もう一度依拠するところであったとするならば、その前半の山咲屋のお家騒動も、前記の先行作品群の趣向・構想の焼き直しである点を鑑みると、この前半もまた流布するような写本を典拠にして一作品に纏め上げるという安易な手法をとった可能性もあろう。とするなら、写本『江戸紫』を含む、そうした内容の写本類などをアレンジしたのが前半部分だったとの推測も可能になるが、逆に町家のお家騒動物が京伝の創意であったとすることも否定しきれず、それならば流布する写本類は京伝の一連作品からの借用となるわけで、これに関しては現時点では未勘としておく。

文展狂女《ふみひろげのきやうぢよ》 手車之翁《てくるまのおきな》 琴声美人伝《きんせいびじんでん》

底本　東京都立中央図書館加賀文庫、早稲田大学図書館蔵。国立国会図書館、東北大学附属図書館狩野文庫、名古屋市蓬左文庫（尾崎久弥旧蔵）、九州大学文学部蔵本をも参照した。

中本、前後編六巻二冊三十丁。版心「美人伝」。歌川豊国画、筆耕藍庭晋米。文化十三年（一八一六）丸屋甚八板。中本と同時に半紙本（国会図書館、大惣旧蔵本）でも版行されるが、その半紙本の題簽は未見である。前編の摺付表紙の役者似顔絵は七代目市川団十郎、後編の摺付表紙のそれは五代目岩井半四郎である。豊国画にしては本文中に見られる役者似顔絵は多くなく、団十郎、半四郎の他に五代目松本幸四郎、五代目中村歌右衛門、二代目沢村田之助、二代目尾上松助、三代目中村松江か、といったところである。板元丸屋甚八の合巻『磯馴松金糸腰蓑』（文化十一年刊、本全集第十一巻所収）は天保年間に改題再板されているので、本書も再版された可能性はあろうが未見である。

本作の書名が『近世畸人伝』（伴嵩蹊著、寛政二年（一七九〇）刊）に由来することは早く森銑三氏が指摘されている。

ついで当時の戯作界の第一人者だつた山東京伝は、文化二年に畸人伝より暗示を得た、復讐煎茶濫觴《カタキウチセンチヤノハジマリ》と題する黄表紙三巻を出して、それに「売茶翁、祇園梶」と冠し、更に十三年にはまた近世畸人伝をそのまゝもぢつた合巻物琴声美人伝六巻を世に問ひ、これにはまた「文展狂女、手車之翁」といふ角書を附してゐる。これらは畸人伝の影響として注意すべきものであるが、なほ京伝の読本類にも、京伝以外の作家の戯作にも、その影響の認めらるゝものが尠くない。（岩波文庫『近世畸人伝』解題）

文化二年刊の黄表紙『復讐煎茶濫觴』と『近世畸人伝』については本全集五巻の解題を参照されたい。本作が『近世畸人伝』から想を得て素材としたことは巻末（35）において、「文展げの狂女、手車の翁、寝て見る桜の古事譚れに狂言綺語を取混ぜて、此一種の小説とはなしぬ」と明らかにしている。本文（24）（25）で文展げの狂女は糺河原の軽業大夫額の小三の仮の姿であり、臼右衛門（妻西巌内）を討つと脚色している。敵討譚とはまったく無縁な京の狂女の話を京伝は、狂女とは仮の姿で敵を討つとする。「文展《ふみひろげの》狂女」との落差の資として『近世畸人伝』のそれを掲げておく。

天正のころ年四十にかたむける女物狂して、一巻の文を筥に入、首にかけて、花のころは東山の木かげ、また月の夜は五條のはしのうへなどについゐて、彼文を出したからかによみ、また沈みてよみなどして、声をあげて泣悲しみ、何やらん独言ひて後取納めて去。これは織田信長のおとゞのおもひもの、小野のお通につかへしちよといへる女にて、をさなきころより侍らひしかば、女の態はさら也、文の道も心をよせて、情あるものなりしに、……世のさまかはりしかば、此女気そゞろになりて、うかれありきける。かのよみけるは、此のお通の文とぞ。狂女もさすがに哀なり。尤お通の心ばへ、文雅の其代にも似ざるがめでたく覚えて、近世の例にはやゝふるびたれど、こゝに録す。

この狂女が姉の仇敵とする臼右衛門との対面（本文（27））では、臼右衛門を『近世畸人伝』の「手車翁」に宛てるわけである。そして手車翁の狂歌をそのまま卒塔婆に書いてみせている。

享保のはじめ、京に手車といふものをうる翁あり。糸もてまはして、是は誰がのじや、といへば、これはおれがのじや、と答て童べ買てもてあそぶ。されば此人いでくれば、童つどひて喜ぶことなりし。後はまた難波に往て、売こと京のごとくして、終にとある家の軒の下に端座して死す。傍に小き卒都婆を建て、

小車のめぐり〳〵て今こゝにたてたるそとばこれはおれがのじや

と書つけたり。いかなる人の世を翫びてかゝりけんと、その時を知る人かたりぬ。

また、後編下冊（31）から五尺染五郎が寝て見る桜を買い求めたところ、その桜の木から浮牡丹の香炉が出てくる逸話も、『近世畸人伝』の「有馬凉及附子孫三人」から借り来ったものだった。

……一日嵯峨角倉氏に治療に趣の路次、大樹の桜を見て購ふに、価甚貴かりければ、彼家にこひて其金を借り、数多の人に荷はせて我家に帰る。さて庭によこたはせたれども、植うべき地なければ人々、いかにせまし、とわぶるに、よし〳〵、たゞさながらおけ。寐ながらみるさくらとせん、といひけるもをかし。翁茶事を好む。一日百貫の茶碗を買しときゝて、北村季吟見に行れたりしが、まづ様々の物語し、例のごとく茶を喫して後、秘し給ふものならめども、彼もの一目見せたまへと乞ふに、それは今茶を点じて参らせたる也、といひしかば、さしもの季吟も自失せられしとかや。此二條は晋子其角が類柑子にもみえたり。

五尺染五郎については既に京伝は『升繋男子鏡』（文化九年刊。本全集第十巻所収）で登場させている。桜の根元より浮牡丹の香炉が現れるところは京伝の読本『浮牡丹全伝』（文化六年刊。本全集第十七巻所収）との類想かと思い当たるし、五尺染五郎と浮牡丹の香炉ということなら、歌舞伎「夏祭浪花鑑」（並木千柳等合作。延享二年〈一七四五〉七月大坂竹本座初演。文化十一年五月七日中村座所演）や歌舞伎「其往昔恋江戸染」（福森久助作。文化六年三月森田座初演）から構想趣向を借りるところがあるか未勘、後考を俟ちたい。なお、登場人物について混乱が見られる如くである。例えば本文（13）における「悦右衛門夫婦」は文脈からして「慈悲右衛門夫婦」でなけれ

ばならず、本文（16）における「錦絵」（二箇所）も「お百」でなければならず、後者は判官が錦絵の身替りとは知らずと思っている場面故に、京伝は判官の推理のまま錦絵としてしまった混乱であり誤用であった。本文（35）の「大入屋実右衛門」も「大入屋慈悲右衛門」の間違いである。こうした単純な間違いは京伝の杜撰さと見るべきか。あるいは目新しい趣向もなく、京伝の構想執筆力に衰えが見え出したと見るか見解は岐かれるであろう。双子の血を混ぜて薬効あるとする趣向などの陳腐さを見ても、京伝晩年の執筆意欲の減退と見做したほうがよさそうであり、規模の小さい陰謀物と因果応報思想を全面に出さざるを得ない低迷する作柄と称してよく、『骨董集』（本全集第二十巻所収）に精力を傾けるところ、その考証資料でもあった『近世畸人伝』に寄りかかって作られたのが本作であったと考えてよかろう。

大磯之丹前《おゝいそたんぜん》　化粧坂編笠《けはひざかのあみがさ》　蝶衛曾我俤《てふちどりそがのおもかげ》

底本　早稲田大学図書館蔵。国立国会図書館、東京大学図書館、東北大学附属図書館狩野文庫、名古屋市蓬左文庫（尾崎久弥旧蔵）蔵本をも参照した。

中本、前後編六巻二冊三十丁。版心「そが」。歌川国貞、歌川国直、歌川国芳画、橋本徳瓶筆耕、文化十三年（一八一六）河内屋源七板。摺付表紙前編には五代目瀬川菊之丞、後編には五代目岩井半四郎の役者似顔絵を配し、国貞・国直・国芳画の本文には五代目坂東三津五郎、菊之丞、七代目市川団十郎、五代目松本幸四郎、三代目尾上菊五郎等の役者似顔絵が、それぞれの画工の画風で画かれている。本作は中本のみの刊行であったと思われ、半紙本は管見に入らず、大惣旧蔵本（国会図書館本、東京大学図書館本）は共に中本仕立てであるところからも、貸本屋向けと思われる半紙本仕立てのものは刊行がなかっただろうと推定する。

巻末（三十ウ）に「これ吉例《れい》の曾我《そが》狂言の俤《おもかげ》を映《うつ》して作《つく》る物語《ものがたり》。初春《はつはる》の眠気覚《ねふけざ》ましにものすなり」とあるように、中村座「伊達彩《もよう》曾我雛形」（文化十二年正月十一日より所演）より構想を得て著作したと考えられるが、「『蝶鵆曾我俤』などは、考証的興味や俳諧（特に其角の）などから思い付いた道楽気分が濃厚である」（水野稔「京伝合巻の研究序説」、『江戸小説論叢』）とされ、「依然として陰謀物に低迷しているが、描かれた陰謀そのものも規模が小さく、むしろ因果応報思想を主張するようなものが多い」（同前）とされるように、勧善懲悪を前面に出し、忠義のために娘を身代りにすべく斬首するしかなかった名工甚五郎の親としての悩みを持ちながら、結局、娘を斬首するとしたもので、名工苦心譚にしても、これといった山場もなく他作と同巧異曲になる凡庸な作柄であるといえよう。歌舞伎の曾我物に左甚五郎の名人譚を絡ませたところを新奇にしようとした試作ともとれようが、その左甚五郎の事跡は考証自著『近世奇跡考』（本全集第二十巻所収）において次の様に記し置いていると ころから、

㊈左り甚五郎家譜《かふ》

佛殿山門等《ぶつでんさんもんとう》の彫物《ほりもの》古雅《こが》なるは来由正《らいゆたゞ》しからざるもみだりに左り甚五郎が作《さく》なりといひて、名誉《めいよ》高しといへどもいづれの時代いづれの所《ところ》の人と云事詳《つまびらか》に知《し》る人なし予《よ》其譜《ふえ》を得て始て時代を知る左の如し

左　甚　五　郎　伏見人寛永十一甲戌年四月廿八日卒、四十一歳

左　宗　心　元禄十五壬午年三月十五日卒、七十一歳

左　勝　政　京今出川寺町住　享保十二丁未年五月十三日卒

以下略

元禄三年板 人倫訓蒙図彙《じんりんくんまうづい》 に、天正の頃左りと号《がう》する名人あり云々亀文翁云左甚五郎は関東には不来播州明石に住けるとぞ

(十)高砂屋《たかさごや》の看板《かんばん》

日本橋室町一丁目商家《しやうか》の軒《のき》の上に高砂尉《じやう》と姥《うば》の古き木偶《にんぎやう》あり左り甚五郎が作《さく》と云伝ふ案《あんず》るに原是《もとこれ》高砂屋清左衛門といふ菓子屋《くわしや》の看板《かんばん》也其菓子屋は貞享板の 江戸鹿子《かのこ》 にものりたる旧家《きうか》にて、宝暦の頃迄はこゝに住《すみ》しが他所《たしよ》へ転宅《てんたく》せし時彼木偶《かのにんぎやう》に霊《れい》ありて不思議《ふしぎ》の事どもおほく此地を去ることをきらふによりてせんすべなくこゝに残しおきぬ今は不用のものなれども其霊あることをおそれて、とりのけずとぞ。させるものにもあらねど一百余年をへたる古物度々の火災《くわさい》をのがれて今に残れるはめづらし

左甚五郎を左陣五郎と変えて架空譚とせざるを得なかったとも考えられよう。文化十二年秋に稿成と序文には見える。おそらく河内屋から本作と『長髪姿蛇柳』の二作の著作を依頼されたものであろうが（奥付広告には、この二作の広告が見られる）、『骨董集』（本全集第二十巻所収）の著作に暇なく、ようやく晩秋にかけての急作であった可能性もあろう。画工歌川国貞の個人的な事情があったろうことも考慮しなければならないだろうが、急作故に国直と国芳に後半の画工を頼む仕儀になったかとも想像される。しかし、国貞、国直、国芳の三人三様の本文中の役者似顔絵がそれぞれの画風で画くという結果になったことは、三様の比較となり幸いになったという皮肉な結果ともいえよう。

小歌《こうた》蜂兵衛《はちべゑ》
濡髪《ぬれがみ》の小静《こしづか》 袖之梅月土手節《そでのむめつきのどてぶし》

底本　東京都立中央図書館加賀文庫、鈴木重三蔵。国立国会図書館、慶応義塾大学図書館、大阪府立中之島図書館、東北大学附属図書館狩野文庫、天理大学附属天理図書館、名古屋市蓬左文庫（尾崎久弥旧蔵）蔵本をも参照した。

半紙本題簽中編

半紙本題簽下編

中本、上中下編七巻三冊三十五丁。版心「朝皃、袖の梅」。歌川豊国画、筆耕藍庭晋米。文化十四年（一八一七）鶴屋金助板。中本書型と同時に半紙本書型でも板行されるが、半紙本の題簽は中、下編のみが管見に叶う（図版参照。中之島図書館本）。また、「双鶴堂蔵版書目」（図版参照）一丁と名古屋の書肆永楽屋東四郎の蔵板目録一丁を付綴し、鶴屋の奥付広告半丁（本文参照）や鶴屋・永楽屋の「新製奇品目録売弘御披露」半丁を付した半紙本（国会図書館、大惣旧蔵本）と中本（慶応義塾大学図書館本、尾崎久弥旧蔵本）があるところから、江戸以外の例えば名古屋での刊行に際して広告などを江戸板とは別誂えにした如くでもある。摺付表紙上編には五代目岩井半四郎、中編には三代目坂東三津五郎の役者似顔絵を配し、濡髪の小静と小歌蜂兵衛はそれぞれ半四郎と五代目松本

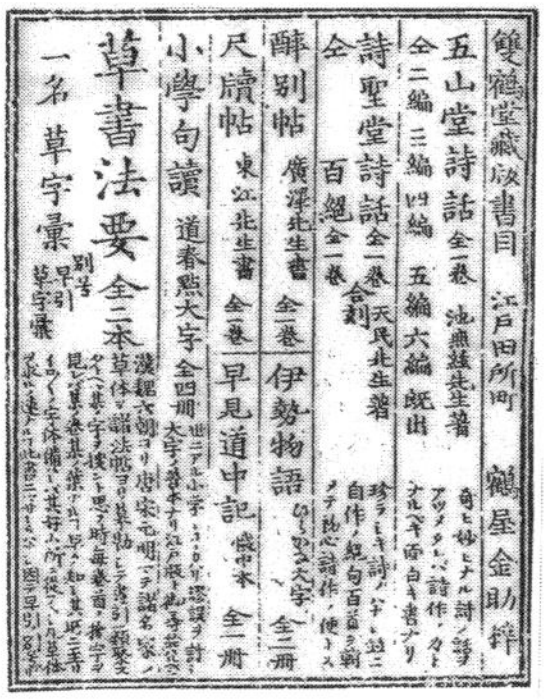

広告（オモテ）

幸四郎の似顔絵となっている。他に七代目市川団十郎、二代目沢村田之助の役者似顔絵が見える。

書名の「袖之梅」は吉原でもっぱら愛用された酔いざましの薬の名であり、「土手節」は京都島原の投節、大坂新町の籬節と並び新吉原で流行した小唄で、本作の舞台は吉原のそれとすぐ読者に察し易い命名としたものであった。角書の小歌蜂兵衛については、京伝の『近世奇跡考』（本全集第二十巻所収）において、「小歌八兵衛」として次の様に考証している。

貞享の頃、浅草田町に住し三味線《しやみせん》の師也。小歌《こうた》の上手なるによりて、しか名づくるとぞ。［洞房語園］元文三年印本に云、小歌《うた》八兵衛が娘、穢多《ゑた》と不義して出奔《しゆつぽん》せしを、八兵衛腹立《ふくりつ》して久離《きうり》したり。其時並木寿見斎《なみきじゆけんさい》が狂歌に

ぬすまるゝ娘が中は海老尾《かいろうび》かはにかゝつた小歌八兵衛

○案るに、寿見斎は吉原角町ニ住ス。其角門人にて俳《はい》名を不曲《フキヨク》といふ。

［五元集］八兵衛やなかざなるまい虎が雨　其角

此句も小歌八兵衛が事となん。

本文（23）に「隆達節で小歌蜂兵衛と名は取つた」とあれば、京伝は『近世奇跡考』で隆達節にも触れているものの（巻之五「朝妻船賛考」）、それとは別に隆達節と土手節に関して考証する用意があったのではなかろうかと推察される。角書の一方の濡髪の小静については、『洞房語園異本考異』に次の様に載る。

〔六六〕寛延の頃か。小静尼とて墨染着たる尼、念仏して廓中を手の内乞ふて歩行たるありしが、声甚う

るはしく、家毎に物を取らせたるとなり。是は、遊女にて髪ことにめでたかりければ、濡髪小静と異名取たる伊達なる遊女にてありけるとぞ。

（『日本随筆大成』第三期2巻）

本作では、小静が野上の里では遊女奥州の名で出ていたとする。吉原を想起させるこうした書名と角書とは別に、話の筋の骨格は浄瑠璃「芦屋道満大内鏡」（竹田出雲作。享保十九年〈一七三四〉大坂竹本座初演）に仰いでいる。やや旧聞に属することになろうけれど、文化六年市村座所演の歌舞伎「芦屋道満大内鏡」を念頭に置いていたのかも知れない。それに仰いだ故に、よかん平（与勘平）が最後に「あかん平」になったり、田辺清兵衛が「安倍清兵衛」になったりする混乱が見られるわけである。もっとも、「芦屋道満大内鏡」には骨格だけを仰いだのみで、本作の眼目は中編における小歌蜂兵衛・小静夫婦譚であり、下編の吉原茗荷屋の遊女大岸大夫をめぐる吾妻大尽と緞子大尽の張り合いから、提灯に「てれんいつわりなし」と書いた大岸大夫の忠孝心による自死譚であり、発句を多く並べるところから、俳諧の其角（鬼角）・鬼貫（鬼面）といったこじつけでもあったろう。茗荷屋の大岸大夫提灯に「てれんいつわりなし」と書かれていたとする逸話を紹介しているのは読本『烟花清談』（葦原駿守中作。安永五年〈一七七六〉刊）であり、それを典拠にした式亭三馬の合巻『契情畸人伝』（文化十四年刊）について委曲を尽した考察を近時、長田和也氏が発表されている（「式亭三馬『契情畸人伝』の典拠をめぐる一考察」〈『国文学研究』第百八十集〉）。提灯に「てれんいつわりなし」と書いた遊女は茗荷屋の奥州であったとする説も流布していたが、大岸説は『烟花清談』に依拠すると、長田氏は次の様に論じられている（風瓢坊＝国会本『北女閭起原』〈＝『異本洞房語園』〉の筆者）。

風瓢云、提灯にかく書せたるはめうがやの奥州なりと世もつて云伝へたるを、爰に大岸と書けるは、いつれか是非をしらず。後考にまかす。

風瓢坊が言及しているのは、『烟花清談』巻四ノ三「茗荷や大岸以レ智防レ誹事」のことである。参照している「草紙」の中の一つに『烟花清談』もあったことがこの記述から分かる。

なお、風瓢坊の述べる「めうがやの奥州」についての記事は、『近世江都著聞集』に、次のように載る。

扨此奥州が為レ持たる挑灯は、紋を付ずして、かなの文字にて、

てれんいつはりなし

と書て、中之町揚屋町へも出したり。（『燕石十種』第五巻、昭和五十五年一月、中央公論社）

風瓢坊は、この『近世江都著聞集』と『烟花清談』とを比べて、いずれが正しいか決めかねているのである。

『近世江都著聞集』奥州伝と『烟花清談』大岸伝の記事を比較すると、「てれんいつはりなし」の提灯については両者に記されているが、上着に卒塔婆と頭蓋骨を縫わせたことについては大岸伝にしか見られない。

今、長田氏が指摘される『烟花清談』の「茗荷《めうか》や大岸以レ智防レ誹事《をほきしちをもつてそしりをふせぐ》」（巻四ノ三）を摘録すると、

今はむかし、享保の比京町二丁目茗荷《めうか》やに、大岸《おゝきし》といへる遊女あり、つねに風流《ふうりう》を好《このみ》又酒宴《しゆゑん》を愛《めて》、……折《おり》から年《とし》の暮《くれ》なりけるか、来《く》る年《とし》の正月は跡着《あとき》も一しほさはやかに、下着《したき》は不残白無垢《のこらずしろむく》を着《ちやく》し、上着《うはき》は白繻子《しろしゆす》に金糸《きんし》を以て卒土婆《そとは》としやれかふへ野《の》さらしの形《かたち》を縫《ぬは》せて着《ちやく》し、又挑灯《またてうちん》には大文字《おゝもじ》にて、てれんい《ゝ》つはりなしと書《かゝ》せけり。

とある。これと本作の本文（31）を次に比較すれば、

又その頃《ころ》、相模《さがみ》の国《くに》、大磯《いそ》に茗荷屋《みやうがや》の大岸《きし》大夫とて海道一の遊君《ゆうくん》あり。寛闊《くわんくわつ》なる気性《きしやう》にて伊達《だて》風流《ふうりう》を好《この》

み、常《つね》の衣装《いしやう》も異風《いふう》にて、黒地《くろぢ》に白糸《いと》にて野晒《のざらし》の白骨《はくこつ》を縫《ぬ》はせて着《ちやく》し、提灯《ちやうちん》には手練偽《てれんいつは》りなしといふ文《も》字《じ》を書《か》かせて持《も》たせける。

となり、本作でも野晒の白骨模様の着物を着て提灯「てれんいつはりなし」を看板にしていたのは大岸大夫であったと述べている。本作と三馬の『契情畸人伝』は同じ文化十四年刊行の合巻である。『異本洞房語園』は京伝も三馬も、その写本を所蔵していたと考えてよいし、『烟花清談』を共に読んでいたと考えてよい。そして二人はほぼ同時期にそれぞれ共有していた情報を題材にした合巻を刊行したということになる。『磯馴松金絲腰蓑』（文化十一年刊。本全集十一巻所収）の序文で京伝は

此《この》ころ雨《あめ》のつれ〴〵に。式亭主人の数種《すしゆ》の戯作《けさく》をくりかへし。いたりつくせるすさみを見て。はじめて変《へん》化《くわ》の流行《りうかう》を知《し》り。七世《しちせ》の孫《まご》にあふこゝちす。

と述懐している。その三馬と題材を同じくする合巻を京伝が著作していることは目を引く。と同時に戯作者たちの文化圏の接近していたことの一つの証左ともなることであろう。

気替而戯作問答《きをかへてけさくもんどう》

底本　東京都立中央図書館加賀文庫、棚橋正博蔵。国立国会図書館、東北大学附属図書館狩野文庫蔵本をも参照した。

中本、前後編六巻二冊三十丁。版心「もんど（と）う」。歌川豊国画。文化十四年（一八一七）森屋治兵衛板。書名は摺付表紙に拠った。旧作の衣がえをもじった書名である。摺付表紙前編には五代目岩井半四郎、後

編には五代目瀬川菊之丞の役者似顔絵を配し、前後編中の本文には五代目坂東三津五郎、菊之丞、七代目市川団十郎、五代目松本幸四郎、三代目尾上菊五郎等の役者似顔絵が見える。また、本文（18）では三代目中村松江（二代目中村富十郎）の絵と手跡の異才振りを伝え発句二句と七変化の評判を披露している。その七変化の評判は文化十三年九月の中村座のことであろう。とすれば、序文に八月稿成と記していることから、その後、弟京山が付け加えた一条ということになろうか。作中に松江の似顔は見られない如くだが、未勘。巻末（三十ウラ）に机に向かう京伝の肖像画がある。同年刊の『長髪姿蛇柳』（本全集第十四巻所収）の歌川国貞画の肖像画と似ることから、京伝の最晩年の肖像（死絵）としてよかろう（京伝は文化十三年九月七日没、享年五十六）。

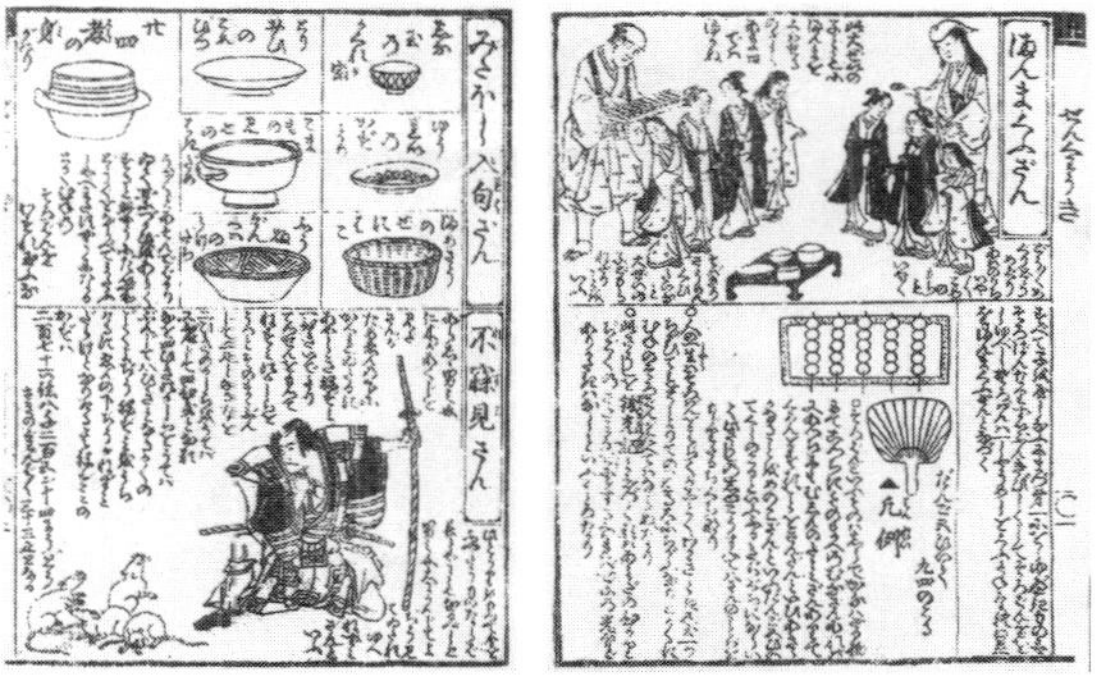

図版①　通気智之銭光記

鎌倉比巴橋一丁目（江戸京橋銀座一丁目）の難答庵（山東庵）を兎屋角右衛門・蛭屋牙蔵・亀の毛庵の薬師三人、実は天狗三人が訪問するのを発端とする。「恐らくは、火災後の京伝の書斎兼応接室の様子であらう」（小池藤五郎著『山東京伝の研究』）とされる。小池氏は三人が訪問する住居について、文化三年三月の大火（丙寅の大火）後とされるものの、文化九年十二月二十九日夜五ツ時前、桶町より出火、西北烈風、南伝馬町より京橋竹川岸金六町迄焼亡（『武江年表』）の火災で翌三十日に京伝宅が類焼（津田眞弓著『山東京山年譜稿』）とも、近火のため類焼でなく損害とも（『山東京伝年譜稿』）判断される、手狭になった住居としてよかろう。その庵でのこじつけ問答が趣向の柱になるわけだが、小池氏は、本書の滑稽は附会によるもので、其の内容にも挿画にも黄表紙的の分子が多く含まれてゐる。即ち「通《つ》気智之銭光記《きちのぜんくわうき》」（京伝作、享和二年刊、黄表紙）の「まんまくふだん」・「みたおし入句だん」・「不寝見《ねずみ》だん」等が採られてゐ、又、「化物和本草《ばけものやまとほんぞう》」（京伝作、寛政十年刊、黄表紙）・「人間万事吹矢的《にんげんばんじふきやのまと》」（京伝作、享和三年刊、黄表紙）等からも採られてゐる。京伝は既に合巻の行詰りを感じ、「気変而」と外題に冠し、滑稽方面に転向を志したものでは無からうか。

こゝに注意すべきは、京伝の死とこの作品との暗合である。それは京伝鼻が飛去り普通の形の鼻となつた事と、眉をしがめた容貌の自己の肖像を結尾に掲げた事とである。（『山東京伝の研究』）

とされ、水野稔も「草双紙の制作そのものが、ある意味においては作者自身の道楽であることを思わせる」として、

また『気替而戯作問答』において自ら戯作者のシンボルとして長い間用いた京伝鼻を失わしめたこの年の彼は、戯作者としての宿命を特に感じたのかも知れない。この『戯作問答』は珍しく滑稽物として更に新局面打開の意図を想察させるが、これすらまったく寛政から享和に至る彼の心学教訓めいた見立図式の黄表紙の継ぎはぎに過ぎず、かくべつ新味もないものであった。（「京伝合巻の研究序説」、『江戸小説論叢』）

とされる。指摘されるように旧作の黄表紙、合巻からの丸取りも散見し、その際だったところを次に列挙しておく。

○二ウ・三オ………『敵討衛玉川』（文化四年刊、北尾重政画）本全集第六巻七九頁（十三ウ・十四オ）

○三ウ・四オ………『這奇的見勢物語』（享和元年刊）本全集第四巻三八一頁（四ウ・五オ）

○四ウ・五オ………『早業七人前』（享和二年刊） 本全集第四巻四三九頁等（十一オ）
○五ウ………『怪談摸摸夢字彙』（享和三年刊） 本全集第五巻九二頁（十二ウ）
○六ウ・七オ………『枯樹花大悲利益』（享和二年刊、歌川豊国画） 等 本全集第四巻五五三頁（十一オ）
◎七ウ・八オ………『宿昔語笔操』（寛政五年〈一七九三〉刊、北尾政美画） 本全集第三巻四〇六頁（一ウ・二オ）
＊絵柄だけでなく本文も一部同文となる。
◎八ウ・九オ………『通気智之銭光記』（享和二年刊） 本全集第四巻四五〇・四五一頁（一ウ・二オ）
＊小池氏が指摘されるように絵柄、本文共に同じである。図版①参照。
◎十ウ………『賢愚湊銭湯新話』（享和三年刊） 本全集第四巻五一六頁（二ウ・三オ）
＊絵柄、本文とも同じである。
○十一オ………『怪物徒然草』（寛政四年刊） 本全集第三巻一二二頁（四ウ・五オ）
◎十二ウ・十三オ………『平仮名銭神問答』（寛政十二年刊、歌川豊国画） 等 本全集第四巻三六三～三六五頁（七ウ～十オ）
＊『高慢教訓至無我人鼻心神』（寛政三年刊、北尾政美画。「京伝作」とあるが、竹塚東子の述作）における鼻高の慢三郎が天狗に諭され（図版②参照）、鼻は切り取られて艶二郎鼻（京伝鼻）になって畏れ入るとい

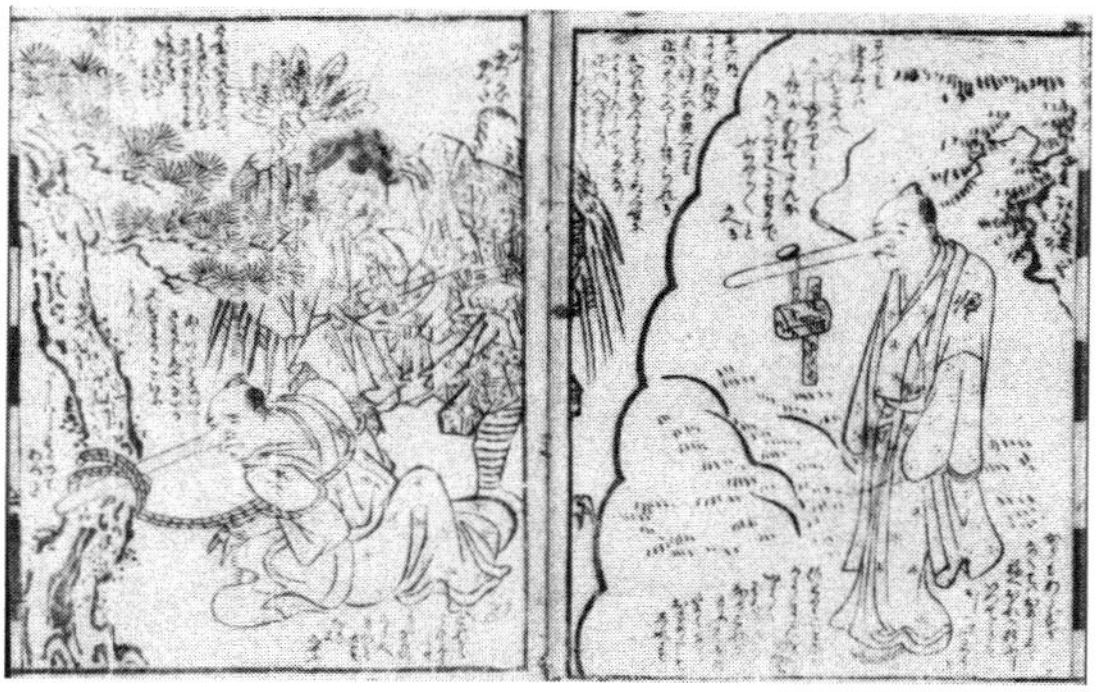
図版②　至無我人鼻心神

う作品である。本作が高慢な難答庵（山東庵）が天狗に諭され艶二郎鼻から常の鼻になるという構想趣向は、この『至無我人鼻心神』あたりからの思い付きで、その焼直しと見倣してよかろう。その意味では『至無我人鼻心神』における京伝の関わりは、かなり深かったものと推せられよう。

○十三ウ・十四オ………『怪物徒然草』（寛政四年刊）本全集第三巻一一八頁（一ウ・二オ）

○十四ウ・十五オ………『江戸春一夜千両』（天明六年〈一七八六〉刊、北尾政演画）等　本全集第一巻二五七頁（八ウ・九オ）

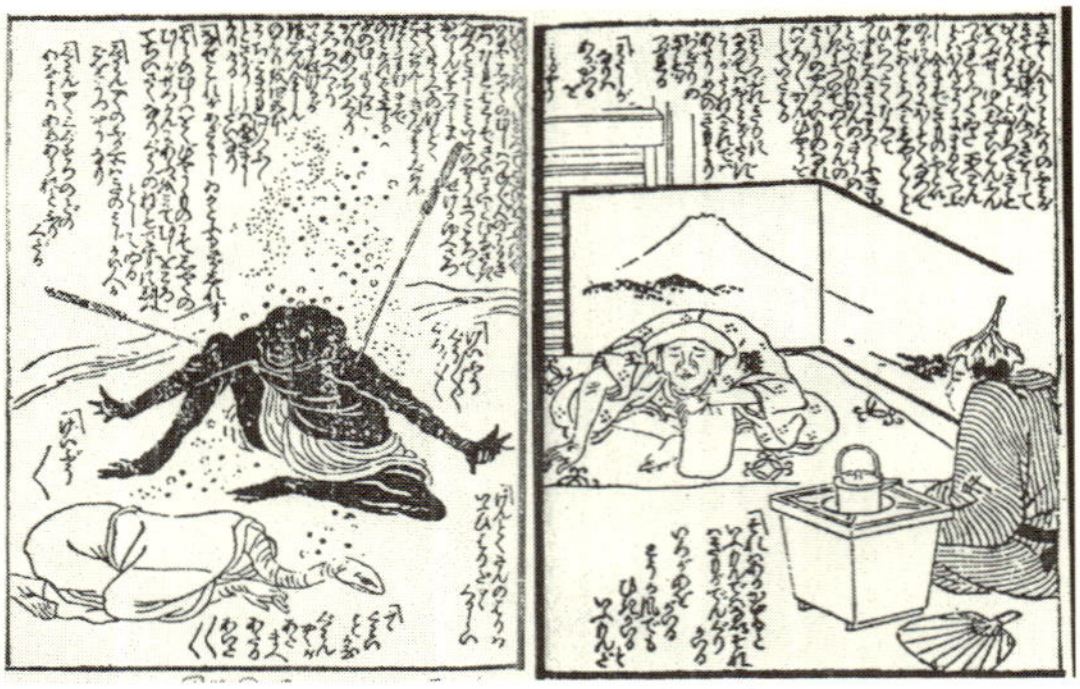

図版③　十四傾城腹之内

○十五ウ………『御誂染長寿小紋』（享和二年刊、喜多川歌麿画）本全集第四巻五六九頁（三ウ）

○十六オ………『弌刻価万両回春』（寛政十年刊）等　本全集第四巻一九六頁（三ウ・四オ）

○十六ウ・十七オ………『化物和本草』（寛政十年刊、可候画）本全集第四巻二三四頁（一ウ・二オ）

◎十八ウ・十九オ………『十四傾城腹之内』（寛政五年刊、芝全交作）（八ウ・九オ）

＊『十四傾城腹之内』は北尾重政画と諸年表では推定しているが、絵柄をここで転用したということで北尾政演京伝画としてよかろう。とすると、関根正直著『小説史稿』以来、『黒白水鏡』（寛政元年刊、石部琴好作、北尾政演画）で筆禍を蒙ったのを機会に他

作は画かずというのが定説になっているものの、昵懇の仲であった全交作には画いたということになろうか。つまり、北尾政演の画工署名をしなかった故に、筆禍以来、画工をつとめることはしなかったとされるものであろう。図版③参照。

○十九ウ・二十オ………『呑込多霊宝縁起』（享和二年刊）本全集第四巻四八一～五〇九頁全体として

○二十一オ、二十一ウ・二十二オ………『四人詰南片傀儡』（寛政五年刊）本全集第三巻三二九～三五〇頁全体として

○二十三ウ・二十四オ………『貧福両道中之記』（寛政五年刊、勝川春朗画）本全集第三巻一九五～二一二頁全体として

○二十四ウ・二十五オ………『笑語於臍茶』（安永九年〈一七八〇〉刊、北尾政演画）本全集第一巻七七頁（六ウ・七オ）

○二十五ウ………『枯樹花大悲利益』本全集第四巻五五九頁（十三ウ・十四オ）

○二十五オ、二十五ウ・二十六オ………『仮多手綱忠臣鞍』（享和元年刊）本全集第四巻四〇一～四二〇頁全体として

○二十七ウ・二十八オ………『人間万事吹矢的』（享和三年刊、北尾重政画）本全集第五巻一一頁～三四頁全体として

○二十八ウ・二十九オ………『枯樹花大悲利益』本全集第四巻五六二（十五ウ）

本作の序文年記によれば、文化十三年八月に成稿していたことになり、その九月七日未明に京伝が亡くなっていることから、草稿は京伝の手により出来上っていたことになる。ただ巻末の肖像や京橋近くの立売（太刀売。

南紺屋町・西紺屋町の俗称）の京山宅で虫歯薬の売出しの広告などが載るところ、あるいは先に述べた中村松江の上坂名残りの狂言の一件を見ても、京山が何らかの配慮をして手を加えたと思われる。だが、衒学的な三人の問いかけに庵主京伝がこじつけ解答で答える内容のすべては京伝作にして、最終的に草稿を完成させたのは京山で、ついでに本文（28）に京山自身の肖像画を載せたものだったとしてよかろう。

山東京傳全集　第十三巻
二〇一八年二月二五日　初版第一刷発行
編　者　山東京傳全集編集委員会
編者代表　水野　稔
発行者　廣嶋　武人
発行所　株式会社ぺりかん社
〒113-0033東京都文京区本郷一―二八―三六
電話　〇三（三八一四）八五一五
http://www.perikansha.co.jp/

印刷・大盛印刷　製本・小高製本工業
Printed in Japan
ISBN978-4-8315-1493-6

山東京傳全集　全二十巻

江戸後期を代表する戯作者・京傳の多彩な業績を集大成する画期的全集

［編集委員］
水野　稔　延広真治
鈴木重三　徳田　武
清水正男　棚橋正博
本田康雄

◆Ａ５判／予定頁　四八〇～七二〇頁
◆予価一二六二一～一五〇〇〇円

第一巻　黄表紙1（安永七年～天明八年）一九九二年刊　（品切）
第二巻　黄表紙2（寛政元年～三年）一九九三年刊　（品切）
第三巻　黄表紙3（寛政四年～六年）二〇〇一年刊　一四〇〇〇円
第四巻　黄表紙4（寛政八年～享和二年）二〇〇四年刊　一四〇〇〇円
第五巻　黄表紙5（享和三年～文化三年）二〇〇九年刊　一四〇〇〇円
第六巻　合巻1（文化四年～五年）一九九五年刊　一二六二一円
第七巻　合巻2（文化五年～六年）一九九九年刊　一三〇〇〇円
第八巻　合巻3（文化六年～七年）二〇〇二年刊　一三〇〇〇円
第九巻　合巻4（文化七年～八年）二〇〇六年刊　一四〇〇〇円
第十巻　合巻5（文化八年～九年）二〇一四年刊　一四〇〇〇円
第十一巻　合巻6（文化九年～一〇年）二〇一五年刊　一四〇〇〇円
第十二巻　合巻7（文化一一年～一二年）二〇一七年刊　一四〇〇〇円
第十三巻　合巻8（文化一二年～一三年）二〇一八年刊　一四〇〇〇円
第十四巻　合巻9（文化一三年～文政五年）未刊
第十五巻　読本1　一九九四年刊（在庫僅少）一二六二一円
第十六巻　読本2　一九九七年刊　一四〇〇〇円
第十七巻　読本3　二〇〇三年刊　一四〇〇〇円
第十八巻　洒落本　二〇一二年刊　一四〇〇〇円
第十九巻　滑稽本・風俗絵本　未刊
第二十巻　考証随筆・雑録・年譜　未刊

※価格は税別です。